Le bonheur en péril

*

Secrète ressemblance

*

Dans l'ombre du secret

ADDISON FOX

Le bonheur en péril

Traduction française de
CATHERINE VALLEROY

BLACK ROSE

HARLEQUIN

Collection : BLACK ROSE

Ce roman a déjà été publié en 2020

Titre original :
SPECIAL OPS COWBOY

HARPERCOLLINS FRANCE
83-85, boulevard Vincent-Auriol, 75646 PARIS CEDEX 13
Service Clients — https://www.harlequin.fr/contenu/contactez-nous
ISBN 978-2-2805-2545-9 — ISSN 1950-2753

Édité par HarperCollins France.
Composition et mise en pages Nord Compo.
Imprimé en décembre 2025 par ScandBook UAB en Lituanie
en utilisant 100% d'électricité renouvelable.
Dépôt légal : janvier 2026.

FSC www.fsc.org MIXTE
Papier | Pour une gestion forestière responsable
FSC® C021394

Pour limiter l'empreinte environnementale de ses livres, HarperCollins France s'engage à n'utiliser que du papier fabriqué à partir de bois provenant de forêts gérées durablement et de manière responsable.

1

Sa mère disait que les commérages étaient l'œuvre du diable. Que les ragots sans intérêt n'avaient pas leur place dans leur vie. Bien sûr, songea Reese Grantham, cette sage sentence lui tombait des lèvres avant que son père devienne lui-même le diable et fasse bien pis qu'émettre des remarques dédaigneuses.

Quels que soient les malheurs que Serena Grantham espérait détourner de leurs têtes en évitant de critiquer autrui, ses efforts avaient été réduits à néant.

Reese l'avait compris avec une clarté superflue quand, deux mois auparavant, Russ Grantham avait été transporté à la morgue après s'être tiré une balle dans la tête. Une balle qui avait empêché ses collègues de le flanquer en prison pour le meurtre de quatre dealers.

Certains disaient que Russ avait perdu l'esprit à cause de la mort de son fils. D'autres murmuraient que c'était sa folie, dissimulée toutes ces années derrière l'uniforme, qui avait finalement parlé. Et d'autres encore affirmaient d'un ton sentencieux qu'il avait rendu service à Midnight Pass et qu'il n'était que temps que quelqu'un nettoie leur petite ville de ses trafiquants. Donc vraiment, se demanda Reese, au moment où Tabasco Burns posait une bière et un petit whisky devant elle, qu'étaient des commérages comparés à tout cela ?

— C'est vraiment ce que tu veux ? Je peux te préparer un spritzer, comme d'habitude. Je ne te les ferai pas payer.

Tabasco agitait la main au-dessus de la bière et du whisky comme pour les faire disparaître.

Reese se représenta avec envie un verre de chardonnay puis secoua la tête. Elle avait besoin d'oublier, et ce n'était pas un mélange de vin et de soda qui allait la mettre dans l'état recherché. C'était la raison même pour laquelle elle était venue au Border Line.

— Non merci, ça va.

Tabasco eut l'air de vouloir insister mais se contenta de hocher la tête. Un air de tendresse adoucit sa figure de grizzli tandis qu'il la contemplait par-dessus le comptoir éraflé.

— Je suis content de te voir. Ça fait longtemps.

Elle hocha la tête et prit sa bière, de crainte que le nœud de sa gorge ne se résolve en larmes.

Tabasco continua de l'observer quelques secondes, puis s'éloigna. Il connaissait bien ses clients et savait quand ils avaient besoin qu'on les écoute ou qu'on détourne le regard.

Résolue à s'enivrer, Reese prit sa première gorgée de bière. Rien de mieux que le présent. Elle allait noyer son chagrin et donner à cette ville autre chose à commenter que les crimes et le suicide de son père.

Elle en avait assez de jouer les filles parfaites dans une famille dysfonctionnelle. Ou ce qu'il en restait.

Bien sûr, elle avait une vie à elle, un poste de professeure au lycée et une petite maison à l'autre bout de la ville. Une pelouse tondue chaque semaine et un tampon à ses nom et adresse. Et un sapin de Noël dans le garage, qu'elle avait sorti cette année encore pour son seul bénéfice.

Qui aurait cru qu'il était si satisfaisant de rembourser un crédit immobilier ?

Elle n'était pas femme à succomber au chagrin - elle avait toujours trouvé la force d'affronter les aléas de la vie en lisant, en réfléchissant à l'avenir de ses élèves ou en trouvant d'autres centres d'intérêt. Mais, pour une raison quelconque, une petite voix lui avait suggéré ce soir-là de noyer ses soucis dans l'alcool.

La bière coulait facilement dans sa gorge, dissipant à la fois son trop-plein de chaleur et l'amertume qu'elle avait dans la bouche. S'étant convaincue que le whisky lui ferait le même effet, elle l'engloutit d'un coup et s'étrangla, manquant tomber de son tabouret.

— Coucou !

Une grande main se posa dans son dos tandis qu'une autre s'emparait de son bras. Elle sursauta à ce contact, la gorge toujours brûlée par l'alcool.

La main décrivit de grands cercles dans son dos tandis qu'elle toussait à rendre l'âme. Enfin, ayant repris son souffle, elle leva le regard et croisa les yeux verts de Hoyt Reynolds.

Des yeux attirants, pensa-t-elle en les voyant se plisser gentiment.

— Ça va ?

— Oui, dit-elle d'une voix fêlée. Ce n'était pas le bon tuyau.

Le regard de Hoyt se posa sur le verre de whisky.

— Je dirais plutôt que ce n'est pas la bonne boisson.

Bonne boisson, mauvaise buveuse, lui souffla sa conscience, mais elle le garda pour elle et reprit d'une voix pleine d'assurance :

— C'était ce que je voulais. D'ailleurs je crois que je vais en recommander un autre.

Le sourire disparut, remplacé par quelque chose qu'elle aurait préféré ne pas voir.

De la pitié.

Elle avait vu cet air plus d'une fois sur les visages de ses concitoyens et elle refusait de s'y habituer. C'était sa vie, sa bataille. Elle irait jusqu'au bout.

Sa tristesse et sa colère persistaient pourtant à l'idée que Russ Grantham avait cru opportun de torturer et tuer des gens. Si seulement, elle comprenait les motivations de son père, peut-être pourrait-elle enfin surmonter sa frustration et, d'une manière ou d'une autre, oublier ce gâchis.

Sauf qu'elle n'avait rien oublié. Ni le fait qu'il avait pris en otage une de ses subordonnées, Annabelle Granger, ni qu'il l'avait finalement libérée avant de se fourrer son arme dans la bouche.

En un clin d'œil, Reese fut renvoyée à l'époque où ses efforts pour obtenir des bonnes notes et se comporter en jeune fille sage ne suffisaient jamais à compenser les incartades de son frère. L'époque où elle entendait sa mère pleurer la nuit dans le salon, où son père, malgré ses larges épaules et ses galons de capitaine, était impuissant à sortir Jamie de sa toxicomanie.

— Tu es sûre ? demanda Hoyt, interrompant ses souvenirs avec plus d'efficacité que le whisky.

— Oui.

Hoyt poussa un long soupir avant de s'installer sur le tabouret à côté d'elle.

— Alors je ne vais pas te laisser boire seule.

— Je ne...

Elle s'interrompit en voyant Hoyt faire signe à Tabasco de lui servir la même chose.

Comme il était trop grand pour être délogé de son siège et qu'il ne se laisserait pas ébranler par ses protestations, Reese en profita pour le dévisager. Elle connaissait Hoyt Reynolds - ils avaient grandi dans la même ville —, mais, en dehors de soirées entre amis ou de rencontres fortuites, elle n'avait jamais passé de temps avec lui. C'était un solitaire, dont la personnalité gentiment bourrue était légendaire.

Même sans leur lien personnel - Belle Granger était fiancée à Tate, le frère de Hoyt —, elle l'aurait reconnu n'importe où.

Tout le monde connaissait les frères Reynolds. Avec leur sœur Arden, ils géraient la Reynolds Station, l'un des plus gros élevages de bœufs de l'État. Ils avaient fait les quatre cents coups dans leur jeunesse, mais avaient dû s'assagir très vite quand il était devenu clair que leur père avait très mal géré le ranch. À l'époque, Hoyt faisait son service militaire - dans les marines, croyait-elle se souvenir —, mais il était revenu et s'était attaché avec ses frères et sœur à restaurer la réputation de l'entreprise familiale.

Depuis cette époque, tous quatre avaient fait de leur mieux pour regagner leur place dans l'industrie de l'élevage et se frayer un chemin dans le XXIe siècle. Ils avaient adopté des pratiques durables et des méthodes aussi humaines que possible et s'étaient concentrés sur la qualité plutôt que sur la quantité. Reese avait parfois emmené sa classe au ranch, ravie de montrer à ses élèves que toutes sortes de voies leur étaient ouvertes sur le plan professionnel.

Nombre d'adolescentes avaient poussé des soupirs durant la visite, mais peu de cow-boys avaient récolté autant de regards que ce *bad boy* à la mine stoïque.

Ce qui rendait d'autant plus étonnants sa gentillesse et son insistance à lui tenir compagnie.

Hoyt n'était ni gentil ni aimable. Il n'était pas méchant, il était juste réservé et distant.

Et seul.

Hoyt Reynolds préférait la solitude. Il ne bavassait pas et ne se mêlait pas des affaires des autres.

Ce qui, songea Reese, faisait probablement de lui le partenaire idéal pour cette soirée.

Ignorant les petites étincelles de désir qui couraient le long de ses nerfs, Hoyt Reynolds s'ordonna de prendre du recul. Reese Grantham était peut-être la partenaire idéale pour quelques verres, mais elle avait visiblement du chagrin, et il ne fallait pas être un génie pour voir qu'elle était prête à faire des bêtises.

Ils avaient tous été abasourdis quand les crimes de Russ Grantham avaient été mis au jour, au printemps dernier. La future belle-sœur de Hoyt avait failli le payer très cher, mais Russ avait changé d'avis au dernier moment. Il avait libéré Belle et s'était ôté la vie, emportant ses secrets.

Hoyt ne passait pas beaucoup de temps en ville, mais il avait vu Reese une fois à la station-service et une autre fois au supermarché. À la station-service, elle était trop loin pour qu'il la salue, mais il n'avait pas manqué de remarquer l'expression vide de ses prunelles et son air d'abattement. Une conviction qui s'était renforcée quand il avait tenté d'engager la conversation au-dessus d'un étal d'oranges.

Elle s'était montrée polie, mais la lassitude qui émanait d'elle en disait long. Que ce soit à cause de son chagrin ou de son propre lien avec Belle, elle avait filé aussi vite que la courtoisie le lui permettait.

Et maintenant ils étaient là. Le whisky semblait avoir annihilé son instinct de fuite, mais il y avait une détermination sans ambiguïté dans ses yeux noisette.

Il fallait donc qu'il garde l'œil sur elle, l'empêche de boire trop et veille à ce qu'elle rentre chez elle saine et sauve.

Tabasco posa les verres devant eux en jetant à Hoyt un regard entendu. L'avertissement était clair, et Hoyt se contenta de hocher la tête.

Il n'était pas en chasse. Il la trouvait certes attirante, mais il n'avait jamais essayé de l'approcher et n'allait sûrement pas profiter de sa faiblesse temporaire. Il n'était pas particulièrement doué pour les relations – il préférait sa propre compagnie à celle des autres —, si bien que quand il sortait avec une femme, c'était généralement hors de la ville et loin des regards.

Mais bon sang qu'elle était belle !

Ses cheveux couleur sable mouillé retombaient en longues vagues dans son dos. Elle était presque trop mince, mais cela n'enlevait rien à la rondeur de ses seins et à la courbe de ses hanches. Bien qu'elle fût assise, il était conscient de la longueur de ses jambes, terminées par des nu-pieds sexy et des orteils vernis de violet. Qu'elle porte une robe classique ou un short, ses jambes étaient toujours spectaculaires.

Du vernis violet ?

Pourquoi trouvait-il cela mignon ? Mais tout était joli sur elle. Elle était jolie et sexy, d'une manière qui n'était ni voyante ni superficielle et...

Et il ferait mieux de couper court à ces pensées avant de s'emballer.

Peu importait sa joliesse, elle n'effaçait pas la tristesse qui hantait ses yeux et les cernes qui les soulignaient.

Pas plus que le fait que son père avait commis un de ses crimes chez eux. Russ Grantham avait en effet tué sa dernière proie en bordure de leur propriété, en cherchant à faire passer ce meurtre pour une altercation entre dealer et consommateur.

— Qu'est-ce que tu fais ici un mardi soir ? demanda Reese en prenant sa bière.

Cette question le tira de pensées lugubres, et il prit la sienne à deux mains.

— Je pourrais te demander la même chose.

— J'ai posé la question la première.

Elle avait des tripes, quelque chose qui l'avait toujours intrigué.

— J'avais envie de boire une bière. Et de faire une ou deux parties de billard, à supposer que ça intéresse quelqu'un.

— Ne te gêne pas pour moi.

Même s'il était peu probable qu'elle vienne de le rembarrer, il ne put résister à la tentation de la taquiner un peu.

— Tu essaies de te débarrasser de moi ?

— Mais non ! s'exclama-t-elle en écarquillant les yeux. Je voulais seulement dire que tu n'as pas besoin de me surveiller.

— Et en quoi je te surveille ?

— Parce que je vois bien ton attitude. Ton signe de tête à Tabasco pour lui dire que tu t'occuperas de moi. Le refrain « tu-ne-peux-pas-boire-seule ». Tu as pitié de moi.

Hoyt se rappela à cet instant qu'elle passait son temps avec des élèves et qu'elle avait visiblement des yeux derrière la tête.

— Tu as vu ça ?

— Quoi ?

Elle inclina la tête vers le bout du bar.

— Le regard viril que Tabasco et toi vous avez échangé pour vous assurer que tu me ramènerais chez moi ?

— Oui, celui-là.

— Oui, je l'ai vu.

Il faillit se mettre à rire en l'entendant parler d'un ton aussi guindé, mais il se retint. Elle était amusante, mais il ne voulait pas se moquer d'elle et, pour des raisons qu'il avait du mal à définir, il n'était pas certain qu'elle ferait la différence.

Lui-même ne se comprenait pas. Il était entré dans ce bar parce qu'il se sentait nerveux et las de lui-même. Un état récurrent depuis un an. Il l'avait éprouvé lors de sa dernière année dans les forces spéciales, quand même les victoires sur les terroristes ne suffisaient plus à détourner ses pensées de chez lui et de l'aide dont il savait que sa famille avait besoin. Et, avant cela, c'était quand il avait pris la décision de s'engager, parce que le monde était vaste et qu'il pouvait y faire autre chose qu'élever du bétail.

Comme les choses avaient changé. Ce qui le ramenait à sa présence dans ce bar. Boire pour oublier lui avait semblé une bonne idée. Il n'avait pas envie de faire jaser en ville et séduire une femme n'était pas sur son programme, mais il aurait menti s'il n'avait pas admis en son for intérieur qu'elle lui plaisait.

Et il aurait menti aussi en ne reconnaissant pas que la lueur de tristesse dans ses yeux l'attirait encore plus.

— Eh bien je fais attention à toi, mais ça ne veut pas dire que j'ai pitié de toi.

Elle pencha légèrement la tête, ce qui fit glisser ses cheveux en un mouvement qui donna envie à Hoyt de plonger ses doigts dedans.

— C'est surprenant.

— Pourquoi ?

— Parce que c'est exactement ce que je ressens. Je m'apitoie sur moi-même.

— Le whisky n'est pas une réponse à cela.

— Parce qu'il y a une réponse ?

Le regard dans le vague, elle récita d'une voix morne :

— Une qui ne commence pas par « Il faut prendre les choses au jour le jour » ou « Les voies de Dieu sont impénétrables » ?

Hoyt savait de quoi elle parlait. Il avait lui-même entendu ces remarques éculées quand sa mère était morte d'un cancer, puis quand la rumeur s'était répandue des malversations de son père. Ces clichés étaient pesants, bien plus destinés à celui qui les disait qu'à celui qui les écoutait.

Il savait qu'il avait la réputation d'être froid et taciturne, et qu'il avait hérité une bonne part de ces traits de son père. Mais il avait continué à les cultiver. Pourquoi donner des explications aux gens alors qu'ils s'en fichaient ? Leur version les intéressait beaucoup plus. Et à quoi bon faire l'effort de dissiper les ragots quand ceux qui les répandaient étaient ravis de chuchoter dans votre dos ?

— Non, je ne crois pas qu'il y ait une réponse, dit-il. Et je sais parfaitement que les voies de Dieu et la manière dont on attaque sa journée ne répondent pas à la question.

— Là-dessus, nous sommes d'accord.

Elle leva son petit verre de whisky et le choqua contre le sien, qui attendait sur le bar. Le liquide lécha les parois, mais Reese était encore assez sobre pour ne pas le faire déborder.

— Portons un toast à cela.

Il leva aussi son verre et heurta doucement le sien.

— Au manque de réponses.

— Santé.

Hoyt but et se prépara à un autre accès de toux – une chance de poser à nouveau les mains sur elle —, mais elle tint bon. Elle plissa les yeux d'un air résolu, mais ne s'étouffa pas.

Et pourquoi trouvait-il cela sexy en diable ?

Reese était un mystère pour lui. Il la connaissait depuis toujours, l'avait toujours trouvé jolie et intelligente, mais il n'avait jamais osé la draguer. Il n'était pas du genre sérieux dans les relations et il ne cherchait certainement pas à se caser.

Son propre père avait toujours promis monts et merveilles à tout le monde et s'était pourtant débrouillé pour gâcher tout ce que leur existence avait de bon. Hoyt et ses frères et sœur avaient dû apprendre à faire face, chacun à sa manière.

Pour Tate, c'était rire de tout. Pour Ace, c'était marquer son territoire. Et pour Arden, c'était jouer à la petite maman.

Lui, il avait fui. D'abord dans ses rêves puis, plus tard, en s'engageant dans l'armée. Depuis son retour, il s'en tenait à une ligne de conduite unique : ne pas s'attaquer aux honnêtes femmes de Midnight Pass pour ne pas avoir à faire de fausses promesses.

Reese était professeure de lycée. Jusqu'à il y a peu, c'était la fille d'un policier respecté. Et la sœur d'un jeune homme qui avait très, très mal tourné. C'était une femme bien, et il ne fallait pas s'en prendre aux femmes de cette sorte. Surtout si on n'avait pas l'intention d'aller jusqu'aux fiançailles et au mariage.

Alors pourquoi ces grands yeux lui semblaient-ils si attirants ? Et pourquoi la nervosité qui l'avait tourmenté toute la journée – ou plutôt toute l'année – s'était-elle soudain dissipée en sa présence ?

— Encore un ?

Les lèvres retroussées, elle tapota sur le bar.

— Je ne crois pas que ce soit une bonne idée. Et je suis sûr que demain matin tu trouveras que c'était une très mauvaise idée.

— Rabat-joie.

Elle lui tira la langue en souriant, ce qui voulait dire qu'elle n'était pas aussi irritée qu'elle voulait le faire croire.

— Tu en as déjà bu un de plus que moi.

— Alors tu ferais mieux de te dépêcher de me rattraper.

Elle se pencha en avant et lui planta un index dans la poitrine. Il aurait pu le prendre pour un geste un peu agressif – s'il avait eu tous ses esprits. Mais ses esprits s'étaient absentés dès qu'il était entré au Border Line et avait vu Reese assise au bar.

Il referma les doigts sur son index et se saisit du reste de sa main pour la presser contre son cœur.

— Ou bien ?

Sa peau chauffait là elle le touchait, et il aurait juré voir des étincelles s'échapper de leurs mains superposées.

— C'est une très bonne question.

Reese contempla Hoyt de haut en bas, s'efforçant de ne pas écarquiller les yeux. Elle s'était vite aperçue qu'elle disposait d'un point de vue avantageux sur son profil et elle lui jetait des regards furtifs depuis qu'ils étaient montés dans son pick-up.

Elle ne se souvenait pas comment elle était arrivée là. Une minute, ils étaient au bar en train de papoter – et d'écluser des whiskys – et, celle d'après, il l'emballait dans son manteau pour la ramener chez elle.

Elle n'avait pas la tête qui tournait, même si elle aurait pu jurer avoir vu une sorte de halo autour de Hoyt. Avait-elle des problèmes de vue ? Ou était-ce parce que cet homme qu'elle connaissait depuis toujours lui paraissait soudain différent ?

Mieux, en quelque sorte. Encore que, pour être honnête, il était déjà pas mal avant.

— Tu es sûr que tu peux conduire ?

Les mots lui avaient échappé, brisant le silence qui régnait dans l'habitacle.

S'il l'avait surprise à le regarder, il n'en avait rien dit. Mais à cette question il se tourna vers elle, tout en continuant à cahoter sur la route menant chez elle.

— J'ai bu une bière et un petit whisky en tout et pour tout. Ça va très bien.

— C'est ce que disent les gens qui conduisent en état d'ivresse.

— Oui, en effet. Mais il y a une grande différence entre eux et moi. Je ne suis pas ivre

— Ah…

— *Toi*, tu es ivre.

— Pas du tout ! Je n'ai bu qu'une bière et demie et deux whiskys.

— C'est pour ça que tu rentres chez toi.

— On joue les râleurs ?

Elle ignorait pourquoi elle le taquinait. Il lui avait rendu service - un service dont elle prendrait pleinement conscience à la lumière du jour —, mais elle avait envie de…

Le faire sortir de ses gonds.

Ce qui était ridicule, puéril, et tout à fait contraire à son caractère. Et pourtant c'était comme ça. Il y avait quelque chose d'irritant dans la manière dont il s'était senti obligé de s'occuper d'elle. Elle était adulte et elle avait le droit de faire ce qui lui plaisait. Elle n'avait pas besoin d'être surveillée. Elle était lasse de rester chez elle, ce havre qu'elle n'aimait qu'un jour sur deux. Donc elle était sortie en quête d'amusement.

— Je ne râle pas. Je fais juste en sorte que la professeure d'anglais de Midnight Pass ne vomisse pas ses boyaux sur le parking du Border Line. Ou pire.

— Mon père a déjà fait pire. Mon frère aussi, d'ailleurs.

Ses lèvres séduisantes, épaisses et pulpeuses, prirent un pli ferme.

— Je suis désolé. Pour ton père.

— Pourquoi ?

— Certaines décisions…

Hoyt s'arrêta à un stop et se tourna vers elle.

— On ne peut pas revenir en arrière. Mais c'était un homme bien autrefois, je le sais.

— Il a tué un homme sur votre propriété.

— Et alors ?

Reese se trouva momentanément à court de mots.

Cela ne le dérangeait pas ? Parce que, elle, cela la dérangeait terriblement.

Sauf qu'elle ne le dit pas. Elle répondit plutôt à sa réplique précédente. Parce qu'elle avait du mal à y croire.

— Eh bien...

Elle le vit hausser un sourcil et la contempler depuis son siège.

— Eh bien quoi ?

— Comment peux-tu dire cela ? Il est devenu un monstre en moins de temps qu'il ne faut pour le dire. Ce n'est pas ma définition d'un homme bien. Ni celle de ma mère. Ce n'est même pas ce que notre père attendait de nous quand nous étions jeunes, mon frère et moi.

Sa colère grondait. Elle avait fait tout ce qu'on lui disait. Elle avait fait de gros efforts pour mériter la confiance de ses parents. Et où cela l'avait-il menée ?

Elle était devenue la cible de moqueries et de commérages, et, si elle devait en croire une remarque entendue par hasard, un objet de soupçon pour l'association de parents d'élèves, qui se demandait si elle était apte à enseigner.

Voyant que Hoyt ne répondait pas et se contentait d'accélérer, Reese comprit qu'elle était allée trop loin. Pour l'amour de Dieu, pourquoi avait-elle parlé de cela ? Hoyt n'était que gentillesse envers elle, et elle lui jetait toutes ces choses à la figure. Ses horribles secrets.

— C'est ta rue ? lança-t-il.

Quand elle eut hoché la tête, il tourna et avança jusqu'à son allée. En quelques secondes, il se gara, descendit de voiture et fit le tour pour lui ouvrir la portière.

— Tu n'as pas besoin de faire ça, dit-elle pour éluder la conscience trop aiguë qu'elle avait de sa présence.

— À t'entendre, il y a beaucoup de choses que je n'ai pas besoin de faire. M'asseoir avec toi au bar. Te raccompagner à la maison. Donner un coup de main à quelqu'un qui en a bien besoin.

Comme pour lui prouver ce point, il lui prit la main et l'aida à descendre de son siège.

Cela ne lui avait pas semblé si haut quand elle avait grimpé sur le siège, mais elle heurta le sol avec un fort claquement de talons.

— Doucement, dit Hoyt en la tenant par les hanches pour la stabiliser.

Ses mains d'homme. Des mains de travailleur, fortes et capables.

Elle posa les doigts sur ces mains qui l'emprisonnaient et sentit l'atmosphère changer avec la soudaineté d'un orage de printemps.

Le chagrin et à la colère qu'elle réprimait depuis deux mois – ou plutôt dix ans – avaient besoin d'une soupape.

Ignorant la petite voix qui lui soufflait d'être prudente, elle leva la tête vers lui. Dans le clair de lune, seuls quelques centimètres séparaient leurs bouches, et elle eut tôt fait de les franchir en se dressant sur la pointe des pieds.

Elle s'attendait à une résistance. La tension sexuelle avait frémi toute la soirée entre eux – elle ne l'avait pas imaginée —, mais Hoyt avait maintenu une distance bienséante. Une distance qui l'avait rendue folle, si elle devait être honnête.

Aussi, quand le bref effleurement de leurs lèvres fit place à un déferlement de passion, elle fut tellement prise au dépourvu qu'elle eut à peine le temps de reprendre son souffle et moins encore de se rendre compte qu'elle s'abandonnait corps et âme à la personne délectable de Hoyt Reynolds.

Sa bouche était brûlante, et sa langue, forte et persuasive, s'insinua avec grâce dans son petit *o* de surprise. Une langue bienvenue, dut-elle admettre. Elle se sentit envahie jusqu'au bout des ongles par une sensation délicieuse.

Était-ce ainsi d'être embrassée ? D'être vraiment embrassée ?

Elle avait déjà embrassé, bien sûr. Et fait l'amour. Une heure auparavant encore, elle aurait dit que cela avait été des expériences satisfaisantes, voire excellentes.

Comme elle s'était trompée !

Ce n'était qu'un tas de souvenirs ternes comparé à ce qu'elle ressentait à présent. Elle avait l'impression d'être éclairée de l'intérieur par une ligne à haute tension, par un énorme câble de sensualité vivante.

C'était grandiose.

Paradisiaque.

À cet instant, elle aurait tout donné de bon cœur pour continuer à l'embrasser.

Soudain, elle se rendit compte qu'elle analysait le moment plus qu'elle n'en jouissait et s'abandonna à nouveau à l'élan qui l'avait jetée vers lui.

Sous ses mains, les fortes épaules bougèrent tandis qu'il changeait de position, les emportant encore un peu plus. Elle prit ce qu'il lui donnait, sans cesser de palper du bout des doigts les muscles et les courbes de ses épaules. C'était un homme dans la fleur de l'âge, de cela il n'y avait aucun doute. Il avait été façonné par de dures tâches, et elle n'avait rien à redire au résultat.

Et elle n'était pas prête à le relâcher.

Aussi regimba-t-elle quand il releva la tête dans la pénombre.

— Laisse-moi te raccompagner à ta porte.

— Pourquoi ?

L'âpreté avec laquelle elle l'avait taquiné était de retour. Cela ne lui ressemblait pas, mais c'était en quelque sorte adapté à la situation.

— Pour toutes les raisons que nous avons évoquées au Border Line.

— Je croyais que nous avions parlé de réponses.

La ligne dure de sa bouche se transforma en un sourire un peu triste.

— Je croyais que nous avions dit qu'il n'y avait pas de réponse.

Reese ignorait si c'était ce sourire, la sensation enivrante qui courait dans ses veines ou quelque chose d'autre qu'elle ne pouvait définir. Mais ce qui domina, quand les mots tombèrent de sa bouche, fut un sentiment de justesse ultime.

— Alors pourquoi ne restes-tu pas ?

2

Reste.

Ce petit mot miroitait entre eux tandis qu'il la suivait jusqu'au porche. Dans le sud du Texas, le mois de juin était toujours chaud et cette année n'avait pas fait exception, avec des journées à plus de trente-huit degrés. Mais ce soir-là c'était différent.

Plus chaud. Plus étouffant. Plus impétueux.

Reese le tentait d'une manière à laquelle il ne se serait jamais attendu.

Quand les choses avaient-elles changé ?

Ils se connaissaient, bien sûr. Et il aurait menti en disant qu'elle ne l'attirait pas. Mais qu'avait donc cette soirée entre toutes ? Ce moment ?

Qu'avait-elle donc, elle ?

Elle était différente de la femme que Hoyt se rappelait, et ce n'était pas seulement à cause des événements récents. Elle avait toujours un beau visage, des pommettes élégantes, une peau lisse et déjà bronzée. Elle avait toujours de longues jambes et des courbes appétissantes.

Peut-être était-ce simplement le bon endroit et le bon moment.

Mais même cela ressemblait à un prétexte.

Elle n'était pas facile, et il n'allait pas se justifier de ce soudain élan de désir. Il y avait quelque chose de différent chez elle, mais aussi chez lui. Parce que, après des mois de nervosité et de désœuvrement, tout s'était mis en place durant les quelques heures qu'il avait passées en sa compagnie.

Cette étrange insatisfaction qui le minait – et qu'il aurait jadis apaisée en chevauchant ou en réparant les clôtures – s'était évanouie devant le joli visage de Reese Grantham. C'était comme s'il avait eu des acouphènes pendant un an et qu'un silence béni tombait enfin.

— Hoyt, murmura-t-elle en le tirant de ses errances mentales.

— Oui ?

Ses lèvres effleurèrent sa clavicule, remontèrent le long de son cou, vers son oreille.

— Je sais que ce n'est pas non plus une réponse.

Sa maîtrise de lui-même ne tenait plus qu'à un fil, mais il s'y accrochait dans l'espoir d'arriver à la quitter.

— Non, en effet.

Il recula, autant pour éviter ses caresses que pour la regarder.

— Ce n'est peut-être pas la réponse mais, s'il te plaît, ne pars pas.

— Il faut que j'y aille.

— Il le faut vraiment ?

C'était le désir qui donnait à ses mots ce tranchant inusité, il le vit dans la chaleur de son regard et la moue de ses lèvres. Le clair de lune, combiné à la lampe du porche, lui permettait de lire ses émotions comme en plein jour.

— Qu'en penses-tu ? répliqua-t-il, conscient que rien ne lui aurait plu davantage que de franchir ces marches avec elle.

— Tout ce que je sais, c'est que nous avons passé une bonne soirée. Nous sommes adultes, donc en mesure de décider comment nous voulons la terminer.

Elle leva une main.

— Et, avant que tu me rappelles ces whiskys, je peux t'assurer que c'est moi qui prends cette décision, pas l'alcool.

— Tu en as l'air bien sûre.

— J'en suis plus que certaine.

Elle recula, ôtant ses mains de son corps, ce qui lui laissa une étrange sensation de vide.

— Pas toi ?

L'audace était toujours là, et Hoyt prit conscience qu'il n'était pas imperméable à ses paroles.

— Être sûre de ce soir n'est pas le problème.

— Alors qu'est-ce que c'est ?

— Demain.

En matière d'excuses, c'était une vraie dérobade, mais Hoyt s'y cramponnait. Il s'y serait agrippé avec les ongles si cela lui avait donné les arguments nécessaires pour faire rentrer Reese chez elle.

— J'ai passé bien trop de temps à m'inquiéter du lendemain. Cela ne m'a menée nulle part. C'est pour ça que j'ai décidé d'adopter une nouvelle stratégie. Ça s'appelle maintenant.

— Pourquoi maintenant ?

— Je ne vois pas de meilleur moment pour commencer.

Hoyt non plus. Et à l'encontre de tout bon sens – mais à l'unisson de son plus fervent désir – il la prit dans ses bras.

Le brillant clair de lune qui lui avait dévoilé les émotions de Hoyt était toujours là quand elle le fit entrer dans sa chambre quelques minutes plus tard. Reese se demandait encore comment tout ça était arrivé – elle n'était certainement pas sortie pour draguer —, mais il était hors de question d'abandonner.

Surtout quand cela lui donnait un tel sentiment de justesse.

C'était pour cela qu'elle l'avait taquiné avec tant d'insistance, alors qu'habituellement elle ne réclamait rien et ne formulait pas ses pensées à haute voix.

Depuis combien de temps n'avait-elle pas été attirée par un homme ? Non pas le charme sommaire d'un léger flirt ou d'un rendez-vous occasionnel, mais une attirance réelle, profonde.

C'était le désir qui l'avait poussée à l'inviter à rester. Sa résistance à lui n'était pas seulement galante, elle était prévoyante. Il n'y avait rien entre eux, et une nuit d'amour n'y changerait rien. Mais, pour des raisons qui semblaient parfaitement s'accorder à cette soirée, cela ne la préoccupait pas.

C'était au contraire libérateur.

Toute sa vie, elle avait été une bonne petite fille. Elle avait fait ce qu'on attendait d'elle et cela ne l'avait pas dérangée. Mais cela ne la dérangeait pas non plus de passer une nuit d'amour échevelée avec Hoyt Reynolds.

Quelle pensée stupéfiante.

Tout ce qui s'était passé auparavant aboutissait à cet instant.

C'était normal. Et, puisqu'elle avait un mâle sexy et viril devant elle, il était grand temps d'en profiter.

Elle tendit la main et joua avec l'ourlet de son T-shirt. Le coton était doux et usé, réchauffé par sa peau. Elle referma les poings sur le tissu pour le faire passer par-dessus sa tête. Quoi qu'elle se soit attendue à voir en dessous, la dureté de ses abdominaux, la fermeté de sa poitrine et l'arrondi impressionnant de ses épaules dépassaient ses imaginations les plus folles.

— Waouh... En voilà, des muscles impressionnants !

Un petit sourire releva la bouche de Hoyt.

— Je ne crois pas avoir déjà reçu un *waouh*.

— Oh ! je suis sûre que tu en as eu plein.

Elle céda à la tentation et fit courir ses mains sur lesdits muscles.

— C'est juste que tu ne les as pas entendus.

— Je ne pense pas...

Il s'interrompit abruptement quand elle fit descendre ses mains vers sa ceinture, traînant tout le long de son ventre.

Ravie de la manière dont ses abdominaux se contractaient, elle leva la tête et pressa ses lèvres contre les siennes, tout en murmurant :

— J'en suis sûre.

En une seconde, la situation se renversa. Au lieu de lui laisser prendre l'initiative, il l'enveloppa de ses bras et la rapprocha de lui.

— Tu parles trop.

— Je suis professeure. Ça fait partie de mon métier.

— Alors laisse-moi t'apprendre autre chose.

Les paroles de Hoyt étaient pleines de promesses, et Reese se tut tandis qu'il les mettait en pratique. Immobiles le long de ses flancs jusque-là, ses mains entrèrent en action et lui retirèrent son corsage avant de défaire son soutien-gorge en un tournemain. Le sous-vêtement tomba à terre, et les doigts de Hoyt remplacèrent le souffle de l'air conditionné, recouvrant ses seins et trouvant ses tétons.

Une vague de chaleur la submergea, courant sur sa peau avant de s'accumuler au fond de son ventre. La sensation était si forte – si profonde – qu'elle haleta de désir. Obéissant silencieusement à cet appel, Hoyt pressa ses lèvres sur les siennes et lui caressa la bouche à longs coups de langue accordés aux mouvements de ses mains.

Le plaisir prit la place du besoin, lui arrachant un léger gémissement. Ses pensées se fragmentèrent, flottant entre des images de peau chaude et d'yeux verts qui la fixaient, d'un corps dur et ferme qui tirait d'elle les sensations les plus coquines. Mais une pensée surnageait : c'était juste. C'était réel.

Et il n'y avait nulle part où elle aurait préféré être.

Reese lui rendit ses baisers, déterminée à profiter de chaque seconde.

Reprenant ses explorations, elle défit le bouton du jean de Hoyt, baissa sa fermeture Éclair et passa les doigts sous son caleçon. La force de son érection lui remplit la main, et elle la pressa avec fermeté. Le ventre de Hoyt se crispa encore plus fort, preuve visible de ce qu'elle sentait dans ses mains.

— Reese...

Il lui attrapa le bras pour retirer sa main de son pantalon.

— Je ne pense pas que nous sommes prêts à finir aussi vite.

— Je ne le suis pas, en tout cas.

— Alors tu devrais peut-être me laisser donner le rythme.

La sensation de cette chair brûlante lui manqua tout de suite, et elle se sentit presque embarrassée de son avidité quand elle aperçut son petit sourire du coin de l'œil.

— Tu te moques de moi ?

— Non, madame.

— Madame ?

Le cocon voluptueux qui les enveloppait vola en éclats, et Reese recula de quelques pas.

— Tu viens de m'appeler madame ?

— Oui, dit Hoyt en toussant. Madame...

— C'est la pire insulte que j'aie jamais...

Avant qu'elle puisse finir sa phrase, les muscles qu'elle avait tellement admirés entrèrent en action, la soulevant dans les airs. Les lèvres de Hoyt s'abattirent sur les siennes avec le même élan, et elle se sentit emportée vers le lit dans une sorte de brouillard de désir.

Ils tombèrent sur le matelas dans un grand emmêlement de membres qui les fit rire.

— Doucement, Reynolds.

Il lui répondit d'un grand sourire, qui illumina ses traits comme le soleil dissipe les nuages.

— Je crois qu'il va falloir que je m'exerce. Doucement, lui dit-il avec un clin d'œil.

Et oh, comme il s'y exerça ! Il lui caressa les cheveux et la serra contre lui. La chaleur de son corps pressé contre le sien, la délicieuse tiédeur de sa poitrine contre ses seins, tout était si sensuel et sexy et... juste.

En matière de douceur, il n'avait certainement pas besoin de faire d'efforts. Tout était doux chez lui. Et parfait. Au-delà de toutes ses attentes.

Oui, elle l'avait trouvé séduisant. On aurait eu du mal à rencontrer une femme à Midnight Pass qui ne soit pas sous le charme des fils Reynolds. C'était une sorte de rite de passage d'obtenir un signe de tête ou un coup de chapeau de l'un d'eux, que ce soit en ville, à la sortie de l'église ou durant l'un des festivals d'été.

Mais être la destinataire de tout cet érotisme ?

Un simple *waouh* aurait été l'euphémisme du siècle.

Quel que soit le succès en affaires des frères et sœur Reynolds, il reposait avant tout sur le fait qu'ils travaillaient dur. Le corps de Hoyt le prouvait, avec ses muscles puissants et ses mains calleuses. Mais, alors même qu'elle en profitait pleinement, Reese savait que ce n'était pas seulement physique.

Hoyt était un homme silencieux et, s'il était connu pour ses humeurs maussades, elle avait vu une autre facette de lui ce soir. Une facette qui la réchauffait et lui donnait le sentiment d'être spéciale. Comme s'il avait mis en évidence les côtés les plus doux de sa nature juste pour elle.

Consciente que ses pensées prenaient une tournure sentimentale, elle les repoussa. Cette nuit ne devait pas servir à analyser la douceur de caractère d'un cow-boy par ailleurs stoïque, ni à se demander pourquoi ledit cow-boy avait décidé de lui consacrer du temps. C'était une nuit de sexe et d'ébats échevelés. Elle ferait mieux de s'en souvenir.

Hoyt se retourna pour prendre son portefeuille dans son jean, dans lequel il avait rangé un préservatif. Son absence momentanée du lit fit beaucoup pour rappeler à Reese de quoi il s'agissait.

De sexe.

Visiblement, il s'était assuré d'être prêt pour toute opportunité. Elle n'allait pas s'en offenser, ni réfléchir trop longtemps au fait qu'elle-même n'avait prévu aucune protection.

Mais, malgré ses admonestations intérieures, quelque chose dut se voir sur son visage. Il croisa son regard dans la pénombre, une nette rougeur aux joues.

— Je... Euh... Il est là depuis longtemps.

Elle lui adressa un petit sourire avant de lui tendre les bras.

— J'en suis ravie, parce que je n'avais pas pensé à ça.

— Tu n'as pas de préservatifs chez toi ?

— Il me semble que j'ai ramené quelque chose de coloré et de cochon d'un enterrement de vie de jeune fille et que je l'ai fourré au fond de mon armoire à pharmacie.

Hoyt se replaça au-dessus d'elle, se soutenant sur ses avant-bras.

— Cochon, tu dis ?

— Très.

— Eh bien comme je n'en ai qu'un dans mon portefeuille, on pourra peut-être l'extraire de ton armoire à pharmacie plus tard.

Le fait qu'il n'ait pas une réserve de préservatifs attendant d'être utilisée sur sa personne acheva de dénouer la situation, et Reese ignora habilement un subtil sentiment de soulagement. Peut-être ne faisait-il pas cela toutes les semaines. Ni tous les mois. Peut-être était-elle davantage qu'une marque sur son tableau de chasse.

Et peut-être que tu devrais arrêter de penser, Grantham.

Avide de revenir à ses sensations époustouflantes, Reese s'empara du préservatif et le déroula elle-même sur le membre de Hoyt. En quelques secondes, il se plaça sur elle et la pénétra intimement.

Cela faisait longtemps qu'elle n'avait pas ressenti ce délicieux étirement intérieur, et elle l'accueillit en elle, laissant là ses tracas. Et, quand le plaisir remplaça les pensées et les paroles, Reese s'abandonna à l'instant.

Et à l'oubli bienheureux de son accouplement avec Hoyt Reynolds.

La nuit était tombée sur le quartier, et les citoyens de Midnight Pass se blottissaient dans leurs lits. Normalement, la petite maison du bout de la rue, précédée d'une pelouse bien entretenue, faisait de même. Les lumières en façade s'allumaient à 20 heures et s'éteignaient à 23 heures précises. La lampe du porche restait allumée la plus grande partie de la nuit, mais l'allée devant la maison demeurait obstinément vide de véhicules.

Sauf ce soir-là.

Assise dans sa voiture, la femme se demandait ce qui avait poussé Reese Grantham à quitter son attitude de Miss Bégueule pour ramener un cow-boy chez elle. Si elle ne l'avait pas haïe du fond du cœur, elle aurait pu s'en réjouir pour elle.

En tout cas, ce gros pick-up garé dans l'allée prouvait que tout le monde avait des besoins qu'il fallait parfois aérer.

La vraie question, songea la femme, était de savoir comment elle pouvait se servir de cela. Il serait facile de glisser quelques mots à l'oreille de membres de l'association des parents d'élèves. Ou de faire allusion au magasin général à ce qu'elle avait vu.

Mais ce serait trop facile. Trop grossier. En outre, ce jeu était allé trop loin pour s'arrêter aussi facilement.

Elle démarra et passa une dernière fois devant la maison, dont la lumière brillait dans la nuit. Elle savait ce qu'il fallait faire : attendre son heure.

Elle avait patienté jusqu'ici, elle pouvait persévérer. Le bon moment se signalerait de lui-même. Et, quand il arriverait, elle frapperait.

Rapidement et sans remords.

Reese était bavarde.

Ce fut la première pensée de Hoyt quand un rayon de soleil matinal frappa ses paupières. La deuxième fut qu'il n'avait pas l'énergie de s'en préoccuper. En fait, constata-t-il avec un étonnement non feint, il aimait plutôt cela.

Légèrement rauque, la voix de Reese flotta vers lui avec un accent voluptueux.

— Au cas où tu t'inquiéterais des bavardages, je ne dirai rien à personne.

— Je ne m'inquiétais pas.

— Tant mieux, parce que je ne suis pas comme ça.

Hoyt se considérait plus perspicace qu'il ne le laissait voir, et il aurait fallu qu'il soit sourd pour rater le sens des paroles de Reese. Roulant sur le flanc, il contempla son visage rougi et ses yeux ensommeillés.

— Ça ne m'inquiète pas que quiconque découvre quoi que ce soit.

— Mais on nous a vus quitter ensemble le Border Line.

— Et alors ?

— Et ton pick-up est resté dans l'allée toute la nuit.

— Et ?

Il ignorait pourquoi cela lui semblait si drôle - les commérages causaient certes des problèmes, peu importe avec quel doigté on les évitait —, mais quelque chose dans la moue de Reese et le petit pli entre ses sourcils le faisait sourire.

— Hoyt Reynolds, dis-moi que tu n'es pas aussi obtus.

— Je ne suis pas obtus. J'essaye juste de comprendre ce qui s'est passé entre le discours que tu m'as servi hier soir et maintenant.

— Quel discours ?

— Le discours « nous sommes adultes ». Il était très persuasif.

Incapable de s'en empêcher, il fit courir le bout de son index sur l'épaule de Reese. Sa peau était aussi chaude et douce qu'il s'en souvenait.

Une lueur éclaira son regard, effaçant les derniers vestiges de sommeil, mais la petite ride persista entre ses sourcils.

— Ce n'était pas un discours.

— Un monologue, alors.

— Je ne crois pas que j'étais au théâtre.

— Un soliloque ?

— Tu es vraiment...

Hoyt riposta immédiatement, malgré la paresse satisfaite qui l'imprégnait. Mais qu'elle était mignonne, avec cet air de confusion à propos de quelque chose qu'ils ne pouvaient ni changer ni reprendre. Quelque chose qu'il n'avait pas du tout envie de reprendre.

Cette pensée prit possession de lui tandis qu'il roulait sur elle et le recouvrait de son corps. Ses lèvres trouvèrent les siennes – ouvertes de bon gré —, et tout ce qui n'était pas eux deux parut s'évanouir. Hoyt refusait de penser aux implications de cet état de choses.

Ou pourquoi ces implications ne l'ennuyaient pas autant qu'elles l'auraient dû.

Un long moment après, il redressa la tête. Ils étaient finalement partis en quête du paquet de préservatifs dans sa salle de bains et, même à présent, il ne pouvait s'empêcher de sourire à l'idée de porter du vert fluo.

— Ce ne serait pas un air de satisfaction ?

Comme Reese arborait le même, il tendit un doigt pour redessiner sa bouche.

— Un air dont je pense que tu le connais bien.

— Je ne suis pas satisfaite de moi.

— Satisfaite et bien-aimée. Ça te va bien.

Il se pencha et lui donna un dernier baiser, puis recula.

— Mon sourire était dû au souvenir du préservatif vert pomme. Je ne pense avoir déjà vu un truc comme ça avant.

— Visiblement, tu n'as pas passé beaucoup de temps à fréquenter les soirées de filles.

— Peut-être faudrait-il que je m'y mette.

Pour sa peine, il reçut un petit coup sur l'épaule. Se penchant en avant, il fourra son nez dans son cou, tout en caressant ses épaules et ses seins. Bon sang, depuis combien de temps ne s'était-il pas senti aussi bien ? Il n'avait pas fait l'amour depuis un bout de temps – il avait failli jeter le préservatif quelques semaines auparavant – et il avait depuis longtemps cessé de penser à une relation ou à quoi que ce soit qui parle de permanence.

Ou même de semi-permanence.

Mais de quoi s'était-il privé, ce faisant ?

Reese était jolie et intéressante. Elle avait des idées et n'avait pas peur de les exprimer. Quand ils s'étaient aventurés dans la cuisine à 3 heures du matin pour se faire des sandwichs, elle lui avait parlé de son métier, de ce qu'elle attendait de ses élèves et des anciens élèves qui lui écrivaient encore.

Il avait vu émaner d'elle une fierté et une joie rares. Et belles. Avec son enthousiasme, Reese avait captivé son attention. C'était formidable d'être témoin de sa passion pour l'enseignement, surtout pour quelqu'un qui s'imposait une retenue émotionnelle rigide.

Peut-être était-ce la racine de son malaise ces derniers temps. Reynolds Station allait bien – au-delà de ses espoirs les plus fous —, mais il n'avait pas trouvé moyen d'en profiter. C'était un drôle d'état quand le travail qu'on fournissait cessait de procurer du plaisir. Il exécutait ses tâches mécaniquement, sans plus y trouver du sens. Pourquoi se sentait-il aussi vide ?

— Hoyt ?

Son murmure le tira de ses réflexions.

— Oui ?

— Je suis heureuse que tu sois resté.

— Pas de regrets ?

La question lui avait échappé, mais il fut surpris de s'apercevoir à quel point il espérait que la réponse serait non. *Jamais*.

— Pas du tout.

— Moi non plus.

— Merci d'être là. Je suis contente que tu aies adopté cette attitude de cow-boy responsable, au bar.

— Moi aussi.

— Alors pourquoi ne m'en donnes-tu pas la preuve avant de repartir travailler ?

Il n'avait pas parlé de partir travailler et fut surpris que Reese y ait pensé.

Avançant les lèvres pour l'embrasser, il enroula son corps autour du sien, tout en se disant qu'il serait stupide d'éprouver ne serait-ce qu'une once de tristesse. Quel homme n'avait pas envie de filer après une nuit de sexe imprévue ? Mais, tandis que Reese bougeait sous lui, imprimant le rythme qui leur était devenu familier pendant la nuit, il ne put se débarrasser d'une pointe de déception.

Reese était un cadeau inattendu, certes. Mais se détacher d'elle serait plus dur qu'il ne l'avait imaginé.

3

Deux mois plus tard

— Excuse-moi, Jake, tu peux redire ça ?

Reese posa l'agrafeuse sur son bureau de crainte de s'en servir comme d'une arme. Elle avait depuis longtemps appris que les choses peuvent toujours empirer. C'était l'une des dures leçons qu'un toxicomane impose à sa famille, et avant de passer son bac elle avait eu un cours accéléré dans ce domaine.

Jamie avait été le meilleur des grands frères, mais, quand elle avait eu quatorze ans, leurs trois ans de différence étaient devenus un gouffre. Les bêtises de Jamie à l'adolescence – fumer de l'herbe et prendre une cuite de temps à autre – étaient rapidement devenues une vraie dépendance. La cocaïne ne manquait pas à Midnight Pass, ramenée d'Amérique du Sud par les passeurs. Son frère avait été une cible facile.

Mais c'était l'héroïne, un an plus tard, qui avait scellé son destin.

Avant qu'elle entame son année de troisième, Jamie avait déjà fait deux cures de désintoxication et était resté consigné à la maison pendant des mois. Reese ne comprenait pas tout à l'époque, mais elle avait fait la seule chose qui lui semblait claire : se comporter à l'opposé de son frère.

Des *A* partout, des activités après les cours, le rôle de la gentille fille. Elle ne fumait pas, ne buvait pas et n'avait jamais embrassé un garçon. C'étaient ces traits qui faisaient d'elle ce qu'elle était, et avant son incursion au Border Line en juin, elle n'avait jamais dévié de cette ligne de conduite.

Oh ! bien sûr, on l'avait embrassée quelques fois depuis le lycée. Et elle appréciait de boire un verre de temps à autre. Quatre ans à l'université du Texas lui avaient permis de sacrifier à ces rites de passage. Mais, au fond d'elle, elle était restée la même : la petite fille sage de Serena et Russ Grantham.

Ce qui rendait ce coup de semonce encore plus difficile à accepter.

— Allons, Reese. Ne me fais pas répéter.

— Non.

Elle secoua la tête, même si ses doigts la démangeaient de reprendre l'agrafeuse.

— Je veux te l'entendre dire. Je veux être sûre d'avoir bien compris.

Jacob Walters était son ami. Il avait cinq ans de plus qu'elle et ils avaient enseigné tous deux l'anglais avant qu'il soit promu assistant du principal deux ans auparavant. C'était cette amitié – et la gentillesse indéfectible de Jake – qui lui permettait de se maîtriser.

— L'association des parents d'élèves est préoccupée, dit Jake.

— Tu peux me définir « préoccupée » ?

Jake soupira, mais ne détourna pas les yeux. Ses paroles étaient simples et franches.

— Ils pensent que la mort de ton père était un traumatisme trop grand pour que tu t'en remettes si vite.

— J'ai pris des congés quand c'est arrivé. Je l'ai pleuré comme il fallait, comme le veulent les règles syndicales. Deux semaines complètes, ajouta Reese pour faire bonne mesure.

— Ils pensent que tu as besoin de plus de temps.

— De temps pour quoi ? Pour penser à quelque chose que je ne peux pas changer ?

Une idée lui traversa soudain l'esprit.

— Quelqu'un a dit quelque chose ? On critique mes cours ?

Elle refoula un haut-le-cœur. Le malaise qui l'accompagnait depuis six semaines ne devait pas prendre le dessus.

— Et pourquoi ont-ils décidé de soulever cette question

maintenant ? Après que j'ai acheté des fournitures et que je me suis préparée pour la rentrée ? Pourquoi, Jake ?

— Allons, Reese. Ton père s'est suicidé. Après…

Il hésita.

— Juste après.

— Après avoir tué quatre personnes, tu veux dire. Et les avoir torturées, aussi.

— Ce n'est pas un secret.

— Non, en effet. Pas plus que le fait que j'ai été nommée professeure de l'année, il y a deux ans. Ou bien tout le monde l'a-t-il déjà oublié ?

— Bien sûr que non. Je n'ai pas cessé de leur rappeler.

Ce fut ce soutien loyal qui finit par la faire renoncer. Suffisamment pour qu'elle se laisse tomber sur sa chaise à roulettes.

— Tu crois qu'ils vont me virer ?

— Te mettre en congé. C'est tout. Ils veulent juste que le tapage retombe un peu.

— C'était le cas jusqu'à ce qu'on trouve un autre cadavre.

C'était difficile de continuer à regarder Jake dans les yeux, mais elle s'y obligea. Hors de question de se montrer lâche ou embarrassée. Les meurtres de son père avaient été assez graves pour qu'on les qualifie de crimes en série. Mais ce qu'elle n'avait pas prévu, c'était qu'ils fassent de lui un suspect perpétuel chaque fois qu'on trouvait un cadavre arborant une légère ressemblance avec ses victimes.

Malgré sa mort, on le soupçonnait de meurtres à El Paso, Houston et même Waco. Des crimes dont il avait été exonéré, mais qui faisaient la une des journaux et des nouvelles du soir.

— Ce n'était pas lui.

— Mais cela a remis ses crimes en lumière. Ça fait peur aux gens. Ça les rend nerveux.

— Et leur partialité signifie que c'est ma faute ?

— Non, Reese, pas du tout.

Consciente que Jake ne faisait que son travail, Reese opta pour faire appel à ses sentiments. Les membres de l'APE avaient leur mot à dire, mais ils ne pouvaient pas la renvoyer aussi facilement. Pas sans rassembler le soutien d'un grand nombre de gens.

Elle insista donc :

— J'ai besoin de mon poste, Jake. De mon salaire. De mes avantages sociaux. Qu'est-ce que je pourrais faire d'autre ? J'ai un contrat.

— Et le district le sait. Tu es engagée pour toute l'année. Tout ce que je te conseille, c'est de prendre un congé et de laisser l'agitation retomber. Quand tu reviendras, tu auras tout le temps de faire à nouveau tes preuves avant la rentrée prochaine.

L'envie de tempêter devant cette injustice était forte, mais Reese s'abstint de répliquer. Jake n'était que le messager et il ne prenait visiblement aucun plaisir à délivrer son message. En outre, c'était son ami et il était dans son camp.

— Dis-moi que je n'ai pas besoin de prendre une décision aujourd'hui, je t'en prie.

— Bien sûr que non. La rentrée n'est que dans un mois et l'APE est loin d'avoir le pouvoir qu'elle croit. Je n'aurais pas accepté ce poste si c'était le cas.

— Alors OK.

Elle hocha la tête et fut surprise de le voir faire le tour du bureau pour la serrer dans ses bras.

— Prends soin de toi, d'accord ? Tant que je serai ici, il y aura toujours un poste pour toi.

— Merci.

Elle lui rendit son étreinte, sachant qu'il disait la vérité. Ce fut seulement lorsqu'il sortit que Reese laissa errer son regard sur les murs de sa salle de cours. Elle avait déjà commencé à coller une série de portraits d'écrivains sur le tableau d'affichage. Dans son programme, Suzanne Collins tenait autant sa place que Jane Austen.

Une histoire était une histoire et les mots étaient les mots, peu importe où ses élèves trouvaient leur plaisir. Certains de ses meilleurs élèves l'étaient devenus parce qu'elle les avait encouragés à lire ce qu'ils aimaient – de la fiction populaire, des almanachs sportifs et des magazines de mode – bien avant qu'ils se plongent dans les auteurs classiques.

C'était ce qui comptait. Elle était une bonne professeure. Même si...

Reese repoussa ces pensées, refusant de s'y abandonner. Elle était une bonne professeure, assidue et consciencieuse – et il était hors de question d'y mêler sa vie privée. Elle n'était pas responsable des actes de son père. Et, si elle était responsable de sa nuit avec Hoyt Reynolds, ce n'étaient pas les affaires des habitants de la ville.

Même si elle avait entendu des chuchotements occasionnels.

Jake était trop gentil pour le dire, mais elle n'était pas stupide. Les opinions de l'APE avaient commencé à s'exprimer franchement après que la rumeur s'est répandue qu'elle avait passé une soirée intéressante au Border Line avec Hoyt Reynolds. Elle l'avait ignorée, mais cela ne changeait rien. Elle pouvait remercier sa bonne étoile de vivre dans une rue tranquille et que Hoyt soit parti assez tôt pour que personne ne remarque son pick-up dans l'allée.

Une soirée qui avait changé sa vie.

Reese se leva et se dirigea vers le panneau d'affichage, se rappelant son excitation quand elle avait affiché les biographies de certains auteurs et les couvertures de leurs romans les plus célèbres. Ce ne fut qu'en passant devant Nathaniel Hawthorne qu'elle s'arrêta. Elle avait punaisé la couverture de *La Lettre écarlate*, et, le visage sombre, Hester Prynne la toisait dans toute sa gloire puritaine.

Reese n'avait jamais tellement apprécié cette histoire de déshonneur et d'émotions refoulées, mais elle l'avait tout de même enseignée avec le reste du canon littéraire américain au fil des ans. Dernièrement, elle l'avait couplé avec *Les Menteuses*, de Sara Shepard, pour inciter ses élèves à repérer les différences culturelles et narratives. Ils s'étaient montrés réceptifs et enclins à débattre. Le rapprochement de l'injustice de l'époque et des attitudes d'aujourd'hui avait donné lieu à des discussions animées. Reese adorait voir leurs jeunes visages s'éclairer quand leur vision du monde s'élargissait soudainement. C'était sa plus grande joie en tant que professeure.

Seulement, maintenant, on essayait de lui prendre cela. Même si ses choix n'étaient en rien aussi dangereux ou perturbants que ceux de Hester, Reese ne put s'empêcher de reposer les yeux sur la couverture du livre. Pour la première fois depuis presque une décennie, elle y voyait un lien avec sa situation personnelle.

Sauf que contrairement à l'enfant littéraire de Hester Prynne – produit de l'imagination de Nathaniel Hawthorne – son enfant à elle était bien réel.

Hoyt retira ses gants de travail et prit une serviette dans sa poche arrière pour se frotter le visage et le cou.

Il détestait les jours de marquage – tout en sachant qu'on ne pouvait s'y soustraire. Il calcula ce qu'il leur restait à faire.

Ils avaient marqué environ la moitié des veaux et il leur faudrait au moins une heure pour le reste. Le travail était pénible et épuisant. Les veaux détestaient cela – pouvait-on le leur reprocher ? – et, sentant leur détresse, leurs mères s'agitaient.

— On a gagné notre croûte aujourd'hui.

Tate avait la voix rauque à force de hurler des ordres au-dessus du vacarme. Hoyt nota ses épaules raidies quand son frère prit place à côté de lui, derrière la barrière du corral.

— C'est sûr, approuva-t-il.

Tate, Ace, Arden et lui formaient la quatrième génération de ranchers. Après la gestion désastreuse de leur père, il avait fallu vendre une partie des terres et fournir dix années d'efforts pour s'en relever. Mais ils y étaient arrivés.

Hoyt savait qu'il aurait dû être fier du marquage et de tout ce qu'il signifiait, mais il n'en avait pas le cœur.

— Tout va bien ?

Tate avait posé la question d'un ton anodin et hors de portée d'oreille, mais Hoyt se hérissa tout de même.

— Je vais très bien.

— Tu es sûr ?

Hoyt ôta les coudes de la clôture en bois et fourra la serviette dans sa poche.

— Pourquoi est-ce que ça n'irait pas ?

— Je ne sais pas.

Tate haussa les épaules. La lenteur de ses mouvements contrastait bizarrement avec l'éclat aigu de ses yeux verts.

— Ça fait plusieurs mois que tu as l'air aussi nerveux que ces veaux et aussi mal luné que leurs mères.

Tate n'était pas du genre à donner un coup de pied dans la fourmilière - Arden et Ace s'en chargeaient en général —, et c'était d'autant plus surprenant de sa part.

— Tu es en train de me comparer à une vache ?

— Considère que c'est métaphorique.

— Ou agaçant.

— Le fait que tu esquives la question me rend d'autant plus curieux.

Hoyt ignora la sensation perturbante qui montait en lui. Ses frères et sœur acceptaient sa personnalité bourrue et le laissaient en général tranquille, mais même lui se rendait compte qu'il était plus grognon que d'habitude. Non qu'il ait la moindre envie de le reconnaître à haute voix. Ou de mentionner la jolie femme et le souvenir persistant de ses baisers qui le mettaient dans cette humeur. L'un dans l'autre, il n'arrivait pas à ne pas penser à elle plus de trente secondes d'affilée.

Il avait voulu l'appeler et avait failli le faire d'innombrables fois. Mais, en réfléchissant, il avait conclu que cela serait trop compliqué. Quelque chose chez Reese Grantham le faisait penser à l'engagement et cela le terrifiait.

Alors qu'était-on censé faire quand un frère voulait remuer tout ça ? Riposter avec toute la force dont on était capable.

— J'ai du mal à croire que Belle supporte tous ces bons sentiments. Que s'est-il passé ? Elle s'est fatiguée de toi alors tu essaies tes armes sur moi ? dit-il.

La voix de Tate resta neutre, mais son sourire s'évanouit.

— Belle n'a rien à voir avec ça.

— Tu crois ? Parce que au bout de quatre mois tu lui obéis tellement au doigt et à l'œil que je suis surpris qu'elle te laisse encore sortir de la maison. C'est quoi le problème ? Ta laisse est devenue trop courte ?

La remarque était méchante - même pour lui —, mais Hoyt ne le comprit que quand il l'eut proférée. Tate était grand et sa carrure s'était encore élargie avec le travail au ranch. Il recula d'un pas, les muscles noués. Hoyt et ses frères avaient cessé de se battre vers quatorze ans, mais il eut immédiatement la sensation que les vieilles habitudes n'étaient pas loin.

— Belle n'a rien à voir avec ça. Mais ça m'étonnerait que tu puisses en dire autant.

— Ah ? fit Hoyt d'un ton lent. Pourquoi ça ?

— Je pense que c'est *ta* laisse qui est trop courte. Celle que tient fermement Reese Grantham.

Quand les paroles de Tate atteignirent leur cible, le calme feint de Hoyt s'évanouit.

Reese s'était imaginé des tas de choses en prenant la route de Reynolds Station. Le secret qui la rongeait depuis plus d'un mois – un secret qu'il était de plus en plus difficile d'ignorer alors qu'elle passait une heure chaque matin à essayer de garder son petit déjeuner – avait besoin d'air. De place pour respirer.

Et il avait besoin qu'un père connaisse son existence.

Une fois le choc initial passé, elle avait été incapable de réprimer sa joie et son bonheur. Elle était enceinte.

Oh ! ce n'était pas le bon moment, et la situation était loin d'être idéale. Elle pleurait encore son père, et ses crimes lui avaient valu quelques nuits blanches, à se demander quel genre de gènes elle allait transmettre à son enfant. Elle avait analysé ces pensées, consciente qu'il valait mieux les traiter que les refouler mais, au bout du compte, elle avait reconnu que donner la vie était justement cela, un don. Elle n'aurait pas rendu service ni à son enfant ni à elle en laissant la peur étouffer sa joie.

Ajoutez à cela qu'elle n'avait pas de relation à proprement parler avec le père de l'enfant et le fait que l'APE allait piquer une crise en apprenant la nouvelle, et elle n'aurait pas dû se réjouir. Pourtant, elle n'avait pu cacher son bonheur quand son gynécologue lui avait confirmé la nouvelle. Et elle n'avait pas hésité une seule fois depuis.

C'était cette certitude – cette justesse absolue – qui l'avait convaincue qu'elle devait le dire à Hoyt. Elle n'allait pas lui cacher ou l'empêcher de connaître son enfant. S'il préférait ne pas assumer sa paternité, ce serait son choix, mais cela ne viendrait pas d'un manque d'honnêteté de sa part.

Elle le savait. Elle le sentait jusqu'au fond d'elle-même.

Mais le mois précédent, l'idée de se rendre à Reynolds Station lui avait fait l'effet d'une corvée qu'elle pouvait remettre. Oh ! elle avait prévu ce qu'elle allait dire et répété les mots et la manière de les prononcer. Mais elle ne l'avait pas encore fait.

Cependant, ce que Jake lui avait dit de l'APE l'avait convaincue qu'elle ne pouvait attendre plus longtemps.

De même que l'épaississement progressif de sa taille, qui allait révéler son secret à moins qu'elle ne le prenne de vitesse.

C'est ainsi que le besoin de vérité lui fit franchir l'arche en fer forgé annonçant l'entrée de Reynolds Station. Elle emprunta l'allée bétonnée de plus d'un kilomètre, la maison elle-même se profilant au loin. Elle n'hésita pas non plus en sortant de voiture et en se dirigeant vers la porte latérale qui donnait dans la cuisine. Comme Arden l'avait déjà invitée, elle savait que c'était par là que passaient la famille et les amis.

Ignorant les palpitations de son estomac, elle frappa à la porte. Un « Entrez » sonore et masculin lui répondit et, posant une main sur son ventre, elle lui enjoignit de rester tranquille.

Une scène chaotique l'attendait dans la cuisine.

Ace Reynolds, frère aîné et résident en titre du ranch, se tenait au milieu de la pièce comme un arbitre. Sauf qu'au lieu d'ordonner un penalty, ses bras tendus étaient fermement posés sur les épaules de Tate et de Hoyt.

Les deux hommes étaient sales comme des poux, le visage sanglant et couvert de poussière. Arden s'agitait autour de Hoyt, une trousse de premiers secours à la main, tandis que Belle, la fiancée de Tate, s'efforçait de presser une compresse froide sur l'œil de ce dernier. Les deux patients échangeaient grognements et jurons étouffés, justifiant en apparence la ferme posture d'Ace.

— Reese !

La voix d'Arden se fit entendre au milieu du vacarme, et Hoyt glissa un regard sous son bandage ensanglanté.

— Bienvenue à OK. Corral.

— Il n'y a pas eu de fusillade, marmonna Hoyt.

— Dieu merci, s'exclama Arden en lui donnant une petite tape sur la nuque.

Reese ne put réprimer un sourire.

— On dirait que j'ai mal choisi mon moment. Je reviendrai plus tard.

— Reste.

Ce mot venait de quitter les lèvres de Hoyt sans l'ombre d'un grommellement. Il parut faire son effet sur tous ceux qui se trouvaient dans la cuisine. Tous prirent l'air étonné, en dehors de Tate qui arborait un large sourire.

— Donnons-leur quelques minutes, annonça-t-il d'un air triomphant.

— Mais tu es encore...

Tate coupa la parole à Belle en lui pressant la main.

— Je vais bien. Ou j'irai bien quand Ace ôtera ses sales pattes de moi.

Il n'aurait pas été poli de rire, mais la sortie précipitée de quatre adultes, mourant manifestement d'envie de rester pour écouter, relevait pleinement du feuilleton comique.

Reese n'aurait pas été surprise de les voir tendre l'oreille de l'autre côté de la porte. Mais ils s'en furent et laissèrent claquer la porte de la cuisine derrière eux.

Et elle resta seule avec Hoyt.

Il jeta dans la poubelle le tampon qu'Arden avait appliqué sur sa blessure avant se retourner pour la regarder.

— Désolé pour tout ça.

— Ça ?

— Normalement, la cuisine ne ressemble à pas une scène de *MASH.*

Luttant contre sa gêne, Reese ramassa une boîte de pansements sur la table et la remit dans la trousse de premiers secours.

— Avec un ranch plein de cow-boys, je pensais que cela faisait partie de la routine.

— Peut-être.

Il haussa les épaules, et une petite grimace déforma ses lèvres pleines.

— Mais en général il s'agit d'un accident, pas d'une bagarre entre frères.

Bien que le tableau le lui ait suggéré, elle fut surprise que Hoyt le reconnaisse.

— Que s'est-il passé ?

— Rien.

— Il y a beaucoup de pansements pour rien.

Sa grimace s'élargit et, durant un instant, Reese se convainquit qu'il n'allait pas s'expliquer davantage.

— Il a dit que j'étais mal luné, lâcha-t-il enfin.

— Au risque de paraître indélicate, tu n'es pas toujours mal luné ?

L'air maussade qu'il affichait laissa place à un sourire si éclatant que Reese resta bouche bée. Bonté divine, pourquoi ne s'était-elle pas souvenue combien il était beau ? Ses rêves enfiévrés l'avaient convaincue qu'il était attirant et agréable, mais c'était encore loin de la réalité. Elle avait pensé plus d'une fois l'appeler mais s'était à chaque fois persuadé que c'était seulement une aventure sans lendemain. Pourquoi ? Avec ce grand sourire ? Oh ! il était renversant.

Quand il finit de rire, son visage prit une expression plus douce.

— Tu as raison. C'est ce que mon frère essayait de souligner. Je crois.

— Alors pourquoi vous êtes-vous battus ?

— Parce qu'il a parlé de toi.

— De moi ? Mais pourquoi ? Et en quoi cela justifiait-il une bagarre ?

— Il a eu le culot de suggérer que je me comportais comme un abruti depuis que je t'ai vue.

— Oh...

Elle hésita un peu avant de poursuivre.

— Et il a raison ?

Hoyt parut réfléchir à la question avant de poser ses magnifiques yeux verts sur elle.

— Oui. Je crois.

— Et qu'ai-je à voir là-dedans ?

— Reese...

Sa voix l'arrêta, toute trace de plaisanterie évanouie.

— Tu sais ce qu'il s'est passé entre nous.

Si elle le *savait* ?

Mon Dieu, elle avait vécu chaque journée depuis avec ce savoir. Elle se rappelait chacune de leurs minutes ensemble, et il ne s'était pas passé un seul jour sans qu'elle pense à lui. Et, même si ce n'était pas la seule cause, ces images étaient l'une des raisons pour lesquelles elle était restée éloignée. Ce qui, au départ, était censé être une nuit insouciante, destinée à assouvir des besoins adultes, avait pris des proportions démesurées dans son esprit.

Hoyt Reynolds n'était pas un chevalier venu la sauver de tous ses problèmes. En fait, il avait ajouté des complications à sa vie.

La normalité s'était bel et bien évanouie. Cela avait commencé au printemps avec les méfaits de son père, et cela n'avait cessé de s'accentuer au fil de ses décisions. Elle était enceinte. À cette époque l'année prochaine, elle aurait un enfant. Sa vie avait changé et ne redeviendrait plus jamais la même.

— Eh bien je suis désolée que tu sois blessée et d'y avoir pris une part quelconque, mais je dois te parler.

— Bien sûr.

Hoyt hocha la tête et tira une chaise.

— Assieds-toi. Est-ce que ça a à voir avec ton père ?

Sa sollicitude la toucha, de même que sa volonté de ne pas ignorer l'éléphant dans la pièce.

— Non, ce n'est pas mon père. Même si l'APE n'est pas ravie que la fille d'un criminel continue d'enseigner.

Ces mots étaient sortis de sa bouche avant qu'elle puisse les retenir, car sa discussion avec Jake lui avait laissé plus de colère qu'elle ne pensait.

Hoyt posa une main sur les siennes.

— Reese. Ils n'ont aucune importance, tu le sais bien. Tu es une professeure formidable. Je suis sûr qu'ils le savent.

Ce soutien inconditionnel lui fit l'effet d'un uppercut. Sauf qu'au lieu de douleur c'était une chaleur étrange qui la remplissait devant tant de bienveillance.

— Tu vas aller les voir pour leur donner une leçon ?

— Ça marcherait ?

— J'en doute. Encore que je paierai cher pour voir Amanda Carneros prendre une bonne tape sur le nez.

— Elle est toujours dans les parages ?

— Elle fait partie des meubles à l'APE. Huit enfants, c'est une super qualification.

Hoyt lança un rire moqueur.

— Mes condoléances.

— J'apprécie ton soutien et ton humour, mais il y a une autre raison à ma présence ici.

— Bien sûr.

Un doux sourire se répandit sur ses traits, que rien – pas même une lèvre fendue – ne pouvait enlaidir.

— Qu'est-ce que c'est ?

Les sauts reprirent dans son estomac quand elle songea que la nouvelle qu'elle apportait avait de quoi modifier toute leur vie. Cela ne changerait rien qu'elle attende encore.

— Je suis enceinte.

4

Il allait être père. Cette idée tournait dans son esprit avec la violence d'un coup de poing. Et, contrairement aux coups maladroits de Tate, celui-ci avait beaucoup plus de conséquences.

Mais ce fut un titillement au fond de lui qui prit Hoyt de court. Une sorte de chatouillement sous le sternum qui ressemblait – étonnamment – à de la joie.

Reese n'avait pas cessé de parler depuis qu'elle avait lâché cette bombe, et Hoyt tendit finalement la main pour la faire taire. L'évidence de sa présence avait remplacé les images qui le hantaient depuis deux mois. Sa beauté, ses longs cheveux bruns, ses pommettes hautes, tout l'incitait à la toucher.

Il s'en abstint mais se donna un instant pour la contempler à satiété.

Même si l'absence de contacts ultérieurs avait rangé leur nuit dans la catégorie des aventures sans lendemain, Hoyt y repensait avec tout sauf de la désinvolture. En fait, il s'était effrayé du nombre de fois où il avait pensé se rendre chez elle, pour voir si elle était là ou si elle aimerait dîner avec lui.

Mais il n'en avait rien fait.

Et il avait fallu que ce soit elle qui fasse le même trajet pour lui annoncer la nouvelle.

— Comment est-ce arrivé ? demanda-t-il gentiment. Nous avons fait attention.

— Nous aurions dû faire plus attention au mot « fantaisie » sur ce paquet de préservatifs. C'était stupide, marmonna-t-elle, je sais.

— Je n'irai pas jusque-là. S'il y a une responsabilité à déclarer, elle est partagée. Alors qu'est-ce qu'on fait ?

— Je vais avoir le bébé.

Elle avait relevé le menton si vite et avec tant de défi que Hoyt en resta interdit. Une possessivité féroce s'était répandue sur ses traits, transformant la femme douce en guerrière.

— Bien sûr que oui. Nous allons le garder, ajouta-t-il pour faire bonne mesure.

Elle avait eu plus de temps que lui pour s'acclimater à la nouvelle, mais il s'habituait rapidement. Même s'il avait tout fait pour l'empêcher, maintenant qu'il allait être père, il était prêt à s'engager.

— Nous ?

— Oui, nous.

— Et quand sommes-nous devenus un « nous » ?

— Juste maintenant, j'imagine, dit Hoyt en prenant conscience de la véracité de ses paroles.

Quelle que soit la nature de l'élan qui les avait poussés l'un vers l'autre, il avait créé la vie. Un enfant. *Leur* enfant.

— Je ne suis pas venue te demander quoi que ce soit, reprit Reese en se frottant la joue. Tu méritais de savoir, et je voulais que tu saches.

Elle s'interrompit pour soupirer.

— Tout ce que j'essaye de dire, c'est que je comprends que ça te fasse l'effet d'une bombe. Tu ne t'y attendais pas, et je n'attends rien de toi et... Eh bien, c'est une bombe. Une grosse bombe que j'ai lâchée dans ta cuisine et qui a tout détruit.

Hoyt connaissait les bombes. Et les coups de feu. Et la guerre. Il en avait eu sa part dans l'armée et savait ce que c'était que de bombarder une région entière. Sauf que rien ne ressemblait à la destruction en cet instant.

Du changement, oui. Mais de la destruction ? Certainement pas.

La voyant prête à poursuivre son monologue, il posa une main sur son bras pour l'arrêter. Il aurait pu parier que Reese n'avait pas prévu cette logorrhée, et que c'était simplement sa manière d'être.

Ils ne se connaissaient pas bien – même s'ils avaient conçu un enfant —, mais il savait avec certitude que pour la mère de cet enfant les mots étaient une façon de donner du sens au monde.

— Je dirais que c'est une bombe d'une certaine ampleur, c'est vrai...

Il hésita brièvement avant de poursuivre.

— Et ce n'est pas la première pour toi, cette année.

— Tu veux parler de mon père ?

— Oui, bien sûr. Il a changé ta vie, Reese. De façon irrémédiable. Je sais qu'un enfant est une chose heureuse et que ses actes ne l'étaient pas, mais cela ne change rien au fait que ta vie est à nouveau bouleversée. Je suis désolé d'en être la cause.

— Tu es désolé que nous ayons passé une nuit ensemble ?

— Non.

— Mais tu es désolé de m'avoir fait un enfant ?

— Ce n'est pas ce que j'ai dit.

Le rose était monté aux joues de Reese.

— Je pense au contraire que c'est exactement ce que tu dis. Tu es entré dans ce bar, tu m'as vue et tu as eu pitié de moi. Nous avons passé la nuit ensemble. Tu ne t'attendais pas à devenir père, pas plus que je ne m'attendais à devenir mère. Ce n'est pas la peine d'édulcorer les choses et de faire comme si nous célébrions un événement heureux.

Même si Hoyt était connue pour son mauvais caractère, il perdait rarement son calme et savait se maîtriser. Qu'avait donc cette femme pour faire ainsi flamber sa colère ?

— On peut se calmer une minute ? Tu l'as dit, c'est une bombe. Mais ce n'est pas parce que je suis surpris que je ne veux pas d'enfant ou que je ne peux pas accepter des changements dans ma vie. N'enrobons pas les choses, comme tu dis.

— Qu'essayes-tu de dire ?

Hoyt prit une longue inspiration. Quel était son but ? L'amour ? L'engagement ? Ou le temps de rembobiner et de digérer ce qu'elle venait de dire ?

— Ce que j'essaye de dire, c'est sois un peu patiente. Tu as eu plus de temps que moi pour t'y habituer. Les réactions irréfléchies ne nous feront de bien ni à l'un ni à l'autre.

Il connaissait l'effet des paroles et des actes irréfléchis. Il avait dû vivre avec les conséquences des décisions irrationnelles de son père. Et, s'il avait tourné la page sur la colère qui lui avait permis de rebâtir Reynolds Station, il n'avait pas oublié.

— Laisse-moi d'abord prendre de l'eau, et nous allons parler de tout ça.

Il se leva et se dirigea vers le réfrigérateur en se frottant le ventre. Bien qu'il soit capable de prendre un coup, Tate lui en avait assené plusieurs, et son estomac se ressentait de ses poings.

— Ça va ?

— Ça irait mieux si Tate n'avait pas joué les Terminator.

Il prit deux petites bouteilles d'eau.

— Et je me sentirais mieux si ce n'était pas moi qui avais entamé la bagarre.

— Les hommes se soucient de ça ?

Devant l'innocence de cette question, Hoyt ne put réprimer le sourire qui lui montait aux lèvres depuis un moment. Reese allait avoir un bébé.

Son bébé.

Pour des raisons qu'il ne comprenait pas, son monde, qui lui paraissait jusque-là sens dessus dessous, venait de se remettre en place.

Reese savait que les hommes utilisaient leurs poings pour régler leurs différends. Elle l'avait constaté plus d'une fois dans son enfance et en avait été témoin dans la cour de récréation de son lycée. C'était un aspect de la nature humaine qu'elle n'aimait pas, mais elle le comprenait.

Mais c'était autre chose de savoir qu'elle avait été la cause d'une bagarre. Comment était-ce possible ?

Elle n'avait fait aucun effort pour donner une suite à leur nuit, et Hoyt n'avait pas non plus fait mine de la recontacter.

Ce qu'elle avait voulu, c'était une aventure sans lendemain, elle s'en souvenait. Cela lui avait semblé important à l'époque. Adulte. Mûr. Mais quelle leçon d'humilité de comprendre, après son départ, qu'elle n'était pas vraiment faite pour les aventures sans lendemain. Évidemment, elle pouvait difficilement changer d'avis après le lui avoir répété maintes et maintes fois.

Bien sûr leurs ébats avaient été incroyables, mais il y avait eu tant d'autres choses durant cette soirée et cette nuit : la camaraderie, la gentillesse. Et une tendresse, une douceur, à laquelle elle ne s'attendait pas.

Était-ce pour cela qu'elle se réjouissait tant d'être enceinte ?

Même si elle ne pouvait nier les sentiments que lui inspirait le père de son enfant, elle savait que le bonheur de sa grossesse englobait bien d'autres choses. Si elle avait bien calculé, dans sept mois et demi, elle serait mère. La mère d'un enfant qui dépendrait totalement d'elle. *Son* enfant.

Elle se corrigea après avoir glissé un regard à Hoyt : *leur* enfant. Un ruisselet de joie se faufila sous ses côtes à cette idée. Comme il avait insisté pour le revendiquer pour sien !

— Depuis combien de temps le sais-tu ?

La question de Hoyt mit un terme à ses pensées vagabondes.

— Un peu plus d'un mois.

S'il trouvait qu'elle avait attendu trop longtemps pour le lui annoncer, il n'en dit rien. Son regard ne fléchit pas et sa bouche resta ferme.

— Comment te sens-tu ?

— Il y a des bons jours et des mauvais. Les matinées sont difficiles, reconnut-elle, heureuse de pouvoir en parler à quelqu'un. Certains après-midi je me sens bien et je mange tout ce qui me tombe sous la main. D'autres fois, la simple idée de la nourriture me donne la nausée.

— Je suis désolé que tu aies traversé ça toute seule. Désolé que…

Une pensée idiote lui traversa l'esprit en voyant que Hoyt s'interrompait.

Désolé de quoi ? De ne pas être venu la voir ? De ne pas avoir pris de ses nouvelles ? Ou désolé pour le bébé ?

Avant qu'elle puisse lui poser la question, il finit sa phrase.

— Désolé que tu aies affronté tout ça toute seule.

— Oui. Eh bien, je voulais que tu saches.

Elle se leva, sentant soudain le poids de sa responsabilité peser plus lourd sur elle.

— Je vais y aller.

— Tu n'as pas besoin de partir.

— En fait, si. Tout cela est un gros changement, mais qui ne modifie en rien ce qu'il y a entre nous.

— C'est-à-dire ?

— Nous n'avons pas de relation, dit-elle.

La joie ressentie devant son attitude s'évanouit au rappel de cette dure réalité. Elle se l'était pourtant dit assez souvent. Ils étaient liés par un enfant à venir, mais ils n'avaient pas de relation.

Si elle n'était pas tombée enceinte, tous deux continueraient leurs vies chacun de leur côté. Lui au ranch et elle préparant sa prochaine rentrée scolaire.

Chacun de leur côté.

Cela faisait mal, mais cette douleur ne le rendait pas moins vrai.

Bien que Hoyt ait toujours eu tendance à l'économie de mouvements, Reese fut surprise de le voir s'immobiliser complètement. Comme elle était elle-même incapable de rester tranquille, quiconque s'abstenait de bouger lui paraissait digne d'intérêt.

— Hoyt ?

Voyant qu'il ne disait rien, elle insista.

— Qu'est-ce qu'il se passe ?

— J'essaye de comprendre quelque chose.

— Vraiment ?

— Comment se fait-il que tu aies pu garder ton secret pendant un mois et, quand tu décides enfin de me le dire, que tu t'enfuies comme si tu avais le diable aux trousses ?

— Je ne...

— Je n'ai pas fini, l'interrompit Hoyt en levant la main, ce qui lui fit le même effet qu'un coup de feu. Tu viens ici, tu m'annonces que je vais être père et, mine de rien, tu veux t'en aller.

— Je ne fais pas mine...

— Ah non ? Parce que si tu crois que tu peux me tenir à l'écart comme ça, tu vas avoir des surprises.

Quelle que soit la satisfaction que lui avait procurée le fait de taper sur son frère, elle s'était dissipée, et il se sentait aussi tendu qu'auparavant. Il ne savait pas très bien comment, mais cette femme avait réussi - encore - à bouleverser son monde.

Il avait cru pouvoir oublier leur nuit ensemble. Une folle nuit de passion qui ne se répéterait pas et n'aurait jamais la chance de déboucher sur quelque chose de plus sérieux. Son aversion pour l'engagement était le fil ténu qui l'avait empêché de retourner la voir le lendemain et tous les soirs depuis ce jour.

Ce n'était pas dans son caractère, et il n'y aspirait pas. Il n'était pas fait du même bois que ceux qui passent toute leur vie avec la même personne. Il avait un caractère difficile et, qu'il s'agisse d'une défense - comme Ace l'avait suggéré plus d'une fois - ou seulement d'un trait constitutif de sa personnalité, Hoyt savait qu'il n'était pas fait pour les relations à long terme.

Alors pourquoi cette femme avait-elle le pouvoir de lui faire penser le contraire ? Ou, pis encore, de lui faire *vouloir* le contraire ?

— Te tenir à l'écart ? Nous ne sommes jamais rapprochés pour commencer, Hoyt.

— La nuit que nous avons passée ensemble prouve le contraire.

— Vraiment ?

Cette question rhétorique demeura entre eux, tel un feu qui couve.

— Tu ne crois pas ?

— Je pense que nous sommes deux adultes qui se sont donné du plaisir mutuel. Du réconfort. Du soulagement. Ces choses que les grands font dans le noir. C'est tout.

Même si cela faisait mal de l'entendre dépeindre leur nuit en termes aussi froids, il n'était pas prêt à lui avouer qu'elle hantait encore ses rêves. Il se contenta de hocher la tête d'un air solennel.

— Tu en as parlé à quelqu'un d'autre ?

— Non.

— Pas même ta mère ?

— Elle est...

Reese s'interrompit et soupira.

— Elle est fragile pour l'instant. Je passe mon temps à osciller entre l'idée que le bébé lui donnerait quelque chose d'heureux à quoi penser et celle qu'elle va péter un câble en apprenant que sa fille unique est enceinte sans être mariée.

— Tu la sous-estimes peut-être ?

— Sans doute.

La découverte des meurtres de Russ Grantham avait ébranlé les fondements mêmes de Midnight Pass. On pouvait facilement comprendre que son épouse soit encore abasourdie de s'être trouvée dans l'œil du cyclone. Même ainsi, Hoyt n'arrivait pas à croire que la perspective d'avoir un petit-fils ou une petite-fille ne suscite pas de la joie chez Serena Grantham.

Il se la représenta avec le bébé dans les bras, une image contrastant avec le fait que sa propre mère ne verrait jamais l'enfant.

— Tu devrais lui dire.

— Je le ferai. De toute façon, il ne me reste plus beaucoup de temps avant que ça se voie.

Reese soupira.

— C'est la même chose au travail.

— Tu ne t'attends pas non plus à un bon accueil de ce côté ?

— Sûrement pas. Une professeure célibataire enceinte ? C'est carrément de l'ordre du cauchemar pour l'APE.

— Ce n'est pas leur affaire. Pas plus que ta vie privée n'a à voir avec tes compétences d'enseignante.

— Ça n'empêchera pas les langues de se déchaîner.

— Rien ne peut les en empêcher, de toute façon.

Stopper les commérages n'était pas possible, mais conseiller à Reese de s'en ficher n'était pas non plus la bonne réponse. Qu'il le comprenne ou non, ce que vivait Reese était différent de ce qu'il vivait, et l'œil du public faisait partie de son métier. Il n'était pas difficile d'imaginer qu'une professeure fasse l'objet de regards désapprobateurs par rapport à tout ce qui risquerait – par inadvertance ou non – d'influencer ses élèves adolescents.

Et, même si elle avait raison – ils avaient agi en adultes libres et consentants —, il ne put s'empêcher de penser qu'elle affrontait désormais un lot important de conséquences.

— On pourrait y répondre de manière frontale.

Reese laissa échapper un petit ricanement.

— Visiblement, tu n'as jamais rencontré l'APE et les dragons qui la dirigent.

— Des parents motivés ?

— Motivés et du genre hélicoptère.
— Hélicoptère ?
— Désolée.
Elle secoua la tête.
— Je suppose que ton expérience de parents enragés est minime au ranch.
— J'ai en peur.
— Un parent hélicoptère, c'est un parent qui fait du surplace tout en produisant un volume considérable de bruit.
Il se représenta l'image et hocha la tête.
— Je comprends. Et tu as quelques-uns de ceux-là.
— Toute une bande, tu veux dire.
— Ouille.
Il n'avait pas envie d'exposer sa vie privée à Midnight Pass, mais il n'allait pas non plus jeter Reese en pâture aux loups. Si elle avait besoin d'aide, il la lui donnerait et la soutiendrait à fond.
— Il y a bien une manière de les ramener à la raison. Tu es une bonne professeure.
— Merci. C'est gentil de le dire, mais comment le sais-tu ?
— La fois où tu as amené tes élèves pour une visite. Je t'ai observée. Tu es gentille avec eux. Tu ne les prends pas de haut et tu les traites avec respect.
— Merci.
— En plus, tu as l'air de vraiment aimer ce que tu fais. Tu as parlé de carrières et tu as posé de très bonnes questions aux ouvriers du ranch.
— Merci.
— Tu ne me crois pas ?
Elle haussa les épaules.
— Il ne s'agit pas de te croire ou non. Il s'agit d'entrer dans une classe pleine d'ados, semaine après semaine, avec un ventre qui deviendra de plus en plus gros. Je suis censée donner l'exemple.
— Et être une adulte qui va donner la vie n'est pas un bon exemple ?
— Pas pour l'APE et certainement pas pour le conseil d'administration de l'école.
Elle se leva à nouveau.

— Écoute, je ne m'attends pas à ce que tu comprennes l'ampleur de ce que j'ai provoqué avec cette situation.

Son expression lugubre le remua en profondeur, alors même qu'une idée émergeait en vacillant dans son esprit.

— Alors explique-moi.

— Je croyais déjà l'avoir fait. Les parents d'ados pubères sont prêts à empoigner la fourche proverbiale pour chasser quiconque est en position de les influencer négativement.

— Et avoir un bébé est une influence négative ?

— Quand on n'est pas mariée, oui. Ajoute à cela le scandale d'un père meurtrier, et toute la situation exhale les mauvaises décisions et la perte de mon poste.

— Alors faisons taire les ragots.

Son regard s'attarda sur son ventre encore plat avant de recroiser le sien.

— Je garde ce bébé, déclara Reese d'un ton catégorique.

La patience de Hoyt était à bout. Il rétorqua d'un ton plus dur qu'il n'en avait l'intention.

— Oui. Nous le gardons.

— Nous ?

— Nous. Tu ferais mieux de t'y habituer.

— D'accord.

Elle hocha la tête, reprenant une attitude un peu moins féroce.

— Nous. Ça ne change rien à la situation.

— Alors faisons en sorte de la changer. Marions-nous.

5

Explique-moi.

Nous.

Les demandes de Hoyt planaient dans l'air, rejouant encore et encore dans son esprit. Mais c'était sa suggestion finale qui l'avait laissée sans voix.

Se marier ?

Pourquoi cette pensée était-elle tellement tentante, comme un mirage hors de portée ? Quelque chose qu'elle voulait toucher et n'arrivait pas à saisir. Reese fit donc ce qu'elle faisait depuis son adolescence, revenir à la raison et au pragmatisme.

— Je ne peux pas t'épouser. Je ne te connais même pas.

— On va avoir un bébé. Il est peut-être temps de faire connaissance.

Les paroles de Hoyt étaient toujours aussi tentantes. Se marier ? Faire connaissance ? Avoir un bébé ensemble ?

Se doutait-il de ce que cela signifiait pour elle ? Depuis l'instant où elle avait découvert qu'elle était enceinte, en dehors de la peur qui lui asséchait la gorge, il y avait eu cette joie. Mais une joie à un coût proprement exorbitant.

Si elle pouvait éloigner les lions – et elle était professeure depuis assez longtemps pour savoir que l'APE avait des dents très pointues —, elle pourrait s'adapter à sa nouvelle réalité. Elle pourrait donner le jour à son enfant en sachant qu'elle ne serait pas destituée de son poste une fois son contrat terminé.

C'était une solution à ses problèmes, qui lui donnerait en outre le temps de réfléchir à sa vie.

Mais quelle en serait la signification pour son cœur ?

Était-elle du genre à s'engager dans un mariage sans amour ? Une imposture ? C'était avec cela qu'elle ne pouvait se réconcilier, quelque tentantes que fussent les paroles de Hoyt.

— Je suis d'accord, il faut que nous nous connaissions mieux. Mais ça ne veut dire que nous devons nous marier.

— Pourquoi pas ? Cela réglerait tes problèmes au travail.

— Mais nous ne nous connaissons pas, répéta Reese. Comment pourrions-nous nous marier ?

— Et comment deux personnes qui ne se connaissent pas peuvent-elles faire l'amour et concevoir un enfant ? On trouvera bien.

Hoyt était si terre à terre. Si sûr de lui.

Reese ne voulait pas être entraînée dans cette direction, ni s'abandonner à la merveilleuse tentation de le laisser tout résoudre.

Une nouvelle crainte, une nouvelle tristesse prirent possession d'elle.

Elle était mère célibataire, ou le serait. Elle était prête à faire face. Épouser le père de son enfant ne résoudrait rien de plus que ses problèmes au travail, et elle ne pourrait jamais oublier la vérité. Hoyt et elle étaient des inconnus l'un pour l'autre. Oui, ils s'étaient réconfortés dans les bras l'un de l'autre, mais cela ne modifiait pas les faits.

Comme s'il avait lu ses pensées, Hoyt insista :

— Et ce n'est pas comme si nous ne nous connaissions pas. Je t'ai connue pratiquement toute ma vie.

— Comme des connaissances qui se disent bonjour au supermarché. Ce n'est pas une base pour le mariage.

Il haussa les épaules.

— On se marie et on laisse passer le temps. On évite les ragots et les sous-entendus, et on joue la comédie devant tout le monde. Ils passeront bien vite à un autre sujet de commérages.

— Et ensuite ?

— Il faudra décider comment nous allons partager notre enfant. Cela nous donnera aussi le temps de le faire.

Les visions réconfortantes qui s'étaient emparées de son esprit s'évanouirent en une fraction de seconde.

— Comment ça, partager notre enfant ? Qu'est-ce que ça veut dire ? C'est mon bébé.

— Et le mien. Je vais jouer un rôle dans sa vie. Je ne me contenterai pas d'un droit de visite une fois par semaine, Reese. Nous allons partager sa garde.

Que ce soit une fois par semaine ou une fois par an, l'idée de se séparer de son bébé pour un instant la remplit de terreur.

— Je ne peux pas croire que je sois venue ici de mon plein gré.

Les sourcils de Hoyt se joignirent au-dessus de ses yeux.

— Qu'est-ce que ça veut dire ?

— C'est mon bébé. Je ne renoncerai pas à lui.

— Je ne parle pas de renoncer à lui. Il est à moi aussi. Tu vas m'empêcher de le voir ?

— Non.

Dit comme ça, c'était gênant. Reese se sentit embarrassée. C'était aussi son enfant, il avait raison.

Ils allaient devoir se mettre d'accord là-dessus, et rapidement. Ils allaient avoir un enfant. Une vie qui leur appartiendrait à tous les deux.

Brusque et impulsif. Négligent. Dur.

Il avait été tout cela, et plus encore.

Hoyt se repassait mentalement sa conversation avec Reese, tout en galopant sur Stinkbug[1]. Le cheval n'avait plus rien à voir avec le surnom que Hoyt donnait à tous les poulains – mais il lui était resté.

Un peu comme l'attitude de Hoyt.

Qu'aurait-il dû dire à Reese ? Parce que visiblement une proposition de mariage et la volonté de partager les responsabilités parentales n'avaient pas suffi.

La conversation étant dans une impasse, Reese s'était excusée et était repartie aussi vite qu'elle était arrivée. Il avait pensé la suivre, mais il avait besoin de temps lui aussi, bon sang. La nouvelle était énorme, mais il avait bizarrement éprouvé une

1. « Punaise » en français (NdT).

chaleur inattendue. C'était l'autre aspect de la situation qui l'avait déstabilisé.

La mère de son enfant.

Il allait avoir un bébé avec Reese Grantham.

Une seule fois dans sa vie, il s'était senti aussi incertain : le jour où il avait découvert les malversations de son père lors d'une conversation téléphonique avec Ace. Tout avait été aussi clair que le cristal : cette découverte et les conséquences à venir. Cela avait bouleversé sa vie et celle de ses frères et sœur, et cela avait fait de lui l'homme qu'il était aujourd'hui.

Mais à l'époque il éprouvait de la confusion, de la colère et un sentiment de choc devant la tromperie de son père. Aujourd'hui, c'était différent. Il y avait de l'excitation, de l'enthousiasme et, il devait le reconnaître, une appréhension qui lui mordait les entrailles.

Un bébé.

Un petit être impuissant et totalement dépendant de lui. Qu'il devrait abriter, nourrir et éduquer à mesure qu'il ou elle grandirait. C'était une responsabilité formidable, bien plus excitante qu'il ne l'avait jamais imaginé. Ce qu'il n'avait pas envisagé non plus était venu ensuite.

Une demande en mariage.

Laisse tomber, se dit-il en guidant Stink vers une plaque d'herbes dont il savait que son cheval l'aimait. Il avait fait une demande en mariage maladroite. Pas étonnant qu'elle l'ait rejetée d'emblée.

À quoi pensait-il donc ? Relation ou non, les gens faisaient des bébés tous les jours. Parfois l'enfant venait au monde avec des parents mariés, parfois non. Ce qui autrefois était considéré comme une infamie ne l'était plus aujourd'hui. Pourtant, la première chose à laquelle il avait pensé avait été de donner son nom à l'enfant.

Arden l'aurait traité de Néandertalien. Aurait-elle eu tort ? Ou y avait-il autre chose en jeu ? Des questions sans réponses. Ou plutôt, songea-t-il, des questions avec des réponses.

Peut-être était-il un Néandertalien, mais il voulait son enfant. Et il voulait que cet enfant porte son nom. Le nom Reynolds représentait quelque chose. Ace, Tate, Arden et lui y avaient veillé. Cette terre, ce ranch et tout ce qu'il était avaient payé un tribut à ce nom.

Et il voulait que son enfant le porte.

— Ah, te voilà !

L'apostrophe de Tate flotta vers lui, et Hoyt se retourna pour regarder son frère à contre-jour. Second des trois frères Reynolds, Tate avait toujours été plus insouciant que les autres. En tant qu'aîné, Ace assumait les responsabilités, et Hoyt – bien qu'il soit le benjamin – n'avait jamais été léger ou facile à vivre. C'était Tate qui compensait tout ça avec sa vivacité.

Le fait que quelques heures auparavant ils se battaient comme des chiffonniers et que son frère était maintenant assis avec désinvolture sur sa selle, un grand sourire aux lèvres, ne faisait que renforcer cette impression.

— Tu as l'air sacrément joyeux.

— Je le suis, affirma Tate en caressant le cou de sa monture. Toi et moi, nous avions envie d'un bon galop et c'est une belle journée pour ça.

— Il fait aussi chaud que dans un four, et si nous ne nous y remettons pas, nous n'aurons marqué que la moitié du troupeau.

— Toujours le mot pour rire, petit frère. Je croyais que quelques bons coups t'auraient débarrassé de ta raideur, mais visiblement je me suis trompé.

Tate fit avancer sa monture vers lui.

— Et j'ai dit aux hommes de prendre une heure de repos avant de s'y remettre. Ils avaient l'air content de faire un break. Du moins jusqu'à ce qu'Arden commence à s'agiter autour d'eux avec de l'insecticide et de la crème solaire.

Hoyt sourit malgré lui.

— Ils vont retourner en courant au boulot.

— Je soupçonne que c'était le plan d'Arden, dit Tate avec un sourire. On veut les protéger des éléments, et ils n'ont qu'une idée, se remettre à travailler. Elle leur a aussi promis de la tarte aux pommes au dîner.

— Vraiment ?

— Oui. Elle avait au moins un boisseau de pommes sur la table de cuisine. J'étais ravi de la laisser là-bas.

Plaisanteries familiales et tartes aux pommes. En quelques secondes, Tate avait dissipé le souvenir de ce qui s'était passé entre eux.

C'était toujours comme ça avec son frère. Avant qu'il réfléchisse, les mots que Hoyt avait tant de mal à prononcer en temps normal tombèrent de ses lèvres.

— Je suis désolé. Pour tout à l'heure. Tu ne méritais pas ça.

Tate haussa les épaules.

— C'est oublié.

— Peut-être pour toi, mais pas pour moi. Tu mérites mieux.

— Pourquoi tu ne me parles pas alors ?

— Je vais être père.

Tate, qu'on n'étonnait pas si facilement, se figea sur sa selle avant de pousser un grand cri.

— Bon sang ! Comment tu as fait ton compte ?

— De la manière habituelle.

— Avec Reese Grantham, je suppose ?

— Comment tu as deviné ?

— Tabasco l'a laissé échapper il y a quelques semaines.

— Tabasco ?

C'était surprenant, car l'homme était connu pour sa discrétion absolue.

— Il était gêné quand il a compris que Belle et moi n'étions pas au courant. Il nous a dit qu'il ne t'avait pas vu depuis quelque temps, et qu'il espérait que ça signifiait que vous vous étiez bien entendus après vous être rencontrés chez lui.

Même si les commérages n'avaient rien pour lui plaire, Hoyt devait admettre qu'il était soulagé de connaître leur source. Ce n'était pas dans une intention malveillante que Tabasco avait éventé la mèche. Hoyt était également surpris que Tate et Belle aient gardé cela pour eux si longtemps.

Tate lui glissa un regard de biais.

— Qu'est-ce qu'il se passe exactement, avec Reese ? En dehors de l'enfant ?

On pouvait compter sur son frère pour aller d'emblée au cœur du sujet.

— Du diable si je le sais.

— Mais qu'est-ce que tu voudrais qu'il se passe ?

La question était justifiée. Même avec son côté taciturne, il aurait posé la même si les places avaient été inversées. Et pourtant...

— Tu te prends pour qui ? Oprah Winfrey ?

Tate se contenta de sourire et de se frapper la cuisse avec un de ses gants.

— Tu ferais mieux de t'exercer avec moi, frérot. Parce que, quand Arden et Belle l'apprendront, les questions vont fuser.

— Ce n'est pas leur affaire.

Les manières joviales de Tate disparurent, et une sorte de férocité brilla dans ses yeux verts si semblables aux siens.

— Cet enfant fait partie de leur famille. Bien sûr que c'est leur affaire.

Une fois encore, en peu de mots, son frère le remettait à sa place.

— D'accord. J'ai compris.

— On est avec toi. On fait corps avec toi.

— Je le sais.

— Tu en es sûr ?

Tate le fixa longuement, sans la moindre trace d'humour.

— Parce que tu as l'air décidé à livrer bataille tout seul.

— C'est à moi de me battre.

Tate secoua la tête.

— C'est là où tu as tort. Quand on va à la bataille, il faut partir avec une armée. Nous sommes ton armée, ne l'oublie pas.

Il aurait fait n'importe quoi pour sa famille. Alors pourquoi trouvait-il si difficile d'accepter l'inverse ?

Ils restèrent un long moment en selle, leurs chevaux apparemment heureux de profiter du soleil et de l'air frais. Outre des chevaux de trait, Tot et Stink étaient aussi des animaux de compagnie, choyés et dorlotés. Leur capacité à s'adapter aux dynamiques familiales – sans s'émouvoir des tensions – témoignait de leur entraînement.

Un petit hennissement de Stink fit prendre conscience à Hoyt que son frère avait raison. L'enfant que Reese et lui allaient mettre au monde avait toute une famille qui l'attendait.

Maintenant, il fallait en convaincre Reese.

Le mariage ?

Des heures plus tard, l'idée continuait de rôder à la lisière de ses pensées. Elle avait lu des sites web qui parlaient de l'instinct de nidification. Mais, en continuant de récurer l'évier avec force, elle dut reconnaître que cela allait au-delà de la nidification.

C'était de la colère, pure et simple.

Comment s'était-elle fourrée dans cette situation ?

Et pourquoi, de quelque façon qu'elle s'y prenne, ne parvenait-elle pas à lutter contre le remords et l'envie de tout recommencer à zéro ?

Tout recommencer.

Cette pensée séduisante l'accompagnait depuis la découverte des méfaits de son père. Et s'ils avaient pu tout recommencer et changer Jamie ? S'ils avaient pu être une famille différente ? Si elle avait pu avoir une enfance normale ?

Reese savait depuis longtemps que les « si » ne servaient à rien, mais ils étaient tentants à imaginer. Surtout durant les heures sombres de la nuit, quand elle ne semblait avoir que des questions.

Elle aimait sa famille. Malgré tout ce qui s'était passé, elle les aimait. Mais elle était assez honnête pour reconnaître qu'elle les aurait changés si elle avait pu. La descente en enfer de son frère. Son père et son incapacité maladive à affronter les problèmes de son fils.

Et sa mère.

Avait-elle su ? Avait-elle senti quelque chose ? Reese posa une main sur son ventre. Une mère ne connaissait-elle pas son enfant mieux que lui-même ?

Elle ouvrit le robinet et rinça l'évier. Au bout du compte, rien de tout cela n'avait d'importance. Ni les questions ni les souvenirs qui la hantaient. Ni les tombes de Jamie et Russ au cimetière.

Si seulement ils avaient pu être différents.

Si seulement son frère avait pris une autre voie.

Si seulement son père avait recherché la justice par des moyens normaux.

Oh oui, elle connaissait bien le remords et le désir de tout changer. Mais ce n'était pas ce qu'elle ressentait à propos du bébé. Ni de son père.

Elle s'était repassé mentalement sa nuit avec Hoyt un millier de fois durant les heures précédant l'aube. La simplicité, la facilité avec laquelle ils s'étaient rapprochés. Même si le sexe ne lui était pas étranger, elle n'avait pas eu une grande diversité de partenaires. Elle se jugeait compétente, pensa-t-elle avec un sourire, mais n'aurait jamais pensé qu'elle puisse faire preuve d'un tel abandon au lit.

Et pourquoi Hoyt s'était-il battu avec son frère à propos d'elle ? Cela l'avait surprise, mais ils avaient commencé à parler du bébé, et elle avait oublié de lui poser la question. Maintenant, elle ne pouvait penser à autre chose.

Finalement satisfaite de son nettoyage, elle se versa un verre d'eau fraîche et y ajouta quelques tranches de citron. Il faisait une chaleur torride, mais elle était lasse de rester à l'intérieur. Elle sortit et s'installa dans son fauteuil favori, sous la petite véranda abritée. Elle s'y sentait bien, entourée de plantes qu'elle aimait. Elle mit en marche le gros ventilateur, qui ne manquait jamais de rafraîchir l'air, même par une journée aussi chaude.

Elle savoura la fraîcheur de l'eau dans sa gorge et replia ses jambes sous elle. L'odeur du gazon flotta vers elle, lui rappelant qu'elle devait tondre sa pelouse ce week-end. Malgré ses nausées matinales, ses examens prénatals étaient excellents et elle s'en félicitait. Sa grossesse n'avait pas ralenti sa vie, et elle pourrait aisément manœuvrer la tondeuse. Une heure, et elle aurait fini.

Seule.

Accomplie, mais seule tout de même.

Cette pensée la heurta avec force, lui rappelant qu'elle n'était pas plus près de résoudre ses problèmes. Oui, Hoyt savait désormais, et c'était un début. Mais elle devait encore l'annoncer à sa mère et en avertir le lycée. Sans parler des habitants bien intentionnés de la ville, qui n'allaient pas tarder à remarquer son petit bedon.

Alors faisons en sorte de la changer. Marions-nous.

Les paroles de Hoyt avaient tourné sans fin dans son esprit. Elles l'avaient autant réconfortée qu'exaspérée, mais à présent, sous les lents mouvements des pales du ventilateur, elle devait admettre qu'elles faisaient aussi autre chose.

Elles lui offraient une porte de sortie.

Quel autre choix avait-elle ?

Malgré ses accès de faiblesse, elle se savait parfaitement capable de s'occuper d'un enfant seule. Elle était forte et déterminée. Elle avait un emploi et des économies si les choses tournaient mal.

Elle saurait aller de l'avant. Pour tous deux.

Reese posa la main sur son ventre. Même si sa grossesse ne se voyait pas encore, sa taille s'était épaissie. Elle ferait illusion les premières semaines de rentrée en portant de longues tuniques et des robes floues, mais, dès la fête des anciens élèves, tout le monde s'apercevrait qu'elle était enceinte.

L'air changea de texture. Ce fut la dernière pensée de Reese avant qu'une voix grave se fasse entendre derrière la moustiquaire.

— C'est joli, ici. Ça te dirait de la compagnie ?

6

Les derniers rayons du soleil filtraient à travers la moustiquaire, soulignant la silhouette de Reese d'un halo doré. Il faisait encore très chaud, mais les brumes de chaleur ne faisaient qu'ajouter au sentiment de calme et de contemplation.

Ce fut ainsi que Hoyt la découvrit, les yeux fixés au loin, sa main pressée sur son ventre en un geste de protection.

Avait-il déjà vu quelque chose de plus beau ?

Le charme se rompit quand il la salua. Elle laissa retomber sa main, se leva et lui fit signe de franchir la porte.

— Entre donc.

L'après-midi avait été aussi fatigant qu'il s'y attendait, et il s'était surpris en s'entendant refuser le grand barbecue que le cuisinier avait organisé pour accompagner les tartes aux pommes. Au lieu de cela, il était allé se laver dans sa chambre. Le marquage du bétail était une tâche pénible, et cela le mettait en général en appétit. Pourtant, il n'avait pas faim.

Maintenant qu'il contemplait Reese dans cette magnifique lumière déclinante, il se rendit compte qu'il s'était trompé. Il avait faim, en effet, mais d'elle.

— Je peux te servir quelque chose ? demanda-t-elle.

— Non, merci.

— Tu es sûr ? J'ai de la bière au frigo, dit-elle en souriant. Elle est là depuis une éternité, et personne ne la boit.

— Volontiers, alors.

Reese rentra dans la maison, laissant la porte se refermer doucement derrière elle. Cela donna à Hoyt le temps de regarder le petit jardin qui s'étendait devant lui. C'était une jolie maison, pensa-t-il. Accueillante. Il l'avait déjà pensé quand elle l'avait fait entrer en juin, même s'il n'avait pas passé beaucoup de temps à la regarder.

Mais, maintenant qu'il en avait l'occasion, il ne s'en priva pas. La maison était petite mais bien équipée, se souvint-il, avec des jolis meubles et des pièces colorées. Elle avait manifestement pris plaisir à l'arranger à son goût. Il se retourna pour la regarder à travers la fenêtre dominant le porche. Elle se déplaçait avec aise dans la cuisine, et il revit les comptoirs en granit et les placards en merisier vernis qu'il avait brièvement remarqués en juin.

— Tu as une maison formidable, lui dit-il quand elle revint, une bière à la main.

— Merci. C'est mon chez-moi.

— C'était la maison des Baxter, non ?

— Oui, c'est ici que la vieille Mme Baxter a vécu les dix dernières années de sa vie.

— Comment as-tu su qu'elle était en vente ?

Elle sourit.

— Mon père et Bruce Baxter étaient amis, ils chassaient ensemble. Quand la mère de Bruce est décédée, il a averti mon père qu'ils allaient mettre la maison en vente. Ils me l'ont vendue sans même la mettre dans une agence.

— La structure est excellente, et il est visible que tu as fait des travaux pour la moderniser.

Hoyt prit une longue gorgée de bière en regardant autour de lui.

— Ce porche abrité est vraiment agréable.

— Mon père m'a aidée à le rénover au printemps qui a suivi mon emménagement. Avant... Juste avant, acheva-t-elle dans un filet de voix.

Avant les meurtres.

Ce rappel parut s'interposer entre eux, raide et inerte, malgré le mouvement de l'air au-dessus de leurs têtes.

— Tu peux parler de lui, tu sais.

— Vraiment ?

— Bien sûr. C'est ton père.

Elle lâcha un rire amer.

— Tu es bien le seul à me dire ça. Quelle qu'en soit la raison, toute allusion à Russ Grantham suscite des froncements de sourcils et des grincements de dents.

— Ce n'est pas très gentil.

— La gentillesse passe par la fenêtre dès qu'on évoque des meurtres. Cela met les gens très mal à l'aise.

Hoyt savait de quoi il retournait. Bien que les crimes de Russ aient été bien plus graves que les délits de son père, les deux hommes avaient enfreint la loi, fait du mal à autrui et trahi la confiance de la population. Il n'aurait jamais laissé entendre à Reese que ces situations étaient identiques – cela aurait été insensible et irrationnel —, mais il comprenait la disgrâce qui s'en était suivie.

Les chuchotements et la honte.

C'était la honte, se dit Hoyt, qui était la plus difficile à supporter. Des actes dont vous n'étiez pas responsable déteignaient sur vous de manière voyante.

Combien de fois s'était-il interrogé là-dessus ? Sur ce sentiment de culpabilité écrasant à propos de quelque chose qu'il n'avait pas fait. N'aurait-il pas dû le savoir d'une façon ou d'une autre ? N'aurait-il pas dû le sentir ?

C'était sûrement ce que les autres se disaient. Comment un fils, un membre de la famille, un employé pouvait-il ne pas être complice ?

— Hoyt ?

La question de Reese le tira de ses pensées, et il leva sa bière en l'inclinant vers elle.

— Eh bien, tu n'es pas obligée de te taire avec moi.

— Merci.

Elle prit une gorgée d'eau, sans le quitter des yeux.

— Je suis contente que tu sois là. Je n'étais pas satisfaite de la manière dont nous nous sommes séparés ce matin.

— Moi non plus.

Elle parut hésiter avant de poursuivre – de manière franche, mais sans céder du terrain.

— Je sais que ce que je t'ai dit était une grosse surprise.

Maintenant qu'il s'est passé un peu de temps, nous pouvons peut-être en parler avec plus de sang-froid.

— C'est pour cela que je suis ici.

L'après-midi, le travail et la conversation avec Tate lui avaient donné l'occasion de digérer la chose. Son esprit avait travaillé aussi dur que son corps, mais, au lieu d'en être épuisé, il se sentait presque trop nerveux pour rester assis.

— Avant de commencer, est-ce que tu as faim ? demanda-t-il.

— Tu veux aller dîner dehors ?

C'était ce qu'il voulait, en effet. Il avait envie de passer du temps avec elle. L'envie irrésistible qui l'avait torturé ces deux derniers mois pouvait enfin se donner libre cours.

— Oui, j'aimerais bien.

— D'accord, moi aussi.

— Tu aimes la cuisine mexicaine ? Tate et Belle n'arrêtent pas de parler de ce nouveau restaurant à quelques kilomètres d'ici.

— Je vis au Texas, dit-elle avec un grand sourire. Je suis toujours partante pour la cuisine mexicaine.

— Alors allons-y.

Reese boucla sa ceinture. Contrairement à leur dernier trajet ensemble, l'atmosphère était légère.

Reese garda cette pensée pour elle, mais elle avait senti un changement chez Hoyt. C'était étrange, se dit-elle, parce que discuter de Russ mettait toujours les gens mal à l'aise. Mais, avec Hoyt, c'était différent.

Il comprenait les meurtres de son père, sans doute mieux que la plupart des gens puisque l'un d'eux avait été commis sur ses terres. Mais il ne semblait pas la juger. Pas plus qu'il n'avait cette lueur de froide censure dans les yeux. Il semblait au contraire vouloir qu'elle voie le bon côté des choses.

C'était inattendu et, si elle devait être honnête, encourageant. Même sa mère s'efforçait d'éviter toute allusion à son père. Au lieu de les aider en leur permettant de parler des soixante et quelques années de Russ, cela donnait tout pouvoir aux derniers événements et accentuait la solitude et l'impression d'étrangeté de Reese.

— Tu ne dis rien, lança Hoyt au bout d'un instant.

— Je pensais à avant.

— Et ?

— Et c'est agréable de pouvoir parler de mon père avec toi. Tu ne reviens pas toujours au fait que c'était un meurtrier.

— Parce que je n'y pense pas tout le temps.

— C'est rare.

Il gardait les yeux fixés sur la route, mais elle sentit son attention se porter sur elle aussi clairement que s'il la regardait.

— J'imagine. Mais je ne crois pas que les gens le font par méchanceté ou pour te faire honte. C'est parce qu'ils sont mal à l'aise et ne savent pas quoi dire.

— Tu veux dire que ce n'est pas parce qu'il a torturé et tué plusieurs personnes ?

— Reese...

— Non, attends, dit-elle en levant une main. Écoute-moi d'abord.

— D'accord.

— J'ai eu tout le temps qu'il fallait pour m'y habituer et, même si je sais que je devrais avoir compris maintenant, je ne comprends toujours pas. Je ne sais pas comment réconcilier l'homme que j'ai connu et l'homme qui a commis ces crimes.

— Comment le pourrais-tu ? C'était ton père.

— C'était un monstre.

— Je pense...

Il s'interrompit, puis reprit d'une voix hésitante, qui s'affirma au fur et à mesure.

— Je pense que c'est trop facile. Nous, les êtres humains, nous voudrions tout voir en noir et blanc. On ne peut pas revenir sur un acte décisif, mais les raisons qui y ont mené sont souvent mystérieuses.

— Le meurtre est un acte assez décisif, en effet.

Il tourna vers elle ce regard qu'elle avait imaginé.

— C'est toi qui n'arrêtes pas d'y revenir. Moitié par provocation, moitié pour te défendre. C'est comme si tu te sentais obligée de rappeler qu'il a tué des gens.

— Parce qu'il l'a fait.

— C'était aussi ton père. Un policier. Il veillait sur la communauté. Il n'était pas entièrement mauvais, Reese.

— Mais il est devenu mauvais. Et si j'avais hérité de lui ? Si j'allais transmettre ça à mon enfant ?

Elle avait lâché ces mots avant de pouvoir les retenir. C'était un énorme réservoir de tristesse qui la hantait dans les moments où elle se laissait aller, une peur si grande – si énorme – qu'elle craignait de la mettre en mots.

Mais elle venait de le faire.

Un panneau indiquant Manuel's Kitchen apparut sur la droite. Hoyt garda le silence jusqu'à ce qu'il tourne dans le parking et trouve une place. Cela fait, il coupa le contact, se tourna sur son siège et lui prit la main.

— Écoute-moi. Je ne peux pas changer ce que tu éprouves et je ne peux pas le comprendre totalement. Mais il y a quelque chose que je sais, Reese. Tu n'es pas ton père. Notre enfant n'est pas ton père. Ce qu'il a fait, ce qu'il s'est senti obligé de faire, n'est pas génétique et n'a rien à voir avec tes gènes. C'était le résultat d'une vie vécue dans le deuil.

— Comment le sais-tu ?

— Je le sais comme je sais le temps qu'il fera demain. Comme je sais qu'une de nos bêtes va vêler. Comme je sais à quel point je veux être père. Les crimes de Russ ne subsistent pas chez toi et ne subsisteront pas chez notre enfant.

Elle avait envie de le croire. En l'écoutant, elle le croyait. Elle voyait son avenir et savait, au fond d'elle-même, que son enfant était bon. Que le bébé qu'elle portait avait une vie à vivre. Que les péchés de son père ne pouvaient pas déteindre sur cette vie innocente.

Alors pourquoi avait-elle si peur ?

Le petit bois clairsemé derrière chez Reese n'offrait guère de protection, mais cela avait été suffisant. Elle s'y était d'abord précipitée pour se mettre à couvert, puis il lui avait fourni un point de vue idéal sur l'arrière de la maison. Et sur les surprenantes allées et venues de Hoyt Reynolds.

Intéressant.

Si quelqu'un la voyait, elle pourrait toujours prétendre qu'elle était venue voir Reese au nom de l'APE.

J'ai frappé à la porte et, comme personne n'a répondu, j'ai fait le tour pour voir si je trouvais Reese.

Si seulement Reynolds ne l'avait pas précédée.

Que faisait-il à nouveau par ici ? Russ ayant tué un des dealers au ranch, il était difficile d'imaginer que la famille ait autre chose que la vendetta à l'esprit. Un meurtre, ça ne donnait pas envie d'aller voir chez eux.

Pourtant, les habitants de la ville s'étaient solidarisés avec les Reynolds, songea-t-elle. Cela devait avoir à voir avec l'un d'eux. Tate, pensa-t-elle, qui s'était entiché de la fliquette. Comme elle avait appréhendé Grantham et coupé net sa folie meurtrière, les gens s'étaient quelque peu détendus.

Mais il était peu probable que les Reynolds soient prêts à faire ami-ami avec ce qui restait du clan Grantham. Pourtant Hoyt était là, escortant Reese à l'intérieur d'un air étonnamment attentif. Quel qu'ait été le sujet de la conversation, ce devait être sérieux. Encore des parlottes sur les meurtres ?

Ou bien ces deux-là avaient-ils encore décidé de se défouler ?

Elle faisait son affaire de savoir ce qu'il se passait en ville et elle n'avait pas du tout entendu parler d'une liaison après leur nuit ensemble. Mais, s'il y avait effectivement de l'amour dans l'air, eh bien... cela changeait les choses.

Cela changeait beaucoup de choses.

Elle avait finalement décidé de s'occuper de la sainte-nitouche de Midnight Pass. Cette femme représentait une épine dans son pied depuis des années. Son absence de remords à l'égard de son frère équivalait à une blessure inguérissable. Tout le monde aimait Reese Grantham, et elle était la seule à connaître la vérité.

Ce qui était autrefois un ruisselet de colère était devenu un torrent impétueux, colorant sa vision du monde.

Elle repêcha son téléphone dans la poche de son short en l'entendant bourdonner. Un texto de son ex, qui voulait ramener les enfants plus tôt que prévu. Paul était aussi fiable que la météo du Texas, et c'était encore donner trop de crédit à Mère Nature.

Elle répondit qu'elle le rejoignait dans un quart d'heure et se mit en route pour aller récupérer ses gosses.

Reese prit une bouchée de l'*enchilada* au bœuf et au fromage posée devant elle. Dieu merci, son estomac se contenta de gronder. Bruyamment.

— Ça va ? demanda Hoyt en levant les yeux de son *burrito* couvert de fromage.

— Tout à fait. Désolée, dit-elle avec un petit sourire. Je ne sais jamais ce que va me faire la nourriture ces derniers temps.

— C'était une mauvaise idée ?

— Non, pas du tout. Aujourd'hui j'ai faim, alors cela semble faciliter les choses.

Il lui adressa un grand sourire. C'était drôle, se dit Reese, car il n'était pas homme à sourire très souvent. Ce n'était pas un secret que Hoyt Reynolds était plutôt du genre taciturne et impassible.

Être soudain la destinataire de ce sourire éblouissant… C'était enivrant. Et cela lui donnait une sensation bizarre, qui n'avait rien à voir avec la nausée et tout avec l'attirance.

Une attirance, se rappela-t-elle vivement, qui n'avait nulle part où se déployer.

— Je pensais qu'on appelait cela les nausées matinales, parce que ça ne se produit que le matin.

— Je crois que ce sont des contes de bonne femme.

Elle prit une petite bouchée de son *enchilada*, savourant sa saveur riche.

— J'ai été malade à toutes les heures, sans rime ni raison.

— Il y a des aliments qui te dérangent particulièrement ?

— Le poulet, dit-elle en réprimant un frisson avec peine.

— Vraiment ?

— Oh oui. Je n'ai même pas regardé cette partie du menu.

— Mais le bœuf, ça va ?

— J'en mourais d'envie, en fait.

Quelque chose brilla dans ses yeux verts. Même s'ils étaient placés dans un coin un peu sombre, il était difficile de rater cette étincelle soudaine.

— Tu te rends compte que c'est le plus grand des compliments pour un éleveur de bœuf ?

— J'imagine que oui. C'est assez bizarre, car je ne mange pas beaucoup de viande rouge d'habitude. Je me contente le plus souvent de poisson ou de salade, au restaurant.

— Hum, dit-il. Je sens que Reynolds Station va lancer une nouvelle campagne de pub.

Elle éclata de rire.

— Le bœuf numéro 1 pour les femmes enceintes ?

— Hé, dit Hoyt, si c'est assez bon pour mon bébé, c'est assez bon pour le bébé de n'importe qui.

Son bébé.

Bien sûr, c'était lui le père. Mais entendre ces mots dans sa bouche… C'était stupéfiant.

— Tu n'aimes pas ma campagne de pub ?

— Si, je l'aime bien. C'est juste que…

Que dire ? Rien n'avait changé depuis leur conversation dans la cuisine. Ils n'avaient pas de relation et pouvaient à peine se qualifier d'amants, étant donné qu'ils n'avaient couché qu'une seule fois ensemble. Pourtant, elle allait avoir son enfant. Son enfant *à lui*.

— C'est juste que quoi ?

— Ces dernières semaines, j'y pensais comme à *mon* bébé. C'était étrange de t'entendre dire la même chose.

— Je sais que j'ai été un peu abrupt à la maison. Je n'ai pas dit ça pour te bouleverser ou te donner l'impression que tes souhaits n'ont pas d'importance. Mais c'est mon enfant aussi.

Il avait raison. Elle ne pouvait ignorer le fait qu'il allait être père lui aussi. Pas plus qu'elle ne pouvait nier son droit à voir l'enfant et à participer à son éducation.

— Je le sais et, pour être honnête, je suis ravie que tu le voies ainsi. Toutes les futures mères n'ont pas cette chance.

Cette affirmation plana quelques instants entre eux, et Hoyt eut l'air de vouloir dire quelque chose avant de refermer la bouche.

— Quoi ? questionna-t-elle. Tu peux me dire ce que tu penses.

— Que veux-tu dire par « toutes les mères » ?

— Tous les couples ne sont pas heureux d'avoir un enfant.

Parfois c'est un fardeau, c'est inattendu ou ça ne colle pas avec leurs projets. Beaucoup d'hommes s'en vont à ce moment-là. Beaucoup de femmes aussi, d'ailleurs.

— Je sais que nous ne sommes pas ensemble, dit-il lentement, comme s'il essayait de trouver les mots justes, mais ça ne change rien à ce que je ressens ou à ma responsabilité envers cet enfant.

— Je sais.

— C'est plus que de la responsabilité. Je n'avais pas prévu de devenir père à ce stade, mais, maintenant que c'est le cas, ça me fait plus envie que je ne peux le dire.

— Je comprends ce que tu dis.

Et c'était vrai. Passé le premier moment de stupéfaction, elle avait assimilé l'idée de donner le jour à un enfant. Et dans cet intervalle, entre la surprise et la réalité – quand elle avait senti le sol se dérober sous elle —, Reese avait connu exactement le sentiment dont il parlait.

La joie. Le bonheur. Et la soudaine certitude que quoi que sa vie lui avait offert jusque-là, cette nouvelle direction était formidablement bienvenue.

— Si c'est le cas, alors pourquoi as-tu rejeté si vite ma proposition de mariage ?

Mariage ? On y revenait.

— Hoyt...

— Attends, dit-il en levant une main. Écoute-moi d'abord.

Pour la persuader ? Parce que, entre ses hormones et la subtile attraction qui refusait de la lâcher, la perspective du mariage lui plaisait de plus en plus.

— D'accord.

— Je sais que le mariage n'est pas la solution idéale quand on ne se connaît pas vraiment. Mais nous avons tout de même une relation, et tu as ta place dans notre petite communauté en tant que professeure. Il y a un lien entre nous, un lien suffisant pour nous aider à surmonter ces difficultés. Je n'ai pas besoin que tu prennes une décision aujourd'hui, mais dis-moi que tu vas y réfléchir.

Y réfléchir ? Elle n'avait fait que ça de toute la journée.

Il avait esquivé le fait qu'ils n'étaient pas amoureux l'un de l'autre et cela faisait un peu mal, mais le reste de ses paroles l'attiraient comme une sorte de tourbillon séducteur.

— S'il te plaît ? dit-il.

— S'il te plaît quoi ?

— S'il te plaît, dis-moi que tu réfléchiras au fait de devenir ma femme.

7

Jour après jour, la nuit tombait plus tôt. Des traînées rouge et or peignaient néanmoins encore le ciel quand Hoyt s'arrêta dans l'allée de Reese. Le dîner avait été une révélation. Ces derniers mois, il avait davantage pensé à la fin de leur première soirée qu'à son début. Et il avait oublié combien il avait apprécié sa compagnie au Border Line.

Elle était intelligente, drôle, et observatrice. Elle avait bon cœur, sans être mièvre. Elle semblait bien connaître la nature humaine et aimer pourtant les autres malgré leurs défauts.

Ou peut-être à cause d'eux.

C'était seulement quand il avait réitéré sa demande en mariage que le silence s'était installé. Elle avait paru se refermer, et même s'il n'était pas prêt à laisser tomber le sujet, il avait reculé. Et s'était contenté d'un ton léger le reste du dîner.

— Alors tu l'as fait passer dans la classe supérieure ?

Il avait fait le tour de son pick-up pour ouvrir sa portière et lui tendait la main pour l'aider à descendre. Le contact de ses doigts sur les siens lui fit momentanément oublier sa question.

— Il le méritait. Ce n'est pas parce que le coach venait tous les jours me supplier de lui donner une bonne note.

— Au Texas, le football est sacro-saint.

Elle lui darda un regard aigu, la main toujours posée sur la sienne.

— C'est drôle, mais l'éducation aussi.

— Voilà qui est parler comme une vraie enseignante.

— J'aimerais penser que le coach et moi avons tous deux gagné, mais au bout du compte ce n'est pas de nous dont il était question.

— Ah non ?

Hoyt pensa aux projecteurs éblouissants du stade de football du lycée de Midnight Pass le vendredi soir et se demanda en quoi faire passer le garçon n'avait pas été une victoire.

— Pas du tout. C'est Spence Long qui a gagné en réalité. Il a rédigé une excellente dissertation, obtenu un *B* et une possibilité de bourse pour l'université. Et, avec les heures de soutien scolaire que je lui ai données, il a davantage confiance dans ses études. On peut penser que ses frais d'université ne seront pas gâchés parce qu'il ne s'intéresse qu'au football. Pour moi, c'est la définition d'une situation gagnant-gagnant.

— Laisse-moi corriger. Tu es une super éducatrice. Tu lui as donné le goût du savoir, et c'est quelque chose qu'il ne perdra jamais.

Le sourire qui illumina son visage était la meilleure réponse qu'il pouvait espérer.

— C'est exactement ce que je pense.

Il avait envie de l'embrasser. Sa main était douce et chaude. Son sourire était rayonnant et ô combien séduisant.

Mais ce fut la chaleur de son regard – ses yeux dorés – qui le fit craquer.

Avant de pouvoir refréner son impulsion, il inclina la tête et effleura ses lèvres. Elle réagit immédiatement en pressant ses doigts et en ouvrant la bouche. Hoyt approfondit le baiser, passant d'une douce persuasion à une exploration passionnée en l'espace d'un battement de cœur.

L'air chaud et immobile les enveloppait comme un cocon. Ils étaient comme seuls au monde. Hoyt l'entoura de son autre bras pour mieux la serrer contre lui. Elle posa une main sur sa nuque pour le rapprocher d'elle.

Elle était aussi sensuelle et accueillante qu'il s'en souvenait, même s'il y avait une tonalité différente entre eux. Un savoir qui allait au-delà du charnel. Ils avaient créé la vie, et ce lien entre eux – qui ne serait jamais brisé – avait changé la dynamique.

Il sentit son corps réagir, un lent tiraillement de désir mêlé au besoin profond de la protéger. Quelque chose qu'il n'avait jamais éprouvé de sa vie.

Comment était-il possible de vouloir autant une femme ?

C'était ça, le désir, comprit-il. Mais cette attirance aussi naturelle que le fait de respirer était soudain devenue plus intense, plus puissante et plus profonde qu'il n'aurait pu l'imaginer.

C'était la mère de son enfant.

Et c'était aussi la femme qu'il voulait.

Les rues étaient brûlantes, poussiéreuses et familières. Hoyt comprit tout de suite qu'il rêvait. Son imagination avait convoqué le souvenir des plus durs moments de sa vie.

Le jour laissa place à la nuit comme il le fait dans les rêves. La chaleur restait implacable, mais le soleil s'était couché. Hoyt suivait ou précédait les silhouettes floues de ses camarades. Chaque pas les rapprochait du but de leur mission.

Accroupi, il épiait la petite maison. Il avait trouvé sa proie et attendait sans faire de bruit. Soudain, ce fut le chaos : des cris et des hurlements, l'odeur d'une grenade. Hoyt se concentra. Le moment était venu de mettre son entraînement à profit pour survivre et sauver ses camarades.

Avec des gestes prudents, sans cesser de tendre l'oreille, il longea le bâtiment jusqu'à la porte et se glissa à l'intérieur. L'air sentait encore la fumée, mais les cris s'étaient arrêtés. Il était seul.

Il retira ses lunettes et pivota sur ses talons, survolant la pièce vide. Où étaient-ils ? Pourquoi la fusillade avait-elle cessé ? Et où étaient les corps ?

Ce fut alors qu'il vit une autre lumière, lui montrant la voie. Il parcourut un petit couloir qui ressemblait étonnamment à chez lui. Il dépassa une cuisine et un petit salon, suivant toujours la lumière dont l'éclat ne cessait de s'accroître. Une autre cuisine.

Sa cuisine. S'il clignait des yeux assez fort, il verrait sa mère. Et son père, assis en bout de table pour le dîner.

Une lumière plus douce inondait la pièce d'un halo doré. Ce fut alors qu'il aperçut les silhouettes, toutes deux attachées à des chaises au milieu de la pièce, des armes jumelles braquées sur leurs têtes.

Son père et Russ Grantham.

Hoyt se réveilla en hurlant, entortillé entre les draps.

La vue familière de sa chambre, éclairée par la lune, le rendit à lui-même. Il s'obligea à respirer calmement, et l'acuité de son rêve diminua peu à peu. Nul besoin d'être un génie pour en comprendre les raisons. Mais il n'en avait pas fait d'aussi saisissant depuis son engagement dans les forces spéciales.

S'asseyant dans son lit, Hoyt passa en revue la soirée. Il croyait avoir marqué un point concernant le mariage. En tout cas, le baiser passionné qu'ils avaient échangé l'avait encouragé. Mais c'était aussi une manière de battre en retraite. Il l'avait raccompagnée à sa porte et, après avoir déposé un baiser sur son front, était parti.

Il avait ensuite erré en voiture, rendu nerveux par la mutation soudaine de sa vie. Il avait désormais un avenir nettement défini.

Un enfant.

Les images de cette nouvelle vie le remplissaient d'une joie profonde.

Et l'effrayaient au possible.

Il était responsable de cet enfant. Ou le serait dans quelques mois. Avait-il les qualités requises pour être père ? Il avait eu un piètre exemple en la personne du sien, mais cela ne voulait pas dire qu'il n'en était pas capable. Si ?

Il resta allongé un long moment, le regard fixé sur la fenêtre, ressassant cette question.

Assise devant son ordinateur, Reese lisait et relisait les premiers mots de sa fiche pédagogique.

Cela faisait une semaine. Une semaine depuis qu'elle était allée voir Hoyt et lui avait parlé du bébé. Une semaine qu'ils avaient dîné ensemble. Et sept très longs jours depuis qu'elle l'avait embrassé.

Ils s'étaient appelés tous les jours et Hoyt était venu tondre sa pelouse le week-end dernier, mais il n'y avait pas eu d'autre baiser. Ni de signe avant-coureur d'un baiser. Hoyt gardait ses distances et n'avait pas fait mine de s'approcher d'elle.

Ce qui lui allait très bien. Elle n'avait pas besoin de peine de cœur ou de confusion mentale.

Comme maintenant.

Elle devait préparer ses cours et se replonger dans *La Lettre écarlate*. L'ironie de la chose ne lui échappait pas, et même si elle aurait préféré éviter de travailler dessus cette année, Nathaniel Hawthorne faisait partie du programme d'anglais. Sans compter qu'on retrouvait inévitablement le livre aux examens de fin d'année.

Comme elle le faisait tous les ans, elle cherchait un nouvel angle, une nouvelle manière d'aborder ses cours. C'était drôle comme son appréhension personnelle de l'histoire d'Arthur Dimmesdale et Hester Prynne avait changé. Alors qu'elle les avait toujours vus comme des personnages tragiques, elle discernait à présent du courage dans leur comportement.

C'était une pensée étrange. Qu'il valait mieux ne pas souligner devant des adolescents impressionnables, lesquels trouvaient toujours excitant l'amour interdit. Mais elle voulait tout de même introduire cette nuance dans son cours.

Se concentrant sur son écran, elle relut son plan de cours. Il y aurait les gémissements habituels quand elle annoncerait qu'ils avaient à lire sept livres cette année, mais elle avait pris la peine de mêler les romans historiques et contemporains. À côté de *La Lettre écarlate*, il y avait aussi *Hunger Games* et *Le Labyrinthe*, des romans qui équilibreraient cette exploration du puritanisme américain.

La sonnette de la porte d'entrée la tira de ses pensées sur un futur dystopique. Hoyt était-il venu la voir impromptu ? Même s'il était peu probable qu'il apparaisse en milieu de journée, l'espoir fit bondir son cœur.

Pourtant, un coup d'œil à travers le judas se révéla vain. Elle n'attendait pas de colis, et le facteur ne passait pas si tôt. Alors qui avait sonné ?

Curieuse, elle ouvrit la porte et survola du regard la pelouse, puis la rue. Il n'y avait rien, pas même une brise pour déranger l'immobilité de l'air. Cela rendit d'autant plus surprenant un bref effleurement sur ses orteils.

En baissant les yeux, elle vit une grosse araignée escalader son pied.

Oppressée, Reese chercha ses clés dans son sac. Elle était encore enrouée après ses cris et elle ne pouvait se débarrasser de l'horrible sensation des pattes de l'animal sur sa peau nue.

Malgré tout, elle n'avait pas failli à ses huit ans de football et avait délogé la visiteuse importune d'un puissant coup de pied qui l'avait expédiée quelque part sur la pelouse.

Et maintenant il fallait décider quoi faire.

Son premier mouvement avait été de prendre la voiture pour aller raconter ce traumatisme à Hoyt, mais elle avait progressivement changé d'avis. Que lui dirait-elle ? Un gros insecte (et elle savait que, techniquement, c'était un arachnide, pas un insecte) lui avait rendu visite sur le pas de sa porte. Cette fichue bête était assez énorme pour avoir sonné elle-même.

Elle se sentait d'autant plus stupide.

Et vulnérable.

Qui avait sonné ? Cela ne pouvait pas être une coïncidence. On avait délibérément déposé cette araignée là.

Reese était presque tentée d'écarter l'affaire quand le bon sens la reprit : le besoin de protéger son enfant. Quelqu'un lui avait joué un tour cruel à elle et à son bébé. Il était normal qu'elle demande de l'aide.

Elle envisagea de s'informer en ligne mais décréta que la question de la sonnette était plus importante. En outre, qui sait quelles images affreuses se logeraient dans son cerveau si elle plongeait dans les profondeurs d'Internet ?

Ayant pressé le bouton de la porte du garage, elle fit doucement sortir la voiture sans cesser de surveiller le milieu de la pelouse. L'araignée était assez grosse pour qu'on la voie sur l'herbe fraîchement tondue, mais elle ne distingua rien. Elle referma la porte en inspectant l'allée pour être certaine que sa nouvelle « amie » n'était pas revenue sur ses pas. Rassurée, elle accéléra et prit la direction du commissariat de police.

Combien de fois y était-elle venue voir son père, avant ou après l'école ? Elle n'y était pas retournée depuis ses meurtres et sa mort.

Devoir y aller la remplissait d'un mélange de peur et de tristesse, mais elle repoussa vaillamment cette pensée et poursuivit son chemin.

En conduisant, elle oublia peu à peu l'horreur qui l'avait saisie à l'idée de mourir d'une morsure d'araignée et se mit à réfléchir à celui ou celle qui avait pu faire une chose pareille. Préoccupée, elle omit de regarder autour d'elle et ne vit pas la berline noire stationnée au pied de la colline.

Hoyt donnait des morceaux de sucre à Stinkbug tout en l'étrillant. Son cheval n'avait pas connu le bouchonnage dans son enfance, car il venait d'une horde de mustangs sauvages, mais il y avait vite pris goût après que Hoyt l'avait dompté.

Un peu plus tôt, ils étaient allés inspecter les clôtures dans la prairie ouest et examiner les veaux récemment marqués. Cela avait amplement laissé à Hoyt le temps de penser à Reese.

Une semaine s'était écoulée depuis leur dîner et leur baiser fougueux devant chez elle. Il aurait bien voulu davantage, mais il avait reculé et s'était contenté d'un bécot sur le front.

Il avait pris maintes douches froides depuis, mais il était content d'avoir été sage. S'engager dans une liaison avec Reese impliquait beaucoup de choses. De sa part et de la sienne. Il devait décider s'il y était prêt, et ce que cela voulait dire exactement.

En outre, elle n'avait pas répondu à sa demande en mariage. Cela lui restait en travers de la gorge, s'avoua-t-il en offrant un autre morceau de sucre à Stink.

C'était tout de même simple de dire oui ou non. Ignorer le sujet, c'était laisser l'éléphant proverbial au milieu du salon. Un invisible pachyderme qu'ils avaient contourné avec beaucoup de soin quand il était allé tondre sa pelouse. Et qu'ils continuaient à contourner quand il l'appelait chaque soir.

Stink avait dressé l'oreille quand Hoyt lui avait narré tout cela un peu plus tôt, et il aurait pu jurer que le cheval avait hoché la tête plusieurs fois. Il était inutile de rabâcher.

Mais pourquoi diable cette femme était-elle si têtue ? Et pourquoi l'idée de délimiter leur avenir le démangeait-elle de plus en plus ?

Ils ne se connaissaient pas, d'accord. Mais cela ne voulait rien dire. Il allait se lancer dans un nouveau monologue à l'intention de Stink quand des éclats de voix féminines emplirent la grange. La dernière chose dont il avait besoin, c'était que sa sœur ou sa future belle-sœur l'entendent parler tout seul. Toutes deux l'avaient à l'œil, et il était déjà las du nouveau passe-temps familial : « psychanalysons Hoyt ».

— Je vais bien, Belle. Vraiment, ça va.

Était-ce Reese ?

Ayant pointé la tête hors de la stalle de Stink, Hoyt laissa tomber la brosse à étriller et courut à leur rencontre. Un bras passé autour de ses épaules, Belle soutenait visiblement Reese.

— Qu'est-ce qu'il y a ?

Il tendit les bras pour serrer Reese contre lui.

— Que s'est-il passé ?

— Juste une frayeur, dit Belle avec fermeté en allant refermer la stalle de Stink. Mais pourquoi ne le lui demandes-tu pas ?

— Dis-moi...

Les pommettes de Reese saillaient fortement, et son bronzage avait pâli.

— Ce n'est rien.

— Ça n'en a pas l'air. Et quand je te vois arriver avec Belle, ça ne me rassure pas.

— Une araignée n'est pas un crime, que je sache.

— Quoi ? !

— Reese, dit gentiment Belle, pourquoi ne pas commencer par le début ?

Hoyt les invita à se déplacer vers un petit banc au fond de l'écurie et fit asseoir Reese près de lui.

— Que s'est-il passé ? répéta-t-il.

Il ne lui fallut pas longtemps pour décrire l'araignée qu'elle avait trouvée sur son porche et la frayeur que cela lui avait procurée. Ce qui troublait Hoyt, c'était le coup de sonnette juste avant l'incident.

— Et tu n'as vu personne ?

— Non.

Reese secoua la tête.

— Ni par le judas, ni de l'autre côté de la rue.

— Et quand tu as pris la voiture ?

— Je ne...

Elle s'interrompit et fixa ses mains, une légère rougeur aux joues.

— Je n'ai pas pensé à regarder.

Hoyt passa un bras autour d'elle et la serra contre lui, tout en croisant le regard de Belle par-dessus sa tête. Sa future belle-sœur pouvait se montrer maternelle au besoin, mais c'était une policière intraitable, dotée d'une perspicacité redoutable et d'un fort sens du bien et du mal.

— Qu'est-ce que tu en penses ? la questionna Hoyt.

— Que c'est étrange, répondit Belle. Le timing me paraît suspect.

Avant qu'elle puisse ajouter autre chose, le téléphone accroché à sa ceinture sonna. Belle s'excusa de devoir prendre l'appel.

— Tu es sûre que ça va ? demanda Hoyt à Reese.

— Oui.

Reese hocha la tête et se redressa.

— Je vais parfaitement bien et je commence à me sentir idiote d'avoir réagi comme ça.

— Tu as eu peur. Cette histoire de sonnette me perturbe toujours.

— Sans doute des gosses.

— À ma connaissance, les adolescents se tordent de rire quand ils font une blague. Et tu dis qu'il n'y avait aucun bruit quand tu as ouvert la porte ?

— Non, c'est vrai.

— Cette araignée est-elle dangereuse ?

— Fred, le professeur de biologie, le saurait, mais je ne le pense pas. J'ai fait quelques recherches et il n'y a aucune raison de penser que les mygales sont venimeuses, même si elles sont affreuses.

— C'est ce que c'était, une mygale ?

— Je crois, dit-elle, et Hoyt la sentit frissonner dans ses bras.

— Mieux vaut ne pas attendre d'être mordu pour s'en préoccuper, déclara Hoyt, imaginant déjà le mal que la bestiole aurait pu faire à Reese et au bébé.

— Eh bien, je n'ai pas été mordue. Et nous en avons quelques-unes au lycée. Je ne pense pas que le conseil d'administration verrait d'un bon œil des animaux venimeux à proximité des élèves.

Cela fit beaucoup pour calmer les battements de cœur de Hoyt, mais il ne pouvait tout à fait se débarrasser d'une sensation de menace. Et le mystérieux coup de sonnette continuait de le préoccuper.

Quelqu'un avait-il tenté délibérément d'effrayer Reese ?

Et si oui, pourquoi ?

— Tu es sûre que ça va ?

— Oui. C'était dégoûtant, je ne dis pas le contraire, dit-elle avec un sourire. Mais mon métier est d'enseigner. Je suis plus coriace que ça, tu sais.

N'était-ce pas le cœur du sujet ?

Elle était coriace, elle l'avait démontré plus d'une fois. Continuer à vivre après la mort de son frère. Continuer à vivre après les crimes de son père. Reese aurait pu se cacher ou se renfermer, mais elle avait fait exactement le contraire.

— Tu es vraiment étonnante, tu sais ça ?

Il tendit la main et enroula une mèche de ses cheveux autour de son doigt.

— Ce n'était qu'une araignée.

Mais, tout en le disant, son regard se brouilla un peu.

— Non, je sais ce que je dis. Tu affrontes des araignées avec le même courage que les nouvelles qui ont changé ta vie. Tu es étonnante.

— Tu es si gentil.

— Je ne me sens pas gentil.

Il se pencha vers elle, effleurant son oreille de ses lèvres.

— En fait, je ne me sens pas gentil du tout.

— Alors tu te sens comment ?

Elle haleta un peu quand ses lèvres se déplacèrent sur l'ourlet de son oreille.

— Nerveux.

— On peut peut-être y faire quelque chose.

— Tu crois ?

Reese fut empêchée de répondre par le retour de Belle, qui entra à grands pas dans la grange.

— Que se passe-t-il ?

Hoyt sauta sur ses pieds pour s'approcher de Belle.

— C'était le prof de biologie, Fred McNamara. Je lui ai laissé un message, et il a été assez gentil pour me rappeler.

— Tu as appelé Fred ? dit Reese.

— Oui. Tu m'as parlé de lui quand nous étions dans mon bureau, alors je l'ai contacté. Je voulais savoir si les deux araignées qu'il a dans sa classe sont encore là.

Hoyt devina la réponse à son expression sévère.

— Visiblement, ces araignées sont sa fierté. Il a paniqué dès que j'ai suggéré qu'une d'elles pouvait manquer, et il a filé vérifier au lycée.

— Fred aurait laissé une araignée devant ma porte ?

Reese secoua la tête.

— Ce n'est pas possible.

— Non. Fred n'a rien fait. Mais selon toute apparence, quelqu'un s'est introduit dans sa salle de classe et a pris une des mygales.

— Alors ce doit être un des élèves, dit Reese d'un ton triomphant, comme si cela expliquait tout. C'est exactement le genre de choses que font les ados. C'est la fin de l'été, et ils ne savent pas quoi faire de leur temps.

— Et que ferait un élève au lycée avant la rentrée ? questionna Hoyt. Ils n'essaient pas plutôt de l'éviter ?

— Mais qui cela pourrait-il être d'autre ?

— Je vais visionner les bandes-vidéo, mais je ne pense pas que ce soit un élève, dit Belle en faisant claquer son téléphone contre sa cuisse. Fred ne le pense pas non plus. Il a passé la plus grande partie de la journée d'hier à préparer sa salle, et les araignées étaient là.

— Alors quelqu'un s'est introduit dans le lycée le soir juste pour voler une araignée ? Ça n'a aucun sens.

Pourquoi Reese s'obstinait-elle dans le déni ? se demanda Hoyt. Se préparait-elle à une mauvaise nouvelle ou était-elle incapable d'envisager que le lycée de Midnight Pass soit devenu un lieu dangereux ?

— Je pense que ce que Belle essaye de dire, reprit-il gentiment, c'est que quelqu'un s'est introduit dans la classe de Fred dans l'intention de voler l'araignée et de t'effrayer ou te faire du mal avec.

— La frayeur, je comprends. Ce sont des ados, Hoyt. Ils se posent des défis et pratiquent des rituels stupides qui n'ont aucun sens. L'un d'eux a peut-être entendu dire que j'allais leur donner sept romans à lire cette année. Personne ne me voulait du mal.

Le regard plein d'espoir de Reese alla de lui à Belle avant de se reposer sur lui.

— Allons, ce n'est pas grand-chose.

— Ou bien ce n'est pas un ado et quelqu'un cherche à te faire du mal.

8

Reese tentait encore de digérer les événements une heure plus tard, en pelant des carottes au-dessus de l'évier. Elle allait prendre part au dîner familial des Reynolds. Hoyt et Belle avaient tous deux insisté, et elle avait rapidement compris qu'il était inutile de discuter.

Hoyt était sorti après avoir appelé ses frères. Quelques minutes plus tard, Arden était arrivée.

— Tu vas bien ?

Elle l'avait serrée dans ses bras avant de la relâcher.

— Le bébé aussi ?

Il n'en avait pas fallu plus pour que la conversation prenne un tour personnel, avec des roucoulements, des rires et de petits cris féminins.

Elle était donc là, épluchant des carottes et luttant contre les larmes à cause de l'affection que lui avaient témoignée Belle et Arden. *Fichues hormones.*

Le tas de carottes grossissait à vue d'œil.

— Hou là ! Je crois que nous en avons assez, dit Arden en lui prenant l'économe des mains. Mais on t'embauchera à coup sûr pour la fête du 4 juillet l'année prochaine.

L'année prochaine.

Le ton d'Arden était si naturel que Reese faillit laisser couler les larmes qu'elle retenait depuis une demi-heure.

Bien sûr, il y aurait une année prochaine et une autre après cela, mais ce n'était pas ce qui lui serrait la gorge. C'était d'imaginer qu'elle pourrait faire partie de la vie de Hoyt et de sa famille.

— Allez, viens t'asseoir près de moi, dit Belle en désignant une chaise vide.

Reese prit le siège offert, en se disant que s'asseoir auprès de Belle n'allait pas arranger les choses. Jusque-là, c'était le bébé qui avait monopolisé la conversation, mais il ne faudrait pas longtemps pour qu'on en vienne à un sujet beaucoup plus douloureux.

Le père de Reese avait enlevé Belle, terrifiant tout le monde à l'idée qu'il la tue, puis, contre toute attente, l'avait relâchée avant de se tuer à quelques mètres d'elle.

Oui, songea Reese, cet éléphant-là était énorme et prêt à trompeter.

— Parle-nous du bébé. Comment te sens-tu ? Depuis combien de temps le sais-tu ?

La voix de Belle interrompit son dialogue imaginaire.

— Un peu plus d'un mois. J'y pensais, mais...

Reese laissa sa phrase en suspens, repensant à cet intervalle entre le moment où elle s'était demandé si elle était enceinte et celui où elle avait effectivement fait le test.

— Je le sais depuis un peu plus d'un mois.

— C'est une merveilleuse nouvelle, s'exclama Arden en se retournant. Un bébé, c'est une promesse de bonheur.

— Honnêtement, je ne pensais pas que vous réagiriez ainsi.

En effet, Reese ne s'attendait guère à être accueillie à bras ouverts alors qu'elle n'était ni mariée à Hoyt, ni même liée à lui par une relation amoureuse.

Et pourtant elles étaient là, et les bras d'Arden étaient on ne peut plus ouverts.

— À quoi t'attendais-tu donc ? demanda Belle avec gentillesse.

— Je ne sais pas. Mais ma famille est loin d'être la mieux notée de la ville. Et comme Hoyt et moi n'avons pas de relation, eh bien, votre accueil est surprenant.

— Je te concède ça, dit Arden en s'asseyant à la grande table familiale. Pas à propos de ta famille, mais sur ta non-relation avec Hoyt. Mais tu dois savoir que cela ne rend pas la nouvelle moins heureuse, Reese. J'espère que tu le comprendras.

— Ta mère est-elle déjà au courant ? questionna Belle.

— Non, pas encore. Je veux le lui annoncer, mais je pensais

que Hoyt méritait de savoir le premier. Maintenant que c'est fait, elle sera la suivante.

— Oh ! elle va être tellement excitée, dit Belle. Je la vois déjà sourire et babiller avec le bébé.

Bien que Reese se soit représenté la même chose, espérant avec ferveur que la réalité lui donnerait raison, elle avait pu constater combien sa mère était triste et déprimée. Un bébé l'aiderait peut-être à reprendre espoir en l'avenir. C'était beaucoup demander à un enfant, mais c'était ce dont ils avaient tous besoin pour tourner la page.

— Alors comment vous êtes-vous rapprochés, Hoyt et toi ?

Un petit sourire dansait sur les lèvres d'Arden, et une franche curiosité brillait dans ses yeux bleus.

— Je veux dire que j'en suis très heureuse. J'ai toujours pensé que vous seriez très bien assortis, tous les deux.

— Vraiment ?

Reese ne put cacher sa surprise.

— Hoyt et moi ?

— Oh oui. Vous vous accordez très bien. Quand tu es venue ici avec tes élèves... Oui, j'ai toujours pensé que vous iriez bien ensemble.

Ce n'était pas seulement inattendu, c'était drôle de penser que quelqu'un avait vu cela chez eux. Hoyt et elle avaient grandi dans la même ville. Mais que quelqu'un – et sa sœur, en plus – ait pensé qu'ils se plairaient ?

— Je ne sais pas quoi dire, répondit Reese. Je ne suis pas sûre d'être disposée à obéir tout de suite à Cupidon.

Arden parut vouloir argumenter, mais un regard aigu de Belle l'en dissuada.

— Je pense que ce qu'Arden veut dire, c'est que c'est une très bonne idée.

Belle l'enlaça, ce qui fit beaucoup pour apaiser la tension de Reese. Mais l'anxiété la poussa à dire ensuite :

— Je vous promets que je ne demande rien à Hoyt. Enfin, je veux qu'il fasse partie de la vie de l'enfant, mais il ne s'agit pas d'argent ou de le piéger d'une quelconque manière.

— Bien sûr que non.

— Nous n'avons jamais pensé cela.

Arden fut la première à réagir, mais Belle avait protesté presque en même temps.

— Nous te connaissons, Reese. Tu le sais, n'est-ce pas ? reprit Arden, avec un regard franc de ses yeux bleus. Il n'est pas question de te juger ou de juger Hoyt.

C'étaient les mots qu'elle avait besoin d'entendre, mais, au fond de son cœur, Reese savait qu'elle n'était pas encore prête à les croire. Aussi, plaquant un petit sourire sur ses lèvres, elle hocha la tête et feignit que tout allait bien.

— Merci. Cela signifie davantage pour moi que vous ne pouvez l'imaginer.

— Tant mieux, conclut Belle avec un sourire. Parce que j'ai bien l'intention de faire beaucoup de câlins et de mamours à ma nièce ou mon neveu.

Hoyt passa le reste de l'après-midi à inspecter le moindre recoin du jardin et de la maison de Reese avec Ace et Tate. Mais, en deux heures, ils ne trouvèrent pas plus d'araignée que de trace inhabituelle.

Ce n'était pas surprenant. Libéré de sa prison de verre, l'animal avait certainement pris la tangente. Même si Hoyt avait espéré que le béton chauffé par le soleil aurait retenu l'animal quelque temps, la mascotte du professeur de sciences avait, selon toute apparence, préféré la liberté à la chaleur.

L'un dans l'autre, il était soulagé que la menace ait disparu. Ce qui était plus difficile à accepter, c'était le déni dans lequel se complaisait Reese. Elle paraissait si convaincue que cette araignée était le fait d'adolescents turbulents qu'il n'avait pas le cœur à suggérer que ce puisse être plus sinistre.

En faisait-il trop ?

Il avait tourné et retourné cette idée dans sa tête tout le temps de cette improbable chasse au trésor. Peut-être, mais au fond de lui il était inquiet. Son intuition était normalement bonne, et le fait qu'il n'arrive pas à se détendre vis-à-vis de cette histoire lui mettait la puce à l'oreille.

Mais pourquoi voudrait-on du mal à Reese ?

Elle n'avait jamais parlé de problème avec quiconque au lycée, en dehors de sa crainte que l'APE ne pique une crise. Il fallait ajouter à cela que c'était les grandes vacances. Des élèves étaient-ils vraiment susceptibles de s'en prendre à un professeur à cette période ? Sans compter que Reese était unanimement aimée et respectée.

Ce qui laissait son père.

Quelqu'un essayait-il de venger les crimes de Russ Grantham ? Quelqu'un qui croyait que Russ aurait dû aller en prison au lieu d'en finir de cette manière ? Que sa fille devait payer pour ses péchés ?

— Tu as trouvé quelque chose ? lança Ace en tournant le coin de la maison.

Abandonnant ses sombres pensées, Hoyt secoua la tête et survola du regard le porche et les buissons environnants.

— Rien. Et toi ?

— En dehors du fait que l'abri de jardin est impeccable et la tondeuse huilée à la perfection, non.

Hoyt avait observé la même chose. Maintenant qu'il examinait la maison, il lui paraissait évident que Reese était soigneuse et organisée.

— Elle a effectivement un côté ordonné.

— Ordonné ?

Ace haussa un sourcil.

— Je dirais plutôt qu'elle est d'une maniaquerie toute militaire. Si je ne la connaissais pas, je supposerais qu'elle a suivi un camp d'entraînement dans l'armée.

Cela pouvait être un trait de caractère, mais Hoyt y voyait autre chose. Reese n'avait pas exactement eu une vie sans histoires. La toxicomanie de son frère l'avait certainement poussée à rechercher l'ordre et la propreté en réaction.

Quand tout dérapait, la seule chose que l'on pouvait contrôler, c'était son espace personnel.

— Tu es prêt à partir ? s'enquit Ace.

— Bien sûr. Appelle Tate et allons-y.

— Je crois qu'il vérifie la haie au fond du jardin.

Ace hésita une fraction de seconde, le front plissé. Hoyt

connaissait cette expression. C'était celle que prenait son frère quand il voulait poser une question, mais en était un peu gêné.

— Je sais ce que tu vas me demander, dit Hoyt, le prenant de vitesse.

— Oui ?

— Tu vas me demander pourquoi Reese, pourquoi maintenant et pourquoi le bébé.

Ace se garda de sourire, mais son front se déplissa et son expression s'adoucit, rappelant à Hoyt qu'il s'en fallait de quelques mois que son frère ait trente-cinq ans.

— Ce ne sont que quelques-unes de mes questions.

— Qu'est-ce que j'ai oublié ?

— Je ne parle pas de Reese. Cette partie-là était évidente.

Évidente ? Qu'y avait-il d'évident chez une femme qu'il connaissait à peine ?

— Évidente comment ?

— Vous êtes fous l'un de l'autre. Je ne dis pas que le bébé n'a pas été une surprise, mais Reese et toi ? C'était facile.

Si Ace s'était mis à faire des claquettes sur le porche, Hoyt n'aurait pas été plus stupéfait.

— Reese et moi, c'était facile ?

— Bien sûr, frérot. Tu as toujours eu un faible pour elle.

— Comment pourrais-je avoir un faible pour une femme à qui j'ai parlé à peine une dizaine de fois avant de coucher avec elle ?

— Haha, fit Ace en hochant la tête d'un air entendu. Ceci explique cela.

— Ça explique pourquoi je me comporte comme un idiot enragé ?

— Pourquoi tu te comportes *encore plus que d'habitude* comme un idiot enragé, tonna la voix de Tate derrière Hoyt, tandis qu'Ace sortait sur le porche.

Même si c'était lui qui avait entamé la discussion, Hoyt ne pouvait pas laisser ses frères lui lancer des piques.

— Je suis grincheux. C'est comme ça que vous m'aimez.

Les grimaces identiques de ses frères ne requéraient pas de réponse, mais Hoyt décida tout de même de poursuivre.

— Et, pour votre gouverne, je n'avais pas un faible pour

Reese. C'est une belle femme, et les choses ont en quelque sorte pris une autre tournure il y a quelques mois. Nous sommes tous deux adultes et sans attaches. Il arrive des choses entre adultes.

— Comme des bébés, déclara Ace.

— Et des expéditions pour capturer la mascotte du lycée, ajouta Tate.

— Vous avez reniflé trop de fertilisant si vous pensez qu'il y avait autre chose.

— Tu n'arrêtes pas de le dire, frérot, dit Ace en lui assenant une claque dans le dos. Mais sache que nous serons là le jour où tu comprendras que nous avions raison.

Une heure plus tard, Hoyt ruminait toujours cet échange. Il s'était débarrassé de la poussière sous une douche, mais les sourires entendus et les regards ironiques de ses frères ne partaient pas aussi facilement. Pour être honnête, ils lui collaient à la peau comme de la super-glu.

D'autant plus que Reese l'attendait dans la cuisine. Il lui avait parlé brièvement à leur retour et l'avait assurée que sa maison était sans danger. Elle avait pris cette absence de découverte d'un air résigné et promis d'appeler son collègue pour lui annoncer qu'une de ses mascottes manquerait à l'appel cette année.

Il était donc là, attendant de la revoir, tout en étant conscient qu'ils attiraient l'attention de ses frères et sœurs.

Leur en voulait-il pour cela ?

Même s'il s'était efforcé de ne pas mettre le nez dans leurs affaires, il n'avait pas été insensible au fleurissement de l'amour entre Tate et Belle. De l'avis unanime, le printemps avait exercé sa magie sur son frère et son premier – et unique – amour. Il aurait été hypocrite de ne pas attendre la même sorte d'attention vis-à-vis de Reese et lui.

Le problème, c'était qu'ils voulaient tous voir le même résultat dans leur cas.

Oui, ils allaient avoir un bébé. Et, même si cela semblait un peu compliqué, il était confiant quant au fait qu'ils réussiraient à élever ensemble cet enfant. Cependant, cela ne voulait pas dire qu'ils s'apprêtaient à vivre une grande histoire d'amour.

— Bon sang, on n'a même pas eu d'histoire d'amour, marmonna-t-il en lançant sa serviette sur la paroi de la douche avant de rentrer dans sa chambre.

Il ne se cachait pas et il n'allait pas laisser les fantasmes familiaux interférer avec sa vie. Il savait qui il était. Il savait aussi où il en était avec Reese, et il ne s'agissait pas d'un grand amour romantique.

Son aile était située au premier étage, du côté opposé à la cuisine, aussi ce ne fut qu'en approchant de l'escalier qu'il entendit les voix.

Celle de Reese en particulier.

— Je me sens bien. Les matinées sont un peu difficiles, et parfois les après-midi, mais en dehors de cela, ça va.

La voix d'Arden suggéra des tisanes, et Hoyt prit son temps pour absorber la chose. Sa petite sœur donnait à la mère de son enfant des conseils contre les nausées matinales ? Comment était-ce arrivé ?

Puis il se souvint comment tout ça était arrivé, et une vague de chaleur monta dans son corps au rappel des heures qu'il avait passées dans les bras de Reese. Quoi qu'il soit arrivé depuis, cette nuit unique n'était jamais très loin de ses pensées.

Et du sentiment de justesse absolue qu'il avait eue à la serrer contre lui.

Reese posa sa serviette sur ses genoux et prit le temps de regarder autour de la table. Les frères et sœur de Hoyt étaient assez tapageurs et parlaient tous en même temps. Belle n'avait visiblement pas eu de mal à s'intégrer. Elle taquinait Ace à propos d'un article dans lequel on parlait de lui avant de se tourner vers Arden pour lui demander quand commencerait son cours de yoga *vinyasa* au centre communal.

— Désolé s'ils sont un peu envahissants.

Hoyt, à sa gauche, se penchait vers elle, lui tendant un panier dont émanait une chaude odeur de petits pains.

— Ils ne sont pas...

En se tournant dans sa direction, Reese se trouva nez à nez avec lui et oublia aussitôt ce qu'elle voulait dire. Le stress de la journée, combiné à sa crainte lancinante que la famille de Hoyt ne la voie comme une intrigante, se dissipèrent dans les profondeurs de ses yeux vert clair.

Elle aurait pu s'y perdre.

D'ailleurs, se dit-elle en se rappelant l'enfant qu'ils avaient conçu, elle s'*y était* perdue. Durant une soirée délicieuse et les heures glorieuses qui avaient suivi.

Reportant son attention sur le panier, elle se servit et en profita pour rassembler ses esprits.

— Ils sont merveilleux.

— Je n'irais pas jusque-là.

Elle tourna la tête, prête à riposter, mais il l'arrêta d'un sourire. Posant une main sur les siennes, il lui dit :

— Ils sont formidables, j'en suis bien conscient. Et, même s'ils sont un peu arrogants, ils me soutiennent. Et maintenant ils te soutiennent aussi. J'espère que tu le sais.

— Je le sais.

Curieusement, au milieu de tous ces débordements, c'était un sentiment d'appartenance qui dominait. Le sentiment de faire partie d'une famille.

Les enfants Reynolds s'étaient serré les coudes quand leur père avait été reconnu coupable de malversations. Toute la ville avait été témoin du fait qu'ils gardaient la tête haute et travaillaient infatigablement à rebâtir le ranch.

Peut-être était-ce l'enfer qu'elle avait traversé avec la toxicomanie de Jamie, peut-être était-ce son amitié avec Arden et la honte qu'avait endurée son amie quand elle s'efforçait de retrouver sa place à Midnight Pass.

Ou peut-être était-ce tout simplement le fait qu'elle et ses amies d'école avaient toujours admiré les frères Reynolds. Avec leurs bottes et leurs chapeaux de cow-boy, ils appartenaient à une catégorie spéciale, faite de charisme et de beauté.

C'était difficile à dire, parce que c'était sans doute toutes ces choses, ainsi qu'une vie entière dans ce petit bout du Texas, qui avaient influencé la manière dont elle voyait la famille Reynolds.

Ils avaient tous grandi sous un même ciel bleu et sur une même terre, sur laquelle avaient flotté six drapeaux différents. Enfants, ils avaient tous vagabondé en liberté comme des mustangs.

Mais leur enfance avait disparu. Leur jeunesse s'était effacée devant les dures réalités de la vie.

C'était étrange comme tout cela se diluait dans la camaraderie qui régnait à table et le soutien de chacun.

Son enfant avait un avenir. Même si son père et elle ne partageaient rien d'autre qu'une nuit de sensualité et – peut-être – une affection authentique, il leur restait le respect mutuel et la volonté d'élever leur enfant avec amour.

Cela suffirait.

Il faudrait que cela suffise.

9

— Tu n'as pas besoin de me raccompagner.

Atterrée par la raideur de son ton, Reese s'efforça de ne pas faire la grimace.

— Je veux dire que c'est gentil, mais ce n'est pas une obligation.

Hoyt posa une main sur les siennes, attendant qu'elle détache son regard de la porte de son garage, visible à travers le pare-brise.

— Reese.

— Oui ?

— Tu n'as pas besoin de faire ça toute seule...

Bien sûr que si. J'ai toujours tout fait toute seule.

Cette pensée lui traversa l'esprit avec force, laissant un vide étrange dans son sillage. Elle était seule et l'avait été beaucoup plus longtemps qu'elle ne voulait l'admettre. Encore aujourd'hui, alors que sa mère et elle auraient pu trouver une forme de réconfort mutuel, elles s'éloignaient l'une de l'autre comme des voiliers à la dérive.

L'obscurité du pick-up de Hoyt, après une journée et une soirée aussi pleines d'émotions, aurait été l'endroit parfait pour se laisser aller et exprimer ce qu'elle ressentait. Mais Reese s'écarta et posa la main sur la poignée de la portière. À quoi bon s'abandonner s'il fallait ensuite se reprendre ? Elle éprouvait cela jusqu'au bout de ses orteils.

Ils avaient passé une nuit incroyable, mais ils n'étaient ni mariés ni même vaguement attachés l'un à l'autre. Leurs deux vies allaient se poursuivre, et Hoyt trouverait quelqu'un d'autre, une femme qui n'apprécierait sans doute pas que l'erreur de jeunesse de Hoyt, ou plutôt la preuve vivante de cette erreur, vienne perturber leur nouvelle vie.

La portière claqua plus fort qu'elle n'en avait eu l'intention, et Reese fila vers la porte d'entrée. Malgré ses changements d'humeur, elle fut touchée de voir que Hoyt avait laissé les lumières du porche allumées lors de son précédent passage. Cette petite attention était attendrissante.

— Nous n'avons pas déplacé grand-chose. Juste le nécessaire pour bien inspecter les pièces.

Hoyt était juste derrière elle, son grand corps rayonnant de chaleur.

Maudit soit cet homme, ne comprenait-il pas son besoin d'espace ? Pourquoi ne cessait-il pas d'insister, même quand elle était de la pire humeur possible ? Plaquant un sourire artificiel sur ses lèvres, Reese reprit ses bonnes manières.

— Je ne m'inquiétais pas. En outre, il n'y a pas grand-chose à toucher ou à déplacer.

— Oh ! je ne sais pas. Tu n'as peut-être pas beaucoup de choses, mais ce que tu as, tu en prends soin. C'est digne d'être noté.

Reese appuya sur l'interrupteur dans le couloir et poursuivit son chemin vers la cuisine. Comme il continuait de la suivre, elle prolongea cette conversation inepte.

— Je suis une incurable perfectionniste. Quand on me donne quelque chose, j'y fais attention. Quand j'achète quelque chose, j'en prends soin. C'est une malédiction, mais j'ai cessé depuis longtemps d'essayer de me l'expliquer.

— Il n'y a rien de mal à prendre soin de ce que tu possèdes. Cela montre que tu as du caractère.

Elle fit halte près du comptoir de la cuisine et se retourna, à nouveau surprise par la manière dont Hoyt semblait remplir l'espace. Il avait de la présence, et cela la stupéfiait encore de se remémorer tout ce qu'ils avaient partagé. Et qu'ils partageraient encore sous forme d'un enfant. Sachant cela, elle ne put pourtant s'empêcher de railler :

— Empiler des torchons parfaitement pliés dans un tiroir que j'aspire chaque mois, ça témoigne de caractère ?

— Bien sûr.

— Menteur.

— Il y a bien pire qu'être ordonné dans cette vie. Aucune force au monde ne pourrait m'empêcher de faire mon lit au carré si cela te mettait de bonne humeur.

Sauf que cela ne la mettait pas du tout de bonne humeur.

Cette conversation était légère et innocente, mais elle ne pouvait se débarrasser du sentiment que quelque chose d'autre rôdait derrière. Parler de torchons et de lits à un homme dans sa cuisine n'était guère divertissant. Mais elle sentait son intérêt et une sorte de double sens.

— Comme un tueur en série ?

— Pardon ?

Hoyt écarquilla ses yeux vert émeraude.

— Oh je pense que tu me comprends. Mon père était méticuleux, lui aussi. Il était soigneux et consciencieux dans ses tâches. Pendant des années, cela consistait à ranger l'abri de jardin, nettoyer le garage et entretenir une cabane de chasse. Puis il a décidé de se développer et il a découvert qu'il pouvait être tout aussi consciencieux quand il s'agissait de torturer et tuer des gens. Autant qu'on sache, ajouta-t-elle pour faire bonne mesure.

— De quoi parles-tu ?

— Tu es en train de louer l'ordre de ma maison, comme si nous étions des camarades de chambrée, mais je sens bien qu'il ne s'agit pas seulement de placards propres.

— Je me disais seulement qu'une maison rangée te donne un sentiment de sécurité dans un monde qui en offre peu.

— Merci pour ce profil psychologique, docteur Reynolds.

— Mais qu'est-ce que tu as ?

Elle n'en avait pas la moindre idée. Tout ce qu'elle savait, c'était qu'après cette soirée il lui semblait soudain crucial de s'assurer que Hoyt Reynolds comprenait à quel point sa vie était un invraisemblable gâchis et qu'elle se débrouillait comme un chef pour la gérer. Tout comme elle allait gérer le fait d'avoir un enfant et de l'élever.

Elle allait très bien. Elle était plus que capable d'affronter seule les défis que la vie lui présentait.

— À toi de me le dire, riposta-t-elle.

— On ne parle sûrement pas de torchons.

Avant qu'elle puisse répondre, protester ou continuer d'escalader cette ridicule montagne sur laquelle elle avait décidé de mourir, il s'approcha d'elle et l'attira contre lui. L'instant d'avant, elle était tendue et droite comme un I, prête à batailler contre vents et marées, et le suivant, elle était dans les bras de Hoyt, dévorée par sa bouche, ses mains et... *lui*.

Il la fit reculer de quelques pas et la hissa pour la faire asseoir sur le marbre du comptoir. Elle en sentit le froid à travers le léger pantalon corsaire qu'elle portait, et cela ne fit rien pour diminuer la vague de chaleur qui la consumait.

C'était ce qui lui avait manqué. Pendant deux longs mois, elle avait rêvé de leur nuit ensemble. Mais peu importait la netteté ou la sensualité de ses souvenirs traîtres, rien ne pouvait se comparer à cela. Les larges épaules auxquelles elle se cramponnait comme à une ancre, le corps musclé qui se pressait contre le sien. Et cette bouche ferme et voluptueuse, si stoïque en temps ordinaire, et si animée et déterminée quand il l'embrassait.

Il reconnaissait que sa vie était maîtrisée et ordonnée, et pourtant il voulait lui faire perdre le contrôle. Parce que rien dans ses sentiments, ses réactions et son besoin de Hoyt n'avait de sens. En fait, ces émotions étaient la définition même de la perte de contrôle, et elle ignorait que faire à ce sujet.

Ou au sujet de son désir fervent d'être à nouveau à lui.

Avec une force soudaine, elle plaqua ses mains sur sa poitrine dure et musclée, pour éloigner la tentation.

— Qu'est-ce qui ne va pas ?

— Ça. Tout ça, bredouilla-t-elle précipitamment.

À peine avait-elle prononcé ces mots qu'elle se sentit misérable, tant elle aurait préféré l'accueillir dans son lit. Mais elle l'avait déjà fait, et cela n'avait rien arrangé. Au contraire, des complications qu'ils commençaient seulement à comprendre s'étaient ensuivies.

— On ne peut pas faire ça, Hoyt.

Il ouvrit la bouche pour répondre et la referma aussitôt, se contentant d'un hochement de tête sec.

— Merci pour ce dîner délicieux et pour m'avoir raccompagnée à la maison. J'ai beaucoup aimé passer du temps avec ta famille.

Ces paroles polies tombèrent de ses lèvres encore gonflées par les baisers de Hoyt. Déterminée, elle poursuivit avec les platitudes qu'elle maîtrisait depuis si longtemps.

— J'apprécie plus que tu ne le penses leur approbation et leur enthousiasme à propos du bébé. Cela compte pour moi de savoir que mon enfant aura toujours un endroit où il sera chez lui.

— Tu es chez toi aussi, Reese.

Il parut hésiter, débattant avec lui-même, avant de lever une main et de faire courir le dos de son index sur sa joue.

— Tu seras toujours la bienvenue chez nous.

Ce fut à son tour de hocher la tête.

Et d'attendre les larmes une fois que le grondement du moteur de son pick-up se fut évanoui dans la nuit.

Malgré une nuit d'insomnie, entrecoupée de sommes agités et de rêves charnels, Reese se traîna hors du lit le matin suivant. Cela faisait trop longtemps qu'elle n'avait pas vu sa mère et il était temps d'y remédier.

Et de lui parler du bébé.

Cela lui paraissait injuste que la famille de Hoyt soit au courant et elle non.

Après s'être habillée avec soin, elle se maquilla légèrement. Elle rit *in petto* en imaginant la conversation qu'elle pourrait avoir à ce sujet avec sa fille. À supposer que le bébé soit une fille, bien sûr.

Se disputeraient-elles à propos de tenues et de maquillage ? Probablement.

De couleur et de longueur d'ongles ? Sans doute.

D'espoirs, de rêves et de buts ? Qu'il s'agisse d'un garçon ou d'une fille, Reese était résolue à ce que la réponse à cela soit : jamais. Ces conversations-là seraient remplies d'amour, de soutien et de respect. C'était peut-être un rêve - leur relation aurait ses hauts et ses bas, comme toutes les autres —, mais un rêve auquel elle tenait.

Le trajet familier passa rapidement et, en descendant de voiture avec un petit bouquet acheté en ville, elle s'efforça de se fortifier en se rappelant que la nouvelle qu'elle apportait était une bonne nouvelle. Même si cela serait terriblement difficile de regarder sa mère dans les yeux et de lui annoncer qu'elle allait avoir un bébé avec un homme qu'elle connaissait à peine.

Repoussant toute considération négative, elle arrangea les roses roses, se dirigea vers la porte et frappa un coup léger avant de la pousser.

— Maman !

Le silence l'accueillit. Reese pénétra dans l'entrée et cria à nouveau :

— Maman !

Un filet de voix flotta vers elle depuis l'arrière de la maison.

— Dans le salon !

Reese prit la direction du salon, tout en remarquant une couche de poussière sur une vitrine dans le couloir. La moquette aurait dû être remplacée depuis au moins cinq ans. Elle n'était pas simplement défraîchie, mais sale et usée jusqu'à la trame.

Ce spectacle déclencha une vague de remords en elle. Depuis combien de temps n'était-elle pas venue ? Au moins un mois. Ou plutôt six semaines ? Reese lutta contre un sentiment de honte et franchit les derniers mètres qui la séparaient du salon.

— Bonjour, maman.

— Reesie...

Assise dans un rocking-chair, Serena Grantham sourit sans que ses yeux s'éclairent.

— Qu'est-ce qui t'amène ?

— Je voulais te parler, maman.

Reese se rappela le discours qu'elle avait préparé et se dit qu'elle allait y arriver.

— J'ai des choses à te dire. Une nouvelle à t'annoncer.

— Vraiment ? C'est à propos de ton travail ?

Le regard de Serena s'était un peu animé à cette annonce, mais, en dehors de cette brève lueur, son chagrin semblait si profond qu'il ne restait plus de place pour une autre émotion. Son visage était marqué de rides de tristesse et de désespoir.

Reese ne put réprimer une pointe de déception à l'idée que sa mère ne s'intéresse qu'à l'aspect professionnel de sa vie.

— Non. Pas exactement.

Sa mère l'invita à s'asseoir en désignant le canapé. La télévision montrait une émission de divertissement. Le son n'était pas assez fort pour qu'on l'entende, mais pas assez bas pour qu'on ne l'entende pas.

— Eh bien, vas-y, chérie. Je suis tout ouïe.

Reese prit le siège offert en regardant autour d'elle. Sa mère lui avait souvent parlé de sa jeunesse, avant son mariage et ses enfants. Au lycée et à l'université, elle fumait et avait continué les premiers temps de son mariage. Mais, une fois qu'elle avait été enceinte de Jamie, elle avait arrêté d'un coup. Elle prétendait que cela avait été la chose la plus dure mais aussi la plus facile à faire, car elle l'avait faite pour son fils. Reese l'avait toujours crue.

Ce fut donc avec surprise et tristesse qu'elle remarqua un cendrier débordant de mégots à côté du fauteuil de sa mère. Il était clair que la mort de Russ avait laissé des séquelles et que le vœu de sa mère s'était depuis longtemps évanoui.

— Alors quelles sont tes nouvelles ? s'enquit Serena.

— Je sais que ça va te surprendre mais, eh bien…

Reese inspira un bon coup pour se donner du courage.

— … Je vais avoir un bébé.

— Tu vas quoi ?

La question resta suspendue dans l'air. Le ton n'était pas désapprobateur mais certainement pas enthousiaste.

— Comment ? Je veux dire, je ne t'ai pas vue depuis un moment, mais je ne savais pas que tu fréquentais quelqu'un.

— Eh bien, ce n'est pas vraiment le cas.

— Mais tu vois certainement quelqu'un, insista sa mère. Qui est le père ?

— Hoyt Reynolds. Lui et moi avons passé une soirée ensemble au début de l'été. Et, euh, la chose est arrivée.

— Reynolds ?

Reese se demanda ce qui faisait le plus mal : le manque d'enthousiasme de sa mère à l'annonce du bébé, ou la manière dont elle s'était arrêtée sur le nom de famille de Hoyt.

— Nous nous connaissons depuis toujours, dit-elle prudemment. Nous avons grandi ensemble.

— Bien sûr. Lui et tous les habitants de cette ville.

— C'est un bel homme, maman, je suis sûre que tu le sais. Nous étions attirés l'un par l'autre et, comme nous sommes tous deux célibataires, nous sommes passés à l'acte. C'est un homme bien.

— Naturellement. Un homme bien. Tellement bien qu'il t'a engrossée.

— Ce n'est pas comme si je n'avais pas participé.

Sa mère tendit la main pour prendre son paquet de cigarettes et, s'apercevant qu'il était vide, le froissa et le jeta. Puis elle reporta son regard sur sa fille, la clouant sur place.

— Qu'est-ce que tu veux dire, Reesie ? Tu viens ici m'annoncer que tu vas avoir un bébé ? Avec un des fils Reynolds, en plus ?

Un fils Reynolds ? Qu'étaient-ils, un couple d'ados surpris en train de se bécoter après le couvre-feu ?

— Je ne suis plus une petite fille. J'aurai trente ans quand il naîtra. Je pensais que tu serais heureuse d'avoir un petit-enfant.

— Pourquoi serais-je heureuse ? Tu vas avoir un enfant avec un homme qui est à l'origine des malheurs de notre famille.

— Je pensais que ces malheurs tenaient uniquement à papa.

— Pardon ?

Reese savait qu'elle avait dépassé les bornes, mais elle ne put s'empêcher de continuer.

— C'est papa qui a créé la situation dans laquelle il était. Cela n'a rien à voir avec Hoyt Reynolds ou avec qui que ce soit d'autre.

— Ton père a craqué, et c'est la famille Reynolds et cette Annabelle Granger qui ont causé sa mort. Il a tenu le coup après la mort de Jamie et il a fait ce qu'il devait faire en tant que chef de la police. Toutes ces années passées à appliquer la loi et à enfermer des criminels qui finissaient toujours par ressortir, pendant que son propre fils était dans la tombe. Et qu'est-ce qu'il a eu en retour, hein ?

— Il a été arrêté, maman.

Ce qui était normal et juste, ajouta-t-elle silencieusement, pas encore prête à se révolter.

Était-ce ce que sa mère avait fait ces quatre derniers mois, assise dans le salon ? Transformer l'histoire de son père en un conte moral ? Ou pire, repeindre Russ en ange vengeur et justifier sa décision de tuer des criminels ?

Reese avait du mal à assimiler tout cela. Une part d'elle lui disait qu'elle aurait dû se battre et forcer sa mère à revenir à la raison, mais elle était trop blessée par sa réaction. Et, au bout du compte, ce fut cela qui emporta la partie.

— Je ferais mieux d'y aller.

— Je ne pense pas...

Sa mère s'interrompit et reposa les yeux sur la télévision.

— Ça vaut mieux, peut-être.

— Je crois que oui.

Reese suivit sans se retourner les traces de pas sur la moquette élimée. Sa mère avait vécu beaucoup de déceptions, c'était vrai. Mais elle venait de lui donner une raison d'être heureuse, et Serena la lui avait jetée à la figure comme un sale petit secret.

Son enfant n'avait rien de honteux, pas plus que la décision de coucher avec Hoyt. Et, si la personne qui était censée la soutenir ne voyait pas cela, il n'y avait vraiment rien à ajouter.

Hoyt franchit la porte du lycée de Midnight Pass en se demandant comment un lieu auquel il avait à peine pensé ces dix dernières années pouvait lui paraître si familier.

Pourquoi était-il là, d'ailleurs ?

Oui, il avait passé une nuit blanche, hanté par la sensation de Reese dans ses bras et sur ses lèvres. Et, oui, il savait que courir après ce désir ne pouvait mener à rien de bon. Même s'ils se sentaient drôlement bien ensemble.

Même s'ils avaient fait quelque chose de bien en concevant un enfant.

Cette pensée l'arrêta net. Un enfant. Un lien indestructible avec Reese Grantham pour le reste de leurs vies.

Résolu à repousser ces émotions conflictuelles, Hoyt retira son chapeau et s'engagea le couloir. Désir satisfait ou non, il tenait à s'assurer qu'elle allait bien. Et il voulait aussi creuser la question de l'araignée du prof de sciences.

Il avait arraché à Belle la promesse d'enquêter au lycée, mais il savait que cela passerait après une longue liste de priorités.

Elle avait mentionné que le lycée avait organisé des rondes, et il avait décidé de venir visionner les vidéos des derniers jours.

Si la présence d'agents de sécurité constituait une nouveauté par rapport à son époque, Hoyt soupçonnait que ce n'était pas sans raison. Le trafic de drogue nécessitait des contrôles étroits et une vigilance de tous les instants. Tristement, cela englobait aussi les élèves du lycée.

Jamie Grantham n'avait pas été la première victime - ni la dernière - de la drogue à Midnight Pass, et les adolescents étaient malheureusement des cibles faciles.

Il tourna à droite pour entrer dans les bureaux de l'administration, où il fut accueilli par ce dragon de Mme Larson, qui montait déjà la garde à son époque. Il tenait de bonne source qu'elle était même là depuis plus longtemps, surveillant toutes les classes depuis les pères fondateurs de Midnight Pass.

Son chapeau plaqué contre sa poitrine, il la salua d'un signe de tête accompagné d'un sourire charmeur.

— Bonjour, madame.

— Que puis-je faire pour vous ?

Sans qu'elle sourie tout à fait, il fut content de voir une petite étincelle briller dans ses yeux, au-dessus de ses lorgnons en demi-lune.

— ... Monsieur Reynolds.

— Vous vous souvenez de moi ?

— Je me souviens de chacun des élèves de ce lycée. Vous ne faites pas exception.

— C'est formidable, madame. J'aimerais parler à quelqu'un qui s'occupe de la sécurité.

— Quel est le problème ?

— Je préférerais ne pas vous le dire.

L'humour déserta les yeux sombres d'Alma Larson, et une dureté métallique prit sa place. S'il avait eu quinze ans de moins, il aurait dit qu'elle essayait de lui faire peur. Mais la maturité étant venue avec l'âge, il vit ce qu'il en était réellement : elle le sondait.

— Très bien. L'agent Zacks, notre policier à la retraite, a son bureau juste après celui-ci. Je vais l'avertir qu'il a un visiteur.

Hoyt suivit ses instructions et entra dans une salle qu'il se rappelait comme une salle d'ordinateurs. Il y avait toujours des ordinateurs, mais elle avait été convertie en une espèce de central de sécurité, avec toutes sortes d'écrans vidéo, de cartes et ce qui ressemblait à des plans de bus informatiques.

— Agent Zacks ? appela Hoyt depuis la porte.

Un homme âgé leva les yeux d'un écran et lui fit signe d'entrer. Les années avaient laissé leur marque sur un visage qui semblait avoir vu plus d'une épreuve. Mais même le nez tordu et le menton barré d'une cicatrice ne pouvaient masquer son air de perspicacité et son regard pénétrant.

— Vous l'avez trouvé. Mais vous feriez mieux de m'appeler Alan.

Hoyt serra la main tendue de l'homme.

— Hoyt Reynolds. Ravi de vous rencontrer.

— Que puis-je faire pour vous ? Nous ne voyons pas souvent errer des cow-boys dans ces couloirs.

Hoyt jeta un coup d'œil à son jean et ses bottes, et prit conscience de son apparence.

— En général, je m'habille un peu mieux quand je viens en ville, mais j'ai eu une idée et je voulais vous la soumettre.

— Ah bon ?

Il y avait sans doute des années qu'Alan Zacks n'avait pas porté l'uniforme, mais il faisait la même impression que Belle à Hoyt. Il le mit au courant des événements des derniers jours, y compris de ses inquiétudes à propos d'une araignée.

— Jetons un coup d'œil, alors.

Alan l'invita à avancer vers un mur d'écrans et une console d'apparence sophistiquée.

— Je dois vous dire que j'avais des réserves quand on m'a offert ce poste. Surveiller des gosses avec des caméras et tout ça, ça ne me plaisait pas beaucoup à l'époque. Mais j'en suis venu à en comprendre la nécessité.

— Les choses ont bien changé depuis que mes frères et moi nous étions au lycée.

— En effet. Et elles ont changé vite. Les avantages et les désavantages du progrès technologique.

Hoyt savait qu'il y avait des limites – sécurité ou non, les enfants étaient des enfants et avaient besoin de faire des bêtises. Mais il ne pouvait nier qu'il se sentait mieux de savoir Reese à l'abri.

Alan s'affairait sur son clavier, et Hoyt vit la date et l'heure changer en bas de l'écran.

— Quand Belle a interrogé le professeur de sciences, il lui a dit que les araignées étaient là jusqu'au lundi après-midi.

Alan secoua la tête.

— Voyons voir ce qu'on va trouver.

L'ancien policier savait se servir des outils à sa disposition, il fallait lui reconnaître ça. En quelques minutes, il afficha plusieurs images sur les écrans.

— Je vais passer en accéléré sur les images de la soirée, parce que nous avons des alarmes qui se déclenchent au moindre mouvement après la tombée de la nuit.

Il leur fallut vingt minutes, mais ils regardèrent toutes les images prises autour du lycée et ne virent rien d'autre que des adultes entrant et sortant du bâtiment. Personne n'avait l'air suspect et déplacé. Alan connaissait la plupart d'entre eux par leur nom.

— En dehors de ce petit groupe d'élèves qui est venu hier matin pour l'entraînement de foot, aucun enfant n'est entré dans le lycée, dit enfin Alan.

Il mit l'écran en pause et se tourna vers Hoyt.

— Ce n'est peut-être qu'une coïncidence bizarre. On a pas mal de bestioles ici, au Texas. Le week-end dernier, j'ai vu un serpent en tondant la pelouse. Ma femme a hurlé si fort qu'on a dû l'entendre jusqu'à El Paso.

Hoyt le savait. C'était la raison pour laquelle il portait des bottes. Tout le monde à Midnight Pass avait eu son lot de rencontres avec des bêtes dangereuses, il était inutile de prétendre le contraire.

— J'imagine que vous avez raison.

Hoyt reprit son chapeau, posé sur une table.

— Je vous suis reconnaissant de m'avoir donné de votre temps, Alan.

— Vous pouvez être sûr que j'ouvrirai l'œil. Pour le bien de Mlle Grantham.

Avant que Hoyt puisse ajouter quelque chose, l'objet de son inquiétude se montra dans l'encadrement de la porte.

— Quel est le motif de tout cela ?

10

S'il y avait bien une chose que Reese détestait par-dessus tout, c'était faire l'objet d'une surveillance. Mais elle y trouvait un certain réconfort quand celle-ci visait à la mettre en sécurité.

Ou quand elle l'avertissait d'une catastrophe imminente.

Il n'avait fallu que quelques secondes à Alma Larson pour aviser Jake Walters que Hoyt Reynolds fouinait au lycée, et moins de temps encore à Jake pour en déduire que cela avait à avoir avec Reese. Moyennant quoi, il était allé avertir cette dernière et lui dire qu'Alma risquait d'en tirer des conclusions erronées.

Après son départ, Reese resta quelques minutes assise, furieuse mais résolue à finir ce qu'elle était venue faire. Déjà ulcérée par la réaction de sa mère, elle trouvait exaspérante l'intervention intempestive de Hoyt. Dire qu'elle avait cru passer un après-midi tranquille en se réfugiant dans le travail !

Si Alma se doutait que Hoyt et elle avaient quelque chose à voir l'un avec l'autre, elle pourrait aussi bien dire adieu à sa vie privée et mettre un panneau à vendre sur sa maison.

C'est pourquoi elle demeura vingt-sept minutes de plus dans sa classe avant de se rendre au bureau de Zacks. L'objet de son ire était là, comme prévu, penché sur un écran.

Bien que le vieil homme lui ait dit plus d'une fois de l'appeler Alan, elle se souvenait toujours de lui comme de l'agent Zacks, un homme qui avait été le supérieur de son père au début de sa carrière. L'appeler par son prénom lui aurait paru bizarre et déplacé. Encore un des effets de la vie dans une petite ville.

— Bonjour, Reese.

Alan la salua d'un geste, une expression sérieuse sur le visage.

— Hoyt me parlait justement de cette araignée sur votre porche.

Évitant de foudroyer Hoyt du regard, elle sourit à Zacks.

— Je pense que monsieur Reynolds donne un peu trop d'importance à cette histoire.

— Peut-être, peut-être pas, répondit Alan en désignant l'écran. Pour ma part, je ne trouve pas anodin qu'un vol ait été commis. Affreux ou non, l'animal appartient à Fred McNamara.

— Bien sûr.

Alan avait marqué un point. S'avançant dans la pièce, elle contempla les écrans.

— Vous avez trouvé quelque chose ?

— Non.

C'était Hoyt qui avait répondu, avec une frustration évidente. Il était si maussade qu'elle voyait pratiquement la tension émaner de lui.

— Eh bien, j'ai toujours dit que c'était une mauvaise farce, commença-t-elle, persuadée que si elle le répétait assez souvent cela deviendrait vrai. Je sais que nous avons des caméras et je te remercie d'être venu jeter un coup d'œil, mais je crois que ce ne sont que des bêtises.

Alan Zacks hocha la tête.

— Je continuerai à ouvrir l'œil, tout de même.

— Et je vous en suis reconnaissante, l'assura-t-elle avant de faire un signe de tête à Hoyt. Si vous avez fini, j'aimerais vous emprunter Hoyt quelques minutes. Je n'arrive pas à atteindre le haut de mon tableau, et il tombe à pic. Salle cent quarante-deux.

— Bien sûr.

Reese sortit en agitant la main, anxieuse d'éviter autant que possible les regards d'Alma. Ce ne fut qu'arrivée devant sa salle qu'elle respira enfin.

Pourquoi Hoyt faisait-il une telle montagne de cette histoire ? Et pourquoi refusait-il d'accepter que ce ne fût qu'une mauvaise farce ?

Et pourquoi essayies-tu autant de dédramatiser ?

À l'idée qu'elle minimisait l'importance d'une menace réelle,

elle posa une main protectrice sur son ventre et reconsidéra les inquiétudes de Hoyt.

Quelqu'un avait-il vraiment tenté de lui faire du mal ? Ce n'était pas impossible. Les dingues ne manquaient pas dans le monde, et les actes de son père avaient fait connaître leur nom dans tout le Texas et même dans tout le pays. Avait-elle pris les choses trop à la légère, en se disant que l'agitation finirait par se calmer ?

— Ça fait des années que je ne suis pas entré ici. C'était la salle de Mme Sinestra, non ?

Se détournant de la fenêtre par laquelle elle contemplait le parking sans le voir, Reese reporta les yeux sur le grand cow-boy posté au seuil de sa classe. Bonté divine, s'était-il exercé à cette pose ? C'était la décontraction incarnée, mâtinée de grâce paresseuse.

Hypnotisée, elle laissa son regard errer de son chapeau aux lignes fermes de sa mâchoire et à sa chemise de batiste bleue. Puis elle contempla ses hanches minces, le jean usé qui l'enserrait comme un gant et finit par ses bottes éculées. C'étaient les bottes d'un homme qui travaillait dur et n'avait pas peur de le montrer.

Mais quand s'était-elle entichée de lui au point de n'avoir qu'une envie : agripper sa chemise et se presser contre lui ?

Cette absence de retenue avait tout à voir avec ses hormones. Mais elle ne pouvait pas la mettre sur le compte du bébé. Oh non. Hoyt Reynolds se débrouillait pour mettre ses hormones en folie à lui tout seul.

Imaginant à nouveau ce que la langue frétillante d'Alma en ferait, Reese se secoua et revint au sujet en cours.

— Merci d'être venu m'aider.

Elle désigna le fond de la classe.

— J'ai besoin de grands bras pour ce tableau d'affichage.

— Je ne savais pas que tu étais ici.

— Est-ce que cela t'aurait empêché de venir ?

Reese avait conscience de ses mécanismes de défense, mais elle n'était pas prête à céder du terrain.

— Non, mais je serais passé te dire bonjour d'abord et t'expliquer ce que je voulais faire.

— Ma voiture est dehors.

— Je suis garé dans le parking des visiteurs. Je n'ai pas vu ta voiture.

— Ah.

Hoyt pénétra dans la salle, laissant la porte se refermer avec un déclic sonore.

— Je m'inquiète pour toi et, que ça te plaise ou non, je veux veiller à ta sécurité.

— Même si je pense que tu en fais trop ?

Elle avait agité la main et fut surprise quand Hoyt la captura dans la sienne.

— Si cela signifie m'inquiéter pour toi et notre enfant, alors oui.

Il se pencha vers elle et baissa la voix.

— Si tu me trouves surprotecteur et autoritaire, j'assume. On m'a déjà dit que j'étais autoritaire.

— Et surprotecteur ?

Il ne bougea pas, les lèvres à quelques centimètres de sa peau. Ce fut seulement quand il lui caressa le dos de la main du pouce qu'elle sentit un frisson parcourir sa colonne vertébrale.

— Ça, c'est nouveau.

— C'est une perte de temps.

— Oh ! je ne crois pas. Je dirais que ça me plaît.

— Et si ça ne me plaît pas, à moi ?

— Il vaut mieux que tu t'y habitues.

Reese avait envie de le repousser. Envie de tempêter contre ses manières dominatrices et cette soudaine prise de pouvoir.

Mais elle n'en fit rien. Elle resta immobile, face à lui, savourant l'instant. Et elle se laissa aller à fantasmer que, peut-être, le père de son enfant avait un peu d'affection pour elle.

Belle avait l'habitude de prendre les choses en main. On attendait cela d'elle dans la police et, avec une mère alcoolique, elle avait appris très tôt à faire face. Pour les mêmes raisons, elle était perspicace et n'avait pas peur des confrontations.

Et, à cet instant, Reese était numéro un sur sa liste.

Elle avait laissé les choses se tasser, surtout après que les Reynolds avaient sorti l'artillerie lourde au dîner de l'avant-veille.

N'importe qui aurait été ébranlé, mais Reese évoluait en plus en terrain mouvant. Un bébé surprise avec un amant de passage avait ce genre d'effet.

Cela perturbait aussi Belle, et elle avait commencé à travailler Tate à ce sujet. Qu'avait donc Hoyt ? Pourquoi ne voyait-il pas que Reese était la femme parfaite pour lui ?

Tate avait fait de son mieux pour la faire taire avec des baisers et des caresses érotiques, mais elle l'avait harcelé jusqu'à ce qu'il accepte de parler à nouveau à son petit frère.

1 pour Granger, 0 pour Reynolds.

Si l'on pouvait compter les points quand il s'agissait d'amour, songea Belle en souriant intérieurement.

Elle sonna à la porte de Reese. Une visite amicale était à l'ordre du jour, et elle ne partirait pas avant d'avoir dit ce qu'elle avait à dire. Ni avant que Reese ait compris qu'elle disposait d'un soutien sans faille de leur part.

— Belle !

Reese lui fit signe d'entrer.

— Quel plaisir de te voir !

Sa perplexité momentanée n'avait cependant pas échappé à Belle.

— Je suis désolée d'arriver à l'improviste, mais je voulais te voir et, quand j'ai aperçu la montagne de paperasse qui m'attendait, je me suis dit que c'était le moment ou jamais.

— Ça veut dire que tu n'es pas en service ?

— Techniquement, oui.

— Puis-je t'offrir un peu de vin ? Cette bouteille s'ennuie sur mon étagère, et ça me donnera l'occasion de te jeter des regards d'envie. Quelques tanins flotteront même peut-être dans ma direction si je respire assez fort.

Belle accepta sans sourciller cette allusion à la grossesse de Reese, secrètement ravie qu'elle lui fournisse une entrée en matière.

— Volontiers.

Elle était déjà venue chez Reese plusieurs fois et avait toujours apprécié l'atmosphère de confort qui y régnait. Tout était à sa place, sans qu'on ait le sentiment de déranger.

Tandis que Belle errait autour de la cuisine, Reese empoigna une bouteille de vin et y planta un tire-bouchon.

— C'est dur de renoncer à l'alcool ? demanda Belle, pour relancer la conversation.

— Pas aussi dur qu'on pourrait l'imaginer. C'est beaucoup plus facile quand on a une bonne raison pour cela.

Reese tapota son ventre, toujours aussi plat.

— Mais ça me manque de temps en temps.

— Tu n'as pas besoin d'ouvrir une bouteille juste pour moi.

— Ne dis pas de bêtises. Je la reboucherai et tu l'emporteras à la maison.

Belle prit le verre que Reese lui offrait et attendit qu'elle se verse un soda avant de proposer un toast.

— À ma future nièce ou mon futur neveu.

— Et à la future tante de mon enfant, ajouta Reese, avec une étincelle de plaisir dans les yeux.

— Buvons à cela.

Belle leva son verre.

— Santé.

Le cliquetis des verres résonna dans la cuisine avant que Reese lui propose un siège.

— Alors, de la paperasse, hein ?

— Impossible de s'en dispenser. Et c'est la preuve que tous ces films policiers ne racontent que des mensonges.

— Quoi, pas de planque avec des coéquipiers sexy ?

— Pas une seule, répondit Belle en repoussant une image perturbante de son coéquipier Jared en caleçon.

Frissonnant de tout son long, elle prit son verre et avala une longue gorgée.

— Mon père critiquait aussi les films policiers, reprit Reese. Il disait qu'ils étaient à peu près aussi réalistes que les films de super-héros ou de jus...

Reese s'arrêta net, perturbée. La légèreté qui les accompagnait lorsqu'elles trinquaient retomba brusquement.

— Justiciers, finit Belle d'un ton tranquille.

— Une idée à laquelle je ne crois plus depuis longtemps.

— Tu en es sûre ?

Reese, qui essuyait des gouttes de condensation sur son verre, leva les yeux.

— Absolument.

Reese réprima une envie de fuir – ce qui aurait été un comble chez elle et en présence d'un membre de la police ! Elle aurait voulu revenir à l'insouciance des instants précédents, mais c'était impossible.

Tout comme elle ne pouvait faire revenir son père, ni lui demander comment il avait pu croire non seulement permis mais juste d'ôter la vie à des êtres humains.

— La justice n'est pas toujours facile à établir, et on dit parfois qu'elle est aveugle, mais elle existe tout de même.

Reese haussa les épaules.

— Si tu le dis.

Elles se turent quelques minutes, un silence lourd de tout ce que Reese avait envie de dire. Ou plutôt de demander. Comment s'étaient passées les dernières minutes ? Russ avait-il expliqué à Belle pourquoi il avait commis ces actes horribles ? Ou avait-elle tellement peur qu'elle n'avait posé aucune question ?

Le FBI leur avait relaté le dernier jour de Russ, mais ce récit avait été d'une froideur clinique. La famille d'un tueur en série avait apparemment droit à des explications, mais ni au temps ni à l'espace nécessaires pour exprimer du chagrin et poser des questions.

— Tu sais ce qui est le pire là-dedans ?

La question était sortie dans un murmure presque craintif. Mais elle savait qu'elle devait avancer courageusement pour obtenir des réponses.

— Quoi ?

— Il avait l'air tellement normal. Tellement lui-même. Pourquoi n'avons-nous pas compris ? Pourquoi n'avons-nous rien vu ? Deux semaines avant, nous sommes allés au bungalow pour le nettoyer. Le bungalow où...

Le bungalow où Russ avait enfermé Belle et s'était ôté la vie.

— C'était un homme bien, dit Belle.

Les larmes s'accumulèrent, brûlantes, dans les yeux de Reese. Hoyt avait dit la même chose.

Un homme bien. Qu'est-ce que cela voulait dire désormais ?

— Non, Belle. Ce n'était pas un homme bien. Pas à la fin. Pas quand cela comptait.

— Je sais ce que je dis.

— Et moi aussi. Et ce que je ne parviens pas à comprendre, c'est pourquoi vous semblez si résolus à excuser son comportement ou à l'exonérer d'une manière ou d'une autre.

— Je n'excuse rien du tout.

— Ah non ?

Reese se leva, trop agitée pour rester assise.

— Alors c'est peut-être toi que tu excuses ? Tu n'as pas hésité à le traquer. Est-ce une façon de te sentir mieux maintenant ?

Les paroles de sa mère lui revinrent en mémoire.

*Il a tenu le coup après la mort de Jamie et il a fait ce qu'il devait faire en tant que chef de la police. Toutes ces années à appliquer la loi et à enfermer des criminels qui finissaient toujours par ressortir, pendant que son propre fils était dans la tombe. Et qu'est-*ce qu'il a eu en retour, hein ?

Qu'avait-il eu en retour ?

Qu'avaient-ils tous eu en retour ?

Soudain épuisée, elle se laissa tomber sur sa chaise et posa la tête sur ses bras croisés. Avait-elle, ne serait-ce qu'un instant, entretenu les mêmes pensées que sa mère ? S'était-elle dit que Russ avait été forcé d'agir ainsi et que c'étaient les autres qu'il fallait blâmer ?

Parce qu'elle ne croyait pas cela du tout.

Mais oh, comme il lui manquait !

Elle avait perdu un père, et tout le monde pensait qu'elle devait juste accepter et oublier. Oublier son père avant qu'il ne devienne mauvais et accepter qu'il soit devenu entièrement mauvais.

— Je n'ai aucune excuse, Reese.

Une main chaude recouvrit les siennes.

— Je n'en ai pas besoin. J'assume mes actes, et ils comprenaient la décision très difficile d'appréhender Russ quand j'ai compris que c'était lui. Je ne peux pas m'excuser pour ça et je ne le ferai pas.

Ces paroles faisaient mal, mais leur honnêteté était apaisante. Et elles impliquaient que Belle avait souffert, même si elle avait fait tout ce qu'elle pouvait pour agir en accord avec ses convictions.

— Mais ça ne signifie pas que je ne vois pas que tu as mal. Tu as tous les droits d'avoir des souvenirs aimants de ton père, et personne ne peut te les enlever.

Reese releva la tête et croisa le regard compréhensif de ses yeux bleus.

— C'est ça le pire. C'est un peu comme si on avait fait disparaître tout ce qu'il était avant. Aussi dur que ça ait été, ce n'était pas le cas pour Jamie. Nous avons pu le pleurer. Nous pouvions nous souvenir de lui avant sa toxicomanie.

— Tu as le droit de le pleurer. Et tu peux le faire avec moi. Et je sais que tu le peux avec Hoyt et ses frères et sœur.

Oh ! comme elle avait envie de croire Belle. De croire qu'elle pourrait oublier tout ça avec suffisamment de compréhension et de tolérance de la part de ceux-là mêmes qui avaient été confrontés aux démons de son père.

— Comment peux-tu dire ça ? D'après ce qu'on nous a dit, il voulait te tuer, et il n'a changé d'avis qu'à la dernière minute.

— Mais il a changé d'avis. À la fin, il a changé d'avis, Reese.

Impressionnée par cette absence d'artifice et de colère là où elle aurait été plus que justifiée, Reese fit effort pour organiser ses pensées. Et se surprit à se confier encore à Belle.

— Ma mère n'est pas très enthousiaste à propos du bébé.

— Quand lui as-tu dit ?

— Mercredi. Après vous l'avoir annoncé, à Hoyt et à vous tous, je me sentais coupable qu'elle ne le sache pas encore.

— Et elle ne l'a pas bien pris ?

Belle jouait avec le bord de son verre sans cesser d'user du ton calme et gentil qu'elle avait adopté depuis le début.

— Le mieux que je puisse dire, c'est qu'il n'y a rien qu'elle prend bien en ce moment.

— Je suis allée la voir. Il y a environ un mois. Elle a refusé de me parler.

— Tu es allée...

Bien sûr. Belle était l'une des personnes les plus solides que connaisse Reese et elle était tout à fait du genre à aller parler à Serena Grantham.

— Oui. Mais elle n'était pas prête à écouter ce que j'avais à lui dire. Elle ne le sera peut-être jamais, mais je ne pense pas qu'on puisse dire la même chose de son petit-fils ou sa petite-fille.

— Je ne sais pas. Elle semblait plutôt fixée sur mon célibat. Et comme si ça ne suffisait pas, le fait que Hoyt soit le père l'a rendue furieuse.

— Elle n'aime pas Hoyt ?

— On en revient au point de départ. Comme la famille Reynolds est entachée par les crimes de mon père, je suis une espèce de traître sur le plan émotionnel.

Belle haussa les sourcils.

— Elle t'a dit ça ?

— Je l'ai déduit de ce qu'elle disait, répondit Reese en tripotant sa serviette en papier. Mais je sais que je ne me trompe pas.

— Eh bien, je sais que je ne me trompe pas non plus. Un bébé est une heureuse nouvelle, quelles que soient les circonstances. Il faut lui laisser un peu de temps pour s'habituer à cette idée.

— Et si elle ne s'habitue pas ?

Cette main chaude et apaisante revint se poser sur les siennes.

— C'est impossible. Tout comme je connaissais ton père, je connais ta mère. Donne-lui un peu de temps. Une fois qu'elle aura accepté cette idée, je sais que le bébé fera beaucoup pour remettre les choses à leur place.

— Et où est cette place ? questionna Reese, songeant combien les certitudes de Belle étaient faciles à croire.

— Dans le passé. Définitivement dans le passé.

11

Des basses tonitruantes s'échappaient de la maison, faisant trembler les vitres. Quoi que Hoyt se soit imaginé des goûts de Reese, le *heavy metal* n'en faisait pas partie.

Pourtant, l'évidence était là. Derrière le voilage de la fenêtre, il la voyait osciller la tête en rythme avec la musique.

— Reese !

Il frappa à coups redoublés sur la porte. Voyant qu'elle continuait ses gesticulations, il pressa la sonnette et y laissa son doigt.

— Qu'est-ce que... ?

Le cri de Reese s'échappa par la porte, en même temps qu'une rafale de musique déchaînée.

Il retira le doigt du petit bouton blanc.

— J'ai frappé. Crié... et finalement sonné.

Elle l'arrêta d'un geste et courut couper la musique. L'air parut néanmoins continuer de vibrer. Hoyt mit un doigt dans son oreille et la secoua légèrement, pas certain de pouvoir à nouveau entendre. Puis il se demanda brièvement si le fœtus avait déjà des oreilles.

Il faudrait qu'il cherche la réponse. Tout comme il s'était informé des stades de développement, stupéfait que son bébé ait encore la taille d'un grain de raisin.

Mais ces pensées s'évanouirent quand il se souvint de l'araignée. Il jeta un coup d'œil derrière lui mais ne vit qu'un quartier tranquille, assommé par l'été texan. Une légère brise soufflait dans les arbres, mais le soleil était si chaud qu'il voyait des ondes de chaleur monter de la chaussée.

Reese revint vers lui, pieds et jambes nues dans un vieux short. Saisi d'un élan de concupiscence, il cessa d'inspecter la rue.

— Ne cours pas.

Il pénétra dans la maison, instantanément rafraîchi par l'air conditionné.

— Je peux encore courir, tu sais. C'est bon pour moi.

— Les femmes enceintes peuvent courir d'un côté à l'autre de la maison ?

— Pourquoi pas ? Si c'était bon avant pour ma santé, ce doit être toujours bon.

Hoyt n'en était pas si sûr – il faudrait qu'il vérifie —, mais il avait du mal à argumenter face à ce corps souple et ces longues jambes sexy.

— Tu es une fan de *heavy metal* ?

— Je plaide coupable.

— Ça ne dérange pas les voisins ?

— Je pense que ça les tient à distance, répondit Reese en souriant. Et puis la vieille Mme Campbell a des prothèses auditives et la maison de l'autre côté sert de résidence secondaire. Je suis dispensée de voisins fâchés.

— Tant mieux pour toi.

Ou pour eux, ajouta silencieusement Hoyt.

— Qu'est-ce qu'il se passe ?

Cette question eut le don d'irriter Hoyt. Il la rangea avec les agacements de la journée. Ou plutôt de la semaine.

Il était allé enquêter au lycée, et elle l'avait traité avec condescendance. Comme si son inquiétude était au mieux disproportionnée et au pire paranoïaque. Hoyt n'était pas paranoïaque. Et cela l'irritait qu'elle prenne les choses si peu au sérieux.

Mais ce qui le perturbait vraiment, c'était qu'elle ait passé l'après-midi avec Belle et ne se soit pas donné la peine de l'appeler. Non qu'il l'ait fait lui-même, mais cela n'avait rien à voir.

— Je voulais te voir. Faut-il qu'il se passe quelque chose ?

— Non, non...

Le reste de sa phrase fut englouti par le baiser qu'il lui donna, impatient de mettre les mains – et la bouche – sur elle. Il l'avait dans la peau, et rien ne semblait pouvoir changer cela. En fait, songea Hoyt tandis qu'elle lui jetait les bras autour du cou, cela ne cessait d'empirer.

De longs instants s'écoulèrent, comme un baume après une longue semaine de travail et d'inquiétude.

Ce fut elle qui rompit le baiser la première, les bras toujours noués autour de son cou.

— C'était un sacré bonjour ! Je vais peut-être ignorer la sonnette plus souvent.

— Bonjour...

— Pourquoi ne pas recommencer à zéro ? Au lieu de te demander pourquoi tu es ici, je vais te dire ce que je voulais vraiment dire.

— Et qu'est-ce que c'est ?

— Je suis ravie que tu sois là, et voudrais-tu te joindre à moi pour le dîner ? J'allais justement commander une pizza, dès que j'aurai fini d'aspirer.

— Volontiers.

— Alors faisons ça. L'aspirateur n'est pas aussi rigolo sans Metallica, mais je m'en contenterai.

Elle avait déjà fait demi-tour quand il tendit le bras pour l'arrêter.

— Pas question. Je finis d'aspirer, et toi tu commandes la pizza.

— Mais comment vont-ils m'entendre avec le vacarme ?

— C'est ton problème.

Hoyt haussa les épaules, se sentant mieux que depuis des jours.

— J'ai du ménage à faire.

La femme épiait par une trouée dans la haie. Elle avait laissé les gosses à son ex, consciente qu'elle devrait les récupérer plus tard. Surtout quand Paul s'apercevrait que Ben avait un rhume et une otite.

Paul ne s'occupait pas des nez coulants. Ni des enfants malades. Ni des enfants tout court, à vrai dire.

Elle avait commis une grosse erreur et elle en payait désormais le prix. Ça et le fait que Paul n'était pas Jamie. Elle s'était efforcée de le croire, mais ils n'avaient rien en commun. Elle avait cru pouvoir faire revenir Jamie en s'occupant de lui. Tout ce qu'elle avait eu, c'était dix ans d'un mariage misérable et un ex-mari qui préférait faire n'importe quoi plutôt que s'occuper de ses enfants.

L'antithèse de Jamie.

Oh ! si seulement il avait vécu. Si seulement elle avait trouvé un moyen de l'aider. Pas comme ses parents qui avaient baissé les bras presque tout de suite.

Jamie lui avait caché qu'il se droguait, au début. Ils fumaient de l'herbe dans la journée, et c'était seulement le soir qu'il cherchait quelque chose de plus fort. Non que cela ait fait une différence pour elle. Elle était amoureuse de lui, et rien de ce qu'il faisait ne l'aurait fait changer d'avis.

Puis un jour, chargé jusqu'aux yeux, il s'était écrasé contre un arbre en voiture. Sa mère avait pleuré de gratitude des journées entières, parce qu'elle était restée à la maison ce soir-là. Ses amies lui avaient répété qu'elle avait de la chance de ne pas avoir sombré avec Jamie. Et la pauvre Mme Grantham avait pleuré sur son épaule à l'enterrement, désespérée par la perte de son fils. Même Russ l'avait étreinte et remerciée d'avoir eu une bonne influence sur Jamie.

Seule Reese était restée à distance, froide et hautaine.

L'arrogante Reese, qui se croyait au-dessus de tout. À l'enterrement, elle n'avait pas versé une larme, se contentant de fixer les gens. Les mois suivants, elles s'étaient croisées quelquefois dans la rue, et pas une fois Reese n'avait prononcé des paroles de condoléances. Elle avait tout simplement tourné la page, comme si elle n'avait jamais eu de frère.

Et maintenant elle faisait pareil.

Même si Russ faisait enrager Jamie avec sa rigidité, elle-même avait fini par le voir comme un homme bien. Il s'était toujours montré gentil avec elle et l'avait félicitée quand Paul et elle s'étaient mariés. Il n'avait jamais supposé qu'elle avait oublié son petit ami, lui.

Et il avait vengé la mort de Jamie.

Oh ! tout le monde avait été horrifié, mais elle, elle l'avait compris. Et même loué, tout au fond d'elle. Il avait choisi de nettoyer la ville de ces ordures, avec leurs drogues mortifères et leurs promesses vides.

C'était un héros.

Que personne à Midnight Pass ne le comprenne, c'était une chose, mais sa propre fille ? Son père était mort, et Reese affichait une fois de plus son cœur de glace. La Reine des neiges en personne.

Était-ce l'exemple qu'ils voulaient donner aux élèves de Midnight Pas ? Certainement pas.

Cela suffisait.

Il était temps que Reese Grantham sorte de son bloc de glace, retire sa couronne d'indifférence et comprenne ce qu'on attendait d'elle.

Elle n'avait pas encore réglé les derniers détails, mais le fait qu'elle puisse entrer librement dans le lycée allait lui permettre de minuter son plan.

Reese Grantham croyait pouvoir ignorer les autres.

Il n'y avait donc pas de meilleur endroit pour la remettre à sa place que celui où elle se croyait en sécurité.

Une leçon qu'elle allait lui administrer dès ce soir.

Reese mit le couvert, amusée d'entendre l'aspirateur dans le couloir. Elle n'était pas antiféministe et Hoyt était aussi capable qu'elle de passer l'aspirateur, mais il y avait quelque chose d'incongru à ce que ce grand corps sanglé dans un jean et un T-shirt noirs fasse le ménage un vendredi soir.

Plus sérieux était le baiser qu'il lui avait donné en arrivant. Elle sentait encore la marque de ses lèvres et le contact de ses mains sur ses hanches.

Bonté divine, cet homme était à tomber à la renverse. Qu'il soit en vêtements de travail, en uniforme pour le Memorial Day ou en tenue de week-end, elle salivait rien que de le voir.

Même si cela allait bien plus loin que l'attirance physique.

Son apparence était d'une simplicité tout américaine. Il aurait été facile de passer une soirée à son image. Mais il était bien davantage que cela. Son inquiétude pour sa santé et son bien-être la touchait, c'était attendrissant.

Comme lorsqu'il était venu la voir dans sa salle de classe. Il l'avait aidée à accrocher des affiches sur la partie haute de son tableau et l'avait interrogée sur son programme, sincèrement intéressé par ses réponses.

Les élèves aimaient-ils lire *Un Conte de deux villes* ? Appréciait-elle vraiment *Orgueil et Préjugés* ou l'enseignait-elle parce qu'elle le devait ? Plus intéressant encore, quand elle lui avait dit qu'elle enseignait *Harry Potter à l'école des sorciers* en même temps qu'*Une paix séparée*, il s'était lancé dans une tirade pour lui expliquer à quel point il aimait toute la série.

Oui, il était surprenant. Plus elle en apprenait sur lui, plus elle avait envie d'en savoir davantage.

— La pizza est arrivée, cria Hoyt dans le couloir.

L'aspirateur s'éteignit, et elle l'entendit se diriger à pas lourds vers la porte d'entrée.

— Hoyt ! L'argent est sur la table du hall.

— Je m'en occupe, dit-il.

Elle apprécia le geste, mais quelque chose la dérangeait. Elle pouvait bien régler leur dîner. Pourquoi se croyait-il obligé de payer pour tout ? Ils ne sortaient pas ensemble.

Et, même si cela avait été le cas, elle ne l'aurait pas laissé s'acquitter de tous leurs repas.

Ce n'est qu'une pizza, Reese. Trouve une autre cause.

Elle inspira profondément et le suivit dans la cuisine. Le riche parfum du fromage et de la sauce tomate flottait dans son sillage.

— Qu'est-ce que tu veux boire ?

— Un soda, ça me va très bien.

Elle sortit un coca pour lui et de l'eau pour elle-même et les posa sur la table. La scène était bizarrement domestique, surtout après que Hoyt avait fait le ménage.

— Le salon est prêt pour l'inspection après le dîner.

Il était difficile de rester irritée devant ce petit sourire ravi.

— Je vais voir ça.

— J'y compte bien.

Hoyt prit une grosse bouchée de pizza et mâcha d'un air pensif.

— Belle m'a dit qu'elle t'avait rendu visite aujourd'hui ?

— Oui.

Reese entama aussi sa pizza, se demandant où il voulait en venir.

— Je ne savais pas que vous vous voyiez régulièrement.

— Je ne l'ai pas beaucoup vue cette année, mais nous sommes amies, oui.

Et leur conversation semblait indiquer qu'elles allaient redevenir des amies proches. Reese s'était spontanément éloignée après les événements du printemps, mais c'était bon d'avoir une amie sur laquelle compter.

Soudain chatouilleuse, elle demanda :

— Ça te dérange que Belle soit venue me voir ?

— Non.

Hoyt enfourna une autre bouchée en prenant son temps.

— Tu en es sûr ?

— Bien sûr que oui.

Hoyt se leva et alla prendre une autre part.

— Tu en veux ?

Reese agita sa part à moitié entamée.

— Ça me suffit pour l'instant.

— D'accord.

Elle faillit rire de son air maussade quand il revint s'asseoir, mais décida de pousser son avantage malgré tout.

— Alors j'ai une question.

— Vas-y.

— Pourquoi as-tu payé la pizza ? J'avais laissé de l'argent sur la table de l'entrée.

— Ce n'est qu'une pizza.

— Exactement. Juste une pizza. Je peux la payer aussi bien que toi.

— C'était seulement pour être gentil.

— Comme quand tu m'interroges sur la visite de Belle ?

Reese vit cette réplique inepte faire son effet.

— Que veux-tu dire ?

— À toi de me l'expliquer, riposta-t-elle d'un ton tranchant.

— C'est super que Belle soit venue te voir. Je suis content que tu aies passé un bon après-midi. Normal que tu n'aies pas eu le temps de m'appeler ou de m'envoyer un texto. Si je n'étais pas venu au lycée mercredi, est-ce que j'aurais même eu de tes nouvelles après le dîner chez moi ?

Reese baissa les yeux sur son assiette.

— En voilà une pizza.

Elle examina sa part.

— Ils mettent du sérum de vérité dedans ?

Hoyt recula bruyamment sa chaise, attrapa son assiette et la jeta dans l'évier. Le bruit se répercuta dans la cuisine, mais il n'y eut pas de casse.

— Ce n'est pas un sujet de plaisanterie.

— Non, reconnut Reese. Ce n'en est pas un.

— Alors pourquoi est-ce que tu ne dis pas ce que tu veux ?

— Je pourrais te poser la même question. Pourquoi es-tu venu ?

— Parce que je voulais savoir comment tu allais ?

Reese était debout à présent, peu désireuse de le voir arpenter la cuisine comme un gosse grognon.

— Et aspirer ma maison et me payer mon dîner ? C'était ton plan en venant jusqu'ici ?

— Non, je...

Hoyt s'interrompit avec une expression de frustration très proche de celle d'un bambin de deux ans.

— Je voulais te voir. Et je découvre que Belle est venue passer un moment avec toi, et que tu n'as pas pris la peine de me faire savoir comment tu allais.

— Ça va être comme ça, maintenant ? On va se surveiller l'un l'autre ?

Elle s'approcha de lui.

— Nous ne sortons pas ensemble, tu te souviens ? Et nous ne sommes pas un couple.

— Nous allons avoir un bébé.

— C'est vrai. Un bébé conçu avec un préservatif défectueux. Ce n'est pas vraiment la matière dont on fait l'amour, le romantisme et l'engagement.

Sans crier gare, les taquineries s'étaient transformées en... Quoi ? Une dispute ? Une catharsis ?

— Et à quel moment, durant ces derniers jours, ai-je failli à mon engagement ? Bon sang, je t'ai même demandé de m'épouser ! Ce n'était pas du bluff, mais tu l'as écarté sans même y réfléchir.

Hoyt fourra les mains dans ses poches, ce qui fit ressortir ses triceps. Reese fit un effort pour rester concentrée sur la question au lieu de se repaître de ce spectacle.

Y réfléchir ?

Elle n'avait pas pensé à grand-chose d'autre. Pendant des heures, elle s'était dit que c'était la réponse à tous ses problèmes. Avant de se rappeler catégoriquement qu'elle ne pouvait pas choisir la facilité et accepter qu'un homme qui ne l'aimait pas l'épouse seulement pour le bien de leur enfant.

— J'y ai réfléchi, Hoyt.

— Voyez-vous ça, je n'y aurais pas cru.

— Écoute. Tout ça est arrivé très vite, et aucun de nous n'a eu beaucoup de temps pour digérer les conséquences. Est-ce si mal de vouloir me protéger un peu ?

Hoyt la fixait, debout à plusieurs mètres. Ses muscles attirèrent son regard bien malgré elle. Savait-il combien c'était réconfortant d'être témoin de cette force brute, de cette volonté de bien se comporter ? De savoir qu'il était prêt à renoncer à son avenir pour s'occuper de leur enfant et lui donner un nom ?

Cela signifiait davantage pour elle qu'elle n'aurait pu le dire, et c'était la raison pour laquelle elle ne pouvait accepter son offre. Elle ne pouvait forcer le père de son enfant à contracter un mariage sans amour.

Ou vivre toute sa vie avec l'idée que l'amour n'était pas ce qui l'avait poussé à la demander en mariage.

Reese faillit céder et lui avouer cette vérité au goût amer. Elle était trop fatiguée pour retenir le torrent de mots qui se pressait sur sa langue. Elle aurait voulu qu'il la serre dans ses bras, lui promette qu'elle avait pris la bonne décision et que leur enfant aurait un avenir radieux.

— Hoyt, je...

Les mots moururent dans sa gorge quand des coups de feu éclatèrent, brisant en mille morceaux la vitre derrière la tête de Hoyt.

12

Se jetant sur Reese, Hoyt l'entraîna avec lui au sol. Toute sa formation militaire lui revint en un instant, et il la serra contre lui, l'abritant de son corps. Puis il les fit avancer vers le coin de la cuisine, entraînant la table avec eux pour les protéger. Mais il n'y avait plus que le grincement des pieds de la table sur le carrelage et le son laborieux de leurs souffles.

— Hoyt. Est-ce que ça va ?

Les mains de Reese se déplacèrent dans son dos, palpant ses muscles avant d'encadrer son visage.

— Tu es blessé ?

— Chut. Non, je vais bien. Je n'ai pas été touché.

Il l'entourait toujours fermement de ses bras, fredonnant légèrement.

— Tout va bien.

Hoyt comprit que l'adrénaline refluait dans les veines de Reese quand une vague d'émotion arriva dans son sillage. Des larmes brûlantes mouillèrent son T-shirt. Le visage pressé contre sa poitrine, elle dit d'une voix étouffée :

— J'ai cru qu'il t'était arrivé quelque chose. C'est un miracle ! Tu étais là, juste devant la fenêtre quand elle a... explosé !

Ils restèrent blottis sous la table, et il lui donna le temps de surmonter son émotion. Le choc. La frayeur. Et l'incrédulité que quelqu'un leur ait tiré dessus.

Sa formation militaire lui soufflait de sortir tout de suite et d'inspecter les parages pour jauger de la menace, même s'il savait que le tireur avait filé depuis longtemps. Ce qui voulait dire aussi qu'il devait appeler Belle et demander à la police de venir enquêter sur place.

Mais, une fois encore, il sentit que Reese avait davantage besoin de lui. Il la serra donc contre lui, ignorant la position inconfortable de ses jambes, et lui frotta le dos en grands cercles tandis qu'elle pleurait.

Et il laissa ces larmes alimenter sa colère, éliminant dans le même temps les raisons de douter de ses inquiétudes ces derniers jours. Une colère qui fit un bond quand il avisa une balle logée dans la porte du placard sous l'évier.

Qui faisait ça ?

Pourquoi s'en prenait-on à Reese ?

Et qu'y avait-il à gagner à cela ?

Elle était professeure, une professeure dévouée et consciencieuse, qui n'aurait pas fait de mal à une mouche et, autant qu'il le sache, ne faisait de l'ombre à personne.

Existait-il une vendetta contre son père ?

Cette pensée en amena une série d'autres, y compris une panique franche à l'idée qu'un des gangs auxquels s'en était pris Russ Grantham ait pu décider de se venger de sa fille.

Mais l'auraient-ils fait de cette manière ?

Il ne s'y connaissait pas du tout en guerre des gangs, mais il allait certainement soumettre ses inquiétudes à qui de droit. Il irait même voir le bureau provisoire du FBI à Midnight Pass si cela pouvait l'aider. Mais un cartel de drogue irait-il vraiment jouer comme ça avec une victime ? Une araignée ? Des balles par la fenêtre ? Cela semblait mesquin et inutile. Comme quelqu'un qui n'aurait pas vraiment décidé s'il voulait commettre un crime ou non. Ce n'était pas l'œuvre d'un baron de la drogue ou de ses sbires.

Reese releva la tête, ses yeux noisette noyés de larmes.

— Tu es sûr que ça va ?

— Je vais bien, je te le promets. Et toi ?

— Je ne comprends rien. Ça n'a aucun sens.

Il n'avait rien à répondre, aussi hocha-t-il simplement la tête et la serra-t-il derechef contre lui. En se jurant qu'il trouverait le fin mot de cette histoire.

Arden pressait avec force la main de Reese. Assises dans le salon, elles fixaient les éclairs intermittents des gyrophares, tandis que divers membres de la police arpentaient la pelouse. Elles avaient tiré les voilages pour voir ce qu'il se passait, mais Reese aurait presque voulu les avoir laissés fermés.

Elle avait toujours du mal à croire à ce qui était arrivé. Pourquoi avait-on tiré sur sa maison ? Comment le tireur avait-il pu manquer Hoyt ? Était-ce intentionnel ? Ou juste de la maladresse ? Ou bien était-ce elle la véritable cible ?

— Je suis désolée que tu aies dû venir.

Se détournant de la fenêtre, Arden la regarda.

— Ce n'est pas ta faute, il n'y a pas de quoi t'excuser.

Arden se tut un instant, puis continua :

— Tu fais partie de la famille, maintenant, Reese. Nous sommes là pour toi. J'espère que tu le comprends.

Sa conversation avec Belle lui revint en mémoire. Elle lui avait offert le même genre de soutien inconditionnel. La demande en mariage de Hoyt, si elle ne promettait pas ouvertement l'amour, suggérait aussi une immense dose d'affection.

Cela rendait sa réaction d'autant plus difficile à comprendre. Ne voulait-elle pas être soutenue et entourée ? La réponse était oui, bien sûr, sinon pour elle du moins pour son enfant. Alors pourquoi avait-elle tant de mal à accepter le soutien et l'affection ?

— J'apprécie votre gentillesse, mais aucun de vous ne s'attendait à ce genre de choses.

Arden replia une jambe sous elle, sur le canapé.

— Je veux être sûre de bien comprendre, alors laisse-moi résumer les choses. Un dingue a décidé de s'en prendre à toi et, au lieu de te dire que tu peux te tourner vers ceux qui feront tout pour t'aider, tu t'es persuadé que tu devais affronter cela toute seule ?

— Je ne suis pas...

— Je n'ai pas fini, la coupa Arden. Et tu t'es fourré dans le crâne que la seule raison pour laquelle nous sommes là c'est le bébé ?

— Eh bien oui. Bien sûr.

— Tu vas m'obliger à me fâcher.

Que la nature égale d'Arden ou sa pratique régulière du yoga en soit la cause, Reese était sûre de ne l'avoir jamais vue se mettre en colère. Elle ne pourrait plus dire la même chose.

— Quelle sorte d'idiote pourrait penser que la seule raison pour laquelle je l'aime, c'est un bébé ?

— Ce n'est pas si tiré par les cheveux.

Ses arguments étaient terriblement faibles, mais Reese ne pouvait pas céder si vite.

— Je veux dire, pourquoi te mettrais-tu en danger ? Surtout après...

Il ne fallut qu'une fraction de seconde à Arden pour exploser.

— Après quoi ? Les crimes de ton père ? Après qu'il a assassiné quelqu'un sur le ranch ? Dis-le, Reese, parce que nous en avons plus qu'assez de le dire à ta place !

— Waouh, Arden. Qu'est-ce qu'il se passe ici ?

Hoyt avait lancé sa question sur le ton dont il usait avec les chevaux.

— Rien.

Arden secoua la tête et se leva d'un bond du canapé.

— Arden, je...

Reese s'interrompit en la voyant sortir en trombe de la pièce. La peur qui l'étreignait depuis les coups de feu s'évanouit, remplacée par une peine accablante qu'elle ne savait comment affronter.

Pourquoi Arden ne pouvait-elle comprendre son point de vue ? Les Reynolds n'auraient jamais entendu parler de tout ceci si Hoyt et elle n'avaient pas passé une nuit de folie en juin. Pas de bébé, pas d'engagement. Pas d'engagement, pas de mise en danger.

— Ça fait longtemps que je ne l'ai pas vue aussi en colère.

Le regard de Hoyt était toujours fixé sur la porte.

— Mais elle s'en remettra.

— Comment peux-tu être aussi nonchalant ?

— C'est ma sœur depuis vingt-huit ans. Je l'ai déjà vue en colère.

— Moi non. C'était parce que...

Reese s'interrompit, ses commentaires à courte vue lui résonnant aux oreilles.

— Non, c'était moi. Je me suis montrée ingrate.

— Tu es encore ébranlée. Je pense que tu peux passer l'éponge, pour une fois.

— Peut-être. Ou peut-être que je devrais mieux contrôler mes émotions et essayer de réfléchir à qui a pu faire ça.

Elle entendit l'amertume de son ton et s'irrita de cette marque de victimisation. Elle avait été ciblée pour une raison inconnue, mais cela ne voulait pas dire qu'elle était une victime. Ni qu'elle était impuissante. Ni qu'il fallait laisser les choses en l'état avec Arden.

Mais, pour l'instant, elle devait reprendre courage et profiter de la présence de Hoyt. Dans l'éclairage tamisé du salon, ses yeux verts brillaient comme des émeraudes.

— Tu as des soupçons ?

— Non, pas encore.

Elle soupira.

— Mais cela ressemble de moins en moins à une farce juvénile.

— En effet.

Il y avait un sous-entendu derrière cette prompte approbation.

— Tu as une idée ?

— Rien de spécifique ou de tangible, mais il y a quelque chose que je veux soumettre à Belle.

Reese attendit et, voyant qu'il n'achevait pas sa phrase, insista :

— Et ?

— C'est juste une idée que je voudrais qu'elle examine.

— Alors tu peux sûrement l'examiner avec moi.

— C'est sans doute à côté de la plaque.

Elle savait qu'il était homme à garder ses pensées pour lui, mais c'était ridicule.

— Vas-y.

— Reese…

— Non. Je veux l'entendre. Non seulement je peux le supporter, mais je ne peux pas comprendre ce qui m'arrive si tu ne me dis pas ce que tu penses.

Il fit passer son poids d'un pied sur l'autre avec un embarras évident.

— Je veux que Belle s'informe des derniers développements dans les cartels de drogue. Il est possible que l'une de leurs chevilles ouvrières veuille se servir de toi pour régler ses comptes avec ton père.

Reese se laissa tomber sur le canapé, accablée par le poids de cette idée.

Était-elle vraiment la cible d'un baron de la drogue ?

Cela semblait tiré par les cheveux, mais on aurait pu dire de même d'un tas de choses. À commencer par le fait que son père soit devenu un tueur en série.

Puis une autre pensée lui traversa l'esprit, lui coupant le souffle.

— Ma mère ! Il faut que j'aille voir ma mère. Et s'ils s'en étaient pris à elle aussi ?

Son pouls battait lourdement quand elle s'arrêta dans son garage. Elle voyait encore les gyrophares de la police filer sur la route de Midnight Pass. Elle avait cru que les policiers allaient lui demander de s'arrêter et trouver le fusil dans son coffre.

Mais personne ne l'avait arrêtée. Ils avaient filé chez Reese, exactement comme elle l'avait prévu.

Tirer ces coups de feu avait été plus difficile qu'elle ne s'y attendait, mais aussi cathartique. Libérateur.

Elle imaginait que c'était ce que le père de Jamie avait éprouvé quand il avait commencé à abattre des dealers. On disait que la vengeance était douce, mais pour sa part elle la trouvait libératrice.

Elle coupa le contact et fit descendre la porte du garage. Elle s'occuperait du fusil plus tard. Pour l'instant, il pouvait rester dans le coffre, dissimulé sous une couverture. Elle avait pris soin de ramasser les balles, comme Paul le lui avait appris, et en les entendant sonner au fond de son sac, elle se demanda si elle ne devrait pas se débarrasser d'elles. Elle avait aussi récupérer les douilles. Mieux valait ne pas les mettre à la poubelle, mais où pouvait-elle les jeter ?

Elle n'avait tué personne après tout, et on était au Texas. Qui remarquerait quelques douilles au fond d'une poubelle ?

Une sonnerie reconnaissable monta de son sac. Repêchant son téléphone, elle se prépara à la conversation.

— Loretta, aboya la voix de Paul sur la ligne. Viens les chercher ! Ben est malade et Charlie n'arrête pas de gémir qu'il a mal au ventre.

— C'est ton tour de garder les garçons, Paul. Ils attendaient avec impatience de te voir, cette semaine.

— Je ne les prends pas quand ils sont malades. Je travaille demain matin et je ne peux pas me permettre de rester debout toute la nuit pour les soigner.

Comme si elle le pouvait !

Mais l'expression du petit visage de Charlie et l'attitude stoïque de Ben, quand elle les avait déposés chez Paul, lui revinrent en mémoire.

C'était un pouvoir d'une autre sorte, plus doux, plus silencieux, mais plus puissant.

— J'arrive.

Loretta mit fin à l'appel, pressa le bouton du garage et redémarra. Elle devait aller chercher ses petits.

— Maman !

Reese frappa à coups redoublés, essayant en même temps la poignée de la porte. Elle fut soulagée et quelque peu apaisée de la trouver verrouillée.

— Maman !

Une lumière s'alluma à l'arrière de la maison, visible à travers les fenestrons placés de chaque côté de la porte. Elle entendit un écho de pas et recula au côté de Hoyt.

Il avait insisté pour venir, mais cela ne lui paraissait plus une si bonne idée.

Un homme bien. Tellement bien qu'il t'a engrossée.

Elle avait raconté à Arden sa conversation avec sa mère, mais Hoyt n'était pas au courant. C'était le plus mauvais moment pour le lui expliquer. Elle chercha sa main, reconnaissante de sa présence.

— Je suis désolée si elle est un peu à côté de la plaque.

Il lui pressa légèrement la main.

— Ça ira.

La porte s'ouvrit et, sans qu'un mot fût prononcé, Reese comprit que Serena n'allait pas bien.

Pas bien du tout.

— Maman !

Elle était soulagée de voir que sa mère n'avait rien, mais, quand elle la prit dans ses bras, elle eut un choc de la sentir aussi raide.

— Tu l'as amené...

Si Hoyt fut décontenancé par l'accueil glacial et la tenue négligée de Serena, il n'en montra rien et se contenta de hocher la tête.

— Madame...

— Entrons.

Reese recula pour fermer la porte, mais Hoyt s'en chargea avec fermeté. Le bourdonnement de la télévision, à l'arrière de la maison, remplaça la musique lancinante des cigales et l'air conditionné leur fit oublier la chaleur.

— Il faut que nous te parlions, dit Reese.

— Toi et moi n'avons-nous pas assez parlé l'autre jour, Reesie ?

— C'est à propos d'autre chose.

Reese ne manqua pas de noter une brève lueur de curiosité dans les yeux de sa mère, mais cette dernière fut vite remplacée par un regard vacant et une moue amère.

— Parfait. Allons au salon.

Hoyt et elle avaient discuté stratégie sur le trajet et ils étaient tombés d'accord sur le fait que sa mère devait être mise au courant de ce qui leur était arrivé. Même si l'hypothèse de Hoyt était erronée, Reese voulait que sa mère fasse davantage attention à sa sécurité.

Or, la femme qui marchait devant elle paraissait à peine capable de tenir debout, moins encore d'observer son environnement.

Une étape à la fois, Grantham, se morigéna Reese. D'abord il fallait que sa mère comprenne ce qu'il se passait. Ils s'inquiéteraient ensuite de son état mental et physique.

Le salon paraissait aussi morne que la fois précédente. Reese s'assit sur le canapé et Hoyt prit place à côté d'elle, sans paraître remarquer l'air confiné. Malgré son envie de lui prendre la main, Reese garda sagement les siennes sur ses genoux. Inutile de susciter l'ire de sa mère et de la distraire du but de leur visite.

— Maman, nous devons te parler de quelque chose. Mais d'abord je voudrais te demander s'il ne s'est rien produit de bizarre.

— Tu veux dire en dehors du fait que ma fille célibataire a fait irruption chez moi pour me dire qu'elle est enceinte ?

Au temps pour ne pas alimenter sa colère. Reese poursuivit en réprimant un soupir :

— Ce n'est pas ce que je veux dire. Un inconnu est-il venu frapper à ta porte ou rôder autour de la maison ?

— Bien sûr que non.

— Et vous ne vous êtes pas sentie mal à l'aise ? questionna Hoyt.

— Je suis tout à fait mal à l'aise sachant que ma fille a joué la putain avec vous !

Serena pointa un doigt tremblant en direction de Hoyt avant de prendre son paquet de cigarettes. Contrairement à la fois précédente il était plein, et il ne lui fallut que quelques secondes pour en sortir une cigarette, l'allumer et souffler la fumée.

D'un seul mouvement, Hoyt se leva et se dirigea droit vers elle. Il lui retira la cigarette de la bouche et l'écrasa calmement dans le cendrier. Puis il subtilisa le paquet et le fourra dans sa poche en retournant s'asseoir.

— La fumée n'est pas bonne pour le bébé. Sans parler de vous.

— Eh bien, je n'ai jamais...

Hoyt lui adressa un sourire froid.

— Vous pourrez les avoir quand nous partirons. D'ici là, j'aimerais que vous écoutiez votre fille.

Reese hésitait entre applaudir et éclater en sanglots. Le regard inerte que Serena posait sur le monde avait disparu, remplacé par des étincelles et des flammes qu'elle n'avait pas vues depuis des années.

— Vous ne manquez pas de culot, monsieur Reynolds. D'abord vous mettez ma fille en cloque et maintenant vous faites comme si vous étiez chez vous ici.

Le sourire de Hoyt ne fléchit pas.

— Votre fille a visiblement plus de patience que moi, alors je vais vous le dire une seule fois. Reese n'est ni une putain ni une victime de viol. C'est une femme belle et intelligente, qui va être la mère de mon enfant. Je vous demande aimablement de vous en rappeler si vous espérez avoir une relation quelconque avec votre petit-enfant.

Sa mère parut prête à riposter, mais se dégonfla finalement comme une baudruche.

— Pourquoi êtes-vous venus ?

— Maman. Il faut que tu nous écoutes et que tu prennes ça au sérieux. On s'est fait tirer dessus, Hoyt et moi, ce soir.

Si elle ne l'avait pas vu de ses propres yeux, Reese n'aurait pas cru au changement d'attitude de sa mère. Elle se redressa et accorda toute son attention à Reese, agrippant les bras de son fauteuil de ses doigts légèrement déformés.

— Dis-moi ce qu'il se passe.

Reese et Hoyt lui expliquèrent tour à tour ce qu'ils savaient et ce qu'ils soupçonnaient à propos des événements de la semaine écoulée. L'araignée et le visionnage des bandes-vidéo du lycée. Les coups de feu pendant qu'ils étaient dans la cuisine. Et la peur très réelle de Hoyt que les actes de Russ soient revenus les hanter sous forme de vendetta.

La fragilité de Serena semblait la quitter à chaque syllabe. Peut-être le danger que couraient sa fille et son futur petit-enfant lui donnait-il de la force.

— Qu'en pense Belle ? interrogea-t-elle. Russ m'a peut-être caché des choses à la fin, mais j'étais l'épouse d'un flic. Je sais comment ça marche. Les guerres de gangs et la violence des criminels quand ils veulent se venger. Je ne doute pas de toi, Reesie, mais une araignée, c'est ridicule pour ce genre de types. Les balles, un peu moins, acheva-t-elle.

— Je sais, maman. Mais nous ne pensons pas que c'est une bande de gosses qui me font des farces.

— Non, approuva sa mère. Je ne le pense pas non plus.

— Et vous n'avez rien remarqué de bizarre, madame Grantham ? demanda Hoyt.

L'inimitié semblait s'être évanouie entre eux maintenant qu'ils combattaient un ennemi commun.

— Je n'ai pas beaucoup quitté la maison depuis la mort de mon mari, mais je ne dors pas beaucoup non plus. Je m'en serais aperçue si quelqu'un rôdait autour de chez moi.

Reese n'en doutait pas, mais elle aurait dit la même chose si on l'avait questionnée quelques jours auparavant. Jusque-là, elle n'avait rien noté d'étrange autour d'elle. Mais si ce n'étaient ni des farceurs ni des criminels, qui était-ce ?

Parce qu'il y avait clairement une escalade de la violence. Et elle était en plein dans la ligne de mire.

13

Hoyt serra les rênes de Stink en arrivant à l'extrémité sud de la propriété, où les attendaient Ace et Tate, à cheval et raides comme la justice. La température avait encore augmenté ces derniers jours, et on aurait dit que le diable en personne avait ouvert les portes de l'enfer. Tout le monde était nerveux et fatigué.

Mais Hoyt savait que sa mauvaise humeur avait atteint des sommets.

S'il chevauchait Stink au lieu d'aider ses frères à manœuvrer le bétail, c'était en partie parce qu'ils avaient déjà échangé une série d'imprécations. Il était allé jeter un coup d'œil aux Longhorn qui paissaient à l'autre bout de la propriété, histoire de se retrouver en tête à tête avec lui-même.

Une semaine s'était écoulée depuis les coups de feu.

Onze jours sans indice ni agression supplémentaires. Même s'il était soulagé que rien ne se soit passé, cette attente commençait à l'user. Ajoutez à cela que la rentrée scolaire tombait le lundi suivant, et il était hors de lui à l'idée qu'il puisse arriver malheur à Reese.

Tout cela pesait sur ses nerfs.

— De quoi a l'air le troupeau ?

Hoyt avait opté pour une question anodine, curieux de voir si ses frères allaient lui jeter à la figure sa mauvaise humeur de tout à l'heure. En dehors de l'habituel haussement de sourcils d'Ace, aucun de ses frères n'en dit rien.

— Les veaux grandissent bien. Celui qu'on surveillait devient de plus en plus fort, alors je crois que le petit gars va s'en sortir.

Ace se gratta la tempe au-dessus de l'oreille.

— Le Dr Torres dit qu'il est plus robuste qu'on n'avait pensé.

Le regard de Hoyt se posa sur Tate, mais les deux hommes gardèrent une expression impassible. Cet échange silencieux pouvait signifier que l'orage était passé, mais aussi qu'ils s'interrogeaient sur les paroles d'Ace. Ce n'était pas le moment de déclencher une autre tempête en le taquinant.

Il fallait vraiment qu'Ace s'inquiète pour le bétail pour qu'il accepte de revoir son ex, Tate et Hoyt le savaient. Il ne leur avait pas échappé que depuis le retour de Veronica Torres, un an auparavant, Ace s'était débrouillé pour leur déléguer les visites vétérinaires.

— Quand est-elle venue ? demanda Hoyt.

— Tout à l'heure.

Ace haussa les épaules avant de désigner le veau en question.

— C'est lui, là. Il va beaucoup mieux, même s'il n'est pas encore prêt à quitter le flanc de sa mère.

La bonne humeur de Tate allégeait n'importe quelle situation, mais même lui s'abstenait de plaisanter quand il s'agissait de la délicieuse Veronica Torres. Ace prétendait que sa relation avec elle était de l'histoire ancienne, mais Hoyt n'y croyait pas. Et, bien qu'ils n'en aient jamais discuté, il avait l'impression que Tate et Arden pensaient de même.

Mais c'était une discussion pour un autre jour.

Aujourd'hui, c'était Hoyt qui faisait les frais de la curiosité de ses frères.

— Comment se porte Reese ?

— Très bien, dit Hoyt. Mieux que bien, en fait. La rentrée est lundi, et elle est impatiente d'y être.

La fin de l'été tombait toujours à la même date. Hoyt y était habitué et, en dehors de quelques douches supplémentaires, il ne s'émouvait guère de la canicule.

Mais Reese avait changé cela. Reese et toutes les choses qui demeuraient non dites entre eux. Et le danger, dont il craignait qu'il ne frappe avant qu'il ait pu trouver comment lui dire ce qu'il avait à dire.

C'était ridicule. Il n'était pourtant pas un adolescent transi d'amour.

— Il n'y a pas eu d'autres incidents. C'est forcément bon signe, remarqua Tate sans grande conviction.

— Certes. Mais il n'y a pas eu d'explications non plus à ceux qui se sont produits.

Il aurait dû s'en réjouir. Reese était heureuse et en bonne santé. Leur visite chez le médecin la semaine précédente avait confirmé que le bébé se développait bien – ce qu'il avait constaté en voyant une petite main sur l'échographie.

Malgré sa joie d'avoir vu son enfant sur un écran, Hoyt ne parvenait pas à cacher sa peur à l'idée que le danger continue de rôder. La police avait déclaré que les coups de feu chez Reese étaient l'œuvre d'un mauvais plaisant, et Belle lui avait assuré que ses collègues continueraient de surveiller étroitement le quartier. Ils avaient cependant leurs limites et, sans indices, ne pouvaient pas faire grand-chose.

En attendant, Reese semblait en avoir conclu que le problème avait disparu. La veille au soir, en arrivant pour dîner, il l'avait trouvée en train de désherber son jardin. Avec un casque sur la tête, pas moins. Il l'avait suppliée de se montrer prudente et n'avait récolté qu'un sermon sur le fait qu'il devait se détendre.

Il n'avait pas réussi à garder ses pensées pour lui-même et s'était débrouillé pour entamer une vraie dispute avec Reese. Une dispute qui avait plus ou moins tourné en sa faveur, jusqu'à ce qu'il suggère avec entêtement qu'elle prenne un congé maladie.

La voix de Tate s'insinua une fois de plus dans ses pensées, sans trace d'humour.

— Tu vas nous faire savoir ce qui se passe dans ta caboche, ou il faut qu'on te renvoie à la maison ?

— Je vais bien.

— Pas du tout, mais mettons ça de côté une minute, intervint Ace, s'alliant avec Tate. Quand vas-tu te confier et nous parler de ce qui ne va pas au lieu d'interposer ce tas d'idioties ?

— Il n'y a rien que je ne peux pas gérer.

— Tu en es sûr, frérot ? insista Ace sans se démonter. Parce que tu as largement dépassé le stade du râleur ou du ronchon. Maintenant, tu es devenu un parfait abruti.

— Et quand il dit parfait abruti, il se maîtrise, plaisanta Tate.

— Elle me rend dingue. Hier soir, elle était dehors quand je suis arrivé. En train de désherber !

Ace et Tate s'entre-regardèrent. Si Hoyt ne s'était pas déjà senti coupable de son éclat du matin, il s'en serait pris à eux. Tel quel, il était plutôt enclin à faire pivoter Stink et à rentrer à l'écurie.

Jusqu'à ce qu'Ace reprenne la parole.

— Serait-il possible que tu aies des sentiments pour elle ?

— Bien sûr que j'ai des fichus sentiments pour elle ! Elle va avoir mon enfant. Bon sang, c'est Reese !

Haletant, Hoyt s'arrêta, sentant quelque chose se dénouer sous son sternum.

Des sentiments ?

La femme de ses rêves ?

Quelque chose qui allait bien au-delà de la nuit qui hantait encore ses pensées, trois mois après.

Trois mois durant lesquels il n'avait pas regardé une autre femme, durant lesquels l'enfant qu'ils avaient conçu avait grandi dans le sein de sa mère, à l'abri du monde. Et durant lesquels sa vie avait plus changé que jamais auparavant.

Trois mois écoulés qui l'avaient irrévocablement transformé, sans qu'il s'en rende compte.

Il venait seulement de le comprendre.

— Il faut que j'y aille.

Hoyt avait à peine fait faire volte-face à Stink qu'il entendit le faux chuchotement de Tate.

— Il était temps que cet idiot fasse la différence entre le haut et le bas.

Reese s'engagea dans la longue allée de Reynolds Station, se dirigeant vers la maison. La journée était chaude, mais elle ne pouvait mettre son agitation sur le compte de la température, surtout quand le tableau de bord soufflait de l'air frais sur sa peau. Elle ne pouvait pas non plus blâmer sa grossesse, qui semblait avait passé un cap ces derniers jours. Elle n'avait plus eu une seule nausée, et ses accès irrépressibles de sommeil l'après-midi semblaient s'être évaporés.

Sa nervosité tenait à Hoyt Reynolds, le cow-boy le plus sexy de Midnight Pass, l'objet de son affection, de son irritation et, dans les moments où elle était tout à fait honnête avec elle-même, de son désir irrépressible.

Oh ! comme elle voulait cet homme !

La veille encore, alors qu'il l'avait tellement énervée qu'elle en aurait bouffé son agenda, elle le désirait malgré tout. Pendant qu'il lui faisait un sermon sur la sécurité et la vigilance, tout ce à quoi elle pensait, c'était à remonter son T-shirt sur ses abdominaux bien dessinés et à abuser de lui.

Sur le sol de la cuisine. Ou contre la machine à laver la vaisselle. Ou au milieu de son grand lit.

Au lieu de cela, elle avait enduré un discours interminable, au point d'en avoir envie de hurler.

La fenêtre de la cuisine avait été réparée depuis longtemps, Hoyt s'en étant chargé avec ses frères. Il avait aussi insisté pour qu'elle fasse installer un nouveau système d'alarme. Cela lui avait demandé de s'adapter car elle devait désormais saisir le code chaque fois qu'elle entrait ou sortait.

Une part d'elle voulait croire que ces changements étaient bénéfiques pour elle. Puis elle se contredisait et admettait qu'ils étaient seulement bons pour le bébé. C'était ce qu'elle voulait, bien sûr. Rien n'était trop bon pour sa sécurité. Hoyt le voulait aussi, et elle pouvait difficilement lui reprocher son inquiétude et son désir de protéger leur enfant.

Mais était-ce mal de penser qu'il voulait aussi ces changements pour elle ?

Reese repoussa ces pensées. Toutes ces considérations larmoyantes étaient devenues terriblement ennuyeuses. Elle était lasse à mourir de sa propre compagnie et elle comptait les jours jusqu'à la rentrée, qui la distrairait d'elle-même au moins quelques heures par jour. C'est alors qu'une nouvelle pensée avait pris racine, puis germé et fleuri dans son esprit.

Ce qu'elle voulait *vraiment*, c'était faire l'amour avec Hoyt.

Tous les livres sur la grossesse disaient que les hormones étaient normales et qu'un sain appétit sexuel était le bon côté de la situation. Hoyt et elle étaient toujours des adultes célibataires et sans engagement. Et puis, bon sang, elle le désirait. Qu'y avait-il de mal à cela ?

Ce qu'il y a de mal, c'est que tu veux plus que ça.

Reese gara sa voiture près de celle d'Arden et ignora cette petite voix.

— Et tu sais, murmura-t-elle avec une sorte d'orgueilleux désespoir, peu importe ce que veut mon cœur. C'est ce que mon corps veut et je vais en profiter à fond.

Ce à quoi elle n'avait pas pensé, se dit-elle en descendant de voiture et en contemplant la maison des Reynolds, c'était la manière d'y parvenir en présence du reste de la famille. Une question qui se fit encore plus aiguë quand Arden s'encadra dans la porte et la salua de la main, un grand sourire aux lèvres.

Reese alla à sa rencontre et serra très fort son amie contre elle.

— J'espère que ça ne te dérange pas que je passe comme ça.

Arden recula et lui lança un regard sévère.

— Je t'ai donné un peu d'air et j'ai fait de gros efforts pour surmonter notre petite querelle. Ne recommence pas à me contrarier.

Reese sourit et passa un bras autour de la taille d'Arden.

— D'accord. Tu as gagné. Merci pour cet accueil chaleureux.

Arden lui pressa le bras.

— Ça, c'est mieux.

— Écoute. Pour l'autre jour, je te dois des excuses. De plates excuses.

— Oh ! allons donc !

Arden agita une main en l'air.

— Ne sois pas bête. C'est déjà oublié.

Reese attendit qu'Arden ouvre la porte et la suivit à l'intérieur.

— Si, et j'aurais dû venir bien avant. Mais chaque fois que j'essayais de trouver les mots, ils me paraissaient vides et creux. Stupides. Merci d'avoir de l'affection pour moi ? Merci de vouloir t'assurer que je vais bien ?

Arden lui posa une main sur le bras tandis qu'elles se dirigeaient vers la cuisine.

— Tu es ici. C'est tout ce qui compte.

C'était typique d'Arden, cette simplicité, cette absence de

complications. Et cela faisait beaucoup pour dénouer le nœud de son estomac.

— Ce n'est pas une excuse, mais je commence à m'y habituer. À dépendre des autres, je veux dire. C'est plutôt nouveau pour moi.

La maladie et la mort de son frère avaient développé le sens de la responsabilité chez Reese. Et Arden méritait de véritables excuses de sa part.

— Alors, merci. J'apprécie vraiment ton affection et ta sollicitude, sans parler du fait que tu me soutiens.

Arden la prit dans ses bras, les larmes aux yeux.

— Bien sûr que je te soutiens. Nous te soutenons tous.

Cet acquiescement et cet appui spontané avaient beaucoup d'importance pour elle. Cela renforçait ce qu'elle avait mûri dans sa tête pendant plus d'une semaine.

Hoyt pensait qu'elle ne prenait pas ces choses assez au sérieux, mais il avait tort. Elle savait que c'était davantage que de mauvaises blagues. Mais qu'était-elle censée faire ? Rester chez elle et rentrer dans sa coquille ?

Plutôt mourir que de vivre comme ça.

Cela ne l'empêchait pas de s'inquiéter néanmoins. Que se passait-il ? Pourquoi voulait-on lui faire du mal ?

Et elle n'arrivait pas à croire que ce soit l'œuvre d'un baron de la drogue. Si un criminel voulait venger les meurtres de son père, pourquoi n'agissait-il pas ? La fréquence à laquelle cette pensée lui traversait l'esprit était presque effrayante. Mais avec l'admission venait le pouvoir, et avec le pouvoir venait la lucidité.

Elle posait un œil vigilant sur son environnement. Et sa mère faisait de même, maintenant qu'elle était au courant.

Certes, il était impossible de mettre un nom sur ce spectre sans visage qui la menaçait. Mais devait-elle pour autant cesser de vivre ?

C'était pour cela qu'elle était là, qu'elle avait voulu se réconcilier avec Arden et aplanir les choses avec Hoyt.

Ces pensées prirent encore plus de force quand, cinq minutes plus tard, Hoyt et ses frères franchirent la porte. Si Tate et Ace étaient beaux, aucun d'eux n'arrivait à la cheville de Hoyt. Long et mince, son corps solide attirait autant ses regards qu'il faisait battre son cœur.

Hoyt était taciturne et stoïque, ce qui ne faisait qu'ajouter à son mystère. Mais, derrière cette apparence, il y avait quelqu'un de sensible et à l'écoute. Même s'il ne se dévoilait pas beaucoup, cela ne voulait pas dire qu'il n'avait pas d'opinion.

Et, dans les moments où elle parvenait à le faire s'ouvrir, elle découvrait des côtés de lui que peu de gens connaissaient. C'était gratifiant et intime.

Oui, de simplement intriguée, elle était devenue amoureuse.

Stupidement et follement amoureuse.

— Bonjour, Reese !

Ce salut lui parut terriblement creux, mais il devait aller jusqu'au bout.

— Comment ça va ?

— Bien.

Sauf qu'elle n'avait pas l'air bien. Elle semblait en état de choc.

— Tu es sûre ?

— Oui. Vraiment, je vais bien.

— Elle est magnifique, intervint Arden. Elle commence à avoir cet éclat spécial de la grossesse.

Hoyt ne voyait pas la différence parce que, pour lui, Reese était toujours d'une beauté renversante. Elle avait toujours eu cet éclat.

Il la revoyait, plus jeune. Ses longues jambes maigrichonnes, ses hanches minces. Il était parti deux ans à l'université, après son DUT, et quand il était revenu, il avait failli tomber à la renverse en la croisant en ville.Rien n'avait vraiment changé durant son absence de Midnight Pass. C'était pour cela – oui, c'était exactement pour cela, se dit Hoyt – qu'il était resté bouche bée devant elle.

Il était entré au supermarché au moment où Reese en sortait. Ils s'étaient simplement dit bonjour, mais il se rappellerait toujours ce moment. Quelque chose l'avait frappé chez elle, quelque chose d'impétueux qui contrastait avec ce qu'il savait d'elle. Parce que Reese Grantham avait la réputation d'être une jeune fille sage, tout le monde le savait. Elle n'élevait pas la voix et ne faisait pas de caprice. Il avait vu une petite lueur chez elle, rien de plus. Mais, rétrospectivement, il savait qu'il avait perçu cette touche de folie qui l'avait attiré au Border Line. Cette touche de folie qui l'avait poussée à lui dire de rester.

Et il avait senti en retour le tiraillement de sa propre folie quand il avait dit oui.

14

Depuis des années, Hoyt s'interrogeait sur le fait de vivre et travailler avec sa famille. Il n'avait jamais considéré cela comme un fardeau, mais il devait admettre que rares étaient les hommes adultes qui vivaient sous le même toit que leurs frères et sœur.

En outre, à son âge, la plupart avaient construit une maison et fondé une famille. À trente ans, il n'avait rien fait de tout cela. Pourtant, chaque fois qu'il pensait à partir, il abandonnait cette idée en se rappelant qu'il était non seulement plus facile de vivre au ranch, mais qu'il aimait la présence de ses frères et sœur.

Bien sûr, l'amour d'une femme, c'était la totale. Mais l'affection comptait aussi, et il se considérait comme très chanceux d'avoir des rapports amicaux autant que familiaux avec Ace, Tate et Arden.

Et puis, quand il fonderait effectivement une famille, il y aurait toujours assez de terre à Reynolds Station pour qu'il construise une maison. L'effort et le souci de le faire à l'avance lui semblaient une perte de temps.

Jusqu'à ce jour.

Trois paires d'yeux – quatre, en comptant Belle qui venait d'arriver – les contemplaient, Reese et lui, comme des souris en cage.

Qu'avaient-ils de si intéressant ? Rougissaient-ils ? Bégayaient-ils ? Étaient-ils surexcités ou au contraire trop silencieux ? Leurs phéromones imprégnaient-elles l'air d'un parfum de sensualité ?

C'étaient des pensées déstabilisantes, rendues encore plus déstabilisantes par le fait qu'il louchait sans doute à force de regarder Reese. Quant aux phéromones, elles n'avaient rien d'imaginaire. Légère et aérienne, l'essence de Reese remplissait la pièce au point de le rendre fou.

Son seul réconfort, c'était que Reese semblait également mal à l'aise. Et, s'il ressentait le besoin de s'excuser d'avoir une famille aussi curieuse, il avait aussi l'impression que Reese et lui étaient frère et sœur d'armes. Était-ce ce qu'ils éprouveraient quand ils seraient parents ?

S'allieraient-ils quand leur enfant piquerait une crise ou aurait un accès de rébellion ? Quand il se disputerait avec ses frères et sœurs ?

Il faillit laisser tomber sa fourchette.

Des frères et sœurs ? Ils allaient donc avoir plusieurs enfants ?

Non, se corrigea-t-il, *ses* frères et sœur.

— Tu me passes les pommes de terre ? demanda-t-il à Ace, essayant de dissimuler sa nervosité.

Son frère s'exécuta avec un petit sourire. En baissant les yeux, Hoyt constata avec étonnement que son assiette était déjà pleine.

— Alors, Reese, lança Belle. La rentrée est lundi. Qui vas-tu avoir dans ta classe, cette année ?

— Je les connais pour la plupart. J'ai quelques fauteurs de troubles, mais personne que je ne puisse maîtriser. Ceux qui font les idiots se calment en général quand je leur explique la vraie signification de *La Lettre écarlate*.

— Je me rappelle cette époque, dit Tate en souriant. J'ignorais que le *A* signifiait quelque chose de si intéressant.

— Autant que je me souvienne, tu étais plutôt fasciné par *Moby Dick*, dit Belle en lui donnant un petit coup de coude.

— Qui n'était pas du tout comme je m'y attendais, repartit Tate. Qui aurait cru qu'un livre sur une baleine puisse être aussi ennuyeux ?

Reese prit son verre d'eau.

— Je l'ai mis au programme une année et j'ai juré de ne plus jamais le faire. C'est comme ça que je fonctionne, maintenant. Si je n'arrive pas au bout du livre, je ne l'inflige pas non plus à des gamins de quinze ans.

La conversation se poursuivit avec leurs souvenirs d'école, une anecdote amusante de Belle à propos d'un feu rouge et quelques nouvelles du ranch. S'il n'avait pas été si absorbé par la vision de bébés multiples, Hoyt se serait peut-être détendu. Mais il ne pensait qu'à Reese, à lui et à ce futur improbable qui lui tombait dessus.

— Ça te plaît toujours la rentrée ?

Reese hocha la tête en direction d'Ace.

— Oui. Ce n'est pas pareil que quand j'étais à l'école, mais c'est tout de même excitant. On a toujours l'impression d'un nouveau départ. D'une nouvelle chance de faire la différence.

— Ça ne t'ennuie pas d'enseigner les mêmes romans chaque année ?

— Non, pas vraiment. J'approfondis ceux que j'aime particulièrement. Et puis les élèves apportent toujours une nouvelle perspective.

— C'est un peu comme le troupeau. Les veaux nouveau-nés. Je me dis toujours que ce sera pareil, mais ce n'est pas le cas.

Sans savoir d'où lui était venue cette comparaison, Hoyt se rendit compte de sa justesse. Chaque saison était différente, et pas seulement parce qu'ils s'efforçaient d'améliorer les processus ou de tester de nouvelles méthodes de rotation et d'alimentation.

C'était l'élevage qui voulait ça. Les veaux changeaient, les mères les protégeaient et s'adaptaient à la place de chacun dans le troupeau. Et tous ceux qui travaillaient à Reynolds Station s'adaptaient aussi.

Tous le regardaient autour de la table. Visiblement, ils ne s'attendaient pas à cette remarque de sa part.

— Allons, vous ne trouvez pas que j'ai raison ? Chaque saison de vêlage nous donne un nouvel espoir.

Ace hocha la tête, arborant toujours son air taquin.

— Oui, tu as raison, frérot. Une nouvelle vie apporte de nouvelles possibilités. Toujours.

Reese regarda autour d'elle et se demanda comment elle était arrivée là. Bien sûr, elle était venue voir Hoyt résolue à faire l'amour avec lui. Elle avait d'abord fait des excuses à Arden, puis le dîner avait suivi et elle avait passé la soirée à regarder un film en DVD avec toute la famille.

Et maintenant ils étaient en haut. Dans la chambre de Hoyt.

Pour être exacte, c'était plutôt un appartement, avec ses deux grandes pièces, l'une meublée d'un écran TV géant et d'un confortable canapé d'angle, et l'autre d'un grand lit recouvert d'un édredon vert émeraude, visible par la porte.

Elle était dans sa chambre ? Avec sa famille à l'étage en dessous ?

— Je ferais mieux d'y aller.

Hoyt était assis à l'autre bout du canapé, télécommande en main, mais télévision éteinte.

— Je croyais que tu voulais parler.

— Oui, c'était ce que je voulais. Mais il est tard, il vaut mieux que je rentre.

— Et si je te demandais de rester ?

Le désir qui ne l'avait pas quittée depuis des mois lui hurlait de dire oui. Et son cœur lui soufflait que non seulement elle aimerait rester, mais qu'elle aurait adoré une invitation permanente.

La femme pragmatique en elle s'efforçait de l'ignorer, mais elle ne pouvait se contraindre à mentir.

— J'aimerais bien. Mais c'est compliqué et nous savons tous deux pourquoi.

— Vraiment ? Parce que je suis ici, en train de te regarder, et ça ne me paraît pas du tout compliqué. En fait...

Hoyt se rapprocha d'elle sur le canapé.

— Ça me paraît plutôt simple.

— Rien n'est simple dans notre situation.

— Non ?

Il se rapprocha encore d'elle.

— Qu'est-ce qui n'est pas simple ?

— Nous. Le bébé. Le fait que nous ne devrions pas être ensemble.

Oh ! cela faisait mal de dire ces mots. Mais il le fallait. Peu importait ce qu'il y avait entre eux, elle ne pouvait se contenter d'autre chose que la vérité.

— Nous ne devrions pas être ensemble ?

— Eh bien oui. C'est à cause d'un préservatif défectueux que nous sommes liés. Nous avons passé une nuit ensemble, c'est tout. Tu sais, le fameux « deux adultes consentants ».

— Je ne te suis toujours pas. Tu veux faire une autre tentative ?

— Allons, Hoyt, ne te fais pas plus bête que tu n'es. Nous n'avons pas de relation. Nous nous connaissons à peine. Il ne faut pas tout confondre.

— Nous ne nous connaissons pas ? Je trouve cela difficile à croire, d'autant plus que je t'en ai dit plus sur moi qu'à quiconque, en dehors des trois personnes qui vivent dans cette maison.

Il s'était penché vers elle. Elle sentit ses défenses s'abaisser du seul fait de sa chaleur corporelle

— Et autre chose…

— Quoi donc ?

— Je te veux. Toi, Reese Grantham. Et cela n'a rien à voir avec le bébé, même si je l'attends avec joie.

Tout ce qu'elle désirait semblait à portée de main. Reprenant courage, elle franchit la distance qui les séparait et noua ses bras autour du cou de Hoyt.

— Pour être honnête, c'est la raison pour laquelle je suis venue aujourd'hui.

Un sourire sexy joua sur les lèvres de Hoyt.

— Je le savais. Tu es venue parce que tu me voulais aussi.

— J'imagine que oui.

— Quelle chance j'ai…

— Non, dit Reese, soudain hors d'haleine.

Elle pressa ses lèvres sur les siennes.

— C'est moi qui ai de la chance, murmura-t-elle.

Son chuchotement s'évanouit dans l'air quand la bouche de Hoyt s'ouvrit sous la sienne. Un désir farouche les saisit, électrisant l'air autour d'eux. Leurs bouches fusionnèrent et leurs langues s'écrasèrent l'une contre l'autre, en un duel charnel de plaisir et de domination.

Elle agrippa à pleines mains le T-shirt de Hoyt pour le relever. Enfin elle sentait sa chair sous ses mains, ses bras qui lui enserraient la taille, son grand corps contre le sien. Une grande main se plaqua sur son derrière et la forme dure de son érection vint se presser contre son ventre.

Elle se serait contentée avec plaisir du canapé et fut momentanément désorientée quand Hoyt changea de direction et l'enleva dans ses bras musclés.

— Hoyt !

— J'attends ça depuis des mois. Nous allons garder le canapé pour plus tard.

— Plus tard ?

Il pressa un baiser sur ses lèvres en marchant d'un pas résolu vers la chambre.

— Il me faut de l'espace pour bien m'occuper de toi.

— C'est une promesse ?

— J'aime à penser que oui.

La gentillesse avec laquelle il la déposa sur le lit contrastait avec leur frénésie dans le salon, mais le corps dur qui la recouvrit d'un poids délicieux suggérait bien autre chose. Avant de pouvoir reprendre son souffle, elle sentit ses mains s'égarer sur son corps et la dépouiller de son short et son T-shirt. Son soutien-gorge suivit, et elle faillit crier quand sa bouche s'abattit sur un de ses mamelons et l'aspira avec sensualité.

Elle se souvenait vaguement d'avoir lu quelque chose sur la sensibilité des seins durant la grossesse. Hoyt bougea soudain, traçant la circonférence de son mamelon du bout de la langue. Une vague de plaisir la fit crier tout fort. Comment était-ce possible d'avoir des sensations pareilles ?

Il lui semblait presque que son corps la trahissait, mais son désir était si audacieux et exubérant, ses sensations si aiguës et délectables qu'elle oublia tout.

Quelle chance j'ai, pensa-t-elle en plongeant dans la tourmente de ses sens.

Il la désirait. Y avait-il quelque chose de plus simple et plus puissant que cela ?

Cette nuit de juin qui le hantait depuis trois mois était enfin remplacée par la réalité. Par la présence de Reese dans ses bras, par le contact de sa chair tiède sous ses mains. Elle était là, sous ses yeux, s'offrant à lui.

Hoyt suivit ses courbes du bout des doigts, alors même que l'urgence de s'unir à elle le poussait à prendre davantage. Sa peau était si douce, s'émerveilla-t-il en laissant traîner un index sur sa joue, en travers de ses lèvres et le long de son cou. Il continua son exploration par sa poitrine, émue par l'épanouissement de ses seins. Même s'il n'avait pas eu de quoi se plaindre en juin, la grossesse l'avait arrondie de la plus adorable des manières.

— Qu'est-ce que tu regardes ? demanda-t-elle doucement.

— Toi. La beauté de ton corps.

— Oh ! tu veux dire mes gros seins de femme enceinte ?

Il rit malgré lui.

— J'y pensais plutôt comme à d'amples et voluptueuses collines.

— Mes amies disent que ce sont les avantages de la grossesse, mais je pense que c'est plutôt leurs maris qui en profitent.

Hoyt vit soudain la lumière s'éteindre dans son regard. Avant qu'elle puisse réfléchir trop longtemps, il reprit :

— Qui a besoin d'avantages de toute façon ?

Il captura ses lèvres, décidé à effacer toute anxiété concernant leur relation. Il voulait revoir cette étincelle dans ses yeux.

Il la désirait.

Hoyt saisit l'instant où il réussit. Sa réaction à ses baisers changea, son corps s'agita sous le sien, et ses lèvres devinrent plus audacieuses. Un doux gémissement monta dans sa gorge, et il persévéra, l'embrassant et caressant tout son corps.

Même si sa grossesse n'était pas encore évidente, il sentait une douceur particulière dans son corps. Il fut presque renversé par cette prise de conscience : son enfant était niché à l'intérieur du ventre de Reese, grandissant chaque jour un peu plus.

Il descendit dans le lit et déposa un baiser sur la surface veloutée de son ventre, puis y colla une oreille pour écouter. Il n'y avait rien à entendre puisque le bébé était trop petit, mais il savait avec une indéniable certitude qu'il y avait des battements de cœur sous son oreille.

Reese entremêla ses doigts dans ses cheveux.

Ils avaient conçu un enfant.

Il le comprenait pleinement et avait passé les trois dernières semaines à se réjouir de l'avenir. Pourtant, il n'avait pas vraiment saisi ce que cela signifiait jusqu'à cet instant. Il ne s'était pas vraiment représenté l'existence du bébé.

Son enfant n'était pas quelque chose qui existerait dans le futur. Il était là. Maintenant. Une entité vivante entre eux.

— Quoi ? questionna Reese dans un murmure.

— Je n'entends pas son cœur pour l'instant, mais je sais qu'il est là.

— Moi aussi.

Hoyt pressa un dernier baiser sur son ventre avant de remonter et de s'étendre de tout son long contre elle. Soutenant sa tête d'une main, il la regarda encore.

— Il y a quelque chose entre nous, Reese. Tu ne le sens pas ?

— Il y a un bébé.

— C'est plus que ça, et tu le sais.

Ses lèvres, encore gonflées par ses baisers, se serrèrent un peu.

— Tu crois ? Tu peux honnêtement dire que nous serions là s'il n'y avait pas de bébé ?

Hoyt n'avait pas de réponse à cela, mais il savait qu'il n'aurait jamais voulu être ailleurs.

Peut-être le moment était-il venu de le lui dire. Que ce soit pour la rassurer ou pour exprimer ce qu'il ressentait, il n'en savait rien. Mais il fallait qu'il mette en mots ce qu'il avait retenu jusqu'ici.

— Je voulais t'appeler, tu sais. Après la première nuit.

— Vraiment ?

Avant qu'elle le dissimule, Hoyt saisit un mélange de confusion et d'espoir dans son regard verdi par la clarté de la lampe.

— Oui. Sauf que chaque fois que je prenais le téléphone, je ne savais pas quoi dire. C'était arrivé si vite, je ne voulais pas que tu penses que j'appelais juste pour recommencer.

— Tu aurais pu me dire ça, justement.

— Mais tu l'aurais cru ? Je suis un homme, et nous ne nous connaissions pas, comme tu disais. Je ne voulais pas que tu penses…

Il s'interrompit, préférant ne pas ajouter de mauvaises excuses.

— Je ne t'ai pas appelée. Et c'est ma faute. Mais n'en tire pas la conclusion que je me fichais de toi, je t'en prie. Et quoi que tu fasses, n'en conclus pas que je ne veux pas de toi.

— Puisque nous partageons nos secrets, j'en ai un pour toi. Je voulais aussi t'appeler. Et j'ai failli le faire plusieurs fois. Mais je ne voulais pas avoir l'air de te pourchasser ou d'être incapable d'assumer une aventure sans lendemain.

— Ce n'était pas une aventure sans lendemain, Reese. Pas pour moi.

Elle sourit en entendant cela.

— Je ne veux pas percer ta bulle, cow-boy, mais jusqu'à aujourd'hui, oui, c'était une aventure sans lendemain.

— Alors comment se fait-il que je ne l'ai jamais considérée comme ça ?

Et c'était vrai. Même s'il n'était pas un dragueur invétéré, il avait eu quelques-unes de ces expériences entre adultes consentants. Il savait qu'elles ne servaient qu'un seul objectif : soulager la pression.

Sa nuit avec Reese n'avait rien de commun avec cela.

— Je ne fais pas ça très souvent. Je ne suis pas très sûre des règles, en dehors d'une seule.

— Laquelle ? demanda-t-il.

— On ne pourchasse pas l'homme une fois que c'est fini.

Un sentiment d'humilité s'insinua en lui. D'un côté il était heureux qu'elle ait eu autant envie que lui de le revoir. Et, de l'autre, cela mettait en lumière quel crétin fini il avait été.

— Ce sont les règles, tu dis ?

— Bien sûr que oui. Les hommes ne font que ce qu'ils ont envie de faire, Hoyt. Si tu avais eu envie de m'appeler, tu l'aurais fait.

Il la sentit se refermer, s'éloigner de lui malgré la proximité de leurs corps. La vérité était qu'il avait voulu l'appeler, mais qu'il avait été assez idiot et entêté pour choisir de rester à l'écart. Et, à cause de cela, il l'avait laissée penser qu'elle n'était pas désirable et que leur nuit ensemble n'avait rien signifié pour lui.

— C'est vrai, c'est ma faute. Mais il ne tient qu'à toi que je répare mes fautes.

— Réparer tes fautes ?

— Te convaincre que je te désire. Et que j'ai continué à te désirer tous ces mois.

Et comme il était un homme d'action, il mit aussitôt ses paroles en pratique.

Toujours appuyé sur un coude, il passa sa main libre sur son visage. Reese était belle, mais c'était davantage que cela. Plus que sa peau douce, ses hautes pommettes et ses yeux noisette, il voyait sa force, son expérience, sa résilience. Reese avait subi de terribles pertes, mais elle continuait d'avancer, de croire en l'avenir.

Il se sentait humble devant elle.

Penchant la tête, il pressa ses lèvres sur les siennes, pour lui faire comprendre ce qu'il ressentait.

L'heure viendrait de lui dire tout cela, de la rassurer et de lui promettre un avenir, mais pour l'instant, tout ce qui comptait, c'était qu'ils soient ensemble. Les non-dits reculèrent et le désir s'imposa, traversant son corps d'un besoin désespéré de s'unir à elle. À tâtons, il se positionna entre ses jambes, encore plus excité par l'humidité qu'il y avait là. Elle était prête pour lui, dans toute la beauté intemporelle de la nature. Se forçant à un calme qu'il ne ressentait pas, il se concentra et glissa un doigt, puis deux, dans ses merveilleux replis tièdes.

Son souffle entrecoupé et le mouvement nerveux de ses jambes dirent à Hoyt tout ce qu'il avait besoin de savoir. Il poursuivit sa tâche, l'emmenant de plus en plus loin. La bouche collée à la sienne, il imita avec sa langue les mouvements de ses doigts et but ses gémissements sur ses lèvres.

Il vit le moment où son plaisir atteignit un sommet et où le désir fit comme un arc électrique entre eux. Il se sentit lui-même tomber dans l'abîme quand elle l'attira contre elle, les lèvres pressées sur les siennes.

— Maintenant, Hoyt. Je te veux maintenant.

Il pensa soudain au préservatif et tendit la main vers la table de chevet. Un petit rire de gorge résonna dans son oreille.

— Il n'est pas un peu tard pour ça ?

L'inquiétude lui noua le ventre. Il n'avait jamais fait l'amour avec une femme sans utiliser de préservatif, et son offre le tentait au-delà de tout.

— Je ne sais pas...

Il bafouilla, cherchant les mots.

— Je veux dire, je n'ai rien, et je n'ai été avec personne depuis la dernière fois et...

Il s'immobilisa en distinguant son amusement. C'était un tel contraste avec le sérieux qui régnait quelques minutes auparavant.

— Mon médecin m'a dit que tout allait bien. Et comme il n'y a pas de risque de grossesse, on peut peut-être se dispenser des formalités.

— Se dispenser des…

Embrouillé par le désir, son cerveau avait du mal à comprendre. Les doigts fins de Reese enveloppèrent son érection. Une fois encore son chuchotement séducteur se glissa son oreille.

— Si tu vois ce que je veux dire.

Il le voyait bien, surtout quand ses doigts se resserrèrent. La pression délibérée de sa main envoya une vague de sensations dans son corps déjà hypersensible. Il s'était concentré sur son plaisir à elle, mais il savait que sa propre capacité de résistance était très faible. Encore quelques caresses comme celles-là et ce serait fini.

Il serait perdu. Et il n'était pas question qu'il se perde sans elle.

S'allongeant sur elle, il la laissa le guider en elle, submergé par le plaisir quand ils s'unirent. Il était enveloppé de chaleur, offert à une sauvagerie si élémentaire qu'il se demandait d'où elle venait.

— Vas-y, cow-boy.

Ce murmure, encore.

— S'il te plaît.

Ce fut ce « s'il te plaît » qui le galvanisa et, comme un barrage qui rompt, il commença à bouger en elle. Il la remplit de longs coups de reins réguliers, s'émerveillant de la réactivité de son corps. Et, avec la certitude qu'elle prendrait tout ce qu'il avait à donner et plus encore, il se perdit en elle, les emportant tous deux dans la tourmente des sens, assuré qu'il était d'atterrir en lieu sûr de l'autre côté.

15

Loretta était blottie contre le mur l'écurie, étudiant les lieux. Le bâtiment était vaste et solide, et elle était surprise de ses dimensions. Une écurie de cette taille signifiait qu'ils avaient une armée de chevaux. Quand les flammes commenceraient à lécher tout ce bois, ce serait un gigantesque brasier. C'était précisément ce qu'elle voulait.

Ignorant ses battements de cœur frénétiques, elle déposa avec précaution son gros sac à dos.

Elle n'était pas ennemie de la famille Reynolds, si ce n'est qu'ils avaient fait un peu trop ami-ami avec Reese ces derniers temps. L'heure était venue de faire passer un autre message. Cibler la maison de Reese n'avait rien donné, et il fallait voir plus grand pour capter son attention et l'obliger à prendre conscience de sa fausseté.

Si les Reynolds devaient en souffrir, tant pis.

C'était la faute de Hoyt, de toute façon, qui passait tout son temps avec la Reine des neiges.

Ils dînaient ensemble chaque soir et faisaient Dieu sait quoi d'autre ensuite. Loretta ne pouvait pas être là tous les soirs, mais elle se débrouillait pour passer devant la maison après avoir mis Ben et Charlie au lit.

Cela faisait un moment qu'elle jouait avec l'idée d'un cocktail Molotov. On en voyait beaucoup dans les films et le principe était relativement simple. Elle avait d'abord pensé à en jeter un dans l'abri de jardin de Reese, mais elle avait décidé de s'attaquer à plus gros quand il était apparu que Reese passait la nuit à la *casa* Reynolds.

Et, comme Paul avait les garçons ce soir-là, c'était une occasion en or pour agir.

Elle avait dû trimballer son sac sur deux kilomètres, le long de la route qui bordait la limite nord de la propriété, mais cela en avait valu la peine. Sa voiture était garée dans un bouquet d'arbres, invisible aux yeux des automobilistes.

Elle essaya de se glisser par la porte du fond et fut surprise de la trouver fermée à clé. C'était une mesure de sécurité à laquelle elle ne s'attendait pas, et elle se mit tout de suite en devoir de forcer la serrure. Bien qu'elle ne soit pas une spécialiste du crochetage, elle avait prévu quelques obstacles. C'était un ranch, après tout. Il était peu probable qu'ils laissent tous leurs biens à l'air, à portée de main de n'importe qui.

C'était aussi pour cette raison qu'elle se méfiait d'éventuelles caméras. Il y en avait quelques-unes à l'entrée du ranch et d'autres disposées stratégiquement autour de la propriété, mais l'endroit qu'elle avait choisi était dépourvu d'yeux numériques.

C'était l'exemple de Russ qui l'avait inspirée. Lui aussi s'était introduit sur le ranch sans être détecté. Comment surveiller des terres si vastes qu'elles avaient leur propre code postal, de toute façon ?

Impossible, pensa Loretta avec une sinistre satisfaction. C'était ce qui rendait la chose si parfaite.

La serrure s'ouvrit sous la pression de son épingle à cheveux, et elle tourna la poignée. Elle s'arrêta sur le seuil pour donner à ses yeux le temps de s'adapter à l'obscurité. La lune était pleine, sans doute le plus gros défaut de son plan, mais elle avait tenté le sort et décidé d'aller jusqu'au bout.

Elle entendit d'abord le chuintement de la respiration des chevaux, puis leur agitation quand ils eurent détecté sa présence. Un petit gémissement s'éleva du box le plus proche, et un autre cheval poussa un hennissement sonore.

— Chut, mes beaux. Taisez-vous.

Ce fichu hennissement n'en finissait plus. Refoulant au fond d'elle l'idée que les chevaux allaient mourir, elle avança pour choisir l'emplacement de sa petite surprise.

La charpente massive était idéale pour ce qu'elle avait prévu. Le foin entassé dans les box fournirait tout le combustible nécessaire à un furieux brasier. Posant son sac à dos à terre, elle arma le cocktail Molotov et se mit en devoir de verser de l'accélérateur sur le sol et les étançons soutenant le toit.

Les hennissements des chevaux formaient presque un chœur. N'osant pas avancer davantage par peur de possibles caméras, elle recula vers la porte tout en lançant de grandes giclées d'accélérateur.

Il faudrait que ça suffise.

Elle vida le reste du combustible en agitant la bonbonne, puis la rangea dans son sac et franchit les derniers pas qui la séparaient de la porte. Puis elle se frotta soigneusement les mains avec le chiffon qu'elle avait apporté. Satisfaite, elle effaça ses traces, fourra le chiffon dans sa poche et en sortit les allumettes.

La dernière chose qu'elle fit avant de refermer la porte fut de gratter une allumette et de la jeter au milieu de la traînée de liquide zigzaguant derrière elle.

Reese avait la tête posée sur la poitrine de Hoyt, une sensation inhabituelle mais agréable. La première fois qu'ils avaient fait l'amour, ils avaient passé la nuit ensemble, mais en dehors de cela et de quelques nuits avec son petit ami de l'université, elle avait rarement dormi avec un homme.

Ou plutôt, se corrigea-t-elle, elle avait rarement passé toute une nuit dans son lit.

Ils avaient fait encore une fois l'amour avant de s'endormir autour de minuit, mais elle était à présent pleinement réveillée, l'esprit en ébullition à... Elle jeta un coup d'œil au réveille-matin derrière Hoyt – 2 heures du matin.

À cette heure-là, les pensées n'étaient généralement pas agréables ou fructueuses. Elle le savait car elle avait eu son lot d'insomnies.

Elle était encore stupéfaite d'avoir appris qu'il avait voulu l'appeler... après. Elle le croyait – Hoyt n'avait aucune raison de mentir —, mais cela lui faisait l'effet d'un terrible gâchis. Ils étaient authentiquement attirés l'un par l'autre, alors pourquoi aucun d'eux n'avait-il pris les devants ?

Cela avait-il une importance, désormais ?

Ils étaient ensemble, même s'ils avaient décidé par une sorte d'accord implicite de ne pas parler de l'avenir.

Pourtant, cet avenir lui avait paru on ne peut plus réel quand Hoyt avait posé la tête sur son ventre pour écouter les battements de cœur de leur enfant.

Oh ! elle avait fait de son mieux pour le cacher, mais elle avait failli s'effondrer à cet instant. La sensation de son grand corps contre le sien, le poids de sa tête blottie contre son ventre, le fait de savoir qu'il écoutait leur enfant…

Jusqu'où pouvait aller une femme enceinte sans se mettre à pleurer ?

Si ses ovaires n'avaient pas été occupés à fabriquer des hormones, ils auraient sans doute explosé devant la tendresse de ce geste.

Soudain nerveuse, Reese se dégagea en prenant garde à ne pas réveiller Hoyt. Il grogna légèrement, puis roula sur le ventre, inconscient de ce qui l'entourait. Elle prit le temps de le regarder juste quelques secondes. La ligne familière de sa mâchoire, recouverte d'une barbe d'un jour, lui donna envie de le toucher, mais elle résista. Les muscles épais de son dos, détendus par le sommeil, restaient impressionnants. Et même ses pieds, pointant sur le drap, attirèrent son attention.

Il était vraiment *grand*.

Chaque fois qu'elle essayait de trouver un qualificatif, elle revenait toujours à cela. Grand et viril, et… – oh, bonté divine, mieux valait qu'elle prenne un peu de recul. Il fallait qu'elle empêche son cœur de se gonfler ainsi et son esprit de caracoler dans l'avenir.

Ce qu'ils partageaient était enivrant, passionné… et éphémère. Ce qu'elle désirait, c'était un engagement définitif. Même si elle voulait croire qu'ils finiraient par y arriver, les obstacles lui semblaient presque insurmontables.

Sans mentionner le fait que Hoyt n'avait jamais parlé de s'engager pour toujours. Bien sûr, il lui avait proposé le mariage, mais par sens des responsabilités, pas par amour.

Incapable de le regarder plus longtemps, Reese prit le T-shirt de Hoyt, l'enfila et alla à la fenêtre contempler l'obscurité.

La maison était grande, et l'aile de Hoyt donnait sur l'arrière. Le clair de lune inondait le corral de lumière, et elle vit au sommet de l'écurie la grande marque de Reynolds Station.

Y avait-il eu un temps où elle ne reconnaissait pas ces grands R et S enlacés et entourés d'un cercle d'acier ?

Elle avait demandé une fois à son père ce que voulait dire le mot *station*, dans Reynolds Station. Russ avait ri et lui avait expliqué que c'était un terme australien pour désigner un ranch ou une ferme.

— Mais pourquoi ne pas l'appeler juste un ranch ? avait voulu savoir Reese.

— Je ne sais pas, chérie. Tu devrais peut-être demander à Arden quand tu la verras à l'école.

— Oui, peut-être.

Reese s'était mordillé la lèvre un instant, puis avait demandé :

— Tu crois qu'ils viennent d'Australie ?

— Je ne pense pas. Ils sont de la trente-cinquième génération de Texans, comme nous.

— Et avant ça ?

Russ avait ri à nouveau.

— Je suis désolé, chérie. Je ne sais pas. Mais si tu veux, je demanderai à Mme Reynolds la prochaine fois que je la verrai.

— Merci, papa.

C'était drôle, pensa Reese, même à l'époque les Reynolds la fascinaient déjà. Elle voyait parfois passer Ace, un adolescent rêveur en jean et bottes de cow-boy. Tate était plus proche d'elle en âge, mais il n'avait d'yeux que pour Belle. De toute façon, c'était Hoyt qu'elle regardait vraiment.

Même quand ils étaient à l'école, il restait un cow-boy jusqu'au bout des ongles. Il portait des bottes depuis aussi longtemps qu'elle le connaissait, ne mettant des baskets que pour le sport. Bien qu'il soit dans la classe au-dessus, ils avaient eu cours d'anglais ensemble pendant une année. Chacune des dissertations qu'il avait rendues parlait de l'élevage ou de l'histoire des cow-boys aux États-Unis.

Le regard toujours fixé sur la cour, elle passa de ces souvenirs anciens à de plus récents. Sous la lumière de la lune, l'enclos vide semblait paisible, comme en attente de l'activité du lendemain. Outre l'élevage, elle savait que la famille Reynolds était connue pour le dressage des chevaux. Indubitablement, l'enclos servait toute la journée quand arrivait la saison du dressage. Au dîner, Hoyt et Tate avaient parlé d'une nouvelle livraison de mustangs en provenance d'une association avec laquelle ils avaient déjà travaillé. Les deux hommes semblaient excités par cette nouvelle.

Son enfant apprendrait-il à monter à cheval ?

En y réfléchissant, Reese songea que la réponse était oui. Même si peu de familles avaient une demeure ou une propriété comme Reynolds Station, beaucoup avaient des terres et il n'était pas inhabituel que les enfants de la ville apprennent à monter. Ils avaient aussi un club d'activités rurales au lycée et une équipe d'équitation renommée dans tout l'État.

Donc oui, son enfant apprendrait à faire du cheval.

L'image d'un petit enfant assis à cheval sur les genoux de Hoyt traversa son esprit. Elle visualisait presque la scène, quand quelque chose près de l'écurie attira son attention.

Un mouvement ?

Reese se rapprocha de la fenêtre, scrutant l'obscurité. La lune était haute, mais l'écurie projetait une grande ombre sur l'enclos. C'était là qu'elle avait aperçu quelque chose. Elle se colla à la vitre, espérant le revoir.

Durant un moment, rien ne bougea, et elle se traita d'idiote. Mais soudain le mouvement revint. La porte latérale se referma, et une silhouette courut en direction de l'enclos.

— Hoyt !

Il réagit immédiatement à son ton impérieux.

— Qu'y a-t-il ?

— Dehors.

Elle lui fit signe de venir, pour ne pas quitter l'écurie des yeux.

— Il y a quelqu'un dehors.

Il fut à ses côtés en un instant. La chaleur de son corps ensommeillé l'enveloppa quand il se pencha derrière elle pour regarder par la fenêtre.

Une fraction de seconde plus tard, une énorme boule de feu surgit de l'écurie, soufflant les portes et faisant choir la marque des Reynolds du toit de l'édifice.

— Appelle le 911 ! hurla Hoyt en enfilant son jean et ses bottes.

Reese avait déjà enlevé son T-shirt et le lui tendait.

— Vas-y. Je vais appeler et réveiller tout le monde.

Il lui jeta un dernier coup d'œil pendant qu'elle s'habillait à son tour, téléphone en main.

Hoyt descendit en courant au rez-de-chaussée, saisissant au passage des éclats de voix. Il distingua vaguement Reese crier aux autres de se réveiller, mais il franchit la porte avant d'entendre la réponse. Les flammes montaient dans le ciel, éclairant la nuit.

Il sentit leur chaleur en arrivant plus près des bâtiments.

Stink. Faites qu'il soit sain et sauf.

Galvanisé par cette pensée, il courut vers la porte de l'écurie. Mais la température était bien trop élevée pour qu'il entre là-dedans avec son seul T-shirt. Reprenant tant bien que mal son souffle dans l'air empli de fumée âcre, il fit appel à ce qu'il avait appris dans son ancienne vie.

Évaluer.

Identifier.

Agir.

Cet entraînement lui avait sauvé la vie plus d'une fois et, s'il parvenait à ses fins, sauverait maintenant la vie de Stink.

Revenant en courant vers le gros tuyau qu'ils rangeaient près de l'enclos, Hoyt ouvrit l'eau et s'aspergea aussi vite que possible. Par chance, une couverture de selle pendait sur la clôture, et il s'en empara pour la mouiller aussi.

Sachant qu'il n'y avait pas de temps à perdre, il s'enroula dans la couverture et retourna à l'écurie en courant. La tête couverte, plié en deux, il pénétra dans le bâtiment en feu et entreprit d'ouvrir les portes des stalles. Les chevaux poussaient des hennissements aigus, remplis de peur. Un tonnerre de sabots résonnait derrière lui chaque fois qu'il libérait l'un d'eux. Il poursuivit sa progression le long du bâtiment.

Il savait qu'il fallait faire vite. La charpente en feu craquait de toutes parts, accompagnée du souffle rageur de l'incendie. Mais il devait atteindre Stink.

Enfin il libéra Tot, le cheval de Tate. Puis il fut devant la stalle de Stink. Il poussa le loquet et, une seconde, croisa le regard de son cheval. Son camarade, son ami.

Il pria pour n'être pas arrivé trop tard.

Contrairement aux autres, Stink restait silencieux. Hoyt vit la peur vaciller dans ses yeux bruns illuminés par les flammes, mais l'animal ne fuit pas, préférant rester à ses côtés.

Accompagné de Stink, Hoyt retraça le chemin par lequel il était venu. Il fallait qu'ils réussissent à sortir rapidement. Il le fallait.

Un terrible fracas se fit entendre, accompagné d'un regain de chaleur. Une partie du toit s'effondra derrière eux avec moult craquements. Hoyt pressa le pas, résolu à échapper à cet enfer. À rejoindre Reese.

Des images d'elle traversèrent son esprit. L'enfant qu'elle portait. Le désir violent qu'il avait de retourner auprès d'elle.

De violents craquements se firent entendre. Hoyt se rua vers la sortie, Stink courant devant lui.

Mais quand il atteignit la porte, accueilli par l'air frais et les cris de ses frères, quelque chose d'énorme chuta sur lui, l'engloutissant dans la chaleur.

Il tenta de ramper, mais fut arrêté par une autre avalanche de charpente en feu. Le visage de Reese au loin fut la dernière chose qu'il vit avant de sombrer dans le noir.

Reese hurla en voyant les poutres s'effondrer sur Hoyt. À plusieurs mètres devant elle, Ace et Tate s'élancèrent vers leur frère. Des sirènes se faisaient entendre au loin, mais elles paraissaient comme étouffées par le grondement de l'incendie.

Les ouvriers du ranch étaient sortis du dortoir et plusieurs d'entre eux s'employaient à calmer les chevaux, tandis que d'autres avaient rejoint Tate et Ace pour sortir Hoyt des débris amoncelés devant la grange. Tout le monde se mit à bouger encore plus vite quand un cri s'éleva.

— Ça s'effondre !

Belle et Arden firent reculer Reese en la prenant par les bras. Elle sentit un hurlement monter dans sa gorge, sans l'entendre tant l'incendie rugissait. Nulle trace de Hoyt et ses frères dans la lumière sauvage qui emplissait l'espace.

— Reese ! Recule ! cria Belle, les yeux remplis de terreur.

Belle avait aussi peur pour Tate que elle pour Hoyt. Ce fut cette pensée qui la mit en mouvement. Il ne servait à rien de rajouter des victimes.

Elle se blottit à l'autre bout de l'enclos en compagnie des deux femmes. Les éclairs rouges et bleus de gyrophares percèrent l'obscurité du côté du chemin. Deux camions de pompier arrivaient à vive allure, suivis d'une ambulance. Mais ce furent les visages aimés – Ace et Tate portant leur frère entre eux – qui les jetèrent en avant.

Reese les rejoignit la première. Hoyt pendait, inerte, entre ses deux frères.

Posant la main sur son cou noir de suie, elle chercha tout de suite un pouls. Durant une seconde elle ne sentit rien, puis elle le trouva, faible et filant, mais régulier. Elle laissa échapper un cri :

— Il est vivant !

Ace la repoussa gentiment.

— La poutre de l'entrée lui est tombée dessus. Je ne sais pas si on a bien fait de le déplacer, mais on ne pouvait pas le laisser là.

Unissant leurs efforts, ils le déposèrent doucement par terre, posant sa tête sur une couverture qu'Arden était allée chercher dans la maison. Reese était agenouillée près de lui quand les secouristes arrivèrent.

— Madame ? Excusez-nous, madame.

Les bras de Tate la firent reculer pour faire de la place aux ambulanciers.

Elle les regarda poser un masque sur son visage et articula une prière silencieuse tandis que des larmes brûlantes roulaient sur ses joues.

Ne le laissez pas mourir.

— Espèce d'âne, gronda Tate de l'autre côté de la pièce, tandis que Hoyt s'efforçait de s'asseoir.

Une odeur d'antiseptique et un distinct effluve d'hôpital lui remplirent les narines, mais c'était nettement mieux que la puanteur de brûlé qui s'accrochait à ses vêtements.

— Où est Reese ?

Hoyt déglutit en entendant sa voix éraillée et tendit la main pour prendre un verre d'eau sur la table de chevet. Il se sentait affreusement mal. Son dos était aussi douloureux que s'il avait été jeté à terre par un cheval capricieux.

— Dans une autre salle, avec Arden. Le médecin l'examine par mesure de précaution. Reste un peu tranquille, tu veux ? Ça fait à peine une heure que nous sommes ici.

Il s'était levé avant de pouvoir s'en empêcher, entraînant bruyamment les tuyaux auxquels il était attaché.

Tate se précipita vers lui et le fit asseoir.

— Bon sang, frérot. Elle n'a rien, je t'assure.

Tate se débrouilla pour le regarder dans les yeux.

— Elle va bien. Tu m'entends ?

La désorientation dont il souffrait chaque fois qu'il ouvrait les yeux persistait, mais elle parut rétrocéder devant le regard de son frère.

— Pourquoi on l'examine, alors ?

— Par précaution. Elle ne s'est pas approchée de l'incendie, mais le médecin veut tout de même vérifier qu'elle n'a pas inhalé de la fumée. Et il voulait aussi que l'obstétricienne la voie. Elle est arrivée il y a quelques minutes. Je te le dirais si c'était plus grave.

Hoyt faisait confiance à ses frères, et les paroles de Tate le réconfortèrent. Le besoin de rejoindre Reese ne le quittait pas, mais il se fit moins aigu quand il se rappela qu'Arden était avec elle.

— Qu'est-ce qu'il s'est passé ?

Tate se laissa tomber sur le lit près de lui, en poussant un gros soupir.

— Reese l'a vu. C'est grâce à elle qu'on a pu faire sortir les cheveux à temps.

— L'a vu ?

Repoussant le brouillard dans son cerveau, Hoyt s'efforça de revoir mentalement les événements.

— Elle était avec moi. J'imagine qu'elle ne pouvait pas dormir, parce qu'une minute je dormais comme un loir et celle d'après elle me réveillait pour me dire qu'il se passait quelque chose dans la grange.

— Quelqu'un a fait ça délibérément ?

— Il faut croire.

Hoyt tenta encore de reconstruire le puzzle, jusqu'à ce que cela lui revienne d'un coup.

— Elle m'a réveillé et m'a dit qu'il y avait quelqu'un dehors. À peine à la fenêtre, j'ai vu la grange s'embraser comme un simple bout de papier.

— Et tu as couru là-bas comme un dératé.

Tate se mettait rarement en colère. Mais, en entendant la lenteur délibérée de son ton, Hoyt comprit qu'il contenait difficilement sa fureur.

— Qu'est-ce que je pouvais faire d'autre ? Stink était là-dedans. Ainsi que Tot et le reste des chevaux. Ils comptent sur nous.

Tate fit un bond, tournoyant sur lui-même comme un dément.

— C'est moi qui compte sur toi, espèce d'imbécile ! Moi ! Pas mon cheval. Mon dingue de frère !

Tate faisait les cent pas dans la pièce comme un homme possédé.

— Et tu t'es précipité dans ce truc en flammes, de la longueur d'un terrain de football.

— Je connais les dimensions de l'écurie.

— On ne le croirait pas, crétin !

Tate continuait de marcher en long et en large, toujours aussi exaspéré. Comprenant qu'il devait reprendre le contrôle de la situation, Hoyt dit la première chose qui lui vint à l'esprit.

— Je ne pouvais pas laisser Stink. Pas sans essayer au moins.

C'était la chose à dire, et Tate croisa enfin son regard.

— Tu es vraiment un bougre d'idiot !

— Le mal que j'ai à respirer me le rappelle à chaque seconde.

— Bon sang, mon vieux !

Tate se laissa tomber à côté de lui.

— Tu es mon frère. Le frère que j'aime à la folie.

Il désigna Ace du menton.

— Avec ce nigaud-là.

Il se rapprocha sans que Hoyt proteste. Dans l'écurie en feu, lui aussi avait cru ne jamais revoir ses frères.

— Je t'aime aussi.

— Rappelle-t'en, crétin.

Tate lui passa un bras autour des épaules.

— C'est toi que j'aime. Pas mon cheval – que j'aime pourtant plus qu'il n'est naturel – mais toi !

— Belle le sait ?

— Que je t'aime ?

Hoyt lui donna une bourrade, même s'il était aussi faible qu'un chaton.

— Je parle de ton cheval.

— Oui.

Tate se mit à rire, soudain plus détendu.

— Pour une raison que je n'arrive pas à comprendre, elle trouve ça attendrissant.

16

Reese s'agitait autour du lit de Hoyt, consciente que cela l'irritait.

Cinq jours.

Il s'était écoulé cinq interminables jours d'interrogations, de peur et d'émoi absolus au ranch, et ils n'étaient pas plus près de trouver le coupable.

Ce n'était pas faute d'avoir essayé.

Cela faisait soixante heures que Belle dormait à peine, tout comme la moitié de la police de Midnight Pass. Ils avaient finalement remis l'enquête entre les mains du capitaine des pompiers, mais cela ne les avait pas empêchés de faire tout ce qu'ils pouvaient pour trouver le coupable. À en croire ce que Belle avait marmonné avant de poser la tête sur la table de la cuisine la veille au soir, ils avaient visionné des heures de vidéo et ratissé tout le ranch, mais n'avaient rien trouvé à se mettre sous la dent.

Reese avait été interrogée sans relâche sur la personne qu'elle avait vue s'enfuir, mais elle n'avait rien d'autre à offrir que cet aperçu.

C'était enrageant.

Et le fait qu'elle ait un patient ronchon n'arrangeait pas les choses.

— Je vais bien, bon sang !

— Le médecin dit que tu dois te reposer. Une grange t'est tombée dessus, Hoyt Reynolds. Une fichue grange !

Reese prit conscience qu'elle plantait les poings sur ses hanches et se sentit un peu bête.

Hoyt devait avoir remarqué la même chose, car elle vit un mince sourire s'étaler sur ses lèvres.

— Ce n'était qu'une partie de la grange.

— Tu trouves ça drôle ?

— Pas particulièrement. Mais quand je te vois là, dans la posture d'un ange vengeur, ça me donne des idées.

Si sa posture lui donnait l'air idiot, ce devait être encore pire avec des yeux écarquillés.

— Tu es en train de me faire du rentre-dedans ?

— Eh bien, ça fait ressortir ta poitrine d'une manière très suggestive.

— Ma poitrine ne...

Elle baissa les yeux avant de croiser les bras sur sa poitrine.

— Ce n'est pas drôle. Tu es blessé.

— Je me sens mieux de minute en minute, chérie. En outre, je me suis assez reposé. Je me sens très bien.

— Alors lève-toi sans t'appuyer, traverse la chambre, fais demi-tour et reviens vers moi.

Ce diable d'homme sortit du lit en un clin d'œil et suivit ses instructions si vite qu'elle n'eut pas le temps de réagir avant qu'il se jette sur elle et la plaque sur le lit.

— Tu vois ?

Elle voyait. Ou, plutôt, elle sentait – ces longs muscles qui la serraient de près. Elle sentait aussi son érection, dure et insistante. Et, par-dessus tout, elle sentait son ventre répondre de la plus délectable des manières.

— Je pense que ce n'est ni le lieu ni le moment.

— Oh ! dit-il en souriant, c'est ta voix de professeure. Tu te rends compte que ça ne fait que m'exciter encore plus, n'est-ce pas ?

— Ce n'est pas ma voix de professeure.

— Qu'est-ce que tu attends ? Vas-y, abuse de moi.

Reese ne put s'en empêcher. Malgré tout ce qu'il s'était passé, elle se mit à rire. Il y avait tant de bonheur à être allongée avec lui, les membres emmêlés, à rire et se taquiner.

— Tu es incorrigible.

— Et maintenant tu uses de mots savants.

Hoyt se frappa le front en retombant sur le lit.

— Tu m'intimides, femme.

— Ne serait-ce pas les vestiges d'un fantasme adolescent ? Tu en pinces sérieusement pour ta professeure ?

Il s'accouda près d'elle, avec un sourire carnassier aux antipodes des manières juvéniles.

— Je serais ravi de jouer à ça, si ça te plaît.

— C'est un nouveau côté de toi.

Elle lui planta un doigt dans la poitrine.

— Je dois dire que j'aime bien.

— Tu n'as encore rien vu.

Il se mit en devoir de le lui prouver en faisant courir ses lèvres le long de sa mâchoire jusqu'à son oreille. Puis il souffla tout le long de ce trajet, déclenchant une série de frissons dans son dos.

Reese s'inquiétait pour sa santé, mais ne put trouver les mots pour lui demander de s'arrêter. C'est alors qu'il la fit asseoir sur lui à califourchon, et elle décida qu'il était meilleur juge qu'elle de ce qu'il pouvait faire ou non.

Résolue à tester cette idée, elle fit passer son débardeur par-dessus sa tête et le jeta par terre. Son soutien-gorge suivit. Quand il ne resta que du désir dans les yeux de Hoyt, elle s'empara de l'ourlet de son T-shirt et dégagea doucement ses bras avant de le faire passer par-dessus sa tête.

— Jusqu'ici, c'est tout bon.

— Tu ne sais pas ce que c'est, « bon ».

Cette promesse la fit frissonner, mais elle ne put s'empêcher de riposter.

— Non, mon petit, c'est toi qui ne sais pas ce que c'est.

Enhardie par le désir qu'elle lisait dans ses yeux, elle profita de son avantage. Déposant une ligne de baisers sur sa poitrine, elle s'attarda sur ses mamelons avant de tracer un chemin sur les muscles épais de son ventre. Quand elle les sentit se contracter sous ses lèvres, elle comprit qu'elle avait le dessus. Mais ce fut en dépassant l'obstacle de sa braguette qu'elle sut qu'elle avait vraiment gagné.

Hoyt inspira fortement quand elle introduisit la main dans son caleçon et le prit fermement en main. Son membre était dur, prêt pour elle, mais elle voulait le torturer un peu.

Maintenant la pression avec ses mains, elle se pencha et le prit dans sa bouche, pressant ses lèvres sur toute sa longueur. Ses râles étaient comme de la musique pour elle, un chœur de désir et de plaisir qui la remplit d'un bonheur tout particulier.

Elle s'était tellement inquiétée pour lui et tellement persuadée que c'était à cause d'elle qu'il s'était mis en danger. C'était gratifiant de savoir que non seulement il allait bien, mais qu'elle pouvait lui donner du plaisir. Un plaisir qui effaçait la douleur.

— Reese, dit-il dans une sorte de grognement.

L'ignorant, elle continua de titiller sa chair avec sa langue.

— Reese..., gémit-il en pressant ses épaules, mettant fin à la torture qu'elle lui infligeait avec tant de plaisir. On va faire ça ensemble.

— J'ai raté quelque chose ? susurra-t-elle. Parce qu'il me semble que nous sommes bien ensemble, là.

Avant qu'elle puisse ajouter autre chose, il la retourna sur le dos et la recouvrit de son corps. Sans hésiter, il la remplit d'un long coup de reins, lui arrachant un cri.

Elle n'aurait jamais cru que l'orgasme était si proche et elle jouit en quelques secondes. Avant qu'elle puisse reprendre son souffle, une autre vague monta, plus puissante que la première, et son corps se tendit comme un arc à la rencontre du plaisir.

Reese se cramponna aux épaules de Hoyt et l'accueillit tout au fond d'elle. Et quand le plaisir monta en elle, entre eux et tout autour d'eux, elle sut la vérité.

Elle l'aimait.

De tout son corps, de tout son cœur, et pour toujours.

L'après-midi avait été délicieux, mais Hoyt sentit son humeur chagrine revenir quand le jour fit place à la nuit.

Reese retournait au lycée le lendemain.

Il savait qu'il ne pouvait pas la retenir. D'un côté il ne le voulait pas ; elle était adulte et avait amplement prouvé qu'elle était capable de vivre sa vie. Ce n'était pas à lui de dire le contraire. Mais comment ne pas avoir envie de la garder à l'abri de ses bras quand une menace sans visage rôdait alentour ?

— Je pense que cette assiette est sèche, dit Arden, le tirant de ses pensées.

Hoyt baissa les yeux sur l'assiette qu'il tenait et vit que sa sœur avait raison.

— Désolé. J'étais un peu distrait.

— Tu en as le droit. Pour être honnête, je pense que nous sommes tous un peu distraits ces jours-ci.

C'était l'euphémisme du siècle.

Elle lui prit l'assiette des mains et lui indiqua la table de cuisine.

— Asseyons-nous une minute.

Il avait une relation distincte avec chacun de ses frères et sœur. Ace restait l'aîné qu'il avait idolâtré, son héros encore aujourd'hui. Avec Tate, il passait de l'amitié à la bagarre et de la bagarre à l'amitié en un clin d'œil.

Et Arden...

Arden, c'était autre chose. Il avait toujours l'impression d'être dans des sables mouvants avec elle. Tout en sachant qu'ils reviendraient à un moment ou un autre en terrain sûr. Sa petite sœur était non seulement la plus mûre d'eux quatre, mais elle possédait en outre une lucidité surprenante, qui leur faisait défaut à tous.

— Tu veux me parler de ce qui se passe ? demanda-t-elle.

— En dehors du fait qu'une grange m'est tombée dessus, comme dit Reese ?

Arden tressaillit.

— Ce n'est pas drôle.

— Reese ne le disait pas pour être drôle. En fait, elle avait l'air très en colère.

— Très bien, soupira-t-elle.

Il laissa son regard errer dans la cuisine. Les murs couleur pêche, la grande table en pin sous ses doigts, le banc sur lequel il était assis, fabriqué par son grand-père : tout cela lui était aussi familier que son propre visage. Cela aurait dû le réconforter.

Mais il semblait voir des ombres rôder dans les coins.

— Reese retourne au lycée demain.

— Je sais. Mais Belle m'a dit qu'on a organisé des patrouilles supplémentaires et que le conseil d'administration est conscient de la nécessité de la protéger.

— C'est un risque.

— Tu crois ? Reese a informé toutes les personnes concernées, y compris le directeur. Personne ne lui a demandé d'attendre la fin du semestre.

Personne n'avait rien dit, en effet, et Hoyt trouvait cela étrange.

— Et pourquoi, hein ? Une professeure a été victime de plusieurs agressions et personne ne remue un cil ?

— À ce que m'a dit Reese, l'assistant principal et l'APE se sont battus pour elle.

Cela le perturbait, mais si l'APE voulait qu'elle reprenne, il pouvait difficilement s'en plaindre. Même si toutes sortes de suppositions tournaient en boucle dans son cerveau.

Et s'ils avaient raté quelque chose ? Et si elle était à nouveau menacée ? Et si on lui faisait du mal avant qu'il ne puisse l'empêcher ?

— Ils sont censés protéger les élèves, dit-il enfin, sentant combien son argument était faible.

— Je dirais que c'est protéger les élèves que de garder une des meilleures professeures de l'État.

— Allons, Arden. Pourquoi prends-tu leur parti ? Tu n'es pas inquiète ?

— Inquiète ? Si, je m'inquiète tous les jours. Mais ça ne signifie pas que je vais cesser de vivre. Quel exemple donnerait Reese à ces gamins si elle prenait la fuite ?

Hoyt aurait voulu se ranger à son avis – considérer les cours de Reese comme une priorité absolue —, mais chaque fois qu'il était près d'accepter cette idée il sentait la peur lui nouer les entrailles.

Arden posa une main sur son avant-bras. Il contempla ses doigts minces. Ce geste lui rappelait tant leur mère que cela faisait mal.

— Il y a quelque chose d'autre ?

— Qu'est-ce que tu veux dire ? Je suis inquiet pour elle. Je suis inquiet pour nous tous.

— Ce n'est pas ce que je t'ai demandé.

Ce changement de sujet lui évoquait plus que jamais des sables mouvants.

— Parle, alors.

— Ce n'est pas la maison de Reese qui a été attaquée, c'est la nôtre.

— Je sais.

— Peut-être que cela n'a rien à voir avec elle, mais avec nous.

Il y avait pensé, bien sûr. En fait, ils en avaient parlé jusqu'à plus soif entre eux. Mais il trouvait toujours bizarre que les incidents aient commencé chez Reese pour se déplacer ensuite à Reynolds Station.

— Belle a déjà réfléchi à cela. Bon sang, Arden, nous aussi.

— Et rien n'en est sorti.

— Pas une idée.

— Alors laisse-moi revenir à la question à laquelle tu n'as pas répondu.

Il savait ce qui allait venir. Il faisait depuis trop longtemps partie de cette famille pour l'ignorer.

— Quand est-ce que je vais admettre que je suis amoureux de Reese ?

Arden lui frotta le bras.

— Voilàààà...

— Du diable si je le sais.

Reese était assise au fond de l'auditorium du lycée, soulagée et touchée d'avoir tant de renforts, assis de part et d'autre sur d'inconfortables chaises pliantes. Hoyt était à côté d'elle, suivi d'Ace et Arden à sa gauche, et Belle et Tate étaient sur sa droite. Belle avait même gardé son uniforme, rappel visible de la loi qu'elle mettait tant d'énergie à défendre.

Quand ils avaient suggéré de l'accompagner à la première réunion de l'APE, elle avait essayé de les en dissuader. Pourtant elle était là, avec une phalange de cow-boys, une policière et une professeure de yoga en prime.

Une sacrée professeure de yoga, ajouta Reese pour elle-même.

Elle avait repris le travail depuis un peu plus d'une semaine et, en dehors du stress de concevoir des plans de cours intéressants, il n'y avait pas eu d'incident. Elle aurait dû en être heureuse, mais le sentiment étrange d'être une funambule sans filet ne la quittait pas.

Pas plus qu'il ne quittait la famille Reynolds. Tout le monde était en état d'alerte, attendant que quelque chose se produise.

À ce stade, elle passait plus de temps chez eux que chez elle. Mais les nuits où elle décidait de dormir chez elle, Hoyt insistait pour rester avec elle. Ils continuaient à faire l'amour avec autant de passion, et elle se demandait aussi quand cela cesserait. Puis elle s'ordonnait de profiter du moment et repoussait tout cela au fond de son esprit.

Cela lui laissait alors le loisir de se demander qui avait mis le feu à la grange, déposé une araignée sur son porche et criblé sa cuisine de balles.

Un cercle vicieux, songea-t-elle en soupirant, avant de se remettre à écouter la voix monotone de la présidente de l'APE. Une voix à laquelle elle se devait de prêter attention, car c'était cette femme et son conseil d'administration qui avaient aplani les choses pour elle.

Après l'incendie, elle avait compris qu'elle devait alerter le lycée de ce qu'il se passait. Elle avait besoin de son contrat, mais elle voulait également que ses élèves soient en sécurité. Et, alors qu'elle s'attendait à des échanges tendus, elle avait été étonnée de trouver une vieille connaissance dans son camp.

Loretta Green. *Non*, se corrigea Reese, Loretta Chapel, maintenant.

Si on lui avait dit que l'ancienne petite amie de Jamie était de son côté ou même prêtait attention à son existence, elle ne l'aurait pas cru. Mais c'était Loretta qui l'avait défendue auprès de l'APE en soulignant la plus-value qu'elle apportait au lycée. Ce soutien, comme le soutien des Reynolds, avait été aussi inattendu que bienvenu.

Il était impossible de savoir si cela durerait quand l'APE découvrirait sa grossesse. Mais une chose à la fois, comme le répétait Arden.

Les comptes rendus financiers et les rapports d'activité passèrent plus rapidement que prévu et, avant peu, Reese et son entourage se retrouvèrent à la table des rafraîchissements, profitant de la célèbre hospitalité sudiste.

— On ne peut pas dire que la réunion était captivante, mais au moins il y a du gâteau.

Belle tapota le dos de Tate avant de plonger sa fourchette dans une tranche de quatre-quarts.

— Pourquoi crois-tu que je me porte volontaire tous les mois pour cette mission ?

— C'est la raison de ta présence ? questionna Tate.

— Bien sûr.

— Je me sens floué.

Tate serra sa fiancée contre lui.

— Maintenant que je connais ton secret, je vais devoir te coller aux basques. Et je suis un honnête contribuable, comme tu sais.

Malgré une expression aimable, Hoyt était resté silencieux, refusant le gâteau et sirotant un café dans un gobelet en carton. Reese se rapprocha de lui, prenant garde à ne pas afficher un air trop intime.

— Ça va ?

— Je me sentirais mieux quand on sera sortis d'ici.

Elle sentit sa nervosité redoubler.

— Tu as vu quelque chose ?

— Non. Mais je n'aime pas cet endroit.

Reese s'efforça de comprendre ce qui le perturbait. Il n'y avait eu ni tension ni inconnu à la réunion.

— Je ne devrais pas te le dire, mais c'était aussi ordinaire et ennuyeux que d'habitude.

— Tu dois rester encore longtemps ?

Elle attendit une seconde, les yeux dans ses yeux verts. Pas une seule trace d'humour ne s'y reflétait.

— Laisse-moi juste dire au revoir à quelques personnes, et on pourra y aller.

Elle avait presque atteint Jake, pour le remercier une fois encore, quand Loretta s'interposa.

— Reese ! Cela fait si longtemps.

Loretta l'étreignit et Reese se laissa faire, touchée par cet accueil chaleureux.

— C'est vrai. Quel âge ont tes fils, maintenant ?

— Dix ans et huit ans. Ben et Charlie.

Reese vit la fierté de Loretta et s'émerveilla du fait qu'elle ressentirait la même chose dans quelques mois.

— Comment va ta mère ? questionna Loretta.

— Elle va bien. Ça fait du bien de voir qu'elle se réjouit de quelque chose.

— Ah ?

Loretta haussa les sourcils, visiblement intéressée par cette nouvelle.

— Et qu'est-ce qu'elle attend ?

— Hum, eh bien, elle pense vendre la maison, improvisa Reese, en bafouillant un peu. Un acheteur potentiel l'a déjà contactée.

Mais qu'est-ce qu'elle avait ? Elle avait failli cracher le morceau à un membre du conseil d'administration. Voulait-elle être licenciée ? Ajoutez à cela qu'elle devrait expliquer à sa mère pourquoi on racontait à Midnight Pass que sa maison était en vente. Voyant Hoyt lui glisser un regard en coin, elle en profita pour abréger la conversation.

— Écoute, je suis désolée mais il faut que j'y aille. Je dois me lever tôt demain matin. J'ai été ravie de te revoir.

— Moi aussi, Reese.

Consciente que la soirée était terminée, Reese croisa le regard de Jake et agita la main avant de suivre Hoyt et ses frères et sœur.

Et, sans raison particulière, elle se sentit frissonner des pieds à la tête.

Cela fait si longtemps.

Ces mots tournaient en boucle dans la tête de Loretta tandis qu'elle s'efforçait de border Charlie dans son lit. Il avait été diabolique avec la baby-sitter, et maintenant elle devait le calmer parce que cette idiote lui avait permis de prendre une avance sur les bonbons qu'elle avait cachés pour Halloween.

Charlie les avait trouvés.

Il trouvait toujours tout. Qu'il s'agisse de bonbons, de sodas ou de biscuits, cet enfant avait le flair d'un chien de chasse. Dommage que ce flair ne s'applique pas aux brocolis et aux carottes.

— Maman ?

— Quoi, chéri ?

D'un doigt, elle repoussa les cheveux sur le front du petit garçon, ravie de voir ses yeux se fermer peu à peu.

— C'est quoi l'amour ?

— L'amour ? C'est ce que je ressens pour toi.

— Non, dit Charlie en secouant sa tête. L'amour-amour. Comme ce que font les grands.

La curiosité de Loretta s'éveilla. D'où sortait cette question ? Elle n'eut pas à attendre longtemps, car depuis l'autre lit Ben siffla :

— Tu n'es pas censé parler de ça, Charlie.

Son intérêt s'aiguisa encore.

— De quoi s'agit-il ?

— Rien, dit Ben avant de se tourner contre le mur.

— Non, ce n'est pas rien, insista Loretta. Pourquoi cette question ?

— Papa a une petite amie.

C'était Charlie qui avait lâché le morceau, malgré les protestations de Ben.

Loretta refoula la rage qui montait en elle. Se forçant à afficher un calme qu'elle n'éprouvait pas, elle choisit d'interroger le plus bavard de ses enfants.

— Depuis quand ?

— La dernière fois qu'on est allés le voir, dit Charlie, avide de donner des détails maintenant qu'il avait vendu la mèche.

— Vous avez rencontré la petite amie de papa ?

— Hon-hon, dit Charlie en hochant la tête. Elle s'appelle Casey.

— Elle est gentille, intervint Ben. Elle a vingt-six ans.

Comment le savaient-ils ? se demanda Loretta. Cette seule pensée la rendait malade. Elle aussi avait été jeune, il n'y avait pas si longtemps. Elle se rappelait encore comment c'était d'être pleine d'espoir pour l'avenir.

— Tant mieux pour elle.

— Papa nous a dit de ne pas te le dire, reprit Charlie.

— C'est idiot, le rassura Loretta. Vous pouvez tout me dire.

— Tout ? s'étonna Ben.

Loretta se leva et alla s'asseoir sur le lit de son fils aîné.

— Bien sûr que oui. Je suis votre maman. Vous pouvez toujours me parler.

— D'accord. Je t'aime.

— Je t'aime aussi, fit la voix de Charlie de l'autre côté de la chambre.

Loretta embrassa Ben le premier, puis alla presser les lèvres sur le front de Charlie. Elle avait fait très peu de chose dans sa vie dont elle était fière, mais elle était fière de ses garçons.

Comment aurait-ce été si Jamie l'avait attendue dans le couloir ? Ou, mieux encore, avait été dans la chambre avec elle, bordant les garçons ? S'ils avaient tous formé une famille ?

Si les choses avaient été différentes.

Une image de Reese, debout près de Hoyt, leurs têtes rapprochées, lui traversa l'esprit.

Jamie n'aurait jamais d'avenir, mais Reese semblait tabler sur un futur radieux avec son Hoyt et sa famille.

Oh ! elle avait remercié le conseil d'administration avec sa douceur mielleuse et fait ami-ami après la réunion. Mais ce n'était que de l'hypocrisie. La Reine des neiges ne faisait pas dans la gentillesse.

Et qu'est-ce que c'était que cette histoire à propos de sa mère ? Loretta n'avait jamais entendu parler de quelqu'un qui voulait acheter la maison d'un ex-tueur en série.

Impossible.

Ce qui voulait dire que Reese avait fait un lapsus et que sa mère attendait autre chose.

Un mariage ?

Quoi qu'il en soit, Reese lui avait menti les yeux dans les yeux. Loretta ferait bien de s'en souvenir.

17

Reese posa la main sur l'entrebâillement de son short et comprit qu'elle ne pouvait plus retarder l'inévitable. Se levant avec un petit soupir, elle alla chercher une épingle de nourrice dans un tiroir. Ce n'était pas la meilleure solution, mais il faudrait faire avec jusqu'à ce qu'elle s'achète des vêtements.

Sa grossesse n'était pas encore évidente pour les autres, mais elle l'était pour elle. Les tuniques flottantes l'avaient bien servie jusqu'ici et, si quelques-uns avaient remarqué qu'elle avait pris du poids, ils en avaient sans doute conclu qu'elle avait forcé sur les glaces. Mais bientôt tout le monde se rendrait compte que la crème glacée n'avait rien à y voir.

Le lycée avait recommencé depuis trois semaines. Il n'y avait pas eu d'autre incident, et ni Belle ni son équipe n'avaient trouvé d'indice. C'était déconcertant, mais que pouvait-on y faire ?

La vie devait continuer, se dit Reese en retournant s'asseoir pour poursuivre la correction de ses copies. Le temps passant, elle reprenait le rythme – même si ce rythme ne ressemblait à rien de ce qu'elle avait connu.

Vivait-elle avec Hoyt ? Vivait-il avec elle ? Comme ils passaient toutes leurs nuits ensemble, soit chez elle soit au ranch, il était difficile de le dire autrement. Mais aucun d'eux n'avait mis de mots sur ce qu'ils faisaient ensemble ou ce qu'il y avait entre eux.

C'était contraire à tous ses principes, mais elle n'osait pas déranger le statu quo. Parce que alors Hoyt s'en irait peut-être et que ferait-elle ?

Ce qui ne voulait pas dire qu'elle était heureuse là où elle en était.

Sa mère avait plusieurs fois abordé le sujet sans insister. Serena souffrait encore de la mort de son mari mais, comme Reese l'avait espéré, la nouvelle du bébé lui donnait des raisons de regarder vers l'avenir plutôt que de rester fixée dans le passé. Elle avait même réussi à arracher un rire à Serena en lui racontant sa conversation avec Loretta. Bizarrement l'anecdote avait paru lui donner des idées et, le week-end précédent, sa mère avait parlé de s'installer dans une nouvelle maison.

Oui, elles étaient incontestablement en train d'adopter un nouveau rythme.

Le bruit de la porte qui s'ouvrait et se refermait fit battre le cœur de Reese. Elle se représenta le grand cow-boy élancé parcourant le couloir, sur le point de franchir le seuil de sa cuisine.

Elle ne fut pas déçue.

Ses hanches et ses longues jambes étaient comme d'habitude moulées dans un jean. Un T-shirt délavé à l'emblème de Reynolds Station complétait sa tenue ainsi que, vit-elle avec surprise, une paire de nu-pieds.

— Arden déteint sur toi ?

— Quoi ? demanda-t-il en déposant une pizza sur le comptoir.

— Je ne crois pas t'avoir jamais vu avec des nu-pieds.

— Ceux-là ?

Hoyt baissa les yeux sur ses pieds et agita ses claquettes.

— C'est un mal nécessaire.

— Pourquoi ça ?

— Parce que mes bottes sont couvertes de bouse de vache. Ma sœur m'a interdit de les rentrer dans la maison et, vu que nous avons maintenant une demi-écurie, elles attendent là-bas d'être nettoyées.

— Tu as plus d'une paire de bottes, pourtant.

— Mon autre paire est couverte de venin de serpent à sonnette et trempe en ce moment dans un produit maison.

— Il y a des serpents à sonnette chez vous ?

Il cherchait des assiettes dans le placard et se retourna pour la regarder.

— Eh bien oui.

— Tu as assez souvent affaire à des serpents pour avoir un produit de nettoyage ?

— Bien sûr que oui.

Les jolies images de son enfant courant en liberté dans la prairie se brisèrent soudain en mille morceaux.

— Et combien de fois as-tu eu affaire à des serpents qui voulaient mordre tes bottes ?

— Reese. On est au Texas. Ne me dis pas que tu n'as jamais vu de serpent.

— Si, de loin. Avec une carabine à la main. Aucun n'a essayé de planter ses crocs dans mes chaussures.

— Je suis désolé que ça t'effraie, mais ça arrive très souvent.

— Ça ne dérange pas les chevaux ?

— Stink les sent en général bien avant moi.

Elle secoua la tête, sans savoir si elle était horrifiée ou impressionnée que son cheval ait plus de sensibilité et de bon sens que lui.

— À quoi tu travailles ?

Hoyt posa deux assiettes sur la table et s'empara d'une dissertation sur la pile. Ses sourcils se haussèrent quand il lut le titre : « *Slut*-shaming[1] à l'époque du puritanisme ».

Prenant des serviettes en papier dans un petit panier au milieu de la table, Reese les déposa sur les sets de table.

— Nous avons commencé l'année en fanfare. *La Lettre écarlate*. Les élèves semblaient médusés par le choix de cette expression.

— C'est sûr qu'on a changé d'époque. La vieille Mme Rovner connaissait-elle même le mot *slut* ?

— Notre professeure d'anglais était bien plus maligne que tu ne le penses.

— Et comment le sais-tu ? insista Hoyt.

— C'était une adulte. Quand on est adolescent, on n'arrive pas à imaginer que les adultes en savent davantage que soi, surtout en matière de sexe.

— Tu as l'air d'avoir étudié le sujet.

1. Expression employée par les féministes américaines et canadiennes pour désigner un ensemble d'attitudes agressives envers les femmes sexuellement actives (NdT).

— Et comment pourrais-je faire autrement ? Ce sera moi la grosse surprise quand ils vont s'apercevoir que je suis enceinte.

L'inquiétude qui la taraudait donnait à ses paroles une note acerbe.

Hoyt posa la pizza sur la table et lui jeta un regard pénétrant.

— Que se passe-t-il ?

— Rien du tout, sauf ce qui va m'arriver. Mes pantalons ne me vont plus, je grossis. Et il s'en faut de quelques semaines que mes tuniques ne dissimulent plus mon état.

— Alors dis-leur. Va voir ton chef et dis-lui. Tu es enceinte, pas contagieuse. Ils ne peuvent pas te licencier pour ça.

— Non, mais ils ne seront pas contents d'apprendre qu'une mère célibataire fait partie du personnel. L'APE s'est battue pour moi après les événements. Ça m'étonnerait que je m'attire leurs bonnes grâces, surtout après qu'ils se sont mouillés pour moi.

— Alors qu'est-ce que tu veux faire ? Le mariage est toujours sur la table. En fait, je ne me souviens pas d'avoir retiré ma proposition.

Sur la table ? Comme un carton à pizza ou les copies de ses élèves ?

— Qu'est-ce que c'est censé vouloir dire ?

Sans paraître remarquer l'accent métallique de sa voix, Hoyt déclara :

— Ça veut dire la même chose qu'il y a un mois. Marions-nous. Notre enfant aura un nom, et toi aussi.

— Oh ! ça fait battre mon cœur. Quel romantisme, Hoyt !

— Qu'est-ce que tu attends de moi ? C'est toi qui viens de dire que c'est une espèce de crime d'attendre un enfant sans être mariée. Je ne comprends pas bien pourquoi, mais j'ai la solution à cet énorme problème. Marions-nous.

Reese tenta de réprimer la vague de panique qui montait en elle. Ne voulait-elle pas changer le statu quo ? Faire chavirer la barque et transformer la dynamique ?

Les rêves qui la hantaient au milieu de la nuit – dans lesquels Hoyt et elle formaient une famille – étaient là, à portée de main.

N'était-ce pas ce qu'elle voulait ? Cet homme ne lui offrait-il pas exactement ce qu'elle désirait ?

Quand un non sonore et misérable résonna dans son esprit, Reese comprit la vérité. Oui, elle voulait l'épouser. Et, oui, elle voulait que son enfant porte son nom. Mais elle ne pouvait pas le faire sans amour. Sans un amour qui balayerait tout sur son passage.

C'était ce qu'elle désirait – ce qu'elle avait toujours désiré, en réalité —, et qu'elle soit damnée si elle se contentait de moins que ça.

— Je crois qu'il est temps de retirer l'offre de la table.

Hoyt savait qu'il avait tout gâché, mais dix-huit heures plus tard, il n'arrivait toujours pas à saisir pourquoi. Les choses avaient déraillé quand il avait parlé mariage. N'était-ce pas ce qu'elle voulait pourtant ?

Le mariage aurait tout arrangé.

Et c'était ce qu'il voulait, lui aussi.

Pourquoi ne le comprenait-elle pas ?

Je crois qu'il est temps de retirer l'offre de la table.

Qu'est-ce que c'était censé vouloir dire, bon sang ?

Il l'avait laissée corriger ses dissertations dans la cuisine et s'était transporté au salon pour regarder un match. Mais ensuite il avait refusé de partir. Ils ne s'aimaient peut-être pas, mais il était hors de question de la laisser se débrouiller seule la nuit.

Le nettoyage de ses bottes était donc le parfait antidote à une nuit sans sommeil et une journée sans but. Il s'y attaqua avec une brosse métallique au-dessus de vieux journaux, ravi d'avoir quelque chose sur lequel passer sa colère.

Les dernières semaines avaient été une succession de journées pénibles, durant lesquelles ils avaient essayé d'accomplir leurs tâches habituelles tout en rebâtissant l'écurie. Il avait d'abord refusé d'embaucher – cela amènerait trop d'inconnus sur la propriété —, mais avait finalement cédé quand le surcroît de travail était devenu accablant. La promesse de Belle de vérifier les antécédents de tous ceux qui venaient travailler chez eux avait finalement mis un terme à ses inquiétudes.

Tout cela avait donné une grange à moitié terminée, avec une charpente et un toit en état de marche, et la moitié des stalles reconstruites.

Ace avait profité de l'incendie pour actualiser le système de sécurité. Il avait fait installer des caméras et des ordinateurs, et décidé d'un nouveau protocole pour les serrures et les verrous. Ils ne pouvaient être certains d'éviter d'autres désastres, mais l'incendie les avait frappés de trop près. Ils faisaient désormais le maximum pour protéger leurs animaux.

Le souvenir de Stink enfermé dans sa stalle le remplissait encore d'une peur glaciale, qui le minait dans ses moments d'inactivité.

Ou, du moins, les moments d'inactivité où il n'essayait pas de comprendre Reese Grantham.

— Ces bottes ont l'air bien. Mais elles le seront plus si tu n'arrêtes pas de les récurer.

Hoyt leva les yeux, agréablement surpris de voir Belle.

— Tu es aussi jolie qu'une fleur. Mais d'habitude je ne te vois pas à 3 heures de l'après-midi. Tu fais l'école buissonnière ?

— En quelque sorte. J'ai pris mon après-midi et j'ai décidé de le passer à la maison. Dans ce qui sera officiellement la maison dans deux mois.

Elle virevolta sur elle-même, et Hoyt sourit malgré sa mauvaise humeur.

Deux mois. Dans deux mois, son frère serait un homme marié, et Hoyt aurait une nouvelle sœur.

Les choses étaient allées très vite, mais seulement après avoir avancé très lentement. Comme un vieux glacier qui fond d'un seul coup.

Depuis, il avait retrouvé son frère. Le masque de gaieté qu'arborait Tate avait laissé place à une gaieté véritable. Il avait trouvé un nouveau souffle dans la vie. C'était un émouvant témoignage de leur amour et leur bonheur, à lui et à Belle.

— Arden m'a dit que tu étais dans la buanderie avec des chaussures malodorantes, et je me suis dit que c'était le moment idéal pour fourrer mon nez dans ce qui ne me regarde pas.

Réprimant un soupir, Hoyt posa sa brosse et se prépara à l'écouter, certain que Belle allait faire faire un petit galop d'essai à son nouveau statut de belle-sœur.

— Elle m'a aussi dit que tu avais l'air bouleversé en rentrant.

— Arden pense que tous ceux que ne sont pas en contact avec leurs chakras ou leur douzième œil ont un problème.

— En général, je suis d'accord avec elle, mais j'ai vu Reese ce matin, quand je faisais ma ronde au lycée. Elle aussi a l'air plutôt malheureuse.

Prépare-toi, Reynolds. Ce n'est pas un galop d'essai, c'est une fichue course d'obstacles.

— Nous nous sommes disputés, hier soir. Tout va bien. Ça finira par passer.

— Tu l'as demandée en mariage ?

Hoyt ne leva pas les yeux, à bout de patience.

— C'est elle qui t'a dit ça ?

— Pas tout de suite. J'ai dû le lui arracher. Pour être juste, cela fait trois mois qu'elle n'a pas eu sa dose de caféine matinale. Elle a droit à ses faiblesses.

Au fond de lui, il savait que Belle essayait d'alléger l'atmosphère, mais il avait du mal à se montrer compréhensif.

Et qu'est-ce qui n'allait pas chez Reese ?

Ce n'était pas suffisant de rejeter sa proposition de mariage, elle en parlait à tout le monde ? Il avait déjà l'impression de s'être fait remballer comme un idiot, et maintenant sa famille était au courant ? À qui d'autre l'avait-elle dit ?

Hoyt savait qu'il était injuste. Quoi qu'il se passe entre eux, cela n'avait rien à voir avec les commérages, les sous-entendus ou le dévoilement des secrets de l'autre.

Mais, bon sang, il n'était pas prêt à avoir cette conversation. Surtout pas avec une Belle pleine de bonnes intentions, qui le contemplait comme un pauvre petit chat abandonné.

— Écoute. Je...

Il s'interrompit en la voyant secouer la tête.

— Désolée. Mon téléphone n'arrête pas. Ça ne t'ennuie pas si je réponds ?

— Non, bien sûr.

Il s'apprêtait à tourner les talons quand il la vit froncer les sourcils en regardant son écran. Quelques instants de plus et il faillit tomber à la renverse.

— Oui, inspecteur Granger à l'appareil... Que s'est-il passé au lycée ? Le bâtiment est cerné ? J'arrive.

Des mots vides de sens se succédaient dans la tête de Reese. Des mots comme *pourquoi*, *comment* et *c'est impossible.* D'autres mots, plus sensés, suivirent. Trois mots, en fait.

J'aime Hoyt.

Elle aurait voulu les avoir hurlés quand elle en avait encore la chance. Mais elle opta prudemment pour le silence, tandis que vingt-cinq paires d'yeux la fixaient avec solennité, allant d'elle à la femme qui se tenait devant le tableau, un pistolet à la main.

Personne n'osait faire un geste.

Quelques élèves pleuraient silencieusement, mais tous s'étaient assis quand le haut-parleur du lycée les avait sommés de se mettre à l'abri.

Et c'était Reese elle-même qui avait laissé entrer l'ennemi. Elle avait supposé que Loretta Chapel cherchait une cachette et l'avait fait entrer dans la classe avant de barrer la porte derrière elle.

Comment aurait-elle pu deviner que c'était elle dont tout le monde se cachait ?

— Loretta...

D'une voix posée, Reese tenta à nouveau d'engager la conversation.

— S'il te plaît, laisse partir les enfants. Ils n'ont rien fait.

Loretta ne bougea pas. Elle regardait par les fenêtres aux stores baissés en marmonnant de temps à autre.

Reese supposait qu'il y avait du remue-ménage au-dehors. La police, le FBI et le SWAT devaient être là, se préparant à toute éventualité.

Durant la dernière demi-heure, tout ce qu'elle avait connu, c'était l'horreur de ce qui se passait dans sa classe.

C'était censé être un lieu de paix, un havre d'apprentissage et de camaraderie. De jeunes êtres humains bâtissaient leur avenir ici. Ils n'auraient pas dû être en train de contempler une femme dérangée et armée.

— Loretta. S'il te plaît, parle-moi. Dis-moi ce qu'il se passe. Tu as deux beaux petits garçons. Tu es à l'APE. Tu peux sûrement me dire ce qui ne va pas ?

Fut-ce la mention des enfants de Loretta, mais cela sembla finalement marcher. Loretta tourna un regard terne vers elle, sans pour autant baisser son arme.

— Tu ne le sais vraiment pas ?

— Non-non, bredouilla Reese, déconcertée par la question. Qu'est-ce que je devrais savoir ?

— C'est typique !

Un rire dur accompagna cette exclamation, sans autre explication.

Galvanisée, Reese insista à nouveau.

— Loretta. S'il te plaît. Laisse les enfants s'en aller.

Loretta contempla la classe, et Reese eut l'impression étrange qu'elle voyait au travers des élèves.

— Quels enfants ?

— Ceux-là. Ici. Les enfants de ma classe.

Elle savait que des adolescents de quinze ans pouvaient se vexer d'être traités d'enfants, mais elle répétait le mot pour percer le mur de folie entourant Loretta.

— Je me souviens de cette salle. C'est là que Jamie et moi, on s'asseyait au fond et on se tenait par la main.

Jamie ?

Reese avait du mal à suivre. Qu'est-ce que Jamie avait à voir avec tout ça ?

— Je sais que tu sortais avec mon frère. Je ne savais pas que c'était votre salle de classe.

— Cette salle. La cafétéria. L'auditorium. Le terrain de foot. Tout me rappelle notre relation.

Une étincelle s'alluma dans ses yeux mornes.

— Avant...

— Je sais.

L'étincelle prit feu subitement, comme si Reese avait versé de l'accélérateur de feu.

— Bien sûr que tu sais. Tu l'as toujours su, mais tu l'as ignoré ! Miss Parfaite, sa Majesté la Reine des neiges, qui n'a jamais voulu se salir les mains et accepter que son frère eût un problème !

Des protestations montèrent aux lèvres de Reese, qu'elle retint de justesse. Les conclusions auxquelles Loretta était arrivée concernant la relation de Reese avec Jamie ne reposaient sur rien sinon des divagations de malade.

Elle ne dit donc mot. Et s'efforça de trouver un moyen de les sortir de cette impasse.

Hoyt arpentait le parking du lycée, devant les barrières mises en place par la police, se demandant comment on en était arrivé là. Une arme à feu au lycée ? Une forcenée ? Tous les enfants et les professeurs étaient là, sauf une classe. Celle de Reese.

Belle l'avait assuré à maintes reprises qu'ils avaient des yeux à l'intérieur du bâtiment et qu'en ce moment même des tireurs d'élite se positionnaient sur le toit. Cela aurait dû le réconforter, mais non. Qu'est-ce qui avait bien pu pousser une membre de l'APE à retenir Reese et ses élèves en otage ?

Belle lui fit signe, une oreillette à la main.

— Reese la fait parler. Tu es entraîné, et même si tu es partie prenante, nous avons besoin de toute l'aide disponible.

— Bien sûr.

— Je veux que tu mettes ça.

Belle lui tendit l'oreillette.

— Dis-nous tout ce que tu sais ou à quoi tu penses. Tout ce dont t'a parlé Reese. Nous avons besoin de tout.

Hoyt prit l'appareil et le fourra dans son oreille, sentant les larmes lui monter aux yeux quand il entendit la voix de Reese. Claire et douce, c'était la voix de la femme qu'il aimait.

Et elle était retenue en otage par une folle armée.

Loretta. S'il te plaît, parle-moi. Dis-moi ce qu'il se passe. Tu as deux beaux petits garçons. Tu es à l'APE. Tu peux sûrement me dire ce qui ne va pas ?

Tu ne le sais vraiment pas ?

La voix creuse de l'autre femme était effrayante. Sans la voir, il se représenta son expression : une absence complète d'espoir.

Non-non. Qu'est—ce que je devrais savoir ?

C'est typique !

Le rire était bref et aigu. Hoyt sentit quelque chose que Reese avait dit s'insinuer dans son esprit. Ne parvenant pas à s'en souvenir, il reprit l'écoute de l'échange, avec l'espoir que Reese arriverait à faire dévier Loretta de cette situation intenable.

Je me souviens de cette salle. C'est là que Jamie et moi, on s'asseyait au fond et on se tenait par la main.

Je sais que tu sortais avec mon frère. Mais je ne savais pas que c'était votre salle de classe.

Cette salle. La cafétéria. L'auditorium. Le terrain de foot. Tout me rappelle notre relation.

Je sais.

Bien sûr que tu sais. Tu as toujours su...

Hoyt fit effort pour se concentrer. Qu'est-ce qui était si important ?

L'association de parents d'élève ?

Le fait que Loretta sortait avec le frère de Reese, Jamie ?

Le fait qu'ils étaient allés ensemble à l'école ?

Il repoussa tous ces éléments un par un. Belle et les forces de police savaient déjà tout cela.

Mais que...

Ses enfants !

Hoyt prit la main de Belle et la serra.

— Loretta a des enfants. Deux garçons. Il faut les utiliser.

— Les utiliser comment ? Les collègues les ont emmenés au commissariat, avec une assistante sociale.

Une fois encore, son entraînement lui servit. Il avait jaugé et identifié. Maintenant, il fallait agir.

— Il faut faire une percée, et ses enfants sont le seul moyen. Il faut les mettre sur haut-parleur.

Reese regarda l'horloge et comprit qu'ils perdaient un temps précieux. Loretta ne lui avait pas dit grand-chose d'autre et paraissait mentalement absente.

Peut-être cela valait-il mieux.

Plus le temps passait, plus le SWAT avait le temps de prendre position.

Mais n'auraient-ils pas dû être déjà en place ? S'il fallait tirer, pourquoi ne l'avaient-ils pas encore fait ?

— Loretta Chapel !

L'éclat soudain du haut-parleur les fit tous se redresser. Tous les regards convergèrent vers elles, vingt-cinq élèves attendant de savoir ce qui allait ressortir de cette discussion entre adultes.

— Loretta. Ils veulent peut-être passer un marché.

Reese parlait d'un ton calme, essayant de faire passer un peu d'espoir dans ses paroles.

— Je sais que tu veux que ces enfants sortent d'ici sains et saufs. C'est ce qu'ils veulent aussi.

Le haut-parleur reprit vie, emplissant la salle d'une nouvelle présence.

— Nous aimerions vous parler. Mlle Grantham a un Interphone sur le mur, à gauche de la porte. Vous pouvez l'utiliser.

Loretta ne fit pas un geste signifiant qu'elle avait entendu et ne bougea pas de sa place près de la fenêtre, son arme toujours pointée sur Reese.

— Maman ?

Une voix d'enfant se répercuta dans l'Interphone, le premier son qui retenait l'attention de Loretta.

— Maman, c'est Ben.

Plutôt que de dire quelque chose, Reese attendit, priant pour que cette petite voix dénoue enfin la situation.

— Tu es là ?

Avant que Ben puisse ajouter autre chose, une autre petite voix intervint :

— Pourquoi il y a autant de policiers ?

— Chut, Charlie, le gronda Ben. On est censés aider.

— Mais la police est là, dit Charlie d'un ton très pragmatique. Ils peuvent aider, eux.

Reese vit soudain craquer le vernis de témérité sous le poids de la douleur et du chagrin qui accompagnait Loretta depuis si longtemps. Elle marcha lentement vers Reese, baissant le pistolet au fur et à mesure de son approche.

— Prends-le. S'il te plaît.

Reese hésita une fraction de seconde, n'osant croire que tout était fini, puis prit l'arme sans un mot.

Elle vit Loretta s'approcher de l'Interphone et presser le bouton pour parler à ses enfants.

— Ben. Charlie. Vous êtes toujours là ?

— Bonjour, maman !

Deux cris jumeaux l'accueillirent, et Reese vit ses épaules se convulser sous les sanglots.

Tout parut soudain s'éloigner : les semaines de terreur, les quasi-pertes humaines et équines, la frayeur qui l'avait saisie quand Loretta avait sorti son arme.

Cela ne disparaîtrait pas. Mais, à cet instant, cette femme que Reese connaissait souffrait. Elle pouvait encore l'aider, contrairement à son père qui n'avait appelé personne au secours avant qu'il soit trop tard.

D'un geste résolu, elle déchargea le pistolet et fourra les balles dans un tiroir. Puis elle s'approcha de la première rangée de tables et tendit l'arme à Rob Consuelos. Son amour de la chasse était bien connu, et elle lui ordonna de l'enfermer dans le placard du fond.

Enfin, elle alla se placer aux côtés de Loretta.

Une main sur le haut-parleur, elle parla d'une voix forte, bien décidée à éclairer les ténèbres de cette femme.

— Ici Reese Grantham. Je suis avec Loretta Chapel et vingt-cinq de mes élèves. Nous sommes tous sains et saufs. Mme Chapel n'est pas armée. Quand vous serez prêts, j'ouvrirai la porte de la classe. Laissez d'abord sortir les élèves, je vous prie.

Une série d'instructions résonna dans l'Interphone, et ses élèves firent calmement la queue pour sortir un par un, les mains en l'air, comme on le leur avait dit.

— Merci, Robbie.

Reese prit la clé que lui tendait son élève avant d'aller prendre sa place dans la queue.

Quand ils furent tous sortis et qu'il ne resta plus qu'elles deux dans la salle, Reese prit Loretta dans ses bras. La peur et la colère couraient encore dans ses veines, mais elle fit effort pour les contenir. Quelque part dans ce gâchis, quelque chose lui disait qu'il ne fallait pas que d'autres enfants payent le prix qu'elle-même avait payé pour la folie d'un de ses parents.

— Tout ira bien.

Loretta secoua la tête.

— Je ne crois pas.

— Tes fils ont toujours une mère. Tout le reste, il faudra le résoudre.

Belle entra la première dans la salle, suivie d'agents et de membres du SWAT en grande tenue. Loretta alla à leur rencontre de bon gré. La colère qui l'avait poussée à pénétrer dans le lycée et dans la classe semblant s'être évaporée comme une averse de printemps. Reese vit chez elle la peur et la résignation, mais aussi la détermination.

Et, tandis que Belle et les agents du SWAT escortaient Loretta dans le couloir, Reese émit le souhait ardent qu'elle puisse trouver la paix.

Hoyt errait autour des barrières, impatient de rejoindre Reese. Il avait entendu sa voix calme et compétente demander aux policiers d'entrer et il n'avait jamais été aussi fier d'elle. Il était si soulagé qu'il en serait presque tombé à genoux.

Belle apparut derrière les portes vitrées, accompagnée des policiers qui l'avaient suivie à l'intérieur. Loretta Chapel était entre eux, les mains dans le dos.

Une personne des services sociaux avait déjà emmené les fils de Loretta et s'occupait de les envoyer chez leurs grands-parents. Hoyt aurait voulu s'informer d'eux, mais les choses s'étaient passées si vite... Il savait que Belle aurait des détails et il était déterminé à ce que les garçons reçoivent de l'aide dans les mois et les années à venir.

Mais pour l'instant, tout ce qu'il voulait, c'était voir Reese.

Enfin, il la vit, sa longue silhouette élancée, ses longs cheveux bruns encadrant son visage.

Sa Reese.

Son amour.

Elle avait à peine franchi la porte qu'il fut là, la serrant dans ses bras avec passion. Il la plaqua contre sa poitrine, les bras autour de sa taille.

— Je croyais t'avoir perdue.

— Je sais, murmura-t-elle, la tête blottie contre son cou.

— Pourquoi a-t-elle fait ça ?

— Je crois qu'il s'agissait de Jamie..., commença Reese, avant de s'interrompre. Comme mon père. Mais qui sait ? J'espère seulement qu'on va l'aider. Que ses fils vont aussi avoir de l'aide.

Lumière.

Reese Grantham n'était que bonté, lumière et air, un air qui remplissait ses poumons. Il le savait – il l'avait toujours su —, mais l'entendre défendre la femme qui avait failli la tuer le prouvait.

Elle voyait le bien chez les autres. Et, plus important encore, elle était convaincue que ce bien existait.

Une légère brise les enveloppa, encore chargée de chaleur mais assez vigoureuse pour suggérer l'arrivée de l'automne. Reese était vivante et indemne.

— Tu es sûre que ça va ?

— Je vais bien. Non…

Elle rit et laissa tomber une main pour presser son ventre.

— Nous allons bien. Tu ne vas pas y croire, mais j'ai senti le bébé bouger juste au moment où je sortais.

— Le bébé a bougé ?

Hoyt recula et recouvrit de ses mains celle de Reese.

— Maintenant ?

— Oui. C'était très léger, mais j'espère que ce n'est qu'un début.

Elle déposa un baiser sur les lèvres de Hoyt.

— Le premier des nombreux bonjours qu'il ou elle adresse à son père.

Hoyt la reprit dans ses bras, incapable de faire autre chose. Elle allait bien, et leur bébé était toujours chaudement niché dans son ventre.

— C'est à notre avenir qu'il fait signe. Notre avenir à tous les trois.

— Notre avenir ?

— Le mariage est à nouveau sur la table, Reese Grantham, que ça te plaise ou non.

— Oh Hoyt ! Toi et tes déclarations romantiques.

Elle lui noua les bras autour du cou.

— J'adore chacune d'entre elles.

— Et moi, je t'aime. Il m'a fallu longtemps pour le dire, mais je le pense de tout mon cœur. Je t'aime et je veux que nous ayons un avenir ensemble. Je veux vivre avec toi.

— La plupart des aventures sans lendemain ne finissent pas par une demande en mariage.

Il voulut l'interrompre, mais elle posa un doigt sur ses lèvres.

— S'il te plaît, laisse-moi finir.

Il hocha la tête, et elle poursuivit :

— C'est ce que je n'arrêtais pas de me dire. Que ça ne pouvait pas être réel et qu'il ne pouvait rien y avoir entre nous à cause de la manière dont cela avait commencé. Mais j'avais tort.

Hoyt le comprenait parce qu'il avait lui-même parcouru ce chemin tortueux. Il n'arrivait pas à réconcilier le fait qu'il l'aimait avec la situation dans laquelle ils se trouvaient.

Mais ils y étaient arrivés. Ensemble.

— Tu crois que notre enfant sera moins têtu que nous ? lança-t-elle avec un grand sourire.

— Je soupçonne que nos gènes auront du mal à produire autre chose.

— Oh ! j'ai ma petite idée, répliqua Reese en passant son bras sous le sien.

— Laquelle ?

— Quelques enfants de plus pour compléter une nichée entêtée.

— D'autres enfants sont aussi sur la table, mon amour.

— J'imagine que c'est une bonne chose que nous ayons pris de l'avance.

Elle pressa ses lèvres souriantes sur les siennes, et Hoyt fit de même.

Il ne pouvait être plus d'accord.

C'était vraiment une bonne chose.

JANICE KAY JOHNSON

Secrète ressemblance

Traduction française de
GAËLLE BRAZON

BLACK ROSE

HARLEQUIN

Titre original :
WITHIN RANGE

Ce roman a déjà été publié en 2020.

1

— Zoiseaux !

Helen Boyd jeta un coup d'œil à son fils dans le rétroviseur, puis regarda par la vitre les corbeaux alignés sur le fil électrique.

— Ça en fait, des oiseaux, acquiesça-t-elle. Ce sont des corbeaux. Les corbeaux sont toujours noirs.

Dans certaines cultures, ils avaient la réputation d'être de mauvais augure, songea Helen. À moins que ce ne soient les corneilles ?

Jacob tenta de prononcer le mot, mais c'était compliqué pour un petit garçon de deux ans.

— Cor-beau, répéta-t-elle.

Il gloussa, avant d'essayer à nouveau :

— C-c-cor-beau.

— C'est ça, s'exclama-t-elle en riant. Ça y est, on est arrivés !

Et quel soulagement c'était ; elle avait mal aux pieds et mourait de faim. La journée avait été tellement chargée qu'elle n'avait même pas eu le temps de déjeuner. Pouah, dire qu'on était seulement mardi…

Ils vivaient dans une petite maison en location, dotée d'un garage individuel encore plus petit. Y étaient entreposés la tondeuse, une boîte à outils appartenant au propriétaire et des meubles qui avaient dû être laissés par les précédents locataires. Comme il n'y avait pas de place pour un véhicule, elle se garait dans l'allée.

Alors que Helen sortait lentement de la voiture, son attention fut attirée un bref instant par des voiles aux couleurs vives sur le Columbia. Elle n'avait qu'une vue partielle du fleuve, mais c'était mieux que rien. On avait beau être en juin, la journée semblait bien trop fraîche pour que quiconque ait envie de faire du bateau. Celui qui était là dehors devait être un vrai mordu de sport nautique. Elle commençait à en avoir l'habitude. Les vents qui soufflaient dans la gorge du Columbia étaient l'un des plus gros attraits des petites villes situées le long du fleuve à l'est de Portland.

Elle fit le tour de la voiture pour détacher Jacob de son siège auto. Après l'avoir soulevé dans ses bras, elle referma la portière d'un coup de hanche.

— Ce soir, c'est hamburgers, annonça-t-elle.

— Hot-dogs ! cria-t-il.

Elle l'embrassa sur le haut du crâne.

— Hamburgers.

Comme il aimait s'opposer à elle, il répliqua :

— Hot-dogs.

— Hamburgers.

Une fois devant la porte d'entrée, elle le posa par terre, puis s'accroupit près de lui.

— Est-ce que tu as besoin de faire pipi ou caca ?

Il portait encore des couches la nuit, mais se débrouillait plutôt bien pour aller aux toilettes pendant la journée.

— Naaan.

— Hum...

Malgré son envie de se déchausser tout de suite et d'expédier ses escarpins dans un coin, Helen décida de se rendre d'abord dans la chambre. Elle devait donner l'exemple. À moins que la meilleure des choses à faire ne soit de les jeter directement à la poubelle... Ces chaussures avaient été soldées pour une bonne raison. Sachant que Jacob allait la suivre, elle s'engagea dans le couloir, puis s'arrêta net, le regard rivé dans la cuisine.

Qu'est-ce que c'était que ça ?

Son cœur se mit à battre plus fort. Jacob, heureusement, était en train de grimper sur le canapé. Elle fit un pas hésitant, puis un autre, l'incrédulité et la peur lui déchirant la poitrine.

C'était une chaussure à haut talon posée par terre qui l'avait fait s'immobiliser. Or Helen portait la seule paire d'escarpins noirs en sa possession. Mais en avançant… elle vit la femme gisant sur le sol de sa cuisine.

Les doigts pressés sur sa bouche, Helen s'approcha sur la pointe des pieds. Le visage aux traits figés était masqué par quelques mèches de cheveux sombres, mais Helen en voyait suffisamment… Y compris l'affreuse blessure qui déformait le crâne de la femme.

— Oh non, oh non, chuchota-t-elle en reculant.

Juste derrière elle, Jacob demanda :

— Maman ?

Helen fit volte-face, le souleva à la hâte et lui appuya la tête contre son épaule. Elle se mit à courir vers la porte d'entrée, ne ralentissant que pour attraper son sac au passage.

— C'est la propriétaire ?

Le lieutenant Seth Renner jeta un coup d'œil vers la voiture garée un peu de travers devant la maison.

Le policier en uniforme suivit son regard.

— Je ne sais pas si elle est propriétaire ou locataire, mais c'est bien elle. Elle s'appelle Helen Boyd. Il y a aussi son petit garçon de deux ans dans le véhicule.

Seth n'avait aucun mal à imaginer ce qui s'était passé. Elle avait dû s'enfuir à toutes jambes après avoir trouvé un cadavre sur le sol de sa cuisine. À moins, bien sûr, qu'elle n'ait un rapport avec la mort de cette femme, mais il était trop tôt pour commencer à émettre des hypothèses.

Après avoir signé le rapport commencé par le policier arrivé en premier sur les lieux, il enfila des surchaussures jetables et entra dans la maison. En observant le salon, il vit rapidement les signes qu'un enfant en bas âge vivait ici : il y avait un petit chariot en plastique rempli de cubes de construction, des puzzles en bois simples empilés proprement dans le foyer de la cheminée et un plaid pour berceau roulé en boule dans un coin du canapé. Des livres, dont un grand nombre de livres d'images, étaient rangés sur des étagères encastrées de chaque côté de la cheminée. La table basse avait des angles arrondis. Les arêtes vives de l'âtre en briques avaient été recouvertes de mousse. Une télévision... Sans les livres, la pièce aurait paru plutôt spartiate.

Parce qu'il n'y avait ni tableau ni décoration, comprit-il. Si elle ne faisait que louer, la femme pensait peut-être ne pas pouvoir faire de trous dans les murs. Mais il se serait au moins attendu à voir des photos encadrées ou un ornement quelconque sur le manteau de la cheminée.

Il secoua légèrement la tête et se dirigea vers la cuisine. S'arrêtant sur le seuil, il observa le corps par terre, puis explora la pièce du regard.

Pas de trace de lutte. À première vue, la victime s'était trouvée dans la cuisine, avait entendu quelque chose et avait commencé à pivoter, avant d'être frappée une seule fois. Elle s'était effondrée par terre, morte sur le coup. Seth finit par s'avancer pour s'accroupir à côté d'elle. Il remarqua alors une salissure sur son chemisier blanc. Voilà qui jurait avec sa tenue professionnelle : chemisier ajusté, blazer, jupe crayon noire, collant et talons hauts. Un sac à main noir brillant était posé sur la petite table de cuisine, à côté d'un smartphone. Le tueur avait-il donné un coup de pied à la femme une fois celle-ci à terre ?

Après avoir enfilé des gants en latex, Seth fouilla dans le sac avec précaution. Il en sortit un portefeuille, l'ouvrit et examina le permis de conduire dans une pochette plastifiée. À en croire la photo, c'était bien la victime. Seth étudia le document. Andrea Sloan, cheveux châtains, yeux marron, un mètre soixante-dix, trente-six ans, donneuse d'organe.

Trop tard pour ça, se dit-il.

Laissant retomber le portefeuille dans le sac, il examina le visage relâché de la défunte.

Pourquoi Andrea Sloan avait-elle été assassinée ? Et pourquoi *ici*, dans la maison d'une autre femme ? À moins qu'elle n'ait un lien avec la locataire qui l'avait découverte chez elle : amie proche, sœur ou quelque chose de ce genre ?

Sans quitter le corps des yeux, il passa un coup de fil pour réclamer une unité spécialisée dans l'analyse de scènes de crime de la police d'État de l'Oregon. Il fit ensuite le tour du reste de la maison. Tout était bien rangé et d'une propreté immaculée.

Apparemment, l'enfant n'allait pas au lit sans avoir d'abord rangé ses jouets. Quant à maman et papa - y avait-il un papa ? —, ils ne jetaient pas leurs vêtements sales sur l'unique fauteuil dans la plus grande chambre, meublée d'un lit double, d'une commode et d'une table de chevet avec lampe et réveil. Pas de décorations ni de photos ici non plus. Curieux, Seth fit coulisser la porte du placard : il n'était qu'au tiers plein. Plusieurs paires de chaussures parfaitement alignées sur le sol, quelques robes austères, des blazers, des jupes et des pantalons sur des cintres. Rien qui semble appartenir à un homme.

La salle de bains était partagée avec l'enfant. Ici non plus, aucun signe de présence masculine. Un gobelet contenant deux brosses à dents était le seul objet posé à côté du lavabo.

C'était plutôt clair : les résidents de cette maison étaient une mère célibataire et son fils.

Il était temps de parler à la femme.

Une fois dehors, Seth se débarrassa des surchaussures, puis suivit l'étroit chemin bétonné jusqu'au trottoir et à la voiture. C'était une Ford Focus qui devait dater d'une dizaine d'années, probablement beaucoup plus. Il ouvrit la portière passager avant et se pencha pour regarder dans l'habitacle.

— Madame Boyd ? Je suis le lieutenant Seth Renner. J'ai besoin de vous parler. Y a-t-il un endroit où...

Un petit garçon passa la tête entre les sièges.

— Bouh !

Réprimant un sourire, Seth fit semblant de sursauter.

— Et toi, qui es-tu ?

— Je suis Jacob, répondit l'enfant.

Il avait un visage espiègle, des taches de rousseur sur le nez et des cheveux roux foncé.

— Enchanté de te rencontrer, Jake.

— *Jacob.*

— Ah.

Seth reporta son attention sur la femme. Elle ressemblait beaucoup à la défunte. Mais si elles étaient de la même famille, ne l'aurait-elle pas déjà indiqué ?

— Est-ce que quelqu'un peut surveiller Jacob pendant quelques minutes ?

— Je… Oui. Si elle est chez elle, ma voisine le fera. Elle n'hésite pas, en général. Je vais…

Elle jaillit de son siège, puis fit le tour de la voiture à la hâte. Seth se redressa et la regarda approcher. Elle était grande – près d'un mètre soixante-quinze —, avec de longues jambes, et était probablement plus mince qu'elle n'était censée l'être. Il s'écarta du véhicule pour lui laisser la place.

— Jacob, mon cœur, on va aller voir Iris.

— J'aime bien Iris, affirma-t-il, apparemment ravi.

Seth avait aperçu le mouvement derrière la grande fenêtre de la maison voisine. Comme il avait eu l'intention d'interroger la personne qui habitait là de toute façon, il emboîta le pas à Mme Boyd, qui portait son fils sur sa hanche. La porte d'entrée s'ouvrit avant même qu'ils n'atteignent le petit perron, révélant une femme âgée aux rides profondes, qui adressa un sourire chaleureux au petit garçon.

Mme Boyd expliqua rapidement que quelqu'un s'était introduit chez elle et qu'elle devait parler au lieutenant.

— Vous pourriez… ?

— Bien sûr !

Iris jeta un coup d'œil inquiet à sa voisine, mais fit un grand sourire à Jacob.

— Je viens de sortir du four des cookies aux pépites de chocolat. Est-ce que tu en veux un, Jacob ?

Il leva la main, les cinq doigts bien écartés. Iris lui attrapa le poignet en riant, puis referma la porte derrière eux.

À son âge, le petit ne savait sûrement pas compter, songea Seth. En revanche, il avait bien compris le concept que plus de doigts levés signifiaient plus de cookies.

Pendant une minute, Mme Boyd resta immobile. Elle semblait prête à donner presque n'importe quoi pour pouvoir suivre son fils à l'intérieur. Mais elle finit par redresser les épaules et se tourna vers Seth.

— Faut-il qu'on retourne chez moi ?

— Non. Et si on allait s'asseoir dans votre voiture ?

Une expression soulagée s'afficha sur son visage, chassant en partie la peur qui s'y lisait jusqu'ici. Tout en se mordillant la lèvre, elle hocha la tête.

— Oui. D'accord.

Il la laissa reprendre place sur le siège conducteur. Elle s'y sentirait sûrement plus à l'aise, plus à même de gérer la situation. Il recula le siège passager pour avoir plus de place pour ses jambes, si bien qu'elle dut se tourner un peu vers lui pour le regarder directement.

— Lieutenant... ? fit-elle d'une voix tremblante. Je suis désolée, je sais que vous vous êtes présenté, mais...

— Renner.

Elle riva son regard au sien.

— Je suis désolée. C'est juste que...

— Vous êtes bouleversée, c'est bien compréhensible.

Il l'observa attentivement, tout en essayant d'avoir l'air détendu, voire amical.

— Parlez-moi de votre journée. S'est-il passé quoi que ce soit qui sorte de l'ordinaire ?

— Pas jusqu'à ce que je rentre à la maison. Le reste de la journée... Ça vous intéresse ?

— J'aimerais bien que vous me racontiez tout ça.

— Je fais le trajet jusqu'à Portland tous les jours. Je suis assistante de direction.

Il sortit un calepin d'une poche intérieure et y nota le nom de l'entreprise, de son chef, ainsi que le numéro de téléphone.

— Je suis partie à 17 h 30. J'en suis sûre, parce que je dois aller chercher Jacob à la crèche à 18 heures.

Jusqu'ici, rien de suspect, se dit Seth. Il écrivit aussi quelques mots à propos de la garderie, installée dans une résidence privée.

— Je me suis garée dans l'allée, comme je le fais toujours.

Il ne lui demanda pas pourquoi elle n'utilisait pas le garage, gardant la question pour plus tard. Elle semblait avoir recouvré son calme, ce qui le rendait curieux. Il aurait trouvé normal de la voir anxieuse, mais son sang-froid l'étonnait.

— J'ai porté Jacob à l'intérieur, poursuivit-elle. Après l'avoir posé par terre, je me suis dirigée vers la chambre.

— Comme ça, aussi vite ?

Elle dévisagea Seth.

— Quand j'ai annoncé que je faisais des hamburgers pour le dîner, il a réclamé des hot-dogs. Oh ! et puis il a dit qu'il n'avait pas besoin d'utiliser son pot. Est-ce que c'est vraiment important ?

Il sourit.

— Non, je sous-entendais que vous sembliez pressée.

— C'était le cas, parce que j'avais mal aux pieds, répondit-elle en baissant les yeux. C'est toujours le cas.

Elle portait des escarpins noirs, remarqua-t-il.

— Vos chaussures ressemblent à celles que la victime portait.

Sa tenue n'était pas la même, mais en termes de couleurs… Oui, presque. Elle portait un cardigan en jersey crème, un haut sans manches et un pantalon noir. Si quelqu'un l'avait vue sortir de la maison, puis avait aperçu cette Andrea Sloan dans la cuisine, il avait pu se tromper de cible.

Ne pas tirer de conclusions hâtives, s'ordonna Seth.

Mme Boyd déglutit.

— Je sais. Il y a eu un instant bizarre…

Que voulait-elle dire par là ?

Secouant la tête, elle reprit :

— Je me suis demandé : est-ce que j'ai laissé mes chaussures par terre au milieu de la cuisine ? Mais je les avais toujours aux pieds, alors ça n'avait aucun sens, et j'avais déjà vu les… ses jambes. Mais… mon esprit ne faisait pas encore le rapport.

— C'est souvent le cas quand on tombe sur quelque chose de complètement inattendu, remarqua-t-il gentiment.

Elle frissonna.

— Oui. J'ai fait un pas en avant, avant de m'apercevoir que Jacob me suivait dans la cuisine, alors je l'ai attrapé au vol, j'ai récupéré mon sac à main et j'ai couru dehors. Ma main tremblait tellement que j'ai eu du mal à mettre la clé dans le contact, mais j'ai verrouillé toutes les portières, j'ai reculé hors de l'allée et j'ai continué à faire marche arrière sur une centaine de mètres. J'ai gardé mes distances jusqu'à l'arrivée de la voiture de police.

— Vous avez bien fait. Vous ne pouviez pas être sûre qu'il n'y avait pas encore quelqu'un dans la maison.

Son calme ne devait être que de façade, parce qu'elle se tordit les doigts, et Seth lut la peur sur son visage.

— Vous croyez qu'il était encore là ? lança-t-elle.

— « Il » ?

— J'ai pensé que c'était forcément un homme… Je veux dire, est-ce qu'une femme serait assez forte pour tuer quelqu'un en l'assommant comme ça ?

C'était improbable, mais ce n'était pas à exclure.

— Ça m'étonnerait que le tueur ait toujours été dans la maison à votre arrivée.

Cela dit, si Seth voyait juste, le meurtre avait dû se produire au cours de la dernière demi-heure, ce qui signifiait que le type ne devait pas être parti depuis longtemps.

Il interrogea Mme Boyd sur les voitures qu'elle avait vues garées dans la rue. Elle tourna la tête, déclarant que le pick-up à l'angle était celui de l'homme qui vivait dans cette maison là-bas. Mais sinon…

— C'est sûrement sa voiture à elle, non ? demanda-t-elle.

Seth suivit son regard jusqu'à la berline garée devant eux.

— Je vais me renseigner, répondit-il, avant de poursuivre ses questions.

Non, Mme Boyd n'avait vu personne dans la rue ou à une fenêtre en arrivant dans le quartier au volant de sa voiture, puis en s'engageant dans son allée. Toutefois, elle n'avait pas vraiment fait attention.

— Moins que d'habitude, admit-elle. Parce que j'avais mal aux pieds.

— Chaussures neuves ?

— Oui, que je vais m'empresser de jeter.

Il eut un léger sourire, avant d'enchaîner avec une nouvelle question :

— Est-ce que quelqu'un d'autre a la clé de votre maison ?

À voir comme elle se tordait les mains, il était surpris de ne pas avoir entendu ses jointures craquer.

— Le propriétaire, certainement, indiqua-t-elle, les sourcils froncés. Et… Je suppose qu'Andrea en avait une. Elle devait en avoir une, sinon elle n'aurait pas pu entrer, n'est-ce pas ?

Il n'essaya même pas de cacher la bouffée de colère qui l'envahit.

— Vous connaissiez la victime ?

Elle détourna le regard sans répondre.

— Y a-t-il une raison susceptible d'expliquer sa présence chez vous ?

— Je n'en vois aucune. L'agence immobilière qui l'emploie gère aussi la propriété, mais je n'ai pas eu besoin de réparations, et je ne vois pas pourquoi quelqu'un se serait plaint de ma façon de m'occuper de la maison. Pour quelle autre raison se serait-elle permis d'entrer ?

Après avoir alterné entre le calme déterminé et la vulnérabilité, Mme Boyd vibrait désormais d'une indignation mal contenue.

— Je n'arrive pas à croire qu'elle ait l'autorisation de faire ça. Si j'avais imaginé que quelqu'un puisse fouiller dans nos affaires, je n'aurais jamais loué une maison par l'intermédiaire de cette agence.

— Je vais parler à son patron, mais ça m'étonnerait beaucoup qu'elle ait eu le droit d'entrer dans les logements en l'absence des locataires. Ce qui me pousse à me demander pourquoi elle l'a fait. Vous a-t-elle contactée récemment ?

Mme Boyd secoua la tête.

— Non. Elle m'a fait visiter la maison, j'ai rempli le formulaire et je suis allée à l'agence pour signer des documents. J'ai payé les premier et dernier mois de loyer, ils m'ont donné la clé, et voilà, c'était réglé.

Son fils et elle habitaient ici depuis onze mois, expliqua-t-elle. Et, oui, elle avait croisé Andrea plusieurs fois depuis, à l'épicerie ou à la pharmacie, ce qui laissait penser que la femme habitait en ville. Elles avaient bavardé de façon cordiale, mais superficielle.

— Elle me demandait si la maison nous convenait toujours, on discutait d'un événement prévu en ville ou de la météo. Rien de vraiment personnel. Je crois qu'elle était polie, c'est tout.

— Est-elle mariée ? A-t-elle des enfants ?

Elle fronça les sourcils.

— Elle est mariée, j'en suis presque sûre, mais pour les enfants, je ne sais pas. Je ne me souviens pas qu'elle en ait parlé.

Le portable de Seth se mit à sonner. Soulagé par l'interruption, il décrocha. À vrai dire, il hésitait entre ce qu'il voulait demander maintenant et ce qu'il préférait remettre à plus tard. En particulier, s'il devait évoquer, directement ou subtilement, la ressemblance physique des deux femmes.

Une fois la brève conversation téléphonique terminée, il se tourna à nouveau vers Mme Boyd.

— Vous ne pourrez pas rentrer chez vous pendant au moins vingt-quatre heures, probablement plus longtemps. Avez-vous des amis qui peuvent vous accueillir ?

— Mais... J'ai besoin de certaines des affaires de Jacob. Et des miennes !

Elle avait mal aux pieds, se souvint Seth.

— Faites-moi une liste des choses les plus importantes, et je verrai ce que je peux faire.

Le lieutenant affichait une expression inflexible. Il ne comptait pas les laisser retourner dans la maison, comprit Helen. De toute façon, l'idée même d'y remettre les pieds lui retournait l'estomac. Elle ne pourrait pas y aller tant que le corps n'aurait pas été emmené, et même après... Que ressentirait-elle en préparant à manger dans cette cuisine ? En marchant sur le sol en vinyle où Andrea était morte, même une fois le sang nettoyé ?

S'empêchant de regarder l'homme à côté d'elle, qui semblait occuper plus de place que de raison, elle posa la main sur son ventre.

— Je ne sais pas si je vais pouvoir continuer à vivre ici.

Il avait des yeux d'un bleu perçant, dont elle sentait le poids sur son visage en ce moment. Cette intensité finit par pousser Helen à tourner la tête et à croiser le regard du policier.

— La mort n'a pas à contaminer une maison, déclara-t-il calmement.

— Mais un meurtre ? demanda-t-elle d'une petite voix, la gorge nouée.

— Vous connaissiez Andrea Sloan. Est-ce qu'elle voudrait vous hanter ?

Elle n'éprouva qu'une sensation de dégoût.

— Je n'en sais rien. Comment pourrais-je le dire, alors que j'ignore pourquoi elle était chez moi ?

Le lieutenant Renner continua de l'étudier, au point de lui donner envie de se tortiller sur son siège. Il devait être un as de l'interrogatoire. Il finit par incliner la tête.

— Laissez-vous le temps de digérer tout ça. Là, c'est sûrement mieux que vous alliez passer la nuit à l'hôtel.

Comme il avait toujours son calepin sous la main, elle lui dicta une liste d'affaires indispensables.

— Je peux aller faire quelques courses si nécessaire, mais j'ai vraiment besoin de ce lapin en peluche bleu sur le lit de Jacob et de son doudou. Il doit être sur le canapé.

— Une couverture jaune ?

— Oui, c'est ça. Les vêtements, les couches, etc., ce n'est pas aussi important. Oh ! ce serait super si vous pouviez prendre son pot dans la salle de bains.

— D'accord. Ça m'étonnerait que ce soit un élément essentiel de la scène de crime.

Il sourit, sortit de la voiture, puis marcha jusqu'à la maison et disparut à l'intérieur.

Helen se frotta le sternum, comme pour soulager l'étrange pression qui se situait juste en dessous. Le lieutenant Renner avait un gentil sourire, qui donnait envie de lui faire confiance, qui faisait plisser la peau au coin de ses yeux et adoucissait les lignes dures d'un visage anguleux qui, à première vue, lui avait paru dangereux. Il n'était pas beau à proprement parler, comme l'était Richard. Mais elle savait à quoi s'en tenir là-dessus : elle n'accorderait plus jamais sa confiance aux hommes beaux, charmeurs et bien habillés. Mais s'en remettre à ce lieutenant n'était pas non plus envisageable, même si c'était quelqu'un de bien.

Helen Boyd ne pouvait se fier à personne, et encore moins à un policier.

À vrai dire, le plus judicieux pour elle était de décamper, avant que ce policier ne commence à fouiner dans son passé et ne découvre qu'elle n'en avait pas.

L'esprit en ébullition, elle se mit à peser le pour et le contre. S'enfuir sans changer d'identité ne servirait pas à grand-chose.

À moins qu'elle ne reprenne provisoirement la dernière en date ? Mais... Et si jamais Richard guettait Megan Cobb ? Au moins, ici, à Lookout, il aurait du mal à passer à l'action alors que la police enquêtait activement sur un meurtre et gardait aussi l'œil sur elle.

Conclusion : pour l'instant, c'était ici que Jacob et elle étaient le plus en sécurité.

Comme elle était à l'abri des regards, elle se laissa aller et courba les épaules. Elle n'avait pas grand-chose en sa possession, mais l'idée de mettre les voiles avec seulement les vêtements qu'ils portaient lui déplaisait. C'était ce qu'ils avaient fait la dernière fois, et repartir de zéro avait été compliqué. Cette fois, hors de question de partir sans le doudou et le lapin de Jacob.

Elle avait préparé deux sacs au cas où ils doivent prendre la fuite rapidement. Elle y avait rangé des photos de famille et d'autres souvenirs, pour ne pas avoir à les porter dans son sac à main en permanence. Elle y avait aussi mis de l'argent, ainsi que le certificat de naissance et le permis de conduire qui la transformeraient à nouveau en Megan Cobb. Sans oublier des vêtements de rechange pour eux deux.

Demain, elle déciderait de ce qu'elle ferait. Le meurtre d'Andrea Sloan n'avait peut-être rien à voir avec elle.

Dire qu'en général elle évitait de se bercer d'illusions...

Au bout d'un moment, elle parvint à se ressaisir, assez pour ressortir de la voiture et marcher jusqu'à la porte de sa voisine. Si seulement un cookie aux pépites de chocolat et un verre de lait pouvaient l'aider à se sentir mieux... S'il s'avérait qu'Andrea avait été assassinée à sa place, Helen ignorait comment elle parviendrait à aller de l'avant. Sauf qu'elle n'avait pas le choix, bien sûr. Jacob avait besoin d'elle.

Allie aussi avait besoin d'elle, mais Helen ne pouvait pas y penser. Elle croulerait sous le poids de la culpabilité et se retrouverait incapable de protéger Jacob... Or il devait passer en premier.

2

Seth était le seul lieutenant au sein d'un service de police qui ne comptait que douze agents assermentés, dont le chef. En cas de besoin, il pouvait faire appel à un collègue ou deux pour l'assister dans une enquête. Pour l'instant, il ne voulait pas d'aide. Il s'était contenté de demander au policier présent sur les lieux d'attendre sur le seuil l'arrivée de l'équipe scientifique et du véhicule de la morgue. Il préférait parler directement aux voisins, puis au mari.

Il repoussa la conversation avec le chef de Mme Boyd au lendemain matin, mais appela la directrice de la crèche. Elle confirma que la mère de Jacob était passée le chercher environ cinq minutes avant la fermeture à 18 heures. Tant que le médecin légiste ne lui donnait pas une heure de décès plus précise, Seth ne pouvait pas écarter Mme Boyd des suspects. Il aurait fallu qu'elle rentre chez elle pour retrouver et tuer la victime, puis qu'elle aille chercher son petit garçon sans se départir de son calme. Il avait du mal à l'imaginer aussi froide et calculatrice… mais c'était concevable. Si c'était le cas, elle était une excellente actrice. Pourtant, il croyait vraiment à l'authenticité des émotions qui s'étaient succédé chez elle.

Cela dit, il restait sur ses gardes. Son instinct le lui soufflait : Helen Boyd avait des secrets.

Pour l'instant, il voulait qu'elle continue à coopérer. Par conséquent, après avoir trouvé une valise dans le placard du couloir, il commença à y ranger les vêtements et les jouets de l'enfant, y compris un lapin bleu en peluche. Une fois dans la chambre de la mère, il trouva une paire de baskets qu'il mit dans la valise.

Il prit un jean dans le tiroir du bas, un T-shirt et un sweat-shirt à fermeture Éclair dans celui du milieu, puis s'obligea à ouvrir celui du haut. Tout y était étonnamment bien rangé, à ses yeux. Il sortit un T-shirt ample à l'effigie de Bourriquet, qu'elle devait utiliser comme chemise de nuit, un soutien-gorge en coton beige et deux culottes. Après avoir refermé le tiroir, il le rouvrit aussitôt pour récupérer deux paires de chaussettes, qu'il lança dans la valise. Il passa ensuite dans la salle de bains.

Les enquêteurs de la police scientifique lui feraient peut-être des reproches, mais il ne voyait pas ce qu'ils pouvaient apprendre des vêtements propres de Mme Boyd ou des deux brosses à dents. Il jeta un œil dans l'armoire à pharmacie, dont le contenu s'avérait parfois révélateur. Dans le cas présent... non. Pas de médicaments sur ordonnance. Seulement de l'ibuprofène pour elle, des antalgiques arôme cerise pour Jacob, de la poudre pour le bain, du fil dentaire, de la laque et du gel. Du déodorant en stick, qu'il rangea dans la valise avec les brosses à dents et le dentifrice.

Une minute plus tard, muni de la valise et du pot en plastique, il se rendit dans le salon, où il récupéra la couverture fine et usée sur le canapé. Alors qu'il approchait de la voiture, il s'aperçut qu'elle était désormais vide. Comme les portières n'étaient pas verrouillées, il posa ce qu'il portait sur la banquette arrière à côté du siège enfant. Au même instant, Mme Boyd sortit de chez sa voisine et le rejoignit à la hâte, son fils dans les bras.

Elle annonça qu'elle allait prendre une chambre au Lookout Inn. C'était un hôtel plutôt cher, mais comme elle n'avait pas de moyen de locomotion, elle n'avait pas vraiment le choix. Les auberges en ville n'étaient probablement pas plus données, et elle y aurait moins d'intimité.

— Très bien, répondit-il. Encore une chose. M'autoriseriez-vous à regarder dans le coffre de votre voiture sans mandat ?

Elle eut un mouvement de recul.

— Vous pensez que je... Bien sûr que vous pouvez regarder.

Les joues rouges, elle lui tendit ses clés, puis resta où elle était.

Le coffre était aussi impeccable que la maison et les planchers du véhicule. Seth souleva le tapis pour vérifier qu'aucun tuyau ensanglanté n'était caché à côté de la roue de secours et du cric. Non, rien.

Après avoir claqué le hayon, il lui rendit le trousseau.

— Je passerai peut-être vous voir plus tard.

L'annonce ne sembla pas la ravir, mais elle baissa la tête d'un air résigné, avant de se pencher pour attacher son fils somnolent dans le siège auto. Quelques instants plus tard, elle démarrait et s'éloignait.

Immobile sur le trottoir, Seth contempla la voiture remonter lentement la rue avant de disparaître. Il marmonna un juron et fit jouer ses épaules.

Elle le perturbait. Et ce n'était pas seulement dû au constat embarrassant qu'elle était séduisante.

Après quelques secondes de réflexion, il parvint à une conclusion : une partie du problème venait du fait que ses réactions avaient dévié de la norme. Ce qui le ramena au point de départ : Helen Boyd ne lui disait pas tout ce qu'elle pensait, loin de là. Mais que lui cachait-elle ?

Même si elle s'y était attendue, Helen sursauta violemment en entendant le léger coup frappé à la porte de sa chambre d'hôtel. Le fait de revoir le lieutenant Renner ce soir faisait naître en elle des sentiments très ambivalents. Elle voulait savoir ce qu'il avait appris, bien sûr. Sinon comment pouvait-elle prendre la moindre décision ? Mais il la rendait nerveuse. Quand il l'observait de ses yeux bleus pénétrants, il lui donnait presque l'impression de lire dans ses pensées.

Il n'était pas non plus le seul à être susceptible de la retrouver ici. Sur ses gardes, elle marcha jusqu'à la porte.

— Qui est là ?

La voix du lieutenant la rassura sans la rassurer. Comme si elle avait le choix de lui ouvrir ou pas…

Il domina la pièce dès l'instant où il entra. C'était étrange, parce qu'il semblait essayer de se faire discret, songea Helen. Sa taille expliquait en partie cet état de fait : il dépassait clairement le mètre quatre-vingt-cinq. Non seulement il était plus grand qu'elle, mais il était aussi plus large, avec des épaules impressionnantes et un physique d'athlète longiligne.

Tout en reculant, elle dut se résoudre à l'admettre : cette qualité était innée chez lui. Son sens du contrôle, la force de sa volonté, sa détermination, étaient manifestes. C'était à se demander si le chef de police, ou son supérieur direct, quel qu'il soit, osait lui donner des ordres.

Bien sûr, il commença par la jauger de ses yeux perçants, avant de balayer la chambre du regard, à la recherche de... Quoi, exactement ? Des ennemis accroupis derrière le lit ou cachés dans le placard ? Enfin, il s'attarda sur Jacob, qui dormait à poings fermés. Allongé d'un côté du grand matelas, son fils paraissait tellement petit, tellement vulnérable.

— Est-ce qu'on va le déranger si on discute ? chuchota-t-il.

Helen secoua la tête, avant de répondre, d'une voix rendue plus douce par l'inquiétude du policier :

— Une fois qu'il s'est endormi, un tremblement de terre ne le réveillerait pas. Mais c'est un vrai lève-tôt.

Il émit un rire discret, un peu rauque, qui fit courir un léger frémissement sur la peau de Helen.

— Ça ne prendra pas longtemps.

Sans quitter Jacob des yeux, il la suivit vers les deux petits fauteuils club près de la fenêtre.

— Il a passé le cap du lit d'enfant ?

— Oh oui. Il n'avait que quinze mois quand il a grimpé hors de son lit-cage pour la première fois.

Le souvenir la fit grimacer.

— Évidemment, il est tombé. Il a hurlé comme si on l'assassinait...

Elle posa les mains sur ses joues brûlantes.

— Le mot est plutôt mal choisi.

Comme il partait d'un nouvel éclat de rire guttural, elle sentit sa nervosité se dissiper un peu.

— Heureusement, il ne s'est pas blessé, mais on est vite passés à un matelas par terre. Et, d'un coup, je suis devenue la personne ayant le sommeil le plus léger du monde. Toutes les nuits, je l'imagine en train de vagabonder dans la maison pendant que je dors, ignorant complètement ce qui se passe.

Mais qu'est-ce qui lui prenait de babiller de cette façon ?

— Je ne dormirai peut-être plus jamais bien jusqu'à ce qu'il quitte la maison pour aller à la fac.

— D'après ma mère, ce n'est pas garanti, répliqua-t-il avec un sourire en coin.

Helen eut un gloussement étranglé.

— Merci pour cette information.

Elle baissa les yeux sur la table et serra les mains sur ses cuisses. S'exhortant au calme, elle releva le menton.

— Avez-vous trouvé quelque chose ?

— Pour l'instant, rien qui explique sa mort, je suis navré de le dire. J'ai pu parler à son mari. Vous aviez raison : la voiture garée le long du trottoir était bien la sienne.

— Et les enfants ?

La possibilité qu'Andrea en ait la tracassait terriblement.

— Deux beaux-enfants, répondit le policier. Treize et quinze ans. Son mari a dix ans de plus qu'elle. Les ados n'étaient pas à la maison, alors j'ignore comment ils vont prendre sa mort.

La gorge serrée, Helen ne parvint qu'à hocher la tête.

— Malheureusement, aucun des voisins n'a vu quoi que ce soit d'utile. La plupart ne sont rentrés chez eux qu'à 17 h 30 ou après. Votre Iris fait la sieste tous les après-midi.

Elle ferma les yeux un instant.

— Je le savais.

Il garda le silence jusqu'à ce qu'elle le regarde à nouveau.

— Donc, maintenant, j'ai un problème, déclara-t-il.

Toute trace d'humour ou de compassion avait disparu de son visage. L'ombre de sa barbe naissante lui donnait l'air encore plus menaçant.

— Je dois comprendre le lien entre vous et Mme Sloan. Ce n'est pas une coïncidence si elle a été tuée dans votre cuisine.

— Je ne sais pas ! s'exclama Helen. Je n'ai *aucune* relation avec cette femme.

— Après vous avoir vues toutes les deux, j'aurais pu vous prendre pour des sœurs, affirma-t-il lentement.

— C'est ridicule, protesta-t-elle.

Elle se raidit. Son ton n'avait pas été aussi percutant qu'elle l'avait espéré.

— Même dans une ville de cette taille, il doit y avoir beaucoup de femmes qui ont les cheveux sombres et les yeux marron. Et... Et qui font à peu près la même taille.

— Assez proches en âge pour être des jumelles, enchaîna-t-il d'une voix à la fois pensive et inexorable. Et ce n'est pas qu'une question de couleur de cheveux ou d'yeux. Vous avez les mêmes pommettes, le même nez. Face à face, je ne vous aurais pas confondue avec elle, mais d'un coup d'œil rapide...

Renner haussa les épaules.

Prise de vertige, Helen sentit son pouls s'emballer dans sa gorge. Elle aurait dû fuir, avant de trop éveiller la curiosité de cet homme, songea-t-elle, paniquée.

— Je ne comprends pas.

Sa voix était faible et éraillée, mais c'était certainement compréhensible, étant donné ce qu'il venait de suggérer.

— Je suis une mère célibataire. Je viens d'arriver en ville. Le seul de mes collègues qui m'ait invitée à sortir avec lui vient de se fiancer à quelqu'un d'autre. Je fais mon travail, et le reste du temps, Jacob est toute ma vie. Comment pourrais-je avoir un ennemi ?

— Un ex-petit ami. Un ex-mari.

Apparemment détendu, il la fixa sans détourner les yeux.

Elle pouvait lui dire. Elle pouvait répondre : « Je crois que mon ex-mari a assassiné Andrea, parce qu'il l'a prise pour moi. » Mais ensuite ? Richard aurait sûrement un alibi irréfutable, par exemple une réunion avec quelqu'un comme le maire de Seattle ou un membre du Congrès. Quoi qu'il en soit, confier ne serait-ce que cela au lieutenant Renner impliquerait de révéler son vrai nom... Et il ne tarderait pas à découvrir qu'un mandat d'arrêt avait été émis contre elle. Si elle avait tué un homme à Seattle, pourquoi pas une femme ici à Lookout ? Richard était assez malin pour ne pas avoir laissé la moindre empreinte digitale, pensa-t-elle avec amertume.

Les empreintes... Oh non... Si ce lieutenant transmettait les siennes, ils trouveraient aussitôt une correspondance dans la base de données.

Affolée, elle bondit brusquement, puis s'agrippa au dossier de sa chaise.

— Je n'apprécie pas que vous me fassiez peur comme ça, lança-t-elle d'une voix tremblante. Andrea venait peut-être voler des choses aux locataires dans toutes les maisons dont elle avait la clé. Elle avait peut-être un complice que… qu'elle a trahi d'une façon ou d'une autre. Ou un amant. Et s'ils se retrouvaient dans ces maisons-là durant la journée ? Savez-vous quoi que ce soit à propos de cette femme ?

Elle mit tout son cœur dans ce discours cinglant.

— Ou est-ce que vous avez décidé tout de suite que je devais être… Je ne sais pas… Une ex-agent de la CIA en cavale, ou une femme fatale pourchassée par un cortège d'amants délaissés ?

Raide comme une statue, elle fit face avec défiance à la contemplation persistante du lieutenant.

Semblant imperméable à sa colère, il répondit :

— Je n'étais pas allé aussi loin dans mes réflexions. Et, bien sûr, ma première hypothèse était que Mme Sloan était la victime visée, pas vous. Mon intention était de vous faire réfléchir, au cas où il y ait quelque chose que vous ne me disiez pas.

Elle feignit de ne pas comprendre la question implicite.

— Cette journée a été éprouvante. J'aimerais que vous partiez, maintenant.

Les sourcils du policier frémirent, mais il opina du chef et se leva aussi tranquillement que s'il avait pris la décision lui-même. Tout en marchant vers la porte, il déclara :

— J'ai supposé que vous vous posiez déjà ces questions, madame Boyd. Vous êtes assez intelligente pour avoir eu peur. Ce n'était pas mon intention d'empirer les choses.

Helen laissa échapper un grognement ironique. Renner s'arrêta à deux pas du seuil et se tourna vers elle, la mine curieuse.

— Bien sûr que vous vouliez me faire peur ! s'exclama-t-elle. Félicitations, excellent travail.

Au moins, cette fois, elle ne mentait pas.

— Vous vous trompez, répondit-il calmement. Verrouillez derrière moi.

Au moment de sortir dans le couloir, il ajouta d'un ton beaucoup plus dur :

— Je vais vous demander de ne pas quitter la région. C'est compris ?

— Oui !

Elle était tellement tendue qu'elle en frémissait. Il ne pouvait pas faire autrement que de le voir, c'était certain.

— Du moment que vous ne l'avez pas tuée, je suis de votre côté, vous savez.

Il fit un signe de tête, puis referma la porte derrière lui.

Helen se précipita pour tourner le verrou et accrocher la chaîne, même si elle doutait de son utilité. Après s'être immobilisée, elle se concentra, à l'écoute du moindre son en provenance du couloir. Rien ne lui permit de savoir si le policier était toujours là ou s'il s'éloignait.

Au milieu de ce silence, elle fut assaillie par une pensée effrayante. Si Richard avait tué Andrea, où était-il maintenant ? Avait-il trouvé une cachette d'où observer son retour à la maison et l'arrivée de la police ? Si c'était le cas, il devait savoir où elle était… et avoir aperçu Jacob. En supposant que le détective privé qui l'avait traquée jusqu'en Californie du Sud n'avait pas vu son petit garçon et, donc, ne l'avait pas informé de son existence.

Un sanglot lui échappa. Autant être lucide : pour savoir qu'elle avait un enfant, Richard n'aurait eu qu'à entrer chez elle. Il lui aurait suffi de voir la chaise haute près de la table pour comprendre.

Elle avait été impatiente de lui échapper en grande partie pour lui cacher qu'elle était enceinte. Il n'y avait pas la moindre chance qu'il soit capable d'être père. Cet homme était du genre à se déchaîner sans prévenir, aussi bien verbalement que physiquement. Il pouvait sourire, souhaiter la bonne nuit à leurs invités, refermer la porte et l'expédier à terre parce qu'elle avait fait ou dit quelque chose plus tôt dans la soirée qui lui avait déplu. Même avec la femme de ménage et une nounou pour faire tampon, un petit garçon énergique mettrait sa patience inexistante à rude épreuve. Richard chercherait ses qualités à elle chez Jacob et ferait tout son possible pour les éliminer, ainsi que tous les souvenirs que son fils avait d'elle.

Ce type de terreur faisait l'effet d'un violent tremblement de terre. Même si elle avait été sûre qu'il les avait déjà retrouvés une fois auparavant, elle avait baissé sa garde depuis qu'elle avait emménagé à Lookout. Elle aimait son travail, et Jacob s'épanouissait ici. Elle s'était sentie en sécurité dans leur petite maison.

Ils ne seraient *jamais* en sécurité. C'était une réalité qu'elle ne pouvait pas oublier à nouveau. Il ne renoncerait pas, elle le savait. C'était le propre des monstres. La meilleure chose à faire était de garder une longueur d'avance. Ce qui voulait dire partir, dès qu'elle parviendrait à trouver comment.

Oh non… Et si Richard avait lui aussi une chambre au Lookout Inn ?

Avec un cri étouffé, elle traversa la pièce au pas de course pour vérifier le verrou sur la porte-fenêtre coulissante donnant sur le balcon.

Cette nuit-là, de longues plages sans sommeil se succédèrent pour Seth. À chaque fois qu'il s'endormait, il se réveillait en sursaut, comme électrocuté par l'adrénaline.

Tout en grinçant des dents et en regonflant son oreiller à coups de poing, il dut se persuader encore et encore : il n'aurait rien pu faire d'autre avant le lendemain matin

Sauf, peut-être, dormir dans le couloir devant la chambre de Helen Boyd pour s'assurer qu'elle n'allait pas disparaître – et qu'un tueur ne les approcherait pas, elle et son adorable petit garçon.

Avec un grognement, il posa son avant-bras sur ses yeux. Bon sang, la jeune femme avait raison. Il était censé se concentrer sur la vie de la victime, sa personnalité, son mari, ses amis et ses connaissances. Et c'était ce qu'il avait fait. Il avait parlé au veuf pour la première fois ce soir, mais pas pour la dernière. Il recommencerait autant que nécessaire. Demain, il s'adresserait à son chef et à ses collègues. Il obtiendrait les identités de ses amis. Il découvrirait s'il y avait le moindre indice suggérant qu'elle avait un amant ou se livrait à une activité illicite.

Mais il avait toujours été à l'écoute de son instinct. Même si Helen s'évertuait à jouer les innocentes indignées, elle mentait mal. Et elle mentait, il n'avait pas le moindre doute là-dessus. Il n'avait qu'à observer la lueur troublée dans ses yeux. Au lieu d'être transparents, ils étaient voilés par une sorte de tristesse qui, selon lui, n'était pas entièrement due au fait de découvrir un cadavre chez elle.

Il avait du mal à l'imaginer en tueuse, mais il devait veiller à réfléchir comme un policier, et pas comme un homme attiré par une belle femme. Il ne pouvait pas se permettre de laisser ses pensées s'égarer dans cette direction.

Non... Seth se redressa en position assise, puis posa les pieds par terre. Il resta immobile une minute, la tête pendante. S'il s'endormait avec cette image en tête, il risquait de faire un rêve érotique à propos d'une femme qu'il devrait sûrement réinterroger dans le cadre d'une enquête criminelle. Une femme qui avait eu l'air de le détester lorsqu'elle avait exigé qu'il sorte de sa chambre d'hôtel.

Hors de question.

Même s'il n'avait pas faim, il se prépara des œufs brouillés et petit-déjeuna pour occuper la dernière heure d'obscurité avant l'aube. Après s'être douché, il monta dans sa voiture et roula jusqu'à Hood River afin d'assister à l'autopsie.

Le médecin légiste ne découvrit rien de surprenant. Andrea Sloan était en bonne santé générale. Elle avait été tuée d'un coup à la tête. D'après le praticien, l'arme du crime était un petit morceau de tuyau, beaucoup plus épais que le démonte-pneu dans le coffre de Mme Boyd. La victime avait également reçu un coup dans le flanc qui lui avait cassé des côtes, probablement post mortem. Un coup de pied, suggéra le légiste.

Maintenant qu'il avait un mandat, Seth comptait refaire le tour de la maison aujourd'hui, mais il s'en doutait déjà : il n'y trouverait pas l'arme. Il aurait peut-être plus de chances dans le garage, mais, quand il avait regardé par la fenêtre, il avait deviné que Mme Boyd, en tout cas, n'y allait que pour sortir la tondeuse et la ranger une fois l'herbe coupée.

Il se rendit dans l'agence immobilière dès l'ouverture. Il annonça la mort d'Andrea à ses collègues, qui furent tous horrifiés d'apprendre la nouvelle. Ils affirmèrent qu'elle était sympathique, charmante, dynamique, avec le meilleur chiffre de ventes de toute l'équipe. Selon eux, elle ne s'occupait pas de l'aspect administration des biens.

La propriétaire de l'agence, une femme d'une cinquantaine d'années, expliqua qu'Andrea avait vendu deux propriétés appartenant à un dénommé Dean Ziegler, à qui elle avait aussi vendu une maison. Pour lui rendre service, elle avait accepté de gérer ses locations. À la demande de Seth, Tina Daly chercha dans les dossiers, puis annonça que Ziegler possédait un immeuble de dix appartements et trois maisons de location.

La seule clé qui manquait était celle que Seth avait mise sous scellé.

L'assistante d'Andrea, une jeune femme d'une vingtaine d'années nommée Brooke Perry, certifia qu'elle aurait été au courant si Andrea avait été prévenue d'un problème dans l'une de ces maisons.

— La seule raison qui, selon moi, puisse expliquer sa présence là-bas, c'est si la locataire avait demandé à la voir.

Son front se plissa.

— À moins que M. Ziegler ne l'ait réclamée, ou n'ait insisté pour qu'elle inspecte la maison, je suppose. Mais je suis persuadée qu'elle l'aurait dit, s'il l'avait appelée.

Après une seconde d'hésitation, elle poursuivit :

— Ça m'a surprise qu'elle parte à 17 h 30. C'était tôt pour elle.

— Est-ce qu'elle a annoncé où elle allait ?

Brooke se mordit la lèvre.

— Elle a dit quelque chose comme : « Je n'ai pas de rendez-vous, et tout le reste peut attendre demain. »

Un lendemain qui ne viendrait jamais pour elle…

Seth demanda le numéro et l'adresse de Ziegler. Pas de doute, l'homme était bien le vice-président à la retraite d'une banque régionale. Après avoir appelé pour vérifier qu'il était chez lui, Seth roula jusqu'à une villa spectaculaire de style toscan perchée sur une falaise au-dessus du fleuve.

En se tournant, il aperçut le mont Hood qui semblait suspendu au-dessus de lui, presque à portée de main. La vue panoramique était époustouflante.

Ziegler était un homme mince aux cheveux argentés. Il était bien conservé pour son âge, soixante-treize ans d'après le fichier du service d'immatriculation.

— Je suis sous le choc, répéta-t-il plusieurs fois. Pourquoi quelqu'un voudrait-il faire du mal à Andrea ? Elle est douée dans ce qu'elle fait parce que les gens l'apprécient.

Ils se rendirent dans un immense salon aux parquets lustrés, dont les baies vitrées donnaient sur le fleuve, et s'assirent.

— Dites-moi comment je peux vous aider, déclara le retraité en tendant les mains devant lui.

Seth ne pouvait pas être sûr de sa sincérité, mais expliqua que, pour l'instant, il essayait en quelque sorte d'apprendre à connaître la victime.

— Ses loisirs, ses amis, d'éventuels problèmes dans sa vie, bien sûr.

— Des problèmes ? Je ne crois vraiment pas qu'elle en ait eu. Enfin, peut-être deux, se corrigea Ziegler avec un sourire amusé. Deux adolescents.

— Les enfants de son mari.

— Un garçon provocateur de quinze ans, une fille boudeuse de treize ans.

Il haussa les épaules.

— J'ai l'impression qu'elle avait une relation plutôt correcte avec eux. Quand elle m'en parlait, c'était en riant. Ils sont à des âges difficiles, voilà tout.

Il arrivait que des garçons de quinze ans commettent des meurtres... Mais suivre une belle-mère jusqu'à une maison où elle n'était pas censée être, avant de la tuer d'un seul coup puissant ? Seth n'y croyait pas.

— J'ai croisé son mari plusieurs fois, poursuivit Ziegler. Un type sympathique. Vous saviez que lui aussi travaille dans le secteur bancaire ? Il dirige une succursale ici en ville.

Seth était au courant. Il avait envisagé l'idée qu'un agent immobilier et un banquier puissent être mêlés à quelque chose de louche, mais la question se posait à nouveau : pourquoi Andrea se trouvait-elle dans la maison de location ? Et sans autorisation, qui plus est ?

— Andrea avait quand même un côté réservé, remarqua le retraité. Je me disais parfois qu'elle devait faire un effort pour être aussi extravertie qu'elle en avait l'air avec les clients.

Il fronça les sourcils.

— Cela dit, je suis convaincu qu'elle était réellement chaleureuse. Et Russ et elle avaient un lien que ceux d'entre nous qui ont divorcé trois fois ne peuvent qu'envier.

Après lui avoir tendu sa carte, Seth lui demanda de l'appeler s'il pensait à quoi que ce soit qui puisse permettre de découvrir pour quelle raison Andrea avait été visée.

Si elle l'a été, songea-t-il derechef en descendant l'allée pavée qui s'éloignait en serpentant de la maison.

Prochaine étape : s'arrêter à la brasserie artisanale où le mari d'Andrea Sloan, Russell, avait soi-disant retrouvé deux amis après la fermeture de la banque à 17 heures. D'après ce qu'il disait, il avait laissé sa voiture garée dans le parking de la banque et avait marché jusqu'à la brasserie. Andrea l'avait prévenu de ne pas l'attendre avant 18 h 30 ou 19 heures.

Quand Seth avait voulut savoir si elle avait expliqué pourquoi elle rentrerait tard, Russell avait répondu d'une voix atone :

— Elle n'avait pas des horaires classiques. Week-ends, soirées...

Il avait haussé les épaules.

— Quand un acheteur potentiel était libre, elle se rendait disponible. La plupart du temps, on ne dînait pas avant 19 h 30 ou 20 heures.

Y avait-il la moindre possibilité que Ziegler ait eu l'intention de vendre la maison de Helen ? s'interrogea Seth. Et que personne ne l'en ait encore informée ?

Arrivé devant la brasserie, située dans un beau bâtiment en briques dans la partie la plus ancienne de la ville, Seth appela le retraité pour lui poser la question.

— Non, répliqua l'homme. Tant que j'ai un locataire, une petite maison comme ça me rapporte plus d'argent que je n'en gagnerais à la vendre.

— Alors elle ne vous avait pas conseillé de vendre ?

— Elle n'a jamais abordé le sujet, et moi non plus.

Seth entra dans la bâtisse et demanda à parler au gérant. Un homme avec un crâne lisse et brillant comme une boule de billard s'approcha de lui. Calvitie précoce, devina Seth, étant donné que le type ne semblait pas beaucoup plus vieux que lui.

— Bien sûr que je connais Russ Sloan, affirma-t-il sans hésiter. Il fait partie d'un groupe composé d'autres professionnels et de commerçants du centre-ville qui se retrouvent souvent ici. Il était là hier après-midi, d'ailleurs.

À la requête de Seth, il repassa des images de vidéosurveillance montrant Sloan entrer avec un autre homme à 17 h 11, tous les deux hilares, puis sortir juste avant 18 h 30. À moins qu'il n'ait engagé un assassin, cela le mettait hors de cause. D'autant que trouver un tueur à gages n'était pas aussi simple que beaucoup de gens l'imaginaient.

Après l'avoir remercié, Seth retourna à sa voiture.

Cela prendrait une bonne partie de la journée, mais il voulait parler au chef de Mme Boyd en personne. Il s'achèterait de quoi déjeuner en chemin.

3

Deux jours avaient passé depuis l'assassinat d'Andrea. Assise au bord du lit, Helen regardait Jacob encastrer les pièces d'un de ses puzzles. Il avait été très sage, compte tenu du chamboulement dans ses habitudes. C'était plutôt elle qui était au bord de la crise de nerfs. Elle était assaillie de pensées et de peurs, qui tourbillonnaient dans son esprit, ponctuées d'images : d'abord, cette chaussure à haut talon sur le sol de sa cuisine, puis les yeux plissés du lieutenant Renner pendant qu'il posait des questions indiquant qu'il la soupçonnait d'avoir tué Andrea.

À cela s'ajoutaient des souvenirs fugaces du moment où elle avait compris qu'elle était enceinte. Du flot d'amour qui l'avait envahie quand on lui avait mis son nouveau-né dans les bras.

Pour couronner le tout, en s'habillant la veille et ce matin, elle s'était rappelé que le lieutenant Renner avait touché ces vêtements, y compris ses sous-vêtements. Avait-il remarqué la nature pratique de tout ce qu'elle portait ? Cette pensée lui déplaisait fortement.

Le téléphone sonna, lui offrant une distraction bienvenue.

Qui d'autre, bien sûr ? C'était le lieutenant Renner, pour la prévenir qu'elle pouvait rentrer chez elle.

— J'ai retiré la rubalise, annonça-t-il d'un ton bref.

Elle voulait savoir si le sang avait été enlevé, mais garda la question pour elle. Elle nettoierait elle-même. Elle en était capable. Quant à vivre dans cette maison, avec le souvenir constant qu'une femme avait été tuée dans la cuisine, une femme qui était sûrement morte à sa place... C'était un tout autre problème.

Elle était tiraillée entre le poids de la culpabilité et sa farouche détermination à tenir Jacob loin de Richard. Si son ex l'avait trouvée dans la maison au lieu d'Andrea… il aurait désormais Jacob en sa possession. Sa famille à elle ne l'aurait sans doute pas su pendant longtemps. À moins qu'il ne soit condamné pour meurtre, sa mère et sa sœur n'auraient aucune chance de l'emporter si elles lui intentaient un procès pour obtenir la garde. Helen n'avait qu'une seule raison d'être : garder son fils en sécurité et lui donner une chance de grandir en se sachant aimé.

— Merci de m'avoir prévenue, répondit-elle poliment.

— J'ai une suggestion : faites changer les serrures et envisagez d'installer un système d'alarme.

Quoi qu'elle fasse, elle ne se sentirait plus jamais en sécurité dans cette maison. Malheureusement, elle ne pouvait pas se permettre de rester à l'hôtel. Elle avait encore plus intérêt qu'avant à faire des économies.

— Votre propriétaire accepterait peut-être de prendre les frais à sa charge, poursuivit le lieutenant. D'autant que c'est son employée qui a été tuée à votre place.

Cette remarque lui donna une lueur d'espoir. Il avait raison. De toute façon, même si elle devait payer le serrurier elle-même, elle n'hésiterait pas. Maintenant, aujourd'hui, même si c'était plus cher.

Un système d'alarme la rassurerait si elle avait l'intention de rester dans cette maison… Mais ce n'était pas le cas. Bien sûr, elle ne pouvait pas dire au policier qu'elle prévoyait de disparaître dès que possible.

Comme Renner attendait probablement une réaction de sa part, elle répondit :

— Oui, en effet… Sinon, vous avez avancé ?

— Je n'ai arrêté personne, si c'est ce que vous demandez.

Il parlait avec une brusquerie qui témoignait de sa frustration.

— Ce qui signifie que j'aimerais parler à nouveau avec vous, madame Boyd.

La gorge de Helen se serra. Pouvait-elle repousser cette conversation assez longtemps pour faire ses préparatifs de départ ?

Avait-elle seulement le choix ?

— On peut se retrouver à la maison, je suppose. Si je rends ma chambre d'hôtel tout de suite, je n'aurai pas à payer une autre nuit.

— Alors je vous rejoins là-bas.

Décidément, cette journée n'allait pas en s'arrangeant, songea-t-elle en reposant le téléphone. Elle se pencha pour faire un bisou à Jacob.

— On rentre chez nous, bonhomme. Finis ton puzzle pendant que je fais nos bagages.

Il releva la tête.

— Hot-dog ?

— Tu as faim ?

Il opina vigoureusement du chef. Les hot-dogs étaient son plat préféré du moment, même s'il avait aussi un faible pour les macaronis au fromage. Au cours de leur séjour ici, ils avaient petit-déjeuné sur le pouce dans la chambre, étaient sortis déjeuner tous les jours et avaient fait appel au service d'étage pour le dîner. L'obscurité lui semblait trop dangereuse ; ils étaient plus en sécurité en restant enfermés.

Heureusement, elle était presque sûre d'avoir des saucisses dans son congélateur.

— On déjeunera là-bas. Un hot-dog, peut-être.

Elle rangea toutes leurs affaires dans la valise en moins de dix minutes. Jacob parut fasciné par le réceptionniste qui insista pour porter leur bagage et le pot jusqu'à la voiture.

L'an dernier, il était passé par une phase de timidité maladive avec tout le monde, sans raison apparente. Il venait à peine de redevenir curieux et prêt à sourire aux inconnus. Elle lui avait peut-être transmis son anxiété auparavant, et maintenant qu'elle se sentait plus en sécurité, il reprenait confiance. Les enfants étaient connus pour réagir aux émotions parentales, même les plus subtiles.

Elle verrouilla les portières avant de démarrer, comme elle le faisait toujours. En sortant du parking, elle tendit le cou pour voir si quelqu'un leur prêtait attention. Déconcertée, elle vit Jacob se tourner lui aussi pour regarder.

Comme on était en semaine, les rues étaient peu animées. D'après ce qu'elle avait entendu dire, la saison touristique n'exploserait vraiment que dans une semaine ou deux, une fois les écoles fermées. Pourtant, c'était difficile à croire, à en juger par l'activité qui régnait dans le magasin de planches à voile à côté. Si elle avait bonne mémoire, ils louaient des petits bateaux en plus du matériel de véliplanchiste. Comme depuis le début du mois de juin, la journée était ensoleillée, mais fraîche. Helen apercevait des voiles multicolores gonflées par le vent qui avançaient sur les eaux un peu agitées. Si quelqu'un la surveillait depuis là-bas, elle ne pourrait jamais le repérer au milieu des autres.

Elle était quasiment sûre que personne ne l'avait suivie jusque chez elle. Mais, évidemment, Richard ou son homme de main n'aurait pas besoin de la suivre pour savoir où elle allait. Laissant leurs affaires dans la voiture, elle porta Jacob à l'intérieur et le posa sur le canapé avec son lapin bleu.

— Attends-moi ici, ordonna-t-elle sévèrement.

Il rebondit sur ses fesses.

— Vite, vite, maman.

S'armant de courage, elle s'obligea à aller dans la cuisine. Elle ne pouvait pas laisser Jacob voir le sang…

Mais le sol en vinyle était impeccable. Pas de cadavre, pas de sang.

Elle avait su que le corps serait emmené, mais elle n'avait pas imaginé que les policiers nettoyaient les scènes de crime.

Helen fixa l'endroit sans ciller. Elle ferma les yeux, puis les rouvrit. C'était toujours propre. Elle passerait quand même la serpillière une fois Jacob endormi, par acquit de conscience, mais quelqu'un s'en était chargé pour elle.

Elle devinait de qui il s'agissait, pensa-t-elle, songeant à l'homme qui parvenait à se montrer à la fois implacable et attentionné. Cette marque de gentillesse l'affecta, même s'il l'avait fait en pensant à Jacob et pas du tout à elle.

— Je veux des hot-dogs, lui rappela son fils.

Helen se mit à rire.

— D'accord, d'accord !

Elle fit rapidement le tour de la maison, inspectant les placards et écartant le rideau de douche, avant de ressortir au pas de course prendre leurs affaires. Elle ne vit personne. Tout le monde devait être au travail. Même la voiture d'Iris n'était pas là.

Heureusement, il y avait des petits pains dans le congélateur, ainsi qu'un paquet de saucisses non ouvert. Si elle réchauffait une boîte de haricots à la sauce tomate et épluchait quelques carottes, elle obtiendrait un repas tout à fait convenable.

Jacob n'avait mangé que la moitié de son hot-dog et un bâtonnet de carotte quand la sonnette retentit. Il commença à gigoter pour se glisser hors de sa chaise haute.

— Hors de question, l'avertit-elle.

Elle finit pourtant par le soulever avant de marcher jusqu'à la porte d'entrée. Il avait un tel don pour l'évasion qu'elle ne pouvait pas le laisser seul une seconde, surtout quand il risquait de faire une grosse chute. C'était certain, il ne tarderait pas à savoir déboucler la ceinture tout seul.

La main sur le verrou, elle haussa la voix pour demander :

— Qui est là ?

— Le lieutenant Renner.

En proie aux sentiments contradictoires qu'il éveillait en elle à chaque fois, elle déverrouilla la porte. Tandis qu'elle l'ouvrait, Jacob se trémoussa dans ses bras. Dès qu'il aperçut le lieutenant, il sourit et s'exclama :

— Bouh !

— Bouh à toi aussi, répliqua Renner en riant.

C'était aussi bien qu'aucun enfant de deux ans ne soit capable de saisir le concept de policier, ou de s'étonner qu'il veuille constamment parler à sa maman.

— On a presque fini de déjeuner, déclara-t-elle.

— Pas de souci.

Une fois de retour dans la cuisine, elle souleva Jacob pour le remettre sur sa chaise haute, mais il résista.

— Non !

Elle n'hésita pas longtemps. Soit il n'avait plus faim, soit il refusait simplement d'être à nouveau confiné, c'était difficile à dire. Elle devait acheter un de ces sièges en plastique qui le mettrait à la hauteur de la table. Ce serait beaucoup plus satisfaisant pour lui. Elle était étonnée de constater avec quelle facilité ses pensées pouvaient repasser en mode maman malgré les circonstances.

Helen n'autorisait pas souvent Jacob à regarder la télévision, mais décida de faire une exception. Il grimpa sur le canapé et attrapa son doudou, tandis qu'elle lançait une vidéo.

En se tournant, elle vit que Renner les observait depuis le seuil de la cuisine. C'était compréhensible : elle cachait peut-être des diamants entre les coussins du canapé, au milieu de toutes les miettes.

Revenant dans la pièce en toute hâte, elle lui frôla le bras de son épaule. Comme elle avait perdu l'appétit elle aussi, elle débarrassa la table, puis décida de mauvaise grâce de proposer une tasse de café au policier.

— C'est de l'instantané, le prévint-elle.

— Ça me va.

Il esquissa un sourire.

— Je ne suis pas difficile.

Tout en versant une cuillerée de poudre dans son propre mug, elle remarqua :

— Je préférerais un cappuccino, là tout de suite. Malheureusement, mon budget ne me permet pas d'en boire régulièrement.

— C'est sûr que ces boissons à emporter coûtent les yeux de la tête, acquiesça-t-il. Même si...

Il s'interrompit de façon tellement abrupte qu'elle en fut surprise. Elle lui jeta un regard suspicieux.

— Même si quoi ?

Il secoua la tête.

— J'allais dire quelque chose de complètement inapproprié. Est-ce qu'on pourrait oublier ça ?

Inapproprié ? À quoi pouvait-il avoir pensé ? Elle sentit ses joues rosir, mais elle avait besoin de savoir. Sans s'éloigner de la cuisinière, elle demanda :

— Si je vous absous d'avance, vous me le dites ?

— Vous pouvez vous permettre les calories. Voilà ce que je pensais.

Oh ! super, songea Helen. C'était agréable de savoir qu'il la trouvait trop maigre. Le stress avait cet effet sur elle, et elle en souffrait de façon constante. Même enceinte, elle avait eu du mal à prendre assez de poids.

Il n'aurait sûrement pas pensé ce genre de chose s'il n'avait pas remarqué son corps d'une façon qui n'avait rien à voir avec un quelconque crime. L'idée qu'il était peut-être attiré par elle lui traversa momentanément l'esprit. Oui, il était sexy, c'était indéniable. Mais, si tout se déroulait comme prévu, elle ne le reverrait plus jamais, parce que Jacob et elle allaient partir très loin d'ici, dès que possible.

Son calme retrouvé, elle versa de l'eau dans les mugs et les porta sur la table. Après avoir proposé du lait et du sucre à Renner, qui déclina, elle se servit généreusement.

— Je devrais être grosse, lança-t-elle d'un ton léger. Hot-dogs, cheeseburgers, macaronis au fromage. On ne mange pas comme je mangeais avant d'avoir Jacob.

Le lieutenant se mit à rire.

— J'imagine.

Il eut la gentillesse de ne pas signaler que les plats qu'elle venait de citer, en plus de plaire au palais d'un petit garçon, étaient tous bon marché.

Helen remua son café. Même si la procrastination avait un certain attrait, ce n'était pas dans ses habitudes d'y céder.

— Je ne comprends pas ce que vous attendez que je vous dise.

L'expression de Renner changea. Plus exactement, elle disparut. Il avait désormais un regard indéchiffrable, circonspect, qui était peut-être normal pour un policier en service.

— Quand avez-vous vu Andrea Sloan pour la dernière fois ?

Elle secoua la tête.

— Vous cherchez un lien qui n'existe pas. Mais laissez-moi réfléchir…

Au supermarché ? Non, elles s'étaient croisées une fois depuis.

— Je faisais du jogging. En général, j'emmène Jacob dans sa poussette, mais ce jour-là Iris l'a gardé. Andrea court aussi. J'avais oublié. On s'est retrouvées face à face, on a couru sur place en échangeant des banalités pendant une minute, puis on est reparties chacune de notre côté. C'était il y a… Je ne sais pas, six semaines ? Deux mois ?

— Est-ce que vous saviez qu'elle courait ?

Helen secoua la tête.

— Pas jusqu'à cet instant.

— Étiez-vous vêtues de la même façon ?

Elle n'aimait pas sa façon de se concentrer sur leur ressemblance.

— Non, elle portait une tenue de course de marque, moulante, avec des chaussures de running sûrement haut de gamme. Moi, je porte un T-shirt et un survêtement ou un short selon la saison et la météo.

Elle se rappelait s'être crispée intérieurement en imaginant ce qu'Andrea devait penser de son accoutrement.

— Des banalités ? demanda-t-il.

— Il fait froid, mais au moins, il ne pleut pas. La maison me convient toujours. Contente de vous avoir vue.

Elle aurait pu jurer voir un sourire dans les yeux du policier.

— Pas d'appels depuis ?

— Non.

— Y aurait-il eu une raison pour qu'elle veuille vous parler ?

— Non ! Ça n'a aucun sens. Si la ville n'était pas aussi petite, je ne l'aurais probablement jamais recroisée après avoir signé le contrat de location. Vous voyez bien que je n'ai pas saccagé la maison...

Une pensée horrible la frappa de plein fouet. Et si Richard avait appelé l'agence immobilière, ou y était passé, pour poser des questions sur elle ? Se pourrait-il qu'Andrea soit venue chez elle pour l'avertir ? Si Richard ou son homme de main l'avait rendue nerveuse, elle serait peut-être entrée se mettre à l'abri dans la maison.

Oui, mais s'il avait vraiment vu Andrea, comment avait-il pu se tromper ?

Mais il ne l'avait peut-être pas vue, songea Helen. L'assistante d'Andrea avait peut-être dit à sa chef qu'un homme recherchait Helen, à moins que Richard n'ait appelé au lieu de venir en personne.

Elle se leva d'un bond.

— Je dois aller voir Jacob.

Il dormait, son pouce glissant hors de sa bouche.

Elle appuya sur la télécommande pour arrêter le film et éteindre la télévision, puis souleva doucement son fils. Quand elle se redressa, elle vit que Renner s'était approché pour les observer.

— C'est l'heure de la sieste, murmura-t-elle.

Il hocha la tête.

Cette fois, il ne la suivit pas. Elle posa Jacob sur le matelas sans le réveiller. Après l'avoir bordé, elle tira la porte de sa chambre, la laissant un peu entrebâillée.

Renner attendit qu'elle reprenne place à la table de cuisine avant de se rasseoir.

— Vous avez pensé à quelque chose, n'est-ce pas ? demanda-t-il.

Le cœur de Helen se mit à battre plus vite.

— Quelque chose ?

— À propos de Mme Sloan.

— J'ignore de quoi vous parlez, répondit-elle d'un ton monocorde.

Il la jaugea du regard.

— Oh ! je crois que si, vous le savez.

— Je n'ai rien à voir avec le fait qu'une femme que je connais à peine ait été assassinée dans ma cuisine.

Sa voix laissait transparaître une note de panique. Quelle importance, après tout ? Mais elle devait se débarrasser de lui.

— Je ne veux plus vous parler sans avocat.

Ce qu'elle avait pensé lui avait fait une peur bleue, c'était évident. Seth voulait savoir de quoi il s'agissait. Presque quarante-huit heures s'étaient écoulées depuis la mort d'Andrea Sloan, pourtant il n'était pas plus avancé sur les raisons de son meurtre qu'au début de son enquête. La seule personne qu'il ait interrogée à agir de façon étrange était cette femme, et il voulait comprendre pourquoi.

— Je ne vous accuse de rien, déclara-t-il doucement. Je ne crois pas que vous ayez tué Mme Sloan.

Il était sincère. Mais elle savait quelque chose, il était prêt à le parier.

Elle croisa les bras, comme si elle cherchait à se protéger.

— Votre prénom, c'est bien Seth ?

— Quoi ?

— Je suis désolée..., marmonna-t-elle, deux taches rouges apparaissant sur ses pommettes.

— Ne vous excusez pas.

— Ce n'est pas comme si j'allais l'utiliser... Je veux dire, je continuerai à vous appeler lieutenant. Mais je...

Elle secoua la tête, comme si elle ne pouvait pas ou ne voulait pas s'expliquer.

Elle serait peut-être moins intimidée si elle pensait à lui par son prénom. Malheureusement, il avait besoin qu'elle ait un peu peur de lui.

Une réalité qu'il était loin d'apprécier.

— Où habitiez-vous avant de louer cette maison ? demanda-t-il brusquement.

Elle pâlit aussitôt.

— Los Angeles. Et plus précisément à North Hollywood.

C'était vrai, jugea-t-il.

— Pourquoi avez-vous déménagé ?

— Je voulais élever Jacob dans un endroit où on pourrait faire connaissance avec nos voisins, où il pourrait faire du vélo en toute sécurité quand il serait assez grand. J'ai trouvé une annonce en ligne pour mon poste actuel, je me suis renseignée sur la région et j'ai posé ma candidature.

Son explication était sensée, même si elle soulevait d'autres questions.

— Est-ce que le père de Jacob le voit ?

Elle se raidit.

— Il ne voulait pas d'enfant et ne s'intéresse pas à Jacob.

Là, elle mentait, songea Seth.

— Où vit-il ?

— À Los Angeles.

— Son nom ?

— Richard...

Une lueur de colère brilla dans son regard.

— Ça ne vous regarde pas. Vous ne pouvez pas le contacter !

Son angoisse était bien réelle, mais Seth décida d'attendre avant d'en conclure quoi que ce soit. Ce sujet pouvait être délicat pour elle, pour de multiples raisons n'ayant aucun rapport avec le meurtre sur lequel il enquêtait. Si elle avait été une femme battue, par exemple, il ne voulait pas attirer l'attention d'un conjoint violent sur elle ou sur l'enfant. D'un autre côté, elle n'avait peut-être pas la garde légale. Cela expliquerait en partie ce qu'il remarquait, et ce n'était pas quelque chose qu'il pouvait ignorer en tant que représentant de la loi. Il était au moins sûr d'une chose : Jacob était son fils. Leur ressemblance était frappante.

Pour le moment, s'il continuait sur cette voie, il allait la perdre.

— Vous vous teignez les cheveux, s'entendit-il dire.

Elle eut un mouvement de recul et se toucha la tête.

— Qu'est-ce qui vous fait dire ça ?

Comprenant qu'elle s'était trahie, elle pinça les lèvres.

— Alors ça, ça ne vous regarde *vraiment* pas.

Elle avait raison, mais dès leur première rencontre il avait été intrigué par son teint crémeux. Elle avait une peau de rousse, des taches de rousseur et un fils roux.

— C'était indiscret, admit-il. Je vous prie de m'excuser. Vous avez une peau magnifique, et ça m'a fait penser...

Bon sang, il ne faisait que s'enfoncer.

Helen Boyd l'étudia de ses yeux caramel pailletés d'or, qui étaient tout aussi jolis que sa peau. Puis elle soupira.

— Oui, je me teins les cheveux. J'ai toujours détesté être rousse.

— Et vos sourcils ? demanda-t-il, manifestement incapable de tenir sa langue.

— Je... Parfois, je les colore.

Elle rougit, ce qui devait lui arriver facilement avec une telle peau.

Pendant une minute qui sembla s'étirer indéfiniment, ils se dévisagèrent. Il la dévora des yeux, savourant le fait que, pour une fois, elle soit complètement immobile, les lèvres entrouvertes comme si elle était sur le point de parler. Son menton, remarqua-t-il, était plutôt carré et obstiné.

Elle fut la première à détourner le regard.

— Vous en avez fini, avec vos questions ?

— Oui, répondit Seth, contraint de se racler la gorge. Pour l'instant.

Mais qu'est-ce qui lui avait pris ? Faire des avances à une

personne impliquée, voire suspecte, dans une enquête était inexcusable. Il devait partir d'ici, tout de suite, avant de succomber à l'envie de la toucher.

Helen resta assise quand il se leva, mais, une fois près de la porte d'entrée, il s'aperçut qu'elle l'avait suivi, tout en gardant ses distances. Il ouvrit la porte, puis se tourna face à elle.

— Je le répète, je suis prêt à vous aider en cas de besoin. Vous êtes inquiète à propos de quelque chose. J'aimerais que vous me disiez de quoi il s'agit.

Il aurait aussi bien pu ne pas parler. Le visage fermé, elle se contentait d'attendre qu'il parte. Il allait le faire, mais il voulait d'abord s'assurer qu'elle avait pris au sérieux son inquiétude à propos de leur sécurité.

— Avez-vous parlé à votre propriétaire ?

— J'ai laissé un message à la société de gestion immobilière, mais j'ai aussi appelé un serrurier. Il doit venir à 16 heures pour changer les serrures.

— Bien, approuva Seth doucement.

Il la salua de la tête et partit.

Après avoir verrouillé la porte, Helen se laissa aller contre le battant. Elle ressentait un flot d'émotions qu'elle ne parvenait pas à identifier.

Un homme l'avait-il déjà regardée de cette façon ?

Oui, la dernière fois qu'elle avait été attirée par l'un d'entre eux. Richard.

Son regard brûlant l'avait convaincue qu'il la désirait ardemment, qu'il l'aimait. Elle avait été d'une incroyable naïveté, se laissant manipuler et contrôler par lui. Jamais plus, s'était-elle promis. Ce n'était pas un serment qu'elle pouvait se permettre d'oublier. Alors pourquoi ses jambes flageolaient-elles parce que Seth Renner avait sous-entendu qu'il la trouvait belle et avait affirmé qu'elle pouvait compter sur lui ?

La réponse était toute simple. Helen avait des besoins, mais, contrairement aux femmes qui acceptaient de se bercer d'illusions encore et encore, elle ne se permettrait pas de succomber à la tentation. Son besoin forcené de protéger Jacob l'empêcherait d'être aussi bête. Même si elle rencontrait un homme merveilleux, qui était vraiment tout ce qu'il semblait être, elle devrait lui mentir. Quel genre de relation pourraient-ils avoir ? Les mensonges étaient toxiques. Les mensonges l'empêchaient même de se faire des amis.

Pour Jacob, elle était capable de tout.

Pendant sa sieste, elle élaborerait un plan au lieu de paniquer et de laisser ses pensées divaguer.

Helen retourna dans la cuisine, vida les mugs à peine entamés, puis alla chercher un stylo, un carnet et son dernier relevé bancaire. Elle n'avait jamais fait d'opérations en ligne. Cela demandait une confiance d'un autre genre.

Seth... Non, non, non. Le *lieutenant Renner* penserait-il à surveiller son compte ? À demander à la banque, peut-être, de l'informer si elle le clôturait ou retirait une somme conséquente ? En avait-il légalement le droit ?

Bien sûr que oui. Il lui suffisait d'obtenir un mandat.

Elle allait partir du principe qu'il l'avait fait. Si elle osait attendre au moins quelques jours, voire une semaine, elle pouvait s'arrêter à un distributeur quotidiennement. Il fallait espérer que Richard ne représente pas une menace immédiate. Il avait peut-être été secoué de découvrir qu'il avait tué la mauvaise femme.

Et s'il pensait avoir *pourchassé* la mauvaise femme ? Il pouvait conclure qu'Andrea vivait dans cette maison – elle avait eu la clé, après tout —, qu'une erreur avait été commise et que son ex-femme n'était pas dans les environs, tout compte fait. Une bouffée d'espoir traversa Helen. Et s'il était retourné à Seattle pour réprimander son détective privé de s'être trompé ?

Cet espoir fut de courte durée. Richard aurait sûrement vérifié la carte d'identité dans le sac d'Andrea ou la plaque d'immatriculation de sa voiture. Aucune ne correspondrait au nom de la femme qui avait loué cette maison, celle que le détective avait identifiée comme étant elle.

Cela dit, il serait bien obligé de garder ses distances, jusqu'à ce que l'enquête s'achève et qu'un policier ne passe plus chez elle tous les jours.

Elle n'avait pas lancé de recherche Internet sur lui depuis au moins une semaine, ce qui était manifestement une erreur. Elle ouvrit son ordinateur portable et tapa le nom de Richard.

Il apparut aussitôt dans un article du *Seattle Times* à propos d'un événement politique qui s'était tenu la veille. En continuant à fouiner, elle trouva une allusion à un dîner qu'il organisait samedi prochain. Il comptait lever des fonds pour un candidat au Congrès se présentant contre le parlementaire en fonction, qui avait sûrement déclenché la colère de Richard en ignorant ses conseils.

Il restait deux jours avant samedi, songea Helen. Portland n'était pas très loin de Seattle en voiture. Mais Richard voudrait quand même être prudent. Quand il avait commencé à la frapper, elle avait cru qu'il se mettait en colère, qu'il manquait de sang-froid, mais qu'il était sincèrement choqué et désolé. Au fil des mois, elle avait fini par comprendre qu'il ne se laissait jamais aller d'une façon susceptible de rejaillir sur *lui*. Il avait un instinct de conservation bien développé.

Elle avait jusqu'à dimanche, voire lundi, décida-t-elle. Elle pouvait presque vider son compte en banque avec des retraits de trois cents à cinq cents dollars, avant d'en faire un plus important au moment de quitter la ville. Et, bien sûr, elle avait la somme d'urgence en espèces qu'elle gardait dans les sacs cachés dans le garage.

Elle aurait le temps ce week-end d'aller rôder dans un cimetière ou deux à Portland – ou mieux encore, de l'autre côté du fleuve, à Vancouver, dans l'État de Washington. Elle parviendrait sûrement à trouver la tombe d'une petite fille qui, si elle avait vécu, aurait à peu près son âge. Une fois à bonne distance de Lookout, elle demanderait un certificat de naissance.

Demain, elle ferait mieux de retourner au travail. Elle devait vivre de la façon la plus anodine possible jusqu'à ce qu'elle soit prête à partir.

4

— Maman ! Ne t'en va pas !

Le visage ruisselant de larmes, Jacob s'accrocha de toutes ses forces au cou de Helen.

Agenouillée sur le seuil de la crèche, elle le tenait contre elle, à deux doigts de pleurer elle aussi. Jenna Fischer, la jeune femme qui s'occupait de la garderie, s'accroupit près d'eux.

— Jacob, lança-t-elle d'un ton cajoleur. Neil est impatient de jouer aux camions avec toi.

Il continua à hurler.

Elle devait le laisser, elle n'avait pas le choix, songea Helen. Si elle n'allait pas au travail, elle attirerait l'attention, et ce n'était pas le moment. En outre, céder à ses suppliques créerait un précédent qui se retournerait contre elle. Elle n'avait encore jamais dû l'obliger à la lâcher, mais il y avait un début à tout.

— Jacob.

Elle fit de son mieux pour paraître ferme et cacher combien elle était bouleversée par son chagrin.

— Mon chéri.

Elle le prit par les épaules.

— Tu aimes passer la journée avec Jenna, Neil et Evan. Et même Courtney, le taquina-t-elle.

Il secoua la tête avec force. Ses larmes semblaient moins abondantes.

— Bon, d'accord, peut-être pas Courtney, reprit-elle. Mais elle n'est pas si méchante que ça, si ?

Jacob n'attachait pas encore d'importance au fait que ses amis soient des filles ou des garçons. Mais Courtney, qui avait quatre ans, était autoritaire. D'après Jenna, la plupart du temps, les trois garçons faisaient ce que Courtney leur ordonnait de faire, parce qu'elle était douée pour organiser les jeux. Helen avait deviné que Jacob, en tout cas, en éprouvait une pointe de ressentiment.

— Ce midi, il y aura des macaronis au fromage, annonça Jenna en souriant. Et des sandwichs à la crème glacée.

Tout en reniflant, il essuya ses joues mouillées sur le chemisier de Helen. Elle ferait avec. C'était le lot des mères, après tout. Il était rare qu'elle arrive au bureau sans que ses vêtements soient un peu froissés ou tachés.

Il finit par la lâcher à contrecœur, puis prit la main de Jenna. Tout en s'éloignant, elle se rassura : il n'allait pas tarder à oublier ce qui venait de se passer et commencerait à jouer avec ses amis. Si seulement c'était aussi simple pour elle...

Le souvenir de son expression affligée et de ses yeux rouges et bouffis n'allait pas la quitter de la journée.

Et ce n'était pas le pire, songea-t-elle anxieusement en faisant la queue au distributeur de billets accessible en voiture. Si Richard était désormais au courant de l'existence de Jacob, tout avait changé. Son petit garçon était-il en sécurité à la crèche ? La plupart du temps, Jenna verrouillait tous les accès, mais à la fin de la journée la porte était ouverte pour que les parents puissent récupérer leurs enfants.

Jenna refuserait-elle de garder Jacob si Helen lui demandait d'être encore plus prudente parce qu'elle était inquiète à propos de son ex-mari ?

Après avoir retiré trois cents dollars, elle sortit du parking de la banque, pour être aussitôt bloquée à un feu rouge. Elle jeta un coup d'œil sur l'horloge du tableau de bord. Elle aurait mieux fait de s'occuper de ce retrait après le travail.

Comme si elle avait un flipper dans la tête, ses pensées rebondirent vers Jacob. Si elle avait l'intention de rester en ville, elle pouvait l'inscrire dans un établissement plus grand. Sauf qu'il serait toujours vulnérable pendant qu'elle était au bureau.

En outre, s'il rechignait déjà à être laissé chez Jenna, comment réagirait-il si elle tentait de le déposer le matin dans un endroit étrange plein d'adultes et d'enfants qu'il ne connaissait pas ? Non, elle ne pouvait pas lui faire une chose pareille. Mais si jamais... ?

N'y pense pas.

Le temps qu'elle arrive à son poste, range son sac à main dans un tiroir et réponde à un message instantané de son chef, son calme de façade semblait prêt à se fissurer.

Vers le milieu de la matinée, Seth avait fini de contrôler les antécédents du mari d'Andrea et de plusieurs de ses collègues. Il avait également bien avancé en ce qui concernait ses amies proches, ainsi que les époux de celles-ci. Pour ce qui était de Dean Ziegler, le fait que lui et Andrea soient mariés chacun de leur côté ne signifiait pas qu'ils n'avaient pas eu d'aventure. Elle essayait peut-être de rompre, ce qui n'avait pas plu à Ziegler. Seth devait se pencher sérieusement sur son cas, étant donné qu'il était le propriétaire de la maison de Helen et avait probablement gardé une clé.

Mais, jusqu'à présent, la seule de ses recherches qui avait alerté Seth était celle concernant Helen Marie Boyd.

Apparemment, elle avait émergé nue des eaux, comme dans le tableau de Botticelli, *La Naissance de Vénus*.

Bon sang, il devait cesser de penser à elle de cette manière...

Elle avait soi-disant vécu et travaillé en Californie. Si c'était bien le cas, elle avait encore dû utiliser son nom d'épouse. À supposer que Boyd soit son nom de jeune fille. Cela expliquerait l'immense néant qu'il avait trouvé à la place de son passé.

Seth ne croyait ni à l'une ni à l'autre de ces possibilités, en partie parce qu'il n'avait découvert aucun divorce incluant ce nom dans aucun comté de Californie du Sud.

Il était également incapable d'oublier le trouble qu'il avait lu dans son regard. Cette émotion qui assombrissait ses yeux et qu'il devinait être de la peur. Les raisons pouvaient être multiples, surtout après être tombée sur un cadavre dans la cuisine. Avant même qu'il n'ait mentionné la ressemblance d'Andrea et de Helen, elle avait envisagé la possibilité qu'une autre femme soit morte à sa place. Il était prêt à le parier.

Pourquoi soupçonnait-il qu'elle avait autant peur de lui à cause de son insigne que des ennuis, quels qu'ils soient, qui la poursuivaient ?

Irrité contre lui-même, Seth secoua la tête. Le fait qu'il soit policier n'était peut-être pas la cause de sa méfiance à son égard. Elle ne le connaissait pas. Autre théorie : elle se trouvait dans une zone grise légale.

Il rumina pendant dix bonnes minutes avant de prendre sa décision : la seule chose à faire était de débarquer chez elle encore et encore, jusqu'à ce qu'elle le connaisse vraiment.

Il sonna à sa porte à 18 h 40. Son fils et elle auraient fini de manger à cette heure-là, supposa-t-il.

La voiture de la jeune femme était garée dans l'allée, mais il n'entendit pas un son jusqu'à ce que la porte s'ouvre brusquement. Elle apparut, les bras croisés, la mine contrariée.

— Je vous ai dit que je ne voulais plus vous parler en l'absence de mon avocat.

Il leva le sac qu'il tenait à la main gauche.

— Cette fois, j'apporte des cadeaux.

Elle ne baissa même pas les yeux.

— Vous m'avez déjà posé un million de questions.

— En effet, admit-il. Vous voilà prévenue : vous ne vous débarrasserez pas de moi tant que je n'aurai pas découvert qui a tué Andrea Sloan.

— Parce que vous pensez que c'est moi qui l'ai fait.

Seth fronça les sourcils. Elle n'avait pas cru aux paroles de réconfort qu'il lui avait adressées plus tôt.

— À vrai dire, non, mais j'ai la conviction que vous êtes une partie de la réponse.

Une lueur vacilla dans ses yeux, et des ombres apparurent là où elles n'avaient pas été présentes une seconde plus tôt. Au bout de quelques instants, elle ouvrit la porte en grand et fit un pas en arrière.

Il cacha son soulagement. Elle était tout à fait en droit d'insister pour appeler un avocat, mais semblait prête à y renoncer. C'était aussi possible qu'elle n'ait pas les moyens d'en engager un de qualité et ait espéré que la menace suffirait.

— Vous ne devriez pas ouvrir la porte sans savoir qui se trouve derrière, déclara-t-il en entrant.

— J'ai jeté un coup d'œil par la fenêtre.

— Ce serait bien de faire installer un judas. Les meilleurs permettent d'avoir une bonne vue sur le perron tout en se tenant à presque un mètre de la porte.

Alors qu'elle le précédait vers la cuisine, Helen lui lança un regard ironique par-dessus son épaule.

— Tant que j'y suis, je devrais peut-être entourer la maison de barbelés ?

Seth se racla la gorge.

— Ce serait peut-être un peu extrême.

— Maman ?

Vêtu d'une salopette en jean et d'un chapeau de cow-boy miniature rouge vif, son fils sortit de sa chambre au bout du couloir. En voyant Seth, il eut un large sourire et courut vers eux. À la dernière seconde, il s'arrêta dans une glissade pour s'agripper à la jambe de sa mère.

— Jacob, le salua Seth, sourire aux lèvres. J'aime bien ton chapeau.

Enlevant son couvre-chef, le petit garçon le tendit à Seth, qui protesta :

— Je ne crois pas qu'il m'irait.

Il le prit et le reposa sur la tête de Jacob, puis en releva le bord d'un doigt.

— Et voilà. Fonce, l'ami.

— Allez, hue !

L'enfant se mit à galoper dans le couloir, avant de faire demi-tour. Lorsqu'il les rejoignit, il riait aux éclats.

— Est-ce que vous avez déjà dîné ? demanda Seth.

Les yeux marron de la jeune femme s'écarquillèrent.

— J'ai bien peur que oui. Ce n'est pas..., commença-t-elle en désignant le sac du menton.

— Non, mais j'espère que vous n'avez pas mangé le *d-e-s-s-e-r-t*.

— Vous essayez de me soudoyer.

— Vous me rendriez service en me débarrassant de ça, prétendit-il.

Helen leva les yeux au ciel.

— Voyons un peu ce que vous avez là.

— En fait...

Il sortit le récipient en plastique du sac et le posa sur le plan de travail.

— ... C'est de la part de mon père. Deux de ses voisines lui cuisinent constamment des douceurs. Il a ronchonné qu'il avait dû desserrer d'un cran sa ceinture pas plus tard que la semaine dernière.

Il ôta le couvercle.

— Cheese-cake au tiramisu et cookies avoine raisins secs.

Elle baissa les yeux sur le gâteau, déjà découpé en parts, et la douzaine de cookies.

— J'accepte.

Une minute plus tard, Jacob était assis sur sa chaise haute pour manger son cookie et boire du lait dans sa tasse à bec. Helen remplit deux mugs de café, puis servit le cheese-cake dans des assiettes.

À la première bouchée, elle poussa un gémissement appréciateur. Elle mâcha avec une délectation manifeste, avant d'avaler.

— Oh là là... Vous avez goûté ça ?

Seth s'agita nerveusement.

— Non, répondit-il d'une voix un peu rauque.

— Si j'étais votre père, j'épouserais la femme qui a fait ce gâteau.

Il émit un bref ricanement.

— Elle le rend dingue. De toute façon, pour autant que je sache, il n'a pas envie de se remarier.

— Vraiment ? demanda-t-elle en fronçant les sourcils. Vos parents sont divorcés ?

Elle laissa échapper un son trop grinçant pour être un rire.

— Waouh... Écoutez-moi un peu, à faire mine que vous n'êtes pas ici pour m'interroger. Et à manger votre nourriture.

Elle repoussa son assiette. Sans réfléchir, il couvrit sa main de la sienne.

— S'il vous plaît. Je ne voulais pas rapporter tout ça chez moi.

Je me suis dit que Jacob et vous pourriez en profiter. S'il vous plaît, répéta-t-il.

Il baissa les yeux sur leurs mains. Il pouvait sentir la tension frémissante et la finesse des os sous ses doigts et sa paume.

Bon sang...

Il recula le bras. Pourquoi agissait-il comme un idiot ? Le fait qu'elle aussi se laisse aller de temps à temps à penser à lui comme à un homme plutôt qu'à un policier n'aidait pas. Cela ne faisait que le rendre encore plus sensible à elle.

En cet instant, il était absolument incapable de dire ce qu'elle pensait. Elle ramena son assiette vers elle et, après une brève hésitation, se remit à manger.

Jacob brisa la tension en réclamant avec succès un autre cookie. Seth lui demanda ce qu'il avait fait aujourd'hui, puis s'efforça de déchiffrer la réponse. Le petit affirma avec indignation que Neil l'avait tapé, mais Jenna avait raconté une histoire avec des marionnettes, et ils avaient mangé des macaronis au fromage, et il ne *voulait* pas aller chez Jenna aujourd'hui, il voulait rester avec maman. Du moins, c'était ce que Seth parvint à reconstituer. Certains des mots étaient clairs, d'autres inintelligibles, même si la mère de l'enfant semblait n'avoir aucun mal à les comprendre.

Helen finit par descendre Jacob de la chaise haute. Pendant qu'elle était encore penchée sur lui, il murmura quelque chose. Elle lui caressa la tête et sourit avec douceur.

— Oui, tu peux jouer avec tes peluches pendant quelques minutes, mais ensuite, au dodo.

Elle le suivit des yeux tandis qu'il détalait, puis la tendresse sur son visage laissa place à l'inquiétude.

— En général, il adore sa crèche, mais aujourd'hui il a pleuré et a refusé de me laisser partir. C'était... vraiment dur.

Avant que Seth ne puisse tenter de la réconforter, elle posa sa fourchette et releva le menton.

— Est-ce qu'on peut passer aux choses sérieuses ? Je dois aller mettre Jacob au lit, et plier du linge, et...

— J'ai compris, répliqua-t-il d'un ton bourru.

On n'est pas amis.

— Vous avez dit que vous viviez à Hollywood.

— North Hollywood, corrigea-t-elle.

— D'accord. Étiez-vous encore mariée à ce moment-là ?

Elle se figea. Dans son visage tendu, seuls ses yeux semblaient vivants. Alors qu'il s'apprêtait à insister, elle s'exclama :

— Qu'est-ce que ça change ?

— J'ai besoin de vous connaître si je veux découvrir ce qui vous relie à Andrea.

— Mais... Je ne l'ai pas rencontrée avant d'arriver à Lookout.

L'étonnement de Helen semblait réel.

— Si elle a vécu en Californie, elle ne me l'a pas dit.

Il poursuivit ses questions, mais elle refusa de lui donner le moindre détail. Ni le nom de son ancien employeur, et encore moins celui de son ex-mari, même si elle confirma à demi-mot qu'elle avait emménagé ici dans la foulée de leur séparation.

— Je ne veux pas être en contact avec lui, répéta-t-elle avec obstination.

— Parce qu'il risquerait de vous prendre Jacob ?

— Non !

Elle le fusilla du regard, mais d'après Seth elle semblait surtout effrayée.

— Je vous ai déjà dit tout ça ! Il n'a jamais voulu d'enfant. C'est moi...

— Il ne voulait pas vous laisser partir, déclara-t-il lentement.

À l'idée de la savoir terrorisée par un homme, son instinct protecteur s'enflamma.

— Non, murmura-t-elle. À la fin, il a dit qu'il me tuerait si j'essayais de le quitter. J'ai dû m'enfuir et me cacher avant de pouvoir obtenir de l'aide juridique pour divorcer.

Seth s'obligea à prendre un peu de recul. Rien ne prouvait l'existence d'un ex-mari brutal et possessif. En revanche, il était possible qu'elle ait vraiment peur de *lui*, le policier qui ne cessait de revenir à la charge.

— Comment lui avez-vous échappé ?

— Je suis allée dans un refuge pour femmes battues, répondit-elle avec tant de dignité qu'il se sentit tout penaud.

À moins que *manipulé* ne soit le mot juste ?

Décidément, il avait le plus grand mal à garder son détachement habituel.

— Je peux vérifier où se trouve cet homme sans attirer l'attention sur vous. C'est promis. Tout ce qu'il me faut, c'est un nom.

Les lèvres pincées, Helen le fixa avec colère.

— Ça ne vous dérange vraiment pas qu'une femme qui vous ressemble beaucoup ait été assassinée il y a quelques jours dans votre cuisine ? demanda-t-il.

Il se tourna sur sa chaise pour river les yeux sur une partie du sol en vinyle.

— À cet endroit précis, si j'ai bonne mémoire.

Elle l'imita, et son visage se décomposa aussitôt.

Se faisant l'effet d'une brute sans cœur, Seth patienta.

— Vous ne comprenez pas, remarqua-elle doucement.

Sur le même ton, il répliqua :

— Mais je ne demande que ça.

Elle planta son regard douloureux dans le sien.

— Je ne peux pas prendre le risque. Je ne peux pas, c'est tout.

Frappé par son ton catégorique, il l'étudia. Que se passait-il vraiment ? Le scénario de la femme battue fonctionnait à certains égards, mais pas à d'autres. Il fallait une certaine force de caractère pour dire en face à un policier qu'elle ne comptait pas coopérer à l'enquête. Elle n'hésitait pas à lui ordonner de partir quand elle en avait assez.

Et pourtant elle était sincèrement effrayée, il n'en doutait pas une seconde. Restait à savoir de quoi.

Au bout d'une minute, il hocha la tête.

— Je vais vous laisser tranquille.

Il marqua une pause, avant d'ajouter :

— Pour ce soir.

Les pupilles de la femme se dilatèrent.

— Helen, vous ne pouvez pas me cacher vos secrets. Vous devriez vous faire une raison. D'une façon ou d'une autre, je découvrirai ce que je veux savoir.

Pâle comme un linge, les yeux sombres et écarquillés, elle le suivit du regard tandis qu'il se levait et quittait la pièce.

Quand il rejoignit son véhicule, il posa les mains sur le toit, courba la tête et marmonna un long chapelet de jurons.

Il détestait l'expression terrifiée qu'elle affichait. Abattu, il ne put s'empêcher de se demander pourquoi il avait intégré la police.

Robin se haussa sur la pointe des pieds pour atteindre le haut du placard. Elle y avait rangé une boîte qui contenait les quelques précieux souvenirs en sa possession. C'était stupide de risquer autant pour eux, elle le savait, mais récupérer ce qui lui appartenait lui ferait l'effet d'une victoire. Ce serait un pas vers une dignité retrouvée. Elle n'était pas la créature pitoyable qui avait supporté dans un état second les mauvais traitements de Richard.

Je ne suis pas elle. Plus maintenant.

Elle parvint à poser le bout de ses doigts de chaque côté de la boîte et la tira doucement vers elle.

Encore deux minutes, et elle serait partie d'ici.

Quelque chose bruissa derrière elle, et ses cheveux se dressèrent sur sa nuque.

Avant qu'elle ne puisse se tourner, des mains rudes l'agrippèrent par-derrière.

— Vous voilà, pile à l'heure, grogna un homme.

Ce n'était pas Richard. Dieu merci, ce n'était pas Richard.

Elle se dégagea, mais tomba à genoux. Elle était furieuse, effrayée. *Tellement stupide.* À quatre pattes, elle se précipita vers la porte de la chambre, mais il l'attrapa par les cheveux et lui tira la tête en arrière. Enfonçant son genou dans le dos de Robin, il l'expédia sur le parquet. Sans cesser de hurler, elle continua à se débattre. Elle parvint à tourner la tête et enfonça les dents dans la partie charnue de sa main.

Il cria, avant de la frapper. Sa vision s'embruma un instant, mais Robin s'aperçut alors que le coup l'avait fait voler vers le lit. Elle battit des jambes derrière elle et sentit son pied se connecter avec une partie du corps de son assaillant. Elle se redressa maladroitement, puis s'empara de la lampe sur la table de nuit. Bien sûr, ce n'était pas l'une de celles qu'elle avait choisies, elle. Après avoir brisé la paire en question, Richard les avait remplacées par des monstruosités Art déco en métal et vitrail hors de prix.

C'était lourd. Elle eut à peine une seconde pour trouver une bonne prise. Pour pivoter, en y mettant toute sa force. Pour voir le socle de la lampe s'écraser contre la tête de l'homme. Pour surprendre son expression choquée, pour regarder la vie quitter ses yeux, pour rester figée, stupéfaite, quand il s'écroula.

À cet instant-là seulement, elle s'aperçut que le visage ensanglanté était celui de son ex-mari. Les yeux rivés sur lui, elle se mit à trembler. *Je l'ai tué.*

Elle entendit alors un grincement dans le couloir de l'autre côté de la porte. Quelqu'un d'autre était présent. Ses mains tremblaient tellement qu'elle avait du mal à tenir la lampe, mais elle parvint à la soulever à nouveau, comme un joueur de base-ball avec sa batte.

Un autre grincement…

— Maman ?

Désorientée, Helen se redressa brusquement sur le matelas. Ce n'était pas Richard cette nuit-là. Ce n'était pas lui. Alors pourquoi voyait-elle toujours son visage mort ?

Chassant les dernières brumes de sommeil, elle se concentra sur la petite silhouette debout près du lit. *Jacob.*

Elle ne pouvait pas laisser son petit garçon la voir pleurer. Elle remonta le drap et s'essuya les joues, même si elle pouvait encore goûter le sel de ses larmes.

— Jacob ? Qu'est-ce qui ne va pas ?

— J'ai entendu des bruits qui faisaient peur.

Sa voix semblait… mouillée. Comme s'il pleurait lui aussi.

— Oh ! mon cœur ! Je suis désolée.

Elle avait dû crier pendant son cauchemar. *Pourvu que je n'aie pas hurlé pour de bon.* Helen se redressa davantage, mais n'alluma pas la lampe comme elle l'aurait fait d'habitude. Elle se pencha pour soulever Jacob, puis l'allongea à côté d'elle et remonta les couvertures sur eux. Pelotonnée contre lui dans ce nid douillet, elle eut l'impression d'être en sécurité... Si seulement elle ne dormait et ne rêvait plus jamais.

— C'est mieux ? murmura-t-elle contre sa tête.

— J'ai peur dans ma chambre, marmonna-t-il.

— Rien que cette nuit, tu peux dormir avec maman. D'accord ?

Après avoir hoché la tête, il se blottit contre elle, enfonçant les genoux dans son ventre. Les yeux de Helen s'embuèrent à nouveau. C'était un tel bonheur de serrer ce petit corps dans ses bras. Elle n'avait pas su qu'il était possible d'aimer quelqu'un à ce point. Pour elle, la chose la plus effrayante était l'idée de le perdre.

— Dors bien, chuchota-t-elle.

Elle lui caressa doucement le dos jusqu'à ce que sa respiration ralentisse et que ses muscles se détendent.

Son cauchemar récurrent était toujours si intense, si réel... Sauf pour ce qui était du twist final. Une partie honteuse d'elle-même regrettait de ne pas avoir tué Richard à la place de son majordome garde du corps. C'était un monstre. Au lieu de quoi, elle était hantée par le visage d'un homme qu'elle connaissait à peine.

Elle se raidit. Si le lieutenant Renner avait entré ses empreintes dans cette base de données du FBI, il allait découvrir qui elle était : une personne mise en cause dans une précédente affaire de meurtre. Pourquoi ne l'avait-il pas fait ? Ou bien l'avait-il fait ?

Elle serra les mâchoires pour empêcher ses dents de claquer. Elle devait s'enfuir au plus vite, avant qu'il ne soit trop tard.

5

Helen se réveilla avec l'étrange sensation de tanguer, comme si elle était dans une coquille de noix prise dans les remous d'un plus gros bateau. Avec un grognement, elle s'obligea à ouvrir les yeux et vit Jacob sauter sur le matelas. Sa couche avait débordé, ce qui expliquait la forte odeur d'urine. Il n'avait pas encore remarqué qu'elle ne dormait plus.

Si elle se sentait un peu étourdie, c'était à cause de la surprise d'avoir réussi à dormir. Et de ne pas avoir eu d'autre cauchemar ou, du moins, de ne pas s'en souvenir.

Son cerveau se remit à fonctionner. On était samedi. En général, elle était ravie d'être en week-end. Même si elle devait s'occuper des courses, elle avait aussi le temps de faire des choses agréables avec Jacob. Aujourd'hui, elle était rongée par l'appréhension.

Le lieutenant Renner allait revenir la presser de questions. Elle devait faire leurs bagages sans attirer l'attention d'un enfant de deux ans curieux *ou* d'un policier fouineur. En pensant à tout ce qu'elle devrait abandonner, elle sentit son humeur s'assombrir davantage. Sans compter le jour où elle avait quitté la maison pour aller à l'université, c'était la troisième fois qu'elle recommençait tout à zéro. La deuxième fois pour Jacob, mais comme il n'avait que dix-sept mois à l'époque, il ne s'était pas rendu compte des perturbations dues à un départ en catimini. Cette fois, ce serait différent. Il valait mieux qu'il ne comprenne pas qu'il ne reverrait jamais Iris, ni Jenna, ni l'autoritaire Courtney.

Bien décidée à lui offrir un dernier jour de normalité, Helen plaqua Jacob sur le matelas, puis se mit à le chatouiller. Mais, tout en riant avec lui, elle commença à organiser la journée.

Il était temps d'aller faire des courses au supermarché. Ils auraient tout juste de quoi petit déjeuner avec ce qui restait dans le réfrigérateur et les placards. En outre, elle aurait besoin de nourriture pour leur périple : de quoi grignoter pour Jacob, une petite glacière avec des boissons, le nécessaire pour préparer le petit déjeuner, voire le déjeuner, dans les chambres de motel bon marché où ils s'arrêteraient les premiers jours. Ils devaient éviter de dépenser trop d'argent en mangeant au restaurant ou de s'arrêter trop vite dans les magasins. Plus ils passeraient inaperçus, plus ils seraient en sécurité.

Helen regrettait de ne pas pouvoir prévenir Jenna que Jacob ne reviendrait pas. Le fait de ne pas pouvoir faire leurs adieux à elle ou à Iris lui fendait le cœur. Si sa mère était là, elle dirait qu'ils allaient filer dans la nuit comme des voleurs.

Consternée, elle vit apparaître le visage de Seth Renner dans son esprit. Une tristesse proche du chagrin accompagna l'image, comme s'il faisait partie de ce qu'elle rechignait à quitter. Étant donné la façon dont il l'avait interrogée, cela n'avait aucun sens. Malgré tout, elle trouvait déplaisant de savoir comment il allait interpréter son départ : elle avait fui parce qu'elle avait bien tué Andrea et redoutait son enquête.

Elle éprouvait un pressentiment encore plus déconcertant : le policier serait un peu blessé parce qu'elle l'avait déçu en ne lui faisant pas confiance. Parce qu'il ne saurait jamais ce que Jacob et elle étaient devenus.

Il lui avait permis d'entrapercevoir quelque chose qu'elle n'aurait jamais. Sans jamais cesser de penser à lui, elle prépara le petit déjeuner, puis prit une douche rapide. Elle se remémora non seulement les questions incessantes du lieutenant, mais aussi sa patience et sa gentillesse occasionnelle. Les sourires qu'il adressait à Jacob, la note étrangement tendre qu'elle avait entendue plusieurs fois dans sa voix... Le feu dans ses yeux quand il baissait sa garde. Il lui avait rappelé ce que certaines personnes avaient la chance de trouver.

Mais ce ne pouvait pas être Seth lui-même qui allait lui

manquer. Ce qu'elle ressentait découlait de l'envie idiote de ne pas être aussi complètement seule, voilà tout.

Elle l'oublierait en un rien de temps, et il ne serait plus pour elle qu'une menace de plus, une autre personne susceptible de la prendre en chasse.

La journée avait un goût d'été lorsque Helen et Jacob sortirent de la maison pour leur expédition au supermarché. Dès qu'il eut franchi le pas de la porte, il s'écria

— Iris !

Helen se tourna et vit sa voisine revenir du trottoir avec son journal. Iris agita la main avec enthousiasme.

— Où allez-vous comme ça, tous les deux ?

Ils traversèrent leur pelouse plutôt mal entretenue pour rejoindre Iris sur son gazon soigné.

— On va faire des courses, répondit Helen en plissant le nez. Voulez-vous que je vous rapporte quelque chose ?

— Oh ! si ça ne vous embête pas, j'ai oublié de prendre des œufs quand je suis allée au magasin hier.

Elle sourit à Jacob.

— Ce jeune homme aimerait peut-être rester avec moi pendant que vous faites ce que vous avez à faire. J'avais décidé de m'occuper des mauvaises herbes à l'arrière. J'ai un seau et une pelle en plastique, vous savez. Il peut m'aider.

Elle pouffa de rire. Helen ne put s'empêcher de l'imiter, même si son cœur se serrait. Oh ! comme Iris allait lui manquer...

— Vous êtes une sainte, affirma-t-elle.

Elle aurait dû refuser si Iris avait eu l'intention de désherber ses parterres devant la maison, mais dans le jardin de derrière les risques étaient limités.

Encore une chose qu'elle détestait : la fréquence à laquelle elle utilisait le mot « risques » dans ses pensées.

C'était un soulagement de pouvoir partir en solo. Après avoir à nouveau retiré de l'argent, elle se rendit au supermarché. Elle prit son temps, calculant quels repas seraient les plus pratiques à faire pendant leur cavale. Elle alla ensuite à Walgreen's, où elle acheta quelques jouets à un prix raisonnable, qui occuperaient Jacob pendant les longues journées en voiture. Elle les laisserait dans le coffre pour lui faire la surprise.

Elle se gara devant chez elle, rentra les courses et rangea dans le réfrigérateur tout ce qui devait l'être. Elle ressortit ensuite par la porte de derrière, munie de la boîte d'œufs pour Iris. Il n'y avait pas de clôture entre leurs jardins.

Iris et Jacob devaient être à l'intérieur. Ils avaient laissé le seau en plastique bleu vif et la pelle jaune sur l'herbe. Une vraie pelle était plantée dans ce qui était censé devenir un petit potager.

Elle avait commencé à traverser le jardin lorsque la porte moustiquaire s'ouvrit en grand et claqua contre le mur. Une silhouette sombre jaillit de la maison. Choquée, Helen analysa ce qu'elle voyait en un instant : l'homme portait une cagoule... et tenait Jacob sur son épaule.

Avec un hurlement de rage, elle lâcha les œufs, s'empara de la pelle et piqua un sprint. Trop occupé à tenir l'enfant qui se débattait en sanglotant, l'inconnu tourna la tête vers elle à la dernière seconde. Comme dans une nouvelle version de son cauchemar, elle balança la pelle de toutes ses forces. Cette fois, elle visa les tibias.

Il tenta d'esquiver. Le coup ne fit que l'effleurer, mais suffit à le faire trébucher. Helen se jeta aussitôt sur lui. Tout en percutant de l'épaule le torse de l'homme, elle agrippa la jambe de Jacob. Son fils commença à tomber et elle l'attrapa au vol, titubant sous l'impact.

Elle recula d'un pas, les yeux plantés dans ceux, plissés par la fureur, du kidnappeur. Il n'aurait aucun mal à prendre le dessus sur elle, comprit Helen, le cœur tambourinant dans sa poitrine. Elle n'aurait pas dû lâcher la pelle.

Elle fit un autre pas en arrière. Il avança... et ils entendirent tous les deux le hurlement d'une sirène en approche à quelques centaines de mètres seulement.

Il se détourna pour se mettre aussitôt à courir. Après avoir disparu au coin du garage d'Iris, il s'engouffra dans la ruelle, le claquement précipité de ses semelles se faisant de moins en moins audible à mesure qu'il s'éloignait.

Avec un sanglot sec, Helen s'effondra dans l'herbe sans lâcher Jacob. Dieu merci, elle ne l'avait pas perdu, songea-t-elle en le berçant contre elle.

Dès l'instant où il entendit l'adresse d'Iris Wilbanks sur la fréquence de la police, Seth alluma son gyrophare et sa sirène, puis s'engagea sur la chaussée et accéléra. Certes, c'était une petite ville, mais il ne croyait pas aux coïncidences.

Un agent qui patrouillait dans les environs indiqua qu'il se rendait sur les lieux. Seth intervint pour annoncer qu'il était également en chemin.

Comme il s'était trouvé à moins d'un kilomètre de là, il se gara devant la maison d'Iris quelques secondes à peine après l'agent Todd. Après avoir jailli de sa voiture, il tourna les yeux vers la maison de Helen, mais les stores baissés ne frémirent même pas.

— Je passe par-derrière, déclara-t-il d'un ton bref.

Todd hocha la tête. Alors que Seth contournait la maison, il entendit le jeune policier frapper un coup à la porte d'entrée et lancer :

— C'est la police ! J'entre.

En arrivant dans le jardin, Seth aperçut aussitôt Helen. Assise au milieu de la pelouse, elle serrait dans ses bras son fils agité de sanglots. Un torrent de colère, de soulagement, et probablement d'autres émotions, déferla sur Seth. La peur qui émanait d'elle le bouleversa. Il avait vu la même expression sur les visages de parents dont l'enfant avait disparu, ou avait été percuté par une voiture après avoir couru dans la rue. La prise de conscience qu'une perte inimaginable aurait pu se produire.

Il parcourut les derniers mètres sans s'en apercevoir, ne reprenant ses esprits qu'en s'accroupissant auprès de Helen. Même s'il brûlait d'envie de les prendre dans ses bras, son fils et elle, il devait faire son travail.

— Est-ce que quelqu'un est venu ici ?

— Il est parti par là, répondit-elle en tendant le doigt vers le garage. Je l'ai entendu déguerpir en courant dans la ruelle.

— Ça fait combien de temps ?

— Seulement… Seulement une minute ou deux.

Seth se releva et fonça dans la direction indiquée, mais il arriverait trop tard, il le savait déjà. Son arme à la main, il atteignit la petite rue adjacente, où il ne vit rien… mais entendit le moteur d'une voiture qui s'éloignait.

Il courut jusqu'à la maison la plus proche. Elle était vide. Dans celle de l'autre côté de la rue, les enfants regardaient des dessins animés et personne n'avait rien vu.

Dix minutes plus tard, il revint chez Iris Wilbanks. Comme le jardin était vide, il ouvrit la porte moustiquaire et suivit le son des voix à l'intérieur.

Deux secouristes avaient placé la vieille dame sur un brancard et s'apprêtaient à l'emmener. Elle était consciente, mais semblait mal en point, diminuée et fragile. Elle avait un masque à oxygène sur le visage et des pansements tout autour de la tête.

Helen se tenait à ses côtés, Jacob calé sur sa hanche. Visiblement très émue, elle affirma :

— Vous l'avez sauvé. Je ne l'oublierai jamais. Merci.

— On doit y aller, madame, lança l'un des ambulanciers.

— D'accord.

Elle serra la main de sa voisine avant de reculer. Puis elle vit Seth et le rejoignit, comme si c'était la chose la plus naturelle du monde.

— Salut, mon grand, murmura-t-il.

Jacob continuait de pleurer toutes les larmes de son corps, et c'était bien compréhensible. Même si l'intrus n'avait pas posé la main sur lui, le petit avait dû assister à des violences auxquelles il n'était pas habitué.

— J'ai besoin de m'asseoir, annonça brusquement Helen.

Seth se permit de lui entourer les épaules d'un bras protecteur pour la guider vers le canapé. Elle s'affala dessus comme si ses genoux avaient cédé sous elle. Avec un mot d'excuse, il la laissa pour accompagner Dave Todd sur le perron. Tout en suivant des yeux l'ambulance qui s'éloignait, il demanda :

— Est-ce que tu as pu parler à la victime ?

— Elle n'a pas arrêté de dire « Jacob, Jacob », encore et encore.

— C'est le nom du petit garçon. Bon… On va aller prendre la déposition de Mme Boyd. Elle vit à côté.

Il désigna du menton le pavillon voisin.

— Le meurtre de la semaine dernière a eu lieu dans la maison qu'elle loue. Elle affirme avoir quitté un conjoint violent. D'après moi, les deux crimes sont forcément liés.

Todd hocha la tête, puis les deux hommes revinrent dans le salon. Seth s'assit sur la table basse face à Helen, tandis que son collègue s'installait dans une bergère un peu plus loin. Heureusement, les sanglots de Jacob s'étaient calmés, laissant place à des reniflements réguliers.

— Bon, commença Seth. Pouvez-vous nous raconter ce qui s'est passé ?

— Iris m'a proposé de garder Jacob pendant que j'allais faire des courses. Elle a dit qu'il pouvait l'aider à travailler son potager.

Seth imaginait déjà quel genre d'aide pouvait apporter un enfant de deux ans. Elle poursuivit d'un ton presque assuré :

— À mon retour, j'ai rentré mes courses, puis je suis ressortie par-derrière avec une boîte d'œufs pour Iris. Mais ils n'étaient pas dehors. J'étais à mi-chemin quand la porte moustiquaire s'est ouverte brusquement. Un homme cagoulé est sorti en courant. Il…

Sa voix se fêla.

— Il portait Jacob sur son épaule.

Son regard désespéré croisa celui de Seth.

— Si j'étais arrivée vingt secondes plus tard…

Incapable de se retenir, il tendit le bras pour prendre sa main dans la sienne. Elle avait les doigts glacés.

— Vous êtes arrivée à temps.

Au bout d'une minute, elle hocha la tête.

— Comment avez-vous réussi à lui reprendre Jacob ? demanda-t-il.

Elle expliqua qu'elle avait vu une pelle, qu'elle l'avait saisie et utilisée pour frapper le kidnappeur dans les jambes. Il avait trébuché, elle l'avait plaqué.

— Il s'est enfui lorsqu'il a entendu la sirène, conclut-elle en frissonnant. Iris a dû appeler les secours.

— En effet, affirma Todd.

— Elle a sauvé Jacob. Et elle a été gravement blessée en le faisant. Je n'aurais jamais dû le laisser avec elle. Jamais !

Du coin de l'œil, Seth vit son collègue hausser les sourcils, non seulement à cause de ce qu'elle disait, mais aussi de la passion dans sa voix.

Il resserra les doigts sur sa main.

— Helen.

Il attendit d'avoir toute son attention avant de continuer :

— S'agissait-il de votre ex-mari ?

Elle secoua lentement la tête, affichant une certaine perplexité.

— Non. Il était plus corpulent que Richard. De toute façon, j'ai vu ses yeux. Ils étaient clairs. Gris, je crois. Richard a les yeux marron.

— Votre ex-mari est-il le genre d'homme qui enverrait un tiers enlever son fils pour lui ?

Elle n'hésita pas.

— Oui.

Autrement dit, soit ce type avait des crapules pour amis, soit il avait de l'argent pour engager des gros bras.

— Très bien, répondit-il. Accordez-moi une minute, et je vous raccompagne tous les deux chez vous.

Dave Todd le suivit dehors.

— Rédige un rapport avec ce que tu sais, ordonna Seth. Je vais aller à l'hôpital pour parler à Mme Wilbanks. Avec un peu de chance, elle aura mieux vu l'intrus que sa voisine.

— Tu penses que l'ex-mari de Mme Boyd est derrière ce qui s'est passé ?

— Si quelqu'un s'était emparé du garçon à un moment où il était tout seul, je n'hésiterais pas à envisager d'autres possibilités. Mais attaquer au grand jour comme ça ? Agresser une femme pour mettre la main sur l'enfant ? Oui, d'après moi, le père de Jacob a commandité ça.

— Et le meurtre, ajouta Dave Todd avec une gravité qui vieillissait son visage juvénile.

— En effet.

Ils échangèrent encore quelques mots, puis Todd se dirigea vers sa voiture, tandis que Seth retournait dans la maison.

— Vous êtes prêts à y aller ? demanda-t-il.

— Oui, bien sûr, mais vous n'avez pas besoin de...

Il l'interrompit.

— Si.

Helen se mordit la lèvre, hocha la tête et commença à se lever. Rattrapée par le choc, elle retomba sur le canapé. Seth se pencha vers le petit garçon.

— Je vais le porter.

— Si vous m'aidez juste à me mettre debout...

Il agita les doigts. Jacob le regarda timidement de ses yeux rouges et gonflés. Ôtant son pouce de sa bouche, il tendit les bras. Seth le souleva et le prit contre lui.

— Bravo, champion. Maman a eu une journée difficile.

Helen se leva, une expression butée sur le visage.

— Et pourtant, croyez-le, je m'en suis toujours sortie toute seule auparavant.

— Aujourd'hui, rien ne vous y oblige.

Une fois arrivée à la porte d'entrée, elle s'arrêta net.

— Attendez... Iris va se retrouver sans sa carte d'assurance ni ses clés.

— Bien vu. Vous voulez bien les chercher ? Pendant ce temps-là, je vais verrouiller la porte de derrière.

Il se pencha pour que Jacob puisse appuyer sur le bouton-poussoir de la poignée. Même un enfant de huit ans n'aurait aucun mal à entrer, se dit-il, consterné. Il achèterait un verrou digne de ce nom et l'installerait lui-même avant que la propriétaire ne quitte l'hôpital.

Après lui avoir tendu la clé et la carte d'assurance maladie, Helen attendit sur le perron pendant qu'il verrouillait la porte. Ils avaient commencé à marcher sur le trottoir lorsqu'elle s'exclama :

— Oh non ! J'ai lâché les œufs. Je devrais aller...

Seth posa la main au creux de ses reins et la poussa doucement en avant.

— Ce n'est pas pressé. À mon avis, Iris va être hospitalisée pour la nuit, si ce n'est plus.

Lorsqu'il proposa d'aller leur acheter des hamburgers et des frites, Helen sembla un instant aux prises avec sa fierté, mais finit par accepter à contrecœur.

— Laissez-moi d'abord faire le tour de la maison, suggéra-t-il.

— Oui, s'il vous plaît.

Il était peu probable que le kidnappeur soit revenu sur ses pas et se soit faufilé chez elle pour attendre, mais Seth voulait s'en assurer. Il regarda sous le lit et inspecta les placards avant de s'estimer assez tranquillisé pour partir.

Il connaissait un restaurant de burgers dans le quartier, qui n'avait pas de drive-in, mais servait de la nourriture de meilleure qualité qu'ailleurs. Tout en attendant sa commande, il éprouva une sensation de malaise grandissante. Il n'aimait pas laisser Helen et Jacob sans protection, même pour une demi-heure, quoique, en toute honnêteté, il n'envisage pas une nouvelle attaque dans l'immédiat. Ce n'était peut-être même pas ce qui l'inquiétait le plus en cet instant. Helen devait se douter que son ex n'allait pas renoncer, alors qu'allait-elle faire ?

Il avait le pressentiment qu'il le savait.

Cela n'avait pas été facile de se débarrasser de Seth, mais il finit par partir.

Même sur le perron, il se tourna vers elle pour lui adresser un dernier regard perçant.

— Vous devez me dire qui est cet homme. Vous le savez, n'est-ce pas ?

Elle avait déjà eu de la chance qu'il se montre aussi patient pendant aussi longtemps, songea-t-elle, avant de répondre d'une petite voix fêlée :

— Demain.

— Très bien, acquiesça-t-il d'un ton étonnamment doux. Reposez-vous, Helen. Je vais demander qu'on patrouille régulièrement devant chez vous cet après-midi et pendant la nuit. Gardez votre portable à portée de main. Est-ce que vous avez toujours ma carte ?

Elle hocha la tête.

— Enregistrez mon numéro dans vos contacts, poursuivit-il.

S'il se passe quoi que ce soit, appelez d'abord les secours, puis moi. D'accord ?

— Oui, répondit-elle, sentant ses lèvres trembler. Vous vous êtes montré... très gentil. Merci.

Il eut un sourire en coin, mais garda le silence. Sans bouger, il étudia longuement son visage, au point de la mettre mal à l'aise. Puis il la salua de son hochement de tête habituel et descendit l'allée en béton vers sa voiture. La gorge nouée, Helen le suivit des yeux. Il semblait détendu, mais ce n'était qu'une apparence, comprit-elle. Il ne cessait de tourner la tête dans tous les sens pour observer les environs. Il était sûrement capable de passer de zéro à cent en une foulée.

Et si tout se passait bien, elle ne le reverrait jamais.

Quand elle mit Jacob au lit pour sa sieste, il s'endormit aussitôt. Avec un peu de chance, l'agitation de la journée l'aurait fatigué assez pour qu'il dorme plus longtemps que d'habitude. Dans le cas contraire, elle avait intérêt à se dépêcher.

Elle attendrait la tombée de la nuit pour aller récupérer les deux sacs qu'elle gardait en permanence dans le garage. Jusqu'à nouvel ordre, elle réutiliserait son ancienne identité, en priant pour que Richard ne pense pas à cette éventualité.

Après avoir sélectionné avec soin ce qu'ils pouvaient emporter, elle remplit deux sacs-poubelle. Sans prendre de précautions particulières, elle les porta ensuite jusqu'à la voiture. Si quelqu'un la regardait, il penserait qu'elle comptait les déposer au magasin de fripes ou à la déchetterie. Elle rangea les aliments non périssables dans un carton et des sacs de courses qu'elle ne sortirait qu'à la nuit tombée.

En milieu d'après-midi, comme Jacob dormait toujours, elle appela l'hôpital. On l'informa que Mme Wilbanks passerait la nuit sur place, mais qu'elle était réactive et parlait. La réceptionniste transféra l'appel vers la chambre d'Iris, mais personne ne répondit.

Quand elle fit une nouvelle tentative après le dîner, sa voisine décrocha. Ses premiers mots furent :

— Oh ! ma chère ! Jacob a dû avoir tellement peur. Je ne me suis pas très bien occupée de lui, n'est-ce pas ?

— Vous avez été formidable, rétorqua Helen avec fermeté. On

l'a sauvé parce que vous avez ralenti cet horrible bonhomme et appelé les secours immédiatement. Je suis rentrée à la maison juste à temps, mais c'est à cause des sirènes en approche qu'il s'est enfui. Je... Je vous suis tellement reconnaissante, Iris. Si j'avais perdu Jacob...

Trop émue pour poursuivre, elle se tut, mais elle le savait, Iris était bien placée pour comprendre ce qu'elle ressentait.

La vieille dame avait deux fils adultes, l'un vivant à Boston, l'autre en banlieue de Portland, mais elle lui avait confié un jour que sa fille avait été emportée par une leucémie à l'âge de dix ans. Elles étaient restées assises côte à côte, main dans la main, pendant plusieurs minutes.

Iris était ce qui se rapprochait le plus d'une grand-mère pour Jacob.

Après l'avoir rassurée, Helen lui demanda comment elle se sentait. Iris répondit qu'elle avait une migraine, ce qui n'avait rien de surprenant.

— Une commotion cérébrale, d'après le médecin. En plus, je vais avoir une mine épouvantable pendant quelque temps. Mon œil gauche est tellement enflé qu'il en est presque fermé, et je vais avoir un sacré coquard. J'ai aussi mal à la mâchoire. J'aurais pu perdre des dents, alors ça tombe bien que je n'en aie plus aucune, remarqua-t-elle d'un ton presque guilleret. Mon dentier est intact, Dieu merci.

— Vous êtes courageuse, et j'ai une chance incroyable de vous avoir comme voisine.

D'habitude, Iris aurait objecté, mais cette fois elle déclara avec satisfaction :

— Je vais devoir appeler mes garçons ce soir pour tout leur raconter.

— Est-ce que vous avez vu votre agresseur ? demanda Helen d'un ton un peu hésitant.

— J'ai bien peur que non. Le lieutenant est passé me voir tout à l'heure, vous savez. Il s'est montré drôlement gentil. Je suis désolée de ne pas avoir pu l'aider. J'ai entendu des pas – il est entré par la porte de derrière, voyez-vous —, mais j'avais à peine commencé à me tourner quand j'ai reçu un coup à la tête. C'était peut-être seulement son bras, ou son poing.

— *Seulement* ?

Iris gloussa, puis gémit.

— Oh ! je ne devrais pas faire ça !

— Je suis désolée...

— Ne dites pas de bêtises. Jacob s'est enfui en courant, vous savez. J'ai rampé vers le téléphone et j'avais déjà appelé les secours avant qu'il ne s'empare de Jacob et ne reparte.

Helen détestait imaginer son fils essayant de s'échapper.

Elle remercia Iris encore plusieurs fois. Après avoir raccroché, elle resta assise à la table de la cuisine, à nouveau aux prises avec sa conscience. Mais, au final, que pouvait-elle faire d'autre ?

Rien. Si elle disait la vérité à Seth, elle risquait d'aller en prison et de laisser Jacob à la merci de Richard. Non. Elle devait aller jusqu'au bout.

Avec un soupir, elle sortit son chéquier pour vérifier qu'elle avait payé toutes ses factures, puis fourra son dernier relevé bancaire dans son sac à main. Elle s'arrêterait au premier distributeur automatique qu'elle trouverait sur sa route après minuit pour faire un nouveau retrait. À partir de ce moment-là, elle n'oserait plus se servir de sa carte. Il resterait presque cinq cents dollars sur son compte, mais elle ne pouvait pas faire autrement. Si la situation empirait, elle appellerait sa mère et la supplierait de lui prêter de l'argent – même si elle détestait faire cela.

Elle avait de quoi tenir pendant quelques semaines, jusqu'à ce qu'elle puisse s'arrêter assez longtemps pour se constituer une nouvelle identité. Au revoir, Helen, bonjour... Comment le savoir ? En tout cas, elle avait déjà pris sa décision : cette femme aurait les cheveux châtain clair. Le blond était trop mémorable. Quant à sa couleur naturelle, elle l'éliminait d'office.

Quand Jacob se réveilla, Helen fit tout son possible pour qu'il ne devine pas que quelque chose allait changer. Elle joua avec lui, l'aida à empiler ses cubes en plastique et regarda même un Disney avec lui après le repas. Après l'avoir bordé, elle régla son réveil et se mit au lit, dans l'espoir de dormir un peu. Sans succès.

À minuit, elle se leva et rangea tout ce qui restait, y compris les cubes de construction. Elle se glissa ensuite dans le garage, munie d'une lampe électrique. En frémissant, elle dut secouer l'un des sacs en toile pour déloger une araignée, avant de pouvoir les sortir de leur cachette. Elle les porta jusqu'à la voiture et les rangea dans le coffre, puis plaça à côté la nourriture emballée qui restait dans la cuisine. Une fois le hayon refermé, le plus silencieusement possible, elle observa autour d'elle, à l'affût du moindre mouvement dans l'ombre. Sa peau la picotait à cause du stress, tandis que les regrets lui étreignaient la poitrine.

Elle retourna dans la cuisine pour prendre la glacière, qu'elle avait prévu de poser sur la banquette arrière, à côté de Jacob.

Bien sûr, elle n'avait pas allumé la lumière du perron. Ses yeux s'étaient un peu ajustés à l'obscurité, mais elle devait encore regarder ses pieds pour éviter de trébucher sur les marches. Voilà pourquoi elle avait presque atteint sa voiture lorsqu'elle vit l'homme appuyé contre l'aile arrière, les bras croisés.

Il secoua la tête.

— Hors de question.

6

Seth se redressa, lui prit la glacière des mains et inclina la tête vers la maison. Sans un mot, Helen fit volte-face et revint sur ses pas.

Une fois à l'intérieur, il posa le récipient sur le plan de travail de la cuisine. Les traits tirés, elle s'était arrêtée sur le pas de la porte.

— Vous m'avez espionnée.

— En effet.

— Comment saviez-vous… ?

Il n'y avait pas de réponse facile à cette question.

— Vous n'aviez pas beaucoup d'options. J'ai deviné que vous n'alliez pas vous confier à moi.

Il haussa les épaules.

— Il y avait quelque chose dans votre façon de me remercier.

Comme si, en réalité, elle lui faisait ses adieux.

— Je vous en prie, laissez-moi partir, supplia-t-elle en se tordant les mains. Richard ne renoncera pas. Il va continuer à me traquer.

— Vous ? demanda-t-il, un sourcil arqué. Ou son fils ?

Elle lui lança un regard choqué, puis lui tourna le dos tout en laissant échapper un gémissement de détresse.

— Helen.

Seth s'approcha d'elle. Après un instant d'hésitation, il posa les mains sur ses épaules et les serra doucement.

— Laissez-moi vous aider.

Il ignorait si elle le voyait autrement que comme le policier qui lui mettait des bâtons dans les roues. Tant qu'elle n'avait pas révélé tous ses secrets, il ne pouvait pas se laisser aller à éprouver quoi que ce soit pour elle. Mais, c'était indéniable, elle éveillait quelque chose de puissant en lui. Il n'avait qu'une seule certitude : il avait besoin de la garder près de lui, là où il pouvait les protéger, son fils et elle.

Comme il ne l'avait pas lâchée, Seth sentit ses épaules trembler lorsqu'elle inspira.

— Je ne voulais pas partir, murmura-t-elle d'une voix si basse qu'il l'entendit à peine. Mais j'ai peur de rester.

— Il faut que vous me parliez, Helen.

La tension qui la faisait frémir de tout son corps finit par se dissiper, et ses épaules s'affaissèrent. Elle hocha la tête, puis se tourna vers lui dès qu'il baissa les mains.

— Vous ne me laissez pas le choix.

Lorsqu'elle s'assit à la table de cuisine, il tira une chaise et l'imita.

— Jacob dort ?

— Je comptais le réveiller au dernier moment.

En cet instant, ses yeux ressemblaient plus à du chocolat amer qu'à du caramel, constata Seth, avant de se décider à passer aux choses sérieuses.

— Où viviez-vous avant de venir à Lookout ? Vous devez savoir que je n'ai pas trouvé la moindre information sur vous avant votre arrivée ici.

— On était bien en Californie du Sud, je ne vous ai pas menti là-dessus... La vérité, c'est que...

Elle détourna les yeux, avant de les reposer sur lui, le menton relevé d'un air de défi.

— J'ai changé de nom.

— Je n'ai trouvé aucun jugement de divorce.

— Ce n'était pas dans cet État, et... Je veux dire, j'ai bien repris mon nom de jeune fille après le divorce mais, plus tard, quand j'ai dû m'enfuir, je me suis forgé une nouvelle identité. Quand il m'a retrouvée à Los Angeles, j'ai recommencé. Je ne suis devenue Helen Boyd que le jour de mon départ.

Bon sang, songea Seth. Il s'en était douté, mais à l'époque actuelle ce n'était pas si simple de se créer de nouvelles identités.

— Qui étiez-vous avant ?

— Heu... J'étais Megan Cobb. Elle... Je l'ai trouvée dans un cimetière de Seattle. Elle est morte avant son premier anniversaire.

Helen détourna à nouveau le visage.

— J'ai eu l'impression d'avoir volé quelque chose.

Elle déglutit, avant de conclure :

— C'est ce que j'ai fait.

— Et Helen ?

— Sa tombe est à Bakersfield, en Californie. Elle avait huit ans quand elle est morte.

De la pitié transparaissait dans sa voix pour les enfants qui n'avaient pas eu la chance de grandir, ainsi que pour leurs parents, peut-être. Seth percevait aussi un immense regret, probablement parce que, tout compte fait, voler ces identités ne les avait pas mis à l'abri, Jacob et elle.

— Pendant combien de temps êtes-vous restés en Californie du Sud ?

— Un an et demi. Jacob est né là-bas.

— Comment avez-vous su que votre ex-mari vous avait retrouvés ?

Elle ne semblait pas s'apercevoir qu'elle s'étreignait elle-même avec force, remarqua Seth.

— J'ai vu le même homme plusieurs jours d'affilée, répondit-elle. Je l'entrapercevais, rien de plus. Au supermarché, près de l'arrêt du bus que je prenais pour aller au travail. Celui non loin de la crèche de Jacob. Cette fois-là...

Elle se balança légèrement d'avant en arrière.

— ... Il pointait un appareil-photo sur moi. Avec un énorme objectif.

— Qu'avez-vous fait ?

Seth ne parvint pas à contrôler le grondement dans sa voix. Sa colère sembla apaiser Helen.

— En arrivant au bureau, je suis descendue du bus et je suis entrée dans le bâtiment, comme d'habitude, mais je suis aussitôt ressortie par le parking souterrain. J'ai pris deux bus différents jusqu'à la maison. J'ai entassé quelques affaires dans une valise, je suis allée chercher Jacob et j'ai pris la route.

— En direction de Bakersfield.

— Oui. J'avais décidé de rester à l'écart des grands axes.

— Et ensuite, vous avez pris le chemin de la maison.

Elle mordilla sa lèvre inférieure pendant une minute avant de relever les yeux sur lui, une lueur désespérée dans le regard.

— C'était peut-être stupide, je ne sais pas. Je me suis dit que ce serait la dernière chose à laquelle Richard s'attendrait.

— La question, c'est de savoir comment il vous a retrouvés. Et s'il s'agit vraiment de lui.

— Pourquoi est-ce que quelqu'un d'autre me surveillerait ? Ou engagerait un enquêteur ?

S'avouant vaincu, Seth haussa les épaules, puis se mit à l'interroger. Avait-elle gardé des passe-temps datant de l'époque de son mariage ?

Non. Elle le regarda comme s'il était fou. Comment une mère célibataire doublée d'une femme active était-elle censée avoir assez de temps pour des hobbies ?

Et le travail ? Faisait-elle le même genre de métier qu'avant ou pendant son mariage ?

Richard ne l'avait pas laissée travailler à l'extérieur. Son insistance sur le sujet avait été le premier indice qu'un piège se refermait sur elle. Et non, elle ne faisait pas le même métier. À l'époque, elle avait travaillé dans le secteur du développement local, et plus particulièrement sur le problème du nombre croissant de sans-abri à Seattle.

— C'est comme ça que je l'ai rencontré, expliqua-t-elle, les ongles enfoncés dans le haut de ses bras. Il... Je me suis adressée au conseil municipal. Il est venu me parler après.

Seth dut faire un effort pour dissimuler sa réaction.

— Parlez-moi de votre famille.

— Mon père est mort il y a cinq ans d'une crise cardiaque. Il n'y a plus que ma mère, ma sœur Allie et moi.

— Êtes-vous en contact avec elles ?

— Pas vraiment. Je ne sais pas ce qui peut être tracé ou pas. Une fois de temps en temps, j'achète un de ces téléphones bon marché et je le jette après l'avoir utilisé. C'est tout.

— Vous appelez toujours votre mère ? Votre sœur ?

— Non, j'alterne. Et comme ma mère a toujours une ligne fixe, je me sers parfois de ce numéro-là.

— D'accord.

Il fit jouer ses épaules pour dénouer ses muscles crispés. Il en arrivait au sujet qu'il allait vraiment détester.

— Parlez-moi de votre mariage.

Les premiers mots à sortir de la bouche de Helen furent « J'étais stupide ». Avant même que Seth ne secoue la tête, elle regretta de les avoir dits. Elle n'était pas si naïve. Elle était une femme intelligente et instruite, qui avait lu beaucoup de choses sur les relations violentes. Elle avait appris comment les hommes manipulateurs et assoiffés de pouvoir s'enroulaient lentement autour de leur proie. C'était comme de tremper un orteil dans l'eau froide, puis d'y mettre la cheville, et ensuite la cuisse – à cette étape-là, elle avait compris qu'elle était dans le pétrin. Après avoir plongé dans les profondeurs glacées, il n'était pas si facile d'en ressortir.

— Ce qui s'est passé est de sa faute à *lui*, répliqua Seth.

— Oui. Oui, en effet, acquiesça-t-elle avec force.

Grâce à l'aide psychologique qu'elle avait reçue lorsqu'elle était dans le refuge pour femmes battues, elle avait retrouvé l'estime d'elle-même. Pour elle, c'était arrivé vite, parce qu'elle avait échappé à son mari sans trop tarder. Leur union n'avait pas duré deux ans.

— Pourquoi êtes-vous tombée amoureuse de lui ?

Elle se mit à contempler le mur pour ne pas voir ce que Seth pensait.

— Il est séduisant, répondit-elle d'une voix tendue. C'est probablement la personne la plus intelligente que j'aie jamais rencontrée. En apparence, il soutient beaucoup de bonnes causes. Il a… une espèce de champ de force. Je suppose que c'est du charisme, mais, une fois que les gens se font aspirer, ils veulent qu'il les aime. Ils ont aussi tendance à faire ce qu'il suggère.

— Comme s'il les ensorcelait.

— Oui. Je n'ai jamais réussi à savoir si ses positions sur ces sujets étaient sincères. Je lui ai peut-être permis d'assouvir son besoin de contrôle tant que j'étais là.

Elle s'en voulait d'éprouver de la honte. Elle le savait, elle n'avait pas à se sentir coupable, mais c'était une bataille qu'elle n'avait pas encore entièrement gagnée.

— C'était le schéma classique. Il ne voulait pas que je travaille. Il nous trouvait toujours quelque chose à faire quand je prévoyais de retrouver une amie, ou ma mère, ou Allie. Il faisait preuve d'une telle intensité que je ne me suis rendu compte de rien. Je croyais que ce genre de proximité fusionnelle était normal pendant la première année d'un mariage.

Elle émit un son trop discordant pour être un rire.

— Ensuite, il a changé d'attitude. Il cessait de me parler si je faisais quelque chose qui lui déplaisait. C'était affreux, parce que la moitié du temps, je n'avais pas la moindre idée de ce que j'avais fait ou dit. La première fois qu'il m'a frappée, j'ai failli le quitter, mais il s'est confondu en excuses, et j'étais sûre d'avoir provoqué sa colère, et...

Droite comme un piquet, elle n'avait pas bougé depuis qu'elle avait commencé son récit.

— Sauf qu'il a recommencé, et pas qu'une fois. J'ai pris la décision de partir. Malheureusement, la femme de ménage l'a appelé pour le prévenir que je faisais mes bagages, et il est rentré à la maison. Il m'a rouée de coups, au point qu'il a dû m'emmener aux urgences. Je crois que le médecin a eu des soupçons, mais j'ai inventé une histoire, parce que Richard était assis à côté de moi, à me tenir la main, à faire mine d'être amoureux et attentionné. Après cet incident, il m'a dit qu'aucune femme n'avait le droit de le quitter et que si j'essayais, il me tuerait. Alors je me suis demandé...

Elle hésita.

— Quoi ? s'enquit Seth.

— Il avait déjà été marié, à une femme qu'il avait rencontrée pendant ses études à l'université du Michigan. Elle était soi-disant morte dans un accident.

Il marmonna quelque chose qu'elle fut contente de ne pas entendre.

— À partir de ce moment-là, je suis devenue sa prisonnière. En plus de la femme de ménage qui vivait sur place, un homme a été embauché comme une sorte de majordome. En réalité, il faisait surtout office de garde du corps... et de gardien de prison. Par la suite, quelles que soient les précautions que je prenais, rien de ce que je faisais ne plaisait à Richard. J'ai rendu visite à la moitié des services d'urgences de la ville. Il a continué à recevoir des invités avec moi comme hôtesse, mais il veillait à ce que je ne sois jamais seule avec eux.

Elle poussa un long soupir.

— De toute façon, je ne suis pas sûre que j'aurais eu le cran de me précipiter sur un quasi-inconnu pour lui demander de l'aide.

— Mais vous avez fini par vous échapper, remarqua Seth d'une voix gutturale.

— Oui. J'ai attendu un moment où personne ne regardait. J'avais pris l'habitude de voler de l'argent à Richard, un petit peu à chaque fois. Il laissait sa monnaie ou quelques billets sur la commode le soir.

Elle haussa les épaules avec raideur.

— Je n'avais pas besoin de grand-chose. Quand l'occasion s'est présentée, je l'ai saisie. Je suis partie sans même un manteau sur le dos. Je ne pouvais rien emporter. J'avais... des bleus sur le visage. J'ai marché longtemps avant de trouver un taxi. Quand je suis montée dedans, le chauffeur m'a contemplée, puis m'a aussitôt amenée à l'hôpital. Une assistante sociale a contacté un centre d'accueil pour femmes. Quelqu'un est venu me chercher.

Quand elle s'interrompit, il déclara :

— Vous étiez enceinte.

Helen tourna lentement la tête vers lui. Il était impassible, mais ses yeux brillaient d'une lueur qu'elle reconnut comme étant de la fureur. Réconfortée par sa réaction, elle se détendit un peu.

— Ça faisait plusieurs semaines que je me sentais fatiguée et nauséeuse, mais je pensais que c'était le stress. Heureusement que je suis partie à ce moment-là...

À l'idée de ce qui se serait passé si elle était restée, elle en avait encore des frissons d'horreur.

— Il ne savait pas que j'étais enceinte.

— Avez-vous des cicatrices ? demanda Seth en se penchant en avant.

— Je... Deux ou trois, c'est tout. Il a... surtout cassé des os.

Un muscle joua sur la mâchoire du lieutenant, qui plongea son regard bleu dans le sien.

— Vous voulez bien me montrer ?

Stupéfaite, elle se tassa sur elle-même.

— Vous montrer quoi ?

— Vos cicatrices ?

Il avait besoin de preuves, supposa-t-elle. Au bout d'un moment, elle acquiesça.

Tandis qu'il reculait sa chaise, elle baissa la tête et tira sur le col de son sweat-shirt pour dévoiler le bas de son cou.

— Ça lui arrivait de fumer des cigares. Des cigares cubains hors de prix, bien sûr. Il m'a en quelque sorte poignardée avec le bout incandescent.

Ses doigts savaient retrouver la cicatrice à coup sûr, même si la peau à cet endroit n'avait plus aucune sensation. Malgré tout, elle aurait pu jurer sentir Seth l'effleurer du bout de l'index.

— J'en ai deux autres, mais il faudrait que j'enlève des vêtements, et je...

Ses joues étaient brûlantes. Elle ne voulait pas se déshabiller devant lui, pour toutes sortes de raisons.

— D'accord.

Il remonta doucement le col de son pull. Elle l'entendait respirer derrière elle. Que faisait-il ? Mais, quand il reprit sa place à la table, elle n'eut qu'à voir son expression sérieuse pour savoir ce qui allait suivre.

— Comment s'appelle-t-il, Helen ? demanda-t-il, avant de froncer les sourcils. Comment vous appelez-vous ?

Une bouffée de panique l'envahit.

— Vous ne pouvez pas...

— Je ne peux pas quoi ?

— Je ne sais pas ! s'exclama-t-elle.

Il était évident que Richard savait déjà où elle se trouvait.

— C'est juste que...

Il patienta.

Y avait-il la moindre chance qu'il l'interroge à propos de Richard sans découvrir le meurtre du garde du corps ?

Résignée, elle ferma les yeux. Que pouvait-elle faire d'autre que lui dire ? Pour l'instant, en tout cas, prendre la fuite n'était pas envisageable. Elle en éprouvait une sensation de claustrophobie.

Peut-être parce qu'elle était, encore une fois, prise au piège ? Et qu'un autre homme avait pris le contrôle de sa vie ? Oui, c'était indéniable.

Et pourtant... Elle ressentait aussi du soulagement. Elle ne voulait pas quitter la vie qu'elle avait ici et les gens qu'elle avait appris à apprécier. Se délester du fardeau de la responsabilité, même brièvement, avait quelque chose de libérateur.

Sauf si, bien sûr, elle finissait par se faire arrêter.

Le visage indéchiffrable, Seth continuait à l'observer.

— Richard Winstead, déclara-t-elle. C'est... un avocat d'affaires de Seattle. Il fait partie de plusieurs comités consultatifs nommés par le maire et les conseillers municipaux.

Sans parvenir à masquer son amertume, elle ajouta :

— Si vous vous renseignez sur lui auprès de son entourage, tout le monde le couvrira de louanges.

— Ce n'est pas le premier homme couronné de succès à battre sa femme. La violence conjugale touche toutes les couches de la société.

Elle déglutit, puis hocha la tête.

— Je m'appelle Robin Hollis.

Seth lui adressa un sourire un peu oblique, chaleureux, qui fit pétiller ses yeux.

— Merci, Robin.

Il reprit vite son masque de policier.

— Voilà par quoi on va commencer. Je pense qu'on devrait rassembler vos dossiers médicaux, si vous m'y autorisez

— Vous ne me croyez pas, s'exclama-t-elle, piquée au vif.

Sauf que... il avait dit « on ». Deux fois. Comme s'il envisageait une action commune.

— Si, rétorqua-t-il calmement. Ça serait utile de montrer à un juge des preuves irréfutables que vous avez subi des violences continuelles au cours de votre mariage. Les dates de vos passages dans les différents services d'urgences ont leur importance. Je ne serais pas étonné que des médecins ou des infirmiers aient noté des soupçons de violences conjugales quelque part.

Elle avait déjà envisagé de réclamer ses dossiers elle-même, mais avait eu peur de donner une adresse postale aux hôpitaux. En les faisant envoyer à sa mère, elle aurait risqué d'attirer l'attention sur elle. Elle avait toujours redouté ce que Richard pouvait faire à sa mère et à Allie pour la punir.

— Oui. Je signerai un formulaire d'autorisation.

— Très bien. On va commencer par ça.

Il tapa sur la glacière.

— Ce serait peut-être une bonne idée de remettre tout ça au réfrigérateur.

Soudain épuisée, elle se mit debout tant qu'elle en était encore capable et souleva le couvercle.

— J'ai aussi besoin de récupérer certaines de mes affaires dans la voiture. Ma brosse à dents, par exemple.

— Vous devez vraiment vous brosser les dents ?

Elle le regarda en clignant des yeux. Était-ce vraiment important ? Non.

— Non, je suppose.

Il secoua la tête et se leva.

— Il faut que vous alliez vous coucher. Je vais m'occuper de la nourriture.

— Mais...

— Je vais passer la nuit sur votre canapé, Robin.

— Pour m'empêcher de prendre le large après votre départ.

Il sourit.

— Je l'admets, ça m'a traversé l'esprit que vous risquiez d'essayer, mais je veux aussi que vous vous reposiez. Et je sais que ce ne sera pas le cas si vous guettez le moindre bruit.

Il avait raison. Une partie d'elle-même avait redouté qu'il parte. Mais elle se sentait coupable. Tout ce qu'il faisait dépassait forcément ses fonctions. Risquait-il d'avoir des ennuis pour être resté chez elle ?

— Si je promets..., commença-t-elle.

Seth secoua la tête.

— Allez vous coucher, Robin.

— Ça me fait bizarre d'entendre mon nom.

Il posa les mains sur ses épaules, la fit pivoter vers le salon et la poussa légèrement.

— Faites de beaux rêves.

Elle faillit sourire. Sa mère disait toujours la même chose après avoir bordé ses deux filles.

— Il y a un autre oreiller et des couvertures dans l'armoire à linge.

— Ça va aller.

De son côté, elle avait peur de ne pas fermer l'œil à force de réfléchir aux conséquences de ce qu'elle lui avait dit. Elle jeta un coup d'œil sur Jacob, comme elle le faisait toujours avant d'aller se coucher. Une fois dans sa chambre, elle commença à se déshabiller et ferma sa porte, puis l'entrebâilla à nouveau. Elle voulait pouvoir entendre Jacob en cas de besoin. Après avoir éteint la lampe de chevet, elle se glissa entre les draps et sombra dans le sommeil.

Seth s'allongea, un pied nu sur le sol, l'autre étendu au-delà de l'accoudoir. Le canapé faisait un lit d'appoint tout à fait convenable, pour quelque chose qui semblait avoir été acheté dans un vide-greniers. Il n'était pas assez long, voilà tout. Mais ce n'était pas ce qui l'empêchait de dormir.

À chaque fois qu'il l'imaginait attachant Jacob dans son siège auto avant de prendre la route, son ventre se nouait. S'il n'avait pas écouté son instinct, Helen – non, Robin – serait déjà loin, c'était évident. Il n'aurait sans doute pas réussi à se l'extraire de la tête avant longtemps.

Le fait de se repasser mentalement l'histoire de la jeune femme ne l'aidait pas non plus à trouver le sommeil. Au cours de sa carrière, il avait vu son lot de violences conjugales. Les brutalités sur les proches faisaient partie du quotidien d'un policier, qu'il travaille dans une petite ou une grande ville. Il ne s'était jamais expliqué comment il parvenait à contrôler sa colère dans ces situations. Il ne comprendrait jamais comment un homme pouvait vouloir faire du mal à une femme ou un enfant, et encore moins ceux qu'il aimait. Dans le cas de Helen Boyd, alias Robin Hollis,

Seth ressentait déjà pour elle beaucoup plus qu'il ne le devrait. En voyant sa cicatrice, il avait éprouvé une flambée de colère. Maintenant, quand il fermait les yeux, il voyait son visage gonflé, des bleus violacés, un œil enflé comme celui d'Iris Wilbanks.

Les pensées de Seth ne cessaient de se tourner vers la femme au bout du couloir. Mieux valait ne pas se demander si elle dormait sur le dos ou en chien de fusil, si elle était du genre à se blottir contre l'homme partageant son lit. Mais il avait du mal à s'en empêcher. Il aurait aimé en découvrir plus sur la femme qu'elle avait été avant d'être attirée dans l'orbite d'un monstre.

Le métier qu'elle exerçait avant son mariage suggérait que la compassion faisait partie de sa personnalité. Cela n'avait pas changé. Sa façon de s'agenouiller auprès de sa voisine blessée et de lui tenir la main en était l'illustration.

Malgré ses efforts, il ne put s'empêcher de repenser à ce qu'elle avait dit : elle avait été fatiguée et nauséeuse depuis quelques semaines avant de s'enfuir. Elle avait déjà dû haïr son ordure de mari au moment de tomber enceinte. Avait-elle coopéré, essayant de lui faire plaisir pour se protéger, ou l'avait-il tout simplement violée chaque fois qu'il en avait envie ?

Assure-toi qu'il existe bien un Richard Winstead marié par le passé à Robin Hollis, s'ordonna-t-il. Il croyait à l'angoisse qu'il avait vue sur son visage, mais il devait rester prudent. C'était peut-être cynique de sa part, mais il avait d'abord besoin de voir les dossiers médicaux et les radios.

Même s'ils s'étaient couchés tard, la nuit lui parut longue. Il se leva une fois pour aller aux toilettes. Après avoir éteint la lumière, il s'arrêta dans le couloir pour contempler le rectangle d'obscurité donnant dans la chambre de Robin. Il aurait voulu la voir, savoir si elle avait réussi à s'endormir.

Il finit par glisser dans un sommeil léger, dont il ne cessa de se réveiller en sursaut à intervalles réguliers. À chaque fois, pensant avoir entendu un bruit, il resta immobile, l'oreille tendue, jusqu'à ce qu'il soit sûr de s'être trompé. Il avait dû s'endormir plus profondément au petit matin, parce qu'en ouvrant les yeux il trouva une petite personne à moins de trente centimètres de lui. Il dut cligner des paupières pour faire le point sur les yeux caramel, les cheveux roux ébouriffés et les taches de rousseur. Ses narines frémirent à l'odeur prononcée d'urine.

— Salut, lança le petit garçon d'une façon engageante.

— Bonjour.

Seth dut se racler la gorge, avant de poursuivre :

— Tu as besoin d'un bain ?

Jacob acquiesça en silence.

— Une douche, ça t'irait ?

L'enfant écarquilla les yeux, visiblement inquiet, puis secoua la tête avec vigueur.

Seth se souvenait d'une époque où lui aussi avait été terrifié d'avoir de l'eau dans les yeux ou dans la bouche.

— Ta maman est réveillée ?

Autre dénégation.

Eh bien, ce serait une grande première pour lui, mais pourquoi pas ?

7

En se réveillant au son de l'eau en train de couler et d'un gros *floc*, Helen se redressa brusquement. Jacob n'avait quand même pas tourné le robinet tout seul ?

Elle bondit hors du lit et se rua vers la salle de bains. Avant même de l'atteindre, elle entendit la voix grave d'un homme, puis le gloussement de Jacob. Elle s'arrêta net dans le couloir, bouche bée, les yeux rivés sur la porte ouverte. Seth Renner – le *lieutenant* Renner – donnait un bain à son fils ? Avait-il tenté de la réveiller sans y arriver ? Quelle heure était-il, d'ailleurs ?

Elle retourna dans sa chambre et s'assit au bord du matelas pour voir le réveil : 8 h 56. Comme Jacob se réveillait en général vers 6 h 30, elle était incapable de dire depuis combien de temps elle n'avait pas dormi aussi tard.

Après avoir enfilé son vieux peignoir en tissu-éponge, elle reprit le chemin de la salle de bains.

— Maman ! s'écria Jacob gaiement.

Il commença à se lever, mais Seth l'en empêcha en posant la main sur son épaule maigre.

— Reste assis, mon grand. On ne voudrait pas que tu glisses et que tu tombes.

Puis il tourna la tête vers Helen et lui sourit. Assis sur le tabouret en plastique qu'elle avait acheté dans le but précis de surveiller les bains, il était vêtu du même pantalon kaki que la veille et d'un T-shirt blanc qu'il avait dû porter sous sa chemise.

Elle contempla ses pieds nus avec fascination.

Des grands pieds, correspondant à sa taille, avec quelques poils sombres sur les orteils. Des pieds costauds, songea-t-elle, pour la seule raison qu'elle les préférait à ceux de Richard, qui avaient été étroits et d'un blanc crémeux. Non pas qu'elle ait des raisons d'aimer les pieds de Seth, ni même de les observer.

— J'ai mouillé mes chaussettes, expliqua-t-il. Je ne me rendais pas compte du bazar que c'est.

— Pourquoi... ?

— Quand j'ai ouvert les yeux, je me suis retrouvé face à quelqu'un qui me dévisageait de près. Il a dit qu'il avait essayé de réveiller maman, mais qu'elle avait grogné et lui avait tourné le dos.

— Il n'a pas dit ça !

Il lui adressa un large sourire qui creusa ses pattes-d'oie.

— Il était content de trouver un remplaçant endormi sur le canapé.

Tout en secouant la tête, elle ne put s'empêcher de rire.

— Je n'arrive pas à croire que je ne me sois pas réveillée ! Qu'aurait-il fait si vous n'aviez pas été là ?

— Eh bien, je ne crois pas qu'il soit assez grand pour déverrouiller la porte d'entrée, mais il aurait pu accéder au frigo.

— J'ai faim, déclara son fils.

— Moi aussi, renchérit Seth en haussant les sourcils.

Jacob se trémoussa dans l'eau.

— Je veux des gaufres.

Seth n'avait-il pas l'intention de rentrer chez lui aujourd'hui ? se demanda Helen. À l'idée qu'il parte, elle éprouva une vive angoisse. Hier, le laquais de Richard avait essayé d'enlever Jacob en plein jour. Qu'est-ce qui pouvait l'arrêter quand son fils et elle se retrouveraient seuls ?

— C'est d'accord pour les gaufres, acquiesça-t-elle avec moins de légèreté qu'elle n'en avait eu l'intention. Sauf que j'aimerais bien prendre une douche d'abord.

— Je crois qu'il est temps que Jacob sorte de l'eau, de toute façon.

Seth sourit au petit garçon.

— Tu as les doigts et les orteils tout fripés.

C'était bien le cas, constata Helen. Depuis combien de temps était-il dans cette baignoire, à s'amuser et à barboter, pendant qu'elle dormait sans se rendre compte de rien ?

— Allez, mon grand.

Elle prit la serviette de Jacob sur l'étagère et la tendit à Seth. Elle effleura sa main au passage, mais fit semblant de ne pas le remarquer.

— C'est au tour de maman.

— Au tour de maman, répéta Jacob docilement.

Quand Seth avança le petit seau en plastique qui contenait encore quelques jouets, Jacob y rangea ceux qu'il avait utilisés pendant son bain.

Helen se figea. En faisant leurs bagages la veille, elle n'avait pas pensé à prendre les jeux de bain. Jacob adorait tout particulièrement son bateau rouge vif et le requin violet.

Seth l'observait, s'aperçut-elle. Comme il semblait lire ses émotions, elle s'obligea à sourire.

— Si vous pouvez gérer la suite tous les deux, j'ai besoin de trouver de quoi m'habiller.

Avec des vêtements propres qui n'étaient pas dans son coffre, se dit-elle. Au même instant, Seth demanda :

— Voulez-vous que j'aille chercher quelque chose dans la voiture ?

— Non, ça ira. Je n'essayais pas de... Vous savez.

Tout emporter.

L'expression de Seth changea, se faisant moins chaleureuse, mais il lui adressa un bref signe de tête.

Helen s'enfuit vers sa chambre.

Elle avait préparé les gaufres de A à Z. Seth ne se rappelait pas la dernière fois qu'il en avait mangé d'aussi bonne. Elle lui en avait même fait une seconde. Pendant qu'il la mangeait, Helen – non, bon sang, Robin ! – emmena Jacob dans le couloir pour utiliser son pot. L'enfant ne semblait pas avoir besoin de couche pendant la journée. Les nuits devaient être différentes.

— Il a le sommeil trop lourd, expliqua-t-elle avec un sourire tendre pour le garçon.

Après avoir rincé son assiette, Seth trouva les clés de la voiture dans une poche extérieure de son sac à main. Il sortit pour aller chercher dans le coffre sa première cargaison : deux sacs en toile en mauvais état.

Alors qu'elle revenait dans le couloir, elle vit ce qu'il portait.

— Oh ! ça, c'est...

Elle lui jeta un coup d'œil inquiet.

— Ils sont prêts en permanence. Vous savez...

— Des sacs spécial cavale.

— Quelque chose comme ça, admit-elle.

Il secoua la tête.

— Je rapporte seulement les cartons ?

— Non, j'ai aussi besoin des sacs, mais je peux vous aider.

— Ça ne me prendra qu'une minute.

Il retourna dehors avant de se remettre en colère contre elle pour avoir voulu lui fausser compagnie.

Une fois la voiture vidée, il revint dans la cuisine, où elle faisait la vaisselle.

— Je vais aller chercher mon ordinateur portable, annonça-t-il.

— Où êtes-vous garé ?

— Dans la ruelle derrière la maison de Mme Wilbanks.

Elle plissa les yeux.

— Rusé.

Il sourit sans rien dire. À son retour, il dressa la liste des hôpitaux et des centres de soins d'urgences dans le comté de King. Quand il la lut à voix haute, elle identifia six établissements où elle avait été soignée.

Six. Seth ne souriait plus.

Comme c'était dimanche, cela ne servirait à rien d'envoyer des requêtes avant le lendemain matin. En outre, il avait besoin qu'elle vienne au commissariat pour signer un formulaire d'autorisation qu'il pourrait scanner.

Entre-temps, il n'avait pas l'intention d'aller où que ce soit. Ce n'était pas un problème aujourd'hui, tant qu'il n'était pas appelé pour une intervention, ce qui pouvait arriver même pendant ses jours de congé. Dans ce cas-là, il devrait trouver une solution pour Robin et Jacob. Hors de question de les laisser sans protection.

Et d'ailleurs... Il rabattit l'écran et prononça ce qui devait être les mots préférés de la jeune femme :

— Il faut qu'on parle.

Face à son inquiétude, il secoua la tête.

— Rien de grave.

— Alors quoi ?

— Je ne veux pas que vous restiez ici, déclara-t-il de but en blanc.

Elle pinça les lèvres.

— Alors vous auriez dû me laisser partir, n'est-ce pas ?

— J'ai besoin de savoir où vous êtes.

Pourvu qu'elle ne comprenne pas à quel point il était sincère, songea-t-il.

Elle fronça les sourcils.

— Je suppose que je pourrais retourner au Lookout Inn. La sécurité là-bas doit être adéquate. Meilleure que dans une chambre d'hôtes.

— Mais pas suffisante. Ce serait facile de vous retrouver. Le mieux serait que vous disparaissiez, tout simplement. On va laisser votre voiture ici et sortir en toute discrétion par la porte de derrière pendant la nuit.

— Pour aller où ? s'enquit-elle, visiblement sur ses gardes.

Il aurait aimé pouvoir les ramener chez lui – et la force de ce désir était une bonne raison de tuer cette idée dans l'œuf. Sans oublier le fait qu'à moins de prendre des congés, il serait incapable de veiller sur eux pendant qu'il travaillait.

— Chez mon père.

Il aurait peut-être dû le contacter avant de faire cette proposition, s'aperçut Seth avec un temps de retard.

— C'est un ancien policier, et il a une grande maison.

— Vous plaisantez.

— Non.

Helen – décidément, il avait du mal – *Robin* secoua la tête.

— On ne peut pas débarquer comme ça chez votre père. Je ne l'ai jamais rencontré ! Et avec un enfant de deux ans ? Est-ce que vous lui en avez parlé, au moins ? demanda-t-elle avec une suspicion justifiée.

— Je vais l'appeler tout de suite.

Robin se leva d'un bond.

— Il y a forcément un autre endroit où on peut aller. Je suis devenue amie avec une de mes collègues...

Il se laissa aller contre son dossier et croisa les bras.

— Peut-elle vous protéger ? A-t-elle une famille que vous mettriez en danger ?

— Oh...

La mine hébétée, elle se laissa retomber sur sa chaise.

— Je suis désolé, Robin, fit Seth avec gentillesse.

Elle parut recouvrer ses esprits.

— Vous ne devriez peut-être pas m'appeler comme ça.

— Pourquoi pas ? Ça me paraît évident que votre ex connaît votre nom d'emprunt.

Tandis qu'elle faisait la moue, Seth sortit son téléphone et sélectionna le numéro de son père. Robin jaillit à nouveau de sa chaise, puis lança hâtivement :

— Je ferais mieux d'aller voir ce que fait Jacob. Et de vous laisser parler à votre père en toute tranquillité.

— Ça ne me dér...

Mais elle était déjà partie. Après tout, elle avait sûrement raison, songea-t-il au moment où son père répondait :

— Fiston ?

— Salut, papa. Écoute... J'ai besoin de te demander un service.

Il y eut une pause.

— De quoi s'agit-il ?

— Je cherche un endroit où une femme et son petit garçon pourraient passer quelques jours. Elle est dans le pétrin.

— Tu la fréquentes ?

— Non, rien de ce genre.

Avait-il l'air aussi faussement amusé qu'il en avait l'impression ?

— Je t'ai parlé du meurtre de l'agent immobilier. Elle a été tuée dans une maison qui est louée par la femme en question. Je pense que Mme Sloan a été assassinée par erreur. Elle ressemblait beaucoup à Mme Boyd.

Il se corrigea aussitôt.

— Hollis. Bon sang... Elle vit ici sous une fausse identité pour échapper à son ex-mari.

Silence. Seth s'était déjà inquiété par le passé pour des femmes impliquées dans ses enquêtes, mais il n'avait encore jamais demandé de protection pour l'une d'elles. Son père attendait d'entendre de quoi il s'agissait vraiment.

— Hier, quelqu'un a tenté de kidnapper son fils, expliqua-t-il. Elle l'avait laissé quelques heures avec sa voisine, une vieille dame qui s'appelle Iris Wilbanks.

— Je connais Iris, remarqua son père. Est-ce qu'elle a été blessée ?

— Ce type l'a frappée et jetée à terre, alors elle a une commotion cérébrale et un œil au beurre noir. Les médecins l'ont gardée une nuit en observation, mais elle rentre chez elle aujourd'hui. Comment l'as-tu rencontrée ?

— Elle travaillait à la bibliothèque. Une gentille dame.

— Oui, c'est vrai.

Seth soupira, puis lui raconta comment Robin avait foncé sans hésiter sur le kidnappeur et avait récupéré son fils. Il résuma le reste de son passé : l'ex violent, les changements d'identité, et même sa tentative de mettre à nouveau les voiles.

— Tu es en train de te rapprocher de cette femme ?

Son père le connaissait trop bien, songea Seth en faisant la grimace.

— J'essaye de ne pas le faire.

— Pourquoi ?

Il jeta un coup d'œil vers la porte, soulagé de voir qu'elle s'était tournée vers le couloir pour parler. Mais il baissa quand même la voix.

— Tu as vraiment besoin de le demander ? Elle est au cœur de mon enquête. Je ne peux pas encore jurer à cent pour cent qu'elle dit la vérité.

— Hum hum.

— Papa.

— Bien sûr qu'elle est la bienvenue ici, répliqua son père avec un sourire audible. Et ça ne me dérangera pas non plus d'avoir un enfant à la maison. Ça fait longtemps.

— Tu as eu tes petites-filles pendant deux semaines à Noël.

Grace, la sœur de Seth, essayait de venir à Lookout avec ses filles au moins deux fois par an, parfois avec son mari, parfois sans. La chambre aux lits jumeaux dans laquelle dormaient les petites serait parfaite pour Robin et Jacob.

— Je me demande vraiment pourquoi il a fallu que Grace se marie avec un homme installé à Chicago, maugréa son père.

— Peut-être parce qu'elle a fait ses études à la fac de Chicago, suggéra Seth avec amusement, habitué aux ronchonnements fréquents de son père sur le sujet.

Apparaissant sur le seuil, Robin hésita en voyant qu'il était toujours au téléphone. Il lui fit signe d'entrer.

— Je veux faire sortir Robin et Jacob de chez eux discrètement cette nuit. Tu n'auras pas besoin de te lever. J'ouvrirai la porte, puis je les installerai dans la chambre d'Ivy et Sara.

Son père poussa un grognement ironique.

— Tu sais bien que je ne dormirai pas pendant tout ça. Je viendrai au moins vous dire bonjour.

— D'accord, papa. Merci.

— Peut-être que je te verrai un peu plus souvent pendant qu'ils seront chez moi, ajouta-t-il après s'être raclé la gorge.

— J'en suis sûr.

Après avoir reposé son portable sur la table, Seth déclara :

— Papa est ravi de vous accueillir.

Il lui parla de ses deux nièces, de la chambre qu'elle partagerait avec Jacob, ainsi que de la quantité de jeux et de DVD pour enfants que son père avait chez lui.

— C'est quelqu'un de bien.

Elle lui lança un sourire en coin.

— Comme son fils, affirma-t-elle, avant de marquer une pause. La plupart du temps.

Seth éclata de rire.

La présence de Seth troubla Robin tout au long de la journée. Bien sûr, s'il n'avait pas été là, elle aurait été trop stressée pour faire quoi que ce soit. Elle se serait contentée d'écouter le moindre grincement ou de jeter un coup d'œil à travers les stores à chaque passage de voiture dans la rue. Au lieu de cela, elle se retrouvait avec un homme grand et sexy, qui s'était immiscé chez elle calmement, interagissait avec Jacob le plus naturellement du monde et parlait avec elle comme s'ils étaient des amis de longue date. Ou des amants.

Il ouvrait son ordinateur portable de temps en temps, semblant surtout lancer des recherches sur Internet. Cela la rendait nerveuse. Maintenant qu'il avait son vrai nom, il allait trouver plein d'informations sur elle, d'abord à cause du travail qu'elle avait effectué, ensuite du fait de son mariage à un homme éminent. Lisait-il des documents sur ses parents ? Et pour ce qui était de sa sœur ? Il n'avait aucune raison de se renseigner sur les problèmes de santé d'Allie, n'est-ce pas ? *Pourvu que non...*

Seth voudrait forcément en savoir plus sur Richard. Robin aurait aimé savoir ce qu'il pensait. Il relevait fréquemment les yeux pour les poser sur elle. À l'évidence, même s'il semblait immergé dans ce qu'il lisait ou dans ce qu'il faisait, il restait concentré sur elle.

Elle aussi était sensible à sa présence, de façon presque douloureuse. Il était séduisant, qu'il soit avachi sur le canapé, les pieds posés sur la table basse, ou assis, penché au-dessus de son ordinateur. Elle était fascinée par ses longs doigts, les tendons et les veines de ses mains, ainsi que par l'épaisseur de ses poignets et les muscles de ses avant-bras bronzés, visibles sous les manches de chemise roulées. Quoi qu'elle fasse, elle était incapable d'empêcher son regard de revenir sur lui. Et, le plus souvent, ses yeux à lui étaient déjà posés sur elle.

Elle devait se ressaisir. Elle ne pouvait pas oublier que ce n'était pas par amitié qu'il passait son dimanche ici avec Jacob et elle. Il était là pour s'assurer qu'elle ne s'enfuie pas. Et il veillait également sur eux, elle ne pouvait pas le nier.

D'autres facteurs entraient en ligne de compte. Après avoir échappé à Richard, elle n'avait jamais envisagé de laisser un homme l'approcher d'assez près pour la blesser à nouveau, que ce soit du point de vue émotionnel ou physique. Son séjour de plusieurs mois dans le refuge pour femmes battues avait renforcé sa détermination. Chacune de ses camarades avait fui un homme qui lui avait promis un jour de l'aimer et de la chérir, mais avait choisi à la place de faire usage de ses poings – ou de détruire sa confiance de façon systématique. Certaines étaient restées dans des relations violentes beaucoup plus longtemps que Robin. C'était en partie parce qu'elle avait eu plus d'assurance au départ et avait eu la chance de grandir avec des parents heureux en ménage. Dans ses souvenirs, son père riait souvent. Jusqu'au jour de sa mort, il avait regardé sa mère avec une étincelle spéciale dans les yeux.

En pensant à son père, Robin se sentait honteuse. Avec un tel exemple, comment avait-elle pu ne pas voir ce qui se cachait sous le charme de Richard avant de l'épouser ?

Mais elle savait aussi ce que son père dirait : « Tu es partie aussi vite que tu as pu. Tu feras tout ton possible pour qu'il n'ait jamais l'occasion de faire du mal à ton bébé. » Si son père avait toujours été en vie, elle aurait sans doute quitté Richard beaucoup plus tôt – et serait rentrée à la maison au lieu d'aller se cacher dans un foyer.

Mais à l'époque Allie n'avait pas été malade. Ou plutôt, personne n'avait encore su qu'elle n'avait qu'un seul rein. Leur mère n'était pas encore devenue rongée par l'inquiétude qu'elle éprouvait pour ses deux filles : celle qui était souffrante et celle qui prenait rarement le temps d'appeler ou de lui rendre visite, qui n'invitait sa mère et sa sœur à dîner dans son élégante maison qu'en de rares occasions. Lors de ces soirées, bien sûr, Richard avait veillé à ce qu'elles n'aient pas le temps de parler entre elles. Il s'était montré drôle et chaleureux, et elles aussi avaient été aspirées par son champ de force.

Jusqu'à ce que Robin les appelle du refuge pour leur expliquer les réalités de son mariage, elles avaient sûrement cru aux apparences : elle était heureuse de les avoir abandonnées pour une vie de paillettes avec un homme riche et influent en politique.

Elle chassa ces souvenirs de son esprit quand vint l'heure de border Jacob pour sa sieste.

— J'aime bien Seth, fit-il d'une voix endormie.

Elle embrassa sa joue ronde, puis murmura :

— Moi aussi.

Une fois dans le couloir, elle resta immobile face à la porte entrebâillée pendant une minute. Pourquoi Seth ? Pourquoi lui semblait-il aussi digne de confiance ? Pourquoi lui inspirait-il une telle réaction physique, alors qu'elle n'avait pas pensé à un homme de façon sexuelle depuis la première année de son mariage ?

Avec un soupir, elle retourna dans le salon.

Évidemment, il releva aussitôt la tête et riva ses yeux bleus sur elle. Tapotant le canapé, il déclara :

— Venez vous asseoir.

Elle se figea sur place.

— Est-ce que je vais avoir droit à un autre interrogatoire ?

— Non, répondit-il avec un léger sourire.

Elle s'approcha à contrecœur et s'installa à côté de lui. Quand il tourna son ordinateur vers elle, elle vit une photo de Richard, en pleine conversation avec l'ancien maire.

— Bel homme, remarqua-t-il d'un ton neutre.

Prise par surprise, Robin fut incapable de détacher le regard de l'image. Le corps sec et nerveux, le visage mince à l'ossature parfaite, avec une bouche sensuelle et des yeux très sombres sous des sourcils foncés.

Elle frissonna.

— Rien que de le voir, ça me donne la chair de poule.

Seth rabattit aussitôt l'écran.

— Je suis désolé. Bon Dieu ! Qu'est-ce qui m'a pris ?

— Vous… Vous vouliez en savoir plus sur lui.

Elle s'agrippa les avant-bras et enfonça les doigts dans sa chair.

— Robin, murmura-t-il en lui prenant les mains pour l'en empêcher. Arrêtez. Je vous en prie.

Elle secoua la tête.

— Je le suis en permanence sur les réseaux sociaux et aux informations. Je veux m'assurer qu'il reste bien à Seattle. J'ai déjà vu des photos de lui. Ce soir… Je ne sais pas pourquoi ça m'a fait un tel effet.

En réalité, elle savait pourquoi. C'était à cause de ses pensées, où elle avait comparé Richard à Seth. La façon dont son ex la touchait, ses reproches glaciaux… Tout ressortait de façon flagrante. Elle n'avait pas su qu'elle pouvait jouer la comédie jusqu'à cette dernière année, mais elle en avait détesté chaque instant.

Elle frissonna.

Avec une exclamation, Seth lui lâcha les mains et la prit dans ses bras. Sans hésiter un instant, elle se blottit contre lui, puis enlaça son torse musclé.

— Je suis désolé, lança-t-il d'une voix rauque. Je crois que je voulais...

Il déglutit. Robin essaya de lever la tête.

— Vous vouliez ?

— J'étais stupide. À lire des choses sur lui et à penser...

Il faisait cela sans arrêt. Il y avait quelque chose qu'il préférait ne pas admettre.

Quand elle chercha à se dégager, Seth la lâcha. Ils se regardèrent.

— Quoi ? demanda-t-elle, avant d'éprouver une bouffée de colère. Qu'est-ce que vous pensiez ?

Il tordit la bouche.

— Je me sens comme un péquenaud provincial en comparaison, voilà. Je sais que ça n'a rien de logique. J'éprouve le plus grand mépris pour cet enfoiré, mais ça ne m'a pas plu de savoir...

La mine consternée, il se tut et sembla se tasser sur lui-même sans qu'un de ses muscles ne frémisse.

Savoir quoi ? s'interrogea Robin. Elle était incapable de l'imaginer.

— Je peux comprendre pourquoi il vous a impressionnée, reprit-il.

Seth était doué pour s'ôter toute expression du visage, mais il faillit échouer.

— Non, répliqua-t-elle. Vous ne comprenez pas.

Elle posa la main sur son bras, qui devint encore plus rigide.

— Je n'étais pas attirée par sa richesse, ni par le fait qu'il semble avoir une énorme influence sur beaucoup de personnes importantes. J'avais horreur des réceptions qu'il trouvait normal d'organiser, et sa maison...

Elle retint de justesse un autre tremblement.

— On semblait avoir tellement de choses en commun. Il m'écoutait, il faisait mine de respecter mes opinions.

Sa bouche prit un pli amer.

— Et puis un jour, brusquement, il n'a plus voulu que je travaille. Il a commencé à se mettre en colère au moindre signe sous-entendant que *lui* ne suffisait pas à me combler. Oh ! et comment pouvais-je oser critiquer ses brillantes idées ? À cette époque-là, j'avais commencé à me demander si ce n'était pas l'opportunisme politique qui guidait ses prises de position.

Seth garda le silence, mais son front se plissa.

— Je sais que vous faites seulement votre travail, poursuivit-elle.

Elle fit un geste vague, visant à englober le canapé où il avait dormi la veille et le fait qu'il soit toujours là.

— Étant donné que vous doutez sûrement encore de tout ce que je vous ai dit, vous vous êtes montré gentil et protecteur. Jacob ne connaît pas beaucoup d'hommes, mais il vous a aussitôt fait confiance. Et vous êtes, eh bien...

Hors de question qu'elle finisse cette phrase-là.

Il arqua un sourcil.

— Gentil. Digne de confiance. On dirait un brave toutou que vous avez adopté au refuge du quartier.

— Ce n'est pas ça du tout.

Comme il semblait incrédule, elle lâcha :

— Il ne vous arrive pas à la cheville de quelque façon que ce soit.

Il l'observa, les yeux mi-clos. Puis il haussa les épaules et remarqua sèchement :

— Au moins, je ne bats pas les femmes.

— Vous savez que ce n'est pas ce que je voulais dire, marmonna Robin, les joues brûlantes.

Ses iris n'avaient jamais été aussi bleus qu'en cet instant. Tandis qu'ils se dévisageaient, elle sentit son rythme cardiaque s'emballer. Il ne la toucherait pas, elle le savait, mais une certitude troublante s'imposa à elle : il en avait envie.

Et elle était incroyablement tentée de prendre la décision à sa place.

8

Seth se leva du canapé sans prévenir.

— Je sors faire un tour d'inspection.

Assise dans un fauteuil à bascule, Robin était en train de lire – ou de faire semblant de lire, tout comme il avait prétendu être absorbé par l'écran de son ordinateur. Il avait remarqué qu'elle s'empressait de tourner une page à chaque fois qu'il jetait un coup d'œil dans sa direction, et rarement entre. À son annonce, elle se contenta de hocher la tête.

Il traversa la cuisine et la buanderie à grands pas. Aucune de ces pièces n'était éclairée. Robin n'avait pas non plus allumé la lampe du perron. La nuit était très sombre, s'aperçut-il en franchissant le seuil. Plus tôt dans la journée, le ciel s'était chargé de nuages. Le vent soufflait désormais en bourrasques dans la ruelle et le jardin. Seth s'arrêta à côté de la porte, le temps que sa vision s'ajuste.

En ville, l'obscurité était toujours relative, bien sûr. Un peu plus loin dans la ruelle, de la lumière sortait d'un garage ouvert. Des réverbères se dressaient au coin des rues dans tout le quartier. Mais les maisons qui entouraient celle de Robin n'étaient pas éclairées. Seth avait envoyé un agent chercher Iris à l'hôpital dans l'après-midi. Elle avait déjà dû aller se coucher.

Après avoir remonté la ruelle, il fit demi-tour et marcha jusqu'à la rue perpendiculaire, veillant à ne pas faire crisser le gravier sous ses semelles. À un moment, il perçut un mouvement du coin de l'œil et se crispa, jusqu'à ce qu'il voie un chat sauter par-dessus une clôture d'un mètre quatre-vingts. Sa voiture banalisée était toujours garée près du petit garage indépendant d'Iris.

En silence, il fit le tour de la maison de la vieille dame, puis de celle de Robin. Rien à signaler. À presque 21 heures, tous les habitants du quartier semblaient prêts à rester chez eux. Il n'avait pas entendu de moteur de voiture depuis qu'il était sorti, seulement quelques bruits métalliques en provenance de ce garage ouvert.

Se sentant toujours fébrile, Seth n'était pas pressé de rentrer. Il appréciait l'air frais et la distance avec la femme qu'il désirait, mais ne pouvait pas se permettre de toucher. Cela dit, Robin risquait de s'inquiéter s'il tardait trop. Avec un peu de chance, elle irait bientôt se coucher pour faire un somme avant leur évasion. À 4 heures, il ne devrait même pas y avoir un chat dans la rue, et l'aube serait encore lointaine.

Il venait d'entrer et de tourner le nouveau verrou fixé sur la porte de derrière quand il entendit un téléphone sonner. Sûrement celui de Robin. Étrange, étant donné que personne n'avait appelé de la journée. La seule fois où elle avait utilisé son portable était pour parler à Iris au retour de la vieille dame chez elle.

Pour ne pas la surprendre, il lança :

— C'est moi.

Sortant la carafe d'eau du réfrigérateur, il se remplit un verre.

— Seth ?

Elle venait d'apparaître à côté de lui, l'appareil à la main.

— C'est un numéro bizarre.

C'était sûrement innocent : un téléprospecteur, un membre de la famille utilisant un portable prépayé. Mais des menaces... C'était peut-être l'étape suivante. Il posa le verre sur le plan de travail.

— Répondez.

Les yeux rivés aux siens, Robin décrocha après la cinquième sonnerie.

— Allô !

Seth reconnut seulement une voix masculine, mais l'expression indignée de la jeune femme lui indiqua de qui il s'agissait.

— Comment as-tu eu mon numéro ? Et qu'est-ce que tu veux ?

Tandis que l'homme parlait, elle crispa les doigts sur l'appareil.

Seth réprima le désir de s'en emparer et de dire à cet enfoiré ce qu'il pensait des hommes qui terrorisaient les femmes.

Mais elle avait déjà repris la parole.

— Tu es fou, s'exclama-t-elle d'un ton à la fois cinglant et incrédule. Oh ! mais pourquoi est-ce que ça m'étonne ? Évidemment que tu l'es.

La voix de l'homme claqua comme un fouet, mais Robin se mit parler en même temps que lui, de plus en plus fort à chaque mot.

— La réponse est non. Je sais déjà que tu ne tiens pas tes promesses. Et surtout...

Elle criait presque à présent.

— ... Je n'abandonnerai *jamais* mon enfant à qui que ce soit, et surtout pas à *toi* !

Seth n'avait jamais entendu autant d'aversion dans la voix de quelqu'un.

Elle raccrocha au nez de son ex, puis lâcha le portable sur la table et se mit à arpenter la cuisine.

— Comment *ose-t*—il m'appeler ? A-t-il cru ne serait-ce qu'une seconde que j'allais lui donner Jacob ? Ou est-ce qu'il me provoquait, tout simplement ?

Quand elle repassa devant lui, il l'arrêta d'une main sur le bras.

— Répétez-moi ce qu'il a dit.

— Qu'il me laisserait partir si je lui donnais son fils. Si je signais un document attestant que je lui cédais la garde.

— C'est culotté.

— Il se croit intouchable. Qui accepterait de me croire si je racontais ce qu'il m'a fait ? Si je révélais le genre d'homme qu'il est en réalité ?

— Moi, répliqua Seth simplement.

La bouche entrouverte, elle cilla.

— Je... Comment faites-vous ?

Un peu choqué par sa réponse – ou plutôt, par le fait de croire en elle à ce point —, il secoua la tête.

— Peu importe. Je regrette de ne pas avoir enregistré cet appel. Il a quasiment admis qu'il était responsable de la tentative d'enlèvement.

— Oui.

Ses épaules se voûtèrent.

— Je le déteste.

— Ouais..., murmura-t-il d'un ton rauque.

Il voulait la prendre dans ses bras, comme il l'avait fait pendant ces brefs instants sur le canapé, mais il devait garder ses distances. Il ne la considérait plus comme une suspecte, mais ce serait complètement inapproprié de lui faire des avances. Il refusait de la mettre dans une position où elle se sentirait contrainte à faire quoi que ce soit. Elle avait besoin de pouvoir compter sur lui. Quant à lui, il avait intérêt à mettre son instinct de côté et à voir des preuves, avant d'accorder à Robin Hollis-Helen Boyd-Megan Cobb toute sa confiance... Et ce quelque chose en plus qui formait un nœud au niveau de son plexus.

Munie d'un carton et d'un des grands sacs-poubelle noirs rempli de vêtements, Robin avança dans la ruelle. Elle ne cessait de tourner la tête dans tous les sens, même si elle ne distinguait pas grand-chose dans l'obscurité. À ses côtés, Seth portait Jacob, qui était toujours à moitié endormi, ainsi qu'un sac en toile.

Ils venaient d'arriver à la voiture de Seth lorsqu'elle poussa une exclamation étouffée.

— Son siège auto, chuchota-t-elle.

— Il est là.

Il ouvrit la portière arrière et installa Jacob en douceur. Il l'attacha avec une dextérité indiquant qu'il n'était pas néophyte en la matière.

— Je l'ai récupéré tout à l'heure, murmura-t-il. J'ai aussi pris son pot. Heureusement qu'il n'en a pas eu besoin.

Elle articula un « merci » silencieux, sans savoir s'il avait compris. Ils déposèrent les sacs sur la banquette et sur le sol près de Jacob, puis Seth lui fit signe de s'asseoir à l'avant.

— Bouclez tout. Je vais chercher le reste.

Après avoir obéi, elle le suivit des yeux dans le rétroviseur latéral, tandis qu'il s'enfonçait à nouveau dans l'obscurité. Ils étaient seuls, songea-t-elle, sentant des picotements d'appréhension remonter le long de sa colonne vertébrale. Et si quelqu'un jaillissait de l'ombre en cet instant ? L'homme à la cagoule pouvait briser la vitre d'un coup de marteau, déverrouiller la portière arrière et s'emparer de Jacob avant qu'elle ne puisse réagir. Elle pouvait être abattue par une balle tirée de n'importe où. Richard avait juré plus d'une fois qu'il la tuerait si elle s'enfuyait. Maintenant qu'elle avait rejeté le « marché » qu'il lui avait proposé, jusqu'où était-il prêt à aller ? Malgré toutes ses positions progressistes, il possédait une belle collection d'armes, comprenant des pistolets 9 mm, des fusils et pire encore.

Elle aurait dû parler de ces armes à Seth et lui dire que Richard était un excellent tireur. Seth était-il armé ce soir ?

Rien ne bougeait dans les ténèbres. Elle se tourna pour observer Jacob. Il s'était affalé sur le côté, à nouveau profondément endormi. Il avait l'habitude de se lever de bonne heure, mais elle pouvait sûrement passer l'aspirateur autour de son lit en pleine nuit sans le réveiller.

Où était Seth ? *Dépêchez-vous, je vous en prie.*

Comme par magie, une silhouette sombre se matérialisa derrière la voiture. Le hayon se souleva sans un bruit. Seth déposa ce qu'il portait dans le coffre, puis le referma avec un *clic* presque inaudible. Elle déverrouilla les portières pour le laisser entrer.

Dès qu'il fut au volant, il enclencha à nouveau la fermeture centralisée, avant de démarrer.

— Je parie qu'il nous surveille, remarqua Robin.

Tout en roulant lentement dans la ruelle, Seth lui lança un regard.

— La surveillance vingt-quatre heures sur vingt-quatre, ça coûte cher.

— Il est riche.

— Et ce n'est pas très discret dans une petite ville comme celle-ci. Vous ne pensez pas que vos voisins appelleraient la police s'ils remarquaient un homme assis pendant des heures dans sa voiture ? Ou rôdant dans la ruelle ? Ou traversant des jardins ?

Il posa sa main chaude sur la sienne.

— Arrêtez de vous inquiéter.

— J'ai oublié de vous dire que Richard possède des armes à feu. Il va au stand de tir plusieurs fois par semaine.

— Ah oui ?

Seth avait changé de ton.

— Est-ce qu'il vous a appris à tirer ?

— Il a essayé. Ça n'a pas été une réussite.

— Pourquoi ? demanda-t-il avec un intérêt non dissimulé.

Ils avaient quitté la ruelle et roulaient désormais dans une rue déserte.

— Ça m'a fait peur. La façon dont le pistolet a sauté dans ma main.

— Quel genre de pistolet ?

— C'était un Beretta M9, d'après ce qu'il a dit. D'une espèce de couleur beige.

Seth poussa un grognement.

— Coûteux, bien sûr. Trop gros pour vous. S'il avait réellement voulu vous apprendre, il aurait commencé par une arme ayant moins de recul et adaptée à des mains plus petites.

Richard avait-il vraiment voulu partager son hobby avec elle ? Étrange qu'elle ne se soit jamais posé la question, songea Robin. Rétrospectivement, elle devinait quel avait été son objectif : il avait voulu lui montrer à quel point il était dangereux avec une arme dans les mains. C'était de l'intimidation préventive. Si seulement elle l'avait deviné… Elle se serait acharnée à devenir une bonne gâchette rien que pour lui faire peur.

Au bout de quelques centaines de mètres, Seth reprit :

— Si quelqu'un vous tirait dessus là tout de suite, Richard serait mon principal suspect.

— Il n'imagine peut-être pas que je vous ai parlé de lui. Il pourrait penser que je me cache toujours derrière l'identité de Helen Boyd.

— Si notre plan fonctionne, il ne pourra pas vous retrouver de toute façon. Il croira probablement que vous êtes à nouveau partie.

— C'est ce que j'ai fait.

Il émit un léger rire.

— Moins d'un kilomètre et demi entre la maison de mon père et la vôtre.

Tout au long du chemin, Seth enchaîna les zigzags, gardant toujours un œil sur le rétroviseur intérieur. Robin l'imita de façon compulsive grâce au rétroviseur passager. Ils avaient quitté la ville lorsqu'il ralentit et tourna sur un long chemin de terre. D'après ce qu'elle pouvait voir, il y avait un verger d'un côté et un pré de l'autre.

— C'est ici que vous avez grandi ?

Il resserra un instant les mains sur le volant.

— Oui. Je me suis vraiment bien amusé ici quand j'étais petit.

De façon incongrue, elle remarqua :

— Vous êtes... Vous avez l'air de savoir vous débrouiller avec un siège auto.

— C'est une question ? demanda-t-il d'un ton taquin. J'ai deux nièces. Sara a sept ans et Ivy, quatre. Ma sœur les amène ici deux ou trois fois par an. Avec papa, on va passer un Noël sur deux à Chicago.

— Oh... C'est sympa.

— Quelle partie ?

— Tout, répondit-elle honnêtement.

Le fait de ne pas voir sa mère et sa sœur provoquait une douleur constante dans sa poitrine, empirée par la maladie d'Allie. Aucune d'elles n'avait rencontré Jacob. Il ne devait même pas comprendre le concept de grand-mère et de tante. L'accouchement aurait été très différent si sa mère et Allie avaient été près d'elle, avaient compté les doigts et les orteils, avaient tenu Jacob quand il était minuscule, enroulé dans une couverture d'où seule la tête émergeait.

Alors qu'il se garait devant une maison de type ferme, nichée au milieu de vieux arbres énormes, Seth lança d'une voix rauque :

— Votre famille vous manque.

Elle en avait révélé plus qu'elle n'en avait eu l'intention.

Découvrir à quel point il était proche des siens ne fit que renforcer sa résolution : il ne devait jamais découvrir qu'elle avait eu la possibilité de guérir sa sœur et ne l'avait pas fait.

Une porte s'ouvrit sur le côté de la maison, et de la lumière illumina aussitôt la pelouse. L'homme qui sortit de la bâtisse était presque aussi grand que Seth, avec de larges épaules et un pas assuré. Il semblait avoir les cheveux blancs.

Seth partit à la rencontre de son père, et ils échangèrent une étreinte virile. Intimidée, Robin descendit à son tour de la voiture.

Après avoir fait les présentations, Seth poursuivit :

— Rentrons. Le lit est prêt pour Jacob ?

— Bien sûr. Il n'a pas besoin de lit d'enfant ?

— Non, répondit-elle.

Elle parlait à mi-voix, comme si quelqu'un était susceptible de les entendre.

— À la maison, il dort sur un matelas par terre, mais un lit normal fera très bien l'affaire.

Michael Renner hocha la tête.

— Qu'est-ce que je peux porter ?

Seth souleva à nouveau Jacob et disparut dans la maison. Quelques jours plus tôt, elle aurait éprouvé le besoin anxieux de lui courir après. C'était bien trop facile de faire confiance à cet homme.

— La chambre est à l'étage, déclara son père. J'ai déjà réinstallé les barrières de sécurité en haut et en bas de l'escalier. Je les avais achetées pour mes petites-filles et je les ai gardées au cas où ma fille fasse un autre enfant.

Robin posa un des sacs en toile sur un tabouret. Il était rangé sous un comptoir à petit déjeuner intégré à un grand îlot en granit. La cuisine était magnifique, avec des meubles en érable de style Shaker, des fours à double cavité et une crémaillère en fer forgé où étaient suspendues les poêles au-dessus de la cuisinière. La pièce était chaleureuse et accueillante, contrairement à la cuisine de Richard.

— C'est superbe, complimenta Robin en regardant autour d'elle. Parfait.

Michael avait presque le même sourire que son fils, mais sa peau se plissait plus. Il était toujours séduisant, et ses cheveux n'étaient pas blancs comme elle l'avait cru, mais blonds. Ou un mélange des deux. Seth avait hérité ses yeux bleus de son père, mais tenait peut-être ses cheveux bruns de sa mère.

— Je l'ai fait rénover il y a quelques années.

Il parlait d'un ton apparemment désinvolte, mais Robin n'était pas dupe. Il devait savoir au jour près quand les travaux avaient été effectués. Il se racla la gorge.

— Ma femme, la mère de Seth, avait un cancer. Elle avait rêvé de rafraîchir la cuisine, et je voulais m'assurer que ce soit fait.

Il observa la pièce.

— Je regrette simplement de ne pas l'avoir fait plus tôt.

Robin fut étonnée de constater qu'elle avait posé la main sur son avant-bras et qu'il avait baissé les yeux dessus. Embarrassée, elle le lâcha.

Il sourit gentiment.

— Merci. Je vais vous montrer votre chambre. J'imagine que vous n'avez pas beaucoup dormi tout à l'heure.

Elle plissa le nez.

— J'ai essayé.

Il eut un petit rire bourru qui la charma.

— C'est très gentil de votre part, s'empressa-t-elle d'ajouter. Je veux dire, de nous accueillir comme vous le faites. Seth a affirmé que vous le feriez avant même de vous le demander. Je suppose que vous n'aviez pas vraiment le choix.

— Ne dites pas n'importe quoi, protesta-t-il avec une bonté tangible. Seth ne vous aurait pas amenés ici si vous n'étiez pas dans le pétrin. Je suis peut-être à la retraite, mais je ne suis pas incapable.

— Seth vous a-t-il parlé de l'homme qui a essayé d'enlever mon fils ?

— Oui.

— Je n'ai jamais eu aussi peur de ma vie.

Et cela incluait les deux fois où elle avait été sûre que Richard allait la tuer, quand il avait abandonné tout semblant de retenue.

— S'il se passe quoi que ce soit, sauvez Jacob en premier, je vous en prie. Quoi qu'il arrive.

Il étudia son visage d'un œil acéré, puis hocha la tête.

Au même instant, elle s'aperçut que Seth se tenait sur le seuil de la cuisine. Il avait certainement entendu sa requête. De toute façon, elle lui aurait demandé la même chose à la première occasion. Quand elle releva le menton, elle vit ses sourcils frémir. Il finit par acquiescer, comme pour indiquer qu'il avait bien entendu ce qu'elle avait dit. Et qu'il était d'accord, si elle ne se trompait pas.

Puis il entra dans la pièce comme si de rien n'était.

— De quoi avez-vous besoin à l'étage dans l'immédiat ?

Robin prit le sac qui contenait ses affaires de toilette, son pyjama, ainsi que des vêtements propres pour se changer demain matin. C'est-à-dire dans deux heures, grâce à Jacob et sa manie de se lever tôt.

Seth avait enroulé Jacob dans sa couverture doudou après l'avoir soulevé de la voiture, donc pas besoin de la chercher. Quant au lapin bleu, il se trouvait dans l'autre sac, dans lequel elle avait également rangé des vêtements de son fils et des jouets. Tout en le soulevant à son tour, elle éprouva un sentiment d'abandon inexplicable.

— Je suppose que vous allez rentrer chez vous.

Seth secoua la tête.

— Non, je vais dormir ici. Papa garde ma chambre pour moi, sauf quand ma sœur et sa famille viennent ici et en ont besoin.

— Oh.

À nouveau étrangement intimidée, Robin lança :

— Eh bien, bonne nuit, alors.

— À vous aussi.

Comme d'habitude, elle n'avait pas la moindre idée de ce qu'il pensait lorsqu'il la regarda suivre son père vers l'escalier.

Seth avait les tempes douloureuses et les yeux enfoncés à cause du manque de sommeil. Dès qu'il arriva à son bureau, il se versa sa troisième tasse de café de la matinée et décrocha le téléphone.

Il ne mit pas longtemps à trouver un sergent de la police de Seattle qui accepte de chercher de potentiels appels pour violences conjugales à l'adresse de Richard Winstead.

— Pas un seul, déclara l'homme au bout d'un moment. Vous savez qui est Winstead, n'est-ce pas ?

— Mieux que vous, à mon avis. Je suppose que la maison se trouve sur un immense terrain.

— J'appellerais même ça un domaine. Au bord de l'eau. Cette partie de Magnolia...

Il s'interrompit, avant de reprendre :

— Vous suggérez que les voisins n'auraient pas pu entendre de fracas ou de hurlements.

— Je pose la question.

— C'est une maison hideuse, remarqua le sergent Hammond d'un ton songeur. J'ai entendu dire que c'est comme celle de Bill Gates. Les lumières s'allument quand quelqu'un entre dans une pièce et s'éteignent quand il en sort. Ce genre de chose. Le chauffage et l'électroménager peuvent être contrôlés à distance grâce à une application. Je crois qu'elle a fait la couverture d'un magazine d'architecture, mais quand je suis passé devant, je me suis dit que les belles maisons en briques de chaque côté faisaient de leur mieux pour s'en écarter.

— Je vois ce que vous voulez dire, répondit Seth en se massant la nuque de sa main libre.

— Je croyais que Winstead était divorcé.

— C'est le cas. Sauf s'il s'est remarié et que je ne suis pas au courant.

— Attendez, je vérifie.

Le cliquetis des touches de clavier résonna au bout du fil.

— Non.

Une pause.

— Le divorce s'est fait à l'amiable. Y a-t-il quelque chose que je devrais savoir ?

— Son ex-femme se trouve ici, à Lookout. J'enquête sur le meurtre d'une femme retrouvée dans la cuisine de l'ex, à qui la victime ressemblait beaucoup. Je pense que c'était l'ex qui était visée.

— Robin Winstead.

— Robin Hollis, à présent. Elle a repris son nom de jeune fille. Et, oui. Elle dit que Winstead avait juré de la tuer si jamais elle essayait de le quitter.

— Vous avez des preuves ?

— J'y travaille. Ça vous va si je vous recontacte d'ici quelques jours ?

— J'ai hâte d'y être.

Seth remplit un formulaire de demande d'accès au dossier médical et en imprima deux copies. Il remonta ensuite en voiture pour retourner chez son père. Pourvu que Robin soit debout, songea-t-il. Quand il était parti, elle dormait à poings fermés, alors que Jacob était réveillé, frais comme un gardon. Après avoir jeté la couche trempée, Seth l'avait nettoyé et habillé, puis l'avait accompagné au rez-de-chaussée. À son départ, le petit garçon s'apprêtait à dévorer une pile de pancakes. Son père adorait faire des pancakes.

Lorsqu'il entra dans la maison, il trouva Robin sur l'un des tabourets de la cuisine devant une tasse de café. Elle avait le teint blême et les yeux cernés.

Il haussa les sourcils.

— Où est Jacob ?

— Votre père l'a emmené dehors. Apparemment, il y a une balançoire-pneu dans le jardin ?

— Exact.

Il s'installa sur le tabouret à côté d'elle, puis posa le dossier sur la surface en granit. Sa migraine se dissipa brièvement.

— Ivy et Sara l'adorent. Papa va le surveiller, ne vous en faites pas.

Ses taches de rousseur ressortaient plus que d'habitude, constata-t-il. Probablement parce que les cernes sous ses yeux étaient le seul élément de couleur dans son visage. Il avait envie de gommer ce stress de ses traits, de lui masser le cou et les épaules jusqu'à la faire gémir.

Bien sûr, il garda les mains sur ses cuisses, tandis qu'elle souriait d'un air las.

— Je sais. Votre père est vraiment adorable. Vous aussi. Jacob m'a dit que vous lui aviez encore donné son bain.

— Entre garçons, on doit se serrer les coudes.

Bon Dieu, il avait intérêt à repartir au plus vite. Il ouvrit le dossier et sortit un stylo de la poche de sa chemise.

— Il me faut votre signature.

Elle contempla le formulaire d'autorisation d'un regard vide, avant de commencer à le lire pour de bon. Elle signa les deux exemplaires, puis les poussa vers lui. Il ôta doucement le stylo de sa main.

— Faites la sieste en même temps que Jacob cet après-midi, Robin. Je parie que vous n'avez pas dormi plus de trois heures cette nuit.

Elle étudia son visage.

— Vous aussi, vous avez l'air fatigué.

— Je finirai plus tôt si je peux, grommela-t-il.

Il brûlait de dire et de faire une quantité de choses, mais il se retint. Il la laissa avec un « merci » poli et distant, qui lui donna envie de grincer des dents.

9

Le lendemain, Robin arriva à une conclusion : Seth comptait rester chez son père tant que Jacob et elle y seraient.

Elle était à la fois soulagée et perturbée par sa présence. Si Michael s'était retrouvé seul à devoir s'occuper de deux invités qui n'étaient même pas les siens, elle aurait culpabilisé. Mais, dès que Seth était à la maison, elle se sentait tout intimidée, sur le qui-vive. Elle savait à chaque seconde où il se trouvait, s'il la regardait, s'ils allaient s'effleurer en se croisant, de quoi elle avait l'air... Et elle savait toutes les choses terribles de son passé qu'il ignorait.

Quand il rentra du travail le mardi, son expression était assez sombre pour que Robin en soit alarmée. Son visage était plus dur que d'habitude, plus anguleux.

Tout en mettant l'eau des pâtes sur le feu, elle remarqua :

— Quelque chose ne va pas.

Il secoua la tête, mais les rides plus profondes sur son front et autour de sa bouche ne disparurent pas.

— Ça sent bon.

Elle faisait des spaghettis. Non seulement Michael affirmait en raffoler, mais c'était un repas idéal pour un enfant de deux ans.

— Alors pourquoi faites-vous cette tête-là ? demanda-t-elle avec véhémence.

— Quelle tête...

Il se frotta le visage d'une main sans que son expression ne change, puis regarda autour de lui.

— Où est papa ?

Elle fit la grimace.

— Où ça, à votre avis ? Il a créé un monstre quand il a mis Jacob sur cette balançoire.

Il esquissa un sourire, qui disparut presque aussitôt.

— J'ai reçu quelques-uns de vos dossiers médicaux aujourd'hui.

— Oh...

Elle garda les yeux baissés, incapable de croiser son regard, tandis qu'il reprenait :

— Plusieurs hôpitaux ont envoyé par mail des comptes rendus et des radios. Ça n'a pas été une lecture facile.

— Vous avez sûrement déjà été confronté à des cas de violences conjugales.

— Oui. Mais, bon sang, Robin, je ne connaissais aucune des femmes comme je vous connais. Je ne...

Il s'interrompit, comme s'il renonçait à ce qu'il voulait dire, puis reprit :

— Il y avait deux ou trois annotations exprimant des doutes sur la façon dont vous vous étiez blessée. J'ai du mal à comprendre pourquoi les médecins qui vous ont examinée n'ont pas appelé la police.

Elle serra ses mains l'une contre l'autre pour qu'il ne les voie pas trembler.

— Richard, voilà pourquoi. Il avait probablement rencontré la plupart de ces médecins à des galas de bienfaisance. Ça vous montre à quel point il est connu. Et habile aussi. En plus de toujours avoir une explication crédible, il était très doué pour paraître affectueux et effrayé pour moi. Avec le recul, je ne comprends pas pourquoi je n'ai rien dit. Je pensais peut-être...

Seth la coupa.

— Ce n'est pas votre faute, Robin. Les femmes battues demandent rarement de l'aide dans cette situation. Vous devez le savoir. Vous ne pensiez peut-être pas qu'on vous croirait et vous saviez quelles seraient les conséquences une fois de retour à la maison. Vous l'aimiez peut-être encore et vous espériez qu'il soit vraiment désolé.

— Non. Pas ça.

Elle saisit l'occasion d'échapper au regard inquiet de Seth en se tournant pour remuer la sauce et mettre les spaghettis dans l'eau bouillante.

— J'avais peur de lui. Et c'est sûr qu'il est beaucoup plus convaincant que moi. J'étais persuadée que personne ne me croirait.

— Même pas votre famille ?

— Si mon père avait toujours été en vie, je me serais réfugiée chez mes parents.

Du moins le pensait-elle.

— Mais si j'avais mis maman et Allie dans la position d'avoir à me défendre, je ne sais pas ce que Richard aurait fait. Il était coléreux mais, en général, il était surtout froid comme un serpent.

Elle ne put retenir un frisson.

— Il pouvait sourire à un moment et me flanquer par terre d'un coup de poing l'instant d'après. Comme ça, sans prévenir. Je ne voulais pas qu'il se rappelle que j'avais une famille.

Seth poussa un nouveau juron.

— Comment faites-vous pour parler de tout ça aussi calmement ? En cuisinant comme si c'était arrivé à quelqu'un d'autre ?

Elle le regarda avec incrédulité.

— Vous croyez que je suis *calme* ? Il est hors de question que je m'effondre en sanglotant, c'est tout. Il va falloir que vous affiniez vos dons d'observation.

Il bougea si vite qu'elle n'eut pas le temps de reculer. Il se trouvait désormais à quelques centimètres d'elle, les doigts tendus comme s'il voulait la toucher. Il affichait une expression pleine de regret, voire d'angoisse, qui noua la gorge de Robin.

— Je suis désolé, lança-t-il d'un ton brusque. C'était stupide de ma part.

— Non.

Ses yeux la brûlaient. Refusant de céder aux larmes, elle passa rageusement le dos de sa main sur ses joues.

— Oh ! flûte. Je suis en vrac.

— Robin.

Il referma les mains sur ses épaules.

— Je me suis promis de ne pas faire ça, mais je crois que j'ai besoin...

Il ne termina pas sa phrase, mais ce n'était pas nécessaire. Sa façon de l'étreindre voulait tout dire.

Elle réagit comme elle l'avait fait la dernière fois : en acceptant un réconfort qu'elle ne méritait pas, mais auquel elle ne pouvait pas résister. Elle posa la joue sur son épaule et l'enlaça à son tour. Appuyée contre son corps solide, elle s'imprégna de sa force. Encore quelques instants, et elle s'écarterait. Elle ne voulait pas que Michael les surprenne. Sans oublier qu'elle ne pouvait pas se permettre de flancher trop longtemps.

Elle sentait le cœur de Seth vibrer contre sa poitrine. Il baissa la tête et frotta la joue sur ses cheveux. À moins qu'il ne l'ait embrassée ? La boule dans sa gorge atteignait des proportions monumentales.

— Robin, murmura-t-il. Tu me chamboules complètement. Tu le sais, n'est-ce pas ?

Elle se redressa légèrement, de façon à voir son visage et ses yeux, qui n'avaient jamais été aussi bleus.

— Parce que tu as pitié de moi ?

— Je suis en colère pour toi, corrigea-t-il. Tu es une femme forte.

Sa mâchoire se contracta.

— Une belle femme. Et je n'aurais même pas dû dire ça.

— Pourquoi pas ?

— J'ai beau vouloir t'embrasser, j'ai surtout besoin que tu puisses me faire confiance.

Il émit un son guttural.

— Autrement dit, je devrais te lâcher.

Pourtant, il resserra son étreinte, ne serait-ce qu'un instant. Au contact de son érection, une onde de chaleur envahit le bas-ventre de Robin.

— J'aime avoir tes mains sur moi, admit-elle.

Il poussa un grognement.

— J'essaye d'être sage, là.

Elle brûlait d'envie de sentir sa bouche sur la sienne, mais comment pouvait-elle entamer quoi que ce soit alors qu'elle avait toujours des secrets ? Pourtant, elle ne put s'empêcher d'agripper sa chemise à deux mains, sans cesser de le fixer.

Il baissa lentement la tête, comme s'il voulait lui donner la possibilité de battre en retraite. Loin de s'enfuir, elle se haussa sur la pointe des pieds pour venir à sa rencontre.

Sa détermination ne devait tenir qu'à un fil, parce que Seth fit exactement ce qu'il s'était promis de ne pas faire : il embrassa la femme qui comptait sur lui pour protéger son fils et la garder en sécurité.

La femme qui l'avait attiré au premier regard.

Même s'il avait envie de la dévorer, il parvint à se maîtriser suffisamment pour faire preuve de douceur. Il effleura ses lèvres une première fois, puis une deuxième. En relevant la tête, il vit le plaisir mêlé d'étonnement sur son visage, ses yeux qui prenaient une nuance caramel, ses lèvres entrouvertes. Face à ce spectacle, il finit par craquer. Avec un grognement, il glissa la main à l'arrière de son crâne, orienta sa tête pour obtenir un meilleur angle et l'embrassa à nouveau. Tout en explorant sa bouche, il perdit toute notion de ce qui l'entourait. Plus rien ne comptait à part elle, le contact de ses seins contre son torse, la cambrure de son dos, son goût, son souffle, les sons légers et involontaires qu'elle laissait échapper. Il ôta l'élastique de ses cheveux, et la masse soyeuse s'étala sur sa main et sur les épaules de Robin. Puis il la prit par les fesses pour la soulever. Il la tourna vers l'îlot, afin de la déposer sur le plan de travail et de pouvoir ensuite se placer entre ses jambes.

Mais… il entendit une voix. Pas n'importe quelle voix. Celle de son père. Et elle était proche.

— Nom d'un chien, grommela-t-il en touchant son front du sien. Papa arrive.

Avec un gémissement étranglé, Robin s'écarta de lui.

— Jacob !

Son fils. Un petit garçon qui n'avait probablement jamais vu sa maman être embrassée par un homme auparavant. Même si Seth comprenait son inquiétude, il n'aimait pas la voir aussi choquée. Elle avait autant participé à ce baiser que lui.

Elle lui tourna le dos en marmonnant :

— J'ai failli oublier les légumes.

— Ça ne me dérange pas.

Il avait cherché à faire preuve de légèreté, mais sa voix était rocailleuse. Bon sang, hors de question que son père le voie comme ça.

Robin lui adressait un regard de reproche lorsque Michael et Jacob franchirent le seuil. Alors que Seth se dirigeait vers le seuil, le petit garçon se précipita vers elle.

— Maman ! Je suis monté *haut* !

Elle le serra contre elle en riant.

— J'en suis sûre.

— Je vais faire un brin de toilette, annonça Seth en continuant à marcher.

Il se lava les mains dans la salle de bains du couloir, puis patienta jusqu'à ce que son corps accepte la défaite. Rien d'autre n'arriverait ce soir. Comme la porte était ouverte, il entendit son père dire :

— Ça sent bon.

— Tel père tel fils.

Bon sang, il aimait même la voix de Robin, qui était incroyablement chaleureuse.

Décidément, il n'allait pas s'en sortir. Seth finit par fermer la porte de la salle de bains et s'observa dans la glace. Il y vit le même visage osseux que d'habitude. Il avait besoin de se raser, constata-t-il en se passant la main sur la joue. Et ses lèvres étaient peut-être un peu gonflées. Il ne s'était jamais trouvé beau, pas comme...

Dégoûté par lui-même, il s'aspergea d'eau froide. Ce n'était pas l'apparence physique qui faisait la qualité d'un homme. Et elle avait répondu à son baiser avec ardeur, ce qui l'amenait à croire que ce n'était pas une erreur.

Quand il retourna dans la cuisine, Jacob courut vers lui, et il le souleva au-dessus de sa tête. Le petit garçon poussa un glapissement ravi et éclata de rire, puis Seth le reposa par terre.

— Je crois qu'il est temps de manger, mon grand. Et si on t'installait à table ?

— Merci, fit Robin distraitement.

Ses joues étaient-elles roses à cause de la chaleur de la cuisinière ou parce qu'elle était gênée vis-à-vis de lui ?

— Michael, vous voulez bien sortir le pain à l'ail du four ?

La salle à manger formelle était rarement utilisée. La famille s'était toujours réunie dans la cuisine, où la table était assez grande pour six personnes. En plus des barrières de sécurité, Michael avait gardé une chaise haute, sur laquelle Seth attacha Jacob. L'enfant attrapa aussitôt sa cuillère et commença à la taper sur le plateau en scandant :

— Sghetti ! Sghetti ! Sghetti !

Il continua jusqu'à ce que Michael le distraie avec un morceau de pain.

Robin s'était immobilisée, les yeux sur son fils. Surprenant une expression étrange, de la mélancolie peut-être, sur son visage, Seth la rejoignit.

— À quoi penses-tu ? demanda-t-il à mi-voix.

— Quoi ? Oh ! au dîner, c'est tout.

— Non, pas seulement au dîner.

Alors qu'elle semblait se concentrer sur les spaghettis qu'elle égouttait, elle finit par répondre sur le même ton :

— Je me disais combien Jacob adore l'attention que vous lui portez, ton père et toi. Il n'a jamais vraiment été proche d'un homme. Quand le mari de la directrice de la crèche est dans le coin, Jacob est très timide avec lui.

Elle versa les pâtes dans un grand saladier en céramique, puis le lui tendit.

— La sauce est déjà sur la table. Je vais prendre les petits pois...

Elle regarda autour d'elle, comme si elle avait oublié quelque chose.

— Le parmesan ? suggéra-t-il.

Une minute plus tard, ils étaient tous assis autour de la table. Seth pensa à sa propre maison vide. Il n'aimait pas savoir que Robin et Jacob ne resteraient pas pour toujours. D'ailleurs... Et si c'était cela qui l'avait inquiétée, elle aussi ?

Son père et lui apportaient quelque chose d'important à Jacob. À l'évidence, Robin n'avait aucun homme dans sa vie susceptible de les remplacer, songea Seth en posant les yeux sur le petit garçon. Les joues barbouillées de sauce tomate, il passait allègrement de sa fourchette à ses mains pour manger ses pâtes.

— Sghetti, chantonna-t-il, la bouche pleine.

Seth se mit à rire.

— Viens par là que je t'essuie la figure.

Jacob se laissa faire, puis lui sourit et se passa délibérément les mains sur le visage.

— Message reçu, concéda Seth en riant à nouveau. On va attendre la fin du repas pour te nettoyer.

— C'est le plat de tous les dangers, remarqua Robin d'un ton amusé. D'où le bavoir géant que je lui ai mis.

— J'ai vu ça. Mais je crois qu'il a trouvé le moyen de se mettre de la sauce sur les manches.

Elle leva les yeux au ciel avec humour. Apparemment, elle n'était pas du genre à stresser pour ce genre de chose, constata-t-il avec appréciation.

Conscient du regard de son père posé sur lui, Seth se concentra une minute sur son assiette. Il venait de faire une découverte : il ne voulait pas d'un autre homme dans la vie de Robin, ou qui remplisse le rôle de père auprès de Jacob.

Cette prise de conscience fit vaciller son univers. Waouh... Il allait un peu vite en besogne. Certes, il savait désormais qu'elle n'avait pas exagéré les violences subies aux mains de Richard Winstead. Elle avait au moins dit la vérité là-dessus. Mais il restait mal à l'aise, en partie parce qu'elle aurait pu aller voir la police de Seattle. Elle avait bien dû le savoir. Quelle que soit la réputation de Winstead, ces dossiers médicaux étaient accablants, et Seth ne les avait même pas encore tous reçus.

Robin avait-elle toujours si peur de cet homme qu'elle en portait des œillères, persuadée de devoir passer sa vie à fuir ? Ou y avait-il autre chose ?

Comme si elle retombait en enfance, Robin fit tourner la balançoire sur elle-même, encore et encore, avant de s'installer sur le pneu. À l'époque, elle trouvait drôle de tournoyer jusqu'à ne plus pouvoir distinguer le haut du bas. Pourquoi cela aurait-il changé ?

Parce qu'elle savait déjà ce que cela faisait de voir sa vie partir en vrille ?

Et puis zut. Elle allait le faire.

Une jambe après l'autre, Robin s'installa dans le pneu usé jusqu'à la trame. Agrippant fermement la corde juste au-dessus du nœud, elle prit une profonde inspiration et leva le pied du sol.

Le pneu tourna une fois, deux fois, trois fois, prenant de la vitesse. Penchée en arrière, elle observa les branches de l'arbre et le ciel. Tout tourbillonnait si vite que ses yeux n'arrivaient plus à faire la mise au point. Oh non... De la bile monta dans sa gorge. Elle allait vomir. Elle devait s'arrêter... Avec un rebond et une boucle dans l'autre sens, le pneu cessa enfin sa course. Elle resta immobile un long moment.

— Alors... On s'amuse bien ? demanda Seth.

La main plaquée sur la bouche, elle s'extirpa du pneu, puis tomba à genoux dans l'herbe. Secouée de haut-le-cœur, elle éprouva une bouffée d'humiliation quand il s'accroupit à côté d'elle et lui frotta doucement le dos.

Heureusement, elle n'alla pas jusqu'à vomir, mais elle avait toujours le tournis et un goût horrible dans la bouche.

Avec une pointe d'humour dans la voix, Seth remarqua :

— Il faudrait me payer pour faire ça.

— Pouah, marmonna Robin en laissant pendre sa tête. Dire que je trouvais ça amusant...

— C'est moche de vieillir.

Elle avait mal aux abdominaux et continuait d'avoir une sensation de vertige.

— Tout à fait ce que j'avais besoin d'entendre.

Il eut un petit rire.

— Allonge-toi. Tu te sentiras mieux.

Comme elle n'était pas capable de faire grand-chose d'autre, elle s'étala sur le dos, les jambes et les bras en croix. Elle contempla à nouveau les branches au-dessus d'elle, qui se détachaient sur le bleu du ciel. Elles étaient toujours en mouvement... Non, seules les feuilles dansaient au gré du vent. Seth s'était relevé d'un mouvement fluide et la considérait de toute sa hauteur. En cet instant, il ressemblait à l'archétype du policier, avec son pantalon foncé, sa chemise blanche, son insigne accroché à sa fine ceinture noire et le gros pistolet sur sa hanche.

— Comment se fait-il que tu sois à la maison ? demanda-t-elle.

— J'ai décidé de prendre mon après-midi. Attends, je vais te chercher quelque chose à boire.

Il disparut de son champ de vision limité.

Quelque chose à boire ? Pour se rincer la bouche, bien sûr. Robin se passa la langue sur les dents et grimaça. En tout cas, il avait vu juste : elle se sentait mieux avec le corps en contact avec la terre.

Lorsque Seth revint, elle riva son regard sur la canette de soda au citron qu'il tenait.

Avec un rire, il s'accroupit derechef. Après l'avoir aidée à se redresser, il ouvrit la canette et la lui tendit. Puis il s'assit à son tour, le dos appuyé au gros tronc de l'érable, tandis que Robin buvait quelques gorgées prudentes.

— J'ai réfléchi, commença-t-il d'un ton nonchalant qui lui mit aussitôt la puce à l'oreille. Pourquoi n'appellerais-tu pas ta mère et ta sœur avec mon portable ? Ça ne risquerait rien.

Lorsqu'il sortit son smartphone d'une de ses poches, elle secoua vigoureusement la tête, presque paniquée. Ce n'était pas la réaction à laquelle il s'était attendu, elle le comprit en le voyant plisser les yeux.

Ou peut-être que si. Faisait-il seulement preuve de gentillesse en suggérant qu'elle appelle sa famille ? Ou avait-il des arrière-pensées ? Son téléphone était-il paramétré pour enregistrer tout ce qu'elle allait dire ?

C'était possible, même si elle se sentait coupable de le penser. S'il s'agissait de gentillesse...

— Pourquoi pas ? demanda-t-il doucement.

Et elle comprit. C'était un piège.

— Si je leur racontais ce qui se passe, ça ne ferait que les inquiéter. Je vais attendre jusqu'à... ce que tout soit réglé.

Autrement dit, jusqu'à ce que Richard soit derrière les barreaux ? Et même si cela arrivait, pendant combien de temps y resterait-il ? Il n'aurait aucun mal à payer une caution, ou à engager l'avocat le plus retors et amoral de Portland ou Seattle pour le représenter.

Si elle restait cachée, comment Richard pourrait-il être surpris à faire quoi que ce soit méritant une arrestation ? Seth, en tant que policier dans une petite ville, avait-il la moindre chance de prouver que son ex avait engagé le kidnappeur malchanceux ?

Bien sûr que non.

Croisant les jambes en tailleur, elle déclara d'une voix sombre :

— Qu'est-ce qu'on fait ici, Seth ? Jacob et moi, on ne peut pas devenir les invités qui ne repartent plus jamais. Ton père ne mérite pas ça. Je ne dis pas que je suis impatiente de rentrer chez nous…

La maison de location serait-elle un jour chez eux ?

— … Mais si je ne sers pas d'appât, on ne coincera jamais Richard. Et comment va-t-on s'y prendre, étant donné que je refuse de mettre Jacob en danger ?

— Je ne te demanderais pas…

Il paraissait offensé.

— Alors quoi ? s'exclama-t-elle en sautant sur ses pieds. Tu aurais dû me laisser partir.

Robin lui tourna le dos et fila vers la maison.

Elle était sous le coup du stress. C'était la seule explication. Ce qui était ironique, parce qu'elle ne s'était pas sentie autant en sécurité depuis des années. Après tout, elle était avec un lieutenant et un policier retraité, qui s'étaient donné pour mission de les protéger, son enfant et elle.

Si seulement Seth n'éveillait pas en elle des sentiments qu'elle avait crus morts à jamais… Après cette dernière année avec Richard, comment avait-elle pu se laisser aller de cette façon dans les bras de Seth ? S'ils avaient vraiment été seuls, elle ne l'aurait sûrement pas arrêté s'il l'avait emportée dans sa chambre.

Il était attiré par elle, soit, mais même en admettant que l'affaire trouve une résolution – quelle qu'elle soit – et que Robin reste à Lookout au lieu de retourner à Seattle, pourquoi choisirait-il une femme au passé aussi mouvementé, aux émotions aussi perturbées ? Il était grand, athlétique, sexy, avec des yeux d'un bleu étonnant… Il devait se faire draguer par les femmes en permanence.

Sans oublier l'éventualité qu'elle doive retourner à Seattle, non par choix, mais sous le coup d'une inculpation de meurtre.

Elle devait affronter la réalité : plutôt que de penser à un homme, elle ferait mieux de prier pour pouvoir retourner à Seattle et donner un de ses reins à Allie.

En jetant un œil par la fenêtre au-dessus de l'évier, elle aperçut Seth. Il revenait lentement vers la maison, le regard songeur, le front creusé de rides soucieuses.

Bien sûr, se dit-elle avec désespoir. Elle devait se le sortir de la tête. Rien de compliqué.

Si seulement il n'était pas omniprésent… et aussi sexy.

10

Après ses échanges avec le sergent Gordon Hammond de la police de Seattle, Seth commençait déjà à le connaître assez bien pour oser évoquer avec lui différentes stratégies. Robin avait raison : ils ne prendraient jamais son ordure d'ex-mari en flagrant délit s'ils ne lui tendaient pas une perche pour passer à l'action.

Ce matin, avec la permission de Robin, Seth avait envoyé ses dossiers médicaux à Hammond. Quand ils avaient parlé au téléphone, le policier avait semblé aussi abattu que Seth. Il avait trouvé plus compliqué que prévu de surveiller les déplacements de Richard Winstead.

— J'ai appris qu'il avait un avion privé. Si on avait un mandat, je pourrais être informé de ses allées et venues à Boeing Field, mais dans l'état actuel des choses, je n'ai pas de contact fiable là-bas. Certaines de ses activités sont médiatisées, mais je n'ai pas accès à tout son emploi du temps. J'aurais besoin de le faire filer vingt-quatre heures sur vingt-quatre pour en savoir plus.

— Qu'en est-il pour cette semaine ?

— Eh bien, en théorie, Winstead travaille à plein temps. Il est associé dans un gros cabinet d'avocats, après tout. En pratique, il assiste à toutes les réunions du conseil municipal. Et il fait partie d'au moins deux sous-comités. Au cours des deux prochaines semaines, toutes ces réunions auront lieu en journée.

— Quels comités ?

— D'une part, « Logement, santé, énergie et droit des travailleurs », un sacré méli-mélo, et d'autre part, « Gouvernance, équité et technologie ».

À en juger par son débit, Hammond lisait un site web ou ses notes.

— Les deux comités peuvent se réunir deux ou trois fois par semaine.

— Voilà un homme sur lequel on peut compter, remarqua Seth d'un ton pince-sans-rire.

Le sergent lâcha un grognement ironique.

— Je suppose que son activisme civique est bon pour le cabinet.

— Oh ! j'imagine qu'aux yeux de ses associés, ça fait partie de sa contribution aux bénéfices de l'entreprise.

Hammond reprit d'un ton plus sérieux :

— À mon avis, s'il n'assistait pas à une réunion où il était censé être, il devrait y avoir une trace quelque part.

— Je préférerais savoir à l'avance quand il n'est pas en ville, déclara Seth en posant les coudes sur son bureau. Et puis il y a le problème de ses sbires.

— Comme il n'y a pas de certitude que Winstead soit venu à Lookout, je dirais que c'est le problème principal.

— Mme Hollis a émis l'idée de servir d'appât. Ça ne me plaît pas, mais je réfléchis à une façon de donner l'impression qu'elle est rentrée chez elle.

Son service ne comptait aucune policière, mais il y en avait dans le comté et dans une ou deux villes voisines. Il pourrait peut-être faire appel à une collègue pour servir de doublure.

Il fronça les sourcils. Quelle probabilité avait-il de trouver une femme ressemblant un tant soit peu à celle qui lui donnait désormais des insomnies ?

— Si elle est prête à témoigner, fit le sergent d'un ton hésitant, on pourrait poursuivre Winstead pour violences conjugales.

— Même s'il était condamné, il sortirait de prison en un clin d'œil et il serait fou de rage.

— Comment l'a-t-il retrouvée ? Deux fois ?

Seth se pinça l'arête du nez entre le pouce et l'index.

— C'est plus difficile de disparaître aujourd'hui que par le passé. On le sait tous les deux. En outre, je n'ai pas l'impression qu'elle se soit fait aider par des professionnels.

— Et il peut se permettre de faire un chèque en blanc à un détective privé.

Seth grinça des dents.

— Si j'arrive à trouver de qui il s'agit, j'aurai deux mots à lui dire.

Hammond acquiesça, puis promit de prévenir Seth dès qu'il en saurait plus sur les projets de Winstead.

Une demi-heure plus tard, une fusillade signalée au lycée entraîna Seth loin de son bureau. Au cours des heures qui suivirent, il interrogea des douzaines d'élèves et les entraîneurs de base-ball. Il finit par arrêter un jeune crétin qui semblait choqué par la réponse policière et affirma :

— Si j'avais vraiment voulu tirer sur quelqu'un, je l'aurais fait ! Tout ce que j'ai fait, c'est...

Se mettre dans un sale pétrin. Mais, au moins, aucune victime n'était à déplorer.

Bien sûr, Seth passa le reste de la journée à faire des rapports. Il quitta le bureau avec un soulagement qu'il n'avait pas ressenti depuis longtemps. Mais en avait-il fini pour autant avec son travail ? se demanda-t-il. Contrairement à de nombreux policiers, il n'avait jamais été du genre à mélanger sphères professionnelle et personnelle. Pourtant, avec Robin et Jacob, il l'avait fait sans hésiter. À vrai dire, il n'était pas sûr de pouvoir refaire la distinction tant que ces deux-là n'étaient pas sortis de sa vie.

Seth continua à ruminer une bonne partie du trajet. Alors qu'il était à mi-chemin de chez son père, il s'aperçut qu'il n'avait prêté aucune attention à la circulation autour de lui. D'ordinaire, il le faisait instinctivement. Ces derniers jours, il avait été encore plus prudent que d'habitude, afin d'éviter de mener qui que ce soit à Robin et Jacob.

Derrière lui, il vit une berline argentée et un crossover noir. Il tourna brusquement au croisement suivant. Le crossover continua tout droit, tandis que la berline lui collait au train. Comme les deux routes étaient autant fréquentées l'une que l'autre, ce n'était pas forcément inquiétant. Seth tourna encore deux fois, et l'autre voiture disparut. Malgré tout, il zigzagua tout le reste du chemin. Quand il arriva devant la maison de son père, il resta sur ses gardes, guettant si des voitures passaient sur la petite route de campagne tranquille à l'autre bout de l'allée.

Une fois à l'intérieur, il salua tout le monde, puis alla se changer. Vêtu des vieux vêtements qu'il gardait ici pour aider son père au jardin ou au garage, il ressortit. Il savait où trouver le chariot à roulettes. Muni d'une lampe, il se glissa sous son pick-up Ford F-150. Il passa les doigts dans le pare-chocs et sous les plaques d'immatriculation, mais ne trouva rien.

Quand il se redressa, son père et Robin se tenaient au-dessus de lui.

— Problème de voiture ? demanda Michael.

— Où est Jacob ?

— Il regarde la télé, répondit-elle.

— Il n'y a pas de souci avec le pick-up. En réfléchissant, je me suis dit que ce serait très facile d'y poser un mouchard.

Il tourna les yeux vers Robin.

— Tôt ou tard, je vais mener quelqu'un jusqu'à vous.

— Charmante perspective.

Elle fit volte-face et repartit à la hâte vers la maison. Son père désigna le véhicule du menton.

— Tu es sûr que tu l'aurais trouvé ?

— Pas à cent pour cent, non. Je veux aussi vérifier à l'intérieur, même si les portières étaient verrouillées.

Michael haussa les épaules. Ils savaient tous les deux à quel point il était facile de faire sauter une vitre et de déverrouiller un véhicule. Les agents de la circulation avaient même l'outil nécessaire pour aider les citoyens qui avaient laissé leurs clés dans leur voiture. Seth était capable de le faire en moins de vingt secondes.

— C'est encore Robin qui cuisine ?

Son père fronça les sourcils.

— J'ai proposé de faire un barbecue, mais elle a insisté. Elle a l'air de croire qu'elle me doit quelque chose parce que je leur permets de rester ici. Comme s'ils étaient un fardeau.

— Alors qu'en réalité tu apprécies leur compagnie, répliqua Seth en souriant.

— Une gentille dame qui fait des bons petits plats, un chouette môme. Bien sûr que j'apprécie.

Son père sourit à son tour.

— Tu te rappelles à quel point Ivy pleurnichait ? Et cette période où Sara n'avait que le mot « non » à la bouche ?

— Ouais… Je pense que c'est pour ça que Grace a amené les filles ici à ce moment-là. Elle était prête à s'arracher les cheveux. Hou là… Jacob va forcément apprendre le pouvoir du « non ».

Riant de concert, ils retournèrent dans la cuisine, pour découvrir qu'il y avait à nouveau des spaghettis au menu.

Robin s'excusa.

— J'ai fait beaucoup trop de sauce. Je ne sais pas ce qui m'est passé par la tête. En général, à la maison, je la congèle par petites portions. J'aurais pu le faire ici aussi, mais je me suis dit : et si on en remangeait ?

— Sghetti, lança son fils joyeusement.

Il montra moins d'enthousiasme pour les brocolis, jusqu'à ce que Seth lève un morceau en disant « Regarde, un arbre » et l'engloutisse comme un monstre. Jacob s'empressa de l'imiter.

Robin secoua la tête.

— Pourquoi est-ce que je n'ai jamais pensé à ça ?

Une fois leurs rires calmés, son père demanda :

— J'ai entendu dire qu'il y avait eu une fusillade, aujourd'hui ?

Tandis que Robin posait des yeux inquiets sur lui, Seth répondit :

— Un crétin d'adolescent, bien sûr. Il était furieux parce qu'il s'est fait suspendre par l'entraîneur de base-ball après avoir été arrêté pendant une beuverie. Il a voulu se venger en lui faisant peur. Apparemment, ce gamin est un chasseur. Il a répété qu'il avait veillé à ne faire de mal à personne.

— J'espère qu'il est mineur, fit Michael.

— Il a eu dix-huit ans en janvier. Il est dans le pétrin, et je ne crois pas qu'il s'en rende compte.

Seth vit Robin contempler Jacob avec une appréhension manifeste.

Comme son père avait annoncé qu'il s'occupait de la vaisselle, il entraîna la jeune femme sur la terrasse pour parler. De cette façon, elle pourrait garder un œil sur Jacob pendant qu'il courait partout sur la pelouse.

— Sais-tu si Richard avait un enquêteur privé sous contrat ? s'enquit-il.

— Comme une agence, tu veux dire ? Pourquoi l'aurait-il fait ?

Elle grimaça.

— Enfin, avant de décider de me retrouver, évidemment.

— Il a peut-être d'autres problèmes à gérer. Tu n'es sûrement pas la seule personne à avoir vu derrière le masque.

Elle parut réfléchir, mais finit par secouer la tête.

— Je n'en sais rien. Son cabinet d'avocats doit bien employer des enquêteurs, non ?

Pas le genre que Winstead oserait utiliser pour ses basses besognes, songea Seth.

— A-t-il déjà reçu des menaces ?

— Pas que je sache, même s'il avait…

Elle masqua son inquiétude assez vite pour qu'il doute de ce qu'il avait vu.

— Même s'il avait quoi ?

— Eh bien, j'allais dire qu'il a un certain nombre d'employés de maison. Il aurait de quoi être protégé sur place.

— Possible. Conduisait-il lui-même ou avait-il un chauffeur ?

— Parfois, il se faisait conduire, répondit-elle lentement. La plupart du temps, non.

Il devrait demander à Hammond de se renseigner sur le personnel de Winstead, résolut Seth.

— Avait-il des employés que tu qualifierais de gardes du corps ?

Robin se leva d'un bond.

— Jacob ?

Seth, qui gardait lui aussi un œil sur l'enfant, l'avait vu marcher derrière le gros cèdre. Avant qu'il ne puisse prévenir Robin, la tête du petit garçon apparut de l'autre côté du tronc.

— J'étais caché, annonça-t-il fièrement.

— Ça suffit, de se cacher, répliqua-t-elle avec fermeté. Reste là où je peux te voir.

Seth intervint :

— Hé, j'ai vu un ballon de foot dans le garage. Je vais aller le chercher.

Il passa quelques minutes à montrer à Jacob comment taper

dans le ballon et avancer avec. C'était un modèle miniature, un autre souvenir des séjours de ses nièces ici.

Tout en rejoignant Robin sur la terrasse, Seth secoua la tête.

— Je crois qu'il lui faudra encore quelques années avant de pouvoir faire partie d'une équipe.

— Il a encore du mal avec la coordination, n'est-ce pas ?

— En effet.

Où en étaient-ils de leur conversation ?

— Le garde du corps, se souvint-il.

— Il en avait un, répondit-elle d'un ton posé. C'était son chauffeur occasionnel. Mais je me posais la question, parce qu'il ressemblait à un culturiste.

— Comment s'appelait-il ?

— Oh là là... Je ne le voyais pas souvent. McCoy ? McCormack ? Mc-quelque chose. Il n'a été là que la dernière année de notre mariage. Il s'est sûrement fait virer quand je me suis échappée.

Il y avait quelque chose de trop désinvolte dans sa façon de parler, se dit Seth en l'étudiant.

— Tu penses que son vrai rôle, c'était d'être gardien de prison ?

— Probablement. J'avais l'impression qu'à chaque fois que je sortais, il était là. Il débarquait du garage ou d'ailleurs, les yeux rivés sur moi. Tu penses bien que Richard n'aurait pas toléré l'incompétence.

— J'imagine que non.

Il ne pouvait pas deviner ce qu'elle ne disait pas, mais il était prêt à parier qu'elle cachait quelque chose. Avait-elle eu une relation avec cet homme ? L'avait-il aidée à s'enfuir ? Avait-il au moins fermé les yeux ? Non... Si c'était le cas, pourquoi Robin n'en parlerait-elle pas ?

Encore une raison pour laquelle il n'aurait pas dû la toucher...

— Est-ce que cet homme pourrait être celui qui a tenté d'enlever Jacob ?

— Non.

Comme par hasard, elle choisit cet instant pour tourner la tête et se concentrer sur Jacob. Il avait délaissé le ballon de foot et se laissait rouler le long d'une légère pente.

— Tu as l'air sûre de toi.

— Le type cagoulé n'était pas assez baraqué.

— Mais il l'était trop pour être Richard.

— Il y a… beaucoup de marge entre les deux, tu sais.

— Comme moi, alors.

Elle le regarda furtivement, faisant glisser ses yeux sur lui, de ses épaules à son torse et le long de ses jambes. Les joues rouges, elle répondit :

— Tu es au moins aussi grand que le garde du corps. Tu n'es pas… aussi musculeux.

Troublé par cette inspection prolongée et par son visage empourpré qui la trahissait, il dut changer de position pour cacher sa réaction physique. Il éprouvait la tentation de la taquiner, mais il n'avait pas oublié ce qu'il avait pensé tout à l'heure : il devait se concentrer sur l'affaire.

— Ta mère sait-elle que tu as retrouvé un cadavre chez toi ?

— Non ! s'exclama-t-elle en le fixant d'un air indigné. Je te l'ai dit !

— Tu as dit que tu ne voulais pas l'appeler maintenant. Tu lui as peut-être raconté au moment où c'est arrivé. Disons, quand tu étais à l'hôtel.

— Eh bien, non, je ne l'ai pas fait.

Il continuait à penser qu'elle lui cachait quelque chose, et il avait raison. Robin n'avait jamais été une très bonne menteuse, elle le savait. C'était plutôt ironique, étant donné qu'elle avait passé deux ans et demi à mentir à propos de quelque chose d'aussi simple que son nom.

Elle sentait le poids de son regard perçant et pensif, qui lui donnait envie de se dandiner… et de tout lui dire. Elle devait s'éloigner au plus vite.

Le ventre noué, elle demanda :

— On en a fini ?

— C'est possible, répondit Seth en haussant les sourcils. Ça ne veut pas dire qu'on soit obligés de rentrer.

— J'ai de la chance que Jacob se soit amusé tout seul aussi longtemps.

— Tu as raison. Je m'en occupe.

Il bondit de son siège avec souplesse et s'éloigna d'un pas athlétique. En un rien de temps, il se faisait pourchasser par un Jacob hilare à travers le jardin. Après s'être laissé rattraper, Seth inversa les rôles et se précipita sur son fils. Il souleva le petit garçon, le coinça sous son bras comme un ballon de football américain et courut tout autour de la pelouse.

Le souffle coupé, Robin commença à se lever. Jacob allait avoir peur… Mais non, pas du tout, constata-t-elle avec étonnement. Ils finirent tous les deux par s'affaler dans l'herbe en riant.

Elle aurait pu jurer que Seth s'amusait autant que Jacob. À cet instant, elle éprouva quelque chose qui ne lui était pas familier. Une sorte de langueur. Pourquoi Jacob ne pouvait-il pas avoir un père comme lui, plutôt que celui qu'il ne devait surtout pas rencontrer ? Pourquoi ne pouvait-elle pas avoir un homme comme lui dans sa vie ?

Seth était la contradiction incarnée : il combinait une détermination impitoyable et une aptitude à protéger avec de la gentillesse et un puissant instinct de défense. Il possédait cette réserve qu'elle estimait caractéristique des policiers tout en étant capable de vivre l'instant présent avec un petit garçon.

Il la désirait, mais il ne pourrait que la mépriser une fois qu'il saurait la vérité : trois ans plus tôt, suite à un test, elle s'était avérée compatible pour donner un rein à sa sœur, mais elle ne l'avait pas fait. Les séances incessantes de dialyse empêchaient Allie d'avoir une vie digne de ce nom. Elle ne pouvait pas travailler, ni même vivre seule. Si elle avait un petit ami, elle n'en avait jamais parlé au cours de leurs brèves conversations. Sa sœur devait la détester, songea Robin, assaillie par la sensation familière du dégoût d'elle-même. Quand elle avait détruit sa vie, elle avait aussi bouleversé celles de sa mère et d'Allie.

Elle ferait peut-être mieux de renoncer et de tout dire à Seth. Autant en finir une bonne fois pour toutes. Pourquoi repousser l'inévitable ?

Parce qu'il était policier. Il ne pourrait pas fermer les yeux si elle lui avouait avoir tué un homme. Certes, elle pouvait parler de légitime défense, mais comme elle était entrée dans la propriété sans autorisation, les forces de l'ordre ne verraient peut-être pas les choses de la même façon.

Sortant de ses pensées, elle s'aperçut qu'il s'était complètement immobilisé et l'observait avec attention. Pendant quelques secondes tendues, Robin fut incapable de détourner le regard. S'il réussissait à la percer à jour... Eh bien, qu'il le fasse.

Au bout du compte, elle finit par choisir la voie de la lâcheté et s'enfuit vers la maison.

Le vendredi, Seth passa quelques coups de fil aux autorités des villes voisines. Le département du shérif du comté de Hood River avait une femme parmi ses adjoints. Elle pourrait passer pour Robin aux yeux d'un observateur distant qui la verrait par la fenêtre de la maison. Mais, de près, elle ne tromperait personne.

Il y avait beaucoup de choses que Seth n'aimait pas à propos de cette idée de tendre un piège. À commencer par la possibilité que si Winstead était aussi doué que Robin l'affirmait, il pourrait se poster de l'autre côté de la rue, tirer une balle dans la tête de Jennifer Hadleigh et disparaître en quelques secondes. Bien sûr, il ne tarderait pas à découvrir qu'il avait tué la mauvaise femme – à nouveau —, et ce serait retour à la case départ.

Comme Seth n'avait jamais collaboré avec l'adjointe, il ignorait si elle était compétente ou pas. Ou si elle accepterait de participer à ce plan.

Il était sûr d'une chose : Robin s'opposerait à l'idée de mettre une autre femme en danger à sa place. Cela ne les obligeait pas à changer de stratégie, naturellement, mais même sans être particulièrement sensible, il savait que Robin éprouvait le besoin désespéré d'être aux commandes de sa vie, sans laisser les autres décider à sa place.

Parfois, la façon d'obtenir un résultat était aussi importante que le résultat lui-même.

Il ne cessait de repenser à l'expression mélancolique, voire triste, sur son visage lorsqu'elle le regardait jouer avec Jacob sur la pelouse. La veille, elle les avait laissés très tôt dans la soirée après avoir annoncé qu'elle allait se coucher. Ignorant la curiosité de son père, Seth l'avait suivie puis, d'une main sur le bras, l'avait arrêtée en bas des marches en murmurant :

— Tu n'as pas besoin de m'éviter comme ça.

Elle avait soupiré.

— Je n'ai aucune idée de quoi tu parles. Je suis fatiguée. Jacob est très matinal.

— Tu n'as aucune idée de l'envie que j'ai de démolir tous les murs que tu as bâtis pour garder les gens à distance.

— Non, je t'en prie, avait-elle répondu si bas qu'il avait dû se pencher pour l'entendre. J'en ai besoin.

Après s'être dégagée, elle avait foncé à l'étage sans un regard en arrière.

Il avait dû retourner au salon et se retrouver face à son père, qui le connaissait assez bien pour deviner qu'il était perturbé vis-à-vis de Robin. Heureusement, Michael était aussi assez malin pour ne pas le harceler sur le sujet.

S'obligeant à se reconcentrer sur le travail, Seth envoya un mail au sergent Hammond pour demander des informations sur les employés actuels et passés de Winstead. Il reporta ensuite son attention sur d'autres enquêtes qu'il avait un peu délaissées. Entre autres, une récente série de cambriolages, de voitures en maraude et de vols de courrier. Il finissait par se demander si tout cela était le fait d'une même personne ou de plusieurs.

Il avait commencé sa carrière au sein de la police de Portland et y était resté jusqu'à ce que sa mère tombe malade. Il avait pris ce poste à Lookout pour pouvoir être disponible pour aider ses parents. Après la mort de sa mère, quand son père avait surmonté le plus gros de son chagrin, Seth aurait pu retourner à la grande ville, afin de reprendre ses fonctions dans une agence de maintien de l'ordre beaucoup plus importante qu'ici. Mais il avait déjà découvert qu'il aimait le rythme du travail policier dans une petite bourgade, ainsi que l'indépendance d'être le seul gradé de la police de Lookout. Quatre ans plus tard, il n'éprouvait pas le moindre regret.

Le genre de criminalité qui était actuellement en hausse ici arrivait beaucoup plus fréquemment dans une grande ville. Un jour de patrouille, lorsqu'il était encore un bleu, il avait démantelé un réseau de voleurs par le plus grand des hasards. En tournant dans une rue d'un quartier résidentiel, il avait vu un homme garer une camionnette dans une ruelle, regarder autour de lui pour voir si quelqu'un l'avait vu, avant de longer une maison. Après s'être placé de façon à ce que la camionnette cache sa voiture, Seth avait patienté. Il n'avait pas été étonné quand l'homme avait réapparu, les bras chargés de son butin. En l'apercevant, le type s'était précipité au volant et avait essayé de s'enfuir. Seth avait déjà pris la précaution de bloquer ses pneus.

Tout compte fait, le matériel électronique et les bijoux qu'il venait de dérober n'avaient pas représenté grand-chose en comparaison de ce qui était déjà entassé à l'arrière de la camionnette. Une fois l'homme identifié par le lieutenant appelé sur les lieux, ils avaient retrouvé de nombreux biens volés dans son garage. Grâce aux empreintes, ils avaient coincé deux de ses amis, qui entreposaient encore plus de marchandises. De nombreuses personnes avaient été ravies de venir au commissariat pour identifier les affaires qui leur avaient été prises.

Seth avait déjà parlé aux agents de la circulation de Lookout, ainsi qu'au sergent de patrouille du comté. Il leur avait demandé à tous de garder l'œil ouvert pour une chose toute simple : une voiture roulant d'une boîte aux lettres à une autre – en particulier si le chauffeur vidait les boîtes plutôt que d'y glisser des prospectus, par exemple.

Tôt ou tard, un policier vigilant finirait par être au bon endroit au bon moment.

Tout en écoutant d'une oreille la fréquence de la police, il vérifia ses mails. Parfait, songea-t-il. Hammond lui avait déjà répondu.

En entendant la télévision, Robin se rendit dans le salon. Il s'agissait d'un *talk-show* ponctué de nombreux rires. Elle n'aurait jamais imaginé que ce genre de programme puisse intéresser Michael. Mais après tout, qu'en savait-elle ? Il était dans son fauteuil, les pieds relevés, et semblait suivre l'émission. Il avait peut-être l'habitude de passer toute la journée devant la télé. Il aimait sans doute les soaps et s'en était privé parce qu'il était embarrassé. Cela ne la regardait en rien.

Sans paraître se rendre compte de sa présence, il s'empara de la télécommande et zappa de chaîne en chaîne avec un agacement manifeste.

— Bonjour, lança-t-elle. Désolée de vous interrompre. Je prépare de la soupe et des sandwichs pour Jacob et moi. Je voulais savoir si vous étiez prêt à déjeuner.

— Vous n'avez pas à me servir.

Après avoir éteint la télévision, il lâcha la télécommande sur la table basse. Au bout d'une minute, il reprit :

— J'ai des brûlures d'estomac, mais ça me fera vraisemblablement du bien de manger quelque chose de léger.

— Vous êtes sûr qu'il s'agit de brûlures d'estomac ? Ça vaudrait peut-être la peine d'aller vous faire examiner dans un dispensaire.

Il lui sourit, puis abaissa le repose-pieds.

— Mon médecin m'a déjà prescrit des médicaments pour ce problème. Ça va et ça vient.

— Est-ce que je cuisine trop épicé ? Je pourrais...

Quand il riait, Michael ressemblait beaucoup à son fils, autant à la vue qu'à l'ouïe.

— C'est probablement ce fichu bœuf séché que j'ai décidé de grignoter tout à l'heure.

Elle pouffa de rire.

— C'est bien possible. Bon, en tout cas, le déjeuner sera prêt dans dix minutes.

De retour dans la cuisine, elle réchauffa la soupe et grilla des sandwichs au fromage. Ce serait peut-être un peu gras pour quelqu'un souffrant de brûlures d'estomac, mais Michael en déciderait lui-même.

Jacob, qui jouait jusque-là avec ses cubes, annonça qu'il devait aller aux toilettes. Alors qu'elle l'emmenait dans le couloir, elle entendit un bruit métallique derrière elle. La poignée de la porte de derrière qui tournait ? Seth était-il à nouveau rentré plus tôt pour une raison ou une autre ?

En tournant la tête, elle vit réapparaître un cauchemar.

Un homme masqué se tenait dehors. Levant un pistolet, il abattit la crosse sur la porte vitrée. Le verre se brisa, et il passa la main à l'intérieur pour toucher le verrou.

Robin se mit à hurler.

11

Les oreilles vibrant toujours à cause de son hurlement, elle recula hors de vue. Michael la rejoignit aussitôt. À son immense surprise, il tenait un gros pistolet qu'il avait dû avoir avec lui depuis le début sans qu'elle ne le remarque.

— Emmenez Jacob là-haut, ordonna-t-il à voix basse. Trouvez quelque chose pour vous défendre si vous le pouvez. Ne discutez pas. Et maintenant, *foncez*.

Elle souleva Jacob dans ses bras, se courba pour présenter une cible plus petite et courut.

L'intrus avait commencé à traverser la cuisine.

— Stop ! cria-t-il.

Mais elle était déjà en train de sprinter dans l'escalier. Elle était terrifiée pour Michael, mais Jacob était sa priorité.

Une balle s'enfonça dans le mur en plâtre juste derrière elle. Plus que trois marches, plus que deux. Pantelante, elle hésita. Où aller ? Dans quelle pièce ?

Une autre détonation retentit, puis encore une. *Par pitié, pourvu que Michael ne se fasse pas tuer.*

Elle se rua dans la salle de bains, ferma la porte d'un coup de hanche et déposa Jacob dans la baignoire en fonte.

— Allonge-toi, mon chéri. Ne te relève pas avant que je te le dise.

Elle s'empressa de verrouiller la porte. Lorsqu'elle se tourna à nouveau, elle vit que Jacob essayait de se relever.

— Reste allongé ! Tu m'entends ?

Elle ne lui avait jamais parlé aussi sévèrement. Elle ne pouvait pas se laisser attendrir par les larmes qui ruisselaient sur ses joues.

Des cris. D'autres coups de feu.

— Maman ? murmura-t-il tout en se roulant en boule au fond de la baignoire.

— Ne bouge pas, ordonna-t-elle sèchement.

Une arme. Elle devait trouver une arme.

Elle ouvrit l'armoire à pharmacie d'un coup sec, mais il n'y avait presque rien à l'intérieur. Elle y avait rangé du shampoing et du gel, mais pas de laque. Son déodorant en stick ne ferait pas de mal à une mouche.

Son regard tomba sur les toilettes. Sans hésiter, elle souleva le couvercle en porcelaine. Elle se positionna ensuite près de la porte et tendit l'oreille. Comme la maison était vieille, plusieurs marches de l'escalier grinçaient. Elle entendrait n'importe qui approcher.

Sauf s'il avait déjà abattu Michael et était monté à l'étage pendant qu'elle parlait à Jacob.

Plus effrayée qu'elle ne l'avait été pendant la tentative de kidnapping, Robin attendit en retenant son souffle.

Seth roulait en boule l'emballage du sandwich qu'il venait de finir lorsque sa radio se mit à crachoter.

Avec son calme habituel, la régulatrice donna le code pour des coups de feu.

— La personne qui appelle ne peut pas voir le tireur, mais pense qu'il ou elle doit être sur la propriété de son voisin. Appel à toutes les unités disponibles.

L'adresse était celle de son père.

Avec l'impression d'avoir été frappé en plein ventre, Seth mit son gyrophare et démarra au quart de tour. Il indiqua son emplacement actuel, puis annonça son intention d'intervenir, avec l'heure d'arrivée prévue. Deux de ses collègues se manifestèrent, ainsi qu'un adjoint du comté qui semblait être le plus proche des lieux. Déclenchant aussi la sirène, il fonça à travers les rues qui menaient chez son père.

Il décida de n'appeler ni son père ni Robin, au cas où ils se seraient cachés. Ce ne serait pas facile de prendre son père par surprise, se répéta Seth. Il avait une arme et n'avait perdu aucun de ses réflexes ni aucune de ses capacités.

Son père ferait n'importe quoi pour protéger Robin et Jacob.

Cinq minutes.

Si l'un d'eux mourait, si cet enfoiré enlevait Jacob... Seth avait mal aux mâchoires à force de les contracter, et la peur lui tordait le ventre.

L'adjoint signala qu'il tournait dans l'allée. Il ne voyait pas de véhicules et n'entendait pas de coups de feu.

Seth, qui roulait pied au plancher sur l'étroite route de campagne, n'était pas loin. Il décrocha sa radio.

— Je suis à deux minutes. Attendez les renforts.

Son collègue acquiesça.

Seth prit le virage dans l'allée à toute allure. Laissant la sirène et le gyrophare en marche, il remonta le chemin en cahotant.

Il s'arrêta à côté du véhicule de l'adjoint, qui était accroupi derrière une portière ouverte. Heureusement, il ne semblait pas assez jeune pour être un bleu. En outre, il portait un gilet pare-balles, tout comme lui. Après avoir été blessé lorsqu'il travaillait à Portland, Seth n'avait plus jamais négligé de mettre son gilet, même si c'était parfois inconfortable.

— C'est la maison de mon père, expliqua-t-il. Un enfant a failli être enlevé en ville il y a quelques jours...

— J'en ai entendu parler.

— Sa mère et lui sont coincés ici avec mon père, qui est policier à la retraite.

Ils décidèrent de se séparer. L'adjoint se dirigea vers la porte principale, tandis que Seth faisait le tour jusqu'à l'entrée latérale. Il tenait son Glock à deux mains, le canon pointé vers le sol. Le silence ne le rassurait pas. En entendant les sirènes, son père et Robin auraient dû sortir.

Quand il vit la porte grande ouverte, avec son panneau vitré brisé, il sentit la terreur l'envahir.

Elle allait s'évanouir si elle ne respirait pas, finit par comprendre Robin. Que diable se passait-il ?

De la baignoire montaient des sanglots étouffés et des hoquets, mais Jacob ne bougeait pas.

Allait-elle oser ouvrir la porte pour jeter un coup d'œil dans le couloir ?

Non. Si tout danger était écarté, Michael se manifesterait. S'il était mort... Ils n'étaient pas en sécurité.

Ses mains tremblaient. Elle posa le couvercle en porcelaine à côté du lavabo, mais ne le lâcha pas.

Elle devait croire que Richard ne tirerait pas à travers le battant. Il ne prendrait pas le risque de toucher le fils qu'il voulait récupérer par pur amour-propre. Comme c'était une vieille bâtisse, la porte de la salle de bains était en bois massif, pas en contreplaqué comme celle de sa maison de location.

Attends, s'ordonna-t-elle. *Attends.*

Si seulement elle avait son téléphone...

Sans horloge ni montre, elle ne se rendait pas compte des minutes qui s'écoulaient. Le temps semblait comprimé, ou peut-être étiré. Quoi qu'il en soit, elle était incapable de dire depuis quand elle n'avait rien entendu, hormis Jacob.

Soudain, des voix résonnèrent au rez-de-chaussée, fortes et impérieuses. Était-ce Richard, qui lui ordonnait de sortir et de lui remettre Jacob ? Non, c'était une exclamation d'angoisse. Et si c'était Seth ? Comment aurait-il pu savoir qu'il devait venir ici ?

Alors qu'elle se précipitait pour ouvrir la porte, elle renonça. Michael n'aurait pas eu l'occasion d'appeler les secours avant que les tirs ne s'arrêtent. S'il était vivant.

Non, elle n'osait pas croire que c'était la police.

Seth jura grossièrement en voyant son père sur le sol, appuyé contre le mur, mais penchant d'un côté. Sa main gauche était crispée sur son épaule ensanglantée. De la main droite, il tenait un pistolet qui reposait sur ses cuisses. Ses cheveux étaient maculés de sang et ses yeux, vitreux.

— Papa ! s'écria Seth en s'accroupissant et en lui ôtant doucement l'arme de la main.

— Je l'ai touché, cet enfoiré. Il devait porter un gilet.

— Mais pas toi.

Il aurait dû lui en procurer un, songea-t-il. Sauf qu'il s'était convaincu que personne ne retrouverait Robin ici.

— Robin et le petit, en haut, grommela son père.

— Le tireur ?

— Parti.

L'adjoint les rejoignit.

— L'ambulance est en route.

Seth pivota sur ses talons.

— Vous pouvez rester avec lui ?

— Oui. Je vais chercher quelque chose pour arrêter l'hémorragie.

Le policier revint quelques secondes plus tard avec une pile de torchons.

Sans rengainer son Glock, Seth monta les marches en silence. Si son père s'était cogné la tête, il avait pu perdre brièvement connaissance sans le savoir. Si c'était le cas...

— Robin ?

— Seth ?

En entendant sa voix, il sentit une bouffée de soulagement l'envahir.

— Jacob est avec toi ?

— Il est... On est dans la salle de bains.

Lorsqu'il déboucha dans le couloir et la vit en train d'attendre, il dut résister à l'envie de la prendre dans ses bras. Il lui ordonna de retourner dans la salle de bains le temps qu'il sécurise l'étage. Quelques instants plus tard, il contempla de la fenêtre de sa chambre le cirque à l'extérieur : il y avait désormais quatre véhicules de police avec gyrophare, ainsi qu'une ambulance qui remontait l'allée.

Comment l'intrus avait-il réussi à s'échapper ? Les routes avaient été désertes depuis au moins un kilomètre à la ronde.

Après avoir rengainé son arme, il retourna à la salle de bains. Cette fois, il ne put s'empêcher de serrer la femme et l'enfant contre lui, probablement un peu trop fort.

Assise sur une chaise, Jacob sur les genoux, Robin observait Seth faire les cent pas dans la salle d'attente. Il n'avait pas voulu qu'elle vienne à l'hôpital, mais comme elle le lui avait fait remarquer, il était désormais inutile de se cacher. Richard savait où elle était.

De toute façon, si Jacob et elle ne l'avaient pas accompagné, Seth aurait dû poster au moins un policier chez son père pour veiller sur eux. Cela ne semblait pas judicieux.

La culpabilité pesait sur son ventre comme un plat trop copieux impossible à digérer. À deux reprises, quelqu'un lui avait proposé un soda, mais Robin avait secoué la tête à chaque fois. Elle avait déjà mal au cœur.

Elle n'aurait jamais dû laisser Seth les emmener chez son père. À présent, Michael était au bloc pour se faire retirer une balle. Il avait été blessé à cause d'elle, et c'était aussi à cause d'elle qu'une femme sympathique avait été brutalement assassinée, endeuillant toute une famille. Elle avait l'impression de mettre en danger tous ceux qui l'entouraient. Tôt ou tard, Seth se rendrait compte qu'elle était une menace et aurait l'intelligence de prendre ses distances.

Au cours de son parcours autour de la pièce, il fit une pause devant elle.

— Ça va ?

Robin hocha la tête, même si ce n'était pas le cas.

— Je vais le prendre, déclara-t-il en se penchant pour soulever le petit garçon.

Quand il dormait profondément, Jacob pesait lourd. Elle avait perdu toute sensation dans son bras une vingtaine de minutes plus tôt. Malgré tout, elle ne put s'empêcher de protester :

— Je vais bien.

— Non, tu ne vas pas bien, grogna Seth sans interrompre son geste.

Les paupières de Jacob ne frémirent même pas au cours du transfert. Tout en le calant contre une de ses épaules, Seth se remit à marcher. La vision était incongrue, étant donné qu'il portait toujours un gilet en Kevlar et une arme sur sa hanche. Un homme simultanément capable de violence et de tendresse.

Elle l'imagina soudain en train de déambuler avec son propre enfant un jour. Pas de pistolet, un pantalon de pyjama porté bas sur ses hanches minces, son torse musclé nu pour calmer son bébé par un contact peau à peau. Patient, fort, affectueux.

La détresse monta en elle comme des eaux en crue derrière une digue.

Il serait un père merveilleux.

Elle devait bouger. Elle se leva avec raideur en annonçant :

— Je dois aller aux toilettes.

— Je t'accompagne.

— C'est juste à côté...

Il la fusilla de son regard bleu.

— Tu ne vas nulle part sans moi. Tu te rappelles ?

Robin hocha la tête et le suivit jusqu'aux toilettes au coin du couloir. Après avoir vérifié que la pièce était bien vide, il la laissa entrer.

Elle ne prit pas son temps comme elle l'aurait fait s'il n'avait pas attendu de l'autre côté la porte. Ils retournèrent ensemble dans la salle d'attente, et Robin reprit place sur sa chaise.

— Tu n'as toujours pas eu de nouvelles du sergent Hammond ?

— Ça ne fait pas très longtemps.

Pour Robin, l'attente semblait interminable. Sa perception du temps était vraiment faussée aujourd'hui.

Elle n'était pas certaine que ce soit Richard qui ait tiré sur Michael, mais elle le pensait. Bien qu'elle ait à peine vu l'intrus, elle avait reconnu sa voix. Elle *connaissait* sa voix.

Seth n'avait pas argumenté. En fait, avant même que son père ne soit installé à l'arrière de l'ambulance, il avait appelé le sergent de Seattle pour lui demander de localiser l'ex-mari de Robin.

Son masque autour du cou, le chirurgien entra dans la petite salle d'attente.

— Lieutenant Renner ?

Robin se leva sans réfléchir, tandis que Seth se tournait face au médecin.

— L'opération s'est bien passée, déclara celui-ci en souriant. On va garder votre père cette nuit, surtout à cause du risque de commotion cérébrale.

Une balle lui avait frôlé la tête. Bien sûr, Michael avait dit que ce n'était qu'une égratignure.

— Bien, répondit Seth d'une voix rauque. Quand puis-je le voir ?

— Dans environ trois quarts d'heure. Une infirmière viendra vous chercher.

Le chirurgien repartit aussi vite qu'il était apparu, et Seth se laissa tomber sur une chaise. Pour une fois, il laissait transparaître sa vulnérabilité.

— Bon sang... Dire qu'il a fallu que papa soit à la retraite pour se prendre une balle...

La culpabilité de Robin augmenta. Elle s'obligea à se rasseoir, mais sentait tout son corps vibrer.

— Tu veux dire qu'il a dû attendre de *me* rencontrer pour se prendre une balle ! s'exclama-t-elle.

Seth fronça les sourcils.

— Il voulait aider.

— Et regarde ce qui s'est passé. Tu vas me laisser partir, maintenant ?

— Non, bon Dieu ! rétorqua-t-il d'un ton furieux. C'est ça que tu penses ? Que tu poses trop de problèmes ?

— Je sais que c'est le cas !

Comme Jacob s'agitait, elle se tut, les lèvres pincées. Seth berça le petit garçon avec aisance jusqu'à ce qu'il se blottisse à nouveau contre lui.

— Non, Robin, murmura-t-il.

Il avait une voix de basse, alors que Richard était un ténor. Au lieu d'exprimer de la frustration, comme une minute plus tôt, elle était désormais douce et pleine de compassion.

— On va trouver un moyen de te sortir de là, et on le fera ensemble.

Les yeux baissés sur ses mains entrelacées, elle hocha la tête, parce que c'était la réaction qu'il attendait. Il n'avait pas dit où Jacob et elle iraient ensuite, qui d'autre se mettrait en danger pour essayer de les garder en sécurité. Quand elle le saurait, elle aurait une décision à prendre.

Le portable de Seth vibra.

— C'est Hammond, remarqua-t-il, avant de décrocher. Renner.

Quand elle tendit les bras pour récupérer Jacob, il la laissa faire.

Pour ne pas réveiller Jacob, Seth s'éloigna dans le couloir pour parler avec son collègue. Hammond commença par lui demander des nouvelles de Michael.

— Il est sorti du bloc et n'a aucune séquelle, répondit-il. Ce n'est pas grâce à Winstead. Avez-vous réussi à le trouver ?

— Non.

Le sergent en semblait contrarié.

— Je me fais balader par son cabinet et par sa femme de ménage. Un associé principal prétend que Winstead s'occupe d'affaires confidentielles cet après-midi. La femme de ménage dit que M. Winstead reçoit des invités à dîner ce soir. Non, elle ne l'a pas croisé ce matin, mais ça arrive rarement. Il se lève tôt et la plupart du temps il a déjà petit-déjeuné et quitté la maison quand elle arrive.

— Elle ne vit pas sur place.

— D'après elle, aucun employé n'habite là. Elle reconnaît qu'il y a un appartement au-dessus du garage, ainsi qu'un autre dans la maison, qui sont destinés aux domestiques. Mais elle affirme qu'aucun de ces logements n'est occupé en ce moment.

Il allait devoir poser la question à Robin, songea Seth.

— L'avion est parti, mais aucun plan de vol n'a été déposé, poursuivit Hammond, avant de faire une pause. Et de votre côté, il y a du nouveau ?

— Un collègue a appelé les agences de location de voitures. Le nom de Richard Winstead n'apparaît nulle part.

— Alors soit il a emprunté un véhicule, soit il a une pièce d'identité à un autre nom.

— Selon moi, c'est la seconde option. Il n'est pas du genre à faire confiance à qui que ce soit, même à un ami.

— Non, acquiesça Hammond en soupirant. J'ai posté un agent à Boeing Field. Je ne peux pas garantir qu'il ne sera pas appelé ailleurs, malheureusement.

— Compris.

— Votre père ne pense pas avoir blessé l'intrus ?

— Il dit qu'il a visé le torse. L'une de ses balles a projeté le type contre l'îlot de cuisine, mais il a vite récupéré. Il a tiré encore deux fois avant de s'enfuir. Il devait porter un gilet.

— Hum. J'imagine qu'il ne devait pas s'attendre à affronter un adversaire armé.

— C'est aussi mon avis. Il aurait tué mon père, mais quand ses premiers tirs n'ont pas fait mouche, il n'a pas osé poursuivre l'attaque.

— Difficile d'expliquer une blessure par balle à ses distingués invités de ce soir, ironisa Hammond.

Seth ne put retenir un sourire.

— Ouais, une plaie de ce genre pourrait s'avérer gênante en société.

Le sergent soupira.

— Alors qu'est-ce qu'on fait maintenant ?

— Je n'ai pas eu l'occasion de planifier quoi que ce soit, admit Seth. Pour l'instant, on va retourner chez mon père. Si l'intrus était bien Winstead, et non l'un de ses sbires, on devrait y être en sécurité cette nuit.

— Que vous dit votre instinct ?

— Il n'a prononcé que quelques mots, mais Robin semble sûre que cette fois, c'était lui. C'est une chose d'engager quelqu'un pour enlever le petit. Il peut toujours prétendre que la mère s'est enfuie avec lui et qu'il s'inquiète pour la sécurité de son enfant. C'en est une autre d'engager un tueur. À en croire Robin, Richard Winstead a un énorme problème d'ego. Il va vouloir la tuer lui-même, il ne laissera pas ce plaisir à quelqu'un d'autre.

— Je suis d'accord, répondit Hammond d'un ton las.

Ils promirent de se tenir mutuellement au courant, puis raccrochèrent. Seth retourna dans la salle d'attente, mais s'arrêta sur le seuil avant que Robin ne le voie. Elle semblait épuisée, à bout de forces. Pourtant, à l'instant où elle le verrait, elle ferait à nouveau semblant d'aller bien.

Son cœur palpita. Même maintenant, il la trouvait belle, alors qu'elle n'était ni maquillée ni peignée et n'avait plus l'énergie qui avait éveillé son intérêt lors de leur première rencontre. Il rêvait de la voir vraiment détendue et heureuse, d'humeur taquine… ou les joues rouges et les yeux remplis de passion. Mais elle était trop vulnérable pour l'instant. Il ne pouvait pas la brusquer.

Quand il s'approcha d'elle, il fut irrité de la voir se redresser malgré le poids du petit garçon endormi et contrôler l'expression soucieuse de son visage.

— Le sergent Hammond n'a pas trouvé Winstead, annonça-t-il en s'asseyant à côté d'elle. Apparemment, le personnel et l'associé principal du cabinet d'avocats le font tourner en bourrique. Mais il est persuadé que le petit avion que possède Winstead n'est pas dans le hangar. S'il a loué un véhicule en arrivant ici, il l'a fait en utilisant un autre nom.

— C'est plutôt ironique, remarqua-t-elle.

Il eut un sourire en coin.

— En effet. Il aurait pu te demander des conseils sur la meilleure façon de s'y prendre.

— Sauf que je ne m'y suis pas assez bien prise.

Seth ne releva pas. L'aurait-il jamais rencontrée si sa dernière identité avait résisté à l'examen ?

— D'après la femme de ménage, ton ex reçoit des invités ce soir. Si c'est vrai, il ne peut pas être encore ici en Oregon.

— Comment le saura-t-on ?

— Hammond va appeler chez Winstead et insistera pour lui parler.

— Oh.

Elle sembla se détendre un peu.

— Alors... On n'a pas à s'inquiéter pour ce soir.

Il posa brièvement la main sur la sienne, qu'elle serrait sur l'accoudoir.

— N'oublions pas que ce n'est pas lui qui a essayé de kidnapper Jacob. Tu en es sûre ?

— Sûre et certaine.

— Très bien. Ça signifie qu'on ne peut pas complètement relâcher l'attention. Mais, une fois que j'aurai vu papa, on pourra rentrer à la maison. En prenant quelques précautions, ça devrait aller.

Ce qu'il voulait vraiment, c'étaient des renforts, songea Seth. En combien de temps pouvait-il faire installer un système de sécurité ? Et devait-il demander la permission de son père d'abord ? Probablement, conclut-il à contrecœur.

— Demain, c'est samedi. Je peux prendre mon week-end, puis travailler depuis la maison pendant quelques jours. Je veillerai à ce que des voitures de patrouille passent régulièrement. J'aimerais bien savoir comment il a réussi à s'échapper aussi vite. Le voisin qui a appelé les secours pour signaler les coups de feu n'a ni vu ni entendu de véhicule. Malheureusement, il n'y avait personne dans la maison au nord de celle de papa. On peut supposer que Winstead s'est garé là-bas.

— Je savais bien que j'aurais entendu une voiture arriver. J'étais en train de préparer le déjeuner dans la cuisine. À moins d'être à l'arrière de la maison, j'entends toujours la tienne quand tu rentres.

Il s'empara à nouveau de sa main.

— Je parie qu'avec tout ça tu n'as pas déjeuné ?

Robin plissa le nez.

— J'ai l'estomac tellement retourné par ce qui s'est passé que je suis contente de ne pas avoir mangé. Mais quand Jacob se réveillera, il va être ingérable.

— C'est aussi bien que papa n'ait rien avalé, étant donné qu'il a dû être anesthésié.

Une lueur d'inquiétude passa dans les yeux de Robin.

— Je ne t'ai pas dit qu'il avait eu des brûlures d'estomac. Je voulais qu'il aille aux urgences, mais il a affirmé qu'il avait consulté un médecin et qu'il prenait des médicaments. Est-ce que tu étais au courant ?

— Absolument pas ! s'exclama Seth. C'est typique de papa. Il refuse d'admettre la moindre faiblesse. Tu as dû le surprendre dans un moment vraiment délicat, sinon il ne te l'aurait pas dit.

Elle lui adressa un léger sourire.

— C'est peut-être une question de rapport père-fils, tu sais. Le jeune taureau face au vieux mâle…

Il poussa un grognement pour indiquer ce qu'il pensait de cette idée, mais elle dut percevoir son amusement. Oui, elle avait peut-être raison. Voilà qui ressemblait bien à son père.

Il entendit alors son nom. Il insista pour que Robin et Jacob franchissent les portes battantes avec lui, au lieu de rester dans la salle d'attente. L'infirmière trouva une chaise pour Robin, qui lui conseilla de prendre son temps.

Mais il n'avait pas besoin de longtemps. Son père était contrarié de devoir passer la nuit ici alors qu'il aurait été très bien chez lui.

— Qu'est-ce que tu fais encore ici ? marmonna-t-il. Où sont Robin et Jacob ?

— Dans le couloir.

— Bon sang, ramène-les à la maison ! s'écria-t-il en lui lançant un regard noir. Je n'ai pas besoin que tu me tournes autour comme un fichu vautour.

Seth éclata de rire.

— Moi aussi, je t'aime, papa.

Après avoir repris son sérieux, il poursuivit :

— Merci pour ce que tu as fait aujourd'hui. Merci d'avoir protégé ces deux-là en mon absence.

— Tu me connais mieux que ça.

— Oui, répondit-il en serrant la main de son père. Je tenais quand même à te le dire. Si Robin avait été tuée et Jacob enlevé...

La gorge nouée, il ne parvint pas à terminer sa phrase. Il n'était pas prêt à dire qu'il ne s'en serait jamais remis. C'était ridicule, étant donné qu'il les connaissait depuis aussi peu de temps... Mais c'était quand même vrai.

Comme son père n'était jamais à l'aise quand il s'agissait de parler d'émotions, il bougonna, puis ordonna :

— Allez, sors d'ici.

Seth se sentit assez rassuré pour obéir.

12

Un passage par Dairy Queen après le départ de l'hôpital mit Jacob de meilleure humeur. Seth aussi, songea Robin. Et elle aussi, peut-être. Rien de tel que des frites et de la glace pour tout arranger.

C'était étonnant à quelle vitesse elle avait commencé à se sentir chez elle dans la maison de Michael. En entrant, Robin poussa un soupir de soulagement… jusqu'à ce qu'elle voie le mur endommagé dans le couloir après la cuisine. Ce n'était pas seulement dû aux impacts de balles, expliqua Seth. Un enquêteur de scène de crime avait extrait les projectiles du mur. Avec plus de détachement qu'elle n'aurait pu le faire, il enfonça les doigts dans un des trous, comme pour en mesurer le diamètre. Michael avait tiré moins de coups de feu, mais avait été plus précis. Il était probable que quelques balles soient incrustées dans le gilet en Kevlar de l'intrus, alors qu'une seule avait ébréché un coin de l'îlot.

Robin regarda autour d'elle.

— Une fusillade… *ici*.

Si elle ne s'était pas retrouvée coincée au milieu, elle n'aurait jamais pu le concevoir. Mais elle n'avait jamais pensé non plus découvrir un cadavre dans un de ses lieux de vie.

Seth lui jeta un coup d'œil.

— Ça peut arriver n'importe où.

— Apparemment. Quand j'ai emménagé ici, Lookout paraissait tellement paisible.

— Toutes proportions gardées, oui. C'est pour ça que le service n'a besoin que d'un lieutenant. Mais on a des cambriolages, des violences conjugales, des agressions, des états d'ivresse et d'horribles accidents de la route comme partout ailleurs.

Et, une fois de temps en temps, un meurtre.

— Il faut que je m'occupe de cette vitre cassée, poursuivit-il. Ensuite, on pourra jouer aux artistes.

Un peu plus tôt, Seth avait annoncé avoir acheté de la pâte à modeler. Sous les yeux émerveillés de Jacob, il punaisa un panneau de contreplaqué trouvé dans la grange sur la moitié supérieure de la porte, à la place de la vitre. Robin tenta de le libérer de l'obligation de participer au modelage – fournir la pâte en premier lieu était suffisant —, mais il secoua la tête.

— J'ai besoin d'une excuse pour jouer.

Comme elle n'avait pas le moindre talent artistique, Robin fut intriguée par l'habileté avec laquelle il créa plusieurs animaux, avant de les écraser pour en former d'autres. Très concentré, Jacob façonna une créature qu'il qualifia de « toutou », à moitié reconnaissable et à peine moins mauvaise que ce qu'elle modelait. Seth observait ses efforts avec amusement.

Jacob s'assit ensuite devant ses sphères Tobbles, un jouet qui ne manquait jamais de le fasciner. Il pouvait construire des tours, emboîter les pièces individuelles, les faire tourner et les faire tomber en riant à gorge déployée.

Seth prépara du café pour lui et Robin. Le temps qu'il coule, il appela l'hôpital pour prendre des nouvelles de son père.

— Il dort, annonça-t-il après avoir raccroché.

— Il n'a jamais reçu de balle au cours de sa carrière ? demanda-t-elle, en proie à un regain de culpabilité.

Il secoua la tête en souriant.

— C'est le cas de la plupart des policiers. On est nombreux à ne jamais faire usage de notre arme non plus. C'est en partie dû au lieu où on travaille, ou à la capacité qu'on a à désamorcer les situations tendues, mais la chance a également son importance.

— Tu portes un de ces gilets.

— Oui, en partie parce que je me suis déjà fait tirer dessus. Et c'était loin d'être agréable.

En l'imaginant atteint par une balle et tomber en arrière,

ensanglanté et étourdi comme son père l'avait été, Robin retint un frisson. Mais elle restait curieuse.

— Est-ce que ça t'a rendu… Je ne sais pas… Plus nerveux dans le cadre du travail ?

Il hésita.

— Nerveux ? Non. Plus prudent ? Oui. C'était un cambriolage en cours, et je m'étais exposé plus que je ne l'aurais dû.

Il haussa les épaules.

— On en apprend tous les jours.

Elle avait passé des années à vivre dans la peur, et Seth, qui exerçait un métier dangereux, semblait indifférent aux risques. C'était à n'y rien comprendre…

Quand il lui posa des questions sur son enfance, elle lui raconta quelques-uns de ses souvenirs, bons et mauvais. Il se confia un peu sur la perte de sa mère, probablement parce qu'elle venait de parler de la mort de son père et du mal qu'elle avait eu à l'accepter.

— Quand elle a été diagnostiquée, je n'avais pas encore passé l'âge de rouler des mécaniques, admit Seth. Au travail, je croyais pouvoir changer le monde. Et pourquoi pas ? Je n'avais jamais eu de gros soucis à la maison. Le mariage de mes parents était solide. On n'avait jamais eu de problèmes financiers. Je ne dirais pas que Grace et moi avons été gâtés, mais enfin, pas loin. Quand j'étais petit, je pensais que mon père était un véritable héros, qu'il était invincible.

Et il l'était, jusqu'à ce qu'elle débarque, ne put s'empêcher de penser Robin.

— Aujourd'hui, il a vraiment été un héros. Il sera toujours comme ça à mes yeux.

— Ouais, fit Seth, avant de se racler la gorge. Ouais.

Au bout d'une minute, il reprit :

— Quand je l'ai vu craquer après avoir appris le diagnostic, ça m'a vraiment secoué. Bien sûr que ma mère allait guérir ! J'avais une famille parfaite, non ? Pourquoi n'avait-il pas confiance ?

— Il en savait plus que toi.

Son regard triste croisa le sien.

— Probablement. Pour Grace et moi, mes parents cultivaient l'optimisme. La chimiothérapie de ma mère se passait à merveille.

Bien sûr, elle a perdu ses cheveux, mais il faisait chaud cet été-là, alors elle a crâné en disant que ça la rafraîchissait. Sans oublier que c'était super de ne pas avoir à se laver les cheveux, à les sécher et à les coiffer. Peut-être qu'elle ne les laisserait plus jamais pousser et continuerait à porter des perruques. Elle admettait avoir parfois des nausées, mais ce n'était pas aussi terrible qu'elle s'y attendait.

Seth tourna les yeux vers la fenêtre. Il devait contempler le passé plutôt que le jardin, devina Robin.

— Je vivais encore à Portland. Je ne me suis jamais demandé si j'étais au courant de tout. Jusqu'à ce que le couperet tombe. Mon père a annoncé qu'il prenait sa retraite. Ma mère avait décidé d'arrêter les traitements. Ils ne fonctionnaient pas et rendaient sa vie encore plus pénible.

Robin tendit le bras au-dessus du coussin de canapé et lui prit la main. Il s'accrocha à elle, ses tendons saillant sur son avant-bras.

— Je n'étais pas rentré à la maison depuis des semaines. J'étais trop occupé, tu comprends, expliqua-t-il en retroussant les lèvres.

— Parce que tes parents ne *voulaient* pas que tu penses qu'ils avaient besoin de toi.

— Non, bien sûr, tout pour ne pas être un fardeau pour moi...

— Seth.

Elle attendit qu'il la regarde pour continuer :

— Il est aussi possible qu'ils aient eu besoin de ces moments rien qu'à eux. Si tu avais insisté pour rentrer les aider plus tôt, tu leur aurais peut-être ôté la chance de profiter l'un de l'autre et de... se dire adieu.

Il la fixa sans ciller. Au bout d'un moment, ses épaules se relâchèrent, et il poussa un gros soupir.

— Peut-être.

— Et tu les as rejoints quand ils ont eu besoin de toi conclut-elle gentiment.

— Oui... Merci.

Avec un léger sourire, il leva jusqu'à sa bouche la main qu'il tenait dans la sienne.

Le long baiser qu'il déposa sur ses jointures fit remonter des frissons dans le bras de Robin. Elle n'avait pas su à quel point sa peau était sensible à cet endroit-là.

Ou peut-être que c'était Seth qui rendait tout son corps sensible.

Jacob s'approcha d'eux, en quête d'un câlin et de quelque chose à manger. Robin commença par éplucher et découper des carottes et du céleri. Elle sortit ensuite le beurre de cacahuète et du fromage frais pour accompagner les bâtonnets. Comme elle le découvrit, Seth aimait le beurre de cacahuète autant que son fils de deux ans, mais au moins lui ne l'étalait pas partout sur son visage.

Il dut répondre à plusieurs appels qui étaient probablement liés à d'autres enquêtes, d'après ce qu'elle comprit. Comme leur repas tardif au fast-food ne leur permettrait pas de tenir jusqu'à l'heure du coucher, elle entreprit de préparer une salade d'œufs et de pommes de terre.

Lorsqu'elle eut fini, Jacob était fatigué et se mit à pleurnicher. Après l'avoir installé sur la chaise haute, elle lui servit une petite portion, puis coupa des fruits pour le dessert.

Seth était allé dehors pour parler. Elle entendit son téléphone sonner encore une fois avant qu'il ne les rejoigne.

— C'était Hammond, déclara-t-il. Ton ex est bien chez lui. Il prétend avoir volé à Spokane aujourd'hui. Bien sûr, il refuse de nommer le client avec qui il avait soi-disant rendez-vous. Secret professionnel.

Il secoua la tête.

— Je parie qu'il a des gros bleus sur le torse.

Elle s'arrêta à mi-chemin entre le réfrigérateur et la table.

— Vraiment ?

— Oh oui. Les balles ne traversent pas le gilet, mais ça ne veut pas dire que l'impact n'est pas violent. On peut se retrouver avec des côtes ou une clavicule cassées.

— Espérons que c'est le cas, répliqua Robin d'un ton mordant.

Il esquissa un sourire.

— Je pensais la même chose.

Elle nettoya le visage de son fils, lui donna un morceau de melon, puis Seth et elle s'assirent pour manger. Jacob commença à s'agiter longtemps avant que Robin n'ait terminé son repas. Après lui avoir à nouveau essuyé les mains et le visage, elle le posa par terre. Seth lui mit une vidéo de dessins animés et revint à table.

— Il décompresse.

— Oui. Je suis soulagée qu'il n'en ait pas vu davantage aujourd'hui et n'ait pas compris ce qui se passait.

— Moi aussi. Et toi, comment tiens-tu le coup ?

Évidemment, elle allait bien.

Seth émit un grognement ironique.

— Je n'y crois pas une seconde. *Moi*, je ne vais pas bien. En rentrant, j'ai trouvé mon père sur le sol, couvert de sang. J'ai vu cet impact de balle au-dessus des marches. Où étiez-vous, Jacob et toi, quand le coup a été tiré ?

Elle déglutit.

— Trop près. Si ton père n'avait pas été là...

Sa main se crispa sur la fourchette, au point que ses jointures en blanchirent.

— Alors arrête de faire semblant avec moi, d'accord ?

Il ne devrait pas lui parler aussi sèchement, mais il était passé par toute la gamme des émotions aujourd'hui. Elle pouvait au moins faire preuve d'honnêteté.

Elle eut un mouvement d'humeur.

— Ce n'est pas vraiment juste. Je suis mère célibataire. Je ne peux pas me permettre de céder à mes émotions, ou d'avoir la grippe, ou quoi que ce soit d'autre. De toute façon, ce n'est pas dans mes habitudes de me plaindre.

Était-elle restée avec un homme violent plus longtemps qu'elle ne l'aurait dû parce qu'elle était incapable de demander de l'aide ? Seth était assez intelligent pour ne pas poser la question à voix haute. De toute façon, elle avait raison : il n'était pas juste. Il avait une idée du problème : au fond, il voulait savoir si elle lui faisait confiance. Fallait-il qu'elle se jette dans ses bras pour le rassurer sur sa virilité ?

C'était probablement ce qu'il voulait. Mais il ne la respecterait peut-être pas autant si elle n'était pas le genre de femme prête à se relever après chaque désastre et à faire le nécessaire. Même s'il s'agissait, parfois, de tenter de s'enfuir au beau milieu de la nuit pour jouer cavalier seul.

— Tu as raison, grommela-t-il. Je suis désolé.

— À ton avis, pourquoi Richard m'a-t-il appelée ? demanda-t-elle tout à coup. Il ne croyait quand même pas que j'allais accepter de lui donner Jacob.

Seth obligea son cerveau à s'adapter, afin de pouvoir réfléchir à sa question de façon logique.

— Est-ce que tu en es sûre ? Il est peut-être incapable de comprendre l'amour maternel. Ou n'importe quel amour, en réalité.

— Je suppose que c'est vrai.

Elle se leva de la table.

— Je dois aller coucher Jacob. Si tu n'as pas fini de manger…

— Je vais mettre les restes au frigo.

Allait-elle redescendre ? Ou avait-elle l'intention d'aller au lit, même s'il était encore très tôt ? Il ne posa pas la question. Ce serait peut-être mieux s'il ne la revoyait pas ce soir. Il sentait son contrôle lui échapper.

Elle hocha la tête et sortit de la cuisine. Il entendit sa voix douce, puis des pas dans l'escalier.

Seth se resservit de la salade de pommes de terre. Une fois son assiette vide, il rappela l'hôpital. Enfin, il commença à débarrasser. Durant tout ce temps, il imagina Robin à l'étage. Elle faisait un bisou à son fils pour lui souhaiter bonne nuit. Elle se brossait les dents, se lavait le visage… Se préparait à prendre une douche ?

Il tendit l'oreille, mais n'entendit pas l'eau couler. Elle mettait son pyjama, alors.

Alors qu'il fermait la porte du lave-vaisselle, il se raidit en entendant à nouveau ses pas dans l'escalier. Elle apparut sur le seuil.

— Je ne sais pas si je suis déjà prête à dormir. Je n'arrête pas de penser à… tu sais.

Seth savait.

— Je me suis dit que j'allais m'installer devant la télé ou me trouver de quoi bouquiner, expliqua-t-elle.

— Tu n'as pas à demander la permission, répliqua-t-il en se séchant les mains. Et si tu allais voir s'il y a un programme en téléchargement qui te plaît ? Ça me dirait bien de regarder un film.

— D'accord.

Tandis qu'elle disparaissait dans le salon, Seth se massa le cou.

Une soirée tranquille en tête à tête risquait de lui donner envie de faire quelque chose qu'il ne devrait pas. Après les brutalités qu'elle avait subies au cours de son mariage, Robin n'était peut-être prête pour une relation physique avec un homme. Perturbé par cette pensée, il éteignit la lumière de la cuisine et la rejoignit.

Assise en tailleur devant la télévision, elle faisait défiler le menu grâce à la télécommande. En l'entendant approcher, elle jeta un coup d'œil par-dessus son épaule.

— Ces dernières années, je n'ai pas vu beaucoup de films. Richard...

Elle secoua la tête, comme pour chasser un souvenir.

— Depuis, je ne trouve jamais l'énergie de m'y mettre.

— Je peux comprendre pourquoi, avec ton réveil sur pattes réglé sur 6 h 30.

Elle sourit.

— Tu as envie de regarder quelque chose en particulier ?

Toi.

— Il y a peut-être quelque chose à la télé, si tu préfères.

Il hésita.

— Sinon on peut discuter, ou rester assis en silence. Comme tu veux.

Au bout d'une minute, elle hocha la tête. Elle se leva avec grâce et fit quelques pas vers le canapé, aussi craintive qu'une antilope s'approchant d'un point d'eau partagé avec une troupe de lions.

Seth fit un geste pour se lever.

— Tu préfères rester seule ?

— Non. Je veux dire, si tu as autre chose à faire...

— Absolument rien, répondit-il en souriant gentiment.

Il se renfonça sur le canapé et leva un bras.

— Viens par là.

Elle vint se blottir contre lui aussi naturellement que s'ils avaient passé toutes leurs soirées ainsi – ce qu'il aurait aimé faire. Tout en la serrant contre lui, Seth inclina la tête pour se frotter la joue sur ses cheveux. Quelques mèches restèrent collées sur sa mâchoire râpeuse.

— Dis donc..., fit-il en s'écartant un peu. Tes cheveux poussent.

— Quoi ?

Robin se redressa et se toucha le sommet du crâne.

— Oh ! tu parles de la couleur ?

— Oui. Fais-moi voir.

Lorsqu'elle baissa la main, il observa le demi-centimètre de racines auburn.

— Tu vas les laisser pousser, n'est-ce pas ?

— Non !

Elle se tourna vers lui d'un air alarmé, avant de battre des paupières.

— Enfin... Je suppose que je peux. En fait, j'avais prévu de les teindre en châtain clair après.

Il tapota de l'index les taches de rousseur qui parsemaient son nez.

— Tu es rousse, que tu le veuilles ou non.

Bon sang, sa voix rauque allait lui faire comprendre ce qu'il pensait.

Si elle ne s'en doutait pas déjà...

— Seth ? murmura-t-elle.

Il posa la main sur sa joue et, du pouce, traça le contour de ses lèvres.

— Ouais ?

— Tu veux bien m'embrasser ?

Laissant échapper un son guttural, il obéit. Dès qu'elle entrouvrit les lèvres, il plongea la langue dans sa bouche. Si elle n'avait pas répondu de la même façon, il aurait peut-être fait marche arrière. Mais leurs langues se mêlèrent, se caressèrent, et le baiser devint vite passionné. Seth attrapa Robin par la nuque, puis glissa l'autre main le long de sa cage thoracique, ne s'arrêtant qu'une fois sous son sein.

Quand il détacha sa bouche de la sienne pour reprendre son souffle, elle en profita pour grimper sur ses genoux. Il aperçut son visage, ses joues rouges, ses yeux langoureux. Dans un élan, il la souleva pour la mettre à califourchon sur lui. L'étreinte de ses cuisses le rendit fou de désir.

Alors que leur baiser se faisait encore plus vorace, il entendit un gémissement sourd qui provenait sûrement de la gorge de Robin. Le son décupla son excitation. Sa barbe du soir devait lui râper la peau, mais, si c'était le cas, elle ne semblait pas y attacher d'importance.

Comme elle se trémoussait sur lui, il donna un coup de bassin involontaire. Il passa la main sous son haut et lui caressa le dos, explorant le contour de ses omoplates et la ligne délicate de ses vertèbres, avant de lui serrer la taille. Il brûlait d'envie de descendre plus bas, entre leurs corps, mais il n'était pas prêt à renoncer au plaisir de sentir la douce pression de ses seins contre son torse.

Quel dommage qu'elle porte un pantalon... Il lui pétrit les fesses, lui mordilla la lèvre inférieure, puis finit par décoller sa bouche de la sienne.

— Robin, laisse-moi...

Elle le dévisagea sans paraître comprendre.

— J'ai envie de toi, poursuivit-il.

— Oui...

Elle se balança d'avant en arrière, l'excitant tellement qu'il en avait mal. Un grognement frustré lui échappa.

— Non, il faut qu'on...

Quoi ? Qu'ils fassent l'amour sur le canapé ? S'il était distrait, ils seraient vulnérables au cas où quelqu'un brise à nouveau une vitre et entre dans la maison. Il s'aperçut qu'il avait cessé de faire attention aux sons provenant de l'extérieur.

Au moins, à l'étage, il aurait un avertissement.

— Ma chambre.

Elle battit des cils. Lisait-il de l'incertitude sur son visage ? Le simple fait de se poser la question l'obligea à repenser à ses propres réserves. À regret, il la souleva et la reposa à côté de lui sur le canapé.

— Robin, répéta-t-il d'un ton bourru. Je m'étais promis de ne pas te mettre dans cette position.

— Cette... *position* ?

Seth poussa un juron, puis leva une main tremblante pour se frotter le visage.

— Tu comptes sur moi pour te garder en sécurité. Si jamais tu as des sentiments mitigés...

Elle se raidit et releva le menton.

— Tu crois que je coucherais avec toi si j'avais vraiment des doutes ?

À en juger par son ton, il l'avait insultée sans le vouloir.

— Ce n'est pas...

— Si, rétorqua-t-elle, les yeux brillant de colère et de peine. C'est *moi* qui t'ai demandé de m'embrasser.

Quand il fronça les sourcils, Robin se leva d'un bond. Seth l'imita et saisit une de ses mains.

— Je ne voulais pas que tu te sentes contrainte à quoi que ce soit, c'est tout.

Elle parut surprise, mais la peine était toujours là.

— Ce que j'ai dit me concerne, poursuivit-il. Les policiers doivent toujours redoubler de prudence. J'ai cru que tu avais assez la pression comme ça. Que... ce que je ressens pour toi pouvait attendre.

Il fit la grimace.

— Sauf qu'à chaque fois que je t'embrasse, j'oublie mes bonnes intentions.

Les épaules toujours tendues, elle répondit :

— Je suis une adulte, Seth. Je ne sais pas ce qui va se passer avec Richard. Ce soir, j'ai l'impression qu'on est dans l'œil du cyclone. Tout tourbillonne autour de nous, mais ici, maintenant, on est en sécurité. Tu m'attires. C'est... assez inédit pour moi. J'ai eu peur que l'occasion ne se représente pas si je la laissais passer.

— Je suis désolé.

Il se pencha pour poser son front sur le sien. Elle frotta son nez contre lui, avant de murmurer :

— Arrêtons de chercher des excuses. Ce n'est peut-être pas le bon moment.

Il releva brusquement la tête.

— Ne dis pas ça. J'essayais d'être... scrupuleux. Mais à vrai dire, j'ai très envie de toi, Robin, et depuis un moment.

Elle étudia longuement son visage, si longuement qu'il craignit de la voir reculer. Il sentit un nerf tressauter sur sa joue. Oui, il la désirait de tout son être, mais il ne comprenait pas pourquoi il avait l'impression que tout dépendait de ce qu'elle allait décider. Il y aurait toujours plus tard.

Mais le nœud qui lui comprimait la poitrine lui rappela ce qui était arrivé aujourd'hui. À un centimètre près, la balle qui avait effleuré la tête de son père l'aurait tué. Le trou au-dessus de l'escalier indiquait clairement que Robin aurait pu être blessée, voire tuée. Aujourd'hui, il aurait pu perdre l'un ou l'autre, ou les deux.

J'ai eu peur que l'occasion ne se représente pas si je la laissais passer.

Elle avait raison. Ils ignoraient ce que leur réservait demain. Il avait besoin de ce soir.

Il n'y avait pas vraiment d'hésitation à avoir. Robin comprenait pourquoi Seth s'était inquiété. C'était normal pour un homme doté d'une telle intégrité. Elle s'était énervée, mais il n'avait voulu que la protéger. Encore.

Avec un sourire tremblant, elle fit un pas en avant.

— Bien.

Quand il la serra dans ses bras, elle lui rendit son étreinte avec force.

— Tu veux bien monter dans ma chambre ? demanda-t-il d'une voix éraillée. Je vais faire un dernier tour ici.

— D'accord.

Elle le lâcha à contrecœur, percevant la même réticence chez lui.

— Dépêche-toi.

Robin monta l'escalier au pas de course. Elle s'arrêta pour ouvrir la barrière à ressort en haut des marches, puis pour la rattacher une fois de l'autre côté. En plus de garder Jacob à l'étage, cela permettrait de ralentir un intrus.

Elle fonça dans la salle de bains pour se laver les dents. Elle entra ensuite sur la pointe des pieds dans sa chambre pour jeter un œil sur Jacob. Parfois, il se roulait en boule pour dormir. D'autres fois, comme maintenant, il s'étalait avec insouciance, d'une façon qui lui permettait d'imaginer un avenir où son petit garçon serait plus grand qu'elle, avec une voix grave et des poils au menton.

Elle pencha la tête sur le côté. Avait-elle entendu une clochette tinter ? Voilà qui était étrange. Robin remonta la couverture sous le menton de Jacob, puis sortit de la chambre. Elle aperçut alors Seth, qui remontait le couloir vers elle, les yeux rivés aux siens.

Sa bouche s'assécha. En une seconde, elle cessa d'être une mère pour redevenir une femme. Il avançait d'une démarche résolue, purement mâle, prédatrice dans le bon sens du terme.

Il regarda dans la pièce par-dessus son épaule.

— Il dort ? murmura-t-il.

Elle hocha la tête.

— J'ai entendu quelque chose.

Il la poussa doucement dans le couloir, avant de la faire entrer dans sa chambre, qui contenait un lit immense.

— J'ai attaché des clochettes aux poignées des portes au rez-de-chaussée, ainsi qu'aux deux barrières.

— Tu as aussi installé celle en bas des marches ?

— Oui, répondit-il avec une intensité perceptible autant dans sa voix que dans ses yeux. Je veux que tu te sentes en sécurité.

— Pour ne penser à rien d'autre qu'à toi.

— Oui.

— Je peux faire ça, chuchota-t-elle.

Et il l'embrassa avec possessivité, passion... et tendresse.

13

Après l'avoir guidée jusqu'à son lit, Seth alluma une lampe de chevet. Robin éprouva un bref moment de flottement quand il tira de derrière son dos un pistolet qu'il posa sur la table de nuit.

Puis, au lieu de l'embrasser à nouveau, il commença à la déshabiller lentement. Après avoir fait passer son haut par-dessus sa tête, il dégrafa son soutien-gorge. Robin remua les épaules pour que les bretelles descendent, et le sous-vêtement tomba à ses pieds. Seth se figea un long moment, l'observant de ses yeux brûlant de passion. Elle sentit un désir identique au sien grandir en elle, attisant les braises au creux de son ventre.

Elle voulait le voir, elle aussi. Il resta immobile pendant qu'elle déboutonnait sa chemise, mais prit le relais pour l'enlever et la lancer plus loin. Il était beau, avec ces épaules carrées et ce torse puissant, ces muscles bien dessinés qui se contractèrent quand elle posa les mains sur lui pour partir en exploration. Lorsqu'elle trouva le petit cercle de peau plissée sur son flanc, sous ses côtes, elle marqua une pause, en proie à un mélange de peur et de gratitude qu'il ait survécu. Il patienta pendant presque deux minutes, avant de reprendre la parole :

— Je veux que tu sois nue.

Ils finirent de se dévêtir en un temps record. Elle secoua les pieds pour ôter ses pantoufles, tandis que Seth devait s'agenouiller pour délacer ses boots. Pendant qu'il déboutonnait son pantalon, Robin tira les draps et se glissa dans le lit.

Quelques secondes plus tard, Seth était avec elle, sur elle. Il l'embrassa avec une telle tendresse qu'elle se sentit fondre de l'intérieur. Il couvrit ensuite sa gorge de baisers, se frotta la joue sur sa poitrine, puis se souleva pour happer un de ses tétons dans sa bouche. Elle poussa un cri, qui se transforma en gémissement lorsqu'il se mit à sucer la pointe tendue. Sentant une pulsation de plaisir se propager jusqu'à ses orteils, elle agrippa son dos avec force. Appuyé sur son coude, il passa à l'autre sein.

Lorsqu'il remonta enfin jusqu'à sa bouche, Robin brûlait d'un désir incontrôlable. Elle enfonça les doigts dans ses muscles pour tenter de l'attirer encore plus près d'elle. Elle voulait qu'il soit en elle avec une sensation d'urgence qui ne lui était pas familière. Comme par hasard, il sembla ralentir, caressant son corps et trouvant tous ses points sensibles, jusqu'à ce qu'enfin il insinue les doigts entre ses jambes.

Elle se cambra violemment, au bord du plaisir.

— S'il te plaît, implora-t-elle. Maintenant.

Il obéit aussitôt et se pressa contre elle, avant de s'écarter brusquement.

Elle perçut un bruit d'emballage qu'on déchire. Quelques secondes plus tard, il était de retour et la pénétra d'un puissant coup de reins. Puis il recommença, encore et encore, et elle s'adapta instinctivement à son rythme.

C'était fantastique, et pourtant elle était prise de frénésie, impatiente d'en finir. Elle n'eut pas besoin de courir après son orgasme, il la percuta de plein fouet. Au moment où elle jouissait, Seth émit un râle guttural et se raidit au-dessus d'elle.

Il s'effondra sur elle, puis roula sur le côté en l'entraînant avec lui. Robin se blottit contre lui, la tête sur son épaule. De là, elle entendait et sentait son rythme cardiaque encore précipité. Elle posa la main sur son cœur, avec la sensation que c'était sa place.

Puis un frisson glacé courut dans ses veines. Elle avait eu peur qu'il ne lui fasse pas confiance si elle lui confiait tous ses secrets, mais elle regrettait désormais d'avoir gardé le silence.

Elle devait tout lui raconter… mais pas maintenant. Ce ne serait pas si grave d'attendre encore un peu, n'est-ce pas ?

Comme Seth prévoyait de travailler depuis la maison pendant quelques jours, elle pourrait lui parler dans la matinée. Elle allait s'accorder encore quelques heures. Elle voulait accumuler le plus de souvenirs possible et s'en imprégner, au cas où il réagisse à ses aveux comme elle s'y attendait. Bien sûr, il ne pourrait pas ignorer ce qu'elle avait fait... et omis de faire.

Mais, cette nuit, il était à elle.

Tout en serrant Robin contre lui, Seth essaya de se remettre de ses émotions. Il était sûrement censé dire quelque chose, mais ignorait quoi. Tout ce qui lui venait à l'esprit était vraiment prématuré.

— C'était incroyable, déclara-t-il au bout d'un moment.

Robin murmura quelques mots incompréhensibles.

Apparemment, elle ne lui tenait rigueur de rien, parce qu'ils refirent l'amour deux fois au cours de la nuit. À l'aube, il venait de poser les mains sur ses seins quand un « maman ? » perplexe résonna dans le couloir.

— C'est pas vrai..., grommela-t-il.

Robin se redressa d'un coup, ébouriffée et désorientée, les draps serrés contre elle.

— Quoi ? Où... Jacob ?

— Frais et dispos.

— Jacob ? répéta-t-elle dans un souffle. Seth, tu crois que tu pourrais me rapprocher mes vêtements ?

— Heu...

Penché au bord du lit, il parvint à attraper sa culotte et son jean. En s'étirant un peu, il récupéra sa propre chemise.

— Je suis ici, lança-t-elle d'une voix plus forte.

— Maman ?

Jacob apparut, accompagné de l'habituelle odeur d'urine.

— Le lit est mouillé.

— Je peux m'en occuper, suggéra Seth.

Il enfila son boxer sous les couvertures, puis posa les pieds sur le sol et se leva.

— Et si je te faisais couler un bain pendant que maman s'habille ?

— Ouais ! s'exclama Jacob en lui prenant la main.

Seth tourna la tête pour adresser un large sourire à Robin, qui semblait toujours perturbée.

Une heure plus tard, la joie et l'optimisme qu'il avait éprouvés à son réveil s'étaient dissipés. Il avait su qu'après avoir fait l'amour, leur relation changerait. Comment en serait-il possible autrement ? Mais il ne s'était pas attendu à ce que Robin lui batte froid.

Ses sourires étaient polis et ne se reflétaient pas dans ses yeux. Elle quitta la table dès que Jacob eut fini de manger, laissant Seth terminer son repas seul. Quand il les rejoignit dans le salon, elle ne releva pas la tête et resta concentrée sur son fils. De fines rides d'inquiétude sillonnaient son front. Elle garda ses distances et fit mine de ne pas voir la main qu'il tendait vers elle.

Elle finit par le regarder lorsqu'il eut appelé l'hôpital.

— Est-ce qu'ils vont laisser ton père rentrer à la maison aujourd'hui ?

— Il doit d'abord voir le médecin vers 11 heures. Il dit que d'après l'infirmière, il devrait être autorisé à quitter l'hôpital.

— Oh... Eh bien, tant mieux.

Jacob tira sur son chemisier.

— Maman, regarde !

Elle admira la tour qu'il avait construite, puis applaudit quand il la renversa.

Se sentant invisible, Seth retourna dans la cuisine et se versa une autre tasse de café.

Que se passait-il ? Il aurait juré que la nuit avait été aussi bonne pour elle que pour lui, alors pourquoi agissait-elle comme si elle regrettait ce qui s'était passé ?

Plutôt que de ressasser, Seth ouvrit son ordinateur portable pour vérifier ses mails. Il passa la liste en revue, sans voir de message de Hammond. Le sergent avait-il pu envoyer un agent surveiller la maison de Winstead ? Compte tenu des restrictions budgétaires habituelles, c'était peu probable.

Son téléphone sonna. Quand il décrocha, un adjoint du comté l'informa que des cambriolages avaient eu lieu en banlieue au cours de la nuit. Dans les deux maisons, les appareils électroniques, les portefeuilles et les bijoux avaient été volés.

— Ça correspond au profil, déclara l'adjoint d'un ton frustré. Le couple qui vit dans l'une des maisons était absent. C'est un voisin qui a appelé la police en voyant que la porte de derrière était ouverte. L'autre famille ne s'est pas réveillée pendant l'intrusion.

Les sourcils froncés, Seth fit basculer sa chaise sur les pieds arrière.

— Jusqu'ici, ils ont fait attention de ne pas faire irruption dans les maisons quand elles sont occupées.

— La méthode d'entrée était la même.

Les cambrioleurs avaient forcé les portes de derrière, dont les serrures étaient en général peu résistantes. Pourquoi les gens sécurisaient-ils leurs portes d'entrée s'ils laissaient les autres accès ou les fenêtres aussi mal protégés ? s'interrogea Seth. Il détestait tout particulièrement les portes à panneaux vitrés. Ce qui s'était passé ici la veille était la parfaite illustration du problème. Pour l'instant, il n'avait pas réussi à convaincre son père de remplacer cette fichue porte. De toute façon, il avait déjà décidé de le faire sans solliciter sa permission.

— Vous allez vérifier les empreintes ? demanda-t-il à l'adjoint.

— Le capitaine y tient. Il est très énervé.

— Moi aussi. Je ne sais pas encore s'il y a eu des cambriolages en ville cette nuit, mais je vous préviendrai si c'est le cas.

Alors qu'il reposait son portable, il aperçut Robin qui hésitait sur le seuil de la cuisine. Elle avait laissé Jacob installé devant un film.

— Tu es occupé ?

— Non, répondit-il en désignant la chaise de l'autre côté de la table. Café ?

— J'ai plutôt envie d'eau.

Après avoir rempli son verre, elle s'assit. Elle avait une mine lugubre.

— Il y a… des choses dont je ne t'ai pas parlé.

Sans blague. Il haussa les sourcils sans rien dire. Fuyant son regard, elle commença :

— J'aurais dû te le dire avant qu'on…

Elle s'interrompit en lui jetant un coup d'œil.

— Je t'écoute, l'encouragea-t-il.

Robin s'agita sur sa chaise, s'humecta les lèvres, avant de lancer brusquement :

— J'ai tué un homme.

Les pieds avant de sa chaise retombèrent sur le sol.

— *Quoi ?*

— Je crois que je l'ai tué, se corrigea-t-elle d'une voix plus douce.

— Tu crois.

— Je ne suis pas restée sur place pour m'en assurer, d'accord ?

Seth la dévisagea.

— Reprends tout depuis le début.

Les taches rouges sur ses pommettes et ses mains crispées l'une contre l'autre trahissaient sa nervosité.

— C'était après le divorce. Quand j'ai enfin trouvé l'occasion de m'enfuir de chez Richard, je n'ai pas eu le temps de revenir chercher quoi que ce soit. Je me moquais pas mal des vêtements ou du reste... Mais j'avais rangé des choses qui comptaient pour moi dans une boîte, que j'avais posée sur l'étagère dans le placard.

Il redoutait déjà la suite de l'histoire.

— J'avais lu sur Internet que Richard serait absent pendant quelques jours, pour participer à une espèce de conférence à San Francisco. J'ai choisi un jour où la femme de ménage ne serait pas là. J'aurais joué de malchance s'il avait changé le code et la serrure du portail, mais il ne l'avait pas fait, alors j'ai pu entrer. La maison était plongée dans le silence.

Elle déglutit visiblement.

— J'ai foncé à l'étage. J'étais tellement heureuse de retrouver la boîte où je l'avais laissée. Je l'ai attrapée, mais quand je me suis retournée, *il* était là.

— Le garde du corps, devina Seth, plein d'appréhension.

— Oui. Je suis désolée, je connais son nom, en fait. Il s'appelle – s'appelait – Brad McCormick. Il m'a adressé un petit sourire méchant et a dit : « Le patron avait vu juste. Vous voilà, pile à l'heure. » Ensuite, il m'a attrapée et a commencé à me traîner vers la porte, termina-t-elle d'une voix chevrotante.

— Robin...

Les yeux de la jeune femme exprimaient une terrible angoisse.

— Laisse-moi terminer.

Il hocha la tête en silence.

— J'ai lâché la boîte sur le lit. J'étais obsédée par l'idée de ne rien casser à l'intérieur, ce qui paraît stupide, mais…

Son dos se voûta.

— Je me suis débattue. Il avait l'air… d'aimer ça. J'ai cru qu'il allait peut-être me violer.

Seth n'était pas sûr de pouvoir parler.

— J'ai réussi à me dégager assez pour attraper la lampe. Comme le socle était en fer forgé et en vitrail, elle était vraiment lourde. Je l'ai frappé à la tête, et il est… tombé, juste comme ça. J'ai ramassé ma boîte, parce que sinon on aurait su que j'étais passée par là, et je suis partie. En attendant le bus, je tremblais et je claquais des dents. Je savais que j'étais censée appeler les secours, au cas où il ne soit pas mort, mais comment aurais-je pu ? Alors je n'ai rien fait, ce qui me fait d'autant plus culpabiliser.

— Il t'a agressée, répliqua Seth d'une voix blanche.

— Mais j'étais entrée sans autorisation. Le divorce était finalisé, je n'avais pas le droit d'être là.

Il secoua la tête.

— Tu aurais dû pouvoir récupérer les affaires qui comptaient pour toi quand tu as dit à ton mari que c'était fini entre vous.

Elle poussa un soupir qui ressemblait à un sanglot.

— J'ai bien demandé à une assistante sociale de l'appeler pour réclamer les petites choses qui étaient importantes pour moi. Elle a proposé de venir le voir. Il a éclaté de rire et lui a raccroché au nez.

— Tu as donc tenté de t'y prendre de façon civilisée.

Essayait-il de lui trouver des excuses ? se demanda Seth. Peut-être, et c'était sans importance.

Robin serra ses mains l'une contre l'autre avec force.

— J'ai épluché les journaux. Je m'attendais constamment à être arrêtée. Mais la police n'est jamais venue, et je n'ai jamais rien lu sur sa mort, que ce soit dans la presse ou en ligne.

— Ça me paraît bizarre. Winstead t'aurait sûrement accusée s'il avait retrouvé son employé mort dans sa chambre.

Il hésita.

— Y avait-il des caméras de surveillance ?

Une expression choquée apparut lentement sur son visage.

— Je… ne sais pas.

— Tu l'as peut-être seulement assommé, tu sais.

— C'est ce que j'espérais, mais je l'ai vraiment frappé fort. Il y avait beaucoup de sang.

Elle ferma les yeux.

— Depuis ce jour, j'ai constamment peur d'être arrêtée et condamnée, ce qui lui laisserait le champ libre avec Jacob.

Incapable de rester assis plus longtemps, Seth repoussa sa chaise.

— Je te promets que ça n'arrivera pas.

Son attachement à l'esprit de la loi venait d'être supplanté par quelque chose de plus important.

— Comment peux-tu promettre ça ? demanda Robin.

— À moins qu'il n'ait des images horodatées où on te voit en train d'entrer dans la maison, comment peut-il prouver que tu étais là ? Que tu as frappé ce Brad McCormick à la tête ? Il y aurait pu y avoir des cambrioleurs dans la maison. McCormick aurait pu être dans la chambre de son patron parce qu'il était leur complice, sauf qu'ils se sont disputés.

Seth marcha à grands pas jusqu'à la porte de la terrasse, tandis qu'elle protestait :

— Mais j'ai laissé mes empreintes sur la lampe !

Il fit volte-face.

— Bien sûr. Vous avez partagé cette chambre pendant deux ans. Ce serait surtout étonnant que tes empreintes ne soient pas sur cette lampe.

— La femme de ménage...

— Faire la poussière, ça n'efface pas les empreintes.

Robin secoua la tête d'un air hébété.

— Si je n'avais pas déjà su que j'étais enceinte, je serais allée voir la police. J'espère que tu me crois.

Il s'approcha d'elle et s'accroupit.

— Tu dois bien savoir que c'est le cas.

Les yeux de Robin scintillèrent, puis elle les riva sur la table.

— Il y a autre chose que tu dois savoir.

Seth se releva et baissa le regard sur elle. Dans cette lumière, il voyait mieux les racines auburn de ses cheveux. Cela lui donnait un côté vulnérable, comme si elle avait cessé de se protéger de lui.

— Tu veux bien t'asseoir ? demanda-t-elle timidement.

Avait-elle *peur* de sa réaction ? Gêné d'avoir eu cette pensée, il se contenta de hocher la tête. Il marcha d'abord jusqu'à la porte du salon pour s'assurer que Jacob allait bien. Le petit garçon semblait captivé par le dessin animé Disney.

Puis il revint se rasseoir en face de Robin. Elle avait le visage plus blême que jamais, ce qui faisait ressortir ses cernes.

— Je t'ai parlé de ma sœur.

Il se prépara pour la suite.

— Il y a quelques années, les médecins ont diagnostiqué chez Allie – le diminutif d'Allison – une affection rénale appelée glomérulonéphrite. Ils ne savent pas ce qui l'a causée. Parmi les déclencheurs habituels, il y en a un certain nombre qui ne s'applique pas à elle. Il s'est avéré qu'elle n'avait qu'un seul rein.

Gardant délibérément le regard dans le vague pour ne pas voir la réaction de Seth, Robin continua d'un ton presque monocorde :

— Elle a dû revenir vivre à la maison. Au début, elle a continué à travailler, mais elle a dû arrêter quand elle a commencé la dialyse. J'étais toujours mariée quand son médecin a commencé à parler de greffe. Suite au test, j'ai appris que j'étais compatible.

Bien sûr, Seth avait vu son buste. Il savait qu'elle n'avait pas de cicatrice chirurgicale.

— Quand Richard a découvert qu'on m'avait testée, il s'est énervé. Hors de question que sa femme donne une partie de son corps. L'idée que je me retrouve avec une cicatrice semblait le dégoûter.

Elle inspira profondément.

— Je m'étais déjà décidée à le quitter, et Allie n'était pas dans un état désespéré.

— Mais au moment où tu as enfin été libre, tu savais que tu étais enceinte.

— Oui.

Quand le test de grossesse s'était avéré positif, elle avait été sous le choc, comme après un violent accident de voiture, et écartelée. Elle devait être sûre de pouvoir aimer ce bébé, l'enfant de Richard. Quand elle avait ressenti au plus profond d'elle-même qu'elle en était capable, son soulagement avait été immense. La culpabilité faisait partie du lot d'émotions, parce que sa sœur comptait sur elle, pleine d'espoir. Or, en étant enceinte, Robin ne pouvait plus être acceptée comme donneuse pendant presque un an.

— Son rein a continué à lâcher. Ils cherchent toujours un autre donneur, mais sans succès pour l'instant.

Elle s'obligea à croiser les yeux de Seth.

— J'aurais pu le faire, mais j'ai eu peur de retourner à Seattle. Peur que Richard l'apprenne. Ma mère n'aurait pas été capable de l'affronter et de garder Jacob en sécurité.

Il la fixait d'un regard dur, dont le bleu était devenu orageux. Elle reporta son attention sur ses mains, puis termina d'une voix à peine plus forte qu'un murmure :

— Je suis la seule personne capable de la sauver, et je ne le fais pas. Allie doit me détester. C'est... une des raisons qui fait que je ne les appelle pas plus souvent.

Voilà. Maintenant, il savait tout. Il pouvait la mépriser.

Pourtant... Après avoir fait le tour de la table, Seth souleva Robin aussi facilement que si elle était une enfant. Il se rassit en la déposant sur ses cuisses et en l'entourant de ses bras. Elle enfouit le visage contre son torse pour le cacher à sa vue.

— Ça m'étonnerait que ta sœur te déteste, remarqua-t-il.

Sa voix était si gentille que Robin sentit un tremblement au fond d'elle, comme si une ligne de fracture se formait.

— On sait que Winstead te pourchasse depuis longtemps. Il a dû dépenser une fortune en détectives privés. Tu crois vraiment qu'il ne ferait pas surveiller ta mère et ta sœur ? Qu'il ne le saurait pas si elle se faisait opérer ?

Non. Elle n'y croyait pas une seconde. Richard n'était pas seulement violent. Il était de plus en plus évident que sous la surface, c'était un homme fou et obsessionnel.

— Est-ce qu'Allie serait heureuse d'avoir un nouveau rein si tu mourais en le lui donnant ?

— Mais je ne mourrais pas forcément...

— Si Winstead avait l'occasion de te tirer dessus, je pense que si, rétorqua-t-il. Ta sœur est-elle toujours éligible à la greffe ?

Robin hocha la tête.

— Alors tu as encore le temps de lui donner ton rein. Je préférerais qu'on règle d'abord son compte à cet enfoiré, mais si ça traîne trop, on ira à Seattle, et je ferai le nécessaire pour que rien n'aille de travers, ni pour toi, ni pour ta sœur, ni pour Jacob. Tu m'entends ?

Il lui fallut une minute pour retrouver son calme et relever la tête. Il était sincère, c'était évident.

La ligne de fracture au fond d'elle s'ouvrit comme une faille béante. Robin avait toujours su qu'elle *pouvait* l'aimer. Elle n'avait pas imaginé que cela puisse arriver en une seconde et être aussi douloureux. Repensant à la façon dont il s'était décrit comme un adolescent roulant des mécaniques, elle songea qu'il n'avait pas changé tant que cela : il avait gardé une certaine arrogance. Il essayerait de tenir sa promesse, bien sûr, mais comment parviendrait-elle à vivre s'il venait à mourir ?

Il aurait aimé croire qu'il savait désormais lire dans les pensées de Robin, mais il n'avait pas compris ce qui s'était affiché sur son visage pendant un instant. Espoir, incrédulité, peur. Comment interpréter ce mélange d'expressions ?

Ravalant son inquiétude, il se concentra sur sa recherche. Il commença par éliminer les Brad ou Bradley McCormick qui n'avaient pas le bon âge, qui n'avaient jamais vécu dans la région de Seattle et qui ne correspondaient à la description que Robin lui avait donnée. Pourquoi ce nom n'apparaissait-il pas sur la liste des employés de Winstead, anciens et actuels, que Hammond avait transférée à Seth ?

Un nom orthographié un peu différemment attira son attention : Braedon McCormick. Seth cliqua sur le lien. Ce McCormick-là avait fait partie de l'armée, avait été déployé deux fois en Irak, puis avait travaillé comme adjoint dans le comté de Lewis, au sud de Seattle. Il n'y était pas resté longtemps, même si Seth ne parvint pas à déterminer s'il avait été renvoyé ou s'il avait démissionné. À la suite de son bref passage au sein des forces de l'ordre, il avait intégré une agence de détectives privés au profil un peu louche. Son nom apparut encore deux ou trois fois dans les résultats... Puis plus rien. Seth essaya toutes les options qui lui vinrent à l'esprit, avant d'arriver à une conclusion : il n'y avait que deux raisons probables à sa disparition. La première : Braedon avait déménagé. C'était parfois fastidieux de se renseigner sur un permis de conduire ou une demande de licence de détective privé faite dans un autre État. La seconde : il était mort, sans tambour ni trompette. Pas d'enquête sur sa mort, pas de notice nécrologique, pas d'enterrement.

Seth écouta les bruits en provenance de la cuisine, où Robin préparait le déjeuner. Son père allait revenir d'une minute à l'autre. L'un de ses anciens collègues allait le ramener à la maison.

Tout en s'étirant, il hésita à appeler Hammond pour lui parler de ce McCormick. Il ne voulait pas partager tout ce qu'il savait, mais un policier de Seattle aurait peut-être accès à plus d'informations que lui.

Pendant qu'il continuait à réfléchir, son portable sonna. C'était justement le sergent.

— Ici Renner.

— Je voulais vous informer que pour le moment Winstead reste en ville. Et il le fait de façon vraiment ostensible. Ce matin, il est allé à un petit déjeuner sophistiqué avec une directrice technique, puis s'est arrêté à la mairie. Il s'est débrouillé pour trouver un journaliste, à qui il a fait une déclaration à propos d'un projet de référendum. Aux dernières nouvelles, il est allé au Palisade avec l'une des assistantes du maire pour un déjeuner au bord de l'eau.

— Coûteux ?

— Très. On se demande ce qu'il va prévoir pour le dîner, ironisa Hammond.

— Écoutez, Mme Hollis se souvient d'un homme qui a travaillé pour Richard, mais qui n'est pas sur votre liste. Un certain McCormick. Il se faisait appeler Brad, mais je pense que son vrai prénom est Braedon, expliqua-t-il, avant de partager ce qu'il avait appris sur l'homme.

— Il est sans doute encore employé par cette boîte de détectives privés. Est-ce que Mme Hollis pense que c'est peut-être lui qui a tenté d'enlever son fils ?

Non, elle pense qu'il est mort n'était pas la réponse que Seth était prêt à donner.

— C'est une possibilité. Il jouait parfois les chauffeurs pour Winstead mais, d'après elle, il était surtout garde du corps.

Il hésita.

— Pendant les mois où elle essayait de trouver une occasion de quitter son enfoiré de mari, ce McCormick était toujours dans les parages, à la surveiller.

— D'accord, acquiesça Hammond. Je vais commencer à creuser.

La question était de savoir s'il allait trouver un corps à déterrer.

14

Robin ferma la porte de la salle de bains au nez de Michael. Dommage qu'il n'y ait pas un moyen de la verrouiller plus efficace que ce petit bouton-poussoir inutile. Une épingle à cheveux suffirait à le crocheter. Même Jacob n'aurait sûrement aucun mal à le faire sauter.

Bien sûr, Michael n'allait pas essayer. Non, il allait se contenter de traîner dans le couloir, là où il serait sûr de la voir dès qu'elle sortirait.

Cela semblait être le plan des Renner père et fils : garder l'œil sur elle en permanence. Comme Jacob avait lui aussi tendance à la suivre à la trace, elle était sur le point de devenir complètement folle.

Après avoir fermé la lunette des toilettes, elle s'assit. Elle enfouit les doigts dans ses cheveux et tira sur les mèches. Que feraient-ils si elle ne sortait pas d'ici ?

Ils bricoleraient ce fichu verrou pour ouvrir la porte, voilà ce qu'ils feraient. Dans le cas de Michael, il agirait avec sollicitude. Il se montrerait curieux de savoir pourquoi elle éprouvait le besoin de se cacher. Seth lui lancerait un regard de braise indiquant qu'il était aussi frustré qu'elle. Et, oui, c'était certain, la frustration sexuelle contribuait vraiment à sa mauvaise humeur. Seth et elle ne pouvaient pas refaire l'amour dans cette maison, maintenant que son père était rentré. Et où pouvaient-ils aller ? Dehors, où n'importe qui pouvait venir droit sur eux ? Chez Seth, en laissant Jacob vulnérable avec seulement un homme blessé pour veiller sur lui ?

Seth et elle n'en avaient pas discuté. Le seul moment où ils s'en étaient rapprochés était le soir où Michael était rentré de l'hôpital. Après l'avoir raccompagnée jusqu'à la porte de sa chambre, Seth avait murmuré :

— Bon Dieu, je crève d'envie de t'embarquer dans mon lit.

Elle avait serré les cuisses, dans l'espoir vain de réprimer le puissant élan de désir qui s'emparait d'elle.

Hier, pendant la sieste de Jacob, Seth l'avait entraînée dehors. À peine passé le coin de la maison, il l'avait embrassée à perdre haleine, au point de lui couper les jambes. Une fois de retour sur la terrasse, il lui avait communiqué les dernières informations transmises par son contact à la police de Seattle.

Il avait probablement voulu l'embrasser avant de lui donner la mauvaise nouvelle : Braedon McCormick avait disparu des radars à une période correspondant au moment où elle lui avait fracassé la tête.

— Mais il y a quelque chose qui cloche dans tout ça, avait ajouté Seth. Pourquoi Winstead n'aurait-il pas signalé sa mort, s'il a bien trouvé le cadavre de ce type en rentrant chez lui ? Si ton ex te soupçonnait, il aurait pu te mettre dans de beaux draps, ce qu'il aurait sûrement savouré. S'il avait appelé les secours sans parler de toi, la police de Seattle aurait mené l'enquête en partant du principe qu'il y avait eu un intrus dans la maison. Au lieu de ça, on dirait qu'il a enterré le corps ou l'a balancé dans la baie.

Elle n'y comprenait rien non plus. Sans compter qu'elle ne cessait de repenser à une autre théorie évoquée par Seth. Et si elle n'avait pas tué Brad McCormick ? Rendu furieux par l'incompétence de son homme de confiance, son ex-mari avait peut-être fini le travail, avant de se rendre compte qu'il avait dû laisser des traces médico-légales incriminantes.

Elle avait déjà assisté à la rage froide de Richard face à un employé qui ne sautait pas assez haut quand il claquait des doigts. Oui, il était capable de tuer quelqu'un dans un accès de colère autant que de sang-froid – ou, comme le disait la loi, avec préméditation. Comme, par exemple, une ex-femme qui n'avait eu aucun droit de le quitter.

Avec un soupir, elle finit par renoncer et quitta son refuge.

Dans la cuisine, elle trouva Seth et Michael engagés dans ce qui semblait être une conversation animée. Seth s'interrompit au milieu d'une phrase, et ils tournèrent la tête vers elle à la seconde où elle apparut.

— Ça va ? demanda Seth.

— Je vais bien.

Elle avait choisi les mots qu'il détestait le plus au monde. Il serra les mâchoires, tandis qu'elle croisait les bras.

— De quoi discutiez-vous, tous les deux ?

— On faisait des projets, répondit-il sèchement.

— Pendant que j'étais gentiment hors de portée de voix ?

Il pinça les lèvres.

— On sait très bien quelle serait la meilleure chose à faire, poursuivit-elle. Jacob et moi, on doit aller quelque part où Richard ne pourra pas nous trouver. Tu pourrais m'aider.

— Hors de question, répliqua Seth avec brusquerie.

— Pourquoi ?

— Il faut que tu sois libre de vivre comme tu l'entends. D'utiliser ton vrai nom.

Il jeta un coup d'œil vers son père, avant de reporter son attention sur elle.

— De recevoir des soins médicaux, de revoir ta mère et ta sœur.

Elle pensait qu'il avait terminé. Elle avait tort.

— De te marier.

Bouche bée, Robin le dévisagea. Sous-entendait-il... Son cœur faisait des soubresauts dans sa poitrine.

Avait-elle imaginé son léger hochement de tête ?

Au bout d'un moment, elle reprit à mi-voix :

— Je sais que tu as raison. Mais ton père a été blessé à cause de nous. Si ça se reproduisait, s'il arrivait quoi que ce soit à l'un de vous...

Elle s'interrompit, incapable de dire « Si l'un de vous meurt ». Elle ne pourrait jamais se le pardonner non plus.

— Hé...

Seth s'approcha d'elle et lui releva le menton.

— Arrête de t'inquiéter comme ça.

Baissant la tête, il déposa un léger baiser sur ses lèvres.

C'était la première fois qu'il lui témoignait une marque d'affection devant son père, qui avait assisté à la scène en silence. Michael avait-il déjà compris qu'il se passait quelque chose entre eux ? Ou Seth lui en avait-il parlé ?

Elle recula.

— Je ferais mieux de... Heu...

Passer du temps avec son fils. Excellente raison. Elle termina sa phrase, puis s'enfuit.

Seth ne pouvait s'empêcher de se demander pourquoi Winstead annonçait au monde entier tout ce qu'il faisait et où il le faisait. Il aurait aussi bien pu acheter des panneaux publicitaires tout au long de l'autoroute entre Seattle et Portland.

Cela dit, si Robin se trompait en pensant que son ex voulait la tuer lui-même, la façon dont Winstead mettait en scène ses activités publiques pouvait se comprendre. En se rendant aussi facile à localiser, il espérait peut-être que Robin et la police en viennent à relâcher l'attention. Un tueur à gages n'aurait plus qu'à venir la liquider. Comme il avait un solide alibi, Winstead pourrait aller directement au tribunal réclamer la garde de son fils.

Dans l'état actuel des choses, il l'obtiendrait, et c'était une réalité qui rongeait Seth de l'intérieur. Il avait vraiment envisagé de suggérer un mariage hâtif avec Robin pour créer un lien légal entre Jacob et lui. Malheureusement, rien ne garantissait qu'il gagnerait la bataille pour la garde du petit garçon, même en montrant les dossiers médicaux de Robin au juge. Le fait que Winstead n'ait jamais rencontré Jacob ne comptait pas, étant donné qu'il pouvait arguer que la mère de l'enfant ne lui en avait jamais laissé l'occasion.

Seth entendit le vrombissement d'un moteur avant de voir un gros fourgon remonter l'allée. Pile à l'heure. Il sortit à la rencontre du conducteur et l'aida à décharger la porte qu'il avait commandée à l'entrepôt de bois. Il l'installerait dans l'après-midi.

Un bruit sourd résonna quand il appuya la porte contre le mur en bardeaux. Lorsqu'il rentra, il ne fut pas surpris de voir Robin rôder non loin de là.

— Je remplace la porte, déclara-t-il.

Ses lèvres s'incurvèrent et son regard s'éclaira.

— Je ne sais pas si j'ai envie d'être dans les parages pour assister aux étincelles que ça va provoquer entre vous.

Il se tourna en entendant le claquement de petits pieds en chaussettes sur le sol. C'était Jacob, qui venait voir ce qui se passait. Seth s'accroupit, prêt à attraper l'enfant qui se jeta dans ses bras. Il se releva, puis le fit tourner en l'air. Avec un gloussement, le petit tendit les bras comme s'il volait. Il avait pris l'habitude de galoper vers Seth une demi-douzaine de fois par jour pour « voler ».

Tout en riant avec lui, Seth sentit un pincement au niveau de son sternum. Jacob avait une personnalité ouverte et charmante, et tout le mérite en revenait à Robin. Elle avait fait de l'excellent travail, malgré la peur permanente dans laquelle elle vivait depuis des années. Le fait de la reconnaître dans le petit visage parsemé de taches de rousseur ne gâchait rien non plus. Seth ne verrait aucun inconvénient à ce que cet enfant l'appelle « papa ».

Oui, il était mordu, et plutôt deux fois qu'une.

— J'ai du travail, mon grand, déclara-t-il en reposant Jacob.

Robin prit son fils par la main.

— Tu as besoin d'aller au petit coin ?

— Non ! Non, non, non, non !

— Oh là là, fit Seth en souriant à Robin. Ça y est, on entre peut-être dans la terrible crise des deux ans. Où est papa ?

— Pendant que tu étais dehors, il a pris un antalgique. Il a dit qu'il allait s'étendre un moment.

Seth poussa un grognement.

— Pourquoi est-ce que tout le monde dit « Je vais bien » alors que ce n'est pas vrai ?

— Eh bien, je ne sais pas. Pour ne pas passer son temps à chouiner ?

Il éclata de rire, avant de l'enlacer pour l'embrasser. Robin rit à son tour, tout en rougissant.

Seth parvint à dégonder la vieille porte sans faire trop de bruit. Il utilisait une cale pour installer la nouvelle lorsque son père fit irruption dans la cuisine.

— As-tu oublié que c'est *ma* maison ? demanda-t-il.

— Non.

Après avoir vérifié que la porte s'ouvrait bien, il décida de passer à la suite : le remplacement du jambage et l'installation du nouveau verrou.

— Quoi ? Tu voulais que je pose un nouveau panneau vitré, comme pour inviter le prochain voleur à le casser ?

Son père se hérissa.

— J'ai mon arme à proximité.

Seth plissa les yeux.

— C'est vrai, mais normalement, tu la ranges dans un coffre-fort. Il faut que la maison soit assez sécurisée pour que tu aies le temps d'aller faire la combinaison et de sortir ce foutu pistolet. Et j'ai décidé que j'en avais assez de ce débat.

Soufflant comme un taureau sur le point de charger, son père s'éloigna d'un pas raide.

— Il est fâché contre toi, déclara Robin au bout d'une minute.

Seth sourit.

— Mais non, pas vraiment. Ce ne sont que des grands airs et des menaces en l'air.

— Ça ressemble surtout à un bras de fer père-fils.

Après avoir bordé Jacob, Robin sortit dans le couloir. La douche coulait dans la salle de bains de la chambre de Michael. Il devait se préparer pour aller se coucher tôt. Aujourd'hui, il avait tenté de cacher à quel point il souffrait, mais elle n'avait pas été dupe. Le kiné qu'il avait consulté la veille lui avait prescrit une série d'exercices deux fois par jour. Robin s'efforçait de garder ses distances quand il les faisait, pour qu'il ne se croie pas obligé de ravaler les sons de douleur qui lui échappaient. Elle avait remarqué que Seth faisait la même chose.

Il l'attendait au pied des marches et la regarda descendre l'escalier avec intensité. Il aurait tout aussi bien pu la toucher, étant donné la façon dont son corps s'électrisa instantanément.

— J'ai cru que Jacob n'allait jamais s'endormir, marmonna-t-il, avant de l'embrasser.

Il n'en fallut pas plus pour que Robin oublie son fils et Michael.

Jetant les bras autour du cou de Seth, elle se haussa sur la pointe des pieds pour qu'il n'ait pas à se pencher autant.

Il résolut le problème en la soulevant. Elle noua les jambes autour de sa taille et se pressa contre son érection. Avec un gémissement rauque, il la porta dans la cuisine, puis la posa sur le plan de travail en granit. Comme ses mains étaient désormais libres, il en profita pour la caresser, tandis qu'elle croisait les chevilles dans son dos et se frottait contre lui.

Seth releva la tête une fois et parut tendre l'oreille, avant de se baisser à nouveau pour reprendre possession de ses lèvres. En quelques secondes, Robin cessa de penser. Ici et maintenant, c'était parfait. Qui avait besoin de respirer ?

Elle parvint à glisser la main entre eux et lui déboutonna son jean, puis tâtonna pour baisser sa braguette.

Seth arracha sa bouche à la sienne et s'empara de sa main.

— Pas ici, chuchota-t-il, les pommettes empourprées. La salle de bains. On peut verrouiller la porte.

Robin était tellement excitée qu'elle jugea l'idée excellente. Elle se moquait complètement de ce que penserait son père s'il passait au mauvais moment dans le couloir et les voyait sortir de la salle de bains, échevelés, lèvres gonflées et vêtements de travers.

Seth la souleva à nouveau. Elle se trémoussa contre lui jusqu'à ce qu'il se mette à jurer à mi-voix. Il la débarrassa de son pantalon cinq secondes après être entrés dans la petite pièce.

— Le verrou, bredouilla-t-elle.

— Quoi ?

Le bleu de ses yeux semblait incandescent.

— Oh ! oui.

Après avoir enfoncé le bouton-poussoir, il la posa sur le meuble, au bord du lavabo. Ce n'était pas très confortable, mais elle n'y attacha aucune importance. Elle était trop occupée à baisser la fermeture Éclair de son jean pour libérer son sexe.

Il recula, le temps de mettre un préservatif, puis la pénétra sans plus de préliminaires. Elle laissa échapper un cri, que Seth étouffa en couvrant sa bouche de la sienne. Il bougea à un rythme effréné, sans la moindre délicatesse, lui donnant exactement ce dont elle semblait avoir besoin. La lenteur et la tendresse, ce serait pour une autre fois.

Robin sentit son corps imploser. Seth la suivit dans le plaisir une seconde plus tard, ce qui faillit la faire jouir à nouveau.

Il finit par poser le front sur son épaule. Il tremblait.

Ils se rhabillèrent en quelques minutes, puis redescendirent dans le salon et se blottirent l'un contre l'autre sur le canapé.

— Désolé, murmura-t-il. C'est gênant de partager la maison avec mon père. J'essaye de garder mes distances avec toi, mais je ne m'en sors pas si bien que ça.

— Non, répondit Robin en frottant la joue sur sa chemise. Moi non plus.

Un silence confortable s'installa. Au bout de cinq minutes, Seth reprit la parole :

— Tout à l'heure, tu nous as demandé de quoi on parlait. On discutait de mon idée de poster une policière chez toi.

Robin s'écarta de lui, incrédule.

— Tu t'imagines que Richard est stupide ? Il sait que je ne retournerais jamais là-bas.

— Non, je ne pense pas qu'il gobera ça, mais si je t'emmène à nouveau en douce et que cette femme emménage *ici*...

— Quoi ? Tu comptes laisser ton père faire face à une nouvelle attaque tout seul ?

— J'ai l'intention de l'envoyer avec toi. Moi, je resterai ici.

Rien d'étonnant à ce qu'ils se soient disputés. Seth n'avait-il pas compris à quel point son père se sentirait insulté ?

— Je déteste cette idée, lança-t-elle âprement.

Il resserra le bras autour d'elle.

— Je sais.

— Il nous a retrouvés ici.

Cette certitude la remplissait d'effroi.

— Il est peut-être retourné à Seattle, mais quelqu'un nous surveille forcément. Richard nous retrouvera où qu'on aille.

— Je dirais bien que son détective privé a trouvé mon nom en rapport avec l'enquête et a jeté un œil chez moi, puis chez mon père, sauf que...

Elle n'eut aucun mal à terminer sa phrase.

— Les lieutenants de police ne ramènent pas l'objet de leur enquête à la maison.

Pensive, elle s'écarta légèrement de lui, assez pour pouvoir étudier son visage.

— Pourquoi l'as-tu fait ?

— Tu sais pourquoi.

— Parce je te plaisais ?

Elle aurait pu jurer voir un sourire dans ses yeux.

— Parce que je savais que tu allais partir, répondit-il. Parce que avec Jacob tu étais particulièrement vulnérable. Parce que tu ressemblais beaucoup trop à une femme morte.

Le sourire finit par se former sur ses lèvres.

— Parce que je ressentais beaucoup plus que du désir depuis le début.

Robin s'obligea à demander :

— Tu regrettes ?

— Non.

Il referma gentiment sa grande main sur la sienne.

— Jamais. Si tu avais réussi à disparaître, tu m'aurais hanté pendant longtemps.

— Je... ne t'aurais pas oublié non plus.

Elle détourna un instant le regard.

— Je savais que tu aurais de la peine en découvrant qu'on était partis, admit-elle.

— Tu avais raison, murmura-t-il sans quitter son visage des yeux. Oui, j'aurais eu de la peine.

Elle ressentirait toujours de la culpabilité à propos d'Andrea, mais elle mesurait la chance qu'elle avait eue d'avoir Seth à la tête de cette enquête. Il semblait prêt à prendre n'importe quel risque pour Jacob et elle. Il serait sûrement prêt à risquer beaucoup pour n'importe quelle femme ou n'importe quel enfant dans une situation vulnérable. Mais... Si son père disait vrai, il n'en avait jamais ramené chez lui auparavant.

Elle n'en revenait toujours pas d'être capable de lui faire une confiance aussi aveugle. C'était sûrement grâce à son propre père. Même dans les pires moments de sa vie avec Richard, elle n'avait pas oublié qu'il existait des hommes fiables et gentils.

— Tu crois que Richard a renoncé ? Qu'il espère que tu décideras que ce n'est pas lui qui a tiré sur ton père ?

Les traits de Seth se durcirent.

— Non.

Il hésita, comme s'il n'était pas sûr de vouloir dire ce qu'il pensait, avant de se décider.

— Je crois qu'il nous tend un piège.

— J'ai toujours du mal à croire qu'il se contente de me tuer par procuration.

Et pourtant… Elle s'efforça de se glisser dans la tête de son ex-mari.

— Je ne sais pas, finit-elle par admettre. Je peux aussi visualiser à quel point il serait content de lui si la police venait lui parler. Il en ricanerait intérieurement.

Elle mima une expression inquiète et consternée.

— Lieutenant, je dînais avec le maire hier soir. Une douzaine de personnes peuvent jurer que j'étais là. Je ne comprends pas ce que vous attendez que je vous dise.

— Il serait tiré d'affaire, si ce n'est pour un petit problème.

— L'homme qu'il avait payé pour faire son sale boulot.

La mine sombre, Seth remarqua :

— Mais la disparition de Brad McCormick suggère que ton ex sait comment résoudre ce genre de problème.

Robin était quelque peu abasourdie d'être là, à discuter de l'hypothèse de son propre meurtre. Seth ne semblait pas trouver cela normal non plus, heureusement. Il paraissait encore plus perturbé qu'elle.

— En fait, commença-t-elle lentement, je continue à penser qu'il tirerait du plaisir à me tuer lui-même. Je n'ai jamais su dire s'il *aimait* vraiment me faire du mal, mais…

Le grand corps de Seth frémit contre le sien.

Elle déglutit, puis conclut :

— Il y avait quelque chose dans son attitude, après.

Il la contempla avec une expression de froide détermination.

— Disons que si je devais échanger des coups de feu avec qui que ce soit, j'aimerais bien que ce soit lui.

En proie à un mini-flash-back, elle rétorqua :

— Une fusillade, ça m'a suffi, merci bien. Si on arrivait à prouver qu'il était ici, tu pourrais obtenir un mandat pour vérifier ses armes à feu.

— On a montré des photos aux agences de location de voiture. Des policiers dépendant d'autres juridictions nous ont aidés. On a même poussé jusqu'à Vancouver.

La ville était en face de Portland, de l'autre côté du fleuve Columbia, ce qui la plaçait dans l'État de Washington.

— Malheureusement, étant donné qu'il possède un petit avion, ton ex peut atterrir dans n'importe quel aérodrome privé. Maintenant qu'il a fait tous ces efforts pour nous convaincre qu'il est un homme très occupé, incapable de quitter Seattle, il va concocter un plan pour faire l'aller-retour aussi vite que possible.

— Ça me réjouit d'avance, fit-elle en s'agrippant à nouveau par les épaules.

Quand Seth la vit faire, il leva un bras. Elle accepta aussitôt l'invitation et vint se blottir contre lui.

— Bon sang, j'aimerais tellement dormir avec toi ce soir, murmura-t-il.

Cette fois, ce n'était même pas une question de sexe, songea Robin en l'embrassant dans le cou.

— Moi aussi.

Le lendemain, après le petit déjeuner, Robin se tourna vers Seth.

— Tu pourrais aller faire quelques courses ? On a vraiment besoin d'aliments de base.

Il fronça les sourcils, mais hocha la tête d'un air réticent. Il n'avait manifestement pas envie de partir, mais les quelques supermarchés du coin ne livraient pas à domicile.

— Fais-moi une liste, et j'y vais.

— C'est fait. Laisse-moi vérifier que je n'ai rien oublié.

Deux minutes plus tard, il partit après avoir échangé quelques mots à mi-voix avec son père.

Michael avait désormais un holster à la ceinture pour ranger son pistolet. La plupart du temps, Seth ne rentrait pas sa chemise à manches longues dans son pantalon, ce qui lui permettait de couvrir son arme de service. Son père ne prit même pas cette peine. Robin devrait être habituée, à présent, à voir des hommes munis de pistolets dans la salle de bains ou dans la cuisine, mais elle avait encore du mal. Chaque fois que Richard avait ouvert son énorme coffre-fort en insistant pour qu'elle admire sa collection, elle s'était sentie barbouillée. Si elle avait fermé les yeux quand il lui avait fait essayer le tir sur cible, c'était pour une bonne raison.

Pourtant, voilà qu'elle était désormais protégée par des hommes armés. Et elle en était soulagée, même si cela la déstabilisait.

Pour le moment, Michael était assis à la table de la cuisine, le journal ouvert devant lui. Il observait la nouvelle porte avec un regard mauvais.

— Ce sale gamin pense qu'il peut dire à son vieux père ce qu'il doit faire, gronda-t-il.

— Il a peur pour nous, lui rappela Robin.

— Maman ?

Jacob, qui avait été assis par terre à jouer avec ses puzzles en bois, se leva et tira sur la jambe de son pantalon.

— Caca.

— On y va.

Comme son pot était à l'étage, elle se baissa pour le prendre dans ses bras.

Une ombre noire passa alors derrière l'une des fenêtres de la cuisine.

15

Seth ne cessait de relever le pied de l'accélérateur. Il n'aurait pas dû quitter la maison, songea-t-il, rongé par l'appréhension. Il n'aurait pas dû laisser Robin, Jacob et son père.

S'il se dépêchait, il pouvait arriver en ville, faire les courses et revenir en à peine plus d'une demi-heure. Son absence ne durerait pas trop longtemps. Il fallait bien qu'ils mangent.

Il regarda dans son rétroviseur, puis vérifia son téléphone. En cas de problème, son père ou Robin l'appellerait.

Heureusement que cette route n'était pas très fréquentée... S'il y avait eu plus de circulation, les voitures seraient en train de s'accumuler derrière lui.

Quand son portable sonna, Seth se rangea aussitôt sur le bas-côté. C'était Hammond, constata-t-il en décrochant.

— On l'a perdu, annonça le sergent sans préambule. Winstead est censé faire un discours ce soir pendant un dîner du Rotary Club, mais ça lui laisse largement le temps de faire l'aller-retour. Je viens d'appeler Boeing Field. Il n'a pas déposé de plan de vol – il le fait rarement, d'après mon interlocutrice —, mais il s'est envolé il y a déjà plusieurs heures.

— Il pourrait déjà être sur place.

Et je viens de laisser ma famille sans protection.

— Où êtes-vous ? demanda le policier.

— Pas là où je devrais être, répondit Seth d'une voix étranglée par la panique.

Après avoir raccroché, il lâcha son portable sur le siège et tourna le volant pour faire demi-tour. Puis il enfonça l'accélérateur.

Robin se figea, les mains tendues à quelques centimètres de Jacob. Avait-elle imaginé ce qu'elle croyait avoir vu ?

Non.

— Michael, murmura-t-elle, la bouche sèche.

Quand il se tourna vers elle, il était déjà sur le qui-vive. Le ton de sa voix avait déjà dû l'alerter.

— Il y a quelqu'un dehors.

Il se leva sans bruit, dégaina son arme et l'empoigna à deux mains, le canon baissé vers le sol. Il la rejoignit en quelques enjambées.

— Vous deux, là-haut.

Robin souleva son fils. S'assurant qu'il la regardait, elle posa le doigt sur ses lèvres.

— Chut.

Avec un petit couinement, il se pelotonna contre elle.

— Venez avec nous, chuchota-t-elle.

Michael hocha la tête.

Robin posa chaque pied sur le sol aussi précautionneusement que possible. Le couloir lui fit l'effet d'un refuge jusqu'à ce qu'elle voie les trous dans le mur qu'ils n'avaient pas encore rebouchés.

En jetant un coup d'œil derrière elle, elle constata que Michael lui tournait le dos et balayait la maison du regard. Elle monta lentement les marches au lieu de piquer un sprint comme elle le voulait. *Mettre Jacob dans la baignoire. Appeler Seth, puis les secours.*

Ou était-ce l'inverse ?

Seth n'était peut-être pas encore arrivé en ville. Les pensées de Robin s'étaient fragmentées, et elle n'avait plus la moindre notion du temps qui s'était écoulé depuis son départ.

Lorsqu'elle se baissa pour poser Jacob dans la baignoire, elle tremblait.

— Non ! cria-t-il. Ne t'en va pas, maman ! Reste !

Elle plaqua la main sur sa bouche pour le faire taire.

— Chut, chut, chut.

Elle sentait les dents de son petit garçon claquer sous sa paume. Les taches de rousseur de Jacob ressortaient comme si quelqu'un avait fait des points avec un marqueur sur son visage. La terreur qu'elle lut dans ses yeux lui fendit le cœur.

En entendant une lame de parquet grincer, elle fit volte-face et manqua tomber. C'était Michael, sur le seuil de la salle de bains.

— Vous avez votre portable ? demanda-t-il à mi-voix.

Tout en hochant la tête, elle sortit l'appareil de sa poche.

— Je vais appeler. Mais... Et si jamais il n'y a personne ?

— Mieux vaut prévenir... que guérir.

Bien sûr, il avait raison.

Seth décrocha au bout d'une sonnerie.

— Robin ? demanda-t-il d'une voix tendue.

— On pense... *Je* pense avoir vu quelqu'un dehors. On est... On est à l'étage.

— Papa est avec toi ?

— Oui.

— J'arrive. Je serai là dans environ deux minutes.

Alors qu'il revenait de la ville ? s'étonna Robin.

— Hammond a appelé, poursuivit-il. Winstead a décollé il y a plusieurs heures.

Oh.

Un bruit de verre brisé résonna au rez-de-chaussée. Jacob poussa un cri, tandis que Robin sursautait.

— Il vient de casser une fenêtre.

— Restez dans la salle de bains et verrouillez la porte.

— Mais je ne peux pas laisser ton père...

— Fais-le.

La note implacable dans sa voix exigeait qu'elle obéisse.

— Je suis presque arrivé.

Même en sachant qu'il avait raccroché, elle demanda :

— Seth ?

Silence.

Seth décrocha le combiné de sa radio pour réclamer des renforts. Il aurait volontiers demandé l'intervention du SWAT, sauf que l'équipe n'arriverait pas à temps pour être d'une quelconque utilité. Avec un peu de chance, une autre unité de police serait peut-être à proximité.

Cet enfoiré de Winstead s'était déjà introduit dans la propriété.

Il avait surveillé la maison, attendant que ses occupants lui laissent une occasion d'agir. Cette fois, il n'allait pas repartir en toute impunité pour aller discourir devant un groupe d'hommes d'affaires. Hors de question de le laisser impressionner un public avec ses idées, son combat pour les opprimés, son sens de l'humour aiguisé, et de se faire passer pour autre chose que ce qu'il était, c'est-à-dire un prédateur avec du sang sur les mains.

Le pick-up franchit la colline sur la petite route de campagne à une vitesse folle, mais Seth n'effleura même pas la pédale de frein.

— Fermez la porte, ordonna sèchement Michael.

Il se courba lentement, comme si ses articulations lui faisaient mal, et s'accroupit. Tandis que Robin l'observait, il s'allongea sur le ventre dans le couloir. Ainsi, il était bien placé pour voir quiconque monterait les marches avant d'être vu lui-même. Lorsqu'il essaya de tendre les bras, braquant le pistolet en face de lui, il grogna et fit la grimace.

Robin sentit son ventre se nouer. Michael avait été blessé à l'épaule droite. Sa mobilité était limitée. Était-il même en état de presser la détente ?

Elle se glissa hors de la salle de bains.

— Laissez-moi...

Il lui lança un regard furieux.

— Faites demi-tour. Je peux y arriver.

— Avez-vous un autre pistolet ? murmura-t-elle.

Sans quitter des yeux la cage d'escalier, il répondit :

— Le coffre-fort dans mon placard. Il y a une arme de secours à l'intérieur.

Il lui dicta une combinaison.

Elle jeta un coup d'œil vers la baignoire, incapable de voir Jacob sans se relever complètement. Voilà l'effet que cela faisait d'être écartelée. Partir... Rester...

Non. Elle ne resterait pas accroupie dans cette salle de bains, impuissante, pendant qu'un sexagénaire blessé mourait pour la défendre.

À moitié courbée, elle courut vers la chambre principale.

Une soudaine pluie de coups de feu l'assourdit, et elle plongea sur la moquette en criant. On aurait dit une douzaine d'armes. Cette fois, Richard n'était pas venu seul.

Dans le silence retombé, elle rampa le reste du chemin. Une fois dans le placard, elle tourna le cadran du coffre d'une main tremblante, puis sortit l'arme qu'elle identifia aussitôt comme étant un revolver.

Après s'être relevée, elle se hâta jusqu'à la porte. Dos au battant, comme elle l'avait vu faire dans les films d'action à la télévision, elle se pencha pour voir dans le couloir.

Michael n'avait pas bougé. Le mur et le plafond au-dessus de lui étaient criblés de balles, mais, vu de derrière, il semblait indemne et vigilant. Sans pouvoir retenir un gémissement, Robin se baissa, puis rampa rapidement vers lui et son fils.

Huit cents mètres. Quatre cents mètres. Le pick-up fit une embardée et cahota lorsque Seth tourna dans l'allée. Se rappelant brusquement qu'il ne portait pas son gilet pare-balles, il marmonna un juron.

Pourvu que son père ait mis celui que Seth avait emprunté pour lui...

Il entendit alors une rafale de coups de feu. Ils étaient si nombreux qu'il eut l'impression d'approcher d'un stand de tir en plein air.

Non, il n'arrivait pas trop tard, se répéta-t-il.

Le soleil se réfléchissait sur les vitres, qui semblaient intactes à l'avant de la maison. Dans l'espoir d'attirer le ou les tireurs hors de la bâtisse, Seth s'arrêta dans un crissement de pneus sur sa place de parking habituelle. D'un coup d'œil rapide, il ne vit ni mouvement ni dégâts ici non plus.

Tout en coupant le contact, il se courba, déjà prêt à sortir. Il comptait s'abriter derrière la portière qu'il venait d'ouvrir. Il était en train de se glisser hors du pick-up lorsque les vitres explosèrent simultanément. Surpris, il tomba lourdement sur le gravier compacté.

Les dents serrées, il se propulsa derrière le pare-chocs arrière et s'obligea à se ressaisir. Cela faisait longtemps qu'il n'avait pas vu ni entendu ce qu'un fusil d'assaut semi-automatique était capable de faire.

Accroupi derrière le véhicule, il leva le hayon et s'empara de son gilet en Kevlar.

Alors qu'il levait les mains pour boucler le gilet, il aperçut quelque chose qui le fit s'immobiliser. Des taches sombres sur le sol. Bon Dieu… Du sang imbibait la manche de sa chemise et coulait le long de sa main. L'une de ces balles l'avait atteint, et il ne s'en était même pas rendu compte. Il ne sentait toujours rien, d'ailleurs. Après s'être essuyé les doigts sur son jean, il finit d'attacher la sangle en velcro.

À en juger par les détonations de tout à l'heure, Winstead s'était frayé un chemin à l'intérieur en tirant comme un forcené. Avait-il déjà mis la main sur Jacob ? Seth secoua la tête. La seule façon dont cette ordure aurait pu s'emparer du petit garçon qu'ils aimaient tous aurait été de tuer les deux adultes dans la maison. Ils avaient réussi à se cacher à l'étage, il le savait. Il refusait de croire qu'ils étaient morts.

Il savait d'expérience que la douleur allait surgir d'un coup. Avec un peu de chance, elle se tiendrait à distance et ne le distrairait pas au mauvais moment. Levant son Glock en position de tir, il longea le côté passager du pick-up, le plus silencieusement possible pour ne pas dévoiler sa position. Il n'était pas intimidé à l'idée d'être confronté à un fusil d'assaut. Il n'avait besoin que d'une seule balle.

Robin était arrivée tout près de la porte de la salle de bains lorsqu'une nouvelle rafale retentit. Elle se jeta à terre, remarquant en même temps que Michael s'aplatissait au maximum sur le sol. Comme les éclats de plâtre ne volaient pas autour d'eux, elle en tira une conclusion : les coups de feu n'étaient pas tirés dans la maison.

— Sacré nom de nom, jura Michael. Je parie que Seth est là.

Seth avait dû arriver sans se cacher pour essayer d'attirer l'attention de Richard, comprit-elle, au bord de la nausée. S'il était mort dans cette pluie de balles…

Elle essuya sa joue humide.

— On dirait que Richard a amené une armée entière avec lui. Pourquoi ferait-il ça ?

Michael détacha son regard du haut des escaliers pendant un bref instant.

— Je ne crois pas que ce soit le cas. Ça m'a plutôt l'air d'être un fusil d'assaut.

Mais oui, bien sûr, songea-t-elle avec dégoût. Après avoir lu des articles sur des fusillades dans les écoles, où des adolescents s'étaient procuré un AR-15 ou équivalent, Robin avait été horrifiée la première fois qu'elle avait vu les deux fusils que Richard avait en sa possession. Quand elle lui avait demandé pourquoi il les avait, il avait répondu : « Parce que je peux le faire. » Les membres du conseil municipal de Seattle risqueraient d'être choqués s'ils savaient qu'il avait des armes tout court, alors que dire des plus mortelles d'entre elles… Cela résumait bien Richard : cette façade d'homme charitable et de militant était comme la mince croûte qui se formait en refroidissant au-dessus de la coulée de lave incandescente et mortelle.

— Qu'est-ce qu'on peut faire ? murmura-t-elle.

Michael secoua la tête.

— Rien.

Alors elle s'accroupit sur le seuil de la salle de bains, l'arme serrée dans ses mains moites. Et elle attendit.

Seth s'allongea près du pare-chocs avant du pick-up. De cette façon, il verrait les jambes et les pieds de Winstead si celui-ci apparaissait au coin de la maison. Cet enfoiré était peut-être une bonne gâchette, mais il n'avait pas servi dans l'armée. Il n'avait pas non plus reçu de formation policière et n'avait pas l'expérience du terrain. Étant donné la façon dont Seth avait foncé jusqu'à la maison, Winstead devait se douter que d'autres policiers étaient en chemin. Ses possibilités d'action se réduisaient. Il voudrait d'abord s'assurer que Seth était mort avant de reprendre l'attaque à l'intérieur. Même s'il était capable de patience, il ne pouvait pas se permettre d'attendre.

Sauf s'il estimait que Seth était déjà hors de combat.

Sauf s'il avait déjà capturé Jacob et était en train de fuir dans les bois en direction de sa voiture... Cette affreuse hypothèse et le silence absolu pesaient sur les nerfs de Seth.

Son instinct lui disait qu'il faisait ce qu'il fallait. Mais un simple coup d'œil lui montra qu'il saignait comme une fontaine.

Une autre rafale de balles fut tirée depuis la maison. Seth se mit à courir.

Michael roula sur le côté en grognant. Du sang. Mais ne provenant pas de la même blessure.

Du bas de l'escalier, Richard s'adressa à eux d'une voix pleine d'arrogance :

— Si vous voulez que le gamin survive, vous ne tirerez pas. Vous allez me laisser monter et prendre *mon* fils. C'est trop tard pour *le vôtre*. Il est mort, et je suis mieux armé que vous.

Non !

Horrifiée, Robin vit qu'au cours de la fusillade Michael avait lâché son pistolet. Il tâtonna pour le récupérer, mais il semblait incapable de refermer les doigts dessus. Dans un geste désespéré, il tendit la main gauche vers l'arme.

L'horrible nouvelle de la mort de Seth lui fit l'effet d'un coup de tonnerre juste au-dessus d'elle, alors qu'elle était exposée à l'air libre, à attendre que la foudre tombe. Ce que Richard ne pouvait pas savoir était que son chagrin muet servit à rendre sa haine encore plus forte.

Elle se leva lentement, toujours incapable de voir Richard. Elle se campa sur ses jambes comme il le lui avait appris. Les deux mains serrées sur la crosse, elle posa le doigt sur la détente. *Vise bas*, s'ordonna-t-elle presque froidement, *et n'oublie pas le recul.*

Elle aperçut le dessus d'une casquette de base-ball bleue.

Encore un pas, le supplia-t-elle en silence.

Il monta une marche, leurs regards se croisèrent... et du bas de l'escalier résonna un ordre sec :

— Lâche ton arme ! Maintenant !

Richard fit volte-face, tenant toujours son fusil en position de tir.

Elle pressa la détente, entendit d'autres détonations et vit Richard tomber en avant. Trois bruits sourds s'ensuivirent, correspondant sûrement au choc de son corps rebondissant sur les marches.

— Robin ? s'écria Seth d'un ton affolé. Papa ? Je monte.

Les bras soudain dépourvus de force, Robin baissa son arme, canon vers le sol.

— On est ici, parvint-elle à répondre. On va bien.

Et elle s'accroupit pour poser le revolver.

Au moment où Seth apparaissait, son visage crispé reflétant la terreur qu'il avait éprouvée, elle entendit une sirène au loin.

Alors qu'elle était prête à abandonner le vieux pick-up de Michael au beau milieu du parking de l'hôpital, et tant pis si la fourrière passait, Robin finit par repérer une place libre. Elle se gara, sortit en trombe du véhicule et courut vers l'entrée des urgences.

Ils ne l'avaient pas laissée aller à l'hôpital avec Seth et Michael. « Ils », c'étaient les membres des forces de l'ordre qui avaient répondu à l'appel, incluant plusieurs uniformes différents et des grades variés. Comme elle n'était pas blessée, ils attendaient d'elle qu'elle leur explique tout ce qui s'était passé. Ils lui annoncèrent que, de toute façon, elle n'aurait pas le droit d'emmener un enfant de l'âge de Jacob dans une salle de réveil. En outre, elle ne pourrait pas rendre visite à l'un ou l'autre des deux hommes s'ils se retrouvaient en soins intensifs, ni même s'ils étaient installés dans une chambre pour la nuit.

Luttant pour ne pas perdre pied, elle avait raconté toute l'histoire du début à la fin à deux reprises. Quant aux événements du jour, elle les avait décrits une demi-douzaine de fois. Ils l'avaient interrogée dans le salon, mais elle n'avait pas pu ignorer les flashs qui se déclenchaient près de l'escalier : un enquêteur de scène de crime photographiait le corps de son ex-mari, étalé sur les dernières marches, les pieds en l'air, la tête en bas.

L'image de l'homme qu'elle avait épousé autrefois, abattu de plusieurs balles, resterait gravée en elle. Heureusement que Seth avait fait attention en portant Jacob au rez-de-chaussée : il avait veillé à ce que le petit garçon ne voie pas une seule goutte de sang. Sauf, peut-être, celui qui ruisselait sur Seth.

Elle ne savait toujours pas si son coup de feu avait tué Richard ou s'il avait atteint son gilet. Quoi qu'il en soit, elle n'avait pas été la seule à appuyer sur la détente. Seth avait tiré à plusieurs reprises, lui semblait-il, et Michael au moins une fois. Mais peu importait lequel d'entre eux l'avait tué. Elle n'éprouvait pas le moindre regret.

Après avoir eu l'autorisation de partir, Robin avait laissé Jacob chez Iris, pour le plus grand plaisir de celle-ci. Une fois dans le service d'urgences, elle se précipita à l'accueil.

— Seth Renner ? Le policier ?

— Et vous êtes ?

— Robin Hollis. Je vis avec lui et son père, déclara-t-elle simplement. Les enquêteurs m'ont retenue pour prendre ma déposition.

— Je vais me renseigner.

Deux minutes plus tard, la femme revint.

— M. Renner Sr est toujours ici aux urgences, mais le lieutenant Renner a été emmené au bloc. D'après le dossier, il est désormais en salle de réveil.

Après avoir demandé à voir Michael, Robin eut la permission de franchir les portes doubles. Elle trouva un homme affolé, vêtu de son propre pantalon et d'une chemise d'hôpital, qui affirmait que personne ne lui disait rien. On avait dû lui enlever une grosse écharde d'une dizaine de centimètres, mais l'essentiel de son inconfort était dû à la première blessure. Il avait passé des radios et attendait son tour pour une IRM, alors qu'il ne voulait qu'une chose : savoir comment allait son fils.

Avec sa bénédiction, Robin se rua dans l'aile chirurgicale. Là, elle dut patienter quinze minutes interminables avant d'avoir le droit de voir Seth.

À moitié assis sur le lit, il croquait de la glace pilée. Elle le trouva magnifique, malgré sa mine affreuse. Il était dans les vapes, il avait la peau cireuse et les cheveux ternes... Mais il était en vie. Et réveillé. Dès qu'il la vit, son expression s'illumina, et il tendit sa main valide vers elle.

Robin s'y accrocha.

— Ils t'ont enlevé une balle ?

— Non. Ils ont seulement dû faire un peu de réparation, répondit-il d'un ton bougon. Ils n'ont même pas eu besoin de me faire une anesthésie générale. Je ne suis pas dans le cirage, et je veux partir d'ici.

Elle se pencha pour embrasser sa joue râpeuse.

— Ton père est aussi grincheux que toi.

Il exigea de savoir ce qui s'était passé depuis qu'il avait été emmené à l'hôpital. Elle lui raconta comment elle avait été interrogée, puis avait emmené Jacob chez Iris. Elle lui répéta ensuite ce qu'elle savait sur l'état de santé de Michael.

Quand elle eut terminé, il se concentra sur elle avec son intensité habituelle.

— Est-ce que tu vas bien, Robin ?

Elle lui adressa un sourire tremblant, avant de répondre :

— Oui. C'était affreux et terrifiant, mais...

— C'est fini.

— Mes genoux n'arrêtent pas de se dérober, mais en même temps j'ai l'impression de pouvoir respirer pour la première fois depuis des années. Si tu ne m'avais pas empêchée de fuir...

— Je n'ai pas franchement assuré, en matière de protection, déclara-t-il d'un ton morne. Si Hammond ne m'avait pas appelé, je ne sais pas si j'aurais fait demi-tour et si je serais arrivé à temps.

— J'ai pensé que tu étais mort.

Le souvenir était tellement vivace que, pendant un bref instant, elle crut le perdre à nouveau. La stupeur et l'horreur qu'elle avait ressenties étaient toujours présentes en elle.

— J'ai pensé...

Elle s'interrompit, la gorge trop serrée pour parler.

— Tu as cru ce qu'il a dit ? demanda Seth.

Malgré son état post-chirurgical et les reproches qu'il s'adressait, il parvint à trouver l'énergie de lui sourire.

— Tu n'as aucune foi en moi.

Les joues humides de larmes, elle se pencha pour presser son visage sur le drap blanc qui couvrait le buste de Seth. Elle écouta les battements réguliers de son cœur, sentit son torse se lever et s'abaisser au rythme de sa respiration.

— J'espère que je l'ai tué, chuchota-t-elle.

— Non.

Tout en lui caressant les cheveux, il enchaîna d'une voix douce :

— Tu en as assez vu pour te donner des années de cauchemars. Tu n'as pas besoin d'avoir ça aussi sur ta conscience.

S'agaçant elle-même, Robin essuya ses larmes et se redressa.

— Pourquoi est-ce que ça serait sur ma conscience ? Il avait l'intention de nous tuer, puis d'enlever Jacob. De le maltraiter, de le frapper...

Elle s'étrangla sur le reste de ses paroles. En quoi Richard aurait-il transformé son petit garçon au tempérament joyeux ? Mieux valait ne pas y penser.

— D'accord, admit Seth.

Il fit courir le dos de sa main sur la joue de Robin, avec une expression si tendre qu'elle sentit ses yeux s'humecter encore.

— Est-ce que tu as déjà appelé chez toi ?

Elle le dévisagea.

— Quoi ?

— Je parie que ta mère aimerait avoir de tes nouvelles. Ta sœur aussi. Elles vont enfin pouvoir rencontrer Jacob.

Il eut un sourire un coin, et ses yeux se firent plus vifs.

— Elles peuvent annoncer aux médecins qu'il est temps de programmer l'opération.

— Il fallait d'abord que je te voie.

En réalité, l'idée d'appeler sa famille ne lui avait même pas traversé l'esprit. Mais même si elle y avait pensé... elle se serait quand même précipitée à l'hôpital.

Seth s'empara à nouveau de sa main. Il semblait soudain incertain.

— Tu vas rester à Lookout, n'est-ce pas ? Je veux dire, après avoir revu ta famille. Tu dois bien savoir que je suis amoureux de toi.

— Moi aussi, je suis amoureuse de toi.

Sa vision se brouillait, c'était agaçant.

— Flûte, tu me transformes en guimauve.

— Tant mieux, affirma-t-il avec un sourire rayonnant de bonheur. Viens par là.

Quand il tira sur sa main, elle se laissa aller contre lui.

En temps normal, Robin se serait demandé comment il était capable d'embrasser ainsi en ayant un cocktail de médicaments dans le sang et un bras couvert de bandages. Mais la situation était exceptionnelle, et elle ne put que l'embrasser en retour. Ils commencèrent en douceur, avant de céder peu à peu à la passion. S'il avait été dans une chambre individuelle, ils seraient peut-être passés à l'étape supérieure, ou du moins à l'étape permise par son état de santé. Dans l'état actuel des choses… Robin s'arracha à ses lèvres et posa la tête sur son épaule.

Tandis qu'il lui caressait les cheveux, elle se sentit tout à coup incroyablement jeune. Non, ce n'était pas le bon mot, décida-t-elle, identifiant enfin une émotion qui ne lui était plus familière depuis longtemps.

L'espoir.

Épilogue

Un après-midi de juillet, la petite famille de Robin se retrouva dans le jardin de sa mère pour fêter ce qui se passait autour d'un bon repas. Le soleil brillait, les roses adorées de sa mère étaient magnifiques. Seth faisait cuire des hamburgers sur le vieux barbecue weber installé sur la terrasse. Quant à Jacob, il venait de s'effondrer à l'ombre après avoir couru en rond jusqu'à en avoir le tournis.

Ayant refusé toute aide en dehors de celle de Seth, sa mère entrait et sortait de la maison, les bras chargés de nourriture et de plats. Ses joues semblaient un peu plus roses que ne le justifiait la chaleur, peut-être parce que Michael souriait à chaque fois qu'il la voyait.

Robin et Allie étaient confortablement allongées sur des transats coordonnés. Elles étaient tantôt à l'ombre, tantôt au soleil, en fonction du vent qui agitait les branches du cerisier en fleur au-dessus d'elles. Robin portait une robe d'été sans bretelles, tandis qu'Allie était vêtue d'un short et d'un polo. Ses vêtements cachaient son cathéter, mais pas à quel point elle était devenue frêle.

— Tu sais que je vais perdre le meilleur créneau de lecture que j'avais par ta faute, remarqua-t-elle avec nonchalance.

Tournant la tête vers elle, Robin lui sourit.

— C'était si relaxant que ça, la dialyse ?

Allie éclata de rire.

— Je me suis dit que je devais trouver un inconvénient quelque part pour arrêter de voir tout en rose.

L'opération était prévue le lendemain. À la fin de la journée,

Robin aurait un rein en moins, mais Allie en aurait finalement un en bonne santé. Parfois, Robin avait encore du mal à croire qu'elles en étaient enfin arrivées là. Et comme elle le faisait à chaque fois qu'elle avait cette pensée, elle tourna les yeux vers Seth. Son sauveur, son amant, son fiancé.

Il avait demandé à adopter Jacob, qui aurait bientôt un grand-père en plus d'une grand-mère.

Il lui adressa un sourire chaleureux, sexy… et plein de promesses.

Après avoir posé le plat de hamburgers sur la table de pique-nique, il annonça d'une voix forte :

— C'est prêt.

Jacob bondit sur ses pieds et courut droit vers lui. Seth le souleva, lui fit faire un tour d'avion exceptionnellement doux, avant de l'installer sur sa chaise haute.

Se sentant aussi légère que des aigrettes de pissenlit, Robin se leva et tendit la main vers sa sœur.

— Viens te régaler. Tu vas vite découvrir si la nourriture d'hôpital est aussi mauvaise qu'on le dit.

Allie sourit avec une joie simple.

— C'est un tout petit prix à payer.

— Tu as raison.

Elles s'étreignirent, puis allèrent s'asseoir avec les autres et commencèrent à remplir leurs assiettes.

CINDY DEES

Dans l'ombre du secret

Traduction française de
CATHERINE VALLEROY

BLACK ROSE

HARLEQUIN

Titre original :
NAVY SEAL'S DEADLY SECRET

Ce roman a déjà été publié en 2021.

1

— Waouh, Anna ! Regarde le type à la table numéro 9 !

Anna Larkin jeta un coup d'œil à l'homme en question. Il se tenait un peu recroquevillé, comme s'il avait voulu se fondre dans le décor. Cela lui aurait été impossible. Grand, brun, large d'épaules, il avait des yeux si bleus qu'elle les distinguait depuis l'autre bout du Pittypat's Diner. Pas le genre d'homme à passer inaperçu parmi les simples mortels de Sunny Creek. Il en avait pourtant l'uniforme : chemise de flanelle aux manches roulées, jean usé et bottes de cow-boy.

— Eh bien, vas-y, lança Patricia, va servir ce bel homme dépourvu d'alliance.

Anna leva les yeux au ciel. Mais elle rajusta tout de même son T-shirt avant de lui apporter un verre d'eau.

En approchant, elle se rendit compte que sa patronne était au-dessous de la réalité. Le visage de l'homme était bronzé, ses traits marqués et ses pommettes comme sculptées dans le granit. Elle supposa qu'il avait une trentaine d'années. Une fine cicatrice rouge courait de son oreille au col de sa chemise.

Elle l'observa de plus près. Il lui paraissait familier, mais elle se serait rappelé un visage comme celui-ci. La prudence reprit cependant le dessus. Elle avait suffisamment souffert d'avoir croisé la route d'un bel homme pour se méfier de ses réactions jusqu'à la fin de sa vie.

Peut-être fut-ce pour cette raison qu'elle posa trop vite le verre d'eau, ce qui le fit déborder et arroser les genoux de l'homme. Il sursauta, et leurs mains entrèrent en contact quand ils voulurent tous deux se saisir d'une serviette en papier. Anna sentit comme une décharge électrique et, ébranlée, recula d'un pas.

— Désolée, bafouilla-t-elle.

— Ce n'est que de l'eau, grommela-t-il.

Il lui retira la serviette des doigts et épongea son pantalon. Se rendant compte avec horreur qu'elle fixait son entrejambe, elle marmonna :

— Je vais, euh… vous chercher un autre verre d'eau.

— Je préférerais une tasse de café.

— Bien. Comment, euh, l'aimez-vous ?

Il leva les yeux, comme si un sous-entendu alarmant s'était glissé dans sa question. Une ombre de sourire passa sur ses lèvres.

— Chaud et sucré.

Elle resta plantée devant lui jusqu'à ce qu'il dise :

— Du café ? Je peux en avoir une tasse ?

— Bien sûr. Ça vient tout de suite.

Le visage enflammé par l'embarras, elle pivota sur elle-même. Bonté divine, elle l'avait dévisagé comme une écolière amoureuse. Alors qu'elle n'était plus écolière et encore moins amoureuse. Elle était les deux quand elle avait quitté Sunny Creek à dix-huit ans, mais Eddie Billingham lui avait bien vite ôté ses illusions.

— Ça va ? lui demanda Patricia. Tu as l'air d'avoir vu un fantôme.

— Aucun fantôme ici, rétorqua-t-elle.

Juste dans sa tête. Le fantôme de son moi innocent. Le fantôme de ses rêves juvéniles. Le fantôme d'Eddie…

— N'est-ce pas l'un des fils Morgan ? insista Patricia. Il me dit quelque chose.

Anna jeta un coup d'œil au client et sursauta en voyant qu'il la regardait sans se cacher. Elle détourna hâtivement les yeux et les reporta sur la cafetière. La famille Morgan avait quatre fils et deux filles, mais, à sa connaissance, ils avaient tous quitté Sunny Creek au cours de la décennie précédente.

— Il ressemble aux Morgan avec ces cheveux bruns et ces yeux bleus. Et il est aussi beau qu'eux.

— Si vous le dites.

Au lycée, elle n'avait d'yeux que pour un Billingham blond aux yeux bleus. Qu'elle était stupide ! Elle versa le café et garnit la tasse de sucre et de crème. Déterminée à ne rien renverser, elle déposa soigneusement la commande devant le client.

— Je peux vous servir quelque chose à manger ?

— Non. Je n'ai pas faim.

— Petunia a fait de la pâtisserie. Vous êtes sûr que vous ne voulez pas une part de tarte à la citrouille ?

— Non, merci.

Elle préféra ne pas insister. Elle s'éloigna pour s'arrêter un instant au box suivant occupé par un couple qui demanda l'addition, lui donnant ainsi un prétexte pour revenir dans cette partie de la salle. Elle déposa l'addition et repassa devant la table du bel homme.

— Vous voulez une autre tasse ?

— Non. Le marché, c'était juste que je prenne un café.

Quel marché ? fut-elle tentée de demander, mais il la désarçonna en regardant derrière elle les sourcils froncés.

— Quelqu'un vient d'entrer, marmonna-t-il.

Loin d'elle l'idée de quémander son attention ! Elle lui tourna le dos et s'avança vers le nouvel arrivant, un homme seul également. Celui-là avait la vingtaine. Et semblait défoncé. Ses mains étaient agitées et ses talons frappaient le sol comme un danseur de flamenco survolté.

Elle connaissait cet air. C'était celui d'Eddie quand il sniffait du crack… et se servait de ses poings sur elle.

Le type s'approcha du comptoir. Résolue à se montrer polie, elle le contourna pour lui demander s'il voulait un box.

Ce faisant, elle jeta un coup d'œil au client par-dessus l'épaule du nouvel arrivant. Il les observait d'un air méfiant. L'appréhension la gagna. La peur de faire quelque chose de mal, de provoquer une violente jalousie.

Mais non. Ce n'était pas Eddie. Elle poussa un soupir et fit face à M. Flamenco.

C'est alors qu'elle avisa un éclair métallique dans son poing. *Un couteau.* Son regard se braqua sur la lame et le temps parut ralentir.

Bien sûr que c'est un couteau. Le karma.

Elle vit l'homme faire un pas vers elle, et le monde se rétrécit.

Bien sûr qu'il allait lui planter sa lame dans le ventre. Comme elle avait éventré Eddie.

Le soulagement l'envahit. Dieu merci, c'était fini. La justice immanente l'avait rattrapée. Elle n'aurait plus à fuir, plus à sourire quand les gens lui présenteraient leurs condoléances.

Elle n'avait pas eu conscience d'attendre cela – le châtiment – jusqu'à ce que le voyou s'en prenne à elle.

Laissant retomber ses mains, elle rejeta les épaules en arrière et ferma les yeux. La paix, enfin. La fin de son mépris pour elle-même et de sa souffrance.

Mais elle se sentit repoussée en arrière et ouvrit les yeux, surprise. M. Flamenco lui avait passé un bras autour du cou et la plaquait contre lui. Elle chancela et se sentit étouffer. Elle se laissa aller, sans chercher à lutter. Le voyou se retourna et s'adossa au comptoir, l'entraînant avec lui.

C'est alors qu'elle vit le client sortir de son box en envoyant valser son café et foncer vers eux. Il n'avait pas besoin de se mettre en danger ! Pas pour elle. Elle savait que quelqu'un finirait par venir la chercher. Eddie avait plein d'amis et de parents aussi violents que lui en ville.

Elle tenta de secouer la tête à l'adresse du client. Elle ne put que froncer les sourcils et espérer que ce serait suffisant.

Mais non. Il continua sur sa lancée. Comme un tueur.

— Donne-moi tout le fric de la caisse ! hurla M. Flamenco à son oreille.

Il la repoussa violemment contre le comptoir.

Maintenant. Tue-moi maintenant, supplia-t-elle en silence.

Le choc l'avait privée d'air. Haletante, elle se redressait un peu quand un corps massif la dépassa. Se retournant pour faire face à son agresseur, elle eut le temps de voir le client se jeter sur lui.

Les deux hommes s'écrasèrent au sol, le voleur en dessous. Le client plaqua la main du voyou au-dessus de sa tête pour lui arracher le couteau. Mais celui-ci lui assena un coup de poing dans les côtes. Le client poussa un grognement de douleur, lâcha la main du voleur et roula sur lui-même. Anna s'écarta quand ils sautèrent tous deux sur leurs pieds.

Le client se glissa devant elle et la repoussa derrière lui. Le voyou se jeta en avant, couteau brandi. Le client bougeait si vite qu'Anna distinguait à peine ses mouvements. Il abattit un poing sur le coude du gamin, et un terrible craquement d'os accompagna le fracas du couteau tombant par terre. Le voyou hurla et se recroquevilla sur lui-même. Le client lui envoya un coup de genou dans le nez. Du sang jaillit de son appendice nasal, coulant sur son T-shirt blanc. Il recula en chancelant, se tenant le visage à deux mains.

— À genoux, ordonna le client d'une voix glaciale.

Le voyou ne fit pas mine d'avoir entendu jusqu'à ce que le client agrippe le bras valide qui lui restait.

— À genoux !

Le jeune homme s'exécuta, tandis que le client maintenait sa prise. L'expression de son regard était féroce.

La porte du restaurant s'ouvrit et le shérif, Joe Westlake, se rua à l'intérieur. Il évalua la situation, adressa un hochement de tête au client et referma son holster.

— Sacrée manière de découvrir que tu es rentré, lança le shérif en tapant amicalement dans le dos du client.

La fureur dans les yeux de celui-ci s'estompa. Avec un temps de retard, il marmonna :

— Salut, Joe.

— Qu'est-ce que t'as fait ?

— Ton boulot.

Le shérif rit et l'insulta gentiment en l'appelant Brett. Brett comment ?

Le cerveau d'Anna eut un déclic. Brett Morgan ? Du puissant clan des Morgan ? Patricia ne s'était pas trompée. Les Morgan étaient beaux comme des démons, irlandais du côté paternel et norvégiens du côté maternel. Ils exploitaient le Runaway Ranch, un domaine qui s'étendait depuis le nord de la ville jusqu'aux Rocheuses. Elle n'était jamais allée par là, mais elle avait entendu dire que c'était impressionnant.

Délivré du voyou, le client se redressa en se frottant les côtes. Elle lui tendit la main pour l'aider à se relever, mais il la repoussa d'un geste.

— Ça va ? demanda-t-il d'une voix rauque.

— Ça va. Et vous ?

Il se redressa en grimaçant et la considéra comme s'il la voyait pour la première fois.

— Sérieusement, vous allez bien ? répéta-t-il.

— Oui.

Il fronça les sourcils, pas convaincu. Le shérif choisit ce moment pour les rejoindre et demander assez fort pour que tout le monde l'entende :

— Ça va, Anna ?

Elle gigota en voyant tous les yeux se tourner vers elle.

— Je vais bien. Hum, Brett… est venu à mon secours, dit-elle en bégayant.

— Il va me falloir une déposition, lui dit Joe. Vous pourrez passer au commissariat après le travail ?

Un interrogatoire. La panique la saisit derechef.

— Qu'est-ce que vous voulez que je vous dise ?

— Il faut que vous me racontiez ce que ce voyou vous a dit et fait, et ce que vous avez vu durant la bagarre.

— Difficile d'appeler ça une bagarre, lâcha-t-elle. C'était plutôt une série unilatérale de coups.

Elle croisa le regard du client et, pour la première fois, elle vit un sourire flotter sur son visage. Cela ne dura qu'un instant.

Petunia, la sœur jumelle de Patricia, émergea de son bureau, tenant une carabine avec assez de maladresse pour qu'Anna songe à se jeter à terre. S'interposant, Brett attrapa l'arme par le canon et l'en soulagea. Anna s'avança vers Petunia et lui passa un bras autour des épaules. Elle tremblait comme une feuille.

— Laissez-moi vous raccompagner chez vous, Miss Pitty.

— Non ça ira. Il faut que je passe la serpillière.

Ses jambes se dérobèrent, et Anna la guida prestement vers un tabouret. Le shérif acheva de menotter le voleur et se dirigea vers la porte.

— Brett, mon vieux, tu peux raccompagner Petunia et Patricia chez elles ? Elles ont l'air un peu secouées.

— Nous ne sommes pas secouées, Joseph Westlake, déclara Patricia d'un ton indigné. Quand tu t'es démis l'épaule, qui a aidé

MacGregor à te la remettre et t'a donné de la tarte jusqu'à ce que tu cesses de pleurer, hein ?

Anna réprima un sourire en voyant les oreilles du shérif devenir toutes rouges. Un son rouillé échappa à Brett, et elle le regarda avec surprise. Il savait donc rire ?

— T'as toujours été un crétin, Brett, lança le shérif avec bonne humeur.

— J'en ai autant pour toi, Joey.

Les deux hommes continuèrent de plaisanter tandis que Brett sortait avec Petunia et Patricia, derrière le shérif et son prisonnier. La porte se referma sur eux et soudain le restaurant parut vide et silencieux.

L'image d'un couteau passa devant les yeux d'Anna, d'abord semblable à celui de M. Flamenco, puis plus gros. Serré dans sa main. Couvert de sang. Elle frémit de tout son long. Pourrait-elle jamais refouler ce souvenir ?

Les clients conversaient avec excitation, smartphones dégainés. Les rumeurs étaient l'une des principales raisons pour lesquelles elle craignait de revenir dans cette ville.

L'adrénaline se dissipait dans son sang, et l'épuisement la prit. Elle entra d'un pas lourd dans la réserve, remplit un seau d'eau, prit le balai à franges et retourna dans la salle.

Quelques coups de balai suffirent à éliminer le sang, mais elle dut se mettre à quatre pattes pour nettoyer sous le comptoir. Nauséeuse, elle passa l'éponge en revoyant un autre comptoir, dans une petite cuisine délabrée.

Ses doigts heurtèrent quelque chose de dur et de froid. Intriguée, elle regarda sous l'étagère. Quelque chose de rond brillait. Elle le récupéra avec le manche du balai.

C'était une médaille en or de la taille d'un quarter, pendue à une chaîne en or. On y voyait l'image d'un homme brandissant une épée. Saint Georges peut-être ? N'était-ce pas lui qui avait tué le dragon ? Elle retourna le bijou. Les mots *B, Reviens sain et sauf, je t'aime, Maman*, étaient gravés dessus. *B* pour *Brett*, sans doute ? Ou l'objet appartenait-il au voleur ? Elle le fourra dans sa poche pour l'apporter au shérif.

Le restaurant ne désemplit pas durant l'après-midi, car les

habitants vinrent en masse entendre l'histoire du cambriolage et voir les dégâts de leurs propres yeux – lesquels se résumaient à une chaise cassée et un portemanteau renversé.

Anna n'avait qu'une envie : rentrer chez elle, se rouler en boule dans son lit et dormir pendant un mois. Au lieu de cela, elle sourit et servit des cafés et des parts de tarte à la chaîne. Quel ne fut pas son soulagement quand la serveuse du soir, Wanda, arriva pour prendre son poste à 16 heures.

Elle se félicita d'avoir accepté de se rendre au bureau du shérif le jour même. Elle était trop lessivée par l'agression et par le flot continuel des clients pour aller examiner des fenêtres d'occasion à Hillsdale comme elle l'avait prévu.

Elle pénétra donc dans le poste de police, saisie d'un malaise aigu. Elle n'avait jamais eu affaire à la loi à Sunny Creek, mais elle ne vouait pas un grand amour à la police.

— Merci d'être passée, Anna, lui dit Joe Westlake.

Elle hocha la tête, la gorge trop serrée pour parler. C'était elle la victime, mais les habitudes avaient la vie dure. Perchée au bord d'une chaise, elle le laissa enregistrer sa description hésitante du cambriolage.

— Oh ! j'ai oublié, dit-elle après qu'il eut arrêté le magnétophone. Cette chaîne appartient-elle au voleur ?

— Je la reconnais ! s'exclama Westlake. Elle est à Brett. Vous voulez que je la lui fasse passer ?

Elle referma le poing sur la médaille, encore tiède d'avoir séjourné dans sa poche.

— Non, ça va, je la lui rendrai.

Et pourquoi avait-elle dit ça ? Elle ne voulait rien avoir à faire avec les hommes, quels qu'ils soient. Moins encore avec un homme capable d'une violence à faire dresser les cheveux sur la tête et qui avait fait tressaillir son ventre de manière déplacée.

2

Jurant à mi-voix, Brett se laissa tomber avec précaution dans un fauteuil délabré. Le voyou l'avait frappé sur les côtes, ces côtes cassées dans l'explosion qui avait mis fin à sa carrière militaire.

Une bouteille de bière suspendue à ses doigts, il ferma les yeux. Immédiatement, les événements du restaurant refirent surface dans sa mémoire.

Il avait décidé de ne pas intervenir. Mais il avait vu une expression des plus bizarres sur le visage de la serveuse. Comme si elle acceptait par avance de mourir. Elle était bien trop jeune pour ça. Il n'avait pas pu s'empêcher de jouer les héros. Bon sang de bonsoir.

Maudit soit son père pour l'avoir obligé à descendre en ville. Pour le forcer à interagir avec d'autres êtres humains en échange du droit à se terrer dans ce vieux chalet.

Le voyou avait de la chance qu'il ne l'ait pas tué. Dieu savait qu'il avait été tenté de le faire. Quand cet abruti avait plaqué la serveuse contre le comptoir, il avait vu rouge. Comme il voyait rouge quand il essayait de se rappeler sa dernière mission. C'était cela qui faisait de lui une menace pour la société.

Une tête poilue heurta sa main libre, se glissant sous sa paume.

— Hé, Reggie, marmonna Brett.

Le labrador noir avança un peu, et Brett lui gratta obligeamment le dos. Le chien avait eu le bassin cassé, ce qui lui avait laissé une boiterie permanente. Ils faisaient la paire tous les deux, écorchés et seuls au monde.

— Tu es un bon chien, tu sais ?

La queue du chien se mit à frapper le flanc du fauteuil.

— Au moins, je n'aurai pas à redescendre en ville pendant un mois, dit Brett. Jusque-là, on est ensemble, mon pote. Le reste du monde peut aller au diable.

Il avait dû finir sa bière et somnoler un peu, car il fut réveillé en sursaut par un aboiement bref.

Brett bondit de son fauteuil et alla se poster à la fenêtre. Il aurait bien voulu avoir une arme. Mais son père avait sagement retiré toutes les armes à feu du chalet. Il scruta l'extérieur à travers la vitre, cherchant un signe de menace.

Là. Un véhicule gravissait le chemin gravillonné qui menait jusque chez lui. C'était l'une de ces prétentieuses petites voitures hybrides. Qui diable venait le voir dans un engin pareil ? Il fallait être complètement dénué de bon sens pour s'aventurer dans la montagne sans un 4x4 et un jeu de chaînes.

Apparemment son visiteur l'ignorait, car la petite voiture poursuivait son chemin. Plus irrité qu'intrigué, il attendit de voir qui sortait de la voiture. Le véhicule s'arrêta près de son pick-up boueux, et la portière s'ouvrit.

La serveuse du Pittypat's ? Il ne s'attendait pas à cela. Que diable lui voulait-elle ?

Elle s'avança parmi les fleurs sauvages et la mousse et gravit les marches du porche. Ses pas firent à peine vibrer les planches. Une bien petite chose, cette femme.

Devait-il faire semblant d'être absent ? Il avait déjà accompli son devoir sur le plan social. Il n'était pas obligé de lui parler. Non, il n'ouvrirait pas la porte.

Elle frappa avec hésitation. Elle n'avait pas non plus envie d'être là, hein ? Il n'avait pas besoin de la faire entrer, après tout. Il s'approcha de la porte et l'ouvrit au moment où elle levait la main pour frapper encore. Elle le fixa de ses grands yeux bruns, semblables à ceux d'une biche.

— Euh, bonjour, dit-elle d'une voix essoufflée.

— En quoi puis-je vous aider ? demanda-t-il d'un ton bourru.

Seigneur, de quand datait la dernière fois qu'il avait parlé à une femme ?

— Je voulais vous remercier de m'avoir sauvée de ce type, tout à l'heure.

Elle avait l'air d'avoir répété cette phrase. Le premier mouvement de Brett fut un haussement d'épaules. C'est lui qui aurait dû la remercier de ne pas s'être enfuie en criant pendant qu'il réduisait le type à l'état de hamburger.

— Pas de problème, finit-il par marmonner.

— Je crois que vous avez laissé tomber ça durant la bagarre. Je l'ai trouvée en nettoyant.

Elle sortit sa médaille de saint George de sa poche.

— C'est à vous ?

Il hocha la tête avec raideur.

— Un cadeau. De ma mère.

Elle sourit, et son visage en fut transformé. Il la fixa, stupéfait. On aurait dit un rayon de soleil. Il ne dura pas longtemps, cependant, et fut remplacé par un petit pli entre ses sourcils. De nouveau mal à l'aise, elle murmura :

— L'anneau qui joignait le fermoir à la chaîne était cassé, mais je l'ai réparé.

Surpris, il marmonna un remerciement.

Elle lui tendit l'objet. En le prenant, il frôla ses doigts. La fille se figea et adopta un masque de prudence. Bonté divine, il avait vu cet air hanté dans les yeux des femmes dans les zones de guerre ! Des femmes témoins de plus de souffrances qu'un être humain ne pouvaient en supporter. Il repoussa ce souvenir juste à temps pour la voir frissonner comme si la mort en personne l'avait frôlée.

Il l'avait observée au restaurant, bien sûr. Il avait noté ses cheveux châtains striés d'or, ses grands yeux noisette, ses longues jambes. Elle était athlétique plutôt que mince. Il imaginait bien ses jolies jambes...

Laisse tomber, mon vieux...

Il passa la chaîne par-dessus sa tête et fut surpris de son soulagement. Cette médaille avait fait un aller-retour en enfer avec lui. Elle l'avait protégé durant quatre campagnes et l'avait ramené chez lui en un seul morceau.

— Et vos côtes ? lança-t-elle maladroitement. Il ne vous a pas fait trop de mal ?

Il ricana avec dédain.

— Ce gamin ?

— Ravie de le savoir, murmura-t-elle.

Un silence embarrassé tomba, sans qu'il se sente enclin à la mettre à l'aise. Plus tôt elle s'en irait, mieux ce serait.

— Je m'appelle Anna, à propos. Anna Larkin.

Ce nom lui était familier. Il l'avait entendu au lycée. N'avait-elle pas fugué après le bac pour aller chercher la gloire à Hollywood ?

— Tu n'étais pas partie en Californie ? questionna-t-il, se surprenant lui-même.

Il se passa alors une chose des plus étranges. Elle se plia en deux, se tenant littéralement la taille comme s'il lui avait donné un coup de pied. La lumière s'éteignit dans ses yeux, et des plis de souffrance se dessinèrent autour de sa bouche. Mince alors ! Qu'avait-il dit ?

— Oui, marmonna-t-elle, je suis allée en Californie.

Mais elle était de retour. Il en concluait que le rêve hollywoodien ne s'était pas déroulé comme prévu. Dommage. Elle semblait une gentille fille.

— Tu es partie avec Eddie Billingham, non ? demanda-t-il.

Eddie était dans sa classe, et Brett l'avait toujours trouvé arrogant et égocentrique.

Anna secoua la tête, comme pour écarter la question. De la rancune entre eux, peut-être ?

— Eh bien, merci d'avoir réparé ma chaîne, hasarda-t-il, espérant qu'elle saisirait l'allusion et filerait.

Elle hocha la tête et recula d'un pas, mains levées.

— Attention ! cria-t-il.

Mais il était trop tard. Elle tomba à la renverse en agitant les bras. Il se jeta en avant pour la rattraper, en vain. Elle fit un roulé-boulé et atterrit au pied des marches. Il se précipita à ses côtés et s'agenouilla.

Explosion. Hurlements. Mes hommes. L'agonie. La mort.

Il reprit son souffle, luttant contre la panique. Sans savoir combien de temps s'était écoulé, il finit par revenir au présent en clignant des yeux et vit une jolie femme étendue, inconsciente, sur le sol.

Bon sang, elle était évanouie. Il tâta sa gorge et fut soulagé de sentir un pouls sous sa peau transparente. Ses doigts descendirent le long de son cou mince, se délectant de cette douceur soyeuse, si étrangère à la dureté du monde.

Reprenant ses esprits, il retira sa main en jurant crûment. Que faisait-il ? Il glissa une main avec précaution sous sa tête et palpa son crâne à la recherche d'une bosse ou d'une entaille. Rien. Tout aussi doucement, il passa la paume le long de son cou et vérifia qu'il n'y avait pas de gonflement ou de protubérance indiquant une blessure. Rien.

Il fit courir ses pouces sur le creux de sa gorge et le long de ses clavicules. Elle était si délicate, si féminine. Et heureusement intacte. Il palpa sa cage thoracique. Elle était vraiment menue. Son T-shirt était doux et usé, et son contact lui donnait une sensation de… familiarité.

À l'angle de ses jambes, il voyait qu'elles n'étaient pas cassées. Elle s'était peut-être tordu le genou ou la cheville, mais il n'y avait pas de fracture. Il se rassit sur ses talons, sourcils froncés. Elle allait prendre froid, allongée comme ça sur le sol.

Il glissa les mains sous ses épaules et ses genoux et se remit maladroitement debout. Ses côtes protestèrent violemment, et il grinça des dents pour réprimer la douleur. Chancelant sous le poids de la jeune femme, il gravit les marches et la déposa sur les planches du porche.

Elle commençait à remuer, et il recula en hâte, maudissant sa réaction. Depuis quand avait-il peur d'une petite femme inoffensive ? Il était un combattant. Il avait regardé la mort en face et lui avait ri au nez plus d'une fois.

Pourtant, il était là, se cachant des hommes et de lui-même. Il recula encore d'un pas en voyant Anna palper sa tête avec précaution. Elle ouvrit les yeux et l'aperçut.

— Je suis vraiment empotée, hein ? soupira-t-elle.

Il ne prit pas la peine de la contredire. Bien sûr qu'elle était empotée. Une adorable empotée.

Elle se mit sur son séant et il lui tendit la main pour l'aider à se relever. Elle semblait surprise et même nerveuse. Mais elle accepta son aide. Il la regarda avec émotion s'épousseter le derrière. Un très joli derrière.

— Tu ferais mieux d'entrer, dit-il d'un ton bourru. Pour te réchauffer et vérifier que tu n'as pas une commotion.

Elle le fixa comme si elle ne comprenait pas.

— On dirait que le temps est en train de changer, marmonna-t-elle. Je ferais mieux de redescendre.

— Tu es sûre ? Tu t'es cogné la tête assez fort. Tu devrais rester un peu. Juste pour...

Elle le coupa.

— Merci. Tout ira bien.

Une part de son cerveau répétait silencieusement *Va-t'en, va-t'en, va-t'en*, tandis que l'autre murmurait *Ne t'en vas pas, ne t'en vas pas.* Mais il n'allait pas la supplier. C'était sa vie, après tout. Il aurait pourtant aimé s'assurer qu'elle n'était pas blessée. Elle avait de nouveau cet air hanté dans les yeux qui parlait de maltraitance.

Il croisa les bras. Il n'avait pas l'habitude de forcer les femmes à faire quoi que ce soit. Surtout quand cela leur mettait cette abominable lueur dans le regard.

Impuissant, il la regarda tourner les talons et descendre les marches du porche, cette fois dans le bon sens.

Elle lui jeta un coup d'œil en ouvrant sa portière. Elle avait les yeux écarquillés par la peur. Même s'il détestait l'idée qu'une femme ait peur de lui, peut-être cela l'inciterait-elle à le laisser tranquille.

Pourtant quelque chose de douloureux lui noua les entrailles pendant qu'il se tenait là, immobile, la regardant s'éloigner en voiture. Seul. Il était seul.

C'était mieux ainsi. Il ne méritait pas de faire partie de la race humaine.

3

Anna était redescendue au niveau de la demeure tentaculaire qui lui avait coupé le souffle à l'aller quand la neige se mit à tomber. Elle jeta à peine un coup d'œil à la massive demeure. Elle devait redescendre le plus vite possible à une altitude normale. Sa voiture n'était pas du tout adaptée à la haute montagne.

Elle ne cessait de revoir l'homme qu'elle venait de quitter. Il y avait quelque chose de… blessé… chez lui.

Dieu savait qu'elle n'avait jamais pu résister aux causes perdues. Elle avait recueilli des chiens, des chats et des êtres humains presque toute sa vie. Aucune raison que cela cesse parce qu'elle était revenue à Sunny Creek.

La nuit tombait quand elle atteignit enfin son cottage. Elle n'y avait pas grandi ; sa mère avait hérité cette bicoque délabrée d'un grand-oncle après qu'Anna avait quitté la ville.

Elle voyait très bien de quoi elle aurait l'air une fois terminée, mais la manière d'y arriver était une autre question. Enfin, le nouveau toit ne fuyait plus. Et, avec un peu de chance, le poêle qu'elle avait passé deux semaines à nettoyer et à remonter s'allumerait ce soir. L'hiver arrivait, glissant des hautes crêtes dans l'étroite vallée où se nichaient la rivière Sunny Creek et la ville du même nom.

Dès qu'elle se fut débarrassée de son manteau, elle appela Vinny Benson, brocanteur à Hillsdale.

— Salut, Vinny. C'est ta pauvre restauratrice préférée.

— Hé, ma belle. Tu viens ce soir ? Les fenêtres sont géniales. Les mécanismes sont d'origine et tout et tout.

— Je vais te les acheter, mais je dois assurer le service du dîner, je ne peux pas venir aujourd'hui. On dirait que la météo se dégrade de toute façon. Je ne peux pas prendre le risque de franchir le col.

— Il ne neige pas encore au col. Viens à Hillsdale de toute façon. Si tu es bloquée par la neige, tu pourras toujours emménager chez moi.

Un frisson lui parcourut le dos. C'était le genre de chose qu'Eddie aurait dite. Vinny ne cessait de lui faire du gringue mais, jusque-là, il était resté inoffensif. Cependant elle savait que les hommes ne restaient pas inoffensifs très longtemps. Elle inspira avec force et se retint de lui dire ce qu'elle pensait de lui et des hommes en général.

— Je passerai demain matin à la première heure. Mets-les-moi de côté, s'il te plaît.

Vinny essaya de lui soutirer un dîner en tête à tête en échange de ces stupides fenêtres, mais elle se tira d'affaire en prétendant devoir travailler. Finalement, il accepta de lui mettre simplement les fenêtres de côté.

Elle posa son téléphone sur une enceinte, monta le son de la musique et, en soupirant, prit un morceau de papier de verre pour poncer les lambris. À ce rythme, se disait-elle, elle finirait les murs dans un million d'années.

Ce serait allé plus vite avec une ponceuse électrique, mais elle essayait d'économiser pour les matériaux. L'huile de coude était gratuite, et elle en avait à revendre. En outre, ce travail répétitif l'aidait à se vider l'esprit.

Parfois, l'énormité du chantier qu'elle avait entrepris l'accablait, et c'était le cas ce soir-là. Au lieu de pleurer, elle choisit une chanson des Beach Boys à la radio et se mit à danser dans le grand salon. Ce serait une belle pièce une fois qu'elle l'aurait rendu habitable. Peut-être arriverait-elle un jour à reconstruire sa vie en même temps que la maison.

Brett réchauffa une boîte de haricots et la versa sur des tranches de pain. Il venait juste de s'asseoir pour engloutir ce repas improvisé quand des phares illuminèrent la fenêtre. Reggie gronda à côté de lui.

— Qui est-ce qui vient nous embêter encore ? grommela-t-il au chien.

Reggie se contenta de fixer la porte d'entrée et émit un grognement bas. Une portière claqua, et une voix familière appela :

— Brett ? Tu es là ?

Oh mon Dieu, ma mère. L'ouragan Miranda en personne. Quelques allusions ne suffiraient pas pour qu'elle s'en aille. Et il ne pouvait pas vraiment faire semblant de ne pas être là. Miranda n'aurait qu'à contourner son pick-up pour gagner la porte d'entrée. Jurant dans sa barbe, il ouvrit la porte.

— Bien sûr que je suis là, mère. Mon pick-up est garé devant et les lumières sont allumées.

— J'ai entendu dire que ça avait chauffé au Pittypat's aujourd'hui. Est-ce que tu vas bien, mon ange ?

Il grinça des dents en s'entendant appeler « mon ange ». Seule Miranda avait l'audace d'utiliser un terme aussi infantilisant.

— Je vais bien. Merci d'être venue voir, mère.

Elle escalada les marches comme un train prenant de la vitesse. Non, elle ne saisissait pas l'allusion. Elle investit le petit chalet, le remplissant de son énorme personnalité.

— Cet endroit est un trou. Tu aurais vraiment dû me laisser le redécorer avant de t'y installer, annonça-t-elle.

— Ça me va très bien. Je n'ai pas besoin de luxe. Un toit sur ma tête et un lit où dormir.

Et ce qu'il faisait la plupart des nuits ne s'apparentait que de loin au sommeil, de toute façon. Il se tournait et se retournait, pris dans des cauchemars qui le réveillaient en sursaut, trempé d'une sueur glacée.

— Est-ce ton souper ? questionna-t-elle en désignant les haricots. Descends donc à la maison pour que Willa te prépare un repas digne de ce nom.

— Willa ? La fille de Hank ?

— Oui. Elle m'aide dans la maison et elle classe des documents pour ton père quand elle n'étudie pas. Elle va à l'université, tu sais. Elle prépare un doctorat en psychologie clinique ou quelque chose du genre.

Tant mieux pour elle. La Willa dont il se souvenait était une gosse maigrichonne avec de longues nattes noires et un don pour communiquer avec les chevaux.

— Sérieusement, Brett, je ne vais pas te laisser mourir de faim.

— J'ai l'air de mourir de faim ?

— Tout ce temps que tu passes tout seul, ce n'est pas bon pour toi. Viens à la maison souper tous les soirs.

La voix de Brett se fit neutre.

— Non.

Il était hors de question qu'il croise son père tous les jours. John Morgan était un chrétien revivaliste, et il se passait très bien de ses jugements condescendants. Ce n'était pas parce que le père était un héros de guerre que ses fils devaient lui ressembler.

— Tu as l'air aussi têtu que ton père quand tu parles comme ça.

Il plissa les yeux. Mieux valait prendre ça pour un compliment.

— Ne me bousculez pas, mère. J'ai juste besoin de temps pour décider de ce que je vais faire. Si vous ne pouvez pas me laisser tranquille, il suffit de me le dire, je m'en irai.

Miranda lui adressa un regard noir, pas moins têtue que lui. Le silence s'étira, car Brett refusait d'être le premier à céder. Conscient de la tension ambiante, Reggie se mit à gémir. Le cabot cherchait davantage à être rassuré qu'à être caressé, si bien que Brett laissa une main posée sur son dos.

— Très bien, fais comme tu veux, dit Miranda avec colère.

Il ne se donna pas la peine de répondre. Sa mère se laissa tomber sur le canapé décati et leva les bras au ciel.

— Alors que s'est-il passé au Pittypat's ? Joe m'a appelée pour me dire que tu as cassé le bras et le nez d'un type.

— Le type était un voyou qui voulait se servir dans la caisse. Je l'ai arrêté.

— En le tuant à moitié ?

— Croyez-moi, mère, si j'avais essayé de le tuer, il serait mort.

Miranda leva les yeux au ciel, pas le moins du monde impressionnée. Brett reprit son repas là où il en était. Il ne l'avait pas invitée à venir et ne se sentait pas obligé de s'occuper d'elle.

— Et la serveuse ? Joe m'a dit qu'elle a été brutalisée.

Il haussa les épaules sans conviction. Cela continuait de l'irriter que le voyou l'ait plaquée contre le comptoir. La peur dans ses yeux, il en rêverait sans nul doute dans les jours suivants. Et l'autre chose, dans son regard. Il aurait pu jurer que c'était l'envie de mourir.

— Quoi, la serveuse ?

— Elle va bien ? s'enquit Miranda avec exaspération.

— Évidemment. Je l'ai sauvée.

— Comment s'appelle-t-elle ?

Il n'avait pas envie de dire son nom, il voulait le garder pour lui. Mais Miranda était... Miranda. Parfois cela ne valait même pas la peine de lutter contre elle.

— Larkin, marmonna-t-il, Anna Larkin.

— Elle n'était pas partie pour Hollywood ou quelque chose du genre ?

Son estomac se noua, ce qui était bizarre. Il connaissait à peine Anna. Ce que les habitants de la ville pensaient d'elle n'était pas ses oignons. Il haussa les épaules.

— Comment le saurais-je ? J'étais à l'autre bout du monde pendant dix ans.

— Je crois qu'elle s'est enfuie à l'Ouest avec un garçon. Sa mère a failli devenir folle. Elle l'a reniée.

Vraiment ? C'était triste. Encore qu'à l'instant cela ne l'aurait pas dérangé d'être renié par sa propre mère. Il mangea en silence, sans goût.

— Est-ce qu'elle va bien ? redemanda Miranda, le faisant sursauter.

— Qui ? Anna Larkin ?

— Évidemment, Anna Larkin ! Elle a été blessée ? Il l'a frappée ? Elle est tombée ? Elle s'est cogné la tête ?

Une image d'Anna dévalant les marches lui traversa l'esprit, et il tressaillit en se rappelant comment sa tête avait heurté le sol. Il aurait bien voulu qu'elle reste un peu.

— Je me demande si elle est allée chez le médecin. Elle aurait pu avoir une commotion ou des côtes cassées.

— Elle l'aurait senti si elle avait eu des côtes cassées, répondit-il sèchement.

Dieu savait qu'il sentait encore les siennes quand il faisait trop d'efforts. Bien sûr, il s'en était sorti. Mais quatre de ses hommes étaient morts.

Cet accès de haine de soi fit apparemment son effet, et Miranda comprit enfin qu'il n'avait pas envie de compagnie ce soir-là.

— Ne reste pas trop longtemps ici, Brett. Tu as besoin de gens autour de toi. Ta famille t'aime.

Elle s'approcha de lui pour le serrer dans ses bras contre son gré, ce qu'il toléra avec malaise.

Puis elle s'en alla, et il entendit son pick-up redescendre la montagne. Un silence béni se rétablit autour de lui. Il ne méritait pas d'avoir une famille. Et certainement pas une famille qui l'aimait.

Il donna le reste des haricots à Reggie, qui les engloutit avec un claquement de langue. Les chiens avaient raison. Vivre dans l'instant, sans passé et sans futur.

Il alluma la télévision pour la compagnie, mais ne se donna pas la peine de regarder les images. Au lieu de cela, le doux visage d'Anna s'imposa à lui. Son sourire. Sa gêne quand elle avait renversé l'eau sur lui. Sa terreur quand le voyou l'avait plaquée contre le comptoir. Et sa bizarre déception quand il s'était précipité pour la secourir.

Mais de qui se moquait-il ? Il n'était le sauveur de personne. Il était le crétin qui l'avait laissée partir sans savoir si elle avait une commotion ou non.

Il descendit quelques bières, mais sans avoir envie de se soûler. Ce qui était une première depuis qu'il était rentré. Peut-être l'excitation l'avait-elle plus épuisé qu'il ne s'en était rendu compte. Il valait mieux qu'il se couche tôt. Pourtant, quand il contempla le lit par la porte ouverte, la peur revint, s'infiltrant dans ses entrailles jusqu'à ce qu'il se plie en deux de douleur. Les murs commencèrent à se refermer sur lui et sa respiration accéléra, lui donnant l'impression qu'il devait s'évader.

Et ce fut exactement ce qu'il fit. Il se rua dehors, incapable de supporter plus longtemps le confinement. Reggie était déjà allongé sur son panier devant la cheminée, aussi ne retourna-t-il pas le chercher.

Il monta dans son pick-up et s'engagea sur le chemin, sans aucune destination à l'esprit. Peut-être devait-il aller au Sapphire Club. C'était un club de strip-tease qui avait ouvert en bordure de Sunny Creek. Mais il n'avait aucune envie d'endurer la foule, la fumée et l'ivresse des buveurs. Il s'engagea dans la partie la plus vétuste de la ville, là où était située autrefois la scierie. Le quartier s'était beaucoup dégradé depuis dix ans, et un tas de maisons étaient condamnées.

Il prit son téléphone et fit une rapide recherche Internet sur Anna Larkin. Rien. Il se demanda si cela en valait la peine, mais se risqua finalement à appeler Joe.

— Salut, Joe. C'est Brett. Tu pourrais me dire où vit Anna Larkin ? Je voudrais passer la remercier de m'avoir rapporté ma médaille.

— Oui, bien sûr.

Joe lui donna l'adresse.

— Elle est célibataire, à propos.

— Va te faire voir, Joe, lança-t-il.

Il raccrocha sur un rire de son cousin.

Puis il roula jusque chez elle, dans l'idée de jeter simplement un coup d'œil. De s'assurer qu'elle allait bien.

Comment son pick-up finit-il garé devant chez elle, il n'en savait rien. Et comment sa portière s'ouvrit-elle et ses bottes écrasèrent-elles le gazon gelé, il n'aurait su le dire. Il n'aurait pas dû suivre le trottoir jusqu'à cette bicoque. Une pile de cloisons en placo au bout de l'allée annonçait que le cottage était en chantier. La lumière filtrant par les fenêtres recouvertes de contreplaqué indiquait que quelqu'un était là.

Repars. Retourne au pick-up !

Et pourtant ses pieds continuaient d'avancer. Que faisait-il ? Son côté rationnel lui répondit qu'il ne faisait que s'assurer qu'elle allait bien, ce qu'il aurait dû faire en premier lieu. L'autre côté, le sceptique, l'informa qu'il se mentait à lui-même. Il regarda avec incrédulité son poing frapper à la porte en bois.

S'il vous plaît, mon Dieu, faites qu'elle n'ouvre pas, supplia-t-il.

Il perçut un bruit de pas légers derrière la porte. Un bon indice que Dieu n'en avait rien à faire de lui.

La porte s'ouvrit, et Anna apparut, soulignée par la lumière, des notes de disco hurlant à l'arrière-plan. Ses cheveux tombaient sur ses épaules en nattes désordonnées et son T-shirt était couvert d'une fine poussière marron.

— Oh ! c'est toi ! Que fais-tu ici ? demanda-t-elle.

— Tu t'es cogné la tête, marmonna-t-il. Chez moi. Je voulais m'assurer que tu n'avais pas une commotion.

Elle le fixa comme s'il venait de lui pousser une deuxième tête.

— J'aurais dû le faire avant, ajouta-t-il pathétiquement.

Il risqua un regard dans sa direction et fut ébahi par la clarté et la douceur de ses yeux bruns, empreints de scepticisme. Et de peur. Il se maudit. Venir la voir était la plus mauvaise idée qui fût.

Il prit garde à ne pas faire de gestes brusques. Il recula même le buste, alors que son envie était de la protéger. Mais il soupçonnait que c'était lui qui l'effrayait.

De près, sa peau ressemblait à du velours, incroyablement lisse et fraîche. Comparé à elle, il avait l'impression d'être une vieille chose cabossée.

— Comment diagnostique-t-on une commotion ? s'enquit-elle.

Quoi ? Ah oui. Son prétexte pour venir la voir.

— Les pupilles, dit-il d'une voix étranglée.

Bon sang, il n'arrivait pas à trouver ses mots. Le langage l'avait déserté.

— Une dilation inégale, réussit-il à dire.

Comme il n'ajoutait rien, elle demanda :

— Les miennes sont-elles égales ?

Il leva les yeux de mauvais gré.

— Peux pas dire. Fais trop sombre.

— Oh.

Elle lui renvoya son regard, l'air aussi perplexe que lui.

— La lumière du porche ? suggéra-t-il.

— Elle ne marche pas encore. Il faut refaire l'électricité. Je, euh, ne m'en suis pas encore occupée. Tu veux entrer ? offrit-elle à contrecœur. Il y a de la lumière dans le salon.

— Euh... Oui.

Seigneur, il ne s'était pas comporté de manière aussi gauche depuis qu'il était allé chercher Suzy pour la première fois chez elle.

Son regard se posa sur le derrière rebondi d'Anna quand elle le conduisit vers un projecteur orienté sur des lambris partiellement poncés. Il sentit la sueur couler sur son front en regardant son postérieur se balancer. Elle était peut-être minuscule, mais son corps était parfait.

Combien de temps cela faisait-il qu'il n'avait pas été avec une femme ? Ce n'était pas qu'il jouait les moines. Il ne s'était juste pas trouvé en présence de femmes, en dehors des soldates qui étaient strictement interdites.

Il eut soudain des démangeaisons dans les mains au souvenir des courbes d'un corps de femme. Il se souvint de l'odeur de la chair propre et fraîche, de la chaleur de bras autour de lui, du délice d'une bouche s'ouvrant sous la sienne. Il vacilla sur ses jambes et dut s'appuyer d'une main au mur. Comment avait-il pu oublier tout ça ?

Anna fit abruptement halte au seuil de ce qui ressemblait à une salle à manger et se tourna vers lui, inclinant le visage vers la lumière. L'arrondi de sa joue était digne d'une peinture de Rembrandt.

— Eh bien ? demanda-t-elle.

— Eh bien quoi ? marmonna-t-il.

— Mes pupilles sont-elles normales ?

Il fronça les sourcils et regarda ses yeux. Ils étaient de la couleur d'un cheval bai au soleil, avec des paillettes dorées. Ses cils étaient longs, s'étalant sur ses joues comme des brins de soie.

Les pupilles. Compare les diamètres, crénom.

Son cerveau avait comme fondu et coulé par ses oreilles. Un seul regard de ces grands yeux innocents, et il était damné. Avec un temps de retard, il leva une main pour abriter son visage de la lumière directe.

Elle se figea devant ce mouvement brusque, et il fit de même. Où était la menace ? Sans bouger la tête, il laissa son regard errer dans la pièce. Tout était tranquille, et seul le son d'un tube disco rompait le silence.

Il lui jeta un regard interrogateur. Qu'est-ce qui la rendait si nerveuse ? Du coin de l'œil, il vit que les disques sombres de ses pupilles s'étaient dilatés au point de faire disparaître la couleur de ses iris. Il écarta sa main, et ils se contractèrent rapidement.

— Euh, oui. Tes yeux ont l'air normaux, murmura-t-il. Tu as mal à la tête ?

— Oui, mais c'est à cause du ponçage.

Il considéra les lambris qui lui arrivaient à hauteur de poitrine.

— Tu as l'intention de faire tout ça à la main ? demanda-t-il d'un air dubitatif.

— Les ponceuses électriques sont chères et je n'en aurai sans doute plus l'usage après avoir rénové cette maison.

Il fronça les sourcils.

— Tu restaures cette maison toi-même ?

Elle se redressa avec un brin de raideur.

— Oui, en effet. Ça te pose un problème ?

— Non. Je suis juste impressionné que tu aies entrepris ça toute seule.

Elle haussa les épaules.

— J'ai hérité de la maison. Ce qui veut dire que je n'ai pas eu le choix. Et je n'ai pas de gros besoins : un toit, un lit, un endroit où cuisiner...

Il pencha la tête, l'observant de plus près. Elle ne mentait pas. Elle n'avait besoin de rien d'autre que la satisfaction de ses besoins de base. Et elle avait grand besoin de sécurité, s'il ne se trompait pas.

— Tu as encore de la famille à Sunny Creek ?

— Non. Ma mère est morte il y a six mois. C'était ma dernière parente.

Elle était seule, alors. Quelle chance, mon vieux.

— Toutes mes condoléances.

— Je ne l'avais pas revue depuis longtemps. Nous étions brouillées à cause de...

Elle s'interrompit.

— Brouillées, quoi.

Un silence embarrassé suivit, durant lequel il se demanda quoi dire. Heureusement, elle rompit elle-même le silence.

— C'est très gentil de t'être arrêté pour voir comment j'allais.

L'humour de la situation le frappa. Elle se débarrassait de lui de la même façon qu'il s'était débarrassé d'elle. Ce n'était que justice, supposait-il. Son cran forçait de toute façon son admiration. Peu de femmes à Sunny Creek auraient chassé l'un des fils Morgan de chez elles. Bien sûr, il n'en méritait pas moins. Non seulement il était indigne de respirer le même air qu'elle, mais il s'était conduit comme un abruti.

Il hocha la tête, autant pour elle que pour lui-même, et pivota sur ses talons.

— Je trouverai la sortie, marmonna-t-il par-dessus son épaule. Bon courage pour le ponçage.

Plantée au milieu de la salle à manger, Anna inspira laborieusement. Elle n'aurait pu dire si c'était la peur ou autre chose qui la privait d'oxygène. Brett était gentil de s'être arrêté pour voir comment elle allait, mais elle ne savait que faire de cette gentillesse. Cela la rendait appréhensive, méfiante. Dissimulait-il une intention quelconque ?

Mais qu'aurait-il pu vouloir d'elle ? Il venait d'une riche et puissante famille, et elle n'était qu'une serveuse fauchée.

Elle se reprit. Il n'y avait pas que des hommes comme Eddie. Elle ne devait pas trop interpréter la visite de Brett. Peut-être voulait-il vraiment s'assurer qu'elle allait bien. C'était gentil, attentionné. Rien à voir avec une menace.

Elle devait admettre qu'il était extrêmement beau. Ses yeux, quand il l'avait regardée, étaient si bleus que ça faisait presque mal de les regarder. Et cette mâchoire… Waouh ! Ses cheveux étaient juste assez ébouriffés pour qu'elle ait eu envie de les repousser sur son front.

Ce qui était dingue. Elle ne voulait plus jamais toucher un homme. Et elle ne voulait certainement pas qu'un homme la touche. Elle avait eu du mal à ne pas tressaillir quand il avait levé une main vers son visage.

Perturbée par la visite de Brett Morgan, elle jeta à terre le morceau de papier de verre et se dirigea vers l'énorme baignoire en fer forgé qu'elle avait restaurée avant toute autre chose quand elle s'était installée dans la maison.

Elle la remplit d'eau chaude et se glissa dans un bain fumant, presque brûlant. Parfait. Elle posa la tête contre la paroi de la baignoire et laissa la chaleur dénouer la tension de la journée, qui avait commencé par un hold-up et fini avec un visiteur tardif.

Un homme étrange que ce Brett Morgan. Avare de mots et même d'interactions sociales, en fait. Comment se faisait-il qu'un homme aussi beau que lui semble si mal à l'aise avec les femmes ? Elle se rappelait qu'il riait beaucoup et était très sociable au lycée. Comment était-il devenu l'homme maladroit et taciturne qui lui avait rendu visite ?

C'était un mystère. Et Dieu savait qu'elle avait un faible pour les énigmes. Mais ce n'étaient pas ses affaires. Elle avait assez de problèmes sans s'encombrer des déboires d'un cow-boy.

En son temps, Eddie était presque aussi beau que Brett, mais il était totalement centré sur lui-même. Seuls comptaient ses désirs. Elle n'avait jamais été autre chose qu'un moyen pour lui. Mais Brett lui apparaissait comme le genre d'homme qui aurait à cœur de donner du plaisir à une femme.

Le sexe avec Eddie n'avait pas été brillant. Le problème, c'était que, si elle voulait vivre une bonne expérience sexuelle, cela impliquerait une relation avec un autre homme que son ex-mari. Et c'était trop cher payer. Brett Morgan était peut-être agréable à regarder, mais ça n'irait pas plus loin.

Elle ferma les yeux en prenant garde à ne pas s'endormir. Au diable le plaisir. Si seulement elle trouvait le moyen d'arracher un peu de paix au naufrage de sa vie…

Cela avait été une énorme erreur de revenir à Sunny Creek. Ses pulsions autodestructrices étaient beaucoup plus profondes qu'elle ne l'avait supposé jusqu'au moment où elle avait effectivement été soulagée à l'idée que la mort approche. Jusqu'à ce que Brett Morgan décide de jouer les anges gardiens.

4

Anna rêva d'Eddie. Il hantait ses rêves la plupart du temps, ne la laissant jamais oublier ni tourner la page. Non qu'elle méritât de tourner la page. Elle était déjà en enfer. Un enfer façon Eddie, qui ne la laisserait jamais s'échapper.

Elle s'éveilla en haletant. Recroquevillée sous les couvertures, elle entendit la nouvelle chaudière gargouiller bruyamment. Mais le bout de son nez ressemblait à un glaçon. Jusqu'à ce qu'elle pose quelque chose de plus permanent que le contreplaqué sur les fenêtres, elle supposait qu'aucune chaudière ne parviendrait à rivaliser avec les températures négatives. L'urgence de résoudre ce problème fut la seule chose qui l'incita à sortir du lit et à se précipiter sur ses vêtements.

Elle tenait un mug de café brûlant entre ses doigts frigorifiés quand un coup frappé à la porte la fit sursauter.

— J'arrive ! cria-t-elle.

Elle fit une pause, la main sur la poignée.

— Qui est-ce ?

— Brett. Brett Morgan.

Son cœur fit un bond, puis manqua un battement tant elle était atterrée. Elle ouvrit la porte en grand, et une bouffée d'air glacial l'enveloppa, la faisant violemment frissonner. La silhouette d'un homme avec un chapeau de cow-boy se profilait contre le blanc étincelant de la première neige, qui recouvrait les mauvaises herbes du jardin.

— Brett ? Qu'est-ce que tu veux ?

Il avait l'air mal à l'aise, mais sa résolution se voyait dans ses yeux et l'angle aigu de sa mâchoire.

— J'aimerais assez entrer pour cesser de faire souffler l'air froid du Montana dans ton salon, grogna-t-il.

— Oh...

Interloquée, elle s'effaça. Il passa devant elle, dans une grande et confortable veste en peau de mouton. Qu'est-ce qui l'amenait de si bon matin chez elle ? Il était à peine 8 heures. Ce n'était pas une heure civilisée pour une visite impromptue ! Il avait de la chance que le froid l'ait déjà réveillée. Elle tenta un brin d'humour.

— Tu es venu revérifier mes pupilles ?

— Non. Je t'ai apporté quelque chose.

Un cadeau ? Il lui tendit un sac en plastique et elle le prit, surprise par son poids. Elle regarda dedans. Une ponceuse électrique à bande.

— Elle est ancienne, mais j'ai nettoyé et graissé le moteur, et je me suis arrêté au magasin de bricolage ce matin pour acheter de nouveaux disques.

— Je ne peux pas accepter..., commença-t-elle.

Il la coupa avec vivacité.

— Alors considère que c'est un prêt. Tu sais comment t'en servir ? Si tu appuies trop, tu laisseras des marques dans le bois. Il faut appliquer progressivement la pression...

Il s'interrompit et tendit la main vers le sac.

— Laisse-moi te montrer.

— Je suis capable d'y arriver.

Il n'écoutait pas. Il fit glisser la longue rallonge électrique orange qu'il portait sur l'épaule.

— Il faut poser les disques comme ça.

En état de choc, elle le regarda lui montrer le fonctionnement de la ponceuse. Puis il lui mit l'engin dans les mains et le guida vers une large portion de lambris. Il bascula l'interrupteur et la machine sursauta. Il posa hâtivement ses grandes mains chaudes sur les siennes. Apparemment insatisfait de cette position, il se plaça derrière et passa ses bras autour d'elle.

Le cerveau vide, elle sentit la chaleur de son corps transpercer ses vêtements dans son dos. Durant une fraction de seconde, elle apprécia cette sensation d'être tenue. Mais la peur redressa vite sa vilaine tête, la faisant se raidir.

Inconscient de sa détresse, Brett guida la machine le long du mur, et la vieille peinture se détacha du bois comme du beurre, exposant une jolie teinte châtain. Comme si c'était l'important !

Un homme. Des muscles. De la chaleur. Le va-et-vient simultané de l'attraction et de la répulsion la paralysait. Il n'avait aucune intention particulière. Il lui montrait juste comment poncer. *Concentre-toi sur le positif.* Comme le parfum qui s'élevait des vêtements de Brett. Comme si les Rocheuses elles-mêmes s'étaient glissées dans son salon. Elle avait toujours adoré les montagnes.

Les mains de Brett poussèrent les siennes sur une longue étendue de bois, détachant comme par magie une longue bande de vernis et de saleté.

— Oh mon Dieu, souffla-t-elle.

Ce truc allait lui épargner des centaines d'heures de travail.

— Il faudra quand même poncer à la main les crevasses de la moulure, murmura-t-il à son oreille.

Sa voix grave fit vibrer sa colonne vertébrale et aboutit dans ses orteils en lui provoquant un petit frisson.

— C'est fantastique, réussit-elle à répondre.

Elle ne savait pas si elle parlait de la ponceuse ou de sa proximité physique. Il recula, et quelque chose gémit au fond d'elle. Elle le réprima sévèrement et se concentra sur le maniement de la ponceuse.

— Il fait un froid de canard ici ! Ta chaudière est en panne ou quoi ?

Elle recula et éteignit la ponceuse.

— En fait, je viens d'en installer une nouvelle la semaine dernière. Le problème vient des fenêtres.

— Ou plutôt de leur absence, marmonna-t-il.

— J'étais censée aller chercher des fenêtres à Hillsdale hier, mais j'ai dû aller au commissariat.

Brett tressaillit.

— Désolé pour ça.

— Ce n'est pas toi qui as essayé de voler le restaurant.

Il haussa les épaules, l'air peu convaincu. Était-il le genre d'homme à prendre la responsabilité de ce qu'il n'avait pas fait ? Eh bien, ce serait un renversement complet par rapport à Eddie qui n'avait pas endossé une seule fois la responsabilité de ce qui lui arrivait. Il avait toujours une excuse.

Durant les dernières années, elle était son bouc émissaire. C'était sa faute si sa carrière d'acteur n'avait pas décollé. C'était parce qu'elle insistait pour qu'il travaille qu'il avait manqué les meilleures auditions. C'était son besoin égoïste d'un appartement qui lui avait coûté figuration après figuration. Franchement, elle n'était même pas certaine qu'il ait eu le moindre talent pour commencer.

— ... mon pick-up pour chercher tes fenêtres ? disait Brett.

— Je te demande pardon ?

— Mon pick-up. Tu veux l'emprunter ?

— Oh non ! Je ne saurais pas comment le conduire.

— Tu es du Montana et tu ne sais pas conduire un pick-up ? Mais tu sors d'où ?

— J'ai grandi à Sunny Creek, pas dans un ranch paumé.

— Parfait. Je prendrai le volant. Où sont ces fenêtres ?

— Tu n'as pas besoin de m'aider à aller les chercher. Je peux en mettre deux en même temps dans ma voiture.

— Cette coquille de noix que tu conduis ressemble à peine à une voiture.

— Ne critique pas ma voiture, monsieur l'Écraseur de bouses de vache.

— Je n'écrase pas les bouses de vache. Nous utilisons des hélicoptères pour déplacer le bétail chez nous.

Elle cilla, stupéfaite.

— Vraiment ?

— Oui. Le Runaway Ranch se sert des dernières techniques. Notre rendement de bœuf par acre est l'un des meilleurs du pays.

— Hum. Félicitations ?

Il haussa les épaules.

— Ce n'est pas mon business. Mon père et les ouvriers du ranch font tout le travail.

— Pourquoi vis-tu au ranch alors, si tu n'y travailles pas ? demanda-t-elle avec curiosité.

Le regard de Brett se fit aussi froid que les montagnes environnantes. Ouh… Elle avait pincé une corde sensible. Il se dirigea vers la porte d'entrée, s'empara de sa parka suspendue au portemanteau et la lui présenta.

— Tu viens ?

Elle s'avança automatiquement. Mais elle se rendit compte alors de ce qu'elle faisait et s'arrêta net.

— Je n'obéis aux ordres de personne, déclara-t-elle.

Il l'observa longtemps avant de dire avec douceur :

— D'accord. S'il te plaît, laisse-moi t'aider pour que tu ne gèles pas à mort dans ce taudis.

— Ce n'est pas un taudis ! s'exclama-t-elle avec indignation.

— Comment l'appelles-tu alors ?

Elle contempla les bâches en plastique, les pots de peinture, les tréteaux et le chaos général.

— Un chantier en cours.

Brett eut un sourire bref.

— Tu es une optimiste, non ?

— Pas vraiment.

Elle enfila une veste, qu'il l'aida à ajuster. Elle eut l'impression que ses mains s'attardaient un instant sur ses épaules. Pas comme s'il essayait de la draguer, mais comme s'il se souvenait de ce que c'était de toucher une femme. Puis le contact de ses mains disparut et elle se réprimanda en silence. Un homme comme lui avait sûrement toute la compagnie féminine qu'il désirait.

Elle glissa ses pieds dans ses bottes de mouton, qui étaient mignonnes, chaudes et lui rappelaient des temps plus heureux, puis elle sortit dans la mince couche de neige. La main de Brett se tendit pour la stabiliser, et elle tressaillit. Dès qu'elle se fut redressée, il la retira.

Heureusement, il ne fit aucun commentaire en lui ouvrant la portière de son pick-up et en l'aidant à monter. À nouveau, il ôta tout de suite sa main.

— Tu as besoin de meilleures bottes, commenta-t-il en se glissant derrière le volant.

— Je sais. J'ai été tellement occupée à isoler la maison que je n'ai pas eu le temps d'aller faire des courses.

Et elle n'allait pas lui dire que la centaine de dollars que lui coûterait une paire de bottes serait mieux employée dans des rouleaux de laine de verre pour le grenier.

— Où sont ces fenêtres ? demanda-t-il.

— À Hillsdale. Chez Benson.

— La brocante ? demanda Brett.

— C'est un magasin d'antiquités, corrigea-t-elle.

— Tout à fait. Une brocante.

Elle leva les yeux au ciel mais ne se donna pas la peine d'argumenter. Si elle avait appris quelque chose d'Eddie, c'était que les hommes étaient des têtes de mule.

Brett était un bon conducteur, qui manœuvrait le pick-up avec confiance sur ces routes humides. Il resta silencieux, et elle fut satisfaite de laisser ce silence durer.

Le trajet jusqu'à Hillsdale leur prit une demi-heure, et elle se détendit graduellement. Brett parut savoir où il allait quand ils atteignirent Hillsdale, aussi se laissa-t-elle conduire, appréciant d'être véhiculée pour une fois.

— Nous y voilà, murmura Brett en s'arrêtant sur le parking à côté du dépôt.

Elle tâtonna à la recherche de la poignée mais, avant qu'elle ait pu ouvrir, Brett fit le tour du véhicule et lui ouvrit la portière. Il lui tendit une main qu'elle fixa d'un air dubitatif. Les mains des hommes et elle n'entretenaient pas de très bons rapports. Sa paume était dure et calleuse. Elle semblait avoir vu beaucoup de dur labeur.

— Comment t'es-tu fait cette cicatrice au poignet ? demanda-t-elle.

— Un coup de couteau.

Elle tressaillit. Elle ne pouvait s'en empêcher. Elle haïssait les couteaux.

— Au combat. Ce n'était pas si grave que ça, dit-il.

Elle avança dans la boutique, encombrée de toutes sortes d'antiquités et de bric-à-brac.

— Bonjour Vinny ! cria-t-elle.

— Anna ! fit une voix au fond de la boutique. Comment va la plus jolie fille de ce côté-ci des Rocheuses…

La voix s'interrompit quand Vinny sortit de l'arrière-boutique et avisa Brett à ses côtés.

— Je vais bien. Tu as toujours ces fenêtres que tu avais mises de côté pour moi ?

— Elles sont au fond. Suis-moi.

Elle se fraya un passage entre des piles de vieux meubles. Médusé, Brett regardait autour de lui comme s'il venait de débarquer sur une autre planète.

Vinny la conduisit à une demi-douzaine de fenêtres empilées dans un coin de l'entrepôt.

— Tu veux les remesurer ? lui demanda-t-il.

— Si tu dis qu'elles correspondent à mes fenêtres, je te crois, répondit-elle.

Vinny sourit d'un air intime et s'approcha d'elle.

— Est-ce que je te mentirais ? Tu es bien trop jolie pour ça.

Il était si gauche qu'elle eut pitié de lui. C'était gentil de flirter avec elle, mais elle était trop cabossée. Il lui toucha légèrement le bras pour lui indiquer la direction, et elle ne put s'empêcher de frissonner.

Sans avertissement, une ombre se matérialisa à ses côtés et un bras lourd se posa sur ses épaules. *Brett.*

— Alors chérie, tu es prête à charger ces fenêtres ? J'ai des projets pour nous aujourd'hui et j'aimerais bien en finir avec cette corvée.

Sa voix était pleine de sous-entendus. Choquée, elle le dévisagea. Que faisait-il ?

Vinny recula d'un pas en lançant un regard noir à Brett. Un ange gardien à sa rescousse. S'appuyant sur lui, elle entra dans son jeu.

— Seulement si je peux faire appel à tes formidables muscles pour les charger dans le pick-up.

Brett lui adressa un sourire éclatant.

— Seulement si tu me masses le dos plus tard.

— Bien sûr, répondit-elle d'une voix étranglée.

Le visage écarlate, Vinny se détourna et marcha vers le comptoir pour enregistrer la vente.

Il fallut deux minutes à Brett pour charger les six fenêtres dans son pick-up, en les isolant avec du carton pour les protéger. Ils étaient sur la route du retour quand il demanda à brûle-pourpoint :

— Pourquoi tu n'aimes pas que les hommes te touchent ?

Oh Seigneur. Pourquoi était-il aussi observateur ?

— De quoi parles-tu ?

Il lui jeta un regard aigu.

— Tu as tressailli quand Vinny t'a touchée.

— Je n'ai pas tressailli quand tu m'as touchée, rétorqua-t-elle.

— Tu es devenue aussi raide qu'une planche.

Elle haussa les épaules. Elle ne lui devait aucune explication. Brett laissa tomber le sujet, ce dont elle lui fut reconnaissante.

Quand ils arrivèrent chez elle, Brett déchargea les fenêtres et les transporta dans la maison pour en déposer quatre devant le salon et la salle à manger et une dans la cuisine.

— Où veux-tu la dernière ? cria-t-il en franchissant la porte d'entrée.

— Je vais la prendre.

— Je l'ai déjà dans les mains. Dis-moi juste où la mettre.

Les hommes. Toujours à jouer les petits chefs.

— Dans ma chambre, dit-elle d'un ton sec.

Il fonça vers son sanctuaire et s'arrêta net sur le seuil. Ça alors… Elle aimait donc la dentelle et les nœuds roses ! Elle était donc une fille ! Elle lui lança un regard noir quand il ressortit de la chambre. Il s'abstint sagement de faire des commentaires.

— Tu as les outils pour installer les fenêtres ?

— Je crois.

— Alors mettons-les en place pour que tu puisses chauffer correctement cette maison.

— Je peux le faire moi-même, déclara-t-elle.

— J'en suis sûr, répondit-il d'un ton égal, mais ça ira plus vite si on le fait à deux.

Il n'avait pas tort. Cependant elle était devant un dilemme : accepter son aide ou se débarrasser de son encombrante présence. Il résolut le problème en arrachant le contreplaqué de la fenêtre du salon. Une bourrasque glaciale se rua à l'intérieur. Quel enquiquineur !

Brett hissa la fenêtre, la mit en place et lui jeta un regard interrogateur par-dessus son épaule.

— Tu la cloues, oui ou non ?

Crétin. Mais un crétin serviable, concéda-t-elle mentalement.

Elle devait reconnaître cela à Vinny, la fenêtre s'encastrait parfaitement dans l'ouverture et il n'y eut pas besoin de la raboter. Tandis que Brett tapait sur les derniers clous, elle la colmata.

Ils retirèrent les autres planches et installèrent les fenêtres restantes, travaillant en silence. Très vite, la température remonta, et la lumière naturelle se déversa dans la maison. Anna sentit son moral remonter. Cette maison serait peut-être vivable à terme, après tout.

— Merci infiniment pour ton aide, Brett. J'ai une grosse dette envers toi, laisse-moi te payer.

Il recula vivement, l'air offensé.

— Et depuis quand les voisins ne peuvent plus se donner un coup de main ?

— Au moins, laisse-moi t'inviter au restaurant pour te remercier.

Brett la considéra d'un air dubitatif.

— Dis oui, le pressa-t-elle. Autrement, je vais me sentir coupable d'avoir profité de toi.

Il fronça les sourcils, et elle crut qu'il allait refuser.

— D'accord, laissa-t-il tomber.

Maintenant, c'était elle qui avait la frousse. Une soirée avec Brett Morgan ? Qu'est-ce qui lui avait pris, bon sang ?

5

Comment diable avait-il laissé Anna Larkin le convaincre de sortir avec lui ? Debout devant son armoire, il tenta de choisir une chemise dans sa collection extrêmement limitée.

Ça ne voulait rien dire. Il n'avait pas l'intention d'entamer une relation avec elle. Elle le remerciait simplement d'avoir installé ses fenêtres. Mais il avait ciré ses bottes de cow-boy pour l'occasion.

Il passa une main sur sa joue fraîchement rasée et sur la coupe de cheveux qu'il s'était offerte chez le barbier. Pourquoi s'était-il senti forcé de faire ça ? Après tout, Anna était aussi nerveuse que lui s'agissant des relations humaines. Elle avait presque eu une attaque quand il avait posé le pied dans sa chambre.

Reggie s'appuya contre lui, et il tendit la main pour lui gratter la tête.

— Qu'est-ce que je fiche, mon pote ? Il vaudrait mieux que je ne noue aucune relation. Je suis hors-service.

Pire, les psys de l'hôpital n'avaient pas su lui dire quand ses cauchemars cesseraient ou si ses souvenirs reviendraient un jour. Ils espéraient qu'un changement de décor favoriserait le processus, mais jusqu'ici son retour à Runaway Ranch n'avait fait rien d'autre que le rendre fou.

Il était idiot d'avoir laissé Anna l'inviter à dîner. Les endroits publics lui donnaient des sueurs froides, et la simple idée de se montrer sociable avec quelqu'un le faisait paniquer. Il reconnaissait pourtant que cette matinée avec Anna ne s'était pas trop mal passée. Peut-être parce qu'il avait senti qu'elle était aussi réticente que lui quand il s'agissait d'entrer en contact avec d'autres êtres humains. Sacré couple qu'ils faisaient.

Reggie aboya dans le salon.

— Tu es mieux qu'une sonnette, Reg, commenta Brett en allant ouvrir la porte.

Ladite sonnette tapa joyeusement le sol de sa queue. Brett sortit un nouvel os à mâcher pour le labrador, tandis que la ridicule petite voiture d'Anna s'arrêtait devant le chalet. Prenant sa veste, il sortit vivement, de crainte qu'elle essaie encore de se tuer sur les marches de son porche.

De fins flocons de neige dérivaient dans l'air. Anna venait de descendre de voiture et elle se tourna vers lui quand il dévala les marches.

— Hé, murmura-t-elle timidement.

— Hé, marmonna-t-il.

— On dirait qu'il va encore neiger ce soir, commenta-t-elle avec maladresse.

— Il est censé faire plus froid, répondit-il avec tout autant d'embarras. On devrait prendre mon pick-up.

— Mais ma voiture restera ici.

— Je peux te la faire remorquer en ville.

— Ça me paraît bien compliqué, dit-elle d'un ton dubitatif.

Il haussa les épaules.

— C'est mieux que de finir dans un ravin, gelée à mort.

— Évidemment, vu comme ça...

Il s'approcha de son pick-up et lui ouvrit la portière. Elle fit un pas vers lui, un autre. Il sentit son cœur accélérer. Elle était aussi craintive qu'une biche. Il resta parfaitement immobile pour ne pas l'effaroucher. Petit à petit, elle s'approcha, et il éprouva une intense satisfaction devant sa confiance hésitante.

Un léger sourire aux lèvres, il fit faire demi-tour au pick-up et s'engagea dans la descente. Ils sortirent de la haute vallée, et l'énorme demeure en bois et pierre que sa mère avait exigé de faire construire quelques années auparavant apparut, sorte de joyau doré sur la neige.

— La maison de tes parents est magnifique, commenta Anna.

— Ouais, c'est une maison.

— Mais pas un foyer ? questionna-t-elle avec finesse.

— Ma famille est compliquée.

Elle se tendit à côté de lui, et il lui jeta un regard curieux.

— Comprends-moi bien, ajouta-t-il. On s'entend bien la plupart du temps. On est juste une bande de chahuteurs forts en gueule.

— Ça a l'air terrible, dit comme ça.

Il haussa les épaules.

— Mon enfance a été marrante.

Elle ne dit rien, aussi demanda-t-il :

— C'était comment de grandir à Sunny Creek, pour toi ?

— Je n'avais rien contre la ville.

Mais son enfance n'avait pas été heureuse. Qu'est-ce qui la rendait si nerveuse avec les hommes ?

Le silence tomba tandis qu'il sortait du chemin du ranch pour s'engager sur la route.

— Pourquoi l'armée ? s'enquit-elle, le surprenant.

— Maman, tartes aux pommes et patriotisme, je suppose.

— Qu'est-ce que tu as fait dans l'armée ?

— J'ai tué des gens, répliqua-t-il.

Elle le dévisagea, les yeux écarquillés.

Voilà, tu le sais, je suis un monstre, pensa-t-il amèrement.

— Tu veux que je te ramène à ta voiture ? demanda-t-il d'une voix tendue.

Une hésitation d'une fraction de seconde, puis :

— Non. J'ai confiance en toi.

Ah chérie, tu as tort.

Il aurait aimé que ce ne soit pas le cas, mais il ne se faisait pas confiance à lui-même.

On leur avait ordonné, à ses hommes et à lui, de patrouiller une portion de route infestée de terroristes. C'était leur devoir de s'assurer que les convois puissent traverser la zone sans dommages. Mais quelque chose avait très mal tourné. Ce n'était pas une simple bombe artisanale qui avait tué quatre de ses gars. Que n'avait-il pas vu ? Avait-il omis de lire les bons renseignements ?

Si seulement il avait pu se rappeler ce qui s'était passé. Mais l'embuscade faisait un grand blanc dans sa mémoire. Les psys disaient qu'elle était obscurcie par le stress du combat. Qu'il se souviendrait de tout un jour. Ou pas.

Une commission d'enquête attendait son témoignage – mais ils n'attendraient pas éternellement. Ils finiraient par perdre patience et par l'accuser de manquement à son devoir.

Il se rendit compte qu'il brutalisait le volant, fonçant sur la route. Ôtant le pied de l'accélérateur, il reprit une allure plus raisonnable.

— Où aimerais-tu manger ? réussit-il à articuler entre ses dents serrées.

— Pas à Sunny Creek, lâcha-t-elle. Il y a un nouveau restaurant italien à Hillsdale. Tu veux l'essayer ?

— D'accord. Qu'est-ce qui t'a ramenée dans le Montana ? – Je ne sais pas ce qui m'a pris de revenir ici.

Le désespoir dans sa voix lui rappela avec acuité ce moment au restaurant où elle avait paru appeler la mort. Manifestement, Eddie et elle s'étaient séparés. Il interrogerait sa mère pour connaître les détails.

Anna resta silencieuse et même pensive durant l'essentiel du trajet jusqu'à Hillsdale. Mais, quand il l'eut escortée dans le petit restaurant obscur, elle lui sourit bravement au-dessus de la bougie posée au milieu de leur table.

— Ça va ? demanda-t-il gentiment.

— Eh bien oui, en fait. Et toi ?

Il réfléchit.

— Je crois.

Il était surpris. Depuis quand se sentait-il à l'aise avec elle ? Peut-être depuis qu'il avait compris qu'elle ne voulait rien de lui.

La nourriture était moyenne mais, étant donné que c'était le premier poulet au parmesan qu'il mangeait depuis des années, il apprécia le repas bien plus qu'il ne s'y attendait. Anna et lui bavardèrent de sujets inoffensifs : les films qu'il avait manqués pendant son engagement, la tournure de l'hiver cette année, ce qu'étaient devenus leurs camarades de lycée. Elle évita soigneusement de parler du sort de son mari.

Quelque chose d'étrange arriva en cours de repas. Il se détendit. Et il se surprit à la regarder. La courbe de sa joue, la ligne de son nez, l'éclat de ses yeux dans la lueur de la bougie – elle était de l'étoffe des modèles de grands peintres. Comme il avait rempli plusieurs fois son verre, elle se détendit aussi, et son regard perdit l'expression effrayée qu'il avait habituellement.

Elle n'était pas exactement sur le point de se jeter à sa tête, mais elle semblait enfin ne plus être prête à fuir. C'était un progrès indiscutable.

Il se risqua à demander :

— Parle-moi de la Californie.

Elle se figea dans une immobilité totale. Zut ! Trop tôt. Mais elle le surprit alors en disant :

— Eddie voulait être une star de cinéma et il m'a persuadée de m'enfuir avec lui à Hollywood.

— Toi aussi, tu voulais être actrice ?

— C'était le plan. Mais il s'est avéré que quelqu'un devait payer les factures et mettre de la nourriture sur la table. Eddie avait besoin de cours d'art dramatique, d'abonnements à des salles de sport et de séances d'UV. J'ai fini par prendre un boulot et renoncer à mes rêves.

Il sentit la tristesse remuer au fond de lui. Personne ne devrait renoncer à ses rêves.

— Et Eddie ?

Il posait la question pour continuer à la faire parler. Il n'était pas préparé à son expression dévastée.

— Eddie n'a jamais percé. Il a obtenu quelques petits rôles ici et là, mais il a fini par se tourner vers les films pornos.

Elle ajouta d'une voix sans timbre :

— Il a commencé à boire et à se droguer. Il a perdu sa beauté, et ça en a été fini de lui.

— C'est à ce moment-là que vous vous êtes séparés ?

Elle baissa les yeux et marmonna :

— Non.

Cette simple syllabe contenait un monde de douleur. Elle n'était pas partie quand Eddie s'était autodétruit. Que lui était-il arrivé entre-temps ?

S'il avait revu ses anciens amis, il aurait sans doute appris le fin mot de l'histoire. Mais il s'était tenu à l'écart de tous ceux qui auraient pu lui faire part des commérages.

— Ça suffit pour ce qui me concerne, murmura Anna. Dis-m'en plus sur toi. Où étais-tu stationné ?

— Un peu partout. J'ai passé la majeure partie de ma carrière outre-mer.

— Dans des zones de guerre ?

— Oui.

Elle aussi parut sentir qu'il taisait des choses. Elle changea légèrement de sujet.

— Tu es content d'être rentré ?

Il ne s'était jamais vraiment posé la question. Il n'était pas exactement heureux d'être revenu chez lui. Il y aurait eu plus d'honneur à mourir avec ses camarades. Il répondit avec amertume :

— Si je dois récupérer, j'imagine que c'est un endroit aussi bon qu'un autre.

— Récupérer de quoi ? Tu as été blessé ?

Il serra les dents. Il n'était pas tant blessé que brisé.

Heureusement, leur serveuse arriva à ce moment pour leur demander s'ils voulaient un dessert. Anna s'attaqua à une énorme part de gâteau au chocolat. Elle avait l'air d'une gosse dans un magasin de bonbons, savourant chaque bouchée et léchant le glaçage sur sa fourchette. Le spectacle de son bout de langue troubla sérieusement la virilité de Brett.

— Tu veux goûter ? demanda-t-elle.

— Euh, oui, marmonna-t-il.

Elle poussa l'assiette dans sa direction, et il prit une bouchée. Tandis que le chocolat, noir et riche, explosait dans sa bouche, la culpabilité explosa, elle aussi, au fond de lui. Il était là, en train de dîner avec une jolie fille, tandis que ses hommes étaient morts et enterrés.

Le trajet de retour fut silencieux. Des flocons de neige s'écrasaient sur le pare-brise et les essuie-glaces allaient et venaient. Ils étaient presque arrivés chez lui quand Anna demanda d'un ton tranquille :

— C'était dur, les zones de guerre ?

Il tourna et passa sous la grande arche métallique annonçant le Runaway Ranch. Il répondit sombrement :

— La plupart du temps, c'était ennuyeux et épuisant. Mais, oui, il y a eu des périodes dures.

Ce qui était plus que ce qu'il était parvenu à dire à quiconque, en dehors des psys. Et ces psys savaient ce qui était arrivé à son unité.

— Je suis désolée.

Il lui lança un regard.

— Il n'y a pas de quoi être désolée. Ce n'est pas toi qui m'as envoyé là-bas.

— Je suis citoyenne américaine. Tu t'es battu pour nous.

Il haussa les épaules.

— C'est moi qui me suis engagé.

— Pourquoi voulais-tu t'engager dans l'armée ?

Il jeta un regard irrité à la grande demeure.

— C'était la manière la plus rapide de partir aussi loin que possible d'ici.

— Qu'est-ce qu'il y avait de si mauvais ? s'enquit-elle, l'air surprise. C'est un endroit magnifique. Les terres sont splendides et les montagnes superbes.

— Un lieu ne fait pas un foyer. Ce sont les gens qui l'habitent qui font ça.

Il sentit qu'elle le dévisageait, mais il garda les yeux fixés sur le chemin de terre éclairé par ses phares.

— Ta famille n'était pas... heureuse ? demanda-t-elle d'une petite voix.

— À notre façon, je suppose que nous l'étions.

— Mes parents ont divorcé quand j'étais petite. Je ne me rappelle pas grand-chose de leur mariage, en dehors de leurs disputes.

— Les disputes de mes parents sont épiques.

— Vraiment ? Je veux dire, j'ai rencontré ton père. J'ai bien vu qu'il était un peu, euh...

— Tête de mule, c'est le mot que tu cherches, dit Brett.

Il sentit son sourire autant qu'il le vit à la périphérie de son champ visuel.

— Tu as déjà rencontré ma mère ?

— Non.

— C'est une force de la nature. Seule une femme de cette stature pouvait supporter mon vieux pendant autant d'années. En dépit des fanfaronnades, c'est Miranda qui porte la culotte.

— Waouh, ce doit être une femme forte pour réussir à vous canaliser, toi et tes frères.

— Tu as rencontré les jumelles ? Ce sont elles les vraies terreurs.

— Tes sœurs étaient quelques classes en dessous de moi à l'école, répondit Anna. Je ne les ai pas vraiment connues.

Il secoua la tête tristement.

— Une source constante d'ennuis. Et, ensemble, ce sont de vraies furies.

— Où sont-elles maintenant ?

— Kristin est à New York, elle a ouvert un salon de tatouage. Emmaline est à Charleston, en Caroline du Sud. Elle fait de la décoration intérieure. Elles ne peuvent pas être plus dissemblables.

— J'imagine. Et tes frères ?

— Ils se sont éparpillés. Wes se fraye son chemin au Pentagone. Caleb pilote toujours des jets dans l'Air Force et Jackson joue les médecins quelque part en Afrique.

— En Afrique ? s'exclama-t-elle.

— Oui, c'est le hippie de la famille. Il travaille pour une ONG. J'imagine qu'il vaccine des bébés et qu'il fraternise avec les villageois.

— Ils doivent tous manquer à ta mère.

Il esquissa une moue dubitative.

— Elle aime plus le ranch qu'elle ne nous a jamais aimés.

— Ce n'est pas entièrement mauvais d'aimer son foyer, dit Anna d'un ton raisonnable.

— Alors pourquoi es-tu partie pour la Côte Ouest dès que tu l'as pu ? rétorqua-t-il.

Il gara le pick-up devant sa maison et se tourna sur son siège pour attendre sa réponse.

— J'étais jeune. Je voulais... quelque chose de plus.

— Tu l'as trouvé ?

Son regard vacilla et se détourna. À travers le pare-brise elle fixa sans la voir la neige qui tombait comme un voile fantomatique. Elle avait bien trouvé quelque chose en Californie. Quelque chose qui avait mis cet air hanté dans ses yeux et qui la privait de parole.

— Merci encore de m'avoir aidée à aller chercher les fenêtres et à les installer, murmura-t-elle.

Elle ne voulait pas parler de ses cauchemars ? Il respectait cela. Il en avait aussi des tas dont il ne voulait pas parler.

Elle marmonna un bonsoir hâtif et descendit du pick-up avant qu'il puisse aller lui ouvrir la portière. Médusé, il la vit pratiquement courir vers sa voiture et sauter dedans. Qu'avait-il fait pour l'effrayer comme ça ? Il n'avait même pas essayé de lui prendre la main, moins encore de l'embrasser.

Il aurait pourtant bien aimé exercer un peu de séduction s'il avait pensé que cela pouvait marcher. C'était une très belle femme. Mieux que belle. Renversante.

Il sortit pensivement de son véhicule. Avec un peu de chance, il rêverait d'elle cette nuit-là, au lieu d'explosions, de sang et de mort.

6

Le vendredi, la vie reprit son cours normal au restaurant, ce dont Anna se félicita. Si elle avait dû raconter encore une fois comment Brett Morgan l'avait secourue, elle se serait mise à hurler. Certes, elle lui était reconnaissante, mais elle détestait être au centre de l'attention.

En poussant une assiette de pancakes à travers le passe-plat, Pitty siffla et marmonna :

— Regarde-moi ça, Sa Majesté en personne est descendue de ses hauteurs pour nous honorer de sa présence.

Anna prit l'assiette et se retourna pour voir qui avait provoqué cette remarque. Miranda Morgan ! Ce port royal, ces cheveux d'un blanc de neige, étaient impossibles à manquer. Tout comme les yeux bleu vif des Morgan.

Patricia se précipita pour accueillir Miranda comme il se devait, mais celle-ci l'ignora et se dirigea droit sur Anna, un air déterminé sur le visage.

— Mademoiselle Larkin ?

— Oui. C'est moi. Puis-je, euh, vous installer à une table ?

— Je ne suis pas ici pour manger mais pour vous inviter à une fête. À un barbecue au Ranch Runaway, demain. Ce sera décontracté, juste la famille et les amis. Vous viendrez, n'est-ce pas ?

— Euh...

— J'insiste.

Autant vouloir s'opposer à un train lancé à pleine vitesse.

— Demain ? répéta-t-elle, consciente de sa lenteur.

— Oui, demain. La viande sortira du fumoir vers 16 heures.

Puis-je compter sur vous ? Les gens commenceront à arriver vers midi pour regarder des matchs de foot.

Anna fronça les sourcils, cherchant une façon polie de poser la question. Ne trouvant rien, elle finit par lâcher :

— Pourquoi moi ?

Après tout, elle connaissait à peine les Morgan, et Dieu savait qu'elle n'évoluait pas dans les mêmes cercles qu'eux.

— Je vous invite parce que vous êtes le seul être humain avec lequel mon fils Brett a eu des contacts volontaires depuis qu'il est rentré de l'armée.

Le seul, vraiment ? Qu'est-ce que cela signifiait ? Elle se rendit compte que Miranda la fixait, dans l'expectative.

— Oh ! euh... C'est gentil à vous.

Les traits patriciens de Miranda se froissèrent momentanément. À voix basse, elle dit :

— Venez, s'il vous plaît. Je suis en train de perdre mon fils.

Anna la contempla avec stupéfaction. Qu'est-ce qui n'allait pas chez Brett ? Bien sûr, il semblait un peu renfermé, mais il ne lui avait témoigné que de la gentillesse. Qu'avait-il qui puisse terrifier cette femme terrifiante ? Un élan de sympathie pour la mère de Brett la poussa à lui prendre les mains et à murmurer :

— Bien sûr que je serai là. Puis-je vous offrir une tasse de thé ?

Miranda se redressa avec fierté. Mais elle murmura :

— Oui, ça me ferait du bien.

Anna la guida jusqu'à un box puis courut chercher un pot d'eau chaude et du thé au jasmin à l'office. Elle rapporta tout cela à la table de Miranda.

— Asseyez-vous avec moi, ordonna celle-ci.

Anna jeta un coup d'œil autour d'elle. Ses clients s'attaquaient à leurs assiettes. Elle avait quelques minutes devant elle. Elle se glissa en face de Miranda, avec une conscience aiguë de son luxueux corsage en soie et de son maquillage parfait. Pas un cheveu n'était dérangé dans ses élégantes ondulations.

— Parlez-moi de vous, dit fermement Miranda.

Anna commença d'une voix plus tremblante qu'elle n'aurait voulu :

— Je suis originaire de Sunny Creek, mais je suis partie après le bac pour une autre région. Je suis revenue récemment et je rénove une vieille maison.

— Vous allez rester ici ?

— Je ne sais pas, j'imagine. En tout cas, je n'ai pas l'intention de partir immédiatement.

— Bien, répondit Miranda. Je crois comprendre que vous êtes célibataire ?

Anna réprima l'envie de cacher sa main gauche sous la table.

— C'est exact.

— Il faut que vous sachiez quelques petites choses sur mon fils si vous passez du temps avec lui.

Anna cilla, sous le choc. Passer du temps avec Brett ? Comme dans « sortir avec » ? Cela lui paraissait irréel. Ils avaient installé quelques fenêtres et partagé un dîner. Cela ne faisait pas une relation. Il ne l'avait pas appelée de la semaine. Ce silence complet lui avait fait clairement comprendre qu'il n'était pas intéressé. Elle ouvrit la bouche pour le dire à Miranda, mais celle-ci lui coupa la parole.

— Son état mental est fragile pour l'instant. Il a eu un terrible choc, mais il s'en remettra. S'il vous parle, je vous en prie, passez autant de temps que possible avec lui. Il s'est complètement coupé de l'espèce humaine, et tout ce que vous pourrez faire pour le ramener sera chaudement apprécié. Chaudement.

La femme fit une pause significative.

— Nous, les Morgan, nous prenons soin des nôtres.

Anna choisit ses mots avec soin.

— Votre fils est un homme formidable. Il m'a secourue face à un agresseur et il s'est montré bienveillant et attentionné par la suite.

Miranda tendit la main par-dessus la table et pressa brièvement celle d'Anna. Si Anna ne se trompait pas, c'était la gratitude qui brillait dans son regard bleu cobalt.

— Je vous verrai demain, alors.

Miranda se leva rapidement, jeta un billet de vingt dollars sur la table et quitta le restaurant sous les yeux d'Anna.

Mais qu'est-ce qu'on portait pour un barbecue dans une

magnifique demeure ? Que signifiait « décontracté » dans le monde des riches et puissants Morgan ?

Anna ruminait toujours cette question avec désarroi le lendemain, devant son armoire. Elle ne pouvait pas se permettre de s'acheter une nouvelle tenue. De toute façon, elle n'en aurait pas acheté de. Elle était celle qu'elle était, inutile de prendre des airs.

Elle finit par choisir un jean et une chemisette à carreaux pastel sur un débardeur rose. C'était sans doute un faux pas de porter des couleurs printanières alors que Thanksgiving approchait, mais elle aimait la manière dont la chemise mettait en valeur son teint clair. Miranda avait dit que ce serait décontracté. Si elle n'était pas assez habillée, elle pourrait toujours s'excuser et partir de bonne heure.

Anna grogna en tournant dans l'allée du ranch. Une cinquantaine de voitures au moins étaient garées entre la maison et la première grange. Juste la famille et les amis, hein ? La moitié ouest du Montana devait être là.

La terreur se lova au creux de son estomac. Elle envisageait sérieusement de faire demi-tour, quand un cow-boy l'aperçut et lui fit signe d'avancer vers une place de parking. De toute façon, elle savait que Miranda viendrait la débusquer dans sa cachette si elle ne se montrait pas aujourd'hui.

Traînant les pieds, elle se dirigea vers la maison. C'était une journée ensoleillée et la neige avait fondu, laissant quelques plaques sur le gazon.

Elle se glissa dans la demeure, qui était pleine de gens et de bruit, tentant de se faire aussi discrète que possible. Quelques personnes qu'elle ne reconnut pas lui adressèrent des bonjours décousus, et elle se dirigea vers l'immense cuisine où l'on avait installé une table pour les boissons. Elle remplit un verre de thé glacé puis erra, ébahie, au rez-de-chaussée.

On aurait dit un hôtel, avec ces plafonds de trois étages, soutenus par des poutres sculptées. Un énorme chandelier en bois de cerfs pendait devant une cheminée, abritant un brasier rugissant. De bout en bout, la maison était un monument de style western, élégant et décontracté, accueillant et terriblement intimidant. Tout à fait comme la maîtresse des lieux.

Anna s'était toujours sentie hors de son élément en Californie mais, là, elle avait l'impression d'être un poisson essayant d'escalader un arbre. Elle était née et avait grandi dans le Montana, mais ça... c'était une autre planète.

— Anna, vous voilà !

Miranda. Tressaillant intérieurement, Anna plaqua un sourire sur son visage et se retourna pour saluer son hôtesse.

— Votre maison est magnifique, madame Morgan. Elle mérite de figurer dans un magazine.

— Plusieurs l'ont déjà photographiée. Avez-vous vu Brett ? Il m'a promis de faire une apparition aujourd'hui.

— Non, madame, je ne l'ai pas vu.

— S'il n'arrive pas bientôt, je vais aller jusqu'à ce taudis dans lequel il se cache et le traîner ici moi-même, déclara Miranda.

— Je suis sûre qu'il viendra bientôt, répondit Anna, éprouvant une profonde sympathie pour les enfants qui avaient dû grandir sous la main de fer de cette femme.

— Vous avez rencontré mon mari ? demanda Miranda.

— Euh, pas officiellement...

— Venez avec moi. John veut faire la connaissance de la fille qui a réussi à tirer Brett de sa grotte.

— Je ne décrirais pas cela ainsi. C'était plus une question de hasard que d'autre chose...

Miranda fit signe à un homme imposant, qui avait l'air d'avoir la soixantaine. Son crâne était planté d'une stricte brosse gris fer, il mesurait au moins un mètre quatre-vingt-quinze et avait des épaules larges et musculeuses. L'impression initiale d'Anna fut celle d'un John Wayne en chair et en os.

— John Morgan. Ravi de vous rencontrer. Anna, n'est-ce pas ?

— Oui, monsieur. Anna Larkin.

— J'ai connu votre père. Je suis allé au Vietnam avec lui. Un type très bien. Il a eu trop d'ennuis par la suite, et votre mère aussi.

Anna le fixa avec stupéfaction. Personne à Sunny Creek ne parlait de son père autrement que sur un ton scandalisé. Il avait quitté sa mère quand Anna n'avait que cinq ans.

— Comment était-il ? lâcha-t-elle.

John Morgan darda ses yeux gris sur elle.

— C'était le genre d'homme sur qui on pouvait compter. Il était loyal. Il ne mouchardait pas si on tordait un peu les règles. C'était une sacrée gâchette, aussi. Il était tireur d'élite, vous savez.

— Vraiment ?

C'était la première fois qu'elle en entendait parler.

— J'ai quelques photos du Vietnam quelque part. Si vous voulez que je vous les montre...

— Pas aujourd'hui, le coupa Miranda. Nous avons des invités et tu ne vas pas les ennuyer avec tes souvenirs...

Anna adressa un regard de regret à John, et il lui fit un clin d'œil.

— Une autre fois, Anna. Venez quand vous voulez, et je vous montrerai ce que j'ai gardé de notre unité.

— Ce serait formidable, répondit-elle.

Qui aurait cru que son père était autre chose qu'un bon à rien ? Son expérience au Vietnam expliquait-elle pourquoi il avait quitté sa famille ?

— Sacré numéro, non ? murmura une voix masculine à côté d'elle.

Elle sursauta et reconnut Brett, qui se tenait derrière elle.

— Tes parents sont des gens plutôt... dynamiques.

— Si tu veux dire par là dominateurs et autoritaires, je suis d'accord, commenta-t-il avec amusement.

Elle sourit et haussa les épaules.

— C'est toi qui le dis, pas moi.

— Ce sont des forces de la nature. Tu devrais les voir se disputer. C'est comme une bataille de Titans. Je jure qu'il y a des éclairs et des coups de tonnerre quand ils croisent le fer.

— Non, merci. Je ne suis pas fan des conflits.

Elle avait prononcé ces mots avant de réfléchir.

— Pourquoi ça ? demanda Brett.

— Je n'aime pas les disputes, c'est tout.

— Je peux aller te remplir ton verre ?

Elle le lui tendit et le regarda se frayer un chemin dans la foule. Il était incroyablement adroit quand il s'agissait d'éviter les conversations. Il revint avec son thé et marmonna :

— Tu as l'air aussi à l'aise que moi. Tu veux sortir d'ici ?

— Ta mère va te tuer si tu quittes sa fête trop tôt.

— Je prends le risque. Et je ne m'en irai pas avant d'avoir goûté au barbecue de Hank, de toute façon. Ce type sait fumer la viande comme personne. Viens.

Elle suivit Brett dehors, très consciente du regard de Miranda à l'autre bout de la grande salle.

Brett la guida vers une grange derrière la maison. Deux longues rangées de stalles de part et d'autre d'une mangeoire formaient un H, abritant plus de quarante chevaux.

— Ils font la joie et la fierté de ma mère, murmura Brett.

Anna jeta un coup d'œil dans la première stalle et vit une jument quarter horse, dotée d'épaules et d'un arrière-train très musclés, mais avec un cou de cygne et une tête racée. De grands yeux bruns se tournèrent dans sa direction.

— Mon Dieu, qu'elle est belle, souffla Anna.

— Tu as l'œil pour les chevaux, commenta Brett. C'est une championne nationale et elle est la mère d'un petit étalon prometteur qui est le préféré de ma mère. Tu veux le voir ?

— Absolument, dit avidement Anna.

Ils marchèrent vers une grande stalle à l'autre bout de l'écurie. À l'intérieur, un poulain de trois ans piétinait nerveusement. Sa robe était d'un beau châtain, avec une étoile blanche du front aux naseaux et quatre chaussettes blanches.

— Oh ! mais quel beau petit démon ! murmura Anna.

Le poulain s'avança pour la renifler à travers les barres, puis s'ébroua et secoua la tête.

— Et en plus, tu le sais, ajouta-t-elle en souriant.

— Il s'appelle Runaway Skipper. Nous l'appelons Skip.

— Il a l'air d'avoir envie de se dégourdir les pattes, dit-elle.

— Il déteste être enfermé. Mais la météo a annoncé du mauvais temps, alors il est coincé ici, répondit Brett.

Il décrocha un licol et des rênes de la porte.

— On peut tout de même lui faire faire un tour dans l'arène d'équitation.

Anna aida Brett à harnacher le cheval et à le faire sortir de la stalle.

— Oh Brett ! Il est si beau.

— Ma mère a de grands espoirs pour lui. Il devrait grandement améliorer son programme d'élevage.

Anna se demanda comment on pouvait encore l'améliorer. Ce poulain lui paraissait aussi parfait que possible. Elle suivit Brett qui fit franchir une porte coulissante à l'étalon. Ils pénétrèrent dans une arène d'équitation aussi grande qu'un terrain de football.

Brett détacha la longe, et Skip partit comme une flèche, ruant des quatre sabots. Anna rit de ravissement.

— Regarde-le bouger ! Il y a tellement de liberté dans ses épaules. Tellement de puissance dans ses jarrets.

Brett sourit jusqu'aux oreilles.

— Tu montes ?

— Je montais il y a une éternité. Avant que je parte en Californie.

— Tu devrais venir monter ici. Dieu sait qu'il y a plein de chevaux qui en ont besoin. Miranda emploie deux filles à plein temps, qui ne font rien d'autre que nettoyer les stalles, panser les chevaux et les monter.

— C'est très gentil, mais je ne pourrais pas. Ce sont des chevaux très chers et...

— N'importe quel cheval n'est qu'un cheval, quel que soit son prix. Ils sont magnifiquement entraînés et ils aiment galoper sur les sentiers autour du ranch. Viens les monter. Promets-moi que tu le feras.

— Je ne peux...

Brett posa un doigt sur ses lèvres, la faisant taire.

— Je viendrai avec toi, si ça te facilite les choses. La prochaine fois qu'il fera bon, on ira chevaucher.

Elle le dévisagea avec un mélange d'espoir et de méfiance. Et s'il ne tenait pas sa promesse ? Cela ferait d'autant plus mal. Monter lui avait manqué plus que tout autre chose quand elle avait quitté le Montana.

— Marché conclu, alors, déclara-t-il.

— Tu vas aussi vite que ta mère.

— Pardon ?

Elle planta les poings sur ses hanches.

— Ta mère et toi, vous écrasez tous ceux qui se trouvent sur votre passage.

Brett rit tristement.

— J'avoue que tu as raison.

— Eh bien, sache que c'est exaspérant pour nous, simples mortels.

Il sourit largement.

— Oui, mais nous sommes si charismatiques et charmants que vous nous pardonnez.

Elle leva les yeux au ciel, mais fut distraite par Skip qui trottait vers eux, naseaux gonflés, cou arqué, se dandinant comme un faon.

— Ce cheval est aussi imbu de lui-même que toi, lança-t-elle.

Brett se mit à rire franchement.

— La comparaison est flatteuse. Qu'est-ce que tu en penses, mon garçon ?

Skip secoua la tête, pivota sur lui-même et se mit à courir.

— Les hommes. Tous les mêmes, dit-elle sèchement.

Ils regardèrent Skip se démener jusqu'à ce qu'il commence à renifler les poches de Brett, en quête d'une friandise. Ils le firent alors rentrer, et Anna lui promit qu'elle lui apporterait une carotte lors de sa prochaine visite.

— Tu vas le gâter, dit Brett tandis qu'ils retournaient vers la maison.

— Et qu'est-ce qu'il y a de mal à ça ? Il est spécial et il le sait.

Brett ne dit rien, et Anna se demanda si elle avait frappé une corde sensible. Durant quelques minutes, il s'était montré chaleureux, amical et extraverti. À moins que ce ne fût la perspective de retourner à la fête qui le faisait retomber dans le silence.

— J'ai l'intention de manger rapidement et de partir, mais cela n'a rien à voir avec toi. Honnêtement, tes parents me font peur, murmura-t-elle quand ils atteignirent la porte. Et je ne suis pas fan des foules.

— Ça fait deux avec moi, murmura-t-il en retour. On mange et on se casse, d'accord ?

— D'accord.

La viande fumée et la sauce barbecue vinaigrée étaient aussi savoureuses que l'avait promis Miranda. De grands saladiers de haricots et de salade de pommes de terre et du pain grillé à l'ail complétaient le repas.

Brett et elle s'assirent au bord de l'énorme foyer en pierre pour manger, équilibrant leurs assiettes sur leurs genoux. Le feu dans son dos la grillait lentement, mais c'était une chaleur bienvenue.

Brett était plus taciturne que dans l'écurie, mais il répondit assez agréablement à ses questions concernant la maison et les invités qu'elle ne reconnaissait pas. Il lui raconta même quelques anecdotes qui la firent rire.

Durant tout ce temps, elle resta consciente du regard de Miranda sur eux. Oh ! la mère de Brett s'y prenait subtilement, mais elle s'arrangeait toujours pour leur faire face tout en parlant avec d'autres gens, et son regard aigu se posait sur Brett chaque fois qu'il faisait le moindre geste.

Parler avec Brett, c'était comme danser sur le fil du rasoir. Elle sentait qu'il aimait converser avec elle, mais qu'il ne savait souvent pas quoi dire. Elle connaissait ce sentiment. Après les traumatismes, bavarder paraissait futile.

En d'autres circonstances, Anna aurait trouvé pesante l'attention de Miranda à l'égard de son fils adulte. Mais elle respectait l'inquiétude de cette mère. Si seulement sa mère lui avait témoigné le même intérêt, peut-être n'aurait-elle pas fugué avec Eddie et gâché sa vie.

Anna mangea trop et grogna quand Brett lui enleva son assiette vide.

— Tu veux un café ou une bière ? demanda-t-il.

— Non, merci.

Il s'éloigna, et elle relâcha le souffle qu'elle retenait. Le besoin d'échapper à ces murs la submergeant, elle se dirigea vers la sortie du fond.

Elle avait presque atteint les portes-fenêtres quand une main lui agrippa brutalement le haut du bras. Elle ouvrit la bouche, mais les mots lui restèrent dans la gorge quand elle vit qui la tenait avec tant de rudesse.

— Jimbo Billingham, dit-elle à contrecœur. Je pensais ne jamais te revoir.

— Quoi ? Alors que tu as réussi à t'en tirer après avoir assassiné mon frère ? lança-t-il d'une voix rageuse.

7

Brett retourna au salon, impatient de passer du temps avec Anna, loin de l'attention oppressante de ses parents. Il savait que John et Miranda s'inquiétaient pour lui, mais il avait presque trente ans et avait passé une décennie dans un commando. Il n'était plus un petit garçon.

Foyer vide.

Où était-elle allée ? Il survola rapidement la grande salle et avisa une petite silhouette au fond, dominée par un homme qui se tenait trop près d'elle. Ne sachant si c'était Anna, Brett traversa la pièce en biais pour avoir une meilleure vue.

C'est alors qu'il vit son visage.

C'était bien Anna, et elle semblait avoir vu un fantôme. À près de quinze mètres, il voyait combien elle était pâle. Une alarme se mit en route dans sa tête. Il y avait du vilain.

Se rapprochant à la manière d'un tigre, il vit que l'homme la secouait en lui tenant rudement le bras.

Brett se rua sur eux à toute vitesse. En un clin d'œil, il contourna l'homme et lui fit une clé autour du cou qui lui coupa le souffle en quelques secondes.

— Lâche-la ou je te tue, gronda-t-il.

L'homme se débattit – ou tenta de se débattre – mais Brett n'était pas membre des forces spéciales pour rien.

Le type ôta sa main du bras d'Anna qui recula en chancelant, comme si elle allait s'évanouir. Brett était tiraillé entre l'envie de la réconforter et celle de tuer le salopard qui avait posé la main sur elle.

— Lâche-le, haleta Anna. Tu vas le tuer.

L'homme était pourpre, prêt à perdre conscience.

— S'il te plaît, supplia-t-elle.

Brett lâcha le type, lui donnant une bourrade suffisante pour le déséquilibrer.

— Brett ! Qu'est-ce qui se passe, au nom du ciel ? s'exclama Miranda juste derrière eux.

Anna recula de plusieurs pas, les contemplant tour à tour avec horreur. Un remords soudain transperça Brett. Étrangler un invité n'était peut-être pas tout à fait acceptable. Le sentiment d'être un paria l'envahit.

Le type se redressa et se retourna, cherchant son souffle. Jimbo Billingham ? Pourquoi avait-il autant effrayé Anna ? Que lui avait-il dit ?

Jurant, Jimbo menaça de poursuivre tout le clan Morgan. Grand bien lui fasse. Brett lui tourna le dos. Tout le monde le regardait dans la pièce. Il tourna les talons et franchit à la hâte les portes-fenêtres pour échapper aux regards accusateurs. Il le savait, mieux valait ne pas essayer de fréquenter les êtres humains.

Il courut vers son pick-up mais, avant de poser la main sur la poignée de la portière, il entendit des pas derrière lui. Il se retourna avec agressivité...

Anna.

— Qu'est-ce que tu veux ? lança-t-il.

— La même chose que toi. M'éloigner de Jimbo et de tous ces gens qui nous regardent.

— Monte.

Il ne l'attendit pas et ne lui tint pas la portière. Sa panique était trop grande pour de telles politesses. Elle monta en voiture et eut à peine le temps de claquer sa portière que, déjà, il pressait l'accélérateur. Du gravier vola bruyamment sous ses pneus quand il orienta le pick-up vers les montagnes.

Anna resta silencieuse la majeure partie du trajet. C'était tout aussi bien. Il était trop effrayé pour engager une conversation polie. Seigneur, il avait failli tuer Jimbo. Parce qu'il tenait le bras d'Anna. Sa réaction était disproportionnée.

Juste avant d'entrer dans son chalet et de voir Anna hésiter sur le seuil il lui demanda rudement :

— Pourquoi Jimbo t'a-t-il fait peur ?

— Pour rien. Il est arrivé derrière moi et m'a surprise.

Elle mentait.

— Anna, je suis entraîné à observer comment les gens répondent aux questions. On m'a dit que ça faisait de moi un emmerdeur.

Elle le contempla un long moment.

— Essayons encore. Pourquoi Jimmy t'a-t-il fait peur ? Tu avais l'air prête à tomber dans les pommes.

— Il m'a fait sursauter.

— Et ? la pressa-t-il gentiment.

Elle soupira.

— Et il ne m'aime pas.

— Il m'a tout l'air de te haïr. Assez pour te faire du mal, commenta Brett.

— Tu n'as pas tort.

Brett la dévisagea.

— Pourquoi ?

— Il me reproche la mort d'Eddie.

— Eddie est mort ? s'exclama Brett.

Une sorte de masque tomba sur le visage d'Anna. Ce n'était pas exactement du chagrin, plutôt de l'horreur. Ses épaules s'affaissèrent, et des larmes roulèrent sur ses joues.

Oh non, pas de larmes. C'était de la kryptonite pour lui. En deux enjambées, il fut près d'elle et la prit dans ses bras.

Elle blottit son visage contre sa poitrine, en quête de réconfort. Ou peut-être pour cacher quelque chose. Elle était difficile à déchiffrer. C'était une impression étrange de la sentir pleurer contre lui. Cela faisait longtemps qu'une femme ne lui avait pas demandé de la consoler. Il n'était pas vraiment ce genre d'homme. La vie l'avait endurci. Les sentiments étaient une faiblesse dans son métier.

Les épaules d'Anna tressautaient tandis qu'elle pleurait silencieusement contre sa poitrine. Puis elle inspira à fond et se reprit. Il la lâcha, mais ses bras lui parurent étrangement vides sans sa chaleur et sa douceur. Waouh. Il n'aimait pas tenir une femme en pleurs dans ses bras, si ?

Il déchira un morceau de papier absorbant dans la cuisine. C'était tout ce qu'il avait en matière de mouchoir.

Elle s'épongea le visage, et il prit le papier pour aller le jeter dans la poubelle. Pendant qu'il y était, il remplit un verre d'eau au robinet et le lui apporta.

Anna lui adressa un sourire humide.

— La première chose que j'ai apprise en tant que baby-sitter c'est qu'un enfant ne peut pas pleurer et boire de l'eau en même temps, murmura-t-elle.

Il s'assit sur le canapé à côté d'elle, étudiant son visage. Elle semblait plus calme. Apparemment, ses pleurs avaient été cathartiques.

— Je suis désolée pour ça, marmonna-t-elle. Il m'a prise au dépourvu. Je ne savais pas qu'il serait là aujourd'hui.

— Pourquoi Jimbo ne t'aime-t-il pas ?

— Sa famille et lui me reprochent l'échec d'Eddie à Hollywood.

Brett fronça les sourcils.

— Comment aurais-tu pu saboter sa carrière ? Tu n'as pas appelé les producteurs pour le dénigrer, n'est-ce pas ?

Elle soupira.

— Il a échoué parce qu'il était paresseux et gâté. Il pensait que, parce qu'il était beau, la gloire et la fortune allaient lui tomber dans les mains. Mais il n'était pas très bon acteur.

— Pourquoi Jimbo te le reproche-t-il, alors ?

Son visage se ferma aussi sûrement qu'un coffre de la banque centrale. Bon sang, il avait marché sur un autre champ de mines ! Les larmes recommencèrent à couler. Se penchant en avant, il la prit dans ses bras.

Le désespoir le prit en voyant qu'elle continuait à pleurer. Elle ne faisait aucun bruit.

Les psys de l'armée ne l'avaient pas bombardé pendant des mois pour rien. Il ne savait pas grand-chose, mais il savait que refouler n'était pas bon. Sans réfléchir, il fit la seule chose qui lui vint à l'esprit : il l'embrassa.

C'était une idée idiote. Mais ses lèvres douces effleurèrent les siennes, et il n'eut plus du tout envie de jouer les psychologues amateurs. Il ne bougea pas, il ne voulait pas l'effrayer. Ses lèvres caressèrent les siennes dans une simple invitation, rien de plus.

Anna hésita, puis ce fut comme si un barrage se rompait et qu'un flot d'émotions était libéré. Elle se redressa, noua ses bras autour de son cou et accepta pleinement son invitation. Sa bouche était maladroite, mais il n'en avait cure. Il pencha un peu la tête pour mieux faire correspondre leurs bouches et ouvrit les lèvres pour laisser passer sa petite langue avide.

Elle l'embrassa avec tout son corps, pressant ses hanches contre son ventre, ses petits seins contre sa poitrine. Elle resserra les bras autour de son cou, s'accrochant à lui comme à une bouée de sauvetage.

Il connaissait ce sentiment. Depuis combien de temps n'avait-il pas tenu une femme dans ses bras, n'avait-il pas senti ses courbes se presser contre lui, n'avait-il pas savouré l'excitation d'un premier baiser ? Son cerveau était tellement embrumé par la réalité de cette femme-ci qu'il n'arrivait à se souvenir d'aucune autre.

Les mains d'Anna s'attaquèrent aux boutons de sa chemise, et la froideur de la réalité s'imposa dans son brouillard de ravissement.

— Euh, Anna ? marmonna-t-il contre sa bouche ?

— Hein ? haleta-t-elle.

Ses lèvres glissèrent sur sa mâchoire, et elle lui embrassa le cou, lui mordillant l'épaule tout en repoussant le col de sa chemise. Doux Jésus. Son entrejambe réagit si violemment qu'il grogna tout fort.

— On a tout le temps du monde, chérie. Et je ne veux pas être accusé d'avoir profité de toi.

— Alors qu'est-ce que tu veux faire ? marmonna-t-elle contre son cou. Qu'on arrête et qu'on lise l'annuaire jusqu'à ce que je change d'avis ?

Il rit à contrecœur.

— Comprends-moi bien. Tu es incroyablement attirante. Et je suis incroyablement attiré. Mais tu as eu un choc. Tu es bouleversée. Je ne veux pas être le salaud qui profite de toi dans cet état.

— J'ai compris. Maintenant embrasse-moi.

Sa capitulation immédiate lui donna un coup de fouet.

— Tu es sûre que c'est ce que tu veux ? Tu semblais... réticente... avant.

— Je ne suis pas encore morte, grommela-t-elle.

Il considéra plusieurs contextes pour cette remarque. S'était-elle sentie morte auparavant ? Ou le désir ne s'était-il réveillé que récemment en elle ? À moins qu'elle ne veuille pas laisser passer cette chance avant de mourir...

— S'il te plaît, Brett. Pour une fois, je ne réfléchis pas trop.

Eh bien d'accord.

— Inutile de me le demander deux fois.

Il la retourna dans ses bras, la plaquant sur les coussins. Si elle voulait l'embrasser, alors il l'embrasserait. Il prit le contrôle de la situation et passa une main derrière sa tête en faisant l'amour à sa bouche.

Sa langue plongea dans sa chaleur, se retira, puis la caressa à nouveau. Sa langue à elle poussa contre la sienne, taquinant, essayant, goûtant et titillant. Il l'aspira dans sa bouche et la fit passer contre ses dents. Leurs bouches s'accordaient parfaitement, et cela le fit penser à d'autres accouplements charnels.

Elle était athlétique mais aussi profondément féminine, exactement comme il aimait ses partenaires. Elle tenta à nouveau de défaire les boutons de sa chemise, et cette fois il la laissa faire, repoussant la flanelle de côté.

— Oh mon Dieu, soupira-t-elle en faisant glisser ses paumes sur sa poitrine.

Ses doigts se faufilèrent entre ses poils noirs, et il sentit ses pectoraux se contracter spasmodiquement. C'était bon ! Il avait oublié à quel point ce contact peau contre peau lui avait manqué. Pas étonnant que son psy lui ait dit qu'il avait sérieusement besoin de faire l'amour. Il se référait sans doute à sa maussaderie.

Anna remuait fébrilement sous lui, et l'une de ses jambes vint s'enrouler autour de ses cuisses, son pied se coinçant sous sa fesse de manière suggestive. Tout son corps ondulait, en quête de plaisir. Comme si elle n'avait pas éprouvé ce genre de plaisir depuis très longtemps.

Il pensait ce qu'il avait dit, toutefois. Il n'allait pas profiter de son état émotionnel pour coucher avec elle. Aussi excité qu'il fût, il était meilleur que cela. Du moins il se devait d'être meilleur que ça. Se maudissant, il s'écarta et se percha au bord du canapé, tandis qu'elle se lovait autour de lui comme un chat.

— Qu'est-ce qu'il y a ? demanda-t-elle d'une petite voix blessée. J'ai fait quelque chose de mal ?

Il la dévisagea.

— Non ! Bien sûr que non !

— Alors pourquoi est-ce que tu t'arrêtes ?

— Parce que j'essaie de ne pas me comporter comme un salopard. Je refuse de profiter de toi.

— Oh.

Elle semblait déçue. Son érection criait de manière stridente que la *gentleman attitude* était une énorme bêtise. Il la contempla, suprêmement frustré. Elle était consentante. Et il la désirait avec tant de force qu'il en avait mal.

Mais, bon sang, il avait de l'affection pour elle. Il ne se comporterait pas comme un abruti. Il était censé aborder un nouveau chapitre de sa vie. Tous les psys le disaient. Bien que, pour être honnête, il eût préféré une fin qui lui convienne.

Cette pensée le figea sur place. Était-il désespéré à ce point ? Raison de plus pour ne pas culbuter cette femme. Elle avait aussi ses propres casseroles. Inutile d'en ajouter.

Reggie changea de position sur le lit, et Brett lui sourit. Il ne pouvait sérieusement envisager de mettre fin à ses jours avec Reggie. Qui nourrirait le chien et lui ferait faire des promenades si ce n'était lui ? Reggie n'était pas comme les autres chiens. Il ne pouvait pas folâtrer, sauter et courir, mais son esprit était toujours vif. Il fallait une sorte de gentillesse spéciale pour donner à Reggie le sentiment qu'il était un vrai chien sans le blesser. Et jusqu'à ce qu'il rejoigne l'arc-en-ciel, il était aussi coincé sur terre. L'enfer devrait attendre.

Non. Personne ne prendrait convenablement soin du bâtard. Pas après que cette bête héroïque avait failli perdre la vie en sauvant celle de Brett.

Le chien devait avoir senti qu'il pensait à lui, car il se mit lentement sur ses pattes et quitta sa couverture. Brett le regarda avec affection boiter vers lui et effleurer sa main.

— Je vais sortir Reggie, dit-il. Je reviens dans quelques minutes.

Sans regarder Anna, il alla enfiler sa veste en peau de mouton et se faufila dehors. La pénombre avait englouti le paysage, toutes les couleurs avaient été comme aspirées. La vallée ressemblait à une étude en noir et blanc. Il avait toujours détesté cette heure-là. Et, maintenant, c'était une parfaite métaphore de sa vie.

Reggie se dirigea paresseusement vers son coin favori pour se soulager. Brett le contempla avec tendresse. Même quand il s'accroupissait, Reggie lui souriait par-dessus son épaule.

Le chien trotta vers lui de sa démarche boiteuse et s'appuya contre sa jambe. Tous deux regardèrent les dernières lueurs du jour s'éteindre. Les nuages étaient bas, lourds d'humidité.

Il y aurait sans doute de la neige avant le matin. Le froid était profond mais l'air était humide sur son visage. La neige n'allait pas tarder, Brett le sentait dans ses os. Il était resté si longtemps au loin qu'il avait oublié comment un rancher vivait dans tout son être les saisons de la terre.

La porte du chalet s'ouvrit derrière lui, et une bande de lumière dorée tomba sur le sol.

— Tu as fini, Reggie ? dit-il tout haut au bénéfice d'Anna.

Un battement de queue et un sourire plein de dents furent sa réponse.

— D'accord. J'ai un os d'agneau dans le congélateur pour toi.

Le chien entendit le mot « os » et fila droit vers la maison. Il frôla Anna, et Brett le suivit lentement.

— Tu veux devenir son être humain préféré ? demanda-t-il à Anna.

— Bien sûr.

— Dans la porte du congélateur. Il y a un sac d'os.

Tandis qu'Anna allait chercher l'os, il s'agenouilla devant le poêle et le bourra de petit bois. Ce chalet était laid, mais petit et confortable. Si le poêle chauffait avant la tempête de neige, il serait raisonnablement chaud durant la nuit.

Reggie venait de s'installer dans son panier pour un long somme quand les fenêtres grincèrent subitement. Anna leva les yeux, alarmée.

— Le vent se lève, commenta Brett.

— Une tempête arrive ? demanda vivement Anna. Je devrais rentrer chez moi !

Brett alla à la fenêtre pour regarder dehors.

— Trop tard. La tempête est là.

Anna émit un soupir de lassitude.

— Je te promets que je ne te ferai pas de mal.

Elle le dévisagea d'un air interrogateur.

— Pourquoi dis-tu ça ?

— Eh bien, à cause d'aujourd'hui. Mon éclat. Et après avoir démoli ce gars, au restaurant...

Il s'interrompit, inspira et poursuivit précipitamment.

— Je me disais que tu devais avoir peur de moi.

— Pourquoi aurais-je peur de toi ? s'enquit-elle avec calme.

Il se demanda si cela voulait dire qu'elle était courageuse ou bien stupide.

— Il n'y a pas de quoi avoir peur.

Menteur.

— Je me contrôle parfaitement.

Peut-être.

— J'ai des réflexes malheureux qui datent des combats. Mais on m'a dit qu'ils s'affaibliraient avec le temps.

Et c'était le plus gros mensonge de tous.

Il était plus nerveux depuis qu'il était rentré chez lui qu'il ne l'avait jamais été outre-mer. Il réagissait au quart de tour et ne semblait pas pouvoir se contrôler.

— Je ne qualifierai pas tes réflexes de malheureux s'ils te gardent en vie, répondit-elle.

Il cilla, surpris.

— C'est ce que j'ai dit aux psys !

Elle haussa les épaules.

— Tu vois ? Tu te comportes de manière parfaitement raisonnable. Ce serait ridicule d'avoir peur de toi ; du moment que je n'essaie pas de te tuer et que je ne déclenche pas tes réflexes d'autodéfense, tout ira bien.

Cela semblait si facile dit comme ça. Presque faisable. Était-il possible qu'il puisse vraiment reprendre une vie normale ?

8

Anna étudia le visage de Brett dans la lueur vacillante du poêle. Il avait effectivement l'air dangereux, affûté par la violence. Mais elle savait à quoi ressemblait la folie. Souffrait-il ? Oui. Était-il fou ? Non.

Il semblait avoir peur de lui-même, ce qui était compréhensible. Bien sûr, il avait terrassé le voyou au restaurant. Le gamin était armé et la menaçait. Tout homme avec un minimum de courage aurait fait la même chose. Quant à Jimbo, Brett avait parfaitement compris la situation. Elle était absolument terrifiée, et Jimbo aurait très bien pu l'étrangler s'il n'était pas intervenu.

Elle s'approcha de la fenêtre pour regarder dehors. Dans la lumière qui passait par la fenêtre, de gros flocons de neige tombaient en rangs si serrés qu'elle voyait à peine le pick-up.

— Tu ne plaisantais pas en parlant de tempête, s'exclama-t-elle. Je vais être coincée ici toute la nuit.

Il prit un air de « je te l'avais bien dit », puis sourit, visiblement content de la tournure des choses.

Il l'avait frappée comme étant solitaire, peut-être même asocial la première fois qu'elle lui avait rendu visite. Mais l'homme qui se tenait devant la cuisinière, vidant un sachet de pâtes et de légumes congelés dans une poêle, était ouvert et détendu. Ce baiser avait peut-être été thérapeutique pour lui comme pour elle.

Brett était le premier homme qu'elle ait embrassé après Eddie. Non qu'elle eût souvent embrassé Eddie de son plein gré. Quand il était soûl il était méchant, et, les dernières années, il était soûl presque tout le temps.

Elle avait oublié à quel point c'était bon d'embrasser et d'être embrassée avec respect. Quelque chose en elle s'était libéré, et c'était bon, vraiment bon. Peut-être n'était-elle pas aussi abîmée qu'elle l'avait cru. Étant donné qu'elle n'avait été attirée par aucun un homme depuis la mort d'Eddie, elle se disait que son intérêt pour la gent masculine était bel et bien mort. Mais peut-être que non.

Elle était impatiente de voir jusqu'où cet intérêt renouvelé allait. Bien sûr, elle ne pouvait pas décemment demander à Brett de se soumettre à pareille expérimentation. Comme si un homme pouvait se prêter à cela. Eddie l'aurait tuée si elle lui avait fait ce coup-là.

Brett se retourna à demi et la surprit en train de le regarder de manière éhontée.

— Quoi ? marmonna-t-il.

— As-tu idée combien c'est sexy de voir un homme s'activer dans la cuisine ?

Il jeta un coup d'œil à la kitchenette.

— Ce n'est pas vraiment une cuisine.

— Il n'y en a pas besoin, avec un homme comme toi...

Elle s'interrompit, atterrée.

— Je suis désolée. Ce n'est pas ce que je voulais dire.

— Ne t'inquiète pas. Merci.

Elle se risqua à croiser son regard. Brett ne se moquait pas d'elle. Eddie entrait dans des rages impossibles à l'idée de devoir faire la cuisine. C'était un homme, et les hommes ne faisaient rien à la maison.

Ils mangèrent côte à côte devant le poêle, qui déversait une chaleur intense.

Puis Brett lui prit son assiette, l'emporta dans l'évier et la lava. Elle le regarda avec stupéfaction. Ça, c'était la chose le plus sexy qu'elle ait jamais vue. Brett ouvrit le réfrigérateur, pointa la tête à l'intérieur et en ressortit avec une canette de bière.

Oh mon Dieu. La vieille terreur paralysa son cerveau. Ses yeux bondirent vers la porte d'entrée, et elle calcula combien de temps il lui faudrait pour descendre jusqu'à la grande maison. Était-elle assez couverte ? Se perdrait-elle dans la neige et l'obscurité ? Geler à mort était de toute façon préférable à mourir de mort violente.

— Est-ce que ça va ? demanda Brett avec inquiétude. Qu'est-ce qui se passe ?

— Rien. Tout va bien. Tout va très bien.

Il se rencogna à l'autre bout du canapé, la regardant par-dessus sa canette de bière. Puis il dit d'un ton égal.

— Nous avons déjà eu cette discussion. Je peux flairer un mensonge à vingt pas. Qu'est-ce que c'est ?

— Eddie buvait parfois.

— Comment ça ?

Elle ouvrit la bouche, mais quelque chose dans son regard l'arrêta. Il allait soupeser ses paroles, les jauger à l'aune de la vérité. C'était un test pour voir si elle pouvait et voulait être honnête avec lui. L'instant s'étira et devint important. Comme une sorte de virage dans leur relation.

Elle referma la bouche et réfléchit sérieusement à sa question. Épouser Eddie avait été la plus grosse erreur de sa vie. Elle avait gâché son avenir et détruit son âme. Prenant une grande inspiration, elle laissa échapper la vérité.

— La vie avec Eddie, c'était l'enfer sur terre.

— J'imagine. C'était un salopard de première au lycée.

— Comment as-tu remarqué ça ? s'exclama-t-elle.

— Parce que je n'étais pas une fille. Je jouais au foot avec lui. Et c'était le plus mauvais joueur que j'ai jamais vu, menteur et tricheur. Je connais au moins trois types qui avaient des carrières prometteuses dans le football et à qui Eddie s'en est pris. Il a détruit les genoux de deux d'entre eux et il a infligé une commotion si grave au troisième qu'il n'a plus jamais pu jouer.

— Oui, eh bien, il m'a détruite aussi.

Brett se redressa en entendant cela. Il posa la bière sur le sol et tourna toute son attention vers elle.

— Qu'est-ce qu'il t'a fait, Anna ?

Elle secoua la tête. Elle ne voulait pas parler de cela. C'était rangé au fond de son esprit, bien verrouillé.

— Je n'aurais pas dû dire ça. Ma mère disait que ce n'est pas charitable de dire du mal des morts, tu sais, ajouta-t-elle d'un ton léger.

— Ce sont des conneries, Anna. Les gens mauvais dans la vie sont toujours mauvais dans la mort. Mourir ne rend personne bon.

Il avait prononcé ces mots avec une telle amertume qu'elle balbutia :

— De qui parles-tu ?

Ce fut son tour de s'interrompre et de contempler sa question à loisir. Elle attendit, lui donnant le temps nécessaire pour trouver une réponse. Finalement, il grommela :

— Moi.

— Quoi ? Tu n'es pas quelqu'un de mauvais !

— Tu ne me connais pas.

— Si, Brett, je te connais. Tu m'as sauvée du voleur et de Jimbo. Tu t'es comporté héroïquement, sans même réfléchir. C'est ta nature profonde d'être un type bien. Tu n'avais pas besoin de prendre de risques pour moi, mais tu t'es jeté dans la mêlée pour me protéger.

— Ne te raconte pas d'histoires. Je n'étais pas en danger. Je suis un commando des forces spéciales avec des années d'entraînement. Aucun de ces salopards n'avait la moindre chance contre moi.

Il s'interrompit, puis ajouta :

— Si j'avais été encore en service, j'aurais eu des ennuis pour ne pas avoir résolu la situation sans violence. L'armée ne veut pas de types qui se comportent comme Rambo.

— Alors où étaient les autres ? Aucun d'eux ne s'est avancé pour se plaindre, moins encore pour intervenir. Accepte-le, Brett. Tu es un héros, que ça te plaise ou non.

— Je suis beaucoup de choses, petite, mais pas un héros.

Elle connaissait ce sentiment. Ceux qui n'étaient pas amis avec Eddie pensaient qu'elle était une pauvre veuve accablée. C'était tellement mensonger ! Car Jimbo avait raison, elle avait bien tué son frère.

Elle fixa longtemps le feu, visible à travers la vitre du poêle, laissant la lueur vacillante des flammes l'hypnotiser. Si seulement elle avait pu disparaître. Elle ne méritait pas de vivre dans un monde dans lequel des héros comme Brett avaient laissé le meilleur d'eux-mêmes sur un champ de bataille.

Une bûche émit un craquement sonore, la faisant sursauter.

Reggie se réveilla, se leva péniblement, tourna plusieurs fois sur lui-même puis se recoucha de l'autre côté.

— Qu'est-il arrivé à Reggie ? demanda-t-elle. Tu sais comment il a été blessé ?

— Oui, je sais.

Elle lui jeta un regard curieux. Brett avait apparemment fini sa bière, car il tordait lentement la canette.

— Eh bien, que lui est-il arrivé ?

— Un EEI.

— Un quoi ?

— Un engin explosif improvisé.

— Il y avait une bombe ici au ranch ? dit-elle abasourdie.

— Non. En Afghanistan.

Elle considéra tour à tour Brett et le chien.

— Je ne comprends pas.

— Reggie était un chien militaire. Il accompagnait notre peloton en Afghanistan. Nous étions en patrouille, et il est tombé sur un EEI.

— Oh mon Dieu ! Pauvre Reggie.

Le visage de Brett se déforma en un masque de souffrance si profonde qu'elle eut du mal à le regarder. Elle était déchirée entre l'envie de réconforter l'un et celle de consoler l'autre.

— Ça a dû être dur de le voir blessé, murmura-t-elle.

Brett hocha la tête. Il était tendu au point de ne pouvoir prononcer un mot. Elle n'y tint plus. Se rapprochant de lui, elle posa les mains sur ses joues.

— Tout va bien, Brett. Tu t'en es sorti. Tu es ici. Vivant. Et Reggie aussi. Vous vous en êtes sortis tous les deux.

Brett la stupéfia en se penchant en avant pour enfouir son visage contre son cou. Si elle ne se trompait pas, il était secoué de sanglots. Bonté divine. Elle lui entoura la tête de ses bras et glissa les doigts dans ses cheveux courts, l'attirant plus près. Il bougea un peu, de façon à plaquer une oreille contre son cœur. Elle se surprit à le bercer légèrement, comme un enfant.

Quel volume de souffrance fallait-il pour briser un homme aussi solide ? La crainte lui vint de ne pas être assez forte elle-même pour affronter les souffrances qu'il avait endurées. Mais elle pouvait le tenir dans ses bras, lui offrir un réconfort silencieux. Elle espérait que ce serait assez.

Il laissa glisser ses bras autour de sa taille et s'accrocha à elle comme à une bouée. La douleur émanait de lui en vagues écrasantes. Comment avait-il survécu avec ces horreurs coincées en lui ? Pas étonnant qu'il se terre seul dans ce chalet.

Non que ce fût bon pour lui, évidemment. Elle-même fuyait son chagrin et sa culpabilité, et cela ne l'avait pas aidée à guérir.

Elle jeta un coup d'œil à Reggie, étendu sur le flanc et paisiblement endormi devant le feu. Il ne ruminait pas, il profitait seulement du moment, satisfait d'être au chaud.

— Le problème, c'est que, nous, les êtres humains, nous réfléchissons trop, murmura-t-elle.

Brett rit amèrement contre sa poitrine.

— C'est l'euphémisme du siècle.

Elle lui caressa les cheveux, essayant de lui faire sentir sa compassion. Il grogna très légèrement, comme pour ne pas l'effrayer.

— Tu n'es pas seul, Brett, je suis là, avec toi.

— On n'est pas en sécurité avec moi, gronda-t-il.

Il voulut s'écarter, mais elle resserra les bras autour de lui. Elle sentait qu'il en avait plus besoin qu'elle.

— J'ai confiance en toi, Brett, tu ne me feras pas de mal.

Un soupir lui échappa, chargé cette fois de mépris.

— Tu n'es pas un homme mauvais. Je le sais au fond de mon cœur.

— Tu as tort, Anna. Complètement tort.

— Dis-moi une chose que tu as faite de mal. Quelque chose de vraiment méprisable.

— Et Jimbo ? J'ai failli l'étrangler.

— Tu oublies qu'il essayait de m'étrangler, moi. Il m'a dit qu'il allait me tuer. En fait, tu m'as sauvé la vie.

— Il a dit ça ? demanda vivement Brett.

Elle tressaillit, car la question suivante était évidemment « pourquoi ? » Tentant une diversion, elle dit :

— Tu as vu combien j'étais effrayée et tu as volé à mon secours sans réfléchir.

— C'est plutôt que j'ai vu que tu avais peur et que ça m'a fait disjoncter. Que j'ai cédé à violence aveugle et que j'ai attaqué un homme qui, heureusement, le méritait. Mais la prochaine fois ? Que se passera-t-il si je me trompe sur la situation et que je fais du mal à un innocent ? Je suis une bombe à retardement, Anna. Quoi que tu dises, tu ne me convaincras pas que je suis bon.

— Peu importe. C'était vraiment gentil de me sauver de Jimbo.

Il leva la tête pour la regarder.

— Tu es sérieuse ? Tu crois vraiment que je suis gentil ?

Percevant sa dérision, elle répondit sur la défensive :

— Oui, je le pense. Je ne me rappelle pas que quiconque soit venu me défendre.

Le sourire de Brett s'évanouit, et il demanda prudemment :

— Et de quoi ou de qui as-tu eu besoin de te défendre ?

— De rien. De personne. C'était juste une expression...

Il fronça les sourcils, et elle prit conscience qu'elle répétait toujours le même mensonge.

— D'accord, ce n'était pas rien, souffla-t-elle. Mais je ne veux pas en parler.

Il la fixa un instant puis hocha la tête.

— Nous faisons une sacrée paire, non ? marmonna-t-il.

— Si tu veux parler du concours de qui est le plus abîmé, je suppose que oui.

Elle se sentait des décennies plus vieille que ses vingt-sept ans. Elle doutait fortement qu'il gagne le concours. C'était un soldat, payé pour tuer des ennemis. Elle-même n'avait pas d'excuse.

— Ne pleure pas, dit-il en hâte. Je ne sais pas quoi faire des larmes.

— J'ai trouvé que tu t'en sortais bien tout à l'heure, réussit-elle à dire d'un ton léger.

— Ah Anna ! Viens ici.

Il l'enlaça et, cette fois, ce fut son oreille à elle qui fut plaquée contre son cœur à lui. Celui-ci battait lentement et régulièrement. Pourquoi Brett ne pouvait-il se voir comme elle le voyait ?

Elle glissa ses bras autour de sa taille, qui était mince et ferme, complètement dépourvue de graisse. Elle passa les mains le long de ses muscles, de chaque côté de sa colonne vertébrale. Ils auraient pu être sculptés dans la pierre tant ils étaient durs. Elle remonta le long de son dos et, comme il changeait de position, elle sentit ses muscles saillir puis laisser place à l'arête dure de ses omoplates.

Sous son oreille, les battements de cœur devinrent plus rapides et plus forts. Soudain, elle se sentit électrisée par la chaleur de sa peau, et son exploration anodine prit une autre tournure, aux accents incontestablement sexuels. La prudence rugit en elle : *Danger ! Danger !*

Et pourtant, elle était attirée, entraînée vers lui. Seigneur, était-elle accro aux hommes dangereux ? Avec le recul, Eddie lui avait donné toutes sortes d'avertissements, avant même leur départ de Sunny Creek.

Il était méchant quand il buvait, même au lycée. Il s'excusait à profusion et la couvrait d'attentions, ce qui comblait son besoin désespéré d'approbation. Il l'avait entraînée dans une bande « cool ». Elle était si peu assurée d'elle-même qu'elle avait négligé les coups de poing dans les murs, les regards mauvais qu'il lui jetait quand elle parlait à d'autres garçons, les occasions où il la brutalisait et la fois où il avait mis son ours en peluche en lambeaux.

Ses parents avaient divorcé quand elle était petite, et elle n'avait jamais vu à quoi ressemblait une relation saine. Elle aurait dû s'en douter, mais elle n'avait pas de modèle…

— Où est-ce que tu es, Anna ? murmura Brett.

Son attention se reposa sur l'homme dont elle palpait le dos nu. Elle se rendit compte qu'elle plantait ses ongles dans sa chair.

— Je suis désolée !

— Tout va bien. J'ai la peau dure. À quoi pensais-tu pour sortir tes griffes ?

Elle rit un peu.

— Je pensais au lycée.

— Quel fichu cirque c'était, grogna-t-il.

Elle releva la tête pour le regarder.

— Tu étais le garçon le plus populaire de ta classe, quater back de ton équipe, roi de la fête de fin d'année. De quoi te plains-tu ?

Il ricana.

— Mon père était déterminé à faire de moi un marine. Mes

petites sœurs étaient cernées par les voyous, et mes frères ne voulaient pas m'aider à les écarter. La fille que je croyais épouser plus tard m'a trompée avec mon meilleur ami. Et, à dire vrai, j'étais en rut jour et nuit. C'était un enfer.

Elle hocha la tête.

— Pas possible. J'ai suivi mon petit ami à Hollywood et j'en ai payé le prix.

— Alors remplis les blancs. Tu sortais avec Eddie au lycée. Après le bac, vous êtes partis à Hollywood et vous vous êtes mariés, c'est ça ?

Elle acquiesça.

— Mais c'était un mauvais acteur et il n'a décroché aucun rôle. Qu'est-ce que tu as fait ?

— J'ai pris des cours du soir et j'ai obtenu un diplôme de comptable. J'ai décroché un job dans un cabinet qui s'occupait de la comptabilité d'une petite société de production de films pornos.

— Punaise ! Il doit y avoir des histoires là-dessous. Mais on y reviendra plus tard.

— Je n'assistais pas aux tournages, je restais assise dans un bureau malpropre à absorber des chiffres. Mais je peux te donner le prix de gros de n'importe quel sex-toy.

— En voilà une compétence, dit-il en souriant.

Elle lui donna une tape sur le bras. Il attrapa sa main et entrelaça leurs doigts.

— Tes mains sont si petites et si douces. Les miennes sont éraflées et calleuses.

— J'aime tes mains. Elles ont vu de durs travaux. Elles se sont endurcies et ont survécu.

— Tu m'idéalises, Anna.

— Eh bien je suis désolée, répliqua-t-elle, mais je te trouve romantique. Tu n'as qu'à t'y faire.

Soudain, leurs regards se croisèrent. En un clin d'œil, l'air se chargea de tension. Quand Anna parvint enfin à arracher son regard de ces yeux bleus comme l'océan, elle se surprit à fixer ses lèvres.

Sa lèvre inférieure était plus pleine que la lèvre supérieure.

Il glissa inconsciemment la langue entre elles. Maintenant sa bouche luisait légèrement, aussi tentante que le diable.

— Tu dois arrêter de me regarder comme ça, marmonna-t-il.

— Comment ? murmura-t-elle.

Son cœur battait à cent à l'heure, et elle n'arrivait plus à respirer.

— Comme si tu voulais me dévorer tout cru.

Elle avait en effet envie de l'avaler tout cru. Et c'était nouveau. La dernière fois qu'elle avait soupiré après un garçon, c'était Eddie, quand elle avait seize ans et qu'il était la plus jolie chose qu'elle ait jamais vue.

Brett n'était pas mignon à la manière d'Eddie, mais il était beau, mûr. Sa peau était tannée par des années passées à l'extérieur, il avait des rides aux coins des yeux et des traits plus durs, plus sculptés que ceux d'Eddie. Mais c'étaient leurs yeux qui différaient le plus. Ceux d'Eddie étaient morts. Mais ceux de Brett ? Ah, ils étaient si vivants ! L'intelligence et la lucidité emplissaient ce regard, de même que l'humour, la tristesse et une passion contenue.

Il se pencha en avant millimètre par millimètre, si lentement qu'elle aurait pu courir jusqu'à l'évier et en revenir avant qu'il ne l'embrasse.

Mais, pour une fois, elle ne voulait pas fuir. Elle voulait embrasser Brett. Et il prenait bien trop de temps pour y arriver ! Elle se pencha en avant et planta sa bouche sur la sienne.

Brett entrouvrit les lèvres, et sa langue se glissa entre les siennes. Cette fois, il n'y eut pas de timidité. Le baiser fut charnel, et Brett ne s'excusa pas. Il se pencha en arrière, l'entraînant avec lui, étalant son corps sur le sien de la manière la plus suggestive, sans jamais cesser de l'embrasser, de la goûter et la dévorer. Elle lui rendit la faveur, revendiquant sa bouche, savourant la manière dont sa langue accueillait la sienne.

L'embrasser, c'était comme tomber dans l'obscurité. Ce n'était pas un abîme effrayant, mais une nuit douce et accueillante qui l'enveloppait comme une couverture de velours et faisait monter en elle des sentiments qu'elle ne se souvenait pas avoir déjà éprouvés. Était-ce à cela que ressemblait une véritable attirance ? Eh bien, pas étonnant que ses amies fassent un tel foin du sexe !

Il releva l'ourlet de sa chemise et fit halte à la taille, dans une question silencieuse. Était-elle d'accord pour qu'il poursuive ? Elle se cambra contre son corps délicieusement musclé, s'offrant à lui. Sa main ne bougea pas, et elle marmonna impatiemment contre ses lèvres :

— Touche-moi, Brett.

Ses lèvres esquissèrent un sourire sous les siennes. La paume de sa main était brûlante sur sa peau. Il écarta les doigts dans son dos, lui donnant la sensation d'être petite et fragile. Mais, pour une fois, cela ne l'effraya pas.

De son côté, elle déboutonna sa chemise, repoussant impatiemment la flanelle. Son propre top était remonté, et la chaleur de son ventre contre sa peau nue la fit haleter.

— Tu es si douce, murmura-t-il contre ses lèvres.

— Oui, tu n'as pas idée, marmonna-t-elle.

Elle changea de position, glissant une jambe entre sa hanche et le dossier du canapé pour le chevaucher. Un désir échevelé surgit en elle. Le besoin de se rapprocher autant que possible de lui la poussa à se débarrasser de son T-shirt.

La main de Brett erra sur l'agrafe de son soutien-gorge et elle interrompit leur baiser pour le défier.

— Vas-y, fais-le !

Un rire silencieux emplit sa bouche, et il détacha son soutien-gorge. Maintenant son dos était nu, et Brett le caressa de haut en bas, dissipant les derniers vestiges de tension. Elle aurait pu tout aussi bien être du beurre entre ses mains.

Elle entremêla les doigts dans ses cheveux, pesant de tout son poids sur lui et inclinant la tête pour embrasser sa bouche, sa tempe, son oreille. Elle plongea la langue dans son oreille et tourna une fois, puis deux. Il grogna tout fort, et elle se rendit compte que son érection pressait contre son bas-ventre.

Elle s'immobilisa, assimilant brusquement ce qu'elle venait de lui faire. Pauvre petite chose incapable d'inspirer le désir. Elle se tourna vers cet homme sexy, mûr et confiant.

— Merci, lui murmura-t-elle.

— Pour quoi ? demanda-t-il en déposant des baisers dans son cou.

— Parce que tu me trouves un peu attirante.

— Un peu ? Ne te dévalorise pas, Anna.

La gratitude lui réchauffa le ventre.

— Merci pour ça aussi.

Il recula un peu pour la regarder.

— Ce n'est pas la première fois que tu dis quelque chose comme ça. Mais que t'a fait Eddie, bon sang ?

Elle lui sourit avec tristesse. Il n'y avait pas de mots pour décrire l'horreur de vivre avec lui.

— C'est une bonne chose qu'il soit mort, sinon il faudrait que je le tue, gronda Brett.

Elle l'embrassa pour avoir dit ça, trop émue pour trouver ses mots.

Renversant leurs positions, Brett l'allongea sur le dos et s'étendit sur elle de toute sa longueur. Il lui caressa paresseusement les cheveux et la contempla dans la lumière vacillante du feu.

— Tu es si belle.

Elle secoua la tête, la gorge trop serrée pour pouvoir parler.

— Je pourrais te faire l'amour pendant des heures sans me fatiguer.

Elle en resta bouche bée. Aucun homme ne lui avait jamais dit une chose pareille. Même dans ses meilleurs moments, Eddie était du genre crac-boum, merci m'dame.

— C'est à toi de décider, Anna.

— À moi ?

C'était quelque chose de si nouveau pour elle qu'elle ne savait comment réagir.

— Si jamais tu veux faire l'amour avec moi...

Il se corrigea.

— *Quand* tu voudras faire l'amour avec moi, dis-le-moi. Je suis d'accord et je suis prêt. Mais c'est à toi de décider. Tu traînes visiblement des casseroles, et je ne veux pas en ajouter.

Il s'immobilisa, le regard posé sur le feu, la main reposant tranquillement son ventre nu.

C'était ainsi ? Il fallait qu'elle lui demande ?

— Je... Je ne veux pas que tu arrêtes de m'embrasser, dit-elle d'un ton hésitant.

Il lui glissa un regard de biais, sexy et aguicheur. Oh ! mais quel coquin ! Elle lui empoigna les cheveux pour l'attirer à elle.

Il l'embrassa chastement, la forçant à approfondir le baiser et à aller chercher sa langue. Frustrée, elle appuya sur son buste musculeux pour le rapprocher d'elle. Puis elle gigota sous lui, pressant ses seins contre sa poitrine dure. Oh oui, c'était meilleur.

Il sourit sans rompre le contact de leurs lèvres, mais sans avancer non plus.

Finalement, elle perdit patience et lâcha :

— Oh ! pour l'amour du ciel, vas-tu cesser de te comporter en gentleman et m'emmener au lit ?

9

Le cœur de Brett manqua un battement. Elle le désirait assez pour combattre sa peur ? L'ampleur de cette offrande ne lui échappait pas. En fait, cela le terrifiait. Il n'était pas certain de mériter sa confiance et son affection.

— Tu es sûre ? demanda-t-il tout haut.

— Hum-hum.

— Dis-le.

Il voulait qu'il n'y ait pas d'erreur ou de malentendu.

— Je veux que tu me fasses l'amour.

Lentement, il se mit debout, la souleva dans ses bras et l'emporta dans la minuscule chambre, occupée presque en totalité par un vieux lit en fer. Il ne se pressa pas, lui donnant le temps de changer d'avis. Jusque-là, tout allait bien.

Il la déposa parmi les oreillers et les coussins. Elle haleta.

— Qu'est-ce qu'il y a ?

— Les draps sont glacials !

— On va vite arranger ça, murmura-t-il.

Il s'allongea à côté d'elle, et elle roula sur lui avec avidité. Elle le voulait donc vraiment ? Ses cheveux retombèrent autour d'eux, leur parfum de vanille l'environnant comme un nuage. Son érection était si dure qu'il avait du mal à l'ignorer. Mais il savait qu'il devait absolument faire preuve de douceur avec elle.

— Tu as plus chaud, maintenant ?

— Oui, merci. Mais Brett, euh, ne sommes-nous pas censés ôter nos vêtements ?

Il s'assit, l'entraînant avec lui, si bien qu'elle se retrouva à cheval sur ses genoux. Il lui ôta rapidement sa chemise à carreaux, son top et son soutien-gorge. Peu de lumière filtrait par la porte, mais c'était assez pour qu'il admire les courbes parfaites de ses seins. Ils n'étaient pas énormes, mais si ronds, si pleins, si roses qu'il faillit jouir sur-le-champ.

Se débarrasser de leurs jeans fut plus malaisé, et ils se mirent à rire, emmêlés l'un dans l'autre et entre les draps. Il la contempla tandis que leurs rires s'évanouissaient.

— Ah, tu es bonne pour mon âme, Anna.

— Je pense que tu vas être très bon pour la mienne aussi, répondit-elle.

Venant d'une autre femme, cela aurait été une réplique nunuche. Mais elle l'avait dit si sincèrement qu'il comprit qu'elle était nerveuse à l'idée de faire l'amour avec lui.

— Je te promets que ce sera mieux que bon, chuchota-t-il.

Elle lui sourit et fit courir ses doigts dans ses cheveux. Il adorait quand elle faisait cela, car il avait l'impression qu'elle le voyait vraiment. Mais c'était un moment important pour elle. Et pour lui aussi. Qu'avait-elle donc en elle qui faisait de cela davantage que du sexe ?

Plus incertain que jamais, il baissa doucement la tête pour l'embrasser. Les mots lui manquaient devant tant de courbes douces, de chairs tendres et sexy. Cela faisait longtemps qu'il n'avait pas été avec une femme, et son corps ne le lui laissait pas ignorer. Il serra les dents et, dans un acte de suprême volonté, descendit le long de son ventre, donna un petit coup de nez entre ses cuisses et déposa des baisers sur toute la longueur de sa jambe fuselée jusqu'à son mignon petit pied. Comme il mordillait la chair tendre derrière le genou, elle gloussa et lui tira les cheveux pour le faire remonter. Il ne pouvait se rassasier de ses lèvres pleines. C'était un effort de ne pas la dévorer tout entière, mais la dernière chose qu'il voulait, c'était l'effrayer.

— Ça va ? murmura-t-il contre sa bouche.

— Génial. Et toi ? répondit-elle un peu surprise.

— Tu es prête pour le reste ?

— Si tu n'arrêtes pas les questions stupides, je vais douter sérieusement de tes facultés mentales.

— J'essaie juste de respecter tes désirs et de ne rien supposer.

— Alors dis-toi ça : je te veux et je te veux maintenant.

Elle enroula ses jambes autour de ses hanches pour le rapprocher d'elle.

— Du calme, chérie, dit-il en riant. Il faut nous protéger.

Fouillant dans son portefeuille qui, heureusement, était sur la table de chevet, il sortit un préservatif. Déchirant l'emballage, il le déroula sur son membre tendu. Bon sang, il n'avait pas été aussi excité depuis… longtemps.

Il se rallongea sur Anna, entre ses bras ouverts. Qui aurait cru qu'elle était aussi généreuse sous ses dehors un peu introvertis ? Il l'embrassa doucement, avec révérence, dans un silence reconnaissant.

Mais sa petite langue se glissa alors dans sa bouche, s'enfonça et se retira en une imitation évidente de l'union charnelle qu'elle désirait.

— Dernière chance de dire non, gronda-t-il.

— Oui. Oui, oui, oui !

Souriant jusqu'aux oreilles, il se plaça entre ses jambes et, millimètre par millimètre, pénétra dans sa chaleur. Elle n'avait visiblement pas fait l'amour depuis longtemps tant le passage était étroit. Elle l'agrippa de ses bras et de ses jambes en poussant de petits cris de plaisir.

Une éternité plus tard, il sentit qu'il était enfoncé en elle jusqu'à la garde, une sensation incroyable.

— Ça va ? réussit-il à dire sans haleter comme un chien en été.

— Fantastique, génial, spectaculaire, répondit-elle.

— Ah chérie, on n'a pas encore entamé la meilleure partie.

— Tu me montres ?

Il se dressa sur ses coudes pour la contempler.

— Ne me dis pas qu'Eddie n'a jamais réussi à te donner du plaisir ?

Un petit sourire triste plissa l'arc de sa bouche. Il la regarda avec incrédulité.

— Bon, il va falloir réparer ça, hein ?

Se jurant silencieusement de ne pas jouir avant qu'elle ait eu un orgasme digne de ce nom, il commença à bouger lentement.

Graduellement, il sentit que son vagin se lubrifiait et que ses muscles se détendaient.

Il noua ses mains aux siennes, les avant-bras de chaque côté de sa tête, et leur imprima un rythme régulier et sans hâte. Il regarda dans ses grands yeux de biche, excité comme jamais par ce qui se passait entre eux. Le plaisir donna progressivement une apparence vitreuse aux yeux d'Anna et il comprit qu'elle était perdue dans quelque chose de plus grand qu'eux, un monde de pure sensation. Et c'était lui qui l'y avait emmenée. Un élan de fierté le traversa à cette idée.

Ce fut alors qu'il accéléra le rythme, plongeant en elle avec plus de force, prenant garde à ne pas lui faire mal mais relâchant un peu la bête en lui. Son corps se couvrit d'un film de sueur et elle passa les mains dans son dos, puis les descendit pour agripper désespérément ses fesses.

— Ça va ? haleta-t-il, en faisant tout son possible pour ne pas exploser comme une supernova.

— Oui, murmura-t-elle. Oui. Oui. Oui.

— Encore ?

Il en était réduit à des phrases de deux syllabes, mais qu'il soit damné s'il ne s'assurait pas que tout allait bien pour elle.

— Oui !

Dieu merci. Il ignorait combien de temps il pourrait encore se contrôler. Mais il lâcha la bride à son désir, s'enfonçant en elle, se délectant de la sentir tout au fond. Ses hanches se hissèrent à sa rencontre, et tous deux cherchèrent ce qui leur échappait encore.

Lui, bien sûr, savait ce qui l'attendait, mais il n'était pas sûr qu'elle en soit consciente. Encore un peu. Encore un peu plus loin. Un dernier puissant coup de reins, et elle vola en éclats, poussant un long gémissement de plaisir venu du tréfonds de son être. Il n'en fallut pas plus. Le son de son orgasme le traversa de part en part, et il poussa un cri rauque, secoué par un plaisir gigantesque. Tout son corps se convulsa autour d'elle. Son âme se déversa dans la sienne et il frissonna violemment en lui donnant tout ce qu'il avait, tout ce qu'il était.

Ils s'immobilisèrent et elle le regarda, la stupéfaction peinte sur le visage. Il savait ce qu'elle ressentait : il n'y avait pas de mots pour décrire ce qu'ils venaient de partager.

— Alors c'était ça, dit-elle d'une petite voix.

Saisi, il éclata de rire.

— C'était ça, en effet.

— Oh mon Dieu. C'était vraiment bon.

— Bon ? répéta-t-il. J'ai dû perdre la main si ce n'était que bon.

Elle lui donna une tape.

— Sois sage. Tu sais très bien que c'était fantastique.

Il déposa un doux baiser sur ses lèvres.

— Oui, c'était fantastique. Merci.

— Hum, je crois que c'est moi qui devrais te remercier. Ça n'a jamais été comme ça pour moi, avant.

— Eh bien, il faudra le refaire. J'ai encore beaucoup à te montrer.

Elle lui sourit, et ce fut comme une bénédiction. Il eut l'impression qu'on versait de l'eau sur son âme assoiffée. Peut-être allait-il s'en sortir, après tout. Peut-être y avait-il de l'espoir pour lui. Si une femme le regardait ainsi, peut-être y avait-il une petite part de lui qui n'avait pas été corrompue.

Il roula sur le dos et, la prenant dans ses bras, remonta les couvertures sur eux. Il se surprit à contempler les poutres du plafond dans la lueur du feu. Un profond silence emplissait le chalet et son âme. Il ne se rappelait pas la dernière fois que son esprit avait été aussi calme.

Anna satisfaite et somnolente dans ses bras, il glissa dans l'inconscience et, juste avant de sombrer, comprit avec stupeur que c'était la première fois qu'il le faisait sans se tourner et se retourner pendant des heures. Qui aurait cru que l'amour d'une femme pouvait guérir tant de maux ?

Brett fut tiré en sursaut d'un sommeil sans rêves par un hurlement épouvantable. Il bondit hors du lit, s'emparant du même mouvement du couteau qu'il gardait sous l'oreiller. Puis il s'accroupit comme un fauve, les nerfs à vif, les veines charriant l'envie de tuer.

Un autre cri, venant du lit.

Le cerveau paralysé, il fit un pas agressif avant de se souvenir de qui il s'agissait.

Anna.

Ils avaient fait l'amour.

Cela avait été incroyable.

Elle s'était endormie dans ses bras.

Un troisième cri le fit frissonner de haut en bas. Il laissa tomber le couteau et, d'un bond, ouvrit les couvertures pour la prendre dans ses bras.

— Anna, chérie. Réveille-toi. Que se passe-t-il ? Parle-moi !

10

Le sang, il y avait du sang partout. Son T-shirt en était couvert, trempé. Une énorme mare de sang s'étalait sur le sol, chaude et visqueuse contre ses pieds nus. Eddie la fixait avec une expression de choc, agrippant à deux mains le couteau de boucher qu'elle lui avait planté dans le ventre.

— Anna. Réveille-toi !

Quelqu'un la secouait. Elle se débattit, horrifiée.

— Réveille-toi !

À contrecœur elle ouvrit les yeux, refusant de contempler le carnage qu'elle avait provoqué. La vie qu'elle avait ôtée dans un jaillissement de mort écarlate.

Brett. Que faisait-il là… ? Oh. Elle s'était endormie blottie contre lui après le seul orgasme de sa vie.

Alors les reproches s'abattirent sur elle. Elle ne méritait pas d'être heureuse. Elle avait perdu ce droit en prenant la vie d'Eddie. Elle était censée souffrir et se punir puisque la loi ne l'avait pas fait. La police avait établi que rien n'aurait pu être fait. Mort accidentelle.

Mais aurait-elle pu écarter le couteau ? Il y avait eu une milliseconde d'hésitation de sa part, et cela avait fait toute la différence. Ce n'était pas comme si elle avait décidé de le tuer. Elle s'était seulement… figée.

— Anna. Parle-moi. Raconte-moi ton rêve.

— C'était un cauchemar. Un horrible cauchemar.

Il hocha sagement la tête.

— Oui, je connais ça.

— Vraiment ? À propos de quoi fais-tu des cauchemars ?

— Des choses qui te donneraient la chair de poule, répondit-il amèrement.

Elle secoua la tête en signe de déni. Elle avait assassiné son mari. Rien ne pouvait être pire que cela.

Ils se contemplèrent les yeux dans les yeux, chacun convaincu que son cauchemar était le pire. Cette terrible tension prit fin quand ils rangèrent tous deux leur enfer personnel au fin fond de leurs mémoires.

Brett fourragea distraitement dans ses cheveux.

— Mon Dieu, tes hurlements m'ont fait perdre mes moyens. Je vais chercher un verre d'eau. Tu as soif ?

— Un peu.

Elle le regarda enfiler son jean sans caleçon. Laissant sa braguette ouverte, il se rendit pieds nus dans l'autre pièce. Elle entendit la porte du poêle s'ouvrir et le bruit des bûches que Brett y jetait. Le robinet se mit à couler dans la cuisine, puis son ombre s'encadra dans la porte, grande, maigre et sexy en diable.

Elle ne le méritait pas. Coucher avec lui était une erreur colossale. Elle prit le verre d'eau qu'il lui tendait et le vida en silence. Elle le lui rendit et il disparut, se déplaçant dans un silence fantomatique. Combien de temps attendit-elle qu'il revienne, elle l'ignora. Mais il ne revint pas.

C'était tout aussi bien. Elle ne savait comment lui expliquer qu'il lui avait offert la meilleure nuit de sa vie et que c'était une tragédie.

Elle resta allongée, fixant le plafond sans le voir jusqu'à ce qu'une lumière grise éclaire les poutres. La neige devait avoir cessé de tomber, parce qu'un peu plus tard un brillant rayon de soleil filtra par la fenêtre. Elle savait que le sol serait recouvert d'un manteau d'un blanc étincelant comme une traînée de diamants.

Le froid était vif, et même le feu dans l'autre pièce ne parvenait pas à le tenir à distance. Frissonnante, elle enfila ses vêtements à la va-vite et s'avança dans la pièce principale. Elle était vide. Ni Brett ni Reggie n'étaient là. Elle alla ouvrir en hâte la porte d'entrée et fut stupéfaite de voir que le pick-up aussi avait disparu.

Les traces de ses pneus faisaient au moins vingt centimètres de profondeur. Sa voiture devait pouvoir passer dans ce double sillage. Elle enfila ses bottes et s'enveloppa étroitement dans sa veste. Il fallait qu'elle s'en aille avant le retour de Brett. Avant qu'il exige des explications sur son cauchemar. Avant qu'il lui fasse encore l'amour, et que sa résolution ne soit mise à l'épreuve au-delà du supportable.

Elle ouvrit la porte et haleta en sentant le froid lui mordre le visage. Elle avait oublié à quoi ressemblait un véritable hiver. Le froid transperçait les chairs et s'infiltrait jusque dans les os. Elle avait l'impression qu'elle n'aurait plus jamais chaud.

Sa voiture ne voulut tout d'abord pas démarrer, mais elle hoqueta finalement avec paresse. Anna fit rugir le moteur pour l'empêcher de caler et attendit une interminable minute avant d'entamer la descente. La route n'était pas exactement traîtresse mais, si elle n'avait pas eu les traces de Brett pour se guider, elle se serait certainement enlisée dans la boue.

La maison apparut, et la piste rejoignit le chemin d'accès que quelqu'un avait déjà déneigé. Elle accéléra sur l'asphalte et retint son souffle jusqu'à la route principale. Dieu merci, elle s'était échappée.

Son téléphone sonna, et elle sursauta. Prise de tremblements, elle le prit pour regarder qui l'appelait. *Faites que ce ne soit pas Brett. Faites que ce ne soit pas Brett...*

Vinny le brocanteur. Elle prit la communication.

— Bonjour Vinny. Qu'est-ce que tu as pour moi ?

— J'ai trouvé une jolie commode qui te ferait un meuble de salle de bains extra. Il suffit de faire un trou pour le lavabo et d'ôter le dos du meuble. Tu peux venir le voir aujourd'hui ? J'ai déjà un client qui essaie de me l'acheter.

— Euh, bien sûr. Je dois faire la compta du restaurant aujourd'hui. Ça me prendra quelques heures, mais ensuite je peux venir.

— Génial. Appelle-moi quand tu te mettras en route, pour que je sois là à ce moment-là.

— Je le ferai.

La culpabilité lui mordit les entrailles tandis qu'elle retournait en ville. Quel genre d'ingrate vivait la meilleure nuit d'amour de sa vie et s'enfuyait ensuite comme une voleuse ? Elle était décidément horrible. Brett avait révélé une vulnérabilité dont elle était sûre qu'il ne l'avait jamais montrée à personne, et elle lui crachait au visage en s'enfuyant. Peut-être devait-elle l'appeler. S'excuser.

Zut, elle n'avait pas son numéro. Elle pouvait faire demi-tour et y retourner. Il ne saurait jamais qu'elle était partie.

Mais sa résolution se renforça. Elle ne le méritait pas. C'était le fin mot de l'histoire.

Brett se donna mentalement des claques. Il aurait dû se douter qu'elle fuirait à la première occasion. Quels que soient ses démons, ils l'avaient cravachée la nuit dernière. Il n'avait jamais entendu une femme crier comme ça.

Il s'était ridiculisé en baissant sa garde et en lui laissant voir à quel point il était abîmé. Pas étonnant qu'elle se soit enfuie en criant. Littéralement.

Il donna à Reggie le petit déjeuner qu'il était allé chercher en ville pour elle, puis alla ouvrir l'armoire où il rangeait l'alcool. Quelle importance qu'il soit à peine 9 heures du matin ? Il avait besoin de boire jusqu'à s'engourdir.

Pourtant à mesure que le niveau descendait dans la bouteille de whisky, ses sentiments s'intensifiaient. L'alcool était censé tout réduire à un bruit d'arrière-plan. Il n'oublierait jamais Anna s'il ne disposait plus de cette issue.

Il s'endormit sur le canapé et fut dégoûté, en se réveillant, de constater que c'était le milieu de l'après-midi, qu'il était sobre et qu'il n'avait plus ni whisky ni bière. Une des tactiques de son père pour le forcer à sortir et à se mêler aux gens était de l'obliger à faire ses propres courses. Morose et souffrant d'un mal de tête, il monta dans son pick-up et prit la route de Sunny Creek.

Il ne la cherchait pas. Vraiment pas. Mais elle avait la seule hybride rouge de la ville et, en s'arrêtant à un feu, il la vit passer devant lui, en direction du sud. Impossible de la manquer. Où allait-elle ?

Certes, cela ne le regardait pas, mais il n'avait nulle part où aller, de toute façon. Le magasin d'alcools n'ouvrirait pas avant des heures.

Il tourna à droite au feu et la suivit. Par habitude, il laissa quelques voitures entre eux afin qu'elle ne le voie pas. La route s'incurvait vers l'est à la sortie de Sunny Creek, montait vers le col McMinn sur une méchante portion de route en lacets, puis redescendait de l'autre côté. La petite voiture d'Anna était totalement inadaptée à la conduite dans cette région. Surtout quand la météo était aussi imprévisible qu'elle l'était depuis des semaines.

Irrité qu'elle prenne des risques inutiles, il la suivit d'assez loin, jusqu'à ce qu'elle ne soit plus qu'un point rouge. Ses tendances à la témérité n'auraient pas dû le surprendre.

Des bourrasques de neige fouettèrent le pare-brise et il accéléra, réduisant la distance entre Anna et lui.

Brett se concentrait, plissant les yeux pour garder les feux d'Anna en ligne de mire, quand un gros pick-up arriva en rugissant derrière lui, manquant lui enfoncer l'arrière, puis le doubla sur la ligne continue.

Il maudit ce conducteur imprudent, qui filait sans se soucier de l'état de la route. Une fine couche de neige s'était accumulée, la rendant si glissante que freiner devenait risqué.

Il sentit ses entrailles se nouer sous l'effet d'une intuition. Le pick-up fonçait vers Anna. Il accéléra lui-même, essayant de le rattraper. L'avertissement dans sa tête se fit strident. Il vit le pick-up arriver sur Anna, beaucoup, beaucoup trop vite. Le type l'avait sûrement vue.

Oh ! bon sang ! Ce n'était pas un hasard. Non, non, non...

Il chercha frénétiquement son téléphone. Il devait la prévenir, lui dire de s'arrêter ! Il suffisait qu'elle s'écarte de la trajectoire de ce... Il vit le moment où le pick-up déboîtait pour dépasser Anna. Non, pas pour la dépasser, pour la jeter dans le ravin à sa droite !

— Freine ! hurla-t-il avec impuissance, en voyant sa petite voiture faire une embardée.

Le pick-up se déporta à droite, heurtant violemment son pneu arrière gauche. La voiture d'Anna dérapa... et fit un tête-à-queue. Elle devait avoir freiné – trop tard – car ses roues se bloquèrent et sa voiture se déporta vers le talus. Elle disparut derrière le virage. Le pick-up accéléra avec un rugissement, audible même de loin.

S'il vous plaît, faites que la glissière l'ait arrêtée.

Il ralentit prudemment en abordant le tournant pour ne pas risquer lui aussi la sortie de route.

Aucun signe du pick-up homicide. Puis il vit qu'un morceau de la glissière manquait. Une voix se mit à hurler dans son crâne. S'arrêtant, il sauta de voiture avant même que les roues aient cessé de tourner, se précipita vers le talus et jeta un regard horrifié en bas.

De longues traces de dérapage se voyaient là où la voiture d'Anna avait dévalé le ravin. Les marques s'arrêtaient à trois quarts du chemin et se transformaient en sillons dans les cailloux. C'était en dessous que sa voiture s'était écrasée. Le cœur au bord des lèvres, il suivit les traces.

La petite voiture rouge d'Anna était renversée, à deux cents mètres en dessous. Son cœur s'arrêta. Il ne pouvait plus respirer, un poids d'une tonne lui écrasait la poitrine.

Des flashs de ses hommes, à peine reconnaissables. Du sang. Des flashs des insurgés, qui attendaient d'achever les survivants...

Il dévala la pente moitié courant, moitié glissant sur le derrière. Le hurlement dans sa tête devint un mantra : *Reste en vie. Reste en vie. Reste en vie.*

Il vit les draperies blanches des airbags pendre par la vitre ouverte. *Mon Dieu, faites qu'ils aient servi à quelque chose.*

— Anna ! hurla-t-il d'une voix rauque.

Il freina des quatre fers et planta les talons dans la terre, presque allongé dans son effort pour stopper sa descente. Le fond du ravin s'aplanissait en pente douce, mais il atterrit malgré tout sur le pare-brise de la voiture avant de pouvoir s'arrêter. Il regarda vivement autour de lui. Pas de fuite d'essence apparente, ce qui voulait dire qu'il n'y avait probablement pas de risque d'incendie imminent.

— Anna ! cria-t-il en tombant à genoux pour regarder à l'intérieur de la voiture.

Il déchira l'airbag du côté conducteur et la vit. Elle était affaissée contre le plafond, les jambes toujours liées par la ceinture, dans la voiture partiellement enfoncée. La colonne de direction pointait à travers le toit, entre son ventre et son visage. Quelle chance qu'elle ne l'ait pas transpercée.

Elle avait une coupure sur le front et beaucoup de sang sur la figure, mais il ne repéra aucune flaque indiquant une blessure mortelle. Ses membres avaient des angles naturels, Dieu merci. Sa respiration était rapide et superficielle, mais c'était normal. Elle était aussi pâle qu'une morte. Normal aussi.

Il tendit la main pour détacher la ceinture, mais la combinaison de son poids sur la lanière et les dégâts de la voiture rendaient la manœuvre impossible. Il prit son couteau dans sa botte et commença à scier le nylon de la ceinture. C'était dur, mais sa lame était aussi aiguisée qu'un rasoir et il en vint rapidement à bout.

Anna poussa un léger grognement quand ses jambes se détachèrent du plafond.

— Parle-moi, Anna. Ouvre les yeux ! lui ordonna-t-il.

Elle gémit faiblement, puis redevint silencieuse et inerte.

— Réveille-toi ! lui hurla-t-il.

Ses paupières battirent.

— Allez ! Je ne peux pas te déplacer avant de savoir où tu as mal. Il faut que je t'emmène à l'hôpital. Tu dois te réveiller ! cria-t-il.

— Trop fort…, murmura-t-elle. Chut…

Sérieusement ? Elle lui disait chut ? Il ne savait pas s'il fallait en rire ou en pleurer.

— Est-ce que tu sens tes mains et tes pieds ? essaya-t-il d'une voix plus tempérée.

— Hum.

Une pause.

— Oui.

Dieu merci. Si sa moelle épinière était intacte, ses chances de survie étaient multipliées par dix.

— Tu as mal quelque part ? demanda-t-il ensuite.

— Partout.

— Je comprends. Est-ce qu'il y a quelque chose qui fait plus mal que le reste ? Un élancement quelque part ?

— Mon bras gauche.

— Où ?

— Poignet.

— Ouvre les yeux. Est-ce que tu vois double, ou est-ce que mon visage est net ?

Elle ouvrit graduellement les yeux, et ses deux paupières se relevèrent en même temps. Était-il possible qu'elle ait évité une blessure grave dans ce terrible accident ?

— Un seul toi. Joli, soupira-t-elle.

Peut-être avait-elle pris un coup plus fort qu'il ne l'avait cru.

— Tu as mal à la tête ?

— Cou.

— Tu as dû te le tordre. Je vais mettre mon sweat-shirt autour pour l'immobiliser, d'accord ? En guise de précaution.

Ôtant son sweat-shirt d'une torsion, il en fit un rouleau serré.

— Ne bouge pas. Laisse-moi faire. Tu dois seulement te détendre. D'accord ?

— Oui patron, soupira-t-elle.

— Un peu que je suis le patron, rétorqua-t-il avec humour. Je connais les gestes de premiers secours et j'ai besoin d'être sûr que je ne te fais pas de mal en te déplaçant.

— OK.

Elle avait l'air de s'endormir. Il ne fallait pas qu'elle tombe en état de choc.

— Reste avec moi, Anna. Ne t'endors pas, d'accord ?

Très doucement, il glissa le rouleau de tissu, faisant de son mieux pour ne bouger ni sa tête ni son cou.

— Froid, murmura-t-elle.

— Dès que je t'aurai sortie de là, je t'envelopperai dans quelque chose. Ça te va ?

Il devait continuer à la faire réagir. Si elle n'était pas alerte, au moins qu'elle parle. Il se servit des manches pour attacher le rouleau autour de son cou.

— Comment ça va ? Tu as mal ? Tes mains ou tes pieds sont engourdis ?

— Ça... va.

Il regarda autour de lui sur le sol, en quête de quelque chose qui puisse servir d'attelle. Il n'y avait que des cailloux et du gravier. Il jeta un coup d'œil à l'arrière de la voiture et vit plusieurs dossiers en papier marron. Des coupures et des photos de magazine s'en échappaient. Il dut s'allonger sur le ventre pour atteindre la banquette arrière, mais il réussit à attraper trois enveloppes et à les empiler les unes sur les autres. Il n'avait rien pour les attacher, aussi ôta-t-il son T-shirt pour en couper une lanière avec son couteau. L'air froid fouetta sa peau nue, et il eut la chair de poule. Anna n'avait pas tort. Il devait la sortir de là avant que l'hypothermie n'aggrave ses blessures.

Il se débarrassa des derniers morceaux de la vitre passager puis, allongé sur le ventre, rampa dans le petit espace pour atteindre son poignet.

La claustrophobie s'empara de lui, et il fut certain que la voiture allait s'écraser sur lui. Il dut rouler sur le flanc et se servir de ses deux mains.

— Ça va ? marmonna Anna.

Il jeta un coup d'œil à son visage, à trente centimètres de lui.

— Oui. Et toi ?

— Tu as l'air... pâle.

— Oui eh bien, tu m'as fait une peur bleue. Quand j'ai vu ce pick-up te rentrer dedans...

Il ferma les yeux une seconde, puis termina :

— Je suis mort intérieurement.

— Mais je suis vivante, protesta-t-elle faiblement.

— Faisons en sorte que tu le restes, dit-il avec une fausse gaieté, en enroulant les enveloppes autour de son poignet.

Il les maintint étroitement en place avec la bande de tissu.

— D'autres blessures ailleurs ? demanda-t-il.

— Je ne... crois... pas, marmonna-t-elle.

Elle ne cessait de glisser vers l'état de choc.

— OK, Anna, on va te sortir de là. Laisse-moi faire, d'accord ?

— D'accord.

— Ne te crispe pas. Tu as compris ?

— Nouille, soupira-t-elle.

Mince, même au bord de l'évanouissement, elle gardait son sens de l'humour. Cette femme avait du cran, pas de doute.

— Dis-moi si tu as mal quelque part, lui dit-il.

À genoux et à moitié hors de la voiture, il la saisit sous les aisselles et la tira lentement, la faisant passer aussi doucement que possible par la fenêtre.

Elle grogna, et il s'arrêta instantanément.

— Où as-tu mal ?

— Partout. Continue.

Apparemment, la douleur l'avait un peu réveillée. C'était une bonne chose. Le mouvement qu'il avait amorcé le mit sur les fesses, le torse d'Anna sur les genoux, ses jambes encore dans le véhicule. Il fit courir les mains sur ses bras, ses clavicules et ses côtes.

— Tu as l'impression d'avoir une fracture ? Si c'est le cas, tu devrais ressentir une douleur aiguë quand je presse.

— Non.

Elle gigota un peu, enfouissant sa tête dans le creux entre sa cuisse et sa hanche.

— Ne t'endors pas, lâcha-t-il, alarmé.

Il se dégagea, ignorant son grognement de protestation. Puis il la souleva aussi doucement que possible pour la prendre dans la position du pompier, son bras droit passé sur son épaule gauche et ses jambes pendant sur son épaule droite. Sa tête reposait le long de son bras gauche. La tenant fermement, il entama la remontée jusqu'à son pick-up.

Ses poumons le brûlèrent et ses mollets protestèrent le temps qu'il y arrive, mais il continua de gravir la pente, un pas vacillant après l'autre. Peut-être était-ce l'altitude qui lui faisait la tête légère car la montagne du Montana ne cessait de faire place aux collines afghanes. Les éboulis devenaient des rochers dans l'obscurité, le corps d'Anna sur ses épaules celui de l'un de ses hommes. Sauf qu'aucun de ses hommes n'avait survécu à l'embuscade. Il était le seul à s'en être sorti. Mais, dans son hallucination, il les sauvait.

Sans avertissement, son pick-up apparut. Il avait atteint la route. Il ouvrit la porte arrière et déposa Anna sur la banquette aussi doucement que possible. Puis il étala une couverture de cheval sur elle.

Il alla se mettre au volant, régla le chauffage à fond et entama la descente. Hillsdale n'était qu'à quelques kilomètres et possédait un service d'urgences. Ce n'était pas un hôpital, mais c'était le centre médical le plus proche.

Il l'appela pour annoncer son arrivée, puis téléphona à Joe.

— Bureau du shérif, répondit une voix masculine.

— Joe, Dieu merci c'est toi. C'est Brett.

— Que se passe-t-il ? demanda Joe d'une voix tendue.

— Anna Larkin a été poussée hors de la route par un gros pick-up au col McMinn. Du côté est, à environ un quart de la descente. Sa voiture a fait des tonneaux dans le ravin. Je l'ai sortie de la voiture et je l'emmène à la clinique de Hillsdale. Elle n'a pas l'air gravement blessée à première vue. Mais je voudrais que tu examines sa voiture.

— Je m'en occupe.

Jo se mit à respirer de façon plus hachée, indiquant qu'il sortait en hâte de son bureau et allait prendre son SUV.

— Comment sais-tu qu'elle a été emboutie et qu'elle n'a pas juste dérapé ?

— Je l'ai vue.

— Quoi ?

— J'étais à quelque distance derrière elle. Il neigeait et je ne voyais que ses feux arrière. Un gros pick-up à double essieu à l'arrière m'a doublé à toute vitesse dans une zone interdite au dépassement. Il a foncé vers Anna et, dans un virage, l'a heurtée deux fois. Elle a perdu le contrôle de sa voiture et est passée par-dessus le talus.

— Tu as relevé la plaque d'immatriculation ?

— Non, répondit Brett avec chagrin. Le hayon était baissé et je ne pouvais pas la voir.

— Continue, ordonna Joe.

— Quand je suis arrivé à sa hauteur, j'ai vu qu'il n'y avait pas de glissière à cet endroit. Le salopard devait savoir que rien ne pourrait la retenir.

— Tu parles d'une tentative de meurtre, Brett.

— C'est bien pour ça que je t'appelle.

— J'arrive dès que possible. Peut-être que je pourrais relever un échantillon de peinture. Tiens-moi au courant.

— Entendu.

Brett jeta le portable sur le siège à côté de lui et accéléra. Il ne fallait pas qu'il ait un autre flash-back. Serrant le volant à s'en faire mal aux doigts, il se força à rester présent. Anna avait besoin de lui. Mais il se revoyait conduisant un Humvee terriblement endommagé. Il s'accrochait à la réalité par un mince fil.

Il atteignit Hillsdale et parcourut les dernières centaines de mètres avec une sueur froide qui ne devait rien au fait d'être à moitié nu. Il se gara devant la clinique et vit un infirmier et un médecin devant la porte avec une civière. Ils transférèrent Anna et l'emportèrent aussitôt, le laissant seul dans le froid.

Ce fut alors que ses genoux commencèrent à s'entrechoquer. Il pénétra en chancelant dans la salle d'attente et se laissa tomber sur une chaise, tremblant de la tête aux pieds. Il l'avait fait. Il avait tenu assez longtemps pour sauver Anna. Mais il était épuisé, à la fois physiquement et émotionnellement. Il priait pour qu'Anna s'en sorte. Il le fallait.

— Tenez, une couverture, dit la jeune réceptionniste.

Il leva les yeux sur elle et prit la couverture tandis qu'elle reculait hâtivement. Son apparence était-elle aussi effrayante que ça ? Il saisit son reflet dans un aquarium rempli de poissons tropicaux. Il avait l'air d'un cinglé, couvert de poussière, les cheveux en bataille, les yeux fous.

C'étaient ses yeux qui avaient effrayé la réceptionniste. C'était drôle, mais il ne semblait jamais effrayer Anna. Elle l'avait pourtant vu presque tuer des gens. Deux fois.

Il drapa les couvertures sur ses épaules et se rendit compte que son genou tressautait à un rythme soutenu. *Il faut qu'elle s'en sorte.* Cette litanie dans son cerveau était la seule chose qui l'ancrait encore dans la réalité.

Le temps passa, et son état empira. À chaque minute, son imagination l'emportait, lui représentant Anna avec de terribles blessures qu'il n'avait pas su repérer. Il se rejouait seconde par seconde son intervention. Qu'avait-il raté ?

Il eut l'impression que cent ans s'étaient écoulés quand le médecin vint le voir dans la salle d'attente. C'était un homme de grande taille, athlétique, couleur café.

— Monsieur Morgan ? Je suis le docteur Benjamin Cooper.

Brett bondit sur ses pieds, laissant tomber la couverture.

— Elle va bien ?

— Oui. Son poignet est fracturé et elle a une commotion cérébrale de stade deux. Elle vous demande, et je voudrais que vous alliez la voir. Voyez si vous pouvez la calmer. Elle est agitée et parle beaucoup d'un prénommé Eddie.

— Son ex-mari.

— Vous avez son numéro ? Je vais l'appeler...

— Il est mort, coupa Brett. C'est moi qui suis avec elle maintenant.

Le médecin haussa les épaules.

— Pas de problème. Venez, je vais vous mener à elle.

Brett suivit le médecin jusqu'à une chambre remplie de machines. Heureusement, Anna n'était branchée que sur un moniteur de tension artérielle. Elle semblait pâle et petite sur ce lit d'hôpital mais, quand il fit halte sur le seuil de la chambre, le plus joli des sourires éclaira son visage. Toute la pièce en fut illuminée comme par un rayon de soleil.

Il se précipita à son chevet et prit gentiment la main qu'elle levait avec un sourire si grand qu'il lui fit mal aux joues. La main d'Anna reposait sur le drap, dans une attelle en plastique moulé tenue par de larges bandes de Velcro.

— Comment te sens-tu ? murmura-t-il.

— Comme si j'avais été heurtée par un pick-up et fait des tonneaux. Enfin, j'ai glissé la plupart du temps, je n'ai fait un tonneau qu'à la fin.

Ce qui expliquait sans doute pourquoi elle avait survécu. Il jeta un coup d'œil au médecin.

— Quel est votre pronostic, docteur ?

— Comme je l'ai dit, son poignet est fracturé. Ce n'est pas une fracture grave mais il faudra qu'elle porte cette attelle les quatre prochaines semaines. Je referai une radio du poignet à ce moment-là pour voir si elle peut l'enlever. Elle peut l'ôter pour se doucher, mais elle ne doit rien faire sans l'attelle. Y compris vous laver les cheveux, Anna, ajouta-t-il sévèrement.

Elle hocha faiblement la tête.

— En ce qui concerne la commotion, elle pourrait éprouver des vertiges et des nausées dans les prochains jours. Je veux que quelqu'un reste avec elle vingt-quatre heures sur vingt-quatre. Si elle commence à avoir du mal à parler, si elle a des trous de mémoire ou des moments de désorientation, il faut absolument qu'elle revienne.

— Je n'ai personne qui puisse s'occuper de moi...

Brett lui coupa la parole.

— Je m'occuperai d'elle.

— Mais...

— Pas de « mais ».

Il lui jeta un regard sévère.

— Et pas d'objection.

L'air incertain, elle se tut. Elle n'avait pas l'habitude qu'on s'occupe d'elle. Eh bien, il allait y remédier.

Tandis que l'infirmière aidait Anna à s'habiller, Brett alla régler la paperasse à l'accueil et paya tout avec sa carte de crédit. Non seulement il recevait une rente annuelle du ranch, mais il avait à peine touché aux primes de combat dont il avait bénéficié. Il n'y avait pas de meilleure manière de dépenser cet argent que de veiller à la santé d'Anna.

Finalement, il l'installa sur le siège avant de son pick-up et prit la route de Sunny Creek. Supposant qu'elle préférait ne pas revoir la scène de l'accident, il emprunta un trajet plus long, qui contournait les monts McMinn. Il leur fallut donc plus d'une heure pour rentrer, mais elle somnola la plupart du temps. Quand ils arrivèrent chez elle, il lui demanda :

— Tu veux que j'appelle quelqu'un ?

— Non ! s'exclama Anna, en tressaillant de douleur.

— C'était une réponse bien prompte. Tu n'as pas d'amis en ville ?

— J'ai surtout des ennemis. Eddie avait beaucoup d'amis.

— Alors pourquoi es-tu revenue ? demanda-t-il.

— Je pense que c'était pour me punir. Ou laisser la famille d'Eddie me punir.

Il ne s'attendait pas à une réponse aussi honnête. Ce devait être l'effet des antalgiques.

— Ta mère te manque ?

— Non.

Ça aussi, c'était sans concession. Il avait eu des disputes mémorables avec ses parents, mais ils les avaient dépassées et s'étaient pardonné mutuellement. Il ne pouvait s'imaginer abandonné par sa famille. Bien que, maintenant qu'il y pensait, il avait fait de gros efforts pour les repousser depuis son retour. Il prit note de s'arrêter chez eux un de ces jours.

Il venait juste de mettre Anna au lit avec un bol de soupe au poulet et aux vermicelles trouvée dans le placard de la cuisine quand son téléphone se mit à sonner. Il regarda l'écran : c'était Joe.

— Il faut que je prenne cet appel. Mange ta soupe et essaie de te reposer, ordonna-t-il à Anna.

— Pff. Tu es plus tatillon qu'une poule mouillée.

— Tu as déjà vu une poule mouillée ? rétorqua-t-il. Ça ressemble à une espèce d'extraterrestre cinglé et sans plumes.

Son rire flotta dans le couloir derrière lui tandis qu'il gagnait le salon.

— Qu'est-ce que tu as pour moi, Joe ? marmonna-t-il à voix basse.

— Rien. Le temps que j'arrive sur place, sa voiture a été engloutie par les flammes.

— Quoi ? fit-il, interloqué. Elle n'était pas en feu que nous sommes partis. Il n'y avait même pas de fuite d'essence. Crois-moi, Joe, c'est la première chose que j'ai vérifiée.

— Je te crois. Le chef des pompiers dit que quelqu'un semble l'avoir arrosée d'essence avant d'y mettre le feu. Il fait venir un expert de Butte demain. J'ai fait poser des rubans comme pour une scène de crime, et un de mes adjoints va rester sur place pour que personne ne cause davantage de dégâts. Mais la voiture est totalement détruite. Et tous les indices avec.

Brett jura dans sa barbe.

— Ça me rend malade rien que d'y penser, reprit Joe, mais tu as certainement raison. On a tenté de tuer Anna.

11

Anna ne savait quoi faire d'un homme qui cuisinait, mais voulait aussi la dorloter. Brett retapait ses oreillers, remontait ses couvertures, lui apportait des assiettes et des boissons chaudes jusqu'à ce qu'elle n'en puisse plus. C'était si gentil de sa part qu'elle n'avait pas le cœur de lui dire qu'elle ne pouvait plus rien absorber.

La soirée avançant, elle avait à peine fini d'émettre son premier bâillement que Brett la souleva dans ses bras et la transporta dans la chambre.

— Vraiment, Brett, je suis capable de marcher.

— Félicitations, murmura-t-il en parcourant le couloir à grandes enjambées.

— Tu peux me poser par terre, suggéra-t-elle.

Pas moyen. Il la porta jusque dans sa chambre et la déposa sur le lit. Elle allait devoir se relever pour faire pipi, mais mieux valait ne pas le lui dire : il aurait été capable de l'emmener aux toilettes et de la surveiller !

— Je vais dormir sur le canapé. Si tu as besoin de quelque chose, appelle-moi, je viendrai.

Elle lui jeta un regard timide.

— Je ne sais comment te remercier, Brett. Je ne mérite vraiment pas...

— Vas-tu cesser ces histoires de mériter ou pas mériter ? lança-t-il.

Elle avait le cœur trop lourd pour argumenter avec lui. Comment était-ce de toujours voir ce qu'il y avait de bon chez les autres ? De croire que la plupart des gens avaient bon cœur ?

Malgré un mal de tête lancinant, Anna réussit à dormir et se surprit en ne se réveillant pas avant les premières lueurs. Son poignet lui faisait mal, mais sa tête allait mieux. Elle se dirigea vers le salon pour dire bonjour à Brett, mais il était parti.

Elle était déçue, mais elle savait qu'il n'était pas du genre à rester à la maison. Elle se fit des œufs au plat et des toasts d'une main.

Elle avait fini de manger et rinçait son assiette dans l'évier quand elle entendit la porte d'entrée s'ouvrir. Elle se figea, effrayée à l'idée que ce soit Jimbo ou l'un des amis d'Eddie. Maintenant qu'elle avait trouvé une raison de vivre, il ne manquerait plus que l'un d'eux décide de la supprimer.

— Anna ?

Elle reconnut la voix de Brett et s'affaissa sur elle-même de soulagement. Un cliquetis de griffes sur le plancher l'avertit que Reggie était là, et elle s'accroupit, souriante, pour accueillir le labrador. Il pénétra dans la cuisine en trottinant sur trois pattes, mais agita la queue en la voyant. Elle lui caressa les oreilles de sa main valide, et le chien se frotta contre elle avec affection.

Puis Reggie fit demi-tour et repartit vers la porte d'entrée. Elle le suivit et s'arrêta net sur le seuil de la pièce principale. Brett tenait une carabine à la main et un sac de voyage dans l'autre. Il posa le sac et l'ouvrit, dévoilant trois pistolets et une demi-douzaine de boîtes de munitions. Une alarme rugit dans la tête d'Anna. Elle avait peur des armes, et haïssait l'idée d'en avoir chez elle.

— Tu te prépares à une guerre ? demanda-t-elle prudemment.

— Ce ne sont que des précautions.

Elle fronça les sourcils.

— Contre quoi ?

— Je ne sais pas. C'est pourquoi je me prépare.

Elle avait eu un accident de la route à cause d'un abruti quelconque, et Brett en faisait trop. Beaucoup trop. Mais il revenait d'une zone de guerre, et cela affectait certainement sa vision du monde. Elle lui posa donc la question qui la taraudait depuis la veille.

— Comment ça se fait que tu m'aies trouvée si vite ?

Il rougit.

— Je te suivais depuis Sunny Creek. J'étais en ville et j'ai vu ta voiture. J'étais curieux de savoir pourquoi tu étais partie sans dire au revoir. Je n'aurais pas dû te suivre, ajouta-t-il précipitamment. C'était un truc bizarre. Je suis désolé.

— Je suis heureuse que tu aies été là pour m'aider. J'ignore ce qui me serait arrivé dans le cas contraire.

Son expression se referma comme s'il ne voulait pas penser à cela. Après un instant, il marmonna :

— C'est juste que j'ai des problèmes de confiance...

Elle le coupa gentiment.

— Ce n'est pas grave. Je ne t'ai donné aucune raison de me faire confiance en partant comme je l'ai fait hier matin. Je n'aurais pas dû le faire sans te remercier du temps que nous avons passé ensemble. C'était fantastique. Bien sûr, tu n'aurais pas dû me suivre. Mais c'était un mal pour un bien. Disons qu'on est à égalité, d'accord ?

Il acquiesça d'un signe de tête.

— Y a-t-il un moyen de te dissuader de garder cet arsenal chez moi ? dit-elle.

— Aucun.

— Pourquoi ?

— Parce que ta sécurité est importante pour moi.

— D'abord, ma sécurité est mon affaire. Deuxièmement, personne n'essaie de me tuer. Du moins jusqu'à aujourd'hui.

— Tu ne peux pas savoir si quelqu'un te veut du mal ou non, dit-il avec une sorte de désespoir.

— Qui me voudrait du mal ? Je ne suis personne.

Il fourra une main dans ses cheveux.

— Bon sang, je déteste quand tu te rabaisses comme ça.

— Mais sois réaliste, Brett.

— Tu sais que tu me rabaisses en même temps ?

Elle le dévisagea.

— Comment ça ?

— Je t'aime beaucoup. Je te trouve séduisante, intéressante. Si tu n'es personne, qu'est-ce que ça dit de mes goûts en matière de femmes ?

Il marquait un point. Non que cela changeât son opinion quant à sa valeur personnelle, bien sûr. Elle lui jeta un regard noir, qu'il lui rendit. S'il était déterminé à la surveiller, cela allait être un long week-end. Très long.

Il ramassa avec empressement un morceau de papier de verre et s'attaqua à la bordure sculptée des lambris. Il vint bientôt à bout des encadrements de porte. Il passa plusieurs heures à teinter le bois qu'il venait de poncer, et elle le laissa faire. S'il ne respectait pas ses désirs, elle n'avait rien à lui dire.

Mais, quand elle le vit se diriger vers la cuisine avec un pied-de-biche, elle protesta :

— Que crois-tu faire avec ça au nom du ciel ?

— Tu as l'intention de refaire cette atroce cuisine vert avocat, n'est-ce pas ?

— Un jour. Quand je pourrai me le permettre.

— Considère que c'est fait.

— Mais je n'ai pas les moyens...

— Je n'ai rien de mieux à faire et j'en ai marre de rester tout seul dans mon chalet.

— Mais...

— Vois-le comme ça : je suis plus grand et plus méchant que toi, tu as une commotion et, moi, j'ai un pied-de-biche.

L'idée lui vint de le stopper, mais elle entendit un puissant craquement suivi d'un énorme fracas.

— Qu'est-ce que... ? s'exclama-t-elle en se précipitant vers la cuisine.

Un comptoir entier avait été arraché du mur et gisait sur le plancher.

— Arrête ! hurla-t-elle en le voyant dégager l'évier de son encastrement.

— À bas le vieux et vive le neuf ! cria-t-il en retour.

Elle ne lui avait pas donné la permission de réinventer sa vie ! Mais c'était exactement ce qu'il s'apprêtait à faire. Mince alors, couchez une fois avec un homme et il pense qu'il peut démanteler votre cuisine ! Elle ne voulait même pas se demander comment elle allait payer de nouveaux placards.

— Tu dois me laisser t'aider, dit-elle.

— Non. Tu es blessée. Reste en dehors de mes jambes.

Impuissante, elle le regarda vider ses tiroirs et ses placards dans des conteneurs en plastique qu'il avait aussi apportés. Il emporta les conteneurs dans la salle à manger, puis détruisit le reste de la cuisine. Les placards furent décrochés des murs, le linoléum arraché du plancher, et il commença à déplacer l'électroménager.

— Tu ne peux pas porter tout ça tout seul, déclara-t-elle.

— Tu as raison. C'est pourquoi des hommes du ranch...

Il s'interrompit quand un bruit de moteur se fit entendre devant la maison.

— En parlant du loup... Hank et quelques-uns de ses gars viennent de s'arrêter devant chez toi avec un camion à plateau pour m'aider à débarrasser ce bazar.

Elle regarda avec stupéfaction le contenu de sa cuisine disparaître par la porte de service. En peu de temps, elle se retrouva dans une pièce nue, dépouillée de ses montants et de ses lattes de plancher. Elle était officiellement sans cuisine.

— Et comment suis-je censée manger, cuisiner et laver la vaisselle maintenant ?

— C'est à ça que servent les plats à emporter. Et, dans l'intervalle, ça te dirait une sortie ?

Elle lui lança un regard noir.

— Tu es toujours aussi autoritaire ?

Il se contenta de sourire et l'aida à enfiler sa veste. Les antalgiques qu'elle avait pris au réveil faisaient leur effet, et son mal de tête et la douleur au poignet avaient beaucoup diminué.

— Tu es une brute, Brett Morgan.

— Je plaide coupable.

Il se déplaçait autour d'elle comme s'il allait la soulever. Elle le regarda d'un air menaçant.

— Je te jure que, si tu ne me laisses pas sur mes pieds, je n'irai nulle part avec toi.

Il lui sourit sans le moindre remords.

— Parfait. Je me contenterai de t'embrasser alors.

Il s'approcha, et son baiser fut bien trop doux et bref à son goût. De plus, il s'écarta avant qu'elle ait pu lui nouer les bras autour du cou. Cet homme était un sérieux allumeur.

Elle le laissa néanmoins lui prendre le bras pour marcher jusqu'à son pick-up. La neige de la veille avait gelé en une fine couche de verglas sur le trottoir. Elle n'avait vraiment pas besoin de se cogner la tête ou d'atterrir sur son poignet fracturé.

Elle somnola pendant qu'il les conduisait à Butte, chez un concepteur de cuisines intégrées. Arrivée devant le magasin, elle le contempla avec méfiance.

— Ça a l'air cher ici. J'avais l'intention d'acheter des meubles d'occasion chez Vinny. En fait, il m'a appelée hier matin pour me dire qu'il a une commode que je pourrais transformer en meuble de lavabo.

— Tu peux attendre des années avant de tomber sur les placards adéquats. Mieux vaut commander exactement ce que tu veux et avoir une cuisine fonctionnelle.

Elle fut saisie d'horreur. Elle n'avait absolument pas les moyens de tout ceci. Elle ouvrit la bouche pour refuser d'entrer dans le magasin, mais il lui coupa la parole :

— Je ne veux pas entendre un mot sur le prix. C'est un cadeau que je te fais.

— C'est totalement inapproprié, Brett, rétorqua-t-elle.

— Je n'ai jamais eu de goût pour ce qui est approprié. Et si tu me disais que, chaque fois que je passerai à l'heure du dîner, tu me nourriras dans la cuisine que je t'ai refaite ? Tu te sentirais mieux ?

Atterrée, elle lui décocha un regard mauvais.

— Non !

Le sourire de Brett s'évanouit, et il prit un ton sérieux.

— Anna, laisse-moi faire ça. Penses-y comme à une thérapie pour moi. Fais-moi confiance. Si mon père savait que j'ai quitté mon chalet pour travailler chez toi, il paierait pour toute ta maison.

Elle ouvrit la bouche. Puis la referma. Qu'était-on censé répondre à une chose pareille ? Elle trouverait un moyen de le rembourser. D'une manière ou d'une autre.

Brett refusa de la laisser demander le prix de quoi que ce soit. Il avait même apporté les mesures exactes de la cuisine. Heureusement, elle aimait la disposition d'origine, si bien qu'il n'y aurait pas à refaire la plomberie et l'électricité. Ce serait au moins une économie.

Quand Brett tendit sa carte de crédit pour régler la totalité de la commande, elle était presque en état de choc. Il s'agissait certainement de milliers de dollars. Elle tenta une dernière fois de l'arrêter.

— Brett...

— Mon père peut se permettre d'acheter un millier de cuisines comme celle-là. Tais-toi.

Il l'escorta vers son pick-up. Si seulement elle n'avait pas été aussi épuisée, elle aurait lutté de toutes ses forces contre tout ceci...

Elle se réveilla quand le pick-up tourna dans son allée. Le crépuscule était là. Brett lui demanda de rester dans le véhicule tandis qu'il entrait et vérifiait la maison. Ces précautions lui semblaient bien excessives, mais elle savait que toute argumentation serait vaine. En outre, le soin qu'il prenait d'elle la réchauffait d'une manière qui n'avait rien à voir avec l'excellent chauffage du pick-up.

Il ressortit pour lui ouvrir la portière et l'escorter à l'intérieur. Sa maman n'avait rien oublié s'agissant de son éducation. Ils partagèrent une pizza dans son carton, à la manière des étudiants, et elle alla se coucher.

Le cauchemar qui la hantait toujours aux petites heures du matin revint et, quand elle ouvrit les yeux, elle trouva Brett penché sur elle, la pressant de se réveiller.

— Anna, qu'est-ce qui te fait crier comme ça ?

Elle cligna des yeux, en plein désarroi.

— Je rêve de la mort d'Eddie.

— Comment est-il mort ? Je n'étais pas là ces dernières années et personne ne m'a mis au courant.

— Il a été poignardé.

— Je suis désolé. C'était un salopard, mais personne ne mérite d'être assassiné.

Les paroles de Brett remuèrent le couteau dans la plaie. Aussi plaisant que ce soit de faire semblant de vivre ensemble, la vérité n'avait pas changé. Elle n'avait aucun droit d'être heureuse. Fermant les yeux, elle roula sur elle-même, espérant qu'il comprendrait et partirait.

Mais il ne le fit pas. En fait, elle sentit les couvertures se soulever, et il glissa son grand corps derrière elle.

Elle serra étroitement les paupières, et des larmes silencieuses coulèrent le long de ses joues. Elle était mauvaise, horrible. Elle avait tué, que ce soit intentionnellement ou pas.

Elle devait dire la vérité à Brett. Elle le lui devait s'il envisageait de se lier à elle. Mais elle se sentait incapable de lui avouer ses péchés. Pour une fois, elle était heureuse, et il était tout à fait possible que Brett la quitte quand il saurait qu'elle avait tué son mari.

En vérité, Brett ne pourrait jamais la mépriser autant qu'elle se méprisait elle-même.

12

Brett tint patiemment Anna dans ses bras jusqu'à ce qu'elle se détende. Il savait qu'elle n'avait pas peur de lui. Alors qu'est-ce qui l'avait effrayée à ce point ? Avait-elle vu le meurtre d'Eddie ? Elle n'avait sûrement pas l'habitude d'assister à une mort violente. Contrairement à lui. Sa mémoire recelait bien trop d'images de ce que la guerre faisait aux êtres humains. Aux innocents.

Mais, maintenant qu'il était dans le noir, Anna blottie contre lui, les images étaient un peu moins présentes, un peu moins personnelles. Il espérait que c'était un progrès et que ce n'était pas seulement dû à son labeur physique. Quelle qu'en soit la cause, il se sentait reconnaissant.

Il était sur le point de sombrer à son tour dans le sommeil quand il entendit un bruit qui n'avait rien à voir avec la chaudière ou les craquements d'une vieille maison. Ce n'était presque rien, peut-être les branches d'un buisson frottant sur la maison. Mais c'était suffisant. Instantanément alerte, il dégagea son bras et sortit du lit en roulant sur lui-même. Il prit le pistolet qu'il avait fourré sous l'oreiller.

Courbé en deux, il sortit dans le couloir. Sa carabine gisait sur le plancher près du canapé, là où il l'avait laissée. Mais le bruit venait de l'arrière de la maison. Son pistolet devait avoir assez de puissance de feu pour tenir l'intrus en respect.

Il se glissa dans la cuisine et se figea en entendant un bruit de pas sur le perron de la porte de service. Le bouton de la porte bougea légèrement. Quelqu'un essayait-il d'entrer dans la maison ? Le salopard allait avoir une sacrée surprise.

Brett avança, prévoyant de se glisser à droite de la porte. Mais, derrière lui, Reggie se mit à grogner. C'était un grondement bas, mais cela suffit à effrayer l'intrus. Brett entendit des pas s'éloigner en courant dans l'allée.

Jurant, il traversa la maison au pas de course, ne ralentissant que pour s'emparer de sa carabine. Il ouvrit la porte d'entrée et se rua sur le porche.

Des phares étaient en train de disparaître au coin de la rue. Il s'élança dans le jardin pour apercevoir la voiture. Les phares appartenaient à un pick-up. Était-ce le même qu'au col McMinn ?

Il rentra dans la maison et appela le bureau du shérif. Un adjoint de garde prit son signalement et promis d'envoyer une patrouille devant chez Anna et de rapporter l'incident à Joe à la première heure.

Brett doutait qu'on revienne embêter Anna durant la nuit, mais la présence d'une voiture de police le rassurait. Quand le patrouilleur arriva, il échangea quelques mots avec lui, l'informant qu'il était armé. Puis il retourna à l'intérieur et, s'asseyant sur le canapé, pratiqua les exercices de respiration dont les gars des opérations spéciales se servaient pour se calmer et se concentrer.

Lorsque les derniers vestiges de son état d'hyper vigilance se dissipèrent, il se rendit compte que ses pieds étaient à moitié gelés. Il était sorti plusieurs fois pieds nus. Prenant la carabine avec lui, il retourna dans la chambre d'Anna.

Dieu merci, elle dormait toujours, le remue-ménage au-dehors ne l'avait pas réveillé. Il souleva les couvertures et se glissa auprès d'elle. Elle remua dans son sommeil, l'entourant de ses bras et emmêlant ses jambes aux siennes.

— Qu'est-ce que c'est ? s'exclama-t-elle d'une voix ensommeillée. Tu es gelé !

— J'étais dehors.

— Pourquoi ?

— Juste pour jeter un coup d'œil.

Il était inutile de l'effrayer puisque le rôdeur était parti. Il serait bien assez tôt le lendemain de lui dire que quelqu'un l'épiait.

— Je ne te mérite pas..., commença-t-elle.

Il fit taire ce refrain familier d'un baiser. Sa bouche était douce, chaude et paresseuse sous ses lèvres. Il aurait pu l'embrasser comme ça jusqu'à la fin des temps et s'en contenter. Appuyé sur un coude, il se pencha sur elle et repoussa ses cheveux de sa main libre. Elle le regarda et remonta son T-shirt de façon suggestive. Il comprit que, malgré ses blessures, rien ne pourrait les empêcher de faire à nouveau l'amour.

Beaucoup plus tard, il lui demanda :

— Comment va ta tête ? Tu as mal ?

Elle lui sourit.

— Comment pourrais-je ressentir autre chose que du plaisir avec toi ?

Il se pencha pour l'embrasser et se dégagea doucement pour ne pas lui faire mal.

— Je suis égoïste de te faire l'amour alors que tu es blessée...

Des doigts veloutés se pressèrent contre ses lèvres.

— Tu t'excuses tout le temps. Si je n'avais pas voulu, j'aurais dit non et tu aurais respecté ma volonté.

Peut-être n'aimait-il pas qu'elle dise tout le temps qu'elle ne méritait pas d'être heureuse, mais elle marquait aussi un point. Il s'excusait trop. Parce que, si elle avait été consciente du chaos de son esprit, elle n'aurait pas voulu être avec lui.

— Pourquoi es-tu sorti au milieu de la nuit ? demanda-t-elle.

Il avait espéré remettre cette conversation au matin.

— Il y avait quelqu'un derrière la maison qui essayait d'entrer. Quelqu'un essaie de te tuer, Anna.

Elle le dévisagea dans le noir, stupéfaite. La tuer ?

— C'est ridicule. C'était sans doute le vent.

— À moins que le vent ne coure vers un pick-up garé devant chez toi et ne s'enfuie avec, il y avait bien quelqu'un.

Il ne plaisantait pas ! Jimbo était-il venu lui faire du mal ? Ou quelqu'un dont elle ignorait l'existence ?

— J'espérais qu'on en parlerait demain matin, quand tu aurais eu une bonne nuit de sommeil, précisa-t-il.

— Je suis bien réveillée et je ne vais pas me rendormir de sitôt.

Il soupira.

— Le type qui t'est rentré dedans au col McMinn l'a fait exprès.
Anna sursauta malgré elle.

— Comment peux-tu en être sûr ? – J'étais là, tu te souviens ? Il m'a doublé et il a attendu d'être sur cette portion de route où il n'y a pas de glissière pour t'emboutir. J'ai tout vu.

— Ça pouvait être un accident. La route était glissante et il a peut-être perdu le contrôle de sa voiture.

— Je t'assure que non. Le pick-up était tout à fait sous contrôle quand il t'a foncé dessus.

Brett hésita un instant, puis poursuivit sombrement :

— Après t'avoir tirée de la voiture, j'ai appelé Joe Westlake. Mais quelqu'un est revenu avant son arrivée, a arrosé ton véhicule d'essence et lui a mis le feu. Pourquoi ferait-on ça si ce n'est pas pour effacer les preuves ?

— Ma voiture a brûlé ? s'exclama Anna atterrée.

Soudain, l'hypothèse que la famille d'Eddie veuille se venger d'elle lui parut parfaitement tangible. Quelqu'un avait détruit sa voiture pour supprimer les preuves. Celui qui lui avait fait quitter la route avait peut-être également essayé de s'introduire chez elle. Pour en finir avec elle.

Le désir de vivre la prit aux tripes. Était-ce parce qu'elle n'avait jamais affronté la mort ou parce qu'elle avait rencontré Brett et que son goût de vivre s'était soudainement réveillé ? Les considérations pratiques pâlissaient à côté de l'idée qu'un tueur était à ses trousses.

— Et tu es sûr que la voiture n'a pas pris feu d'elle-même ? demanda-t-elle.

— Il m'a fallu du temps pour te sortir de la voiture, et il n'y avait aucune fuite d'essence, aucune étincelle tout le temps que j'étais là. Ta voiture a été incendiée.

— Tu disais qu'on ne la voyait pas depuis la route ?

— C'est vrai. Seuls toi, moi et le conducteur du pick-up savions qu'elle était dans le ravin.

Elle déglutit.

— Pourquoi détruire ma voiture à moins de vouloir cacher quelque chose ? Des marques de peinture, par exemple.

— C'est ce que je suppose, répondit Brett.

Le nœud de son estomac se resserrera tandis que la vérité lui apparaissait clairement. On l'avait prise pour cible.

— Quant à ton visiteur de tout à l'heure, dit sombrement Brett, qui voudrait entrer chez toi au milieu de la nuit à part quelqu'un de mal intentionné ?

Anna en eut la nausée. Elle ne savait plus si elle avait chaud ou froid.

— Comment dois-je me comporter ?

— Laisse-nous faire, le shérif et moi. Nous trouverons.

Jimbo avait déclaré qu'il avait l'intention de la tuer, mais elle n'avait jamais pensé qu'il pouvait avoir de la suite dans les idées. Comme son frère, il était peu enclin à faire des efforts pour parvenir à son but.

Comme s'il avait lu ses pensées, Brett demanda :

— Est-ce que Jimbo a dit qu'il voulait te tuer quand il t'a agressée ?

Elle tressaillit au souvenir de ses paroles et répondit à contrecœur :

— Il a dit que je m'étais tirée du meurtre de son frère, et qu'il veillerait à ce que j'aie ce que je mérite. Ensuite, il m'a mis un bras autour du cou et...

La voix lui manqua, mais elle poursuivit misérablement :

— Et il m'a demandé ce que ça faisait de mourir. Il m'a demandé si... j'avais aussi peur qu'Eddie quand il est mort.

— Il est dingue ! s'exclama Brett.

Elle avait envie de se recroqueviller et de disparaître. Se désintégrer jusqu'à ce qu'il ne reste rien d'elle. Elle avait cru qu'elle pourrait rentrer anonymement à Sunny Creek. Mais, au fond de son cœur, peut-être recherchait-elle un châtiment.

Si Brett n'était pas apparu brusquement, elle aurait peut-être laissé l'apprenti meurtrier gagner. Mais maintenant ? Maintenant, elle regardait le profil de Brett dans l'obscurité et ne s'imaginait pas renoncer à vivre.

À dire vrai, elle aurait désespérément voulu revenir en arrière, recommencer sa vie. Peut-être était-ce pour cela qu'elle était revenue, pour bénéficier d'une seconde chance.

Et voilà qu'elle l'avait, ce type formidable qui semblait l'aimer aussi, et pourtant Eddie lui gâchait encore la vie.

Elle leva un regard sincère sur Brett.

— Je te suis vraiment reconnaissante de vouloir m'aider. Honnêtement. Mais c'est mon affaire et je ne m'attends pas à ce que tu t'impliques. Tu as tes propres problèmes à résoudre et la dernière chose dont tu as besoin, c'est de te charger de mes casseroles.

— Tu n'es pas équipée pour régler ça. Moi je le suis.

— Ça ne veut pas dire que tu es obligé de t'occuper de moi ! s'exclama-t-elle. En fait, je préférerais que tu ne le fasses pas.

Dès que ces mots eurent quitté sa bouche, elle comprit que c'était un mensonge. Elle aimait le sentiment de sécurité qu'il lui donnait. Mais il ne comprenait pas le fait qu'en toute honnêteté elle ne le méritait pas.

Il semblait résolu à lui pardonner ses péchés, mais il ne connaissait pas la vérité. Il ne comprenait pas qu'elle était au-delà de toute rédemption. Son crime était impardonnable. Elle aurait pu écarter le couteau et elle ne l'avait pas fait.

Elle ne s'était même pas rappelé qu'elle avait un couteau en main. L'expression d'Eddie... Il avait complètement disjoncté. Elle savait depuis un bout de temps qu'il allait rassembler assez de rage pour la tuer. Cela avait pris plusieurs mois, mais la violence croissante, l'ivresse, les menaces verbales, tout cela constituait un schéma clair comme de l'eau de roche.

Oh c'était déjà affreux qu'elle l'ait poignardé. Mais la chose qu'elle ne pouvait avouer à quiconque, pas même à elle-même jusque-là, c'était qu'elle avait voulu mourir. Elle avait voulu qu'il la tue. Et c'était ce qu'elle ne pouvait pas se pardonner.

13

Anna retourna travailler au restaurant le lundi matin. Son poignet était douloureux et elle avait toujours mal à la tête, mais elle ne pouvait se permettre de manquer le travail plus longtemps. Elle devrait bientôt se procurer une nouvelle voiture, et cela absorberait le reste de ses économies.

Les travaux dans sa maison devraient s'arrêter dans l'intervalle. La nouvelle cuisine serait installée dans une semaine. Jusque-là, elle vivrait de thon en boîte et des restes du restaurant. Cela ne dérangeait pas Petunia et Patricia qu'elle emporte une salade ou une part de tarte de temps en temps.

Mais les inquiétudes sur sa situation financière étaient éclipsées par la perte de Brett. Il s'était levé sans un mot, s'était habillé silencieusement et avait quitté la maison après qu'elle lui avait dit qu'elle ne voulait pas de son aide. Sur son insistance, il avait emporté ses armes avec lui.

En allant travailler, elle avait cru apercevoir son pick-up dans la rue, mais elle ne pouvait en être sûre sans regarder et elle ne voulait pas qu'il prenne cela pour une invite.

Quelques jours plus tard, Hank passa prendre les outils et les machines que Brett avait laissés chez elle. Le contremaître se montra gentil, s'enquérant de sa santé, mais il tint à dire que Brett était dans une mauvaise passe.

Génial. Encore une chose à déposer sur l'autel de ses échecs. Elle avait blessé un homme déjà vulnérable. Un homme bon. Un héros. Pouvait-elle déchoir plus que cela ?

Elle se traîna les jours suivants, accomplissant mécaniquement les gestes de tous les jours. Même l'arrivée d'une magnifique nouvelle cuisine la fit pleurer. Elle devait trouver le moyen de rembourser les Morgan et elle ignorait comment elle y parviendrait. Elle arrivait à peine à payer ses factures et elle devait racheter une voiture.

Vers la fin de sa journée du vendredi, alors qu'elle levait machinalement les yeux, elle vit entrer celle qu'elle redoutait par-dessus tout de rencontrer : Mona Billingham, la mère d'Eddie et de Jimbo.

Elles ne s'étaient pas vues depuis la mort d'Eddie. Anna avait organisé un petit service funèbre à Los Angeles, mais Mona n'était pas venue, ce qui était sans doute aussi bien. À la place, elle avait organisé un énorme enterrement pour Eddie à Sunny Creek auquel Anna n'avait pas été invitée.

Anna n'avait donc pas revu Mona depuis sa dernière et désastreuse visite à Los Angeles, un an auparavant. Mona s'était mise à hurler qu'Anna abîmait son adorable fiston. Inutile de lui dire que la drogue, l'alcool et la débauche avaient suffi à détruire sa beauté. Non, c'était uniquement de la faute d'Anna, et Mona – soûle elle-même le dernier soir – avait déclaré qu'Anna méritait de mourir pour ce qu'elle avait fait à Eddie.

Peut-être avait-elle raison. Peut-être une autre femme aurait-elle boosté son ego et alimenté ses fantasmes de célébrité. Mais Anna était trop pragmatique pour se prêter à ses délires. Maintenant qu'elle y pensait, c'était juste après la visite de Mona qu'Eddie avait commencé à parler de la tuer.

Secouant ces souvenirs, elle s'avança pour saluer Mona.

— Voulez-vous une table, Mona ? Ou préférez-vous vous asseoir au bar ?

La mère d'Eddie la regarda de haut en bas.

— Tu as l'air d'une pauvre fille.

— Merci. Vous-même êtes très en forme, répondit-elle avec humour.

Il n'était pas question de se prêter à une confrontation devant une dizaine de clients. Anna n'avait pas besoin de regarder par-dessus son épaule pour savoir que chacune des personnes présentes suivait cet échange avec avidité.

— Un box par ici ?

Mona se glissa sur la banquette en vinyle et demanda une tasse de café. Anna se rappela que son ex-belle-mère aimait le café avec des tonnes de lait et de sucre.

— Que puis-je vous apporter ? demanda-t-elle quand elle le lui eut servi.

— Mon fils, ce serait bien.

Génial. Serrant les dents, elle dit poliment :

— Le plat du jour est une tourte. C'est un mélange de poulet et de légumes avec une sauce crémeuse, surmontée de pâte feuilletée. C'est délicieux. Je vous en sers une part ?

— Parfait, cracha Mona.

S'échappant avec soulagement, Anna alla déposer la commande sur le passe-plat.

— Ça va, chérie ? s'enquit Petunia depuis la cuisine. Je peux aller m'occuper d'elle, si tu préfères.

— Non, ça va. Nous vivons toutes les deux ici, il est inévitable que nous finissions par nous voir.

— Si tu en es certaine, répondit Petunia d'un ton dubitatif. Elle te fait signe, à propos.

Cette fois, Anna s'arma d'une cafetière. Elle ne pouvait pas en renverser le contenu sur les genoux de la femme, mais l'idée d'être en mesure de le faire lui plaisait. Seigneur, elle n'avait jamais imaginé à quel point elle pouvait être sadique. Soit c'était ça, soit tout le clan Billingham avait le don de lui porter sur les nerfs.

— Puis-je vous resservir du café ? dit-elle à Mona.

Comme la femme ne répondait pas immédiatement, elle se détourna, ravie de pouvoir s'en aller.

— Ne t'avise pas de fuir, jeune fille. J'ai des choses à te dire.

— Je travaille, madame. Et j'ai d'autres clients dont je dois m'occuper.

Elle mit un certain tranchant dans sa voix en ajoutant :

— Ce n'est le lieu ni l'heure pour une conversation personnelle.

Mona se pencha en avant, et Anna sentit alors l'alcool dans son haleine. Autant qu'elle s'en souvienne, Mona était presque aussi méchante que son fils quand elle avait bu.

La tourte attendait sur le comptoir, et Anna s'ordonna

mentalement d'aller la chercher. Elle rapporta le plat brûlant et le posa sur la table de Mona.

— Attention, c'est chaud.

Elle regarda la femme dans le blanc des yeux.

— Vous vous brûlerez si vous n'y prenez pas garde.

— Tu me menaces ? Toi ?

Mona renversa la tête en arrière et éclata d'un rire bruyant. Les têtes se tournèrent dans sa direction.

Bon sang, Anna faisait beaucoup d'efforts pour ne pas attirer l'attention sur elle, mais ces Billingham étaient déterminés à ne pas la laisser en paix. Revenir à Sunny Creek avait été une erreur colossale.

Dans l'intervalle, elle devait affronter la mère ivre de son ex et les méchantes langues qui mourraient d'envie de déchaîner.

Peut-être ne dormait-elle pas assez ou bien était-elle lasse de faire l'objet de tant de commérages. Mais quelque chose se brisa en elle et, pour une fois, elle énonça la vérité.

— Vous êtes soûle, Mona. Pourquoi ne rentrez-vous pas chez vous ? Si vous voulez me parler, revenez quand vous serez sobre. Et je vous dirai alors quel genre de monstre était devenu votre précieux Eddie.

Elle tourna les talons et se cabra en voyant les visages la considérer avec stupéfaction. Tant pis pour eux. Ils pouvaient bien encaisser la chute d'Eddie Billingham. Il était grand temps que les habitants de cette ville sachent quel homme horrible il avait été.

— Ne me tourne pas le dos ! cria Mona d'une voix stridente.

Anna sentit qu'elle se mettait en mouvement et réussit à se retourner avant que son bras ne l'empoigne. Elle leva son poignet plâtré, et la main de Mona s'écrasa dessus. La douleur l'élança jusque dans le coude, mais l'impact avait fait reculer Mona, qui secouait sa main.

Anna prit la parole avec un calme glacial, articulant chaque mot avec précision.

— Eddie me battait aussi. Je vois maintenant où il a appris ça. C'était un alcoolique plein de méchanceté. Et il était soûl presque tout le temps. Il allait aux auditions tellement bourré qu'il n'arrivait pas à dire ses répliques et moins encore à s'en souvenir.

— Comment oses-tu ! lança Mona.

— Oh ! je vais oser beaucoup plus, rétorqua Anna en avançant d'un air menaçant. J'en ai ma claque de vous, les Billingham. Eddie a fait de ma vie un enfer pendant dix ans, et je ne vous laisserai pas faire de même, vous et Jimbo.

Elle arracha son tablier, le jeta par terre aux pieds de Mona et fila vers la réserve où l'on faisait la vaisselle. Elle bouscula les portes battantes et, quand elles se refermèrent sur elle, s'effondra contre le mur, toute bravade évanouie.

Idiote, idiote, idiote ! Elle avait pourtant appris à ne pas contrarier Eddie. Sa mère était comme lui, et elle venait pratiquement de la défier de lui faire du mal.

Le besoin de se cacher la saisit tout entière. Mais qu'est-ce qui lui avait pris, bon sang ? Elle venait de se disputer avec une ivrogne dérangée.

Petunia entra dans la réserve. Anna lui jeta un regard misérable.

— Je suis vraiment désolée, Petunia. Vous n'avez pas besoin de me le dire. Je vais faire le compte de mes heures et je viendrai chercher mon chèque vendredi.

— Je ne te renvoie pas ! Je suis juste venue voir comment tu allais. Il était grand temps que quelqu'un dise ses quatre vérités à Mona Billingham. C'est une brute, et je suis ravie que tu lui aies cloué le bec.

Sur ce, Anna éclata en sanglots et pleura toutes les larmes de son corps sur l'épaule de sa patronne. Elle finit par se reprendre assez pour marmonner :

— Je suis désolée pour cette scène. Les autres clients…

Petunia lui coupa la parole.

— Les autres clients vont très bien. Ils étaient ravis d'être aux premières loges.

— Mais le restaurant…

Petunia l'interrompit de nouveau.

— Il n'y aura pas de problème au restaurant. Si conséquences il y a, ce petit numéro sera bon pour les affaires. Les gens vont venir dîner rien que pour entendre parler de l'histoire. Tu veux prendre le reste de ta journée ou tu te sens assez bien pour y retourner ? Tes pourboires vont être fantastiques aujourd'hui. Souviens-toi de ce que je te dis.

Il s'avéra que Petunia avait raison. Le restaurant fut presque plein au dîner et les pourboires d'Anna au moins le double de la normale. Les gens faisaient un détour pour lui sourire, sans pour autant évoquer sa vilaine confrontation avec Mona.

Ce soutien collectif lui fit un bien fou. Jusqu'à ce qu'elle rentre chez elle et se retrouve dans une maison vide, prête à passer une longue soirée toute seule. C'est à ce moment-là que Brett lui manqua le plus.

Il avait refait l'isolation du grenier la semaine précédente, et la maison était enfin chaude. Elle mangea un sandwich que Petunia lui avait donné et se coucha tôt. Le sommeil était le seul remède à sa solitude et à ses pensées nostalgiques.

Durant la nuit, le remords d'avoir parlé durement à Mona la fit se tourner et se retourner dans son lit. Brett était peut-être un cas monstrueux de culpabilité du survivant, mais elle souffrait de culpabilité toute simple. Par des nuits comme celle-ci, elle regrettait que la police ne l'ait pas inculpée d'homicide. Au moins, elle aurait pu payer le prix pour s'être figée lors de cette nuit fatale.

Elle s'éveilla en sursaut vers 2 heures du matin, à cause d'un énorme bruit. Elle s'assit dans son lit avant même de comprendre ce qui l'avait réveillée. Terrifiée, elle se glissa hors de ses couvertures. Tout était calme. Elle écouta craintivement à la porte de sa chambre et n'entendit rien.

Un peu plus brave à mesure que le silence s'étirait, elle alla voir dans le salon sur la pointe des pieds. Une brise glaciale l'arrêta net.

Ses yeux s'étant accoutumés à la lumière des lampadaires au-dehors, elle vit qu'une de ses fenêtres était cassée. Une brique gisait sur le plancher, avec un tas de verre. Choquée, elle retourna dans sa chambre mettre ses chaussures et prendre son téléphone. Puis elle appela la police et finit de s'habiller en l'attendant.

Elle contourna le bazar qu'elle n'avait pas touché à la requête de la police et ouvrit la porte. Joe Westlake se tenait sur le seuil, dans son uniforme de shérif et une épaisse veste doublée de peau de mouton.

— Anna ? Est-ce que ça va ?

— Je vais bien. Mais pas ma fenêtre.

Elle resta près de la porte pendant que le shérif se déplaçait dans le salon, cherchant des indices et prenant des photos. Finalement, il ramassa la brique elle-même.

— Hum... Pas de note. En général, les lanceurs de briques aiment faire passer un message.

Il la regarda avec vivacité.

— Ce qui signifie que celui qui a fait ça pense que vous savez pourquoi. Une idée de qui peut vous en vouloir ?

— Je pense à deux personnes : Jimbo et Mona Billingham.

— L'un d'eux vous a-t-il menacée récemment ?

— Les deux. Jimbo a tenté de m'étrangler, il y a deux semaines, au barbecue du Runaway Ranch. Il y avait de nombreux témoins. Et Mona et moi avons eu des mots aujourd'hui au Pittypat's. J'ai perdu mon calme, j'en ai peur, avoua-t-elle. Je lui ai dit qu'Eddie était alcoolique et qu'il me battait.

Les yeux empreints de sympathie, Joe dit d'un ton égal :

— Je n'ai jamais aimé ce gars-là.

— Comment se fait-il que Brett et vous le voyiez tel qu'il était alors que nous, les filles, nous croyions qu'il marchait sur l'eau ?

— Nous faisions du sport avec lui. C'est là qu'il montrait son véritable caractère.

Elle leva les yeux au ciel, et il ajouta :

— Ne battez pas votre coulpe. Beaucoup d'hommes violents sont des types charmants en apparence. C'est comme ça qu'ils attirent leurs victimes.

Il retourna la brique et l'examina avec intérêt.

— C'est moi, ou elle a l'air vieille ?

Elle considéra la couleur rose pâle de la brique.

— Vous avez raison. Certains des immeubles de Main Street sont de cette couleur, n'est-ce pas ?

Il hocha la tête.

— Je vais demander à un de mes gars de chercher s'il y a des immeubles en travaux dans le vieux quartier.

— Dans ce cas, n'importe qui aurait pu en prendre une.

Joe fronça les sourcils.

— Nous avons eu des cas de vandalisme dans le quartier

récemment. Selon la rumeur, un promoteur immobilier essaie de racheter les maisons du coin pour construire un centre commercial. Quelqu'un vous a contactée ?

— Non. C'est la première fois que j'en entends parler. Il faudra que je demande aux voisins.

— Tenez-moi au courant, répondit Joe. Dans l'immédiat, avez-vous une planche de contreplaqué pour condamner la fenêtre ?

Elle ouvrit la bouche, surprise de sa gentillesse. Elle n'était pas habituée à ce que des policiers se montrent autrement qu'apitoyés ou condescendants avec elle.

— En fait, j'en ai une. Les plaques dont je me servais pour recouvrir les fenêtres sont toujours dans le garage. Il y a une boîte de vis sur l'étagère du dessus, du côté droit.

— Restez à l'intérieur. Il fait froid, et vous n'êtes pas habillée pour. Je reviens dans une minute.

Elle nota qu'il faisait le tour du jardin avec sa torche avant de se diriger vers l'appentis. Comme il ne prit pas de photos, elle supposa qu'il n'avait pas trouvé de traces de pneus.

Avec le peu d'aide qu'elle pouvait fournir d'une seule main, Joe cloua les planches sur la fenêtre.

Quand ils reculèrent pour examiner leur œuvre, elle lui demanda :

— Votre expert a-t-il découvert quelque chose en examinant ma voiture ?

— Quelqu'un l'a arrosée d'accélérant, mais les analyses n'ont pas encore confirmé de quoi il s'agit. L'incendiaire a allumé le feu avec un briquet qu'on a trouvé sur la scène.

— Vous avez trouvé des éléments susceptibles de prouver qu'on m'a fait quitter la route ?

Il haussa les épaules.

— J'ai la déposition d'un témoin visuel fiable, ce sont toutes les preuves dont j'ai besoin. Quant à l'identité de votre agresseur, je crains de ne rien avoir. Des dizaines de gens dans ce quartier ont des pick-up similaires à celui qu'a décrit Brett. Vous souvenez-vous d'un détail sur le conducteur par hasard ?

— Je l'ai à peine aperçu, répondit-elle avec regret. Je faisais attention à la route. Il ou elle portait une casquette, c'est tout ce que j'ai remarqué.

— Je vais demander à des patrouilles de passer devant chez vous la nuit jusqu'à ce que nous l'attrapions. Laissez-moi vous assurer que je prends cela très au sérieux. Vous avez le droit de vous sentir en sécurité chez vous.

Elle lui était reconnaissante de sa prévenance, mais elle savait aussi très bien que c'était elle qui s'était attiré tous ces ennuis. Elle le raccompagna et il partit, la laissant à nouveau seule. Elle balaya les morceaux de verre et se recoucha.

Le matin se leva sur des cieux gris et lourds, et la neige ne semblait pas loin. Anna accueillit ce nouveau jour les yeux rougis par le manque de sommeil, pas plus avancée quant à ce qu'elle devait faire. Rester ou partir. Prendre position ou réduire les pertes.

Pensivement, elle marcha jusqu'au restaurant pour prendre son poste. Comme une femme qui faisait partie de l'administration du comté était venue déjeuner, Anna en profita pour l'interroger.

— Est-ce vrai qu'un promoteur immobilier essaie d'acheter les maisons dans le district de la vieille scierie ?

La femme haussa les épaules.

— Je peux vous dire que, quand elles sont saisies, elles sont très vite acquises aux enchères.

Aux enchères ? Cela semblait alarmant.

— La semaine prochaine, c'est la maison des Rogers qui va y passer. Un couple si gentil.

Anna la fixa, stupéfaite. Les Rogers étaient des enseignants à la retraite dont le jardin jouxtait le sien.

— J'ai discuté avec Mme Rogers il y a quelques jours à peine. Elle ne m'en a pas du tout parlé. Elle doit être dévastée à l'idée de perdre sa maison.

— Nous leur envoyons des relances pour qu'ils payent leurs impôts depuis deux ans, répondit la fonctionnaire.

— M. Rogers souffre de démence sénile. Vous êtes sûre qu'il a ouvert les lettres ?

— Oh la la ! Je ne savais pas. C'était mon professeur d'histoire. Je pense que je vais passer chez eux après le travail.

Anna s'éloigna, satisfaite d'avoir utilisé à bon escient le réseau de rumeurs de la ville. Si elle ne pouvait lutter contre les commérages, au moins pouvait-elle les utiliser.

Juste au moment où elle se disait que sa vie ne pouvait pas empirer, on lui rappelait que certains avaient de plus gros problèmes qu'elle. Pauvre Mme Rogers.

Après le travail, elle rentra chez elle à pied, mais dépassa sa maison pour s'arrêter chez un voisin. C'était un artiste qui, comme elle, s'était récemment installé dans le quartier, attiré par une maison à rénover. Cet homme fut désolé d'apprendre la détresse des Rogers et offrit de donner quelques centaines de dollars pour les aider.

Dommage qu'elle se soit aliéné Brett. Sa famille avait de l'argent à ne plus savoir qu'en faire. Payer des arriérés d'impôts sur une modeste maison ne serait rien pour eux.

Mais peut-être pouvait-elle amener les voisins à participer. Il était rare de pouvoir choisir ses voisins, et plus encore d'en avoir comme les Rogers. Peut-être tous les habitants du quartier pourraient-ils organiser une brocante de jardin et rassembler de l'argent. Pleine d'énergie, elle se rendit chez tous ses voisins et découvrit que peu d'entre eux pouvaient se permettre un don financier. Mais la plupart étaient prêts à offrir du temps et de vieilles affaires.

Elle était capable d'y arriver. Faire quelque chose de bon de son retour à Sunny Creek en rendant service à d'autres allégerait peut-être le poids écrasant de sa culpabilité.

Il commença à neiger le temps qu'elle arrive chez elle, et elle secoua les flocons de ses cheveux en pénétrant dans la maison. Son portable sonna.

— Salut, Vinny. Quoi de neuf ?

— J'ai entendu dire qu'on t'avait cassé une fenêtre la nuit dernière. Je voulais te dire que j'ai un morceau de vitre qui correspond exactement.

— C'est très attentionné de ta part.

— Je peux te l'apporter à Sunny Creek, si tu veux.

— Oh Seigneur, ce serait trop demander !

Même si elle était sans voiture, elle était déterminée à ne pas devenir un cas social. À Los Angeles, elle avait été forcée de vivre une vie misérable qui l'humiliait. Elle s'était juré que la vie après Eddie serait différente.

— Je viendrai aussitôt que possible, assura-t-elle à Vinny.

— Ce soir ?

Elle leva les yeux au ciel. Ce type avait autant de subtilité qu'un éléphant, et il était si maladroit qu'il en était presque – mais pas tout à fait – attendrissant.

— Peut-être. Ça dépend si je peux remplacer ma voiture.

Elle mit fin à la communication avant qu'il puisse insister.

Elle n'avait pas plutôt accroché son manteau que quelqu'un frappa fort à la porte d'entrée. Alarmée, elle s'en approcha pour regarder par le judas. Que diable Brett faisait-il là ?

Son cœur bondit dans sa poitrine, comme s'il n'avait pas battu depuis des jours. Le sang se rua dans ses veines, et ses nerfs s'éveillèrent. Elle ouvrit la porte et il la dépassa à toute allure, fonçant dans son salon en demandant :

— Pourquoi ne m'as-tu pas appelé pour me dire que quelqu'un avait jeté une brique chez toi ?

— Parce que ce n'est qu'une fenêtre. C'était un acte de vandalisme, pas une menace de mort.

Il plissa les yeux avec agacement.

— Quelqu'un est prêt à causer des dommages à ta maison. Qui te dit qu'on ne t'en veut pas à toi aussi ? Jeter une brique, c'est une preuve de haine.

Dit de cette façon, cela donnait à réfléchir.

— On ne va pas me faire fuir de chez moi, Brett.

— Pas à long terme, non. Mais, à court terme, il faut que tu sois en sécurité pour que Joe puisse enquêter sans passer son temps à te protéger.

Elle n'y avait pas pensé ainsi. Les services du shérif n'étaient pas particulièrement riches en hommes. Brett avait raison.

— Je suppose que je devrais aller chez quelqu'un. Peut-être une des filles du restaurant, ou les Rogers.

— Tu viens chez moi, dit Brett d'un ton ferme.

— Je ne peux pas !

— Tu veux parier ?

Il la contourna à grands pas pour entrer dans sa chambre.

— Tu as une valise ou je prends juste une brassée de tes affaires pour les jeter dans mon pick-up ?

— Brett !

Il ouvrit le tiroir supérieur de sa commode et se figea en se rendant compte que c'était celui de sa lingerie. Puis il se remit en mouvement, saisit une poignée de culottes et de soutien-gorge en dentelle et se retourna.

— Oh ! pour l'amour du ciel ! Donne-moi ça, exigea-t-elle en les lui arrachant de la main.

Tandis qu'elle sortait des jeans, des T-shirts et des chaussettes pour quelques jours, Brett pénétra dans sa salle de bains et en revint avec ses affaires de toilette. Elle fit un rapide inventaire et alla prendre aussi du mascara et de la crème pour le visage.

Son portable sonna à nouveau, et elle fronça les sourcils. Pourquoi Vinny la rappelait-il ?

— Allô Vinny, dit-elle avec un peu moins de patience qu'auparavant.

— Viens à Hillsdale ce soir. J'ai des steaks qu'on pourra faire griller derrière le magasin et j'ai récupéré un placard qui pourrait faire l'affaire pour ta cuisine.

— Oh ! à propos de ça, j'ai commandé des placards neufs. Brett m'a convaincue que ce serait trop long d'attendre des placards aux bonnes dimensions.

Le silence à l'autre bout de la ligne fut palpable. Finalement, Vinny marmonna :

— Ah bon, il a fait ça ?

Avec une pointe d'impatience, elle dit :

— Écoute, Vinny, Brett est ici et j'allais sortir avec lui. Il faut que j'y aille.

Sans autre préambule, elle raccrocha.

Brett se chargea des valises rassemblées dans le salon et l'escorta vers son pick-up avant qu'elle puisse protester.

— Quelqu'un t'a déjà dit que tu ressemblais à une tornade ? demanda-t-elle quand ils s'engagèrent dans la rue.

— Je n'aime pas perdre de temps. Si quelque chose doit être fait, je le fais.

— Eh bien, sache que c'est épuisant. Et je dois aller au travail demain.

— J'enverrai quelqu'un du ranch te remplacer.

— Tu ne peux pas contrôler ma vie comme ça, Brett.

— Je ne la contrôle pas, je la sauve, c'est différent.

— Je ne suis pas en danger de mort. Jimbo et Mona me font payer leur colère et leur chagrin, mais ils finiront par les surmonter.

— Jusqu'à ce qu'ils y arrivent, tu restes avec moi.

C'était ce qu'on verrait. Même si elle lui était reconnaissante de s'inquiéter pour elle, elle était résolue à ne dépendre de personne.

Pour la première fois de sa vie, elle était assez forte pour se tenir sur ses deux pieds. Ce que, maintenant qu'elle y pensait, elle devait entièrement à Brett. Elle lui en était immensément reconnaissante, mais elle ne pouvait s'appuyer sur lui indéfiniment. Elle devait se prendre en main.

14

Brett respira fort par le nez jusqu'au ranch. Ce ranch représentait la sécurité pour lui. Il comprenait une dizaine de ranchers qui savaient tirer à la carabine. Miranda elle-même était aussi bonne tireuse que son mari.

La lune brillait, baignant les pics enneigés d'une lumière féerique. La longue vallée s'étirait devant lui, montant vers les sommets qui marquaient la limite ouest du ranch. Il poussa un soupir de soulagement. Il connaissait cette terre, il lui était attaché par toutes sortes de liens. Elle faisait autant partie de lui qu'il faisait partie d'elle.

Il se sentit respirer plus librement. La femme à ses côtés n'y était pas pour rien. Elle le voyait tel qu'il était. Ce n'était pas un malade mental qu'elle voyait quand elle le regardait. Elle voyait l'homme qu'il était désormais – ou l'homme qu'il avait été longtemps auparavant. De toute façon, il sentait qu'un lien puissant se nouait entre eux. Comme les montagnes autour d'eux, elle était solide. Fiable. Elle dégageait une magie tranquille qui l'attirait.

Il se gara au chalet et déchargea les valises. Reggie vint l'accueillir à la porte, mais il alla tout de suite vers Anna pour se faire gratter l'oreille.

— Traître, l'accusa Brett.

— Quelle quantité de neige faut-il pour que tu sois bloqué ici ? demanda-t-elle avec curiosité. Même ton pick-up doit avoir ses limites, non ?

Il haussa les épaules.

— Il n'est pas rare d'avoir trois mètres de neige à la fin janvier.

Mais il y a une motoneige dans l'appentis. Je l'ai mise au point cette semaine. Elle est prête à marcher.

— Toujours prêt à tout, hein ?

Il prit un air modeste.

— C'est un pays sauvage. Il faut prendre la météo au sérieux, ici.

— Je trouve incroyable la différence qu'il y a entre Sunny Creek et ici, alors qu'on est à seulement vingt kilomètres.

— Oui mais il y a une différence d'altitude de mille deux cents mètres entre les deux.

Elle rit.

— Je sais. Je le sens quand j'essaie de bouger trop vite.

— Tu t'y habitueras dans une semaine ou deux. Si tu as mal à la tête, dis-le-moi. Je te descendrai à la grande maison. Elle est située six cents mètres plus bas.

— Je n'oserais pas m'imposer à tes parents.

— Tu as vu la taille de la maison ? Ils remarqueraient à peine ta présence.

Il alla au comptoir de la cuisine et commença à s'affairer.

— Tu veux une boisson chaude ?

— Tu bois du thé maintenant ?

— Il vaut mieux que je laisse tomber l'alcool si je dois à nouveau manipuler des armes.

— C'est responsable de ta part.

Il lui jeta un coup d'œil et eut un sourire ironique.

— Quand je ne patauge pas dans la dépression et la culpabilité, je suis un type responsable.

Il versa deux mugs de thé fumant et les transporta jusqu'au canapé. Il en tendit un à Anna.

— Tu ne m'as jamais raconté comment tu as quitté l'armée, murmura-t-elle.

Il se tendit brusquement.

— N'essaie pas de jouer au psy.

— Je n'essaie rien, je suis juste curieuse. Je suppose que cela a à voir avec l'embuscade qui a mis un terme à la carrière de Reggie.

— Oui, répondit-il brièvement.

— Je croyais que cela faisait du bien de parler de ces choses, commenta-t-elle.

— Je ne sais pas. Tu as envie de me parler des détails sanglants de la mort d'Eddie, toi ? lança-t-il. J'ai regardé sur Internet. Je sais que tu tenais le couteau sur lequel il s'est empalé. Mais pourquoi ne me dis-tu pas ce dont les journaux n'ont pas parlé ? L'odeur, la sensation de la lame qui s'enfonce dans la chair humaine. Vas-y, voyons à quel point tu as envie de parler de tout ça.

Elle se referma comme s'il l'avait giflée.

— Je suis désolé. Je suis un salopard. Je n'aurais pas dû dire ça. Je sais que c'est un sujet douloureux pour toi.

Elle lui sourit tristement.

— Si seulement ce n'était que ça.

Ils burent leur thé en silence, chacun perdu dans ses propres souvenirs. Il espérait seulement que ceux d'Anna n'étaient pas aussi horribles que les siens.

Elle finit son thé et emporta son mug dans l'évier.

— Je crois que je suis prête à me coucher.

— Je dormirai sur le canapé. Prends le lit, répondit-il.

Elle fronça les sourcils.

— Tu es trop grand. Tu devrais prendre le lit, je dormirai sur le canapé.

Il ricana.

— Ma mère me donnerait la fessée si je laissais une invitée dormir sur un vieux canapé bosselé.

— Eh bien, je ne t'y laisserai pas dormir non plus. Nous sommes adultes, pour l'amour du ciel. On peut partager le même lit sans se jeter l'un sur l'autre.

Qu'elle parle pour elle. Ses mains à lui le démangeaient. Il hocha la tête avec raideur, se préparant mentalement à une très longue nuit.

— Tu peux prendre la salle de bains. Ensuite tu te mettras au lit la première pour le réchauffer, ajouta-t-il, espérant ainsi alléger l'atmosphère.

Il se devait de la faire rire après avoir remué les mauvais souvenirs de la mort d'Eddie. Elle sourit sans enthousiasme. Au moins ne semblait-elle pas décidée à se disputer à propos de cet arrangement.

Elle disparut dans la salle de bains et, par déférence envers elle, il enfila un short et un T-shirt en guise de pyjama. Ce qui était un peu ridicule, étant donné qu'elle avait déjà mis ses mains partout sur lui. Néanmoins, il faisait de son mieux pour se comporter en gentleman.

Il éteignit la lumière de la salle de bains et se glissa dans le lit. Son côté était d'un froid glacial.

— Brrr ! se plaignit-il.

— Hum, je suis bien au chaud, commenta-t-elle de son côté à elle.

— Ne me tente pas, femme.

Il roula à moitié sur elle, et elle glapit en sentant son corps glacé la toucher.

— C'est mieux, déclara-t-il.

L'humour se dissipa graduellement dans son regard tandis qu'il la contemplait dans le clair de lune.

— Je suis désolée de t'avoir provoquée à propos de ton ex. Je sais que c'est affreux pour toi.

— Merci. Je suis désolée de t'avoir interrogé sur ton passé. Je suppose que c'est secret-défense, de toute façon, et que tu ne pourrais pas en parler même si tu le voulais.

Il aurait été facile de lui mentir et de dire que c'était le cas. Mais, la vérité, c'était que c'était seulement douloureux. Et frustrant de ne pas pouvoir s'en souvenir.

— Ce n'est pas un secret, avoua-t-il. Mais voilà l'histoire : je commandais un groupe d'hommes et nous sommes allés en patrouille. Quelque chose s'est mal passé et quatre d'entre eux sont morts.

Elle le regarda avec des yeux brillants de compassion.

— Et tu te sens responsable, souffla-t-elle.

— C'est pire que ça. Je ne me rappelle pas ce qui s'est passé. Je ne sais pas si je suis responsable ou non.

Elle posa une main douce sur sa joue.

— Et ne pas savoir, ça te rend malade.

— Quelque chose comme ça, oui.

— Est-ce que tu retrouveras la mémoire un jour ou bien est-ce définitivement parti ?

Il roula sur le dos et jeta un bras en travers de ses yeux.

— Les médecins ne savent pas. Ils m'ont renvoyé à la maison pour voir si un cadre familier m'aiderait à me souvenir.

— Mais ça n'a pas été le cas ?

— Pas encore. Je fais beaucoup de cauchemars et c'est tout.

— Ce sont peut-être des lambeaux de souvenirs qui te reviennent, dit-elle avec espoir.

— Non. Ils me montrent seulement les gens que j'aime qui meurent de façon horrible.

— Je suis vraiment désolée, Brett. Est-ce que je peux faire quelque chose ?

Il rit brièvement.

— La première fois que je n'ai pas fait de cauchemar, c'est la nuit où nous avons fait l'amour.

Il n'allait certainement pas lui demander du sexe pour échapper à ses cauchemars, mais il la sentit bouger et, en ouvrant les yeux, la vit penchée au-dessus de lui, appuyée sur un coude.

— Tu m'as manqué, dit-elle doucement.

— Pas autant qu'à moi, répondit-il sobrement.

— Montre-moi.

Il n'avait pas besoin d'une autre invitation. C'était un petit miracle qu'elle ait retrouvé son chemin vers lui et il n'allait pas tout gâcher cette fois-ci.

Anna s'éveilla lentement, consciente d'être au chaud et en sécurité. Puis elle remarqua un bras musclé posé en travers de son ventre. Brett. Elle sourit paresseusement, heureuse et satisfaite. L'aube était douce et grise, mais le brillant éclat de la neige pénétrait dans la pièce, – il devait encore avoir neigé après qu'ils se furent endormis. Du givre bordait les vitres, annonçant aussi une baisse de température.

Peu pressée de se lever, elle se tourna sous le bras de Brett et se blottit contre son grand corps. Qui aurait cru qu'il soit aussi agréable de dormir avec un homme ? Elle s'était toujours rencognée aussi loin que possible d'Eddie. Il détestait être dérangé et la rendait responsable de ses cernes.

Les lèvres de Brett bougèrent paresseusement contre sa tempe, et il murmura :

— Bonjour...

— Tu as bien dormi ? chuchota-t-elle.

— Fantastique. Aucun cauchemar.

Elle sourit contre sa poitrine.

— Je suis désolée de t'avoir réveillé...

— Je suis content que tu l'aies fait. Je détesterais manquer une minute de la sensation de t'avoir dans mes bras.

Un œil bleu s'entrouvrit.

— Mais il est encore tôt. Rendors-toi, mon amour.

Mon amour.

Elle se figea, abasourdie. S'était-il rendu compte qu'il l'avait appelée ainsi ? Ce n'était sûrement qu'un terme de tendresse. Cela ne voulait rien dire. Ce n'était pas une déclaration d'amour.

Il ronflait gentiment, et elle laissa échapper un soupir de soulagement. Non, cela ne voulait rien dire. Elle ignorait ce que cela lui ferait d'être aimée pour de bon, avant qu'elle ait payé sa dette à la société.

La tension la quitta graduellement, et elle réussit à se rendormir. Quand elle s'éveilla pour la seconde fois, des dents lui mordillaient l'oreille et elle se mit à glousser.

— Je suppose qu'il est temps que je me lève, déclara-t-elle.

— Chérie, tu peux rester au lit toute la journée si tu me laisses te faire des choses coquines.

Après le marathon de la nuit, elle ne pouvait croire qu'il était à nouveau d'humeur folâtre.

— Tu ne te fatigues jamais ? dit-elle.

Il sourit jusqu'aux oreilles.

— De temps en temps. Quand j'ai fait une marche de quatre-vingts kilomètres avec un sac plein de matériel. J'ai perdu ma forme en fait. Mais j'ai recommencé à faire du sport cette semaine. Encore quelques mois, et je serai dans une forme éblouissante.

— Waouh, j'ai hâte de voir combien de temps tu peux tenir au lit, s'exclama-t-elle, taquine.

— Je serai heureux de t'en faire la démonstration.

Il l'embrassa sur le bout du nez.

— Mais, là, j'ai une faim de loup. Pas toi ?

— Je suis affamée. Je peux t'aider ?

— Absolument.

Ils préparèrent du fromage grillé, des saucisses et une grande salade de fruits en riant et en se bousculant. Puis ils s'assirent côte à côte sur le canapé pour manger.

Ils venaient de finir de ranger la cuisine quand le bruit d'un moteur poussa Brett à jeter un coup d'œil prudent par la fenêtre. Anna se tendit immédiatement.

— Qui est là ? demanda-t-elle alarmée.

Il la regarda, la surprise gravée sur le visage.

— Mon père.

— Oh. La manière dont tu t'es précipité m'a inquiétée.

Il cilla, l'air étonné.

— Désolé, c'est juste une habitude.

Quand il se comportait comme un amant gentil, drôle et exigeant, elle oubliait qu'il était aussi un guerrier. Il serait sans doute toujours un soldat au fond de lui, mais elle pouvait accepter ce côté. Elle savait qu'il ne lui ferait jamais de mal.

Ce qui était une drôle de sensation. Faire confiance à un homme qui réagissait au quart de tour à la violence était la dernière chose à laquelle elle se serait attendue. Mais c'était ainsi : elle faisait confiance à Brett Morgan.

— Tu veux que j'aille me cacher dans la chambre ? lui demanda-t-elle.

Brett lui jeta un regard surpris.

— Bien sûr que non. Nous sommes des adultes, pas des ados qui se planquent. En outre, mon père sera ravi de te voir.

— Pourquoi ?

Mais Brett n'eut pas le temps de répondre. John Morgan fit irruption dans le chalet, accompagné d'une bourrasque glaciale.

— J'ai besoin de ton aide, mon fils…

Il s'interrompit et fixa Anna avec stupéfaction quand elle s'encadra dans la porte de la chambre. Un grand sourire s'étala sur son visage.

— Bonjour, monsieur Morgan, dit-elle timidement.

— Eh bien, bonjour, Anna. Quel plaisir de vous voir ! répondit John.

Brett n'avait pas menti sur son enthousiasme. Morgan reposa son attention sur son fils.

— Il me manque une centaine de vaches. Le nouveau taureau a défoncé la clôture la nuit dernière et les a emmenées vers le nord. Les nuages sont trop bas pour prendre l'hélicoptère, alors il va falloir aller les chercher et les ramener par voie terrestre.

Brett jura dans sa barbe.

— Laisse-moi mettre quelques vêtements, et je descends.

— Il te faudra prendre la motoneige. Il y a un mètre de neige.

Anna resta bouche bée. Un mètre ? Elle se précipita à la fenêtre et, en effet, la neige atteignait presque le niveau du porche.

— Je peux vous aider ? demanda-t-elle à Morgan senior. Je sais conduire une motoneige.

— Les bras supplémentaires ne sont pas de refus.

Hochant la tête, elle alla aussi mettre d'autres vêtements. Ils sortirent, et John installa Reggie sur sa motoneige, devant lui. Pendant ce temps, Anna monta sur la motoneige que Brett avait sortie de son abri et enfourchée. Elle se tint à sa taille, ses cuisses enserrant les siennes sur l'engin qui vibrait de façon provocante. Elle était étonnée de se sentir excitée après cette nuit, mais il n'y avait pas à se tromper sur le désir qui pulsait dans son bas-ventre. Elle n'était jamais rassasiée de cet homme.

Même à travers les épaisses couches de leurs manteaux, il était dur, fort et rassurant entre ses bras. Qu'est-ce qui lui avait pris de s'éloigner de lui ? Bien qu'elle ne fût pas certaine de ce qu'il voyait en elle, elle ne voulait plus lutter contre cette attirance. Elle était accro à Brett Morgan.

Quand ils arrivèrent au ranch, Brett glissa jusqu'à la grange principale, où une dizaine de personnes se tenait autour de motoneiges. Un groupe venait d'arriver et se restaurait tandis qu'un autre se préparait à partir.

Une motoneige fut assignée à Anna qui se hâta de démarrer pour suivre les autres dans les vastes prairies. Même pris dans les glaces, le ranch était d'une beauté à couper le souffle. Des bouquets de grands pins ployaient sous la neige, entrecoupés des blancs squelettes des trembles. Un large torrent courait sur un lit de gravier, ses rives alourdies par la neige. Et les montagnes, noires et violettes, surplombaient tout cela de leur beauté majestueuse. Le sentiment d'être chez elle l'enveloppa tandis qu'elle suivait la piste ouverte par les autres engins jusque dans les profondeurs du ranch.

Ils atteignirent le bout de la piste, et John Morgan fit halte pour laisser tout le monde le rattraper. Il donna ensuite des instructions, indiquant à chacun la direction dans laquelle il devait aller. On demanda à Anna de se diriger vers l'est jusqu'à ce qu'elle atteigne la clôture le long de la route, puis de la suivre vers le nord.

Brett fit une pause pour l'avertir de faire attention aux rigoles, puis partit dans un rugissement de moteur.

Anna orienta son engin vers la route, son talkie-walkie fourré dans sa veste pour garder la batterie au chaud. C'était difficile de tracer une piste dans la neige profonde, et plus d'une fois elle fut arrosée de neige. Dieu merci, quelqu'un lui avait donné une paire d'épaisses moufles en laine à passer au-dessus de ses mitaines en tricot.

Quelques voitures passèrent sur la route, de l'autre côté de la clôture, et les conducteurs lui firent signe. Elle devait ressembler à un bonhomme de neige sur son engin. Chaque fois qu'elle tombait sur un trou, les patins projetaient une grande envolée de neige. La neige collait à son bonnet et à ses épaules et couvrait sa monture de blanc. Cela aurait pu être amusant si la vie du bétail n'avait pas été en jeu.

Elle glissait depuis presque une heure le long de la clôture quand elle entendit un coup de feu à proximité. À ce moment-là, elle traversait un bosquet dans un creux, exactement le genre d'endroit où les vaches se seraient rassemblées pour chercher refuge. Elle s'arrêta et regarda autour d'elle. La détonation était-elle une sorte de signal dont ils auraient oublié de lui parler ? Elle sortait son talkie-walkie pour poser la question quand un autre coup de feu éclata. Quelque chose frôla son visage, et elle se baissa instinctivement. C'était un éclat de bois. Que se passait-il ?

Une troisième détonation se fit entendre. Cette fois elle aurait juré que la balle était passée tout près avant de se ficher dans un arbre.

Sainte mère de Dieu ! On lui tirait dessus ! La panique explosa dans sa poitrine. Se couchant sur la motoneige, elle accéléra à fond, ce qui fit bondir l'engin en avant. Elle glissa sur le siège et dut s'accrocher au guidon pour supporter les secousses du terrain inégal. Se cramponnant, elle fila dans la direction opposée à la route, supposant que les balles venaient de là.

Elle zigzagua entre les arbres et les broussailles jusqu'à ce que la route soit hors de vue, puis quelques minutes sous le couvert des arbres par précaution.

Quand elle fit enfin halte, le cœur battant et les poumons douloureux, elle s'aperçut qu'elle était entourée d'arbres à perte de vue. Où était-elle ?

Ce serait vraiment une honte s'il fallait détourner les ranchers de leur battue pour secourir la citadine. Le soleil ne lui était d'aucune utilité, car il était complètement caché par une épaisse couche de nuages.

D'après ce qu'elle pouvait distinguer, le terrain s'élevait légèrement devant elle. Avec un peu de chance, c'était la direction de l'ouest. Elle tourna à quatre-vingt-dix degrés vers la gauche, mit l'élévation à sa droite et s'élança, priant pour aller dans la direction de la maison.

Elle conduisit pendant ce qui lui parut une éternité. Elle n'avait certainement pas fait autant de chemin. Avait-elle manqué la maison ? Allait-elle même dans la bonne direction ? Elle déboucha sur de vastes prairies qui séparaient des étendues de forêt. Bien qu'elles fussent magnifiques, elles ne lui disaient rien. Aucun signal sur son portable. Ce n'était pas étonnant, au fin fond des montagnes.

Plus d'une fois, elle voulut s'arrêter et appeler à l'aide avec le talkie-walkie, mais la répugnance la fit toujours changer d'avis. Elle finirait par s'y retrouver toute seule !

Elle continua de rouler vingt minutes de plus. L'essence s'épuisait, et la nuit commençait à tomber. Si elle ne trouvait pas bientôt la maison, il ferait noir et elle serait coincée dehors toute la nuit. La température baissait aussi.

Elle était sur le point de s'arrêter pour de bon et d'appeler au secours quand les arbres s'ouvrirent devant elle. Là, de l'autre côté de la vallée, se dressait la demeure dans toute sa splendeur, se détachant sur un groupe de granges. Des larmes coulèrent de ses yeux et gelèrent sur ses joues tandis qu'elle accélérait à travers la vallée.

Une magnifique jeune femme aux cheveux et aux yeux noirs vint accueillir Anna près de la grange.

— Je m'appelle Willa Mathers. Tu dois être Anna. Tu as l'air à moitié gelée.

— Je le suis, répondit Anna.

Maintenant que sa panique diminuait, elle s'apercevait qu'elle était transie jusqu'aux os.

— Il y avait quelqu'un qui tirait depuis la route il y a une ou deux heures ? C'était un signal ?

Willa fronça les sourcils.

— Nous utilisons les talkies-walkies pour communiquer. John interdit qu'on tire ou qu'on chasse dans le ranch. Les poulains ressemblent trop à des daims, et Miranda tuerait quiconque tire sur un de ses chevaux.

— Oh. Alors je pense qu'on m'a tiré dessus quand j'étais près de la route.

Willa la dévisagea quelques secondes, puis sortit un talkie-walkie et parla rapidement à quelqu'un. Elle s'adressa ensuite calmement à Anna :

— Pourquoi ne vas-tu pas te réchauffer à la maison ? Je vais ranger la motoneige pour toi. Brett va bientôt arriver.

— Tu l'as appelé ? demanda Anna.

— Oui.

Willa la regarda avec compassion.

— Si quelque chose t'arrivait, je ne sais pas ce qu'il deviendrait. Nous commençons juste à le retrouver… grâce à toi.

Anna cilla, stupéfaite. Grâce à elle ?

— C'est lui qui m'a sauvée…, commença-t-elle.

Willa écarta ses paroles d'un geste.

— Je connais Brett depuis toujours, et je ne l'avais jamais vu aussi défait que lors de son retour. Son état empirait au lieu de s'améliorer jusqu'à ce que tu arrives. Toute la famille t'est reconnaissante.

— Je te jure que je n'ai rien fait de spécial.

Willa haussa les épaules.

— J'adorerais en parler avec toi un de ces jours, pour savoir comment tu as réussi à te faire comprendre de lui. Je fais une thèse sur les ex-militaires qui ont des séquelles psychologiques incurables.

Anna ouvrit de grands yeux.

— Ce doit être affreux.

— En effet. D'où ma recherche dans ce domaine. Va à l'intérieur. J'entends tes dents claquer.

Anna se traîna jusqu'à la maison, plus glacée à chaque pas. Mais, quand elle atteignit la porte, elle eut l'impression qu'on lui enfonçait des milliers d'aiguilles dans les mains et les pieds. Elle pénétra dans la cuisine, et Miranda s'exclama :

— Bonté divine, mon enfant, vous avez l'air gelée ! Enlevez ces vêtements humides et venez vous asseoir près du feu. Je vais vous donner du cidre chaud. Quand vous vous serez réchauffée, il y a une grande marmite de chili sur le feu et toutes sortes de choses à manger.

Anna se débarrassa de ses vêtements trempés et s'approcha de l'énorme foyer. Sous un feu clair, une énorme pile de charbons déversait sa chaleur. Le mug brûlant que Miranda lui apporta lui réchauffa les doigts au point qu'ils se mirent à la démanger férocement. Elle savait qu'il ne fallait pas gratter sa peau rougie et, quand elle eut fini de siroter le cidre, ses mains allaient mieux.

Elle erra dans la cuisine et s'étonna de la quantité d'aliments qui s'y trouvait. Il y avait assez pour nourrir une petite armée. Elle se servit un bol d'un épais chili. Elle finissait d'éponger la sauce avec un morceau de pain de maïs quand Brett entra dans la maison. Lui aussi était couvert de neige, et ses joues étaient rouges.

Il s'avança à grandes enjambées vers elle pour l'envelopper dans une étreinte d'ours, sans se soucier de sa veste pleine de neige. Elle poussa un cri aigu en sentant la neige transpercer son T-shirt et couler dans son cou.

— Je viens juste de sécher ! s'exclama-t-elle.

— Dieu merci, tu es saine et sauve, lança-t-il d'une voix rauque. Qui t'a tiré dessus ?

— Je n'en ai aucune idée. Tout ce que je peux dire, c'est que les tirs venaient de la route. Ça pouvait être quelqu'un qui passait en voiture et qui m'a vue bouger entre les arbres. Il m'a peut-être prise pour un daim.

— Tu portais une veste rouge et tu étais sur une motoneige, rétorqua-t-il.

— Oui, mais j'étais couverte de neige et dans un creux. Je suis sûre que ce n'était rien.

— Et si ce n'était pas rien ? répondit-il. Je ne te quitte plus des yeux jusqu'à ce que nous ayons résolu cette histoire.

— Il n'y a rien à résoudre.

Elle n'était cependant pas sûre que ce soit vrai. Ce n'était pas la saison de la chasse, et tout le monde savait où se trouvaient les limites du Runaway Ranch. Cela n'avait aucun sens de tirer sur des terres manifestement privées.

Brett la lâcha enfin, et elle se débarrassa de la neige tandis qu'il ôtait ses vêtements. Anna prit conscience que Miranda les écoutait en lavant des plats dans l'évier. Elle n'avait aucune expérience des grandes familles, mais elle supposait que la curiosité était normale chez elles.

Durant les minutes suivantes, plusieurs ranchers entrèrent pour se réchauffer et manger un morceau. La nuit tomba rapidement. Soudain, tous les talkies-walkies présents dans la maison reprirent vie.

— On les a trouvées ! cria quelqu'un. Elles se sont enfoncées dans la neige et il va falloir les aider à sortir du ravin du côté est de Fly Creek, près du coude nord.

Tout le monde sauf Anna grogna. Elle jeta un regard interrogateur à Brett.

— Elles sont à l'extrémité nord de la vallée. Ça va prendre des heures de les ramener. Il va falloir tracer une piste avec les motoneiges et les regrouper pour les ramener.

— Je peux vous aider ?

Il l'embrassa brièvement.

— Reste ici et aide ma mère à cuisiner. On aura besoin de

carburant quand on reviendra. Et ne quitte pas la maison avant mon retour. Promets-le-moi.

Elle acquiesça, et il l'embrassa encore, un baiser dur et rapide. Après un dernier sourire, il sortit en hâte avec les autres.

Anna se retourna et vit Miranda s'approcher d'elle. Cette dernière lui donna une forte étreinte qui surprit Anna. Puis elle la relâcha et dit avec vivacité :

— Vous savez éplucher les pommes de terre ?

Anna se mit à rire.

— Je crois.

— Alors remontez vos manches et mettons-nous au travail.

Brett fit halte pour échanger un mot avec Hank. Prenant le vieil homme à part, il lui dit tout bas :

— On a tiré sur Anna tout à l'heure. Il faut laisser un homme ou deux pour veiller sur elle. Armés, évidemment.

Hank hocha la tête d'un air sombre.

— Ne t'inquiète pas, mon fils. On ne laisse tomber personne ici.

Il lui donna une tape affectueuse sur l'épaule. Brett eut l'impression qu'il parlait aussi de lui. Pour la première fois depuis son retour, l'inquiétude de ses amis et de sa famille ne lui pesait plus. Et puis, lorsqu'il s'agissait de la sécurité d'Anna, sa fierté n'entrait pas en jeu.

Ramener le bétail à la maison fut une tâche harassante, qui prit des heures. Mais les vaches finirent par rentrer dans la grange. Ils avaient compté les têtes et, par miracle, aucune ne manquait.

Brett et les autres se traînèrent jusqu'à la maison, épuisés mais contents. Cela ressemblait beaucoup à un retour de mission. Brett ressentait la même satisfaction, ce qui l'étonnait. Après sa mise à la retraite de l'armée, il ne pensait pas retrouver le sentiment du travail bien fait.

Il retira sa veste et entra dans la grande salle, où il vit Anna roulée en boule au bout du grand canapé, profondément endormie. Souriant, il l'enleva dans ses bras. Elle entrouvrit les yeux.

— Elles vont bien ?

— Les vaches ? Toutes à l'abri et sans dommage. Elles sont dans la grange en train de manger du foin.

— Hum. Tant mieux.

Elle se blottit dans ses bras, et il sentit son cœur fondre. Au moins semblait-elle lui faire confiance quand elle dormait. C'était un début. Il l'emporta en haut, dans son ancienne chambre, dans laquelle il n'avait pas remis les pieds depuis son engagement dans l'armée.

Il déposa Anna sur le lit double et se glissa sous les couvertures à côté d'elle. C'était bizarre d'être dans ce lit avec une femme. Il s'attendait à ce que ses parents se ruent dans la pièce et l'enguirlandent pour avoir introduit une fille dans la maison. Mais cela aurait été encore plus bizarre de s'endormir sans Anna dans ses bras.

Il rêva qu'il était sur le champ de bataille. Les balles volaient et les explosions se succédaient tandis qu'il cherchait frénétiquement ses camarades tombés. Il les découvrit les uns après les autres, absorbant le coup de leur mort avec une angoisse croissante. Le dernier corps qu'il trouva fut celui d'Anna. Ses yeux sans vie le fixaient d'un air suppliant, ses bras figés dans un geste d'appel.

Il se réveilla en sursaut, en respirant trop fort.

— Qu'est-ce qu'il y a ? demanda Anna à côté de lui.

— Un cauchemar.

— Ils ont l'air plus réels que la réalité, n'est-ce pas ?

Il ferma étroitement les yeux.

— J'ai rêvé que tu étais morte.

— Et ça t'a fait paniquer ? C'est si gentil.

— C'est gentil d'avoir rêvé que tu mourrais de façon horrible ?

— Non. C'est gentil d'avoir rêvé que ma mort te faisait du mal.

Elle l'entoura de ses bras, le serrant contre elle. Il posa une oreille sur sa clavicule, laissant les battements de son cœur résonner en lui, coupant court à la terreur.

Elle était douce et chaude contre lui. Tout le reste avait disparu. Elle seule valait la peine qu'il la sauve du carnage qu'il venait de voir en rêve.

— Je te sauverai, murmura-t-il contre sa peau satinée.

— Je sais que tu le feras, chuchota-t-elle dans ses cheveux. Dors, maintenant. Je suis là.

Et à sa grande suprise, il se sentit sombrer dans le sommeil en savourant le contact de ses bras, qui le protégeaient de ses cauchemars. Il devait encore faire un grand ménage dans sa tête, et Dieu savait qu'elle aussi. Mais pour cette nuit, ce moment, ils étaient en sûreté. Et c'était parfait.

15

Anna s'éveilla lorsqu'une lueur filtra entre les rideaux bleu foncé. Où était-elle ? Ah oui, dans la chambre de Brett.

Il remua à côté d'elle, et elle lui sourit. La nuit avait été émouvante, plus encore qu'une nuit d'amour. Que signifiait le fait que Brett rêve d'elle ? L'aimait-il aussi ?

Elle sortit doucement du lit et se faufila hors de la chambre sur la pointe des pieds. En bas, elle ne fut pas surprise de découvrir une dizaine d'hommes en train de manger des pancakes que John faisait cuire sur une plaque en fonte. Elle s'apprêtait à les rejoindre et à se servir une assiette de crêpes quand la porte s'ouvrit. Joe Westlake entra et salua tout le monde. Puis il lui dit calmement :

— Je peux vous parler un moment ?

Alarmée, elle le suivit sur le long porche couvert.

— J'ai des nouvelles, Anna, et elles ne sont pas bonnes.

Elle s'arma de courage, sans savoir de quoi il s'agissait.

— Hier, Mona Billingham a porté plainte contre vous, pour faute ayant entraîné la mort de son fils.

Anna le fixa. Les mots refusaient de se graver dans son cerveau, mais toute chaleur l'avait quittée, la laissant gelée.

— Je dois vous remettre une citation à comparaître à une audience préliminaire dans deux semaines.

Il tira un papier de la poche intérieure de sa veste.

— Il y a beaucoup de termes légaux, mais ça se résume à ça : il faut que vous veniez à l'audience et vous seriez bien avisée d'amener un avocat avec vous.

— Je ne peux me permettre d'engager un avocat !

— Il y a un cabinet d'aide juridictionnelle à Butte. Faites-moi confiance, Anna. Vous avez besoin d'un avocat.

— Je peux retourner en ville avec vous ? demanda-t-elle.

— Bien sûr. Mais vous ne voulez pas en parler d'abord à Brett ?

— Non ! Il a déjà assez de soucis comme ça.

Joe fronça les sourcils.

— Il est plutôt solide...

— Il souffre des conséquences de sa dernière mission.

Joe serra les lèvres en signe de désapprobation, mais ne dit rien. Elle le suivit jusqu'à sa voiture et fit halte une fois devant le véhicule.

— Je dois monter à l'arrière puisque je suis accusée ?

Joe se mit à rire.

— Bien sûr que non. Asseyez-vous à côté de moi. Ne touchez pas aux équipements, c'est tout.

Elle se glissa sur le siège avant, un œil dubitatif posé sur l'ordinateur de bord et les radios.

Joe lui jeta un coup d'œil quand ils furent en route.

— Miranda et John disent que vous faites du bien à Brett.

Elle haussa les épaules.

— Je pense qu'il me fait plus de bien que je ne lui en fais.

— Il semble plus heureux depuis votre rencontre. Je voulais juste vous remercier au nom de la famille.

— Eh bien... Merci.

Elle aurait voulu ramper sous son siège. Enfin, elle était accusée du meurtre d'Eddie. C'était peut-être au civil, mais la vérité allait sortir et tout le monde connaîtrait ses secrets.

— L'avocat que Mona a engagé est une horreur, commenta Joe. C'est un chasseur d'ambulances véreux. Je peux vous recommander d'excellents avocats qui adoreraient lui assener quelques coups.

— C'est très gentil à vous, mais je ne peux vraiment pas me payer un avocat. Comme vous le savez, ma voiture a été détruite, et j'ai des travaux en cours chez moi. En plus, j'essaie d'aider une voisine à ne pas perdre sa maison. Je ne peux pas engager d'autres dépenses, j'en ai peur.

— Ne vous représentez pas vous-même, Anna ! L'avocat de Mona est un sombre crétin, mais il n'est pas incompétent. Sans avocat, vous allez vous retrouver avec de grosses sanctions financières.

— Combien demande Mona ?

— Dix millions de dollars.

Anna se mit à rire, en partie mue par l'incrédulité devant l'absurdité de ce chiffre.

— C'est le truc le plus dingue que j'aie jamais entendu !

— Apparemment, elle vous reproche de l'avoir privée des revenus potentiels d'Eddie en tant que futur acteur.

— Elle est consciente que c'était un raté complet et qu'il n'a jamais eu un seul job décent à Hollywood ? Sans parler du fait que le moindre dollar qu'il gagnait finissait dépensé en drogue et en alcool. Je devais cacher mes salaires sur un compte en banque secret pour pouvoir payer les factures.

Joe fit la grimace.

— Je n'ai jamais été fan d'Eddie. Mais vous allez quand même devoir affronter un procès et fournir la preuve de ce que vous dites.

— Comment pourrais-je prouver qu'il était alcoolique et drogué ? Il est mort !

— Je peux requérir les rapports de la police de Californie. Dites-moi que vous les avez appelés au moins quelques fois.

Elle leva les yeux au ciel.

— J'appelais par leurs prénoms la moitié des effectifs de police, là où nous vivions !

— Parfait. Je vais demander des copies de tous ces signalements. Quand vous aurez engagé un avocat, faites-le moi savoir, et je les lui enverrai.

Elle se contenta de secouer la tête. Comment engager un avocat sans un centime ?

Joe la déposa chez elle, et elle pataugea dans la neige jusqu'au porche. Elle passa l'heure suivante à déneiger le trottoir et le porche.

Elle venait juste de ranger la pelle dans le garage délabré quand un pick-up s'arrêta dans l'allée. Jimbo Billingham baissa sa vitre pour crier :

— J'imagine que tu ne te la pètes plus aussi haut, hein ? On va te faire payer la mort d'Eddie !

S'appuyant sur la pelle, elle se contenta de le regarder.

— Je n'ai rien, Jimbo. On ne peut arracher de larmes à une pierre, et vous ne pouvez pas me prendre l'argent que je n'ai pas. Je ne sais pas ce que ta mère et toi croyez faire avec cette action en justice.

— Eh bien, tu sors avec Brett Morgan. Il pourra payer pour t'empêcher d'aller en prison !

C'était donc ça ? Ils croyaient pouvoir soutirer de l'argent aux Morgan ? Oh ! pas question. Ils s'étaient toujours montrés adorables avec elle.

Elle avança vers lui, serrant la pelle dans ses mains.

— Laisse-moi te dire quelque chose, Jimbo Billingham. Si tu veux que la vérité éclate, je suis complètement pour. Je serai heureuse de témoigner de toutes les fois où Eddie m'a frappée et m'a volé de l'argent. Faisons toute la vérité. Parlons des prostituées qu'Eddie et toi engagiez quand tu venais à Los Angeles et parlons de la stupeur alcoolisée de ta mère dans mon salon. Oui, faisons *toute* la vérité !

Elle se rendit compte avec dégoût qu'elle hurlait. Elle se détourna de lui. Il ne valait même pas la salive nécessaire pour lui parler.

— Ne me tourne pas le dos, gronda Jimbo.

Elle lui fit face.

— Ou quoi, Jimbo ? Tu vas me frapper comme Eddie ? Ou me violer comme tu l'as fait avec cette fille en première ? À moins que tu n'essaies de me faire quitter la route en voiture pour me tuer, hein ?

Il lui jeta un regard noir, yeux plissés.

— Tu n'es qu'une cinglée.

Elle brandit la pelle dans sa direction.

— Tu ferais mieux d'y croire, Jimbo. J'en ai ma claque de ta mère et toi. Sors de ma propriété et ne reviens pas.

Il passa brutalement la marche arrière et recula dans un jaillissement de neige. Elle s'écarta pour l'éviter, mécontente d'avoir perdu son calme. S'il y avait une chose qu'elle avait apprise durant ces années, c'était que perdre son calme avec un Billingham ne menait à rien.

Elle leva les yeux et vit son voisin, l'artiste, sur son porche.

— Ça va ? lui cria-t-il.

Elle lui adressa un faible sourire.

— Oui. C'était mon ex-beau-frère. Ce n'est pas un type très gentil.

L'artiste sourit.

— Appelle-moi en cas de besoin, d'accord ? Comme dit Emma Rogers, les voisins doivent s'entraider.

Elle fut presque réduite aux larmes par cette gentillesse.

Mais elle se souvint qu'elle devait se procurer une voiture. Elle rentra se préparer, ressortit et se rendit chez le marchand de voitures d'occasion, carnet de chèques en poche.

Le vendeur lui suggéra gentiment une voiture en bon état, capable d'affronter les montagnes et la neige. Elle était certaine qu'il lui proposait ce véhicule à un bon prix, mais elle ne pouvait se résoudre à dépenser autant d'argent alors que les Rogers allaient perdre leur maison. Elle choisit donc la plus vilaine du lot, une poubelle qui avait l'air prête à tomber en morceaux. Cela lui laissait deux mille dollars. Le vendeur accepta la transaction à contrecœur et lui remplit le réservoir d'essence.

Son premier arrêt avec Fugly – ainsi avait-elle immédiatement baptisé la voiture – fut pour la cour du comté. Elle se dirigea vers le bureau de la secrétaire qui lui avait parlé de la saisie de la maison des Rogers.

— Bonjour Anna, lui dit chaleureusement la femme. Si vous êtes là pour le procès, c'est au premier étage, au bureau du District Attorney.

— En fait, je suis ici pour savoir si je peux régler une partie de l'arriéré des impôts des Rogers. Je n'ai pas tout l'argent mais, si j'en payais une partie, est-ce que cela stopperait la vente aux enchères ?

— Je crains que non. La somme totale doit être réglée.

— Mais j'ai deux mille dollars et je voudrais les donner en acompte.

— Vous perdrez votre argent si le reste n'est pas payé d'ici la fin de la semaine prochaine. Je ne peux pas vous laisser faire ça.

— J'insiste.

Si Billie et Mona la mettaient sur la paille en lui prenant tous ses biens, autant qu'elle utilise le reste de ses économies pour aider une amie dans la détresse.

— Les voisins organisent une brocante la semaine prochaine. Avec un peu de chance, nous réunirons le reste de l'argent.

La secrétaire accepta le chèque d'un air malheureux. Voilà. Elle était officiellement fauchée. Elle n'avait plus rien à perdre.

Sauf, bien sûr, l'homme auquel elle avait donné son cœur. Mais, dès que Brett apprendrait la vérité sur la mort d'Eddie, il lui tournerait aussi le dos. Alors, elle toucherait vraiment le fond.

Elle aurait voulu le toucher le plus vite possible. L'attente était presque pire que de n'avoir ou n'être rien. Depuis Eddie, elle était douée pour n'être rien. C'était un sentiment familier. Toute cette histoire de bonheur, de foyer, de paix... C'était une anomalie dans sa vie.

Elle quitta le tribunal et se dirigea vers le restaurant pour voir si elle pouvait faire des heures supplémentaires. Pour manger cette semaine, elle allait devoir travailler.

Quand elle pénétra dans le restaurant, un silence notable se fit. Oh génial, Mona et Jimbo s'étaient visiblement vantés de leur action en justice. Eh bien, tant mieux. Si elle devait être une paria pour les gens qu'elle aimait, autant qu'elle le soit pour tout le monde.

Épousant son rôle de réprouvée, elle attacha son tablier et se mit au travail, arborant un masque de politesse impassible. Elle détourna les remarques sournoises, refusa de réagir aux provocations et ignora les franches insultes qu'on lui lançait au fil des heures. Apparemment, les amis de Mona avaient découvert qu'elle travaillait ce jour-là et s'étaient rassemblés au Pittypat's dans le seul but de la tourmenter.

Quand elle eut terminé ses heures, elle était épuisée. Mais elle décida de rouler jusqu'à Hillsdale pour voir si Vinny lui céderait la vitre à crédit. Elle entama la montée du col McMinn et arriva à l'endroit où elle avait quitté la route. Une glissière temporaire avait été installée, et elle retint son souffle jusqu'à ce qu'elle ait dépassé l'endroit où elle avait miraculeusement évité la mort.

En parcourant les lacets du col vers Hillsdale, elle se détendit un peu et laissa ses pensées vagabonder. Oui, elle était en train de tomber amoureuse de Brett. Il était tout ce qu'Eddie n'avait jamais été. Bien sûr, il avait un gros passif émotionnel dû à sa carrière militaire. Mais c'était le cas de la plupart des soldats, non ? C'était un homme bien, et son courage prévaudrait. Il surmonterait ses cauchemars et ses flash-back. Et maintenant qu'il reprenait contact avec ses proches, ils l'aideraient à se réadapter. Willa, par exemple, était beaucoup plus qualifiée qu'elle pour conseiller Brett.

N'était-ce pas une conclusion incroyable ? Elle avait trouvé un homme avec qui elle pouvait s'imaginer vivre, seulement pour le perdre à cause de son passé.

Elle s'arrêta sur le parking de Vinny et prit une profonde inspiration. Elle ne voulait pas coucher avec Vinny pour ce morceau de verre. Mais elle ne doutait pas qu'il lui faudrait se mettre à plat ventre pour l'avoir.

— Mais quiiiii voilà ! s'exclama le brocanteur. Ma copine préférée. Tu es venue t'enfuir avec moi ?

Elle essaya de lui sourire.

— Je me demandais si tu avais toujours cette vitre. Combien coûte-t-elle ? Je suis un peu à court en ce moment.

— Je suis sûr que nous allons arriver à un arrangement, ronronna Vinny. La vitre est par là, au fond.

Oh Seigneur, c'était ce qu'elle craignait. Elle avait travaillé assez longtemps dans l'industrie du porno pour reconnaître une invitation glauque. Elle s'immobilisa devant le comptoir.

— J'ai peu d'argent. Quel est son prix ?

— Viens au fond. Laisse-moi te la montrer.

— Vinny, je suis pressée. Je dois repasser le col avant qu'il fasse noir. Tu me donnes un prix ou non ?

— Inutile de te froisser, Missy.

Elle grinça des dents. Eddie avait l'habitude de l'appeler ainsi, et elle détestait ça.

— C'est du verre ancien. Épais et solide. D'époque, comme les fenêtres que je t'ai vendues.

— Un prix, Vinny.

— Quarante dollars.

— Pour un morceau de verre ? s'exclama-t-elle. C'est une escroquerie !

Il haussa les épaules.

— C'est à prendre ou à laisser. Ce n'est pas ma fenêtre qui a reçu une brique.

Un déclic se fit dans son cerveau. Comment savait-il qu'une brique avait cassé sa fenêtre ? Maintenant qu'elle y réfléchissait, il l'avait appelée quelques heures à peine après l'incident. Une alarme se mit en route dans sa tête, et elle lui sourit prudemment.

— Tu as raison, bien sûr. Je suis désolée de t'avoir bousculé. C'était une dure journée, au restaurant. Tu t'es tellement bien occupé de moi. Je ne sais pas ce que j'aurais fait sans ton aide et tes conseils.

Il bomba la poitrine et parut quelque peu momifié.

— Mon sac est dans ma voiture. Laisse-moi aller le chercher, et on ira la voir ensemble.

Elle s'écarta du comptoir, en prenant soin de n'avoir pas l'air de fuir. Heureusement, Vinny devait contourner le comptoir pour la suivre, et elle parvint avant lui au parking. Elle se mit à alors à courir et s'engouffra dans sa voiture. Retenant son souffle, elle démarra en trombe.

Elle était sur la route depuis deux minutes quand son téléphone se mit à sonner. Elle le prit dans le vide-poches et regarda qui appelait. Vinny.

Pas question de répondre. Elle jeta le téléphone sur le siège passager et rentra chez elle, terrifiée à l'idée de s'être trouvée seule avec un harceleur potentiel.

Elle pénétra chez elle et, laissant les lumières éteintes, s'assit dans le salon obscur, complètement vidée par les événements de la journée. Si Brett avait été là, il lui aurait dit de lutter. Mais elle était tellement lasse de fuir. Elle voulait qu'on en finisse pour le meilleur ou pour le pire. Était-ce trop demander ?

Brett contempla l'intérieur du chalet les sourcils froncés. Anna était au moins cohérente sur un plan, elle prenait régulièrement la fuite. Quand les choses tournaient mal, on pouvait compter sur elle pour prendre la tangente.

Ce qu'il ignorait, c'était ce qui l'avait effrayée. Sa mère lui avait dit que Joe Westlake était passé le matin, mais il n'était pas encore entré en contact avec son cousin.

Un coup à la porte du chalet le fit bondir sur ses pieds. Il l'ouvrit avec espoir.

— Willa. Qu'est-ce qui t'amène ?

— Tu as une minute ?

— Oui, bien sûr.

Elle était comme une sœur pour lui. Miranda l'avait fait entrer dans la famille au fil des ans.

Elle retira sa veste et s'installa à une extrémité du canapé, remarquant la canette de bière sur le plancher. Il n'allait pas s'excuser de boire pour supporter sa frustration.

— Je suis venue te parler d'Anna.

— Pourquoi ?

— Es-tu conscient qu'elle présente les symptômes classiques d'une épouse battue ?

— Comment ça ?

Il avait suspecté ce genre de choses étant donné ce qu'elle avait laissé échapper, mais c'était tout de même un choc.

— Elle s'excuse pour tout, même pour ce dont elle n'est pas responsable. Elle se tient en retrait dans les situations sociales. Elle a zéro estime d'elle-même. Elle tressaille quand les gens font des gestes inattendus. Je pourrais continuer, mais tu saisis l'idée.

— On pourrait m'accuser de toutes ces choses, répondit-il sur la défensive.

— Et tu es susceptible d'avoir aussi un diagnostic de ce genre. Sauf que tes comportements sont clairement la conséquence du stress post-traumatique.

Il fronça les sourcils. Bon sang, il détestait qu'on l'analyse.

— Pourquoi me dis-tu tout ça ? Tu essaies de me dissuader de la fréquenter ?

— Pas du tout. Je veux juste m'assurer que tu es conscient qu'elle a besoin d'air. Il lui faudra du temps pour te faire confiance, et elle ne sera probablement jamais aussi confiante que tu le voudrais. Une fois qu'elle te fera confiance, elle te sera loyale jusqu'à la mort. Ce sera vital que tu ne trahisses pas cette confiance.

— J'ai compris. Mais dis-moi, madame la psychanalyste, que suis-je censé faire quand elle prend la fuite ?

— Laisse-la partir, mais reprends contact avec elle sans tarder. Elle a besoin de savoir que tu es là, peu importe ce qu'elle fait. La fuite est une forme d'autodéfense, comme ton addiction à l'alcool.

La mine de Brett s'allongea.

— Je vais beaucoup mieux qu'il y a quelques semaines.

— Je le sais. Je surveille ta consommation, et elle a beaucoup diminué.

Il se leva et lui lança un regard noir.

— Tu te mêles de mes affaires ?

Elle le regarda sans faire mine d'éprouver des remords.

— Nous t'aimons, Brett. Nous n'allons pas t'abandonner, pas plus que tu ne vas abandonner la femme que tu aimes.

— Que j'...

Il s'interrompit. Qu'il aimait ? Il n'était pas amoureux d'Anna. Ou si ?

Willa s'esclaffa.

— Tu croyais que tu pourrais le cacher à ta mère ?

— Laisse-moi tranquille. Et, pendant que tu y es, cesse de fouiner dans mes affaires. Si j'ai besoin d'un psy, j'irai à l'hôpital militaire.

— À ce que j'ai entendu dire, tes psys t'ont renvoyé à la maison pour que tu puisses te remémorer tes souvenirs refoulés, rétorqua-t-elle.

Il devait reconnaître qu'elle avait repassé ses leçons.

— Depuis quand as-tu autant d'audace, ma petite ?

— Depuis que j'ai affaire à des soldats aussi entêtés que toi.

— Va-t'en, Willa, lui dit-il avec affection.

— Va la chercher, Brett. Elle mérite que tu te battes pour elle.

— J'ai trop bu pour prendre le volant ce soir. Mais j'irai demain la voir en ville.

— Promis ?

Il se leva, et Willa fit de même. Il lui donna une accolade

affectueuse et la poussa gentiment vers la porte. Elle partit, laissant un rire dans son sillage.

Il retomba sur le canapé, fixant Reggie avec incrédulité, lequel battait le plancher de sa queue. À voix haute, il grommela :

— L'amour, hein ? Et comment diable est-ce arrivé ?

16

Anna eut une journée pénible au restaurant. Les amis de Mona semblaient se délecter de la harceler. Le bon côté, c'était qu'elle était trop lessivée émotionnellement pour s'en préoccuper. Elle prit des commandes, servit des plats et versa des boissons sans ressentir quoi que ce soit. Petunia sortit même de la cuisine à un moment donné pour lui demander si elle allait bien ou si elle voulait partir plus tôt.

Elle rentra chez elle à pied, car il faisait beau et Fugly avait un bon nombre de kilomètres au compteur. Le soleil se couchait derrière les montagnes avec de spectaculaires déploiements de rouge, orange, mauve et violet. Elle tourna dans sa rue et fronça les sourcils. Pourquoi les lumières étaient-elles allumées chez elle ?

Elle s'immobilisa et glissa un œil prudent par la fenêtre. Vinny n'était pas entré chez elle, si ? Ou Jimbo ? Elle recula d'un pas, fouillant dans son sac pour appeler la police.

La porte s'ouvrit, et une grande silhouette se dressa sur le seuil, se découpant dans la lumière. Mais elle reconnaissait ces larges épaules et ces hanches étroites.

— Brett ? Que fais-tu ici, au nom du ciel ?

— Je te prépare à dîner. C'est presque prêt. Tu as faim ?

Quelle question ! Elle avait mangé de-ci, de-là, pour éviter de dépenser l'argent qu'elle n'avait pas. Réussir à payer ses factures était plus important que de se nourrir.

Elle gravit les marches du porche et sentit une odeur de fromage et de tomate. Elle vacilla, étourdie de faim, quand Brett lui prit sa veste et la pendit au portemanteau. Il y avait une table dans sa salle à manger ! Et elle était garnie d'assiettes en porcelaine, de couverts en argent, de grandes chandelles et de roses blanches dans un petit vase.

— D'où vient tout ça ? Je n'ai pas de service de table !

— Tu en as un maintenant. Je ne pouvais pas te servir un dîner romantique sur le plancher, n'est-ce pas ?

Elle remarqua un magnifique buffet en noyer contre le mur du fond, et passa la main sur le fini de la table ancienne, dont les lignes délicates étaient assorties aux chaises. Elle n'imaginait même pas combien tout cela avait coûté.

— Brett...

Il pressa ses doigts sur ses lèvres.

— Ne dis rien. J'aime t'offrir des cadeaux et j'ai de l'argent à ne savoir qu'en faire. Je te permets seulement de dire « Merci, j'accepte. »

Elle soupira, émue aux larmes.

— Merci, j'accepte.

— Assieds-toi. La salade est prête et, le temps que nous prenions un verre, les lasagnes sortiront du four.

— J'ignorais que tu savais cuisiner.

— Je sais suivre une recette, et ma mère est la meilleure cuisinière que je connaisse.

— Merci Miranda, où que vous soyez ce soir, déclara Anna en levant son verre de vin.

— Un toast, murmura Brett. À de meilleurs temps.

Ha ! Seule l'attendait la misère dans un avenir prévisible. Souriant tristement, elle entrechoqua son verre avec le sien. Elle sirota le vin, qui était frais et riche en arômes, avec des notes d'arrière-bouche qu'elle n'aurait pu nommer.

En l'occurrence, ce vin-là était si rond qu'elle finit un plein verre avant de s'en rendre compte. Brett la resservit, puis s'en aller chercher les lasagnes. Celles-ci s'avérèrent aussi délicieuses qu'annoncé, et Anna finit un autre verre de vin.

Déterminée à ne pas s'enivrer, elle refusa le troisième verre mais se resservit de lasagnes. Brett lui raconta des histoires légères sur son entraînement militaire, et ils rirent beaucoup durant le dîner. Elle repoussa enfin son assiette, repue. Brett fit de même, lui souriant entre les chandelles.

— Pourquoi fais-tu tout ça, Brett ? Je me comporte comme une idiote chaque fois que tu es gentil avec moi.

Il se leva et la rejoignit, lui tendant la main. Perplexe, elle posa la sienne dedans. Il la conduisit au salon, éteignit toutes les lumières sauf une lampe et régla son smartphone. Un langoureux air de jazz s'éleva.

— C'est une scène de séduction ? demanda-t-elle en souriant.

— C'est moi qui te dis que je ne vais nulle part. Je suis conscient que ce… truc… entre nous te fait terriblement peur. Ça me fait peur aussi. Mais alors je pense à ce que tu me fais et je sais que tout ira bien.

— Que suis-je censée répondre à cela ? marmonna-t-elle.

Se penchant, il lui donna un baiser léger, qui lui fit jeter les bras autour de son cou. Il se balança sur la musique, la faisant tourner dans un mouvement glissant qui lui donna presque le vertige. Puis il s'arrêta, l'embrassa encore et l'entraîna à nouveau.

— Qu'est-ce que tu me fais ? chuchota-t-elle.

— J'essaie de te convaincre que je vaux la peine de rester avec moi.

Elle enfouit son visage contre son cou et inhala avec délice l'odeur boisée de son après-rasage.

— Ce n'est pas toi le problème, marmonna-t-elle, c'est moi.

D'un doigt, il lui releva le menton et l'embrassa légèrement.

— Tu n'as pas besoin de te cacher. Je te trouve parfaite telle que tu es.

— Je ne suis pas parfaite !

— Chut, Anna. Ce soir, il n'y a pas de monde extérieur, seulement nous deux. Juste cette pièce, l'obscurité, la musique et ce qu'il y a entre nous.

Cela semblait si doux. Une dernière nuit avec lui avant qu'il découvre la vérité, parce que Dieu savait qu'elle ne le laisserait pas l'apprendre de sa bouche à la barre des témoins. Une dernière nuit durant laquelle il penserait qu'elle le méritait. Un dernier moment de bonheur avant qu'elle pénètre dans le froid, le silence et la solitude de son avenir. Un dernier au revoir.

Elle noua ses bras autour de son cou et s'appuya contre lui. Elle sentit les muscles de son ventre se contracter à travers le tissu de sa chemise et vit une veine battre sur son cou. C'était tellement excitant de savoir qu'elle faisait battre son cœur plus vite. Qu'elle était à l'origine de cette bosse derrière sa braguette.

Il posa les doigts sur les boutons de son corsage, et le vêtement tomba de ses épaules. Instantanément, sa bouche remplaça le tissu, buvant dans le creux de sa clavicule, embrassant son cou d'une épaule à l'autre. D'autres boutons se détachèrent, et ses baisers suivirent le renflement de ses seins.

— Tu sens la vanille, murmura-t-il. Je pourrais te respirer toute la nuit.

— Si tu veux, mais il y a de meilleures façons de passer la nuit, répondit-elle, taquine.

Il rit contre sa chair.

Elle tira sur les pans de sa chemise et commença à la déboutonner tandis que la sienne s'ouvrait totalement. Il enveloppa ses seins de ses mains et contempla sa poitrine d'un air de révérence. Aucun homme ne l'avait jamais regardée ainsi. Elle mémorisa soigneusement l'expression de ses yeux, pour les longues années à venir.

Elle repoussa sa chemise et se pencha en avant pour embrasser sa poitrine. À son contact, ses pectoraux sursautèrent, et elle mémorisa aussi cela, avec l'odeur propre et masculine qu'il dégageait.

La main de Brett passa derrière elle, et son soutien-gorge se détacha. Il repoussa la dentelle, et sa bouche se referma sur un de ses seins. Sa langue se tortilla autour de son mamelon et elle cria, en se cabrant tout entière. Ce soir, elle ne voulait rien retenir. S'il la voulait, elle serait sienne.

Et il la voulait. Après l'avoir entièrement déshabillée, il la souleva pour l'emmener au lit, lequel, surprise, surprise, était déjà ouvert.

— Tu as tout prévu, n'est-ce pas ? lui dit-elle tandis qu'il se débarrassait de son pantalon et de ses chaussettes.

— Tous les détails, répondit-il d'un ton pragmatique.

— Eh bien, que se passe-t-il maintenant ?

— Je vais t'embrasser de la tête aux pieds pour savoir où tu es chatouilleuse. C'est important pour pouvoir l'éviter – ou l'utiliser à mon avantage.

— Tu es un vrai soldat, conclut-elle, taquine. Tu cherches les faiblesses de l'ennemi.

— Ah, mais tu n'es pas l'ennemi. L'idée c'est que nous gagnions tous les deux cette guerre.

Elle lui sourit, mais son sourire s'évanouit quand elle vit l'expression de ses yeux. Déterminée. Intense. Il était prêt à dévoiler son cœur ce soir-là. Et cela la rendit humble de voir qu'il tentait de la rendre heureuse. Elle ne le méritait pas...

Non, elle n'allait pas penser à cela ce soir. C'était leur monde à eux où rien d'autre ne comptait. Ils étaient seuls, avec l'amour entre eux.

Il découvrit en effet les endroits où elle craignait les chatouilles et en trouva quelques autres qu'elle ignorait. Qui aurait cru que l'intérieur de son oreille ou les intervalles entre ses orteils fussent aussi sensibles ?

— Il faut que je te rende la pareille, déclara-t-elle un peu plus tard.

Il lui sourit tandis qu'elle s'agenouillait au-dessus de lui.

— Je crois que c'est à toi de le découvrir.

— Défi accepté, Brett Morgan.

Il ne fallut pas longtemps pour que les chatouilles deviennent des caresses, et que les caresses laissent place à la passion. Au moment de l'orgasme, elle l'entendit grogner : « Je t'aime, Anna. » Et alors tout lui revint.

Brett sentit le moment exact où elle s'éloignait de lui. Oh ! son corps l'entourait toujours et ses seins se pressaient toujours contre sa poitrine, mais elle le quitta pour se réfugier dans ce lieu de douleur où elle ne laissait personne entrer.

Il repoussa ses cheveux humides et la contempla.

— Regarde-moi, Anna, dit-il, gentiment mais fermement.

Elle cilla et posa les yeux sur lui. Il lui parla rapidement avant de la perdre à nouveau :

— Je ne vais nulle part. Je sais que tu as des problèmes à résoudre, que tu as du mal à faire confiance. Mais je ne te quitterai pas.

— Je parie que je peux te faire changer d'avis, dit-elle faiblement.

— Je parie que non. Rien de ce que tu diras ne me fera fuir.

— Et ça par exemple ? J'ai tué Eddie.

— Je sais. Tu tenais un couteau, et il s'est empalé dessus.

— Je l'ai vu venir. J'avais le temps d'écarter le couteau mais je ne l'ai pas fait. C'est ma faute s'il est mort.

— Beaucoup de gens se figent dans une situation de panique. Cela ne fait pas de toi une meurtrière. Tu es normale. Eddie a foncé sur toi et t'a terrifiée.

Elle secoua un peu la tête.

— Alors que dis-tu de ça ? Je voulais qu'Eddie me tue.

Cela le fit reculer.

— Pourquoi ?

— Parce que je l'ai laissé me faire des horreurs. J'aurais pu partir mais je ne l'ai pas fait. Je suis restée année après année. Au début, j'étais trop entêtée pour avouer à quiconque l'erreur que j'avais faite. Mais, ensuite, c'est devenu… normal.

— Normal comment ? demanda-t-il prudemment.

Anna avait une expression sauvage dans les yeux, et il sentait qu'ils arrivaient enfin au cœur du sujet.

— C'est en me frappant qu'il exprimait son amour. Je… J'aimais qu'il me frappe, parce que ça voulait dire qu'il me voyait. Ça voulait dire qu'il ressentait quelque chose pour moi. Sa colère c'était mieux que d'être invisible pour lui, tu comprends ?

Sa voix devint rauque. Elle avait du mal à former ses mots.

— Je… l'aimais… pour ça. Il m'avait tellement déformée que je voulais qu'il me frappe et me brutalise.

Brett fronça les sourcils. Elle continua précipitamment.

— Je suis brisée, Brett. J'ai peur d'être dépendante de la souffrance. Je ne mérite rien d'autre.

— Et c'est pour ça que tu aimes faire l'amour avec moi ? Je suis le seul avec lequel tu as eu des orgasmes, pas vrai ?

Elle hocha misérablement la tête.

— Je ne te fais pas de mal. Je te traite avec tendresse et respect. Et tu aimes ça.

Elle fronça les sourcils comme si elle avait du mal à suivre sa logique.

— J'ai vu des femmes qui aimaient la douleur. Bon sang, j'ai même vu des hommes qui aimaient ça.

Il haussa les épaules.

— Ce n'est pas mon trip, mais s'ils aiment ça, qu'ils en profitent. Le truc, c'est que tu n'es pas comme eux. Tu aimes le romantisme et le flirt. Tu aimes quand je t'embrasse partout, quand je te touche et te rends humide avec mes doigts.

Il lui en fit la démonstration et, en quelques secondes, elle se tortilla entre ses mains.

— Regarde comment tu réagis, Anna, murmura-t-il. C'est ça dont tu as envie.

Il plongea deux doigts dans sa chaleur humide, tout en frottant son clitoris du pouce. Impitoyablement, il la caressa jusqu'à ce qu'elle pousse un cri perçant et se torde de plaisir.

— Tu te racontes depuis si longtemps que tu es brisée que tu t'es persuadé que c'était la vérité. Mais Anna, je connais ton corps, je connais ton cœur. C'est Eddie qui était détraqué. Et Dieu sait que sa famille l'est aussi. Mais tu es saine, tu es normale. C'est lui qui était fou.

Anna le fixa un long moment. Il n'était pas certain de l'avoir touchée, mais il lui avait donné à penser. Ce n'était pas nécessairement une bonne chose. Au rythme d'une nouvelle chanson venant du salon, il lui fit à nouveau l'amour, lentement et langoureusement.

De nombreuses heures et de nombreuses chansons plus tard, il regarda enfin Anna sombrer dans le sommeil. Il avait donné le meilleur de lui-même. Il avait utilisé tout son arsenal pour la convaincre de ses sentiments pour elle et du fait qu'elle méritait d'être aimée. Pour le reste, c'était à elle de décider.

17

Anna n'avait jamais été aussi heureuse et aussi triste à la fois. Brett lui avait offert la nuit parfaite dont elle avait toujours rêvé. Mais, maintenant, la dure réalité faisait son retour, et elle devait s'armer mentalement et émotionnellement.

Elle était fatiguée, mais elle n'avait pas sommeil. Elle savourait le fait d'être allongée à côté de Brett dans le noir, écoutant sa respiration régulière. Elle voulait absorber jusqu'à la dernière miette de cette nuit et la préserver pour les temps à venir. Sa vie était, de fait, finie, mais cela avait été une fin magnifique.

Le pendule électrique à côté du lit indiquait 4 heures du matin quand la respiration de Brett changea. Elle accéléra, devenant plus légère et rapide. Anna roula sur le flanc pour le regarder et, dans la lueur de la pendule, vit ses traits se contorsionner d'angoisse. Le pauvre, il faisait un cauchemar. Devait-elle le réveiller ? Le laisser dormir ?

Sa respiration changea encore. Il prit une longue inspiration, retint son souffle quelques secondes, puis expira lentement. Inquiète, elle compta les secondes jusqu'à son inspiration suivante. Que faisait-il ? Il était indubitablement endormi. Ses globes oculaires bougeaient rapidement. Il resta immobile environ une minute, puis commença à s'agiter. Plus il bougeait, plus il s'emmêlait entre les draps. Cela suffisait, il fallait le réveiller.

— Brett, dit-elle calmement. Ce n'est qu'un rêve. Réveille-toi.

Il s'agita plus encore.

— Brett, dit-elle plus fort.

Aucune réaction de sa part.

Préoccupée, elle se redressa et passa un bras et une jambe au-dessus de lui pour le protéger et se protéger. Ses yeux s'ouvrirent, mais elle n'était pas certaine qu'il fût réveillé. Il fixait quelque chose d'invisible avec une expression d'horreur peinte sur le visage.

— Dis-moi ce que tu vois, essaya-t-elle. Décris-le-moi.

— Ils mourront tous si je ne peux pas les retrouver. Les salopards leur trancheront la gorge. Il faut que j'arrive jusqu'à eux. J'ai tellement mal aux côtes. Je ne peux pas respirer. Il faut que j'y aille.

— Qui est-ce que tu cherches, Brett ?

— Mes hommes ! lança-il d'un ton angoissé. Où sont-ils, bon sang ? Il fait si noir ici. J'ai perdu mes LVN.

Elle fronça les sourcils. Lunettes de vision nocturne peut-être ? Elle contempla Brett, qui tressaillait en réaction à quelque chose qu'il voyait en esprit. Son instinct lui soufflait de ne pas intervenir, aussi murmura-t-elle :

— Qu'est-ce que tu fais, maintenant ?

— Je gravis la colline. Meilleur point de vue pour repérer mes hommes...

Il jura brusquement, la faisant sursauter.

— Que s'est-il passé ?

— Un de mes gars. Je le retourne...

Une pause, puis Brett grogna avec une telle souffrance qu'elle put à peine le supporter. Le soldat était certainement mort.

— Anna, marmonna-t-il. Je ne peux pas te perdre. Ne meurs pas. Reviens.

— Je suis là, Brett, je vais bien.

S'il l'entendit, il n'en manifesta aucun signe. Il recommença à tressaillir. Il devait se déplacer dans son cauchemar.

— Dieu merci, grommela-t-il.

— Quoi ?

— Deux de mes gars... Non ! gémit-il. Anna. Le sang. Ne perds pas ton sang, bébé. Je ne veux pas te perdre...

— Brett ! Je ne suis pas morte ! Je suis au lit avec toi !

Il secoua la tête et regarda au loin une horreur que lui seul pouvait voir. Anna songea que ce n'était pas seulement un cauchemar mais une sorte de flash-back. Elle ne savait pas quoi faire pour l'aider.

— Continue à me parler, Brett. Qu'est-ce qui se passe ?

— Partout où je regarde, elle est morte. Comment Anna peut-elle être morte sur la colline et sur la route ? Je ne cesse pas de la perdre...

Sa voix s'éteignit, et elle vit avec stupeur une larme rouler sur sa joue. Lui avait-elle vraiment fait autant de mal en s'enfuyant ? Elle ignorait qu'il avait tant besoin d'elle.

La souffrance la poignarda si fort qu'elle se plia presque en deux. Si elle avait soupçonné qu'il nourrissait des sentiments aussi forts pour elle, elle l'aurait quitté depuis longtemps. Il ne méritait pas cette souffrance. Qu'avait-elle fait ? Se détruire elle-même était une chose, mais elle ne supportait pas l'idée de le détruire, lui.

Elle devait réduire les pertes et lui épargner autant de souffrance qu'elle pouvait humainement le faire. Elle avait déjà causé trop de dégâts.

Elle lui caressa le front et le calma comme un enfant. Il se rendormit graduellement.

Elle se pencha et l'embrassa avec tout l'amour qu'il y avait dans son cœur. Elle embrassa son front plissé et sa mâchoire tendue, elle embrassa sa bouche en le remerciant pour tout ce qu'ils avaient partagé et en s'excusant sincèrement pour ce qui allait venir.

Puis elle fit la seule chose à faire. Elle se glissa hors du lit, s'habilla silencieusement et partit.

Brett s'éveilla lentement, surpris d'avoir dormi si tard. Il était 10 heures du matin. En s'étirant, il constata qu'il avait la gueule de bois, même s'il n'avait rien bu la veille. Il fronça les sourcils, essayant de se souvenir. Si, il avait bu quelques verres de vin. Le reste lui revint. Dîner avec Anna. Une soirée romantique. Il lui avait donné tout ce qu'il avait : son désir, sa passion et, oui, son amour. Il avait dénudé son âme pour elle.

Elle avait paru comprendre et même apprécier ce qu'il faisait. Mais elle avait eu peur aussi. Il devait se fier à elle pour se rendre finalement à ses arguments. Elle devait croire qu'il l'aimait et lui faire confiance. À un certain point, elle devait accepter d'être digne d'amour et d'affection de sa part.

Il roula sur lui pour la prendre dans ses bras... et trouva un lit vide. Il soupira. Il aurait dû s'attendre à ce qu'elle fasse encore une fugue. Il lui avait dit beaucoup de choses, c'était difficile pour elle d'absorber tout ça. Il se leva et fut surpris de voir qu'elle avait déjà lavé la vaisselle et rangé la cuisine. Les roses blanches étaient sur la table.

Il fit le tour de la maison sans trouver de message. Elle ne lui avait donc laissé aucun indice sur ce qui se passait dans sa tête ? Il prit une profonde inspiration. Il avait fait le grand saut, à elle maintenant de faire de même.

Cependant, quand vint l'heure à laquelle elle rentrait d'habitude, il commença à s'inquiéter. Il monta dans son pick-up et roula jusqu'au Pittypat's. L'une des propriétaires l'accueillit à la porte.

— Bonjour Patricia, je cherche Anna. À quelle heure est-elle sortie du travail, aujourd'hui ? Elle vous a dit qu'elle allait faire des courses ou quelque chose comme ça ?

— Elle n'est pas venue travailler. J'ai pensé qu'elle avait quelque chose à faire en relation avec le procès.

— Quel procès ?

— Mona Billingham l'a attaquée en justice.

Brett ricana de dégoût.

— C'est absurde. Eddie était un animal qui l'a maltraitée pendant des années.

Se penchant vers lui, Patricia baissa la voix jusqu'au murmure :

— Vous et moi le savons, mais les amis de Mona viennent ici la harceler. Je les jetterais bien dehors, mais Anna ne me laisse pas faire. Elle ne cesse de dire qu'elle a ce qu'elle mérite. Quelle fille ! Parfois je voudrais la secouer pour lui donner un peu plus de bon sens.

Il connaissait ce sentiment.

— Si elle passe, dites-lui de m'appeler, d'accord ?

— Bien sûr.

Il se dirigea vers le tribunal pour voir si Anna y était venue dans la journée. Mais personne ne l'avait vue, même si quelques personnes se plaignaient de l'avocat déplaisant que Mona avait engagé.

Pourquoi Anna ne lui avait-elle pas parlé de cela ? Bien sûr, il connaissait la réponse. Elle était résolue à ne dépendre de personne ni, plaise au ciel, causer de problèmes à quiconque. Il quitta le tribunal et entendit qu'on l'appelait. Se retournant, il vit son cousin venir vers lui.

— Salut, Joe.

— Qu'est-ce qui t'amène dans nos parages, Brett ?

— Je cherche Anna. Elle n'est pas allée travailler aujourd'hui, et elle n'a pas appelé.

— Ça ne lui ressemble pas. Elle est du genre responsable. Une femme très gentille. Elle a un cœur gros comme ça. Tu sais ce qu'elle a fait pour ses voisins, n'est-ce pas ?

— Non. Quoi ?

— Je ne te l'ai pas dit, mais tout le monde en parle au tribunal. Elle a payé deux mille dollars sur les arriérés d'impôts du couple qui vit à côté de chez elle. Apparemment leur maison va être saisie. D'après ce que j'ai entendu dire, Anna a vidé ses économies pour eux.

Brett fronça les sourcils.

— Quand a-t-elle fait ça ?

— Il y a quelques jours. Juste après avoir perdu sa voiture.

Elle avait aidé les Rogers au lieu de s'acheter une voiture correcte ? Cela lui ressemblait bien.

— Les Rogers sont-ils sauvés, maintenant ? demanda-t-il.

— Non. Leur maison va être vendue aux enchères. C'est vraiment malheureux. Ce sont des gens bien.

Brett pivota sur ses talons et rentra dans le tribunal, suivi de son cousin. Il se dirigea vers le bureau des impôts, carnet de chèques en main. Une femme aux cheveux gris leva les yeux quand il entra dans le bureau.

— Puis-je vous aider ?

— Je suis venu payer le reste des impôts des Rogers.

— Oh mon cher monsieur, je crains que ce ne soit trop tard. La vente aux enchères de leur maison a déjà commencé.

— Où se tient-elle ?

— Ici même. Nous acceptons les offres.

— Quelle est l'enchère la plus haute que vous ayez eue ?

— Je ne peux pas vous le dire…

— Je vais la doubler, quelle qu'elle soit. Donnez-moi ce maudit chiffre pour que je puisse rédiger mon chèque.

— Je pense que quelque chose de l'ordre de vingt mille dollars vous suffirait pour obtenir la maison.

Enragé à l'idée que la vie de ce couple délicieux ne vaille que vingt mille dollars, il gribouilla son chèque avec colère.

— Voilà une offre de quarante mille dollars. Si quelqu'un la dépasse, mon numéro de téléphone est au dos. Appelez-moi, et je surenchérirai. C'est compris ?

La femme hocha la tête, les yeux écarquillés. Irrité au dernier point, il sortit du bureau à grands pas. Joe descendait justement le large escalier.

— Je m'inquiète pour Anna, lui dit Brett. Mon instinct me dit que quelque chose s'est passé.

Joe le regarda avec sympathie.

— Je suis enclin à écouter ton instinct. Quand l'as-tu vue pour la dernière fois ?

— Cette nuit, tard. Quand je me suis réveillé ce matin, elle était partie.

— Alors c'est comme ça entre vous, hein ? J'imagine que je ne l'inviterai pas à sortir alors.

Un sentiment de possessivité gronda dans sa poitrine, mais Joe ajouta en souriant :

— Vous faites un beau couple, et je suis heureux pour vous.

Quand la nuit tomba, toujours sans trace d'Anna, Brett se sentait franchement malheureux. Sa voiture était toujours là, alors elle n'avait pas quitté le Montana. Mais où était-elle ? À 10 heures du soir, il craqua et appela Joe sur son portable.

— Que se passe-t-il ? demanda Joe d'une voix ensommeillée.

— Elle n'est toujours pas rentrée. Il est arrivé quelque chose, j'en suis sûr.

D'un coup, Joe fut tout ouïe.

— Rejoins-moi au poste.

Brett se rua hors de la maison et courut prendre son pick-up.

Une voix hurlait en lui, de la même manière que la nuit de l'embuscade. Des flashs de cette marche dans l'obscurité allaient et venaient dans sa mémoire. Quelqu'un avait mis la main sur une bouteille de whisky de contrebande la veille au soir. N'ayant plus l'habitude de l'alcool, ses gars avaient eu mal à la tête toute la journée. Il avait senti que ce n'était pas le bon jour pour une sortie. Mais les ordres étaient les ordres, et ils apprendraient à ne plus boire en service.

Il dépassa toutes les limites de vitesse sur son trajet et se rua dans le bureau copieusement éclairé. Joe l'y attendait.

— Normalement, on ne peut signaler une disparition avant quelques jours. Mais je suis prêt à faire une exception.

— Merci, répondit Brett. On peut tracer son téléphone ?

— On va essayer, mais le réseau n'est pas génial dans les montagnes.

Bien sûr, Joe n'obtint qu'un message disant que le numéro n'était pas attribué. Brett maudit l'écran en jurant.

— Elle a des ennemis ? Des gens qui cherchent à lui faire du mal ? demanda Joe.

— Oui. Les Billingham.

— Je suis prêt à aller les voir, si tu veux.

— Oui, j'aimerais bien.

Cinq minutes plus tard, le SUV de Joe se garait devant la maison des Billingham. C'était un ranch des années 1960 cerné de carcasses de voitures. Il y avait de la lumière aux fenêtres.

— Reste dans la voiture, Brett, ordonna Joe. Laisse-moi gérer ça.

La porte d'entrée s'ouvrit, et Joe échangea avec celui ou celle qui se tenait sur le seuil. Finalement, il revint à son véhicule.

— Eh bien ? demanda Brett.

— Jimbo dit qu'il n'a pas la moindre idée de l'endroit où se trouve Anna.

— Est-ce qu'il ment ?

— Comment savoir ? Il est resté évasif quand je lui ai demandé si Mona était à la maison. Il a prétendu qu'elle avait quitté la ville.

Brett secoua la tête.

— Apparemment, ses amis et elle vont tous les jours au

Pittypat's harceler Anna. Je trouve difficile de croire qu'elle est partie si elle s'amuse tellement à se venger.

— Hum. Je vais poster un de mes gars dans la rue pour voir si elle rentre chez elle.

Contrarié, Brett avait envie de cogner sur quelque chose.

— Il doit bien avoir quelque chose qu'on puisse faire. Je le sens, Joe, Anna a des ennuis !

Anna avait l'impression qu'on lui avait fendu le crâne. Elle essaya de le toucher, mais ses mains ne pouvaient pas bouger. Elle avait mal aux poignets. Le gauche l'élançait et le droit la démangeait comme si on l'avait brûlé. Elle était raide et avait mal partout. Elle essaya de s'étirer... mais ses pieds ne pouvaient pas non plus bouger.

Elle ouvrit les yeux et eut le choc de sa vie. Elle était attachée à une chaise. Mais plus choquantes encore étaient les parois en pierre qui s'élevaient au-dessus de sa tête. Une lampe à huile jetait une faible lueur sur le granit. Comment diable avait-elle atterri dans ce qui ressemblait à une grotte ?

Elle chercha dans son esprit la dernière chose qu'elle avait faite... Danser avec Brett. Et faire l'amour avec lui. Elle tressaillit en se rappelant qu'elle l'avait embrassé pour la dernière fois. Elle avait nettoyé la cuisine et ouvert le courrier qu'elle n'avait pas lu la veille.

Une lettre du tribunal la convoquait pour une audition. Elle devait déposer un plaidoyer. Elle pouvait aussi bien plaider coupable. Cela épargnerait beaucoup de temps et d'énergie à tout le monde. Elle se rappelait avoir pensé qu'il était temps de mettre ses affaires en ordre.

Anna fronça les sourcils, essayant de se souvenir de ce qui avait suivi. Mais cela lui fit si mal à la tête qu'elle dut s'interrompre et attendre que les coups d'enclume dans son crâne diminuent. Elle avait mis son manteau. Elle était sortie... Où allait-elle ?

Ah oui, elle allait au restaurant prévenir Petunia et Patricia qu'elles devraient engager une autre serveuse-comptable. Les deux femmes étaient très difficiles en ce qui concernait leurs employées, et il leur faudrait des semaines pour trouver la personne adéquate.

Avait-elle atteint le restaurant ?

Malgré ses efforts, elle n'arrivait à se souvenir d'avoir parlé aux deux sœurs. Elle se rappelait juste avoir passé la porte de sa maison.

Elle examina la grotte du mieux qu'elle put depuis sa chaise. Un tunnel s'ouvrait derrière elle, menant à l'extérieur présumait-elle. Mais aucune lumière ne venait de l'ouverture. Elle était seule dans la grotte. Ce qui était une bénédiction mitigée, supposait-elle. Personne n'était venu la tuer, mais personne n'allait la nourrir ou la détacher. Elle devait avoir été assommée, ou droguée peut-être. Son cerveau était assez embrouillé.

Elle aurait dû ressentir de la panique mais c'était une sorte de détachement qui prévalait. Elle était peut-être en état de choc ? Ou bien encore sous l'influence de la drogue.

Elle testa les cordes qui la retenaient. Quelqu'un l'avait étroitement ligotée. Elle essaya d'étirer ses muscles douloureux et de soulager son inconfort, mais elle ne pouvait pas faire grand-chose, saucissonnée comme elle l'était.

Durant la demi-heure suivante, son esprit s'éclaircit graduellement, et avec la lucidité vint la terreur. Qui lui avait fait ça ? Pourquoi ? Que voulait-on d'elle ? Était-ce l'œuvre d'un psychopathe qui l'avait choisie au hasard ou était-elle victime d'une agression ciblée ?

Et la question la plus importante de toutes : allait-elle mourir ?

Ironiquement, elle avait longtemps appelé la mort. Elle aurait dû être reconnaissance à son ravisseur de hâter l'inévitable et de lui épargner la peine de trouver le moyen de détruire ce qui restait de sa vie. Elle essaya de trouver la force et le calme d'accepter ce qui allait se passer. Toute sa vie pointait vers cette fin.

Mais, sans avertissement, le visage de Brett lui traversa l'esprit. Son plaidoyer passionné lui revint. Avait-il raison ? Ou devait-elle se fier à son jugement et accepter qu'un homme comme lui ne soit pas amoureux d'elle si elle n'avait rien à offrir ? Son discours passait et repassait dans son esprit.

Au début, elle le prit pour les propos d'un homme au lit avec une femme. Bien sûr qu'il lui avait dit de jolies choses. Mais, comme les vestiges de la drogue se dissipaient, ses capacités logiques revinrent. Brett n'avait pas besoin de la flatter pour coucher avec elle. Alors peut-être y croyait-il vraiment. Elle se repassa ses exhortations. Y avait-il de la vérité dans ce qu'il avait dit ? Devait-elle le croire ?

L'avantage d'être attachée à une chaise, c'était que cela donnait tout le temps de réfléchir. Pour ne pas céder à la panique, elle se rejoua les événements depuis son adolescence et l'époque où Eddie l'avait remarquée.

Rétrospectivement, elle comprenait qu'il avait vu en elle une victime naïve et vulnérable. Il avait besoin de contrôler les autres, et elle était à l'époque trop timide pour le contrarier. Leur couple s'était formé en enfer. Elle avait accru ses problèmes d'agressivité et de contrôle, et il avait accru sa faiblesse et son incapacité à prendre position.

Elle revit leurs années à Hollywood, essayant de faire le compte de ses erreurs et de celles d'Eddie. Peut-être lui avait-il fallu l'aide de Brett pour y arriver, mais elle était enfin capable de jeter un regard honnête et impartial sur ce mariage désastreux. Au bout du compte, la liste des échecs d'Eddie était mille fois plus longue que la sienne. Elle n'était pas parfaite, mais elle avait été une bien meilleure épouse qu'Eddie ne le méritait.

Elle ne savait pas bien quoi faire de cette conclusion. Elle se força à examiner la nuit où Eddie était mort. La plupart du temps, elle faisait tout son possible pour l'éviter. Mais elle ouvrit ce tiroir dans son esprit et laissa les souvenirs se déverser.

Il était évanoui sur le canapé quand elle était rentrée. C'était leur anniversaire de mariage, elle voulait préparer un bon repas. Le rôti était prêt à aller au four, et elle était en train de couper des légumes pour l'accompagner. Les oignons la faisaient pleurer, et les larmes coulaient sur ses joues quand elle l'avait entendu se réveiller. Il lui avait crié de lui apporter une bière, mais elle était trop pressée de mettre le rôti dans le four. Il était entré dans la cuisine en l'insultant. Il l'avait traitée de salope, ce qui ne la touchait plus depuis longtemps. Ses yeux étaient froids et morts, comme ils l'étaient quand il s'apprêtait à se servir de ses poings sur elle. Mais, ce soir-là, il avait défait sa ceinture.

C'était nouveau. Elle avait fixé la lanière de cuir, et la terreur l'avait fait frissonner. Puis il avait foncé sur elle. Il avait toujours été rapide, même en prenant de l'embonpoint.

Elle avait tourné la tête pour l'affronter, ce stupide couteau de boucher à la main. Il avait levé le bras, le poing refermé sur la ceinture, hurlant qu'il allait la tuer...

Son esprit s'était refermé. La certitude qu'il allait le faire l'avait douchée comme un seau d'eau glacée. Le choc était si grand qu'elle ne pouvait plus respirer.

C'est alors qu'il avait heurté le couteau. Il la regardait dans les yeux. Il ne s'était pas rendu compte que cette longue lame sortait de sa main. Il s'était rué dessus. La pointe s'était enfoncée si vite dans son ventre qu'elle n'avait pas eu le temps de la retirer avant qu'elle ait disparu jusqu'à la garde. Il s'était arrêté, l'avait regardée avec surprise. Et elle avait fait de même. Elle tenait toujours le couteau, mais la lame était invisible. Le sang commençait à sourdre, trempant son T-shirt et atteignant son pantalon en quelques secondes. Il avait chancelé en arrière et laissé tomber la ceinture. Il avait sorti le couteau de son intestin, et alors le sang avait jailli de la blessure. Il avait levé les yeux sur elle et dit sans émotion :

— Sale garce.

Puis il était tombé à genoux, avait basculé sur le côté, et était mort dans une mare de son propre sang.

C'était arrivé si vite. Il était mort en quelques secondes.

Le médecin légiste avait dit que le couteau avait sectionné l'aorte abdominale. Même un chirurgien présent sur le moment n'aurait pas pu sauver Eddie, avait-il précisé. Il avait saigné à une telle vitesse que cette issue était inévitable.

Le fait d'être assise sur cette chaise, face à la mort, ramenait tout à l'essentiel. Pour la première fois, elle était totalement honnête avec elle-même. Culpabilité et tendances suicidaires mises à part, aurait-elle pu écarter le couteau à temps pour qu'Eddie ne s'empale pas dessus ? La vérité, c'était qu'elle regardait la ceinture, saisie de terreur. Elle s'était réellement figée de peur.

Oui, il y avait eu probablement une fraction de seconde durant laquelle elle aurait pu écarter le couteau. Mais elle n'était pas en état de le faire. Elle était paralysée.

Peut-être la police avait-elle eu raison de l'absoudre. Pour la première fois, elle était prête à accepter l'idée qu'Eddie pouvait être responsable de sa propre mort. C'était le fait d'envisager la sienne qui la poussait enfin à voir cela ou bien l'influence de Brett. Quoi qu'il en soit, elle était contente d'y être arrivée avant de mourir.

Mais, si elle n'était pas directement responsable de la mort d'Eddie, peut-être ne méritait-elle pas de mourir après tout.

Cette idée s'écrasa sur elle comme un tsunami, figeant net toute autre pensée. Une immobilité complète de l'esprit, du corps et de l'âme la saisit. Brett avait-il raison ? Méritait-elle vraiment de vivre ? Cette voix minuscule la bouscula avec la force d'une révélation religieuse.

Et c'est alors que la peur explosa dans ses entrailles. Finalement, après tout ce temps, elle ne voulait pas mourir. Mais elle était seule, ligotée et à la merci d'un agresseur. Il fallait qu'elle sorte de là !

— Je ne peux pas rester les bras croisés ! explosa Brett. Il y a bien quelque chose à faire. Quelqu'un à interroger...

— Dis-moi qui. Donne-moi le nom de quelqu'un qui lui en voulait, et je vais de ce pas l'interroger.

— Vinny Benson.

— Le type de la brocante de Hillsdale ? laissa échapper Joe, surpris.

— Il craque pour elle. Elle dit qu'il lui fait du rentre-dedans. Il l'appelle tout le temps.

— Quand lui a-t-il parlé pour la dernière fois ? demanda Joe.

— Anna dit qu'il l'a appelée le matin qui a suivi l'incident de la fenêtre pour lui dire qu'il avait une vitre de remplacement. Il lui a proposé de l'apporter à Sunny Creek.

Il claqua dans ses doigts.

— Et il l'a rappelée pour l'inviter à dîner ce soir-là. J'étais avec elle. Elle avait l'air nerveuse.

Joe fronça les sourcils.

— Comment savait-il que sa fenêtre avait été cassée quelques heures seulement après l'incident ?

Brett et Joe échangèrent un regard et, comme un seul homme, se levèrent. Ils avaient presque franchi la porte quand l'un des adjoints les rappela, en agitant une liasse de papiers tout juste sortie de l'imprimante.

— Hé, j'ai le listing des appels d'Anna.

Joe lui arracha les papiers des mains et continua son chemin, Brett sur les talons. Ils montèrent dans le SUV, et Joe donna la liasse à Brett.

— Étudie ça pendant que je conduis.

Brett commença par les derniers numéros.

— Voilà un appel de Hillsdale le jour où Anna a disparu. Elle n'a pas répondu. Et...

Il jura tout haut.

— Il y a six appels de Benson la veille, tous dans la soirée. Elle n'a répondu à aucun.

— Il la harcelait, commenta Joe. Des appels fréquents et sans réponse, ça correspond au schéma.

— Accélère, mon vieux, gronda Brett.

Anna se balança d'avant en arrière jusqu'à ce que sa chaise se renverse. Elle se cogna l'arrière du crâne sur le sol en pierre. Comme si elle n'avait pas déjà assez mal à la tête. Maintenant, elle avait des élancements si forts que sa vision en devenait floue.

Elle réussit à rouler sur le flanc, mais les cordes lui mordaient la chair. Et elle avait besoin de faire pipi. Si on ne venait pas la détacher, elle allait devoir faire sous elle.

Sa bouche était desséchée, ses lèvres craquelées par la déshydratation. La faim faisait aussi gronder son estomac. Mais rien de tout cela ne comptait. Si elle ne trouvait pas le moyen de sortir de là, elle allait mourir.

Brett ne le lui pardonnerait jamais. Il avait dit qu'il voulait un avenir avec elle. Et, s'il voulait d'elle, elle voulait aussi un avenir avec lui.

Réfléchis, Anna. Il y a bien quelque chose à faire.

Elle regarda autour d'elle, cherchant un objet susceptible de l'aider. Il n'y avait que de la roche. Et cette lanterne suspendue à un crochet en hauteur. Des rails d'acier zébraient le sol, comme si un minitrain passait par là autrefois. Ce devait être une ancienne mine. L'histoire de la région faisait état de gisements de saphirs.

Où il y avait des mines, il y avait des outils. Et des éclats de pierre. Elle scruta la grotte, essayant de distinguer ce qu'il y avait dans les coins. Des cailloux étaient empilés près de la paroi. Mais comment y arriver ?

Avec des efforts exténuants, elle réussit à rouler sur les genoux et le visage. C'était terriblement inconfortable et elle s'écorcha la figure, mais elle put progresser centimètre par centimètre vers la paroi. En plus de son crâne, son visage lui faisait horriblement mal. Mais elle était déterminée. L'homme qu'elle aimait l'attendait.

J'arrive, Brett. Ne bouge pas. Aie foi en moi. Cette fois, je ne me suis pas enfuie.

Joe arrêta le SUV devant la brocante.

— Ne me dis pas de rester dans la voiture ce coup-ci, l'avertit Brett. Anna a disparu depuis vingt-quatre heures.

— Alors promets-moi de me laisser parler, dit Joe. Il s'agit d'une affaire criminelle et, si tu t'en mêles, il pourrait s'en tirer sans dommages.

Brett acquiesça et descendit de voiture. Ils pénétrèrent dans la brocante, et une voix cria depuis le fond du magasin :

— J'arrive dans une seconde !

— C'est Vinny, murmura Brett.

Hochant la tête, Joe dépassa le comptoir pour se diriger vers la réserve. Brett le suivit d'une démarche silencieuse.

Tous les sens en alerte, il zigzagua entre les vieilleries empilées jusqu'au plafond, attentif à tout mouvement inattendu. Ses mains le démangeaient de tenir une arme.

Il tendait l'oreille au maximum. Anna était-elle quelque part, ligotée, incapable de lui faire savoir qu'elle était là ? Il ignorait s'il pouvait sentir instinctivement sa présence ou non, mais il essaya. Il était désespéré.

Joe lui fit signe de s'éloigner et de prendre par la droite. Lui-même avança au milieu du dépôt. Brett prit l'allée à l'extrême droite entre les piles de bric-à-brac. Tentant de se faire discret, il se déplaça rapidement, jetant des coups d'œil entre les amoncellements de meubles.

— Hé ! Vous n'êtes pas autorisé à entrer ici !

C'était Vinny, vers la gauche.

— Monsieur Benson, je suis le shérif Westlake.

— Je sais qui vous êtes. Que puis-je faire pour vous ?

— J'essaie de trouver Anna Larkin, dit Joe d'un ton détendu. Je dois lui parler à propos d'une affaire juridique. J'ai entendu dire que vous faisiez partie de ses amis, et je me demandais si vous sauriez par hasard où je peux la trouver.

Ayant fini de fouiller le côté droit de la réserve, Brett revint silencieusement sur le devant. Accroupi derrière un gros bureau à cylindre, il jeta un coup d'œil et vit que Joe bloquait la vue de Vinny. Parfait. Brett traversa l'espace ouvert et, cette fois, s'engagea dans l'allée de gauche.

— Vous l'avez appelée sur son portable ? J'ai son numéro si vous voulez.

— Ça me serait utile. Merci mon vieux, dit Joe d'un ton aimable.

Brett entendit Vinny ânonner un numéro qu'il connaissait par cœur, tout en continuant à chercher. Il avait atteint le bout de la moitié gauche de la réserver sans repérer aucune cache où Vinny aurait pu dissimuler Anna.

— Quand l'avez-vous vue pour la dernière fois ? demanda Joe.

Vinny s'éclaircit la gorge de façon peu naturelle :

— Oh oui, je me souviens maintenant. Elle est venue il y a quelques jours chercher une vitre pour une fenêtre cassée. Je lui ai dit que je resterai à l'affût. Du verre ancien, vous voyez, difficile à trouver. En fait, ajouta-t-il d'un ton vantard, je lui ai trouvé la bonne vitre hier. Elle est par ici.

Il mentait. Il avait appelé Anna et lui avait dit qu'il avait la vitre trois jours auparavant.

— Vous connaissez bien Anna ? insista Joe d'un ton un peu moins décontracté.

— Pourquoi ? rétorqua Vinny, sur la défensive.

— Diriez-vous que vous êtes des amis proches ?

— Qu'est-ce que ça peut vous faire ?

Joe lui mit un peu plus la pression.

— Pense-t-elle que vous êtes proches ?

— Oui, elle pense que nous sommes très proches !

Vinny était indubitablement énervé.

— Ce n'est pas ce que j'ai entendu dire. Je crois qu'elle vous trouve louche. Et même que vous la harcelez.

— Sortez de mon magasin et ne revenez pas à moins d'avoir un mandat de perquisition ! hurla Vinny.

La voix de Joe se fit d'une douceur soyeuse.

— Où allez-vous Vinny ? C'est un gros sac de matériel que vous avez là. Ça vous ennuie si j'y jette un coup d'œil ?

— Oui, ça m'ennuie ! Sortez d'ici. Je vais me plaindre à votre chef !

Joe rit avec complaisance.

— C'est moi le chef. Je suis le shérif du comté. Mais n'hésitez pas à appeler le gouverneur du Montana si vous n'aimez pas mes manières.

Brett entendit Joe se mettre en mouvement et, prenant exemple sur lui, se précipita vers la sortie. Il franchit silencieusement la porte, rejoignit au petit trot le SUV et s'y glissa juste au moment où Joe était raccompagné par un Vinny à la figure très rouge.

Joe monta en voiture, l'air pensif.

— Il s'est sacrément énervé quand je l'ai interrogé sur sa relation avec Anna.

— Il ment, déclara Brett avec force. Pourquoi tu n'y retournes pas pour le cravater ?

— Patience, Brett. On va s'éloigner un peu, garer la voiture et voir ce qui se passe.

— Qu'est-ce que tu as vu ? demanda Brett.

— Notre ami Vinny était en train de faire un sac. Avec le genre de trucs qu'on emporte en camping. De la nourriture, des bidons d'eau, une lampe à huile, des couvertures, de la corde. Beaucoup de corde, en fait.

— Et ?

Joe le contempla.

— Tu es vraiment à côté de tes pompes, pas vrai ?

— Je l'aime, mon vieux, répondit Brett d'une voix pathétique.

Joe lui lança un regard compatissant.

— Réfléchis. Si tu retenais quelqu'un prisonnier dans un endroit isolé, de quoi aurais-tu besoin ?

Brett chancela sur son siège.

— Le salopard...

— Calme-toi. Tu ne peux pas l'affronter, il refusera de te parler. S'il se sent cerné, il n'ira pas nourrir Anna. Il faut le laisser libre de ses mouvements, dans l'espoir qu'il nous mène à elle.

— Et s'il part juste camper et qu'on perd notre temps ?

— À la première heure demain, je déclarerai Anna officiellement disparue, et tous les adjoints du comté seront convoqués. J'aurai des dizaines d'hommes et de femmes dès midi. Mais je flaire du louche chez ce type.

— Et Mona Billingham ? demanda Brett.

— Mon adjoint l'a vue rentrer en voiture vers 2 heures et demie du matin. Il aurait pu l'arrêter pour conduite en état d'ivresse, vu la manière dont elle zigzaguait, mais je lui ai dit de la laisser tranquille pour la même raison que nous laissons Vinny tranquille. Deux adjoints surveillent la maison. Si Jimbo ou Mona sortent, un de mes gars les suivra.

Au moins, Joe ne discutait pas le fait qu'Anna avait été victime d'un acte criminel.

— Le voilà, dit Joe d'un ton tendu.

Brett leva les yeux et vit un pick-up argenté sortir du parking.

— Il ressemble beaucoup au pick-up qui a fait quitter la route à Anna.

— Comme c'est bizarre, commenta Joe. Prends les jumelles et garde l'œil sur lui pendant que je conduis.

— Avec plaisir.

Brett plaqua les jumelles sur ses yeux.

— Emmène-nous jusqu'à elle, ordure.

Il fallut à Anna autant de temps pour faire face à la paroi qu'il lui en avait fallu pour traverser l'espace.

Elle tâtonna jusqu'à ce qu'elle trouve un éclat de roche acéré.

Elle le laissa échapper plusieurs fois, mais elle réussit enfin à le saisir de manière qu'il soit face à ses poignets. Elle se mit alors en devoir de scier la corde en nylon.

Contrairement à ce qu'on voyait dans les films, ses progrès étaient très lents. Des larmes de peur et d'énervement coulaient sur ses joues, mais elle persévéra, frottant la pierre avec ténacité contre ses liens.

Au moins, elle n'attendait pas la mort sans rien faire. Elle devait faire tout son possible pour sortir de là vivante. Elle devait vivre pour Brett, bon sang.

Vinny s'engagea dans les montagnes au-dessus de Hillsdale, et Joe fut forcé de rester à distance pour que Brett et lui ne se fassent pas repérer. L'asphalte prit fin, et ils suivirent Vinny un moment grâce au panache de poussière qu'il laissait derrière lui. Mais ils parvinrent à la limite des neiges éternelles et le perdirent de vue sur une piste étroite et tortueuse. Ils arrivèrent à un carrefour, et Joe s'arrêta en jurant.

— Tu as vu de quel côté il allait ?

— Non. Il était caché par les pins. Il a pu tourner dans n'importe quelle direction.

— La bonne nouvelle, c'est qu'aucune de ces pistes ne fait plus de quelques kilomètres. Il faut retourner en ville et organiser une battue.

La panique faisait suffoquer Brett. Des flashs de vastes étendues arides lui venaient, mais il luttait de toutes ses forces pour rester présent. Pour Anna.

— Il faudra des semaines pour fouiller ces montagnes. Le salopard l'aura tuée depuis longtemps !

— Ne pensons pas au pire, Brett...

— Il l'a enlevée ! Il va lui faire subir ses obsessions et il n'aura plus d'autre solution que de la faire taire pour de bon.

Joe ne dit rien. Brett appréciait l'honnêteté de son cousin, mais ses entrailles se nouèrent violemment à la pensée de ce malade posant les mains sur Anna.

Joe fit demi-tour et prit la route de Sunny Creek. Brett cédait à la panique. Les flashs se succédaient sans intervalle, il n'arrivait plus à les repousser. Ils avaient quitté le camp de base peu de temps après la nuit tombée pour patrouiller sur une route qui menait à un col. Les insurgés s'en servaient pour circuler d'une vallée à l'autre, et le convoi médical de la coalition devait passer là le jour suivant pour apporter des fournitures médicales absolument vitales.

Ils s'étaient transportés en voiture jusqu'au pied de la montagne, puis avaient continué à pied. Rico – le maître-chien – et Reggie étaient en tête. Zimmerman marchait aux côtés de Rico. Brett ne saisissait que des bribes de la conversation, mais Zimm se plaignait que sa petite amie le trompait.

Ils ne s'attendaient à aucune alerte avant d'atteindre le sommet. C'est pourquoi quand Reggie avait commencé à s'agiter, personne n'y avait prêté attention. Il était un peu nerveux depuis quelque temps. Le vétérinaire au camp de base disait qu'il manifestait des signes de fatigue et qu'il devait prendre sa retraite. Mais tout l'escadron avait demandé à le garder un peu plus longtemps.

Brett bondit sur son siège.

— Emmène-moi au ranch, tout de suite !

— Quoi ?

— Reggie. C'est un chien de l'armée. Il peut traquer une odeur comme personne !

Joe hocha la tête et prit la route du ranch.

— Appelle oncle John pour lui dire de rassembler des hommes.

Brett s'exécuta.

— Papa, c'est Brett. Nous avons une piste quant à l'endroit où se trouve Anna. Il est possible que Vinny Benson l'ait enlevée et cachée dans les monts McMinn. J'ai besoin que tu rassembles tous les gars que tu peux, que tu prennes Reggie et que tu nous retrouves sur le flanc ouest de la route de McMinn aussi vite que possible.

— Demande-lui d'apporter un vêtement qu'Anna a porté récemment, ajouta Joe.

Brett relaya cette instruction.

— Compris, répondit John. La cavalerie sera là d'ici trente minutes.

Étant donné qu'il y avait bien vingt minutes du ranch à la route, Brett fut impressionné. Il ne put s'empêcher cependant d'ajouter :

— Dépêchez-vous !

Anna crut entendre un bruit et se figea, l'oreille tendue. Elle avait fait des progrès depuis qu'elle s'était avisé qu'il valait mieux frotter la corde sur une aspérité plutôt que de la scier. Elle supposait qu'elle avait progressé, mais elle ne pouvait pas vraiment juger de la situation dans sa position malaisée.

— Eh bien, eh bien, eh bien. Notre petite prisonnière n'a-t-elle pas de ressources ? dit une voix familière derrière elle.

Vinny.

— C'est donc toi. Tu es aussi tordu que je le pensais, dit-elle avec mépris.

Il était hors de question de montrer sa peur. Depuis Eddie, elle savait que les prédateurs s'en nourrissaient.

— Tu ne vas pas tarder à changer de chanson. Quand tu me supplieras de te laisser la vie.

Elle ne sut que répondre. Elle tenta frénétiquement de cacher l'éclat de rocher tandis que Vinny s'approchait et redressait la chaise.

— Oh ! mais regardez-moi ça ! Tu as essayé de te libérer.

Zut.

— C'est normal. Je vais te détacher, de toute façon. J'ai d'autres plans pour toi et moi, ce soir.

Il se pencha et lui lécha la figure. Oh Seigneur. Le dégoût la traversa tout entière.

— J'aime le goût de tes larmes. Tu vas pleurer pour moi ce soir, n'est-ce pas ?

Un frisson de répulsion la traversa. Elle prit une profonde inspiration et dit d'un ton joueur :

— Je ne ferai rien d'autre que te faire pipi dessus si tu ne me laisses pas aller aux toilettes.

— Ah oui, bien sûr. Je n'avais pas pensé à ça.

Il lui délia les poignets et recula d'environ vingt pas.

— Détache tes pieds. Tu peux te servir du seau là-bas.

Elle se pencha pour libérer ses chevilles et entendit le déclic de cartouches qu'on engageait dans une carabine.

— Ne va pas te faire des idées. Je détesterais t'abattre avant d'en avoir fini avec toi.

Elle sentit son esprit adopter un étrange régime surmultiplié. Il avait l'intention de la violer, non ? À un moment donné, il se rendrait vulnérable. Il faudrait qu'il s'approche et c'est à ce moment-là qu'elle agirait.

Jusque-là, elle ferait de son mieux pour lui donner un faux sentiment de sécurité. Elle savait comment faire croire à sa lâcheté et à sa soumission. Si Eddie lui avait enseigné quelque chose, c'était de se faire passer pour une petite souris.

Elle ignora l'humiliation d'avoir à baisser son pantalon et à faire pipi devant lui. Cela faisait partie du jeu, un jeu de vie et de mort. Mais Vinny ne se rendait pas compte qu'elle n'était pas une souris.

Joe mena le convoi de pick-up remplis d'hommes en colère jusqu'au carrefour où ils avaient perdu la trace de Vinny. Brett sauta à terre et alla prendre Reggie dans le pick-up de son père. Même Miranda était là, une carabine en travers des genoux, une lueur féroce dans les yeux.

Brett n'avait jamais été le dresseur de Reggie, mais il avait vu Rico travailler avec lui. Il priait pour que le chien reconnaisse les ordres. Il déposa Reggie au milieu du carrefour et détacha sa laisse. Puis il lui mit le bonnet et les mitaines d'Anna sous le nez et le regarda dans les yeux.

— Cherche, Reggie, cherche.

Le chien le considéra de ses doux yeux marron. Il renifla longuement le bonnet et les mitaines et abaissa la truffe au ras du sol. Dieu soit loué ! Reggie semblait savoir ce qu'on attendait de lui. Brett retint son souffle pendant que le chien décrivait lentement un cercle. Soudain, il s'élança sur l'une des pistes.

Bien sûr, avec son handicap, il n'était pas rapide, et Brett et les autres n'eurent aucun mal à trotter à côté de lui. De temps en temps, Reggie revenait sur ses pas, puis reprenait sa course en avant. Miranda les suivait lentement en pick-up.

Mais Reggie vira dans les arbres, et il devint plus difficile de le suivre. Il courait le long d'un sentier sans se préoccuper des branches basses qui conspiraient pour ralentir les hommes derrière lui.

Brett fixait la queue noire dressée devant lui et cillait à ce souvenir. La route s'était rétrécie et un éboulis l'avait partiellement bloquée. Ils avaient dû gravir le tas de pierres en s'exposant. Reggie avait hésité, et Rico avait marmonné que les roches blessaient les pattes du chien.

Le Montana. Anna. Les arbres s'éclaircissaient à mesure que le chien les menait plus haut. Des roches dénudées l'entouraient, et la réalité se mêla au souvenir au point qu'il ne put plus les distinguer. Des détails de l'embuscade lui revenaient en foule maintenant.

Il avait oublié que Reggie s'était agité, malheureux d'être retenu. Il se souvint avoir signalé à Zimmerman de rester en arrière et de laisser Rico et Reggie patrouiller le versant opposé de l'éboulement. Mais Zimm l'avait ignoré. Il avait remarqué quelque chose dans l'obscurité et il voulait voir ce que c'était.

Reggie avait disparu de l'autre côté de l'éboulement. Rico et Zimm s'étaient à leur tour évanouis à la vue. Brett avait levé la main pour ordonner une halte. Il avait fait signe à ses hommes de s'éparpiller en éventail, mais ils n'en avaient pas eu le temps. Zimmerman avait poussé un cri, et ils s'étaient tous précipités, ignorant ses ordres. Brett s'était avancé pour voir. Il avait dépassé le sommet...

Son esprit se vida et, abruptement, il se retrouva dans la montagne, cherchant la femme qu'il aimait. Reggie fit une pause, haletant et Brett rattrapa le chien.

— C'est très bien, mon vieux.

Il lui gratta brièvement l'oreille, le laissa reprendre son souffle puis lui fit sentir à nouveau le bonnet d'Anna.

— Cherche, Reggie.

Il aurait pu jurer que le chien acquiesçait. Reggie fit un tour sur lui-même, retrouva l'odeur et poursuivit vaillamment en boitant. Ce chien ne renoncerait jamais. Brett soupçonnait qu'il serait tombé raide mort plutôt que de cesser de traquer Anna.

Mon Dieu, faites que ça marche, se dit-il.

Anna feignit une surprise ravie lorsque Vinny déballa un panier de pique-nique. Au moins était-elle assise sur le sol maintenant et non ligotée à cette maudite chaise. Malheureusement, il lui avait attaché les poignets derrière le dos, si bien que ses épaules étaient terriblement douloureuses. Elle sentait la paroi dans son dos et localisa une petite saillie rocheuse, contre laquelle elle se remit à frotter ses liens. Cette fois, la tâche avançait plus vite.

Vinny se mit à manger et à boire, se penchant de temps en temps en avant pour lui donner un morceau et lui peloter la poitrine. Franchement, elle se fichait de ce qu'il faisait du moment qu'il la croyait à sa merci. Il lui donna à boire avec une bouteille d'eau, qu'elle téta avec reconnaissance. Son mal de tête diminua légèrement.

— Comment as-tu fait ? Pour m'enlever, je veux dire ?

— C'était facile. Je t'ai suivie depuis chez toi et, dans une rue déserte, je t'ai assommée avec une brique. Ensuite, je t'ai tirée dans une allée, je t'ai ligotée, bâillonnée et recouverte d'une bâche. Je suis allé chercher mon pick-up et je t'ai injecté un tranquillisant pour chien. C'était la partie la plus risquée. Je ne voulais pas te tuer, mais j'ignorais combien il fallait t'en donner. Je ne me suis pas trompé, apparemment.

Elle battit des paupières, tentant de prendre un air impressionné.

— Ça a demandé beaucoup de préparation. J'imagine que je devrais me sentir flattée que tu te sois donné tant de peine pour moi.

Il hocha la tête.

— En effet, tu devrais être flattée.

Abruti.

— Quel est cet endroit ? Une vieille mine de saphirs ? C'est vraiment chouette.

Elle se déconnecta mentalement tandis qu'il se lançait dans l'histoire de l'exploitation du saphir dans la région. Elle nota cependant qu'elle se trouvait dans les monts McMinn. Au moins n'était-elle pas trop loin de la civilisation.

Vinny mit de côté l'assiette de sandwichs et trancha des pommes en morceaux, une lueur fiévreuse dans le regard. On y était. C'était maintenant qu'il allait l'agresser. Elle se força à se détendre. Elle devait attendre le moment où il baisserait sa garde. Elle scia encore plus frénétiquement ses liens. Cela lui serait d'une aide immense si elle regagnait l'usage de ses mains. Et elle avait l'impression que la corde était prête à céder. Si seulement elle pouvait le retarder quelques minutes de plus. Peut-être aurait-elle alors les mains libres.

— Dis-m'en plus sur toi, Vinny. J'ai l'impression de te connaître à peine.

— Ferme-la, Anna. L'heure est venue de me supplier.

Brett se rua sur la colline. Rico et Zimmerman étaient déjà tombés, la gorge tranchée par un insurgé qui, penché sur le cadavre de Zimm, tirait sur son fusil pour le dégager.

Brett chargea, et les insurgés fuirent. Reggie, qui hésitait aux côtés du corps éventré de Rico, fila en avant pour bloquer son avancée et laissa échapper un bref aboiement.

Reggie l'avait renversé tant il le poussait fort. Ce qui lui avait sauvé la vie. Brett était tombé en arrière quand la sacoche cachée sous le corps de Rico avait explosé. C'était une grosse charge.

Reggie aboya à nouveau, et Brett leva vivement les yeux. Le Montana. La neige. La lumière du jour. Et Reggie qui revenait en courant vers lui. Brett se prépara à encaisser le choc du poids du chien, mais l'animal tourna sur lui-même et repartit dans la direction d'où il était venu.

Brett prit la carabine qu'il portait à l'épaule, et John et Joe firent de même. John indiqua aux hommes de rester en arrière. Brett prit la tête, se déplaçant avec souplesse. Il approcha des affleurements rocheux aux côtés desquels Reggie montait la garde, agitant joyeusement la queue. Il avait presque rejoint le chien quand il vit une ouverture. Un vieux puits de mine était creusé dans la paroi.

Calmement, il attacha une laisse au collier du chien et la passa à John. Son père se pencha pour tenir le museau du chien d'une main, et Brett sursauta. Il avait oublié cet ordre. Son père remit la laisse à Hank, et Reggie s'assit avec obéissance à ses pieds.

Brett entra dans le tunnel, Joe sur les talons, John derrière eux. Il avança rapidement, abritant le faisceau de sa petite torche de la main.

Le tunnel se divisa en deux. Il envisagea brièvement de retourner chercher Reggie quand il entendit une voix de femme dans le tunnel qui menait sur la droite.

C'était Anna. La main de Joe se posa lourdement sur son bras. Juste à temps. Il se préparait à foncer dans le tunnel, tout comme il avait foncé dans l'embuscade.

Ses hommes avaient désobéi à ses ordres et s'étaient précipités en avant alors qu'il leur avait dit de former une ligne de tir au sommet de l'éboulement. Aussi tenté qu'il fût de désobéir à Joe, le bon sens lui ordonnait de ralentir.

Son cerveau enregistra néanmoins ce fait : ses hommes avaient désobéi. C'était pour cela qu'ils avaient chargé directement la zone d'explosion ! Ce n'était pas lui qui les avait menés à la mort comme il le craignait !

Torche éteinte, il descendit le tunnel, palpant le sol du bout de pied avant de faire un pas. Il avait parcouru environ cinq mètres quand le tunnel fit un nouveau virage. De la lumière brillait au coin.

Il fit signe à Joe de pénétrer dans la salle par la droite, tandis qu'il y pénétrerait par la gauche. Joe hocha la tête. John se tiendrait en arrière et les couvrirait tous deux. Il donna aussi son assentiment. Dieu merci, ils savaient faire ce genre de choses.

Brett leva trois doigts. Il en replia un, deux, trois, et entra, faisant irruption dans une petite salle d'environ six mètres de largeur, éclairée par une lampe à huile et des bougies. Deux personnes luttaient sur le sol. Il vit celle du dessous lever le bras au-dessus de la tête et abattre un objet sur le crâne de celle du dessus. La personne du dessus hurla et se cabra, le bras levé. *Vinny*. Un éclair métallique brilla dans sa main. *Couteau*.

Brett identifia Anna sur le sol, et fit feu sur Vinny, pressant la gâchette deux fois. À sa droite, deux autres coups de feu partirent en même temps. Vinny s'effondra sur Anna, tandis que Brett courait vers elle. Avant qu'il n'ait pu l'atteindre, elle repoussa Vinny et se mit debout en chancelant. Ce faisant, elle ramassa le couteau et le tint devant elle, haletante. Brett s'arrêta net. La dernière chose à faire c'était jouer les Eddie et s'empaler sur un fichu couteau.

— Posez le couteau, Anna, dit calmement Joe derrière lui.

L'objet tomba avec fracas sur le sol, et Brett se précipita pour envelopper Anna dans ses bras. Elle s'accrocha à lui de toutes ses forces, le visage enfoui dans son cou.

Combien de temps restèrent-ils ainsi, Brett n'aurait pu le dire. Mais, quand il releva les yeux, John, Miranda et Reggie avançaient vers eux pour se joindre à l'accolade. Le chien aboya avec excitation en retrouvant Anna, et cela mit un terme à la transe de Brett.

— Il faut que tu le récompenses de t'avoir retrouvée.

Anna se mit à rire et se pencha pour gratter les oreilles de Reggie avant de lui déposer un baiser sur le museau.

— Tu es le meilleur chien du monde, n'est-ce pas ?

Reggie la lécha, ce qui fit rire tout le monde. Anna se redressa et regarda Brett dans les yeux.

— Je savais que tu viendrais à mon aide. J'avais foi en toi. J'espérais seulement que tu croirais en moi et que tu saurais que je ne m'étais pas enfuie.

Il la dévisagea, espérant contre tout espoir qu'elle voulait dire ce qu'il croyait.

— J'ai su que quelque chose était arrivé dès que tu n'es pas rentrée à l'heure du travail.

— Tu avais raison, déclara-t-elle.

— À propos de quoi ? demanda-t-il prudemment.

— J'ai eu tout le temps de réfléchir à ce que tu m'as dit. J'ai aussi pensé longtemps à la mort d'Eddie.

— Et ?

Elle jeta un coup d'œil à Joe puis revint à lui.

— La police avait raison. J'étais tellement effrayée à l'idée qu'il me frappe que je me suis figée. J'ai paniqué. Tu m'as déjà vue paniquer, tu sais que je me fige, n'est-ce pas ?

— Oui, acquiesça Brett.

— Une fois dépassées ma culpabilité et ma honte, j'ai pu penser rationnellement et comprendre que c'était la faute d'Eddie. Il m'a fait paniquer et il s'est empalé sur ce couteau. S'il n'avait pas été aveuglé par la rage, il aurait vu le couteau et se serait arrêté.

Un sourire monta de la poitrine de Brett jusqu'à ses lèvres tandis qu'elle poursuivait :

— Je me suis toujours sentie coupable. Mais je suis prête à témoigner pour rapporter exactement ce qui s'est passé. Je pense que je serai exonérée de toute faute.

— Et vous aurez le meilleur avocat, gronda John Morgan.

— Oh ! j'imagine que l'avocat de Mona, quand il verra les rapports de police que j'ai reçus, quand il apprendra les ennuis d'Eddie avec la loi et quand il lira le rapport sur sa mort - qui dit la même chose que vous, Anna -, n'aura pas le courage de poursuivre, déclara Joe.

Anna regarda autour d'elle dans cette salle peuplée de tous ceux qui étaient venus à sa rescousse, le cœur si plein qu'il pouvait à peine contenir ses sentiments.

— C'est comme ça d'avoir une vraie famille ? demanda-t-elle à Brett d'une petite voix.

Il lui sourit.

— Oui. Il faudra t'y habituer. Tu n'auras plus jamais un moment de paix. Ils se mêleront de nos affaires tout le temps.

— Nos affaires, comme dans « toi et moi » ?

— Comme dans « nous pour toujours » si tu veux de moi.

— Est-ce que tu es en train de me demander ce que je pense ? lança-t-elle bouche bée.

Il mit un genou à terre dans un concert de vivats.

— Anna, veux-tu m'épouser ?

— Bien sûr que je veux t'épouser, Brett Morgan !

Elle le remit sur pied et déposa un baiser passionné sur ses lèvres, un baiser qui en promettait beaucoup d'autres.

Alors que la joie lui faisait tourner la tête, il leva les yeux et vit les larmes de ses parents, les larges sourires des hommes qui représentaient toute sa famille. Ils ne l'avaient jamais abandonné, alors même qu'il leur avait donné tant de raisons de le faire. Il ne pouvait s'imaginer partager ce moment avec personne d'autre.

Il baissa les yeux sur Anna et murmura :

— Heureuse ?

— Au comble du bonheur. Tu es parfait !

— Il s'en faut de beaucoup, dit-il en riant, mais je suis prêt à travailler pour y arriver. Pour toi.

Willa écarquilla les yeux.

— Qu'est-ce qui a changé ? demanda-t-elle.

Il haussa les épaules.

— Je me suis souvenu de quelques trucs que j'avais oubliés avant que le stress me les rappelle. Je pense que ça ira pour moi, maintenant.

Willa secoua la tête.

— Anna, il faut que tu me dises comment tu as fait. Je n'ai jamais rencontré un homme à la caboche aussi dure que Brett, et pourtant tu as réussi à t'introduire dans son cœur. Quel est ton secret ?

Anna noua les bras autour de la taille de Brett et s'appuya contre lui. Elle regarda Willa et dit chaleureusement :

— C'est facile. Le secret, c'est l'amour.